KB122969

만
년

다자이 오사무 전집 1

만년 晩年

다자이 오사무 지음 — 정수윤 옮김

도서출판 b

| 일러두기 |

1. 이 전집은 저본으로서 『太宰治全集』(ちくま文庫^{치쿠마문고}, 1994, 全10卷)과 『決定版 太宰治全集』(筑摩書房^{치쿠마서방}, 1999, 全13卷)을 기초로 하고, 新潮文庫^{신초문고}, 岩波文庫^{이와나미문고} 등 가장 널리 읽히는 판본을 참조하여 번역했으며, 전 10권으로 구성했다.
2. 이 전집은 다자이 오사무의 모든 소설 작품을 발표 시기 순서에 따라 수록했다. 단, 에세이는 마지막 권에 따로 수록했다.
3. 창작집 『만년』에 실린 작품에 한해서는 저자의 의도를 고려하여 기존 수록순서를 따랐다.

5

잎葉

大宰治

「잎」

1934년 4월, 동인지 『쇠물닭鷁』 창간호에 발표됐으며, 생애 첫 창작집 『만년』(1936년 6월, 마나고야서방砂子屋書房) 첫머리에 실렸다.

이 시기 다자이는 좌익운동을 하며 쫓기는 생활을 하다가 출석부족으로 대학도 제때 졸업하지 못하고, 신문사 취직시험에도 떨어지면서 고향에서 송금이 끊길까 노심초사하는 궁색한 삶을 살지만, 자신의 길은 작가가 되는 것이라 결심하고 작품 활동에 매진한다.

「잎」은 습작시절부터 써오던 단편이나 시, 평소 즐기던 하이쿠나 명언 등을 비롯해, 거처하던 방 벽에 붙어 있던 글귀나 담벼락 포스터 문구 등, 자신의 삶 속을 흐르는 언어의 조각들을 리듬감 있게 배열한 작품으로, 스물여섯 다자이의 삶의 편린이 녹아들어 있다.

선택되었다는

황홀과 불안

그 둘 모두 내 안에 있으니

—베를렌[1]

죽을 작정이었다. 올해 설, 이웃에서 옷감을 한 필 얻었다. 새해 선물이었다. 천은 삼베였다. 쥐색 잔 줄무늬가 들어가 있었다. 이건 여름에 입는 거로군. 여름까지 살아 있자고 마음먹었다.

노라[2]도 다시 생각했다. 복도로 나가 등 뒤의 문을 쾅 닫으며 생각했다. 돌아올까 몰라.

내가 나쁜 짓을 하지 않고 귀가하면, 아내는 웃는 얼굴로 맞아주었다.

그날그날을 질질 끌려다니며 살 뿐이었다. 하숙집에서 혼자 술을 마시고, 혼자 취하고, 그러고는 슬금슬금 이불을 깔고 잠이 드는 밤이면,

1_ 폴 베를렌(1844~1896). 프랑스 시인. 인용구는 랭보에게 총을 쏜 죄로 감옥에 갔다가 출소 후 발표한 시집 『예지』(1881)에 실린 구절로, 시인 호리구치 다이가쿠가 번역한 『베를렌 시집』(1927)에 수록돼 있다. 숙명에 대한 고민을 엿볼 수 있는 이 구절은 다자이의 다른 작품에도 종종 등장한다.
2_ 자아를 찾아 집을 떠나는 입센의 『인형의 집』(1879) 여주인공. 이 작품은 극작가 시마무라 호게쓰가 번역(1906), 쓰보우치 쇼요에 의해 연극화(1911)되는 등 당대 큰 호응을 얻었다.

더더욱 괴로웠다. 꿈조차 꾸지 않았다. 완전히 지쳐 있었다. 무얼 하건 우울했다. 『재래식 화장실, 어떻게 개선할 것인가?』 따위의 책을 사와서 진지하게 연구한 적도 있었다. 당시 그는, 인간의 똥을 처리하는 문제에 꽤나 골머리를 앓고 있었다.

신주쿠 길가에 주먹만 한 돌멩이가 꾸물꾸물 기어가는 것을 보았다. 돌이 기어가네. 그렇게만 생각했다. 하지만 곧 앞서 가던 추레한 아이가 실에 묶어 끌고 가던 것임을 눈치챘다.

아이에게 속은 것이 쓸쓸했던 게 아니다. 그런 말도 안 되는 일을 아무렇지도 않게 받아들였던 스스로의 자포자기가 서글펐다.

일생을 이런 우울과 싸우다 죽겠구나. 그렇게 생각하자, 그는 제 신세가 애처롭기 그지없었다. 푸른 논두렁에 안개가 확 밀려왔다. 눈물이었다. 그는 당황했다. 이런 값싼 감정에 휘둘려 눈물을 보인 것이 부끄러웠다.

전차에서 내리는데 형이 웃었다.

"녀석, 완전 풀이 죽었군. 힘내!"

그러더니 류의 작은 어깨를 부채로 툭 쳤다. 땅거미 지는 저녁, 부채는 무섭도록 하얗게 빛났다. 류는 뺨이 붉어질 만큼 기뻤다. 형이 어깨를 쳐준 것이 고마웠다. 늘 적어도 이만큼만 허물없이 대해 준다면 좋을 텐데. 부질없이 생각해보았다.

만나러 간 사람은 부재중이었다.

형이 말했다. "소설을, 시시하다고는 생각 안 한다. 나한테는 좀 답답할 뿐이지. 단 한 줄의 진실을 말하려고 백 장의 분위기를 꾸며대고 있으니." 나는 머뭇거리다가, 고민 끝에 대꾸했다. "맞아, 말은 짧을수록 좋아. 그것만으로, 믿게 만들 수 있다면."

형은 또, 자살을 제멋에 겨운 짓이라며 싫어했다. 하지만 나는, 자살을 일종의 처세술처럼 타산적인 것이라고 생각하고 있던 터라, 형의 말이 뜻밖이었다.

어서 털어놔. 어? 누구 흉내야?

물 흐르는 곳에 도랑 생기니.[3]

열아홉 되던 해 겨울, 그는 「슬픈 모기」[4]라는 단편을 썼다. 그건 썩 그럴듯한 작품이었다. 동시에 그것은, 그가 가진 생의 혼돈을 푸는 중요한 열쇠가 되었다. 형식은 「히나 인형」[5]의 영향을 인정하지 않을 수 없다. 그래도 마음만은, 그의 것이었다. 원문 그대로.

수상한 유령을 본 적이 있습니다. 그건 제가 소학교에 들어가고 얼마 지나지 않아 일어난 일이었으니, 어차피 슬라이드 불빛처럼 희뿌연 기억만 남아 있을 뿐입니다. 아니, 그렇지만, 푸른 모기장에 비친 슬라이드 불빛처럼 흐릿한 기억은, 기묘하게도 해가 갈수록, 조금씩 더 선명하

· · · · · · · · · · · ·
3_ 학문도 갈고 닦으면 덕이 쌓이며, 세상일도 때가 되면 자연스레 결실이 이루어진다.
4_ 아오모리 히로사키 고교 3학년 시절 <히로코 신문>(1929년 5월)에 발표.
5_ 아쿠타가와 류노스케의 단편소설 「히나雛」(1923). 소중히 간직하던 히나 인형을 어느 미국인에게 팔 수밖에 없었던 가난한 아버지의 쓸쓸한 뒷모습을 어린 딸의 시선으로 그린 작품. 히나 인형은 딸들의 건강과 행복을 비는 히나 축제(3월 3일) 즈음에 집안에 장식하는 것으로, 지금도 널리 행해지고 있다.

게 떠오릅니다.

어찌어찌 누님이 남편을 맞이하게 되었는데, 아, 마침 그날 밤 일입니다. 혼인잔칫날 밤 일이었습니다. 게이샤들이 우리 집에 한가득 와 있었는데, 한 예쁘장한 게이샤 소녀가 솔기 터진 제 예복을 기워주던 것을 기억하고 있습니다. 아버지가 사랑방 쪽 컴컴한 복도에서 키 큰 게이샤들과 스모시합을 벌이셨던 것도 그날 밤 일입니다. 아버지는 이듬해 돌아가셔서 지금은 우리 집 사랑방 벽 커다란 사진 속에 들어가 계시는데, 저는 그 사진을 볼 때마다 그날 밤 스모시합이 떠오르곤 합니다. 아버지는 불쌍한 사람을 괴롭히는 일 같은 건 결코 하지 않는 분이셨으니, 그날 밤 스모도, 게이샤들이 무슨 잘못을 저질러서 벌을 주고 계셨던 것이겠지요.

이리저리 기억을 맞추어보니, 그건 틀림없이 혼인잔칫날 밤에 일어난 일입니다. 정말 드릴 말씀이 없지만, 모든 것이, 마치, 모기장에 비친 슬라이드 불빛과 같은, 그런 형상이었기 때문에, 어차피 만족하실 만한 이야기를 해드릴 수가 없어요. 어리석게도 꿈같은 이야기, 아니요, 하지만 그날 밤 슬픈 모기 이야기를 해주셨던 할머니의 눈빛과, 그리고 유령, 그것만은, 누가 뭐래도 결코, 꿈이 아니었습니다. 꿈이라니 말도 안 되지요, 이건 뭐, 이렇게 또렷하게 눈앞에 떠오르니까요. 할머니의 눈빛과, 그리고.

그렇습니다. 우리 할머니만큼 아리따운 분도 그리 흔치는 않을 것입니다. 작년 여름에 돌아가셨는데, 그때의 용안이란, 대단하리만치 아름답다는 것은 바로 그런 것일까요, 백랍 같은 두 볼은 여름의 아름드리나무마저도 그늘을 드리우지 못할 정도로 빛났습니다. 그렇게 아름다운 모습을 하고 계셨는데도, 인연이 닿지 않아, 평생 치아를 검게 칠하지 못하셨습

니다.[6]

"나라는 만년백치萬年白齒를 미끼로, 재산을 백만이나 모은 게 아니겠
누?"

생전에 도미모토[7]로 단련된 구성진 목소리로 이런 말씀을 곧잘 하셨
는데, 여기에는 무슨 재미있는 사연이라도 있는 게 아닐까요? 대체
무슨 사연이냐며 서투르게 떠보지는 마세요. 할머니께서 울어버리실지
도 모르니까요.[8] 말인즉슨, 우리 할머니는 그야말로 무척 세련된 분으로,
한 번도 가문의 문장이 새겨진 고급스러운 겉옷을 벗은 적이 없으십니다.
게이샤 선생님을 방으로 모셔서 도미모토 수업을 받은 지도 꽤 오래되셨
습니다. 저도 철이 들고 나서는, 온종일 오이마쓰[9]나 아사마[10] 같은
목 놓아 우는 애절한 가락에 푹 빠져 있을 정도였으니까요. 세상 사람들이
은둔한 게이샤라고 손가락질할 때마다, 할머니 당신은 부드럽게 미소만
지으셨습니다. 어찌된 일인지 저는, 어렸을 때부터 할머니가 너무 좋아
서, 유모에게서 떨어지자마자 단숨에 할머니 품으로 달려갔습니다.
하긴 어머니께서는 지병을 앓고 계셨기 때문에, 자식들을 돌볼 여유가

. . . .

6_ 에도시대에는 여인이 결혼을 하면 이를 검게 칠하는 풍습이 있었다.

7_ 도미모토부시富本節. 샤미센 반주로 노래하는 전통음악. 연약하면서도 우아한 가락이 특징이다.

8_ 이 부분은 처음 <히로코 신문>에 발표했던 것과 차이가 있는데, 그 내용은 다음과 같다.

  '여기에는 무슨 재미있는 사연이라도 있는 게 아닐까요? 하지만 제게는 그것이 조금도
  진기하게 여겨지지 않습니다. 훨씬 더한 악행을 수없이 보고 자랐거든요. 어떤 악행을
  보아 왔는지보다도, 어째서 백만장자의 집에서는 이 같은 악행을 저지르지 않으면 안
  되는지를 먼저 생각해주십시오. 그리고 제가 지금부터 말하려는 유령이 어째서 흐느적흐느
  적 나타나지 않으면 안 되는지 생각해주십시오. 제가 이 이야기를 하는 이유이기도 하니까요.
  할머니의 이야기에 불순한 불똥이 튀다니, 할머니가 울어버리실지도 모르겠습니다.'

9_ 老松. 신성한 나무인 오래된 소나무를 소재로 한 샤미센 반주의 노래 곡명.

10_ 淺間. 편지나 서약서를 태우면 연기 속에 연인의 혼령이 나타난다는 내용의 가부키 무용곡.

없으셨지요. 아버지 어머니도 할머니 친자식이 아니어서, 할머니는 어머니가 있는 곳에도 가지 않으시고 온종일 별채에 홀로 계셨기에, 저도 할머니 옆에 꼭 붙어서는 사흘이고 나흘이고 어머니 얼굴을 보지 않는 날이 많았습니다. 그런 까닭에 할머니도, 누나들보다 저를 더 귀여워해주셔서, 매일 밤 옛날이야기 책을 읽어주곤 하셨지요. 그중에서도 저 유명한 야오야 오시치 이야기[11]를 들었을 때의 감격은 지금도 선명하게 기억하고 있습니다. 할머니께서 장난스럽게 저를, '기치자야', '기치자야' 하고 불러주셨을 때의 기쁨이란! 램프의 노란 불빛 아래서 초연히 옛날이야기 책을 읽어주시던 할머니의 아름다운 자태, 옆모습, 그 모든 것을 저는 생생하게 기억하고 있습니다.

특히 그날 밤 잠자리에서 들려주신 슬픈 모기 이야기는, 이상하리만치 잊을 수가 없습니다. 그러고 보니 그건 분명 가을이었습니다.

"가을까지 살아남은 모기를 슬픈 모기라고 한다. 모기향을 피워선 안 되느니라. 너무 가엾지 않느냐."

아아, 한마디 한마디가 그대로 제 기억 속에 남아 있습니다. 할머니께서는 잠에 취한 말투로 그렇게 말씀하셨습니다. 아, 그렇지, 할머니께서는 또, 저를 껴안고 잠이 드실 때마다, 제 두 다리를 당신의 다리 사이에 끼워서 따뜻하게 데워주곤 하셨습니다. 어느 추운 밤에는 제 잠옷을 전부 벗기시고는, 당신의 빛나도록 아름다운 살결로 저를 안아, 제가 따뜻하게 잠들 수 있도록 해주셨습니다. 그 정도로 할머니께서는 저를 소중히 여겨주셨습니다.

....
11_ 옛날 오시치라는 소녀가 큰 불이 나서 절로 피신을 갔다가, 기치자라는 소년을 만나 사랑에 빠진다. 오시치는 불을 내면 그를 만날 수 있다고 생각하고 방화를 저지르다 결국 화형 당한다. 비운의 여주인공 오시치(1668?~1683)는 실존인물로 알려져 있으며, 도쿄 분교구에 무덤이 있다.

"생각해보면, 슬픈 모기는 바로 나지, 나야. 덧없어……."

하시며 제 얼굴을 골똘히 들여다보시는데, 그렇게 아름다운 눈빛도 없을 것입니다. 안채의 혼인잔치 소란도 고요히 가라앉은, 한밤중에 가까운 시간이었을까요. 가을바람이 술술 불어와 덧문을 어루만지고, 기와에 걸린 풍경이 그때마다 가냘프게 울던 것도 어렴풋이 기억납니다. 그래요, 유령을 본 것은 바로 그날 밤입니다. 문득 잠에서 깬 저는, 쉬 마려, 하고 말했습니다. 할머니 대답이 안 들려서 비몽사몽 주위를 둘러봤는데, 할머니가 보이지 않았습니다. 어쩐지 불안했지만, 혼자서 살짝 잠자리를 빠져나와서는, 반들반들 검게 빛나는 느티나무로 된 긴 복도를, 살금살금 걸어서 뒷간으로, 발뒤꿈치가, 묘하게 차가워지는 느낌이었지만, 여하튼 너무 졸려서, 마치 깊은 안개 속을 남실남실 헤엄치는 기분, 그때였습니다. 유령을 본 것입니다. 길고 긴 복도의 한쪽 구석에, 기운 없이 하얗게 웅크리고 앉은, 제법 멀리서 보았기에, 필름과도 같이 작게 보였지만, 그래도 분명, 분명히, 누나와 그날 밤 신랑이 함께 잠들어 있는 방을 몰래 들여다보고 있었습니다. 유령, 아니요, 꿈은 아니었습니다.

예술의 미는 결국, 시민을 향한 봉사의 미다.

꽃에 미친 목수가 있다. 방해가 될 뿐.

그러더니 마치코는 눈을 내리깔고 이렇게 중얼거렸다.

"그 꽃 이름 알아? 손을 갖다 대면 톡 하고 터져서, 지저분한 즙이 튀어나와 순식간에 손가락을 썩게 만드는. 그 꽃 이름을 알면 좋겠어."

나는 코웃음을 치고는, 바지 주머니에 두 손을 찔러 넣으며 말했다.

"이런 나무 이름 알아? 잎이 떨어지는 마지막 순간까지 푸른색이지. 잎사귀 뒤쪽만 바싹 말라서 벌레가 먹었는데, 그걸 남몰래 감추곤 떨어질 때까지 푸른 척하는 거야. 그 나무 이름을 알 수만 있다면."

"죽어? 죽으려는 거야?"

정말 죽을지도 모른다고 고바야카와는 생각했다. 작년 가을이던가, 아무튼 아오이 네 집에 소작쟁의[12]가 일어나 아오이 주변에 여러 가지로 어수선한 일들이 생겼는데, 그때도 그는 약을 먹고 자살기도를 해서 사흘이나 혼수상태에 빠져 있었다. 지난번 그 일도, 내가 이렇게 방탕한 생활을 그만두지 않는 것도, 결국은 내 육체가 방탕을 견딜 수 있기 때문일 거야. 그렇게 생각한 아오이는, 거세라도 당한다면 난생처음 감각적인 쾌락을 벗어 던지고, 투쟁을 위한 재정적인 지원에 전념할 수 있을 거라며, 사흘 내리 P시의 병원을 돌면서 전염병 병동 옆 시궁창 물을 떠 마셨다고 한다. 하지만 설사를 조금 했을 뿐 실패였어. 나중에 그가 얼굴을 붉히며 이렇게 말하는 것을 듣고 고바야카와는, 이보다 더 인텔리 냄새 나는 희극은 없을 거라며 불쾌해 했지만, 그래도 그렇게까지 진지하게 고민에 빠졌던 아오이의 심정에 조금이나마 마음이 흔들렸던 것도 사실이었다.

"죽는 게 제일이야. 아니, 나만 그런 게 아니지. 적어도 사회 진보에 마이너스가 되는 녀석들은, 전부 다 죽어버리는 게 나아. 그리고 자네, 마이너스 인간이든 뭐든, 사람이 죽어서는 안 된다는 과학적 이유라도

12_ 일본의 소작쟁의는 1910~30년에 걸쳐 빈번히 일어났는데, 제1차 세계대전 이후 전국에 소작료 인하를 요구하는 농민노동조합이 결성되어 지주, 경찰과 격돌했다.

있나?"

"머, 멍청한 놈."

고바야카와는 아오이가 얼토당토않은 이야기를 지껄이고 있다고 생각했다.

"비웃지 말고 들어봐. 그렇잖아? 조상을 모시기 위해 살아야 한다든가, 인류 문화를 완성시키기 위해 살아야 한다든가, 우리는 그런 윤리적 의무에 대한 교육만 받아왔잖아. 과학적인 설명은 하나도 없었잖아. 그렇다면 우리 같은 마이너스 인간들은 죄다 죽어버리는 게 나아. 죽으면 제로니까."

"바보 같은 녀석! 무슨 소릴 하는 거냐. 완전 제멋대로군. 그래, 그건 나도 인정해. 너나 나나 뭔가를 생산해내는 일하고는 완전히 거리가 먼 인간들이지. 그렇다고 해서 그게, 우리가 마이너스 생활을 하고 있다는 건 결코 아니야. 대체 넌, 무산계급의 해방을 바라기는 해? 무산계급이 승리를 거둘 거라고 믿기는 하냐고. 정도의 차이는 있지만, 너나 나나 부르주아에 기생하고 있어. 그건 확실해. 하지만 그건 부르주아를 지지한다는 것과는 전혀 다른 의미인 거야. 넌 자꾸 프롤레타리아를 위해서는 한 가지 공헌을, 부르주아를 위해서는 아홉 가지 공헌을 한다고 하는데, 대체 정확히 뭘 두고 부르주아를 위한 공헌이라는 거냐. 애써 자본가의 주머니를 두툼하게 해주고 있다는 점에서는, 우리나 프롤레타리아나 다 똑같아. 자본주의 사회에 사는 것 자체와 등을 돌려야 한다면, 투사들도 다 신선이 돼야겠지. 너 같은 놈을 두고 울트라^{과격파}라고 하는 거다. 소아병[13]이라고. 하나의 프롤레타리아를 위한 공헌, 그걸로 충분해.

. . . .

13_ 유치하고 극단적인 행동을 하는 사람. 당시 레닌의 저서 『공산주의 좌익 소아병』(1920)이 유행하면서 '소아병적 사상'이라는 말이 생겨났다.

그 하나가 숭고한 거지. 그 하나를 위해서 우리는 열심히 살지 않으면 안 돼. 그게 바로 훌륭한 플러스의 생활이다. 죽는 건 멍청한 짓이야. 멍청한 짓이라고."

태어나서 처음으로 산수 교과서를 손에 넣었다. 작고 검은 표지. 아아, 책 속에 나열된 숫자들이 얼마나 아름답게 보이던지. 소년은 잠시 그것을 만지작거리다가, 이윽고 마지막 페이지에 해답이 전부 표기되어 있는 것을 발견했다. 눈살을 찌푸리며 중얼거렸다. "무례하군."

밖은 진눈깨비, 왜 웃고 있나 레닌 동상.

이모가 말했다.
"넌 얼굴이 못생겼으니, 애교라도 제대로 부려라. 넌 몸이 허약하니, 마음이라도 제대로 먹어라. 넌 거짓말을 잘하니, 행실이라도 제대로 갖춰라."

뻔히 알면서도 고백을 강요한다. 이 얼마나 음흉한 형벌인가.

보름달 뜬 밤. 빛나다 부서지고, 넘실대다 무너져, 소용돌이치는, 정신없이 나뒹구는 파도 속에서 서로 떨어지지 않으려 잡았던 손을 괴로운 나머지 애써 뿌리치자 파도는 더 큰 기세로 그녀를 집어삼켰다. 그녀가 큰 소리로 이름을 불렀다. 나의 이름은 아니었다.

나는 산적. 네 놈의 명예를 훔쳐내련다.

"설마 그럴 일은 없겠지, 없겠지만 그래도 말해두겠는데, 내 동상을 세울 때는, 오른발은 반걸음쯤 앞으로, 몸은 약간 뒤로 젖힌 자세로, 왼손은 조끼 속에, 오른손은 쓰다 망친 원고를 움켜쥐게, 그리고 머리는 붙이지 말 것. 아니, 아니, 별 뜻은 없어. 참새 똥이 콧등에 떨어지거나 하는 거, 나는 싫거든. 그리고 받침돌에는 이렇게 새겨줘. 여기 한 남자가 있다. 나서, 죽었다. 평생을, 쓰다 망친 원고를 찢는 데 썼다."

메피스토펠레스[14]는 눈처럼 마구 떨어지는 장미꽃잎에 가슴과 볼과 손바닥이 타들어가다 눈을 감았다고 쓰여 있다.

유치장에서 대엿새를 보내고 난 어느 정오, 발돋움해 창밖을 내다보니, 안뜰에는 이른 봄 햇살이 한가득, 창문 가까이 세 그루의 배나무는 저마다 망울망울 꽃을 틔워, 그 아래 경찰관 이삼십 명이 훈련을 받고 있었다. 그들은 젊은 경찰부장의 호령에 맞춰, 일제히 허리에서 포승을 꺼내기도 하고, 호루라기를 불기도 했다. 나는 그 모습을 내려다보며, 경찰관 한 사람 한 사람의 집에 대해 생각했다.

우리는 산속 온천장에서 무작정 결혼식을 올렸다. 어머니는 연신 큭큭 웃으셨다. 여관 종업원의 머리 모양이 이상해서 웃는 거라고 변명하셨다. 아마도 기쁘셨으리라. 못 배우셨던 어머니는 우리를 화롯불 앞으로 불러내어, 훈계하셨다. 너는 정신이 열여섯 개[15]니께 말이여, 말을

14_ 괴테의 『파우스트』(1부, 1808)에서 파우스트를 유혹해 영혼을 교환하기로 계약하는 악마.
15_ 변덕이 심한 사람을 가리키는 쓰가루 지역 사투리.

꺼내긴 하셨지만, 어느새 자신감을 잃어버리셨는지, 당신보다 더 못 배운 며느리의 얼굴을 들여다보며, 그냐, 안 그냐? 하고 동의를 구하셨다. 어머니의 말씀이, 옳았는데도 말이다.

아내의 교육에, 만 삼 년을 들였다. 교육이 다 된 무렵부터, 그는 죽기로 마음먹었다.

고통 받는 아내여   꽉 막힌 구름   억새풀.

삐일건 연기가, 꾸불꾸불 뱀 맹키롱 하늘로 솟아올라 가코, 번져 브렀다가, 하날거림서 흘렀다가, 다시 꿈틀거림서 또 오살나게 파도 치다가잉, 빙글빙글 소용돌이도 쳐쌌다가, 냅다 불길이, 와아아아 하고 난폭시럽더니, 땅이 울어쌈서 산을 타고 든 거시여. 산은 쪄우 꼭대기까지, 대낮맹키롱 훤해져 브렀어. 화알활 타올라쁘는 호빡 많은 그루의 겨울나무 숲을, 사람 태운 시꺼어먼 말이, 바람맹키로 내달렸당께. (고향 말로.[16])

한마디라도 알려줘! "Nevermore"

하늘이 파랗게 갠 날이면, 어디선가 고양이가 나타나, 안뜰의 애기동

. . . .

16_ 다자이의 고향인 아오모리 쓰가루 지역 사투리를 전라도 방언으로 번역한다. 한편, 이후 등장하는 오사카 지역 사투리는 경상도 방언으로 번역하였다. 쓰가루를 비롯한 도호쿠 지역은 중앙에서 다소 소외된 역사를 지닌 탓에 인구 밀도가 적고 발전이 더디며 사투리가 매우 강하다는 특징이 있다. 다자이가 작품 속에서 쓴 사투리는 일본인들도 이해하기 힘들 정도다.

백 아래서 졸곤 했다. 페르시안 고양이잖아? 서양화를 그리는 친구가 물었다. 버려진 고양이겠지. 내가 대답했다. 고양이는 아무에게도 다가오지 않았다. 어느 날 아침, 반찬으로 정어리를 굽고 있는데, 뜰에서 고양이가 귀찮을 정도로 울어댔다. 나는 툇마루로 나가 야옹, 하고 말을 걸었다. 고양이가 일어나, 조용히 내 쪽으로 걸어왔다. 나는 정어리 꼬리를 던져주었다. 고양이는 언제라도 도망갈 수 있도록 허리를 곤두세우고 먹었다. 가슴이 뭉클했다. 나의 사랑은 이루어졌네. 고양이의 하얀 털을 어루만져주고 싶어, 뜰로 내려섰다. 등허리 털에 손이 닿자마자 고양이는, 내 새끼손가락 한가운데를 뼛속까지 갸르릉 물어뜯었다.

배우가 되고 싶다.

오래전 니혼바시[17]는 길이가 37간 4척 5촌[70m] 정도 되었지만, 지금은 27간밖에 되지 않는다. 그만큼 강폭이 좁아졌다는 말이다. 이렇듯 옛날에는, 강이건 인간이건 지금보다 훨씬 컸다.

이 다리는 아주 먼 옛날 게이초 7년[1602년]에 처음 만들어졌는데, 이후 열 차례 정도 다시 지어져서, 지금 있는 것은 메이지 44년[1911년]에 완공되었다. 다이쇼 12년[1923년] 대지진[18] 때 다리 난간에 장식되어 있던 청동용 날개가 불길에 휩싸여 새빨갛게 타올랐다.

어릴 적 즐겨 하던, 나무로 만든 도카이도 53역 주사위판[19]에는,

17_ 도쿄 긴자와 인접한 곳에 위치한 니혼바시日本橋강의 다리 이름, 혹은 그 일대 지명.
18_ 1923년 9월 1일 발생한 관동대지진. 이 지진으로 도쿄의 대부분이 허물어졌으며 이후 급속한 현대화가 이뤄졌다.
19_ 누가 먼저 에도(옛 도쿄)를 출발해 교토에 도착하는지 겨루는 게임. 도카이도東海道는 도쿄에서 교토를 잇는 도로명.

긴 칼을 든 사무라이들이 출발점 니혼바시의 다리 위를 한가로이 걸어다니는 그림이 그려져 있었다. 원래는 그렇게 번성했던 모양이지만, 지금은 무척 쇠락했다. 어시장이 쓰키지로 옮겨간 이후로는, 이름마저도 빛이 바래어, 이제는 도쿄 명소 그림엽서에서도 사라지고 있다.

올해 12월 말 안개 깊던 어느 밤, 이 다리 부근에 외국인 소녀 하나가 거지 무리에서 홀로 떨어져 나와 오도카니 서 있었다. 꽃을 팔고 있었던 것은 이 소녀였다.

사흘쯤 전부터 땅거미가 내릴 무렵이면, 꽃 한 다발을 들고 전차로 여기까지 와서는, 도쿄시를 상징하는 둥근 문양에 엉겨 붙은 청동 사자상 아래에서 서너 시간을 조용히 서 있다 갔다.

일본 사람들에게는, 불쌍한 외국인은 으레 백인계 러시아인일 거라고 단정 짓는 고약한 습성이 있었다. 지금 이 깊은 안개 속에서 찢어진 장갑을 어떻게 감출까 신경 쓰며 꽃다발을 들고 서 있는 작은 아이를 보면서도, 대다수의 일본 사람들은 오오, 러시아 사람이네, 하고 중얼거리며 대수롭지 않게 지나갈 것이다. 체호프라도 읽은 적이 있는 청년이라면, 아버지는 퇴직 육군 이등대위, 어머니는 거만한 귀족, 이라고 제멋대로 넘겨짚고는 은근히 발걸음을 늦출 것이다. 또, 도스토옙스키를 들여다보기 시작한 학생이라면, 저런, 넬리![20] 하고 소리를 지르며 허둥지둥 외투 깃을 세울는지도 모르겠다. 그렇다고는 해도 단지 그것뿐, 누구도 그 이상 소녀에 대해 깊이 탐색해보려 하지 않았다.

그러나 누군가는 골똘히 생각한다. 왜 니혼바시를 선택한 것일까?

- - - - - - - - - - -
20_ 도스토옙스키의 『가난한 사람들』(1846)에 등장하는 소녀.

이렇게 인적 드문 어두컴컴한 다리 위에서 꽃을 팔려는 게 별로 좋은 생각은 아닐 텐데, ……왜?

이 의문에 간단하긴 하지만 대단히 로맨틱한 해답을 내릴 수 있다. 그것은 그녀의 부모가 가졌던 니혼바시에 대한 환상에서 유래한다. 그들은 일본에서 가장 붐비는 다리가 nihonbashi일 거라고 순진하게 판단했을 것이다.

소녀의 니혼바시 꽃집은 장사랄 것도 없었다. 첫째 날에는 빨간 꽃이 한 송이 팔렸다. 손님은 무용수였다. 그녀는 막 피어나려는 붉은 꽃봉오리를 골랐다.

"피겠지?"

함부로 말을 던졌다.

소녀는 또박또박 대답했다.

"핍nida."[21]

둘째 날에는 술 취한 젊은 신사가 한 송이 샀다. 이 손님은 취해 있었는데, 슬픈 표정을 짓고 있었다.

"뭐든 상관없어."

소녀는 전날 팔다 남은 꽃다발에서 흰 봉오리 하나를 꺼내주었다. 신사는 훔치듯 슬쩍 건네받았다.

매상이라고 할 만한 것은 그게 다였다. 사흘째가 오늘이다. 찬 이슬 속에 한참을 서 있었지만 아무도 거들떠보지 않았다.

다리 맞은편에 있던 남자거지가 목발을 짚고 전찻길을 건너 이쪽으로 다가왔다. 소녀가 꽃을 팔고 있는 곳이 자기 영역이라며 생트집을 잡았

21_ 원문에는 외국인 대화 일부가 가타가나로 표기되어 있는데, 이를 알파벳으로 살려 표기한다.

다. 소녀는 세 번이나 머리 숙여 사과했다. 목발의 거지는 새까만 콧수염을 잘근잘근 씹으며 말했다.

"오늘뿐인 줄 알아."

둔탁한 저음으로 엄포를 놓고는, 다시 안개 속으로 사라졌다.

소녀는 곧 집에 갈 채비를 했다. 꽃다발을 흔들어 보았다. 꽃집에서 버리는 꽃들을 싸게 사 와서 이렇게 판 것이 벌써 사흘째다 보니, 꽃들은 어지간히 시들어 있었다. 소녀가 다발을 흔들 때마다, 지친 듯 풀이 죽어 있던 꽃들이 힘없이 고개를 떨구었다.

그것을 겨드랑이에 살짝 끼우고는, 추운 듯 어깨를 움츠리며 가까운 중화국수집 포장마차로 들어갔다.

사흘 밤 내리 여기서 만둣국을 먹었다. 그곳 주인은 중국에서 온 사람이었는데, 소녀를 남들과 다를 바 없는 손님으로 대해 주었다. 소녀는 그것이 기뻤다.

만두피를 말던 주인이 물었다.

"좀 팔렸습nika?"

소녀가 눈을 동그랗게 뜨고 답했다.

"anio. ……집에 gayo."

이 말이 주인의 가슴을 때렸다. 귀국하는구나. 그렇겠지. 아름답게 벗겨진 머리를 두세 번 가볍게 흔들었다. 자신의 고향을 생각하며 가마솥에서 만두를 떠냈다.

"igo, aniyeyo."

노란 만둣국 사발을 받아 든 소녀가 당황한 듯 말했다.

"genchanayo. chyasyu 만둣국. 제가 사는 겁nida."

주인이 무뚝뚝하게 대답했다.

만둣국은 십 전이었지만, 차슈[22] 만둣국은 이십 전이었다.

소녀는 잠시 머뭇거리더니, 이윽고 작은 사발 하나를 내려놓고, 겨드랑이에 끼워두었던 꽃다발 가운데 제일 큼직한 봉오리 하나를 꽂아두었다. 답례였다.

소녀는 포장마차를 나와 전차 역으로 가면서, 막 시들기 시작한 상태 나쁜 꽃을 세 사람에게 건넨 것을 깊이 후회했다. 난데없이 길 한복판에 쪼그려 앉았다. 가슴에 십자가를 그으며 종잡을 수 없는 말로 기도를 하기 시작했다.

마지막에 일본어 두 마디를 속삭였다.

"꽃이 pigirur. 꽃이 pigirur."

안락한 삶을 살 때는 절망의 시를 짓고, 메마른 삶을 살 때는 생의 기쁨을 쓰고 또 쓴다.

봄이 가까이 왔나?

어차피 죽는다. 꿈결처럼 아스라한 괜찮은 로맨스 한 편을 쓰고 싶다. 남자가 그렇게 생각한 것은, 그의 생애에서 아마도 가장 우울한 시기였던 것 같다. 남자는 이런저런 기억을 떠올리다, 그리스 여성시인 사포[23]에게 금빛화살을 쏘았다. 애절함, 그 매혹적인 향기로 지금도 많은 이들을 취하게 만드는 사포야말로, 가련한 남자의 가슴을 설레게

. . . .

22_ 설탕, 간장, 미림 등으로 맛을 낸 중국식 구운 돼지고기를 얇게 썬 것.

23_ 그리스 여성시인(BC. 610년경~580년경). 사랑에 실패한 뒤 이오니아 해 레우카디아섬 절벽에서 투신자살했다는 설이 전해져오나, 사실여부는 확실치 않다.

만드는 유일한 여성이었다.

남자는 사포에 관한 책을 두어 권 들여다보고는, 다음과 같은 사실을 알게 되었다.

사포는 미인이 아니었다. 살결은 검고, 입은 튀어나와 있었다. 파온이 라는 아름다운 청년에게 죽을 만큼 반했다. 파온에게 시는 아무런 의미도 없었다. 사랑 때문에 벼랑에서 몸을 던지면, 혹 죽지는 못한다 하여도, 그 애타는 가슴속 그리움만은 깨끗이 사라진다는 미신을 굳게 믿고, 레우카디아 절벽에서 성난 파도를 향해 몸을 던졌다.

생활

기분 좋게 일을 마친 후
한 잔의 차를 마신다
차의 거품에
어여쁜 나의 얼굴이
한없이 무수히
비치어 있구나

어떻게든, 된다.

思い出
추억

大宰治

「추억」

1933년 4월부터 6월, 7월까지 동인지 『바다표범海豹』에 연재됐다. 1932년 말, 좌익운동에서 이탈할 것을 맹세한 시기부터 집필에 들어갔다.

❝유년시절 가슴속에 품어두었던 악을 꾸밈없이 써두고 싶었다.❞

다자이는 「추억」에 대한 심경을 훗날 「동경 팔경」에 이렇게 남겼는데, 이 작품에는 어린 시절부터 간직해 왔던 열등감, 가족으로부터의 소외감, 고독, 숙명 등 다자이 문학의 주요 정서가 담겨 있다.

「추억」은 대표작 『인간 실격』의 전반부가 그렇듯 유년시절 자신의 자아를 철저히 분석하고 있는데, 『인간 실격』이 이를 자학적으로 과장시킴으로써 생의 본질을 드러내려 한 반면, 「추억」은 구김살 없이 평온하게 이어지는 솔직하고 소박한 자화상이라는 평가(오쿠노 다케오)를 받고 있다.

1장

해 질 녘 이모[1]와 함께 나란히 대문 앞에 섰다. 이모는 아이를 업고 있는지 포대기를 두르고 있었다. 그때 어스름한 길가의 정적을, 나는 잊지 않고 있다. 이모는 나라님이 돌아가셨다, 라고 알려주더니, 살아 있는 신, 하고 덧붙였다. 살아 있는 신. 나도 흥미롭게 중얼거렸던 것 같다. 그러고 나서 내가 뭔가 무례한 말을 한 모양이었다. 그런 말 하면 못 써, 돌아가셨다고 해야지. 이모가 나를 나무랐다. 어디로 돌아가셨을까? 알면서도 일부러 그렇게 물어 이모를 웃게 만든 것을 기억하고 있다.

내가 태어난 게 메이지 42년[1909년] 여름이었으니, 천황이 죽은 것은 내가 네 살이 넘어서였다.[2] 아마도 그즈음이었을까. 나는 이모와 둘이서 우리 마을에서 20리[3]쯤 떨어진 어느 친척집에 갔는데, 그때 보았던

. . . .
1_ 다자이의 어머니 다네의 여동생 기에. 다자이의 숙부와 결혼해 숙모이기도 하다. 병약했던 언니를 대신해 어린 다자이를 돌봤다. 원문은 숙모, 고모, 이모를 통칭하는 오바叔母.
2_ 1912년에 메이지천황이 죽고 다이쇼천황이 즉위하면서, 다이쇼시대가 시작된다.

폭포를 잊지 못한다. 폭포는 그 마을 인근 숲속에 있었다. 푸른 이끼가 낀 절벽에서 널따란 폭포가 하얗게 떨어져 내리고 있었다. 나는 모르는 남자의 목마를 타고 그것을 바라보았다. 그 남자가 근처 신사에서 에마[4]를 구경시켜 주었는데, 어쩐지 쓸쓸해져서 어무이, 어무이, 하고 울음을 터트렸다. 그때 나는 이모를 어무이라고 불렀다. 이모는 저쪽에 움푹 파인 곳에서 친척들과 함께 융단을 깔고 수다를 떨다가, 내 울음소리를 듣고는 황급히 일어섰다. 그 바람에 융단이 발목에 걸려 큰절이라도 하듯 몸이 휘청거렸다. 사람들이 그걸 보고 취했네, 취했어, 하며 이모를 놀려댔다. 멀리서 내려다보고 있던 나는 너무 분해서 더 큰 소리로 울어 젖혔다. 어느 날 밤에는 이모가 나를 버리고 집을 나가는 꿈을 꾸기도 했다. 이모의 가슴이 현관 쪽문에 꼭 끼었다. 붉게 불거진 가슴에서 굵은 땀방울이 뚝뚝 떨어졌다. 네가 싫어졌다. 이모가 사납게 말했다. 그라지 마요잉. 나는 이모의 젖가슴에 볼을 갖다 대며 울음을 터뜨렸다. 이모가 나를 흔들어 깨웠을 땐, 바닥 한가운데서 이모의 가슴에 얼굴을 파묻고 울고 있었다. 눈을 떠서도 너무 슬퍼 한참을 훌쩍거렸다. 하지만 그 꿈 이야기는, 이모에게도 누구에게도 하지 않았다.

　이모에 관한 추억은 여러 가지가 있지만, 그즈음 어머니 아버지에 대한 기억은 이상하리만치 하나도 남아 있지 않다. 증조할머니, 할머니, 아버지, 어머니, 형 셋, 누나 넷, 남동생 하나, 거기에 이모와 이모의 딸이 넷이나 되는 대가족이었을 터인데, 이모를 뺀 나머지 사람들에 대해서는 대여섯 살이 될 때까지 거의 모르고 있었다. 넓은 뒤뜰에

3_ 원문은 2리里. 일본의 1리는 약 4㎞로, 한국의 1리가 400m인 것에 비해 10배 길다. 이후 리 단위는 한국식으로 통일한다.

4_ 繪馬. 신사에 소원을 적어 놓는 나무판. 말 대신 말 모양의 그림을 바쳤다는 데서 유래한다.

크고 오래된 사과나무가 대여섯 그루 자라 있어서, 찌뿌드드하게 흐린 날이면 그 나무에 여자아이들 몇 명이 올라가 있던 풍경이나, 비오는 날이면 뒤뜰 구석에 있는 국화 밭에서 여자아이들과 함께 우산을 쓰고 활짝 피어난 국화꽃을 들여다보던 것을, 어렴풋이 기억할 뿐이다. 여자아이들은 내 누이나 사촌들이었을지도 모른다.

예닐곱 살이 되면 기억은 좀 더 뚜렷해진다. 다케라는 하녀에게 책 읽는 법을 배워서는 둘이서 이런저런 책을 함께 읽었다. 다케는 나를 가르치는 일에 푹 빠져 있었다. 나는 허약했기 때문에 이불 위를 뒹굴며 많은 책을 읽었다. 읽을 책이 없어지면 다케는 마을 일요학교[5]에서 부지런히 동화책을 빌려 왔다. 나는 소리 내지 않고 책 읽는 법을 배웠기 때문에 아무리 읽어도 지치지 않았다. 다케는 나에게 도덕도 가르쳤다. 가끔은 절에 데리고 가서 지옥극락의 그림을 보여주었다. 불을 낸 사람은 시뻘건 불길이 활활 타오르는 바구니를 등에 짊어지고 있었고, 부인을 두고 바람을 피운 사람은 머리가 둘 달린 푸른 뱀에게 몸이 칭칭 감겨 처량한 표정을 짓고 있었다. 피의 연못, 바늘 산, 희뿌연 연기가 자욱하게 낀 무간나락[6]이라는 구덩이. 거기서 창백하게 비쩍 마른 사람들이 조그만 입을 벌리고 절규하고 있었다. 거짓말 하면 이렇게 귀신에게 잡혀가 혀가 뽑힌단다. 그 말을 들었을 때는 너무 무서워 울음을 터뜨렸다.

절 뒤편 비탈진 곳에는 묘지가 있었는데, 황매화나무인지 뭔지로

• • • • • • • • • • • •
5_ 가나기에 위치한 난다이 절南台寺에서 열리던 어린이 학교. 이 절은 쓰시마 가문의 위패가 안치된 곳이기도 하다.
6_ 불교에서 말하는 8대 지옥 가운데 하나. 아버지를 죽이는 등 최악의 죄를 저지른 죄인들이 떨어지는 곳. 고교시절 다자이는 이 제목으로 악덕지주였던 아버지를 고발하는 내용의 소설을 쓰기도 했다.

만든 울타리를 따라 소토바[7]가 숲을 이루고 있었다. 소토바 중에는 보름달처럼 생긴 검은 금속 바퀴가 달린 것이 있었는데, 다케 말로는, 이걸 달그락달그락 굴렸다가 그대로 서서히 멈추면 그 사람은 극락에 가고, 일단 멈춰선 다음 다시 달그락거리며 거꾸로 굴러가면 지옥에 떨어진다고 했다. 다케가 굴리면 기분 좋은 소리를 내며 돌아가다가 조용히 멈춰 섰지만, 내가 굴리면 다시 거꾸로 돌아가는 일이 종종 있었다. 가을 즈음이었던 것으로 기억하는데, 혼자 절 안으로 들어가서 거기 있는 금속바퀴를 다 굴려보았다. 어느 것을 굴려보아도 약속이나 한 듯 하나같이 달그락거리며 거꾸로 돌아갔다. 나는 울화통이 터졌지만, 수십 번이나 집요하게 돌리고 또 돌렸다. 해가 저물어서 하는 수 없이 풀이 죽어 무덤가를 떠났다.

그 무렵 부모님은 도쿄에 살고 계셨던 것 같은데, 어느 날 나도 이모를 따라 상경했다. 꽤 오래 도쿄에 살았다고 하는데, 거의 기억나지 않는다. 가끔 도쿄 별채를 찾아오시던 할머니 한 분 정도를 기억할 뿐이다. 나는 이 할머니가 죽도록 싫어서 할머니가 오실 때마다 울어댔다. 할머니는 나에게 빨간 우체국 자동차 장난감 하나를 사주셨지만 조금도 재밌지 않았다.

이윽고 고향에 있는 소학교에 입학했는데, 이때부터 추억도 완전히 바뀐다. 다케는 언제부터인가 사라지고 없었다. 어느 어촌으로 시집을 갔다는데, 내가 그 뒤를 따라갈지도 모른다는 염려 때문인지, 나에게는 한마디도 하지 않고 갑자기 사라져버렸다. 이듬해 추석, 다케가 우리 집에 놀러 왔는데 어쩐지 서먹서먹했다. 나에게 학교 성적에 대해 물었

· · · · · · · · · · ·
7_ 불경이나 산스크리트어 등 기도 문구를 써서 무덤 뒤에 세워두는 가늘고 긴 나무판자.

다. 나는 대답하지 않았다. 누군가 다른 사람이 대신 알려준 모양이었다. 방심은 금물잉게. 다케는 그렇게 한마디 했을 뿐 별달리 칭찬도 해주지 않았다.

그즈음 이모와도 헤어지지 않으면 안 될 사정이 생겼다. 이모의 둘째 딸은 시집가고, 셋째 딸은 죽고, 큰딸 데릴사위로 치과의사를 얻었다. 이모는 큰딸부부와 막내딸을 데리고, 멀리 떨어진 마을로 분가를 했다. 나도 따라갔다. 겨울이었는데, 내가 이모와 함께 썰매 구석에 웅크리고 앉아 있자, 내 바로 위의 형이 사위, 사위, 하고 나를 놀려대며 썰매 덮개 위로 내 엉덩이를 쿡쿡 찔렀다. 나는 이를 악물고 굴욕을 견뎌냈다. 나는 이모의 양자가 됐다고 생각했지만, 학교에 다니게 되면 서부터 다시 집으로 돌아와야 했다.

학교에 들어가고 나서부터 나는, 더 이상 아이가 아니었다. 뒤뜰 빈터에는 각종 잡초가 울창하게 우거져 있었는데, 화창하게 갠 어느 여름날, 그 풀밭 위에서 남동생의 보모에게 숨 막히는 무언가를 배우게 되었다. 나는 여덟 살 정도였고, 보모도 열너덧을 넘지는 않았을 거라고 생각한다. 클로버 잎을 우리 고향에서는 '보쿠사'라고 불렀는데, 보모는 내 세 살 아래 남동생에게, 네 잎 달린 보쿠사를 찾아오렴, 하면서 내쫓고는, 풀밭에서 나를 안고 데굴데굴 뒹굴었다. 그 뒤로도 우리는 창고 안이나 벽장 속으로 숨어 다니며 놀았다. 남동생이 늘 거치적거렸다. 벽장 밖에 홀로 남겨진 동생이 훌쩍훌쩍 우는 통에, 바로 위의 형에게 들킨 적도 있었다. 형이 동생의 고자질을 듣고는 벽장문을 열었다. 벽장 안에 동전을 떨어뜨렸어. 보모는 태연하게 말했다.

거짓말이라면 나도 좀 할 줄 알았다. 소학교 2학년인가 3학년 즈음, 히나 축제[8] 때의 일이었다. 학교 선생님께는 집에서 오늘 히나 인형을 장식해야 하니까 빨리 오래요, 라고 거짓말을 한 뒤, 수업을 한 시간도 안 듣고 집에 돌아와서 식구들에게는, 삼짇날⁹이라 오늘은 학교를 쉰대요, 라고 하면서 상자에서 히나 인형 꺼내는 걸 건성으로 도운 적도 있었다.

나는 또 작은 새의 알을 사랑했다. 참새 알은 창고 지붕의 기와를 벗겨내기만 하면 얼마든지 손에 넣을 수 있었지만, 찌르레기 알이나 까마귀 알 같은 것은 없었다. 학교 친구들에게서 타오르는 녹색 알이나, 여기저기 신기한 점이 박힌 알을 건네받고, 대신 우리 집 창고에 있는 책을, 다섯 권이고 열 권이고 챙겨가서 나누어주었다. 모은 알들은 천에 잘 싸서 책상서랍 가득 넣어두었다. 내 바로 위의 형이 나의 이런 비밀스런 거래를 눈치챘는지 어느 날 밤에는 나한테 와서, 서양 동화집과 또 한 권은 무슨 책인지 잊어버렸지만, 그 두 권을 빌려 달라고 했다. 나는 형의 심술이 얄미웠다. 책은 이미 두 권 다 새 알에 투자해버리고 없었다. 형은 내가 없다고 하면 곧 책의 행방을 추궁해올 터였다. 분명 있을 테니 찾아볼게. 그렇게 말하고는 내 방은 물론 온 집안에 램프를 켜놓고 책을 찾아다니는 시늉을 했다. 형은 내 뒤를 바싹 따라 걸으며, 없지? 하고 웃었다. 있어! 나는 완강하게 버텼다. 부엌 찬장 위에까지 기어 올라갔다. 형은 결국, 됐다, 됐어, 라고 말했다.

학교에 써낸 작문도 모조리 엉터리였다. 나는 나 자신을 신통하고 훌륭한 소년으로 꾸며내려고 애썼다. 그러면 언제나 갈채를 받았다. 표절도 했다. 선생님들이 걸작이라며 요란하게 치켜세웠던 「남동생의

<hr>

8_ 3월 3일. 딸아이의 건강을 비는 축제. 집안에 제단을 마련해놓고 전통인형을 장식한다.
9_ 3월 3일. 신에게 제사를 지내는 제삿날. 매년 축제를 벌였으나, 1873년 폐지되었다.

그림자놀이」는 어느 소년잡지에서 1등에 당선된 것을 몰래 베껴 쓴 것이었다. 선생님은 나에게 그것을 붓으로 깨끗하게 다시 쓰게 해서는, 전람회에 출품하셨다. 나중에 책을 좋아하는 어떤 녀석에게 그걸 들켜버려서, 나는 놈이 죽기를 빌었다. 그때 쓴 「가을밤」이라는 작문도 모든 선생님들에게 칭찬을 받았다. 공부를 하다가 머리가 아파서 툇마루로 나와 안뜰을 내다보니, 달빛 아름다운 밤, 연못 가득 잉어와 금붕어가 노닐고 있고, 뜰의 조용한 풍경을 골똘히 바라보고 있자니, 옆방에서 어머니와 사람들의 웃는 소리가 까르르 들려와서, 문득 정신을 차려보니 두통이 다 나아 있었다, 라는 짧은 이야기였다. 여기에 진실이라곤 단 한 줄도 없다. 뜰에 대한 묘사는 누나들의 작문노트에서 베껴낸 것이었고, 우선 나는 머리가 아플 정도로 열심히 공부를 한 기억 같은 건 애당초 없었다. 학교가 싫었고, 그러니 교과서 따위를 쳐다보지도 않았다. 재미있는 이야기책만 읽었다. 우리 집 사람들은 내가 책만 읽고 있으면 공부하는 줄 알았다.

　하지만 작문에 진실을 적어내면, 언제나 좋지 못한 결과가 나왔다. 아버지 어머니가 나를 사랑해주지 않는다는 불평을 썼을 때는 교무실로 불려가 혼이 났다. '만약 전쟁이 일어난다면?'이란 주제가 주어졌을 때는 이렇게 썼다. 지진 천둥 큰불 아버지,[10] 그보다 더 무서운 전쟁이 일어난다면, 일단 깊은 산속으로 도망치고 볼 일, 도망가면서 선생님한 테도 같이 가자고 해야지, 선생님도 인간, 나도 인간, 두려움의 무게는 똑같으니까. 이때는 교장선생님과 교감선생님, 두 분이 같이 나를 심문했다. 무슨 마음으로 이런 글을 썼느냐, 하고 묻기에 반쯤 장난으로

. . . .
10_ 세상에서 가장 무서운 것을 순서대로 나열한 말. 큰 두려움을 나타낼 때 쓰는 관용어구.

썼다고 대충 둘러댔다. 교감선생님은 수첩에 '호기심'이라고 써 넣었다. 그러고 나서 교감선생님과 내가 약간의 논쟁을 벌였다. 선생님도 인간, 나도 인간, 이렇게 썼는데, 인간이라면 다 같은 인간이라고 생각하느냐? 그가 물었다. 그렇게 생각한다. 내가 우물쭈물 대답했다. 나는 대체로 입이 무거운 편이었다. 그렇다면 이쪽 교장선생님과 나는 같은 인간이면서 왜 봉급이 다르겠느냐? 그가 다시 물었다. 나는 잠시 생각했다. 하는 일이 다르기 때문이 아니겠습니까. 내가 답했다. 갸름한 얼굴에 은테 안경을 낀 교감선생님은 그 대답을 즉시 수첩에 적었다. 나는 예전부터 이 선생님에게 좋은 감정을 가지고 있었다. 그러더니 그는 다시 나에게 이런 질문을 했다. 네 아버지와 우리도 같은 인간이냐? 나는 말문이 막혀 아무 말도 하지 못했다.

아버지는 무척 바쁜 분이어서, 집에 계시는 일이 거의 없었다. 집에 있다고 해도 아이들과 함께 있지는 않았다. 나는 아버지를 두려워했다. 아버지의 만년필이 갖고 싶었지만 차마 말을 꺼내지 못하고, 혼자서 이리저리 고민을 했다. 어느 날 밤, 마룻바닥에서 눈을 감고 잠꼬대를 하는 척하면서 만년필, 만년필, 하고 옆방에서 손님과 말씀 중인 아버지께 나지막이 말을 건넸다. 물론 그것은 아버지의 귀에도, 마음에도, 들어가지 않았다. 어느 날은 나와 남동생이 쌀가마니가 가득한 곡식창고에 들어가 재미있게 놀고 있는데, 아버지가 입구에 서서는 이놈의 자식, 썩 나오너라! 하고 혼을 내셨다. 아버지는 등 뒤에서 빛을 받고 있었기 때문에, 그 커다란 몸체가 온통 시커멓게 보였다. 그때를 생각하면 지금도 등골이 오싹해진다.

어머니와도 별로 친하지 않았다. 유모의 젖으로 커서, 이모의 품에서 자란 나는, 소학교 2, 3학년 때까지만 해도 누가 내 어머니인지 잘 몰랐다. 하인들이 나에게 진짜 어머니가 누구인지 알려줬을 정도였다. 어느 날 밤, 옆에서 주무시던 어머니가 내 이불이 움직이는 것을 이상하게 여겨, 무엇을 하느냐고 물으셨다. 나는 당황하여 말했다. 허리가 아파서 안마를 하고 있어요. 어머니는, 그렇다면 주무르는 게 나아, 그렇게 두드리기만 해서 되겠느냐? 라며 졸린 듯 말했다. 나는 아무 말 없이 한동안 허리를 문질렀다. 어머니에 대한 기억은 쓸쓸한 것이 많다. 내가 장롱 속에서 형 양복을 꺼내 입고는, 뒤뜰 화단 한복판을 이리저리 걸어 다니며, 즉흥적으로 작곡한 애달픈 노래를 흥얼거리다 눈가에 그렁그렁 눈물이 맺혔을 때였다. 나는 그 차림으로 우리 집 서생과 놀고 싶어져서, 하녀에게 그를 불러오라고 했지만, 서생은 좀처럼 나타나지 않았다. 나는 뒤뜰 대나무 울타리를 딸깍딸깍 치면서 그를 기다리다가, 더 이상 참지 못하고 두 손을 바지 주머니 속에 찔러 넣은 채 울기 시작했다. 내가 우는 것을 본 어머니는, 내가 입고 있던 양복을 벗겨내서는, 엉덩이를 찰싹찰싹 때리셨다. 나는 몸이 잘려나갈 듯 부끄러웠다.

나는 어려서부터 옷에 관심이 많았다. 셔츠 손목에 단추가 떨어지는 건 있을 수도 없는 일이었다. 흰 플란넬 셔츠를 좋아했다. 속옷의 옷깃도 하얘야 했다. 목덜미에 하얀 속옷 깃이 기모노 옷깃의 딱 10분의 1이나 2 정도만 보이도록 신경을 썼다. 한가윗날 밤이면 마을 학생들이 모두 제대로 옷을 갖춰 입고 학교에 왔는데, 나도 매년 그날이면 갈색 굵은 줄무늬의 플란넬 기모노를 입고, 학교의 좁은 복도를 여자아이처럼 나긋나긋하게 잔걸음쳐 달려보기도 했다. 나는 내가 그렇게 멋을 낸다는 것을 사람들에게 들키지 않도록 조심했다. 우리 집 사람들은 내 얼굴이 형제들 중에서 제일 못생겼다고 했는데, 그런 못생긴 남자가 이렇게 멋을 낸다는 사실이 알려지면 다들 비웃을 게 틀림없었다. 나는 일부러

옷에 무관심한 척 행동했고, 그건 어느 정도 성공을 거두었다. 사람들 눈에는 분명 내가 둔하고 촌스럽게 보였을 것이다. 내가 형제들과 밥상 앞에 앉아 있을 때면, 할머니나 어머니는 내 얼굴색이 안 좋다고 꾸중을 하셨는데, 나는 그게 너무 분했다. 나는 내가 썩 괜찮은 남자라고 생각하고 있었기 때문에, 하녀들 방에 가서는 우리 형제들 가운데 누가 제일 괜찮은 남자냐고 물어보기도 했다. 하녀들은 큰형이 최고고, 그 다음이 오사무 짱이라고 했다. 나는 좋아서 얼굴이 빨개졌지만, 그래도 조금 불만이었다. 큰형보다도 내가 더 근사한 남자라고 해주길 바랐다.

얼굴뿐만 아니라 손재주가 없다는 점에서도, 할머니는 나를 마음에 들어 하지 않으셨다. 젓가락질을 잘 못한다고 식사 때마다 주의를 받았고, 인사할 때마다 엉덩이가 올라가서 보기 싫다고도 했다. 할머니는 나를 똑바로 앉혀놓고, 몇 번이고 다시 인사를 시켰지만, 아무리 해도 잘했다고 해주지 않으셨다.

할머니도 나에게는 껄끄러운 상대였다. 마을에 가설극장 무대가 설치된 기념으로 도쿄에서 가부키 극단 자쿠사부로가 왔는데, 나는 하루도 빠짐없이 구경을 갔다. 그 가설극장은 우리 아버지가 지은 것이었기 때문에, 언제든지 공짜로 좋은 자리에 앉을 수 있었다. 하교하자마자 부드러운 옷으로 갈아입고, 끝에 작은 연필이 달린 얇은 은줄을 허리춤에 늘어뜨린 채 극장으로 달려갔다. 태어나서 처음 보는 가부키를 본 나는 적잖이 흥분해서, 교겐[11]을 보는 내내 몇 번이나 눈물을 흘렸다. 공연이 끝나고 나면, 동생과 사촌들을 모아 극단을 만들고 직접 연극을 했다. 나는 예전부터 이렇게 여럿이 일을 벌이는 걸 좋아해서, 하인들을 모아놓

. . . .
11_ 狂言. 가부키 공연 막간에 상연하는 우스개 공연. 짤막한 희극.

고 옛날이야기를 들려주거나 슬라이드 필름이나 활동사진 같은 것을 보여주기도 했다. 그럴 때면 늘 <야마나카 시카노스케>,[12] <비둘기 집>,[13] <갓뽀레>[14] 순으로 교겐을 했다. 야마나카 시카노스케가 계곡 절벽의 어느 찻집에서 하야카와 아유노스케라는 부하를 얻는 대목을 소년잡지에서 발췌해서 각색하기도 했다. 소인은 야마나카 시카노스케라고 합니다만, ……이라는 긴 대사를 가부키의 7·5조로 고치기 위해 무척이나 고심했다. 「비둘기 집」은 몇 번을 읽어도 그때마다 눈물을 흘리게 되는 장편소설로, 그중에서도 특히 애달픈 장면을 골라 2막짜리 교겐을 만들었다. <갓뽀레>는 자쿠사부로 극단의 무대에서도 마지막에 단원들이 모두 나와 항상 추는 춤이었기 때문에, 나도 그렇게 하기로 했다. 대엿새가량 연습하고, 마침내 무대에 서게 된 날, 서재 앞 너른 복도에 무대를 마련하고, 작은 장막도 만들었다. 낮부터 바쁘게 준비하고 있었는데, 마침 그 앞을 지나가던 할머니가 장막에서 튀어나온 바늘침에 턱이 긁히고 말았다. 이 바늘로 날 찔러 죽일 셈이냐! 다리 밑 거지흉내 따위는 그만둬! 할머니는 고래고래 고함을 지르며, 저주를 퍼부었다. 그래도 그날 밤 하인들을 열 명쯤 모아놓고 연극을 했는데, 할머니 말씀이 자꾸 생각나서 마음이 무거웠다. 나는 야마나카 시카노스케 역이나 <비둘기 집> 소년 역을 맡거나, 갓뽀레도 추었지만, 조금도 신이 나지 않았다. 나중엔 견딜 수 없이 쓸쓸해지기까지 했다. 그 후로도

....

12_ 전국시대 산인지방(지금의 도토리현) 장수로, 멸망하는 영주를 위해 끝까지 충성을 다한 인물. 고난을 이겨낸 장수의 노래로 후대에 알려졌으며, 사무라이 정신을 강조하던 메이지시대에 더욱 부각되었다. '내게 더 큰 시련七難八苦을 달라'고 달에게 빈 대사로 유명하다.
13_ 원작은 당시 청소년 소설의 일인자로 불리던 아오모리 출신 작가 사토 고로쿠(1874~1949)의 1915년 작. 아오모리의 세 소년이 도쿄에서 살아가며 성장하는 우정과 가족애를 다룬 이야기.
14_ 흰옷에 검은 허리띠, 누런 모자에 붉은 짚신 차림을 한 거지의 우스꽝스러운 춤과 노래.

가끔씩 집에서 <소도둑>[15]이나 <접시저택>,[16] <슌도쿠마루>[17] 같은 무대를 선보였는데, 그때마다 할머니는 못마땅하다는 듯 우리를 흘겨보셨다.

할머니를 그리 좋아하지는 않았지만, 잠이 들지 못하는 밤에는 할머니를 감사하게 생각하기도 했다. 나는 소학교 3, 4학년 시절부터 불면증에 시달려, 새벽 두세 시에도 잠을 이루지 못하고, 걸핏하면 이부자리 속에서 울음을 터뜨렸다. 자기 전에 설탕을 먹으면 좋다거나, 시계의 째깍째깍 하는 소리를 세라거나, 물로 발을 차갑게 하라거나, 자귀나무[18] 잎을 베개 밑에 두고 자라는 등 식구들이 온갖 잠들기 위한 방법을 알려주었지만, 그다지 효과가 없었다. 나는 걱정이 많은 편이라, 별의별 일에 끊임없이 마음을 썼기 때문에, 한층 더 잠들기가 어려웠다. 아버지의 코안경을 몰래 만지작거리다가, 똑 하고 안경알을 깨어먹었을 때는, 며칠 밤을 잠들지 못했다. 한 집 건너 구멍가게에는 책이 몇 권 있었는데, 어느 날은 거기 여성잡지에 실린 그림을 보다가, 노란 인어 수채화가 너무 탐이 나서 몰래 찢어냈다. 그때 그 집 젊은 주인이, 오사코, 오사코, 하고 야단을 쳐서, 잡지를 가게 바닥에 요란하게 내던지고는 집으로 달아났다. 그런 실수를 저지르고 나면, 예외 없이 극심한 걱정에 사로잡혀 잠을 이루지 못했다. 나는 또 이부자리 속에서 이유도 없이 화재의 공포에 떨었다. 이 집이 다 타버리면 어떻게 하지? 싶으면 잠이 문제가

15_ 궁궐의 소를 훔친 자를 고발하면 원하는 것은 무엇이든 들어준다는 방을 본 소도둑의 아들이, 자신의 아버지를 고발한 뒤 아버지의 목숨을 살려달라고 고하여 용서를 받는다.
16_ 하녀가 접시를 깬 죄로 우물에 던져진 후 여자의 접시 세는 소리가 들려온다는 괴담.
17_ 누명을 쓰고 집에서 쫓겨난 슌도쿠마루가 거리를 유랑하다 맹인이 된다는 이야기.
18_ 일본어로 네무노키眠の木(잠드는 나무). 잎이 아침에 피고 밤에 오므라든다는 데서 붙여진 이름.

아니었다.

어느 날 밤, 잠자리에 들기 전 화장실에 갔는데, 화장실과 복도 사이에 장부를 정리하는 컴컴한 방에서 서생이 혼자 영사기를 비춰 보고 있었다. 백곰이 얼음 절벽에서 바다로 뛰어드는 모습이 장지문 앞에 성냥갑만한 크기로 깜박거렸다. 그 모습을 살짝 들여다본 나는, 서생의 쓸쓸한 모습이 가여워 마음이 아프면서도, 그 슬라이드를 생각하면 이부자리에 누워서도 가슴이 콩닥콩닥 뛰었다. 서생의 처지도 처지였지만, 영사기의 필름이 발화해서 큰 불이 나면 어쩌나 하는 게 너무 걱정이 돼서, 그날 밤은 아침이 다가올 때까지도 잠을 이룰 수가 없었다. 할머니를 고맙게 생각하는 것은 그런 밤이었다.

우선 저녁 여덟 시경 하녀들이 나를 재워주러 오는데, 내가 잘 때까지 하녀도 내 옆에 누워 있어야 했다. 나는 하녀들이 가엾다는 생각이 들어, 눕자마자 자는 시늉을 했다. 살그머니 방을 나가는 하녀를 보면서, 마음속으로 잠들 수 있게 해달라고 간절히 빌었다. 열 시쯤까지 이불 속에서 이리저리 뒤척거리다 훌쩍훌쩍 울면서 일어났다. 그 시각이면 식구들은 모두 잠들어 있었고, 할머니만 깨어 있었다. 할머니는 부엌에 있는 커다란 이로리[19]를 사이에 두고 문지기 할아버지와 이야기를 나누고 있었다. 나는 두꺼운 솜옷을 걸친 채, 그 사이에 끼어 뚱하게 이야기를 들었다. 언제나 사람들 소문에 관한 것이었다. 어느 가을 밤, 두 분의 속닥속닥 하는 소리에 귀를 기울이고 있으려니, 멀리서 벌레 내몰기 축제[20]의 북소리가 둥둥 들려왔다. 그걸 듣고는 아아, 아직 깨어 있는 사람이 많이 있구나, 하고 든든해했던 것만은 잊지 않고 있다.

· · · · · · · · · · ·

19_ 방바닥 일부를 네모나게 잘라내고, 그곳에 재를 깔아 불을 피우는 장치.
20_ 농작물의 해충을 쫓는 제사로, 북을 울리며 마을 밖까지 벌레 모양의 인형을 몰아낸다.

소리, 하니 생각나는 것이 있다. 그즈음 큰형은 도쿄에 있는 대학에 다니고 있었는데, 여름방학이면 음악이나 문학 같은 세련된 취미를 배워 와서 시골마을에 퍼뜨렸다. 큰형은 연극공부를 하고 있었는데, 어느 지역잡지에 발표한 「쟁탈」이라는 단막극은 마을 젊은이들에게 평이 좋았다. 형은 그것을 완성한 뒤, 동생들에게도 읽어주었다. 다들 잘 모르겠네, 어려워, 하며 듣고 있었지만, 나는 알아들었다. 막이 끝날 즈음, 어두운 밤이로구나, 라는 대사 한마디에 숨겨진 시詩마저 이해했다. 내 생각에는 「쟁탈」보다는 「엉겅퀴」라는 제목이 더 어울릴 것 같아서, 나중에 형이 쓰다만 원고지 구석에 조그맣게 내 의견을 써 넣었다. 형은 그걸 봤는지 어쨌는지, 제목을 바꾸지 않고 그대로 발표해버렸다. 레코드도 꽤 모았다. 아버지는 집에 무슨 잔치가 열리면 기어코 멀리 큰 마을에서 게이샤를 불러 왔다. 대여섯 살 즈음부터 그런 게이샤들에게 안겨 있던 기억도 있었고, <옛날 옛날 아주 먼 옛날>이나 <그것은 기노쿠니에서 온 밀감배> 같은 노래나 춤도 알고 있었다. 그러다 보니 형이 가지고 있는 레코드 중에도 서양음악보다도 동양음악이 더 친숙했다. 어느 날 밤, 형 방에서 은은하게 노랫소리가 흘러나오기에, 베개에서 고개를 들고 가만히 귀를 기울였다. 이튿날 아침 일찍 형 방으로 가서, 이리저리 닥치는 대로 레코드를 걸어 보았다. 그러다가 드디어 찾아냈다. 지난밤 나를 잠 못 들게 한 레코드는 <란초>[21]였다.

그래도 나는 큰형보다 둘째 형과 더 친했다. 둘째 형은 도쿄의 상업학교를 우등으로 졸업하고, 우리 집 은행에서 일하고 있었다. 둘째 형도

· · · · · · · · · · ·

21_ 술자리 여흥을 돋우는 직업을 가진 란초蘭蝶와 그의 아내 오미야, 창녀 고노이토의 삼각관계를 다룬 샤미센 반주의 이야기 곡(신나이부시). 두 여자 사이에서 고뇌하던 란초는 끝내 고노이토 와 함께 동반 자살한다.

역시 가족들에게 찬밥신세였다. 제일 몹쓸 녀석은 나고, 그 다음으로 몹쓸 녀석은 둘째 형이라고, 어머니나 할머니가 말씀하시는 것을 들은 적이 있는데, 둘째 형이 인기가 없는 것도 그 생김새 때문인 듯했다. 다른 건 안 바라는데, 그저 좀 남자답게만 생겼으면 좋겠다, 그렇지 않냐, 오사무? 반쯤 나를 놀리며 입버릇처럼 중얼거리던 둘째 형의 얼굴도 기억난다. 하지만 둘째 형의 얼굴이 별로라고 생각해본 적은 진심으로 한 번도 없었다. 머리도 형제들 가운데 제일 좋은 편이었다. 둘째 형은 매일같이 술을 마시고 와서는 할머니와 말다툼을 했다. 그때마다 나는 남몰래 할머니를 미워했다.

막내 형하고는 사이가 좋지 않았다. 막내 형은 나의 여러 가지 비밀을 알고 있어서, 늘 대하기가 거북했다. 게다가 서로 닮은 막내 형과 남동생이 사람들에게 잘생겼다는 칭찬을 듣고 있었고, 나는 이 둘 사이에서 아래위로 압박당하는 기분이 들어 숨이 막혔다. 이 형이 도쿄에 있는 중학교에 들어가고 나서야 겨우 안심할 수 있었다. 막둥이인 데다 착하게 생긴 남동생은, 부모님 사랑을 독차지했다. 나는 그게 또 못 견디게 질투가 나서, 가끔 동생을 흠씬 때려주고는 어머니에게 된통 혼나고 어머니를 원망했다. 내가 열 살인가 열한 살 되던 해였던 것 같다. 동생이 내 셔츠와 속옷 기운 부위에 참깨를 흩뿌린 것처럼 이가 꼬인 것을 힐끗 보고 웃기에, 나는 문자 그대로 동생을 흠씬 두들겨 팼다. 그래도 역시나 동생이 걱정되어 녀석의 머리에 생긴 혹에 후카인이라는 약을 발라주었다.

그런 나도 누나들에게는 귀여움을 받았다. 큰누나는 죽고, 그 다음 누나는 시집가고, 남은 누나 둘은 저마다 다른 마을의 여학교에 다니고 있었다. 우리 마을에는 열차가 없었기 때문에, 30리가량 떨어진 기차가 있는 마을까지 가려면, 여름에는 마차, 겨울에는 썰매, 봄눈이 녹을 때나 가을에 진눈깨비가 내릴 때는 걷는 것 말고는 별 도리가 없었다. 누나들은 썰매를 타면 멀미를 했기 때문에, 겨울방학 때도 걸어서 집에 왔다. 나는 그때마다 마을 어귀 목재를 쌓아둔 곳까지 누나들을 마중 나갔다. 해가 지고 한참이 지났지만 쌓인 눈에서 뿜어져 나오는 빛으로 길이 환했다. 마침내 인근 숲의 어둠 속에서 누나들의 초롱이 반짝반짝 나타나면, 나는 어이, 하고 소리를 지르며 두 손을 흔들었다.

윗누이의 학교는 작은누이의 학교보다 더 조그마한 마을에 있었기 때문에, 선물도 윗누이 것이 작은누이 것에 비해 늘 빈약했다. 언젠가 윗누이가 얼굴을 붉히며 아무것도 없어서, 라는 말과 함께 작은 폭죽 다섯 묶음인가 여섯 묶음을 소쿠리에서 꺼내 건네주었는데, 문득 짠하게 가슴이 죄어들었다. 이 누나도 식구들에게 재주가 없다는 소리를 자주 들었다.

이 누나는 여학교에 들어갈 때까지 증조할머니와 둘이 바깥채에 기거하고 있어서, 나는 이 누나가 증조할머니의 딸이라고 생각했을 정도였다. 증조할머니는 내가 소학교를 졸업할 즈음 돌아가셨는데, 초상날, 흰 기모노를 입은 채 쪼그라들어 있던 증조할머니의 모습을 한 번 흘끗 본 뒤로, 그 모습이 오래오래 눈에 들러붙어버리면 어쩌나 걱정이 됐다.

얼마 후 소학교를 졸업했지만, 식구들은 내가 허약하다며 고등소학교에 한 해 더 다니게 했다. 튼튼해지면 중학교에 넣어주마. 형들처럼 도쿄에 있는 학교는 몸이 약해 가기 힘드니, 한동안은 여기서 중학교를 다녀라. 아버지께서 말씀하셨다. 중학교 같은 데 그다지 가고 싶지도 않았지만, 몸이 허약한 것을 정말이지 안타깝게 생각한다고 작문 노트에 써내서, 선생님들의 동정표를 사기도 했다.

이 무렵 우리 마을에도 지방자치제도가 도입되었지만, 그 고등소학교는 우리 읍과 부근의 대여섯 개 면에서 공동 출자하여 만든 것으로, 마을에서 5리가량 떨어진 소나무 숲속에 있었다. 나는 병으로 학교를 쉬는 날이 다반사였지만, 학교대표였기 때문에, 다른 마을에서 모여든 우등생들 가운데 1등을 놓치지 않기 위해 열심히 하지 않으면 안 되었다. 하지만 거기서도 여전히 공부를 하지 않았다. 머지않아 중학생이 될 거라는 자만심에 빠져, 그 학교가 지저분하고 불쾌하게만 느껴졌다. 나는 수업 중에 주로 연재만화를 그렸다. 휴식시간이 되면 성대모사를 하면서 친구들에게 낭독해주었다. 만화를 그린 공책이 너덧 권은 됐다.

한 시간 내내 책상에 턱을 괴고, 교실 밖 풍경을 멍하니 내다본 적도 있었다. 내 자리는 창가였는데, 창문 선반에 매미 한 마리가 눌어붙은 채 죽어 있었다. 한쪽 시야에 그것이 어렴풋하지만 큼지막하게 들어올라치면, 나는 그게 꿩이나 산비둘기인 줄 알고 몇 번이나 깜짝깜짝 놀랐다. 나를 사랑해주는 친구 대여섯 명과 함께 수업을 빼먹고, 소나무 숲 뒤편 늪 주변을 뒹굴며 여학생 이야기를 하거나, 다 같이 기모노를 걷어 올리고 거기에 어슴푸레 자라나기 시작한 털을 비교하면서 놀곤 했다.

그 학교는 남녀공학이었지만, 내가 먼저 여학생에게 다가간 적은 없었다. 나는 욕정이 심했기 때문에 열심히 그것을 억누르면서도, 여자들 앞에서는 겁쟁이가 되곤 했다. 여자아이 두셋이 나를 좋아하는 것 같았지만, 모른 척했다. 아버지 서재에서 미술대회 입선화집을 꺼내와서는, 그 안에 숨겨진 하얀 그림들을 들여다보며 볼을 붉히거나, 가끔씩 내가 기르던 한 쌍의 토끼를 교미시키며, 봉긋하게 등을 말아

올리는 수놈의 자세를 숨을 죽이고 바라보면서, '그것'을 억누르고 있었다. 나는 허영이 심해서 '은밀한 안마'조차 아무에게도 털어놓지 않았다. 그것이 몸에 해롭다는 것을 어느 책에서 읽고 그만두려고 여러모로 고민했지만 허사였다. 그러는 동안 학교까지 꽤 먼 길을 매일같이 걸어다닌 덕분에 몸에도 살이 붙었다. 이마 부근에는 좁쌀 같은 작은 뾰루지가 생기기 시작했다. 그것도 창피했다. 나는 거기에 호탄코라는 새빨간 약을 발랐다. 그해 있었던 큰형의 혼례식 날 밤, 동생과 몰래 새색시 방으로 가보았는데, 새색시가 방 입구에 등을 대고 앉아 머리를 말아올리고 있었다. 거울에 비친 신부가 희미하게 미소 짓는 것을 얼핏 보고는, 얼른 동생을 끌어내 도망쳤다. 그러고는 대단치도 않네, 뭘! 하고 센 척 말했다. 약으로 빨개진 이마 때문에 적잖이 풀이 죽어서, 오히려 반발심이 더해졌던 것이다.

겨울이 다가오자, 나도 중학교 수험공부를 하지 않으면 안 되었다. 나는 잡지 광고를 보고, 도쿄에서 참고서를 여러 권 주문했지만, 책꽂이에 세워놓기만 했을 뿐, 한 자도 들여다보지 않았다. 내가 시험을 보기로 한 중학교는 현에서 으뜸가는 동네에 있었는데, 지원자들도 늘 두세 배는 됐다. 가끔씩 시험에서 떨어지는 걱정에 사로잡히곤 했다. 그럴 때면 나도 공부를 했다. 일주일 내내 공부를 하면 합격할 거라는 확신이 생겼다. 한 번 공부를 시작하면 밤 열두 시가 될 때까지 바닥에 눕지 않았고, 아침에는 대체로 새벽 네 시면 일어났다. 공부 중에는 다미라는 하녀가 불을 피워주거나 차를 끓여주곤 했다. 다미는 전날 아무리 늦게까지 잠을 못 잤더라도, 새벽 네 시면 나를 깨우러 왔다. 내가 쥐가 새끼를 낳는 산수 응용문제 같은 것으로 쩔쩔매고 있으면, 다미는 옆에서 조용히 소설책을 읽었다. 나중에 다미 대신 나이 지긋하고 뚱뚱한 하녀가 나를 돌봐주게 되었는데, 그것이 어머니가 꾸민 일이라는 것을 알고는, 어머니의 저의에 눈살을 찌푸렸다.

아직 눈이 꽤 많이 쌓여 있던 이듬해 봄, 아버지께서 도쿄의 한 병원에서 피를 토하고 돌아가셨다. 지역 신문사가 아버지의 부고를 호외로 보도했다. 나는 아버지의 죽음보다도 그런 센세이션에 흥분을 느꼈다. 유족들에 섞여 내 이름도 신문에 실렸다. 큰 관 속 아버지의 주검은 썰매를 타고 고향으로 돌아왔다. 나는 사람들에 둘러싸여 이웃마을까지 아버지를 마중 나갔다. 숲 그늘에서 썰매 몇 대가 달빛에 날을 반짝이며 미끄러져 오는 것을 보고 아름답다고 생각했다.

이튿날 우리 집 사람들은 아버지의 관이 안치된 불단 앞에 모였다. 관 뚜껑이 열리자 모두 소리 높여 울었다. 아버지는 잠들어 계신 듯했다. 높은 콧날이 파르스름했다. 나는 사람들의 울음소리를 듣고 분위기에 휩쓸려 눈물을 흘렸다.

그로부터 한 달 동안 집은 불이라도 난 듯 시끌벅적했다. 나는 그 번잡함에 휘말려 수험공부를 게을리하고 있었다. 고등소학교 학기말 시험도 거의 엉망으로 답을 적어냈다. 내 성적은 전교3등인가 그 정도였는데, 그것은 명백히 담임선생님이 우리 집 사정을 알고 배려해주셨기 때문이었다. 그즈음 나는 기억력 감퇴를 감지하고 있었는데, 미리 준비라도 해가지 않으면 시험지에 아무것도 적을 수 없었다. 내게는 처음 있는 일이었다.

2장

좋은 성적은 아니었지만 그해 봄 중학교 시험에 합격했다. 나는 새 하카마[22]에 검은 양말과 목이 긴 구두를 신고, 늘 입던 모포 대신 모직 망토를 멋쟁이처럼 버튼도 채우지 않고 걸치고는, 바닷가 소도시로 향했다. 나는 우리 집과 먼 친척뻘 되는 그 마을 포목점에 짐을 풀었다. 입구에 낡고 찢어진 천 조각이 걸린 그곳이 내가 신세를 지게 될 곳이었다.

나는 작은 일에도 쉽게 우쭐해지곤 했는데, 입학 당시엔 목욕탕 갈 때도 학교 모자를 쓰고 하카마를 입었다. 그런 나의 모습이 오고가는 창가에 비칠라치면, 웃음이 터져 나와 그림자에 가볍게 인사를 하기도 했다.

그런데도 학교는 조금도 재미있지 않았다. 흰 페인트칠을 한 학교 건물은 마을 어귀에 있었는데, 바로 뒤편에 해변과 마주한 평평한 공원이 있어서, 파도소리나 소나무 흔들리는 소리가 수업 중에도 들려왔다. 복도는 넓고, 교실 천장은 높았으며, 나는 그 모든 것들에서 좋은 느낌을 받았다. 그러나 선생님들은 나를 몹시 구박했다.

입학식 날부터 나는 체육 선생님에게 두들겨 맞았다. 버릇없이 군다는 이유에서였다. 이 선생님은 입학시험 때 내 면접관이었는데, 면접을 봤을 때만 해도, 아버지가 돌아가셔서 제대로 공부도 못 했겠군, 하며 내게 애정 어린 말을 건네주었던 바로 그 선생이었던 까닭에, 내 마음은 한층 더 상처를 입었다. 다른 여러 선생님들한테도 얻어맞기 일쑤였다.

· · · · · · · · · · · ·
22_ 기모노 위에 허리띠를 묶어서 입는 통이 넓은 바지. 주로 예복으로 착용한다.

빙글거리며 웃거나, 하품을 한다는 이유로 벌을 받았다. 교무실에서도 수업 중에 하품을 크게 하기로 평판이 자자하다는 말도 들었다. 나는 그런 멍청한 이야기가 오가는 교무실이 오히려 더 바보같이 여겨졌다.

어느 날, 나와 같은 마을에서 온 학생 하나가 나를 교정에 있는 모래언덕 뒤로 불러내서는 이렇게 충고해주었다. 네 태도는 정말 건방져 보여. 그렇게 두드려 맞기만 하다가는 낙제하고 말걸? 나는 소스라치게 놀랐다. 그날 방과 후, 나는 홀로 해안을 따라 서둘러 집으로 향했다. 구두 바닥을 파도에 적셔가며 긴 한숨을 내쉬었다. 양복 소매로 이마의 땀을 닦고 있는데, 깜짝 놀랄 정도로 커다란 쥐색 돛이 비틀거리며 눈앞을 지나갔다.

나는 지는 꽃잎이었다. 미미한 바람에도 파르르 떨었다. 사람들의 사소한 멸시에도 숨이 끊어질 듯 괴로웠다. 나는 내가 곧 훌륭해질 거라고 믿고 있었고, 영웅으로서의 명예도 지키고 싶었다. 어른들이 나를 얕잡아 보는 것도 용납할 수 없었기 때문에, 낙제라는 불명예도 그만큼 치명적이었다. 그날 이후 나는 전전긍긍하며 수업을 들었다. 수업을 들으면서도 이 교실 안에 보이지 않는 백 명의 적이 있다고 생각했다. 조금도 방심하지 않았다. 아침에 학교에 가자마자 책상 위에 트럼프를 늘어놓고, 그날의 운세를 점쳤다. 하트는 대길[23]이었다. 다이아 는 반길, 클로버는 반흉, 스페이드는 대흉이었다. 그리고 그즈음에는 매일 스페이드만 나왔다.

그러고 나서 얼마 후 시험을 보게 되었는데, 나는 박물이건 지리건 수신[24]이건, 교과서에 실린 글씨 한 자, 문장 한 구를 통째로 암기하려고

··············
23_ 大吉. 크게 길할 징조로, 절이나 신사 등에서 점을 치면 나오는 글귀. 대흉大凶은 크게 흉할 징조, 반길半吉, 반흉半凶은 각각 반쯤 그렇다는 의미.

애썼다. 그런 공부 방법은 내가 가지고 있던 '모 아니면 도' 식의 결벽증에서 오는 것이었는데, 이 공부법은 나 자신에게도 좋지 못한 결과를 낳았다. 나는 공부가 지겨워 죽을 지경이었고, 시험을 볼 때도 임기응변이 먹히지 않아서, 거의 완벽에 가까운 답안을 낼 때도 있는가 하면, 쓸데없이 한 자 한 자에 생각이 막혀서 아무 의미 없이 답안지만 더럽히기도 했다.

그래도 첫 학기 성적은 반에서 3등이었다. 품행도 수를 받았다. 낙제에 대한 걱정으로 괴로워하던 나는, 한 손에는 성적표를 들고, 다른 한 손에는 구두를 늘어뜨린 채 뒤쪽 해안까지 맨발로 달렸다. 기뻤다.

한 학기를 마치고 처음 집으로 돌아갔을 때, 나는 고향에 있는 남동생에게 내 중학교 생활의 짧은 경험담을 가능한 한 멋지게 설명하고 싶어서, 3, 4개월 동안 몸에 지니고 있던 모든 것, 방석까지도 짐 속에 쑤셔 넣었다.

흔들리는 마차에 몸을 싣고 숲을 빠져나오자, 온통 파릇파릇한 논의 바다가 펼쳐졌다. 푸른 논이 끝나는 곳에, 크고 붉은 우리 집 지붕이 솟아 있었다. 그것을 보고 있자니, 마치 십 년 넘게 우리 집을 보지 못했던 것 같은 기분이 들었다.

내 인생에서 그 한 달만큼 의기양양하게 지냈던 적도 없었다. 나는 남동생에게 중학교의 일을 한껏 부풀려 꿈처럼 과장되게 이야기했다. 소도시의 풍경도 되도록 화려하게 꾸며냈다.

나는 마을풍경을 스케치하거나, 곤충을 채집하면서 들판이나 산골짜

24_ 修身. 천황에 대한 충성심, 유순, 근면 등을 교육했던 20세기 초 교과 과목.

기를 달렸다. 수채화를 다섯 장 그리고, 흔히 볼 수 없는 곤충 표본 열 개를 모으는 것이, 선생님이 내주신 방학 숙제였다. 어깨에 잠자리채를 메고, 남동생에게는 핀셋이나 약품 같은 것이 들어 있는 채집용 가방을 들려서, 배추나비나 메뚜기를 쫓으며 여름 들판에서 하루를 보냈다. 밤이면 마당에 활활 모닥불을 태웠다. 벌레들이 날아들면 그물이나 빗자루로 닥치는 대로 툭툭 쳐서 떨어뜨렸다. 막내 형은 미술학교 조각과에 들어갔는데, 매일같이 안뜰의 큰 밤나무 아래서 점토를 주물렀다. 여학교를 졸업하고 집에 있었던 내 바로 위 누나의 흉상을 만들고 있었다. 나는 또 그 옆에서 누나의 얼굴을 몇 장이고 스케치하면서, 형과 티격태격 서로의 작품을 헐뜯었다. 누나는 진지하게 우리들의 모델이 되어주었는데, 그럴 때면 주로 내 수채화에 손을 들어주었다. 형은 어렸을 때는 다들 천재소리를 듣는 거라며, 내가 가진 이런저런 재능들을 바보 취급했다. 내 문장력마저도 소학교 작문 수준이라며 놀려댔다. 그럴 때면 나도 형이 예술성을 아느냐며 대놓고 깔보았다.

오사무, 신기한 동물이 있어. 어느 날 밤 몸을 웅크리며 내 이부자리로 다가온 형이, 소곤거리며 휴지에 살짝 싼 것을 모기장 밑으로 밀어넣었다. 형은 내가 특이한 곤충들을 모으고 있다는 것을 알고 있었다. 뭉치 속에서 바스락바스락 벌레가 발버둥치는 발소리가 들려왔다. 그 아스라한 소리에 어미의 정이 느껴졌다. 내가 작은 휴지뭉치를 아무렇게나 풀어 헤쳤더니 형이, 도망간다, 저 봐, 저 봐, 하고 속삭였다. 자세히 보니 평범한 장수풍뎅이였다. 그것도 특이한 열 종류의 곤충에 끼워 넣어 학교에 제출했다.

방학이 끝나자 서글퍼졌다. 고향을 뒤로 하고 다시 소도시로 돌아가 포목점 2층에서 혼자 행장을 풀고 있자니, 외로워서 가만히 있어도 눈물이 날 지경이었다. 그럴 때면 나는 서점으로 갔다. 그때도 나는 근처 서점으로 달려갔다. 거기에 줄지어 꽂혀 있는 간행물 표지를 보는 것만으로도, 나의 우울은 사라지곤 했다. 서점 책장 구석에는 내가 갖고 싶어도 가질 수 없는 책이 대여섯 권가량 있었는데, 가끔 그 앞에 태연히 서서 무릎을 흔들며 책을 훔쳐보았다. 그래도 내가 서점에 가는 것은 그런 의학 기사를 보기 위한 것만은 아니었다. 당시 나는, 세상 모든 책에서 위안을 느꼈다.

학교 공부는 점점 더 재미가 없어졌다. 하얀 지도에 산맥이나 항만, 강 같은 것을 수채화 도구로 색칠하는 숙제를 무엇보다 저주했다. 나는 한 가지 일에 잘 빠지는 성격이어서, 지도를 색칠하는 데 서너 시간이나 써버리곤 했다. 역사 선생님은 강의 요점을 적어 넣을 노트를 만들라고 했지만, 사실 그 강의는 교과서를 그대로 읽는 수준이었기 때문에, 노트 필기라 해봤자 교과서에 있는 문장을 그대로 베껴 적는 것이 다였다. 그래도 성적에는 미련이 있어서, 그런 숙제도 매일 부지런히 했다.

가을이 되자 마을 중학교끼리 다양한 스포츠 시합을 벌였다. 시골에서 온 나는 야구 시합 같은 건 본 적도 없었다. 소설책에서 본 만루, 유격수, 중견수 같은 용어나 기억하고 있는 정도였다. 머지않아 시합의 룰도 알게 되었지만 그다지 빠져들지는 못했다. 야구뿐 아니라 정구, 유도 등 다른 학교와 시합이 있을 때마다 응원단 속에 끼어서 선수들을 응원해야 했는데, 그 일이 중학교 생활을 더욱 따분하게 만들었다. 지저분하게 분장을 한 응원단장이 국기가 그려진 부채를 들고 교정 한편에 있는 둔덕에 올라가 연설을 했는데, 학생들은 단장을 향해 야, 야, 구리다, 구려! 하고 소리치며 즐거워했다. 시합이 시작되면 게임

사이사이에 단장이 부채를 펄럭이며 올 스탠드 업! 하고 소리쳤다. 우리는 일어나 작은 보라색 삼각 깃발을 일제히 흔들며 적들아, 적들아, 너희가 아무리 굳세다 하여도, 라는 응원가를 불렀다. 나는 그것이 부끄러웠다. 틈을 봐서 빠져나와 집으로 도망쳤다.

하지만 내게도 스포츠 경험이 없었던 것은 아니었다. 나는 얼굴이 검푸르렀는데, 그것을 예의 '은밀한 안마' 때문이라고 믿고 있었기 때문에, 사람들이 내 얼굴색에 대해 이야기하는 것을 들으면, 나만의 비밀을 들킨 것 같아 늘 가슴이 조마조마했다. 나는 어떻게 해서든지 혈색이 좋아 보이게 만들고 싶어서 스포츠를 시작했다.

나는 꽤 오래전부터 혈색에 대해 고민해오고 있었다. 소학교 4, 5학년 때 막내 형에게 민주주의에 대한 이야기를 들은 적이 있는 데다가, 어머니도 민주주의라는 것 때문에 세금이 갑작스레 올라서 농사지은 쌀의 대부분을 세금으로 빼앗겼다며 손님들에게 투덜대는 것을 듣고는, 그 사상에 적잖이 마음이 흔들렸다. 여름이면 풀 베는 일을 거들고, 겨울이면 지붕 위 눈 치우는 일을 도우면서, 하인들에게 민주주의 사상을 가르쳤다. 그러나 하인들이 내가 도와주는 것을 그다지 좋아하지 않는다는 것을 겨우 알게 되었다. 내가 벤 풀들은 나중에 그들이 다시 베어야 하는 것 같았다. 나는 하인들을 돕는다는 명목으로 일을 하면서 얼굴색을 좋아보이게 하려고 했지만, 그렇게 노동을 했는데도 그다지 좋아지지가 않았다.

중학교에 들어가면서부터는 스포츠로 얼굴색을 좋게 해보려고 날이 더운 한곳길이면 작정을 하고 바다에 들어가 해수욕을 했다. 특히 청개구리처럼 두 다리를 벌려 헤엄치는 평영을 좋아했다. 물속에서 머리를 똑바로 들고 헤엄쳤기 때문에 파도와 파도 사이의 작은 물결도, 절벽

위의 파란 나뭇잎도, 조용히 흘러가는 구름도 다 보였다. 나는 거북이처럼 머리를 될 수 있는 한 앞으로 쭉 빼고 헤엄을 쳤다. 조금이라도 더 태양에 가까이 다가가서, 피부를 하루빨리 건강한 구릿빛으로 만들고 싶었기 때문이었다.

또한 내가 살던 집 뒷자락에는 너른 묘지가 있었는데, 나는 거기에 100미터 직선 코스를 그려놓고 혼자 열심히 달렸다. 그 무덤가에는 미루나무가 높이 우거져 있었는데, 달리다 지치면 묘지를 서성거리며 소토바에 적혀 있는 글씨를 읽었다. 월천담저[25]라든가 삼계유일심[26] 같은 구절을 지금도 잊지 않고 있다. 어느 날인가 우산이끼가 가득 낀 검고 축축한 비석에서 적성청요 거사[27]라는 이름을 발견했을 때는 나도 모르게 가슴이 떨려 왔다. 그의 무덤 앞에 누군가 새로 꽂아둔 하얀 종이연꽃 이파리 위에, 나는 지금 땅속에서 구더기와 함께 놀고 있다, 라는 어느 프랑스 시인이 무심히 알려준 말을, 손가락에 진흙을 묻혀 마치 유령이 써놓은 듯 문질러 적어두었다. 다음날 저녁, 운동을 하기 전에 그 무덤을 찾아가 보니, 내가 적어둔 망혼의 문자들은, 아침나절의 소나기로 무덤 주인의 지인 그 누구도 울리지 못한 채, 흔적도 없이 씻겨나갔고, 연꽃의 흰 이파리들도 군데군데 찢겨나가 있었다.

그런 짓을 하며 놀고 있자니, 달리기도 꽤 빨라졌다. 두 다리의 근육도 불룩불룩 둥글게 튀어나왔다. 하지만 여전히 얼굴색은 좋아지지 않았다. 거무죽죽한 피부 안쪽에 탁한 푸른빛이 기분 나쁘게 고여 있었다.

나는 얼굴에 관심이 많았다. 독서를 하다가 지겨우면, 손거울을 꺼내

25_ 月穿潭底. 달이 연못 바닥까지 꿰뚫을 듯 고요한 밤. 불교의 장례의식에서 쓰는 말.
26_ 三界唯一心. 인간의 삼계(욕계, 색계, 무색계)는 모두 자신의 마음에서 오는 현상이라는 뜻.
27_ 居士. 출가하지 않고 집안에서 수행을 하는 불교 신자.

서 웃어보거나 눈썹을 찡그리거나 턱을 괴고 생각에 잠긴 척하면서, 그 표정들을 하염없이 바라보았다. 사람들을 배꼽잡고 웃게 만드는 표정도 깨우쳤다. 눈을 가늘게 뜨고, 코에 주름을 잡은 다음, 입을 작게 삐죽이면 아기 곰처럼 귀여워보였다. 나는 불만이 있거나 당황스러울 때마다 그런 표정을 지었다. 바로 위 누나가 당시 마을 도립병원 내과에 입원해 있었는데, 내가 문병을 가서 그 표정을 해보이면 배를 잡고 침대 위를 뒹굴었다. 누나는 집에서 데려온 중년의 하녀와 단 둘이서 병원생활을 하느라 꽤나 외로워하고 있었기 때문에, 긴 복도를 쿵쿵 걸어오는 내 발소리를 듣기만 해도 야단을 피웠다. 내 발소리는 유별나게 컸다. 내가 한 주라도 누나를 찾아가지 않으면 누나는 하녀를 시켜서 나를 데려오게 했다. 하녀는 누나가 갑자기 열이 많이 올라 몸 상태가 대단히 안 좋아졌다며 정색을 하고 말했다.

그즈음 나는 벌써 열대여섯 살이 되어 있었고, 손등에는 정맥의 푸른 혈관이 희미하게 드러났다. 몸도 어쩐지 묵직하게 느껴졌다. 살결이 검고 키가 작은 같은 반 친구와 남몰래 사랑에 빠졌다. 하굣길에는 언제나 둘이 나란히 걸었다. 서로 새끼손가락이 스칠 때마다 얼굴을 붉혔다. 언젠가 둘이서 학교 뒷길을 걸어 집으로 가는데, 미나리며 별꽃이 파릇파릇 자라고 있는 논두렁에 도롱뇽 한 마리가 떠 있는 것이 보였다. 그 친구가 말없이 그것을 떠서 내게 건네주었다. 나는 도롱뇽을 싫어했지만 기쁜 듯 떠들면서 손수건에 감싸 쥐었다. 집으로 가져와 뜰에 있는 자그마한 연못에 놓아주었다. 도롱뇽은 짧은 목을 흔들며 헤엄쳐 다녔는데, 다음 날 아침 가보니 도망가고 없었다.

나는 자존심이 셌기 때문에 절대로 남에게 내 생각을 털어놓지 않았다. 평소에는 그 친구에게 말도 걸지 않았다. 비슷한 시기에 옆집에 살던 깡마른 여학생을 의식하고 있었는데, 이 여학생과는 길에서 만나도 무심한 듯 고개를 돌렸다. 깊은 가을밤, 불이 났다는 소리에 밖으로 나가보니, 인근 신사 뒤쪽이 불똥을 튀기며 타오르고 있었다. 불꽃을 둘러싸듯 서 있는 신사의 시커먼 삼나무 숲 위로, 새들이 낙엽처럼 어지러이 날아다니고 있었다. 나는 이웃집 대문 앞에 흰 잠옷을 입은 여자아이가 내 쪽을 보고 있다는 것을 알면서, 옆얼굴만 그녀 쪽을 향하도록 한 채 가만히 불길을 바라보았다. 불꽃에 반사된 내 옆얼굴은 분명 환하고 아름답게 보였으리라. 늘 이런 식이었기 때문에 아까 그 같은 반 친구나 이 여학생과도 관계가 진전되지 못했다. 그랬지만 혼자 있을 때면 나는 좀 더 대담하게 굴었다. 거울 속 나에게 한쪽 눈을 찡긋 하며 웃어 보이거나, 책상 위에 칼로 입술 모양을 파고는 거기다 내 입술을 얹어보기도 했다. 나중에는 이 입술에 빨간 잉크를 칠해 보기도 했는데, 묘하게 거무튀튀한 게 보기 싫어져서, 칼로 깎아내 버렸다.

3학년이 되던 해 어느 봄날 아침, 등굣길에 주홍빛 다리 위 둥근 난간에 한동안 몸을 기대고 멍하니 서 있었다. 다리 밑에는 스미다강[28]을 닮은 너른 강이 유유히 흐르고 있었다. 살면서 완전히 넋을 잃고 멍하니 있었던 것은 그때가 처음이었다. 보통 때는 누가 뒤에서 나를 보고 있다는 생각에 억지로 자세를 꾸며냈다. 하나하나 세세한 동작, 예를 들어 당황해서 손바닥을 내려다본다거나, 귀 뒤를 긁적이며 중얼거리는 행동들에도 다 이유가 있었기 때문에, 문득이라거나 나도 모르게 같은 동작은 있을 수도 없었다. 이윽고 다리 위에서 정신을 차린 나는, 쓸쓸함

• • • • • • • • • • • •
28_ 도쿄의 동부를 흘러내려 도쿄만을 통해 바다로 나가는 도쿄의 대표적인 강.

에 몸을 떨었다. 그런 기분이 들 때면 내가 걸어온 길과 앞으로 걸어갈 나날을 생각했다. 다리 위를 쿵쿵 소리 내어 건너다가 여러 가지 일들을 떠올리곤 다시 몽상에 빠졌다. 그러고는 마지막에 한숨을 내쉬며 생각했다. 훌륭해질 수 있을까? 그즈음부터 나는 초조해지기 시작했다. 모든 일이 만족스럽지 않았기에 늘 공허하게 발버둥을 쳤다. 얼굴에 열 겹 스무 겹의 가면이 달라붙어 있어서, 어느 것이 얼마나 더 슬픈지조차 알 수 없었다. 그러던 차에 나는 어떤 쓸쓸한 배출구를 발견했다. 창작이었다. 비슷한 생각을 하는 사람들이 꽤 있어서, 다들 나처럼 이렇게 밑도 끝도 없는 전율을 느끼고 있는 것 같았다. 작가가 되자, 작가가 되자. 남몰래 다짐했다.

동생도 그해 중학교에 들어가서 나와 같은 방에서 지내게 되었는데, 나는 동생과 의논해서 대여섯 명의 친구를 모아 잡지를 만들었다. 초여름의 일이었다. 살고 있던 집과 사선으로 마주 보는 곳에 큰 인쇄소가 있어서 그곳에 부탁했다. 표지도 석판으로 예쁘게 찍었다. 반 친구들에게 잡지를 나눠주었다. 나는 거기에 매달 한 편씩 창작소설을 발표했다. 처음에는 도덕을 주제로 철학자 냄새가 나는 소설을 썼다. 한두 줄짜리 단편적인 수필에도 자신이 있었다. 잡지는 일 년쯤 출판했는데, 이 일로 큰형과 거북한 일이 생기고 말았다.

큰형은 내가 문학에 빠진 것을 걱정하면서, 고향에서 장문의 편지를 보내 왔다. 화학에는 방정식이 있고 기하학에도 정리가 있기에 그것을 풀 수 있는 완전한 열쇠가 주어지지만, 문학에는 그런 것이 없습니다. 특정한 연령이나 환경에 달하지 못하면 문학을 제대로 이해하기란 불가능하다고 사료됩니다. 이런 식의 정중하고 딱딱한 문장이었다. 나도 그렇게 생각했다. 하지만 나는 내가 바로 그 특정한 인간이라고 믿었다. 재빨리 큰형에게 답장을 썼다. 형님 말씀이 옳다, 훌륭한 형을 가지게 된 것을 영광으로 생각한다, 하지만 나는 문학 때문에 공부를 게을리한 적이 없다, 오히려 그 때문에 더 열심히 공부할 정도다. 나는 과장된 감정을 뒤죽박죽 섞어서 답장을 보냈다.

어찌되었든 형은 나에게, 남들보다 뛰어나지 않으면 안 된다는 협박조의 편지를 보낸 셈이었는데, 사실 그 무렵 나는 공부를 하고 있었다. 3학년이 되고부터는 항상 반에서 수석을 놓치지 않았다. 점수벌레라고 불리지 않고서는 수석을 하기가 쉽지 않았는데, 나는 그런 조롱을 받지 않았을 뿐만 아니라 반 친구들을 길들이는 요령까지 꿰뚫고 있었다. 문어라는 별명을 가진 유도부 주장조차 나에게 순종했다. 교실 구석에 쓰레기통으로 쓰는 커다란 항아리가 있었는데, 내가 그것을 가리키며 문어에게 들어가라고 하면, 문어는 그 항아리에 머리를 집어넣고 웃었다. 웃는 소리가 항아리 속에서 울려 퍼져 신기한 소리를 냈다. 우리 반 미소년들도 대부분 나를 따랐다. 나는 얼굴에 난 여드름 때문에 삼각형이나 육각형, 혹은 꽃 모양으로 자른 반창고를 여기저기 붙이고 다녔는데, 아무도 이상하게 생각하지 않을 정도였다.

이 여드름이 또 내 속깨나 썩였다. 그 무렵에는 수가 더욱 늘어나, 매일 아침 눈을 뜰 때마다 손바닥으로 얼굴을 어루만지며 그것들을 탐색했다. 여러 가지 약을 써 보았지만 하나도 듣지 않았다. 여드름약을 사러 약국에 갈 때면, 종종 쪽지에 약 이름을 써가서, 이런 약 있습니까? 하고 마치 다른 사람에게 부탁받은 듯 행동해야 했다. 나는 여드름을 욕정의 상징이라고 생각했기 때문에 눈앞이 캄캄해질 정도로 창피했다. 차라리 죽어버릴까? 하고 생각했던 적도 있었다. 내 얼굴에 대한 가족들의 악평도 절정에 달했다. 시집간 큰 누나는 오사무에게 시집올 여자는 아무도 없을 거라는 말까지 했다고 한다. 나는 부지런히 약을 발랐다.

동생도 내 여드름을 걱정해서 몇 번이나 나 대신 약을 사러 가주었다. 동생과는 어린 시절부터 사이가 나빠서, 동생이 중학교 입시를 봤을 때도 녀석이 시험에 떨어지기를 바랄 정도였지만, 이렇게 둘이서 고향을 떠나 살다보니 하나둘 좋은 점이 보이기 시작했다. 동생은 자라면서 말없고 소심한 아이가 되어갔다. 우리가 만드는 잡지에도 가끔 짧은 글을 실었지만, 모두 기운 없이 흐늘흐늘한 문장뿐이었다. 동생은 나에 비해 학교 성적도 좋지 못한 것을 줄곧 괴로워했고, 내가 위로라도 할라치면 도리어 언짢아했다. 또 자기 이마의 머리선이 후지산 모양이어서 여자 같다며 짜증을 냈다. 이마가 좁기 때문에 머리가 나쁜 것이라 굳게 믿는 것 같았다. 동생에게만은 내가 가진 모든 것을 다주었다. 그즈음 사람을 대하는 방식은 전부 감추든가 전부 드러내든가, 둘 중 하나였다. 우리는 뭐든 다 털어놓고 이야기했다.

초가을, 달도 뜨지 않은 어느 밤, 우리는 항구에 걸려 있는 구름다리로 나가 해협에서 불어오는 시원한 바람을 맞으며 붉은 실에 관한 이야기를 나누었다. 그것은 언젠가 국어 선생님이 수업 중에 학생들에게 들려준 이야기였다. 우리의 오른쪽 새끼발가락에는 눈에 보이지 않는 붉은 실이 묶여 있어서, 그것을 술술 풀어 나가다 보면 다른 한쪽 끝은 어느 여자아이의 새끼발가락에 묶여 있다. 둘이 아무리 멀리 떨어져도 끊어지지 않고, 아무리 가까이 있어도, 가령 길가에서 맞닥뜨리거나 해도 엉키는 법이 없이, 그렇게 우리는 그 여자아이를 신부로 맞이하게 된다. 처음 이 이야기를 들었을 때 나는, 너무 흥분해서 집에 돌아가자마자 동생에게 그 이야기를 들려주었다. 그날 밤에도 우리는, 파도 소리나

갈매기 소리에 귀를 기울이며 그 이야길 했다. 네 와이프는 지금쯤 어디서 무얼 하고 있을까? 동생에게 물었다. 동생은 두 손으로 구름다리 난간을 두어 번 쓸더니, 정원을 걷고 있어, 하고 쑥스러운 듯 말했다. 부채를 든 채 큰 정원용 나막신을 신고 달맞이꽃을 들여다보는 소녀가, 동생과 참 잘 어울린다고 생각했다. 내가 말할 차례였지만, 나는 컴컴한 바다를 내다보며, 빨간 허리띠를 매고 있어, 라고만 말하고 입을 다물었다. 해협을 건너오는 연락선이 수많은 방을 품은 거대한 여관처럼 방마다 노란 등불을 밝힌 채 흔들흔들 수평선 위로 떠올랐다.

이것만은 동생에게도 숨기고 있었다. 그해 여름방학, 고향집에 갔더니 유카타[여름용 홑옷]에 빨간 허리띠를 맨 처음 보는 조그만 심부름꾼 소녀가 우악스럽게 내 양복을 벗겨주었다. 미요라고 했다.

나에게는 잠들기 전에 담배를 한 개비씩 태우며 소설의 첫머리를 생각하는 습관이 있었는데, 미요가 어느새 그걸 알아채곤 내 이부자리 머리맡에 가지런히 담뱃갑을 놓아두었다. 나는 다음날 아침, 방을 청소하러 들어온 미요에게 담배는 몰래 피우는 것이니 담뱃갑 같은 걸 놓아두어선 안 된다고 일러주었다. 미요는 네, 하더니 뾰로통해졌다. 그 방학 중의 일이었는데, 마을에 나니와부시[29] 공연이 와서 우리 집에서 부리던 사람들을 모두 극장에 보내주었다. 나와 동생에게도 다녀오라고 했지만 우리는 시골 공연 따위! 하고 무시하며 일부러 반딧불이를 잡으러 나갔다. 인근 숲 근처까지 갔지만 밤이슬이 너무 심해, 겨우 스무 마리 정도를 바구니에 담아 집으로 돌아왔다. 나니와부시에 다녀온 사람들도 슬슬 돌아오고 있었다. 미요에게 이부자리를 깔고 모기장을 치게 한

· · · · · · · · · · ·
29_ 샤미센 반주에 맞춰 노래하는 이야기 극. 의리, 인정 등을 주제로 한 대중적 예능.

뒤 전등을 끄고 모기장 안에 반딧불이를 풀어놓았다. 반딧불이는 모기장 여기저기를 힘차게 날아다녔다. 미요도 한동안 모기장 밖에 서서 반딧불이를 보고 있었다. 나는 동생과 나란히 누워 뒹굴면서 반딧불이의 푸른 불빛보다도 미요의 희끄무레한 모습에 한층 더 흥미를 느끼고 있었다. 나니와부시는 재밌었나? 내가 약간 딱딱하게 물어보았다. 그때까지 나는 용무가 있을 때 외에는 하녀들에게 결코 말을 거는 법이 없었다. 미요는 아니요, 하고 나지막이 답했다. 나는 웃음을 터뜨렸다. 동생은 모기장 귀퉁이에 달라붙어 있는 반딧불이 한 마리를 부채로 탁탁 치며 잠자코 있었다. 나는 아무래도 어색했다.

그때부터 나는 미요를 의식하기 시작했다. 붉은 실, 하면 미요의 모습이 제일 먼저 떠올랐다.

3장

4학년 무렵부터 하루가 멀다 하고 친구 두 명이 내 방으로 놀러 왔다. 나는 포도주와 마른오징어를 대접했다. 그리고 녀석들에게 터무니없는 것들을 가르쳤다. 숯불 피우는 법에 관한 책이 나왔다고 하거나, 어느 신인작가의 『짐승의 기계』라는 책 표지에 끈적끈적 기계용 기름칠을 해두고는 정말 독특한 표지가 아니냐고 하거나, 번역서 『미모의 벗』의 군데군데 잘려나간 여백에 내가 직접 지어낸 형편없는 글을 잘 아는 인쇄소에 부탁해 찍어내게 해서는 진짜 귀중한 책이라고 둘러대거나 하면서, 친구들을 깜짝 놀라게 했다.

미요에 관한 기억도 차츰 옅어졌다. 한집에 사는 사람끼리 서로 좋아하는 게 어쩐지 떳떳하지 못하다고 여겨졌고, 평소 여자들 흉만 보아오던 것도 마음에 걸리고 해서, 동생은 물론 친구들에게도 미요에 대한 이야기만은 꺼내지 않고 있었다.

그런데 그 무렵 한 러시아 작가의 저명한 장편소설을 읽고 생각을 고쳐먹었다. 그것은 어느 여죄수의 경력에서부터 시작되는 이야기였다. 불행의 시작은 그녀가 남편의 조카뻘 되는 귀족 대학생의 유혹에 넘어간 데서 비롯됐다. 나는 소설의 다른 묘미에는 관심이 없었고, 그들이 흐드러지게 핀 라일락 꽃 아래서 처음으로 키스를 나누는 페이지에 말린 잎으로 만든 책갈피를 끼워 넣었다. 훌륭한 소설을 읽으면 남의 일 보듯 생뚱해질 수가 없는 법이다. 그 두 사람이 미요와 나 같았다. 내가 모든 일에 조금만 더 뻔뻔스러울 수 있다면, 이 귀족처럼 될 수 있을 것 같았다. 그렇게 생각하자 용기 없는 내 모습이 한없이 초라하게 느껴졌다. 이런 좀스러운 기질이 나의 지난날을 그토록 평범하게 만들어 온 것이리라. 나는 인생의 빛나는 수난자가 되고 싶었다.

우선 동생에게 털어놓기로 했다. 밤에 잠자리에 들면서 고백했다. 엄숙한 태도로 이야기할 생각이었지만, 그런 의식적인 태도가 오히려 걸림돌이 되어서 결국엔 마음이 들뜨고 말았다. 목덜미를 문지르거나 양손을 비벼 대며 기품이라곤 찾아볼 수 없는 태도로 떠들어댔다. 그렇게 하지 않을 수 없는 내 습성이 슬펐다. 동생은 얇은 아랫입술을 자근자근 깨물며 뒤척이지도 않고 듣고 있다가, 하기 어려운 말을 꺼내듯 우물쭈물 물었다. 그럼, 결혼하는 거야? 나는 움찔했다. 할 수 있을지 어떨지. 일부러 힘없는 척 대답했다. 어렵지 않겠어? 동생은 의외로 어른스럽게 에둘러 말했다. 그 말을 들으니 태도를 더욱 분명히 할 수 있었다. 나는 발끈해서 성을 냈다. 그러니까 싸우려는 거지. 싸우는 거야! 나는 이불을 걷어차고 일어나 앉으며, 낮지만 힘차게 말했다. 동생은 이불 밑에서 몸을 비틀며 뭔가 말하려고 하는 것 같았지만 내 쪽을 훔쳐보곤 훗, 하고 웃었다. 나도 웃음을 터뜨렸다. 이제부터 시작이야. 동생에게 손을 내밀며 말했다. 동생도 부끄러운 듯 이불 속에서 손을 내밀었다. 나는 희미하게 웃으며 동생의 힘없는 손가락을 두어 번 흔들었다.

친구들에게 고백할 땐 그렇게 힘들이지 않아도 되었다. 친구들은 내 이야기를 들으며 이것저것 묘안을 짜내는 듯했다. 그러나 그것은 내 이야기가 끝난 뒤 그것에 맞장구를 쳐줄 때 더 좋은 효과를 내기 위한 것에 불과하다는 것을 나는 알고 있었다. 실상도 그러했다.

4학년 여름방학 때 나는 친구 둘을 데리고 고향으로 갔다. 함께 고등학교 입시공부를 하기 위해서라는 명분에서였지만, 친구들에게 미요를 보여주고 싶다는 마음도 있었다. 나는 내 친구들이 우리 가족들에게 나쁜 인상을 주지 않길 바랐다. 형의 지인들은 모두 그 지역에서 이름 있는 집안 청년들이었기 때문에, 내 친구들처럼 금색 단추가 두 개밖에 없는 웃옷을 입고 있지는 않았다.

당시 우리 집 뒤편 공터에는 커다란 양계장이 있었는데, 우리는 그 옆에 있는 문지기 방에서 오전에만 공부를 했다. 방의 외벽은 흰색과 녹색의 페인트로 칠해져 있었고, 두 평쯤 되는 방 안에는 새로 니스 칠을 한 탁자와 의자가 말끔하게 놓여 있었다. 동쪽과 북쪽으로 넓은 문이 두 개 달려 있었고, 남쪽에는 서양식 여닫이창이 있어서, 그것을 한껏 열어젖히면 바람이 솔솔 불어와 책장이 팔랑팔랑 날리곤 했다. 주위에는 잡초가 무성하게 우거져 있었는데, 노란 병아리 수십 마리가 풀숲 사이로 들락날락하며 놀고 있었다.

우리 셋은 점심때를 기다렸다. 어느 하녀가 식사시간을 알려주러 올 것인지가 관건이었다. 미요가 아닌 하녀가 오면, 우리는 책상을 두드리고 혀를 차며 난리를 피웠다. 미요가 오면 쥐 죽은 듯 잠잠해졌다. 그러다가 미요가 나가면 일제히 웃음을 터뜨렸다. 어느 맑게 갠 날, 동생도 우리와 함께 거기서 공부를 하고 있었는데, 점심때가 되어 오늘은 누가 올까 하고 언제나처럼 수다를 떨고 있었다. 동생은 대화에 끼지 않고 창가를 서성이며 영어단어를 암기했다. 우리는 이런저런 농담을 하고, 책을 던지면서, 마루가 삐걱대도록 발을 굴렀는데, 그러다가 내 장난이 살짝 도를 넘어섰다. 동생과 함께 놀고 싶어진 나는, 넌 왜 아까부터 가만히 있는 거야? 응? 하며 가볍게 입술을 깨물고 동생을 흘겨보았다. 동생은 아냐, 그런 거 아냐, 하며 크게 손을 휘둘렀다. 들고 있던 단어카드 두세 장이 휙 날아갔다. 놀란 나는 새삼 동생을 돌아보았다. 그 짧은 순간, 나는 숨이 턱 막히는 우울한 판단을 내려야 했다. 미요에 대한 생각은 오늘로 끝이다. 곧 아무 일도 없었다는 듯 왁자하게 웃었다.

그날 식사시간을 알리러 온 것은 다행히 미요가 아니었다. 우리는 안채로 통하는 콩밭 사이 좁은 길을 띄엄띄엄 한 줄로 걸어갔다. 나는 일행의 꽁무니를 뒤쫓으며 유쾌하게 떠들어댔다. 동그란 콩잎을 몇 장이나 함부로 잡아 뜯었다.

희생 같은 건 애당초 생각지도 않았다. 그냥 싫었다. 하얀 라일락꽃 무더기가 흙탕물을 뒤집어썼다. 저런 방해꾼이 혈육이라는 게 더욱 싫었다.

그런 일이 있고 나서 이삼일은 이것저것 고민했다. 미요도 정원을 이리저리 서성이고 있었다. 내가 먼저 악수를 청하자 동생은 당황했다. 어찌 보면 경사스러운 일이 아닌가. 내게 있어 경사스러운 일만큼 치욕적인 것은 없었다.

그 무렵 좋지 않은 일이 연달아 일어났다. 어느 날 점심나절, 나는 동생과 친구들과 함께 식탁에 앉아 있었는데, 미요가 옆에서 빨간 원숭이 얼굴이 그려진 부채를 살랑살랑 부치며 시중을 들고 있었다. 나는 부채에서 나오는 바람의 양으로 미요의 마음을 몰래 가늠하고 있었다. 미요는 나보다 동생 쪽을 더 많이 부치고 있었다. 나는 절망에 빠져 커틀릿 접시 위에 딸그락 하고 포크를 내려놓았다.

모두들 나를 따돌리고 있다. 친구들도 이미 오래전부터 동생의 마음을 알고 있었을 거라고 무턱대고 의심했다. 미요를 잊을 거야. 혼자서 결심했다.

그로부터 다시 이삼일이 지난 어느 날 아침, 전날 피고 남은 담배 대여섯 개비가 든 담뱃갑을 깜빡 잊고 머리맡에 두고 나왔다는 데 생각이 미쳤다. 나중에 담배를 찾으러 허둥지둥 방으로 돌아왔는데 방안이 말끔히 치워져 있었고 담뱃갑은 보이지 않았다. 나는 각오를 단단히 하고 미요를 불렀다. 담배 봤지? 혼내듯 물었다. 미요는 진지한 얼굴로 고개를 끄덕였다. 그러더니 방안 나무기둥 뒤로 손을 집어넣었다. 황금박쥐 두 마리가 날아다니는 작은 녹색 종이상자가 나왔다.

그 일로 백 배 용기를 얻어 거듭 결의를 굳혔다. 그러나 동생을 생각하면 여전히 마음이 무거워서, 미요의 일로 친구들과 장난을 치는 일도 피하게 되었고, 동생과는 어쩐지 서먹서먹한 사이가 되었다. 내 쪽에서 적극적으로 미요를 유혹하는 일도 삼갔다. 미요가 먼저 고백해주기를 기다리기로 했다. 얼마든지 미요에게 그런 기회를 줄 수 있었다. 미요를 방으로 불러들여 쓸데없는 일들을 시키기도 했다. 미요가 내 방에 들어올 때마다 넌지시 방심하는 태도를 취했다. 미요의 마음을 움직이려고 얼굴에도 신경을 썼다. 그 무렵, 여드름은 어느 정도 나아 있었지만, 그래도 습관처럼 얼굴을 매만졌다. 나는 뚜껑에 담쟁이덩굴처럼 길고 구불구불한 풀들이 가득히 조각되어 있는 아름다운 콤팩트를 갖고 있었다. 그것으로 피부를 손질하고 있었는데, 미요 때문에 이 작업에 한층 더 공을 들였다.

이제부터는 미요가 하기에 달렸다고 생각했다. 하지만 좀처럼 기회는 찾아오지 않았다. 문지기 방에서 공부를 하다가도, 가끔 거기서 빠져나와 미요를 보러 안채로 갔다. 우당탕탕 빗질을 하고 있는 미요의 모습을 남몰래 지켜보며 입술을 깨물었다.

그럭저럭 여름방학도 끝나고, 나는 동생과 친구들과 함께 고향을 떠나야 했다. 하다못해 다음 방학 때까지라도 미요가 나를 잊지 못하게 할 작은 추억거리를 심어주고 싶었지만, 그것도 뜻대로 되지 않았다.

출발하는 날, 우리는 검은 마차에 올랐다. 미요도 우리를 배웅하기 위해 가족들과 나란히 현관 입구로 나왔다. 미요는 내 쪽도 동생 쪽도 보지 않았다. 연두색 앞치마를 벗어 어깨띠를 염주 알처럼 굴리면서 발밑만 내려다보고 있었다. 마차가 움직이기 시작했는데도 계속 그러고만 있었다. 나는 미련을 버리지 못한 채 고향을 떠났다.

가을이 되어, 동생을 데리고 기차로 30분쯤 걸리는 해안가 온천지로 향했다. 큰 병을 치른 막내 누나와 어머니가 그곳에 집을 빌려 요양을 하고 있었다. 나는 쭉 그곳에 머물며 수험공부를 했다. 수재라는 명예를 지키기 위해, 무슨 일이 있어도 중학교 4학년을 마치고[30] 바로 고등학교에 들어가야 했다. 학교에 대한 염증은 그즈음 더욱 심해졌지만, 그래도

. . . .
30_ 당시 중학 제도인 구제중학교旧制中學校는 5년제였다.

나는 무언가에 쫓기듯 공부를 계속했다. 나는 거기서 기차를 타고 학교에 다녔는데, 일요일마다 친구들이 놀러 왔다. 우리는 이미 미요에 대한 일은 잊어버리고 있었다. 친구들과 소풍을 가서는, 바닷가 널따란 바위 위에 앉아 고기전골에 포도주를 마셨다. 동생은 목소리도 좋고 노래도 많이 알고 있었다. 우리는 동생에게 노래를 배워 불렀다. 놀다 지치면 바위 위에서 잠이 들었고, 자다 깨보면 밀물이 들어와서, 육지와 이어져 있던 바위가 어느새 외딴 섬이 되어 있었기 때문에, 우리는 아직 꿈속을 헤매는 듯한 기분이었다.

하루라도 친구들을 만나지 못하면 견딜 수 없이 쓸쓸했다. 그 무렵의 일이었는데, 태풍이 몹시 불던 어느 날, 한 교사가 내 뺨을 세게 때렸다. 공교롭게도 나의 어떤 용감한 행동 때문에 받은 벌이었기 때문에 친구들이 격분했다. 그날 방과 후에 4학년 전원이 과학실에 모여, 그 교사의 추방에 관해 의논했다. 파업, 파업! 하고 소리 높여 외치는 친구도 있었다. 나는 당황했다. 만약 날 위해 파업을 하는 거라면 그만둬. 나는 그 선생 원망 안 해. 사건은 간단해, 간단한 거야. 그러면서 교실을 돌아다녔다. 친구들은 내가 비겁하다거나 제멋대로라고 쏘아붙였다. 나는 답답해져서 밖으로 나와 버렸다. 온천장으로 가서 곧바로 탕 속에 몸을 담갔다. 정원 구석에는 태풍에 맞아 찢어진 두세 장의 파초 잎이 욕조 안에 푸른 그늘을 드리우고 있었다. 나는 욕조 가에 걸터앉아, 살아 있다는 감각도 없이 깊은 생각에 잠겼다.

내게는 창피한 기억에 사로잡힐 때마다 그것을 떨쳐내기 위해 혼자서 자아, 하고 중얼거리는 버릇이 있었다. 간단해, 간단한 거야, 라고 속삭이면서 허둥지둥 이쪽저쪽을 돌아다니던 내 모습이 떠올라, 손바닥으로 온천물을 뜨고 흘려보내기를 반복하며 자아, 자아, 를 몇 번이나 되뇌었다.

다음 날 그 교사가 우리에게 사과하면서, 결국 파업도 일어나지 않았고 친구들과도 간단히 화해했지만, 이 재난이 나를 우울하게 만들었다. 자꾸만 미요가 떠올랐다. 미요를 만나지 않으면 이대로 타락해버릴 것 같다는 생각마저 들었다.

마침 어머니와 누나가 온천장을 떠나게 되었는데, 떠나는 날이 공교롭게도 토요일이어서, 나는 어머니 일행을 모셔다드린다는 명목으로 고향에 갈 수 있었다. 친구들에게는 비밀로 했다. 동생에게도 집에 가는 진짜 이유는 말하지 않았다. 말하지 않아도 이미 알고 있을 거라고 생각했다.

다 함께 온천장을 떠나 우리 가족이 신세를 지고 있는 포목점에서 잠시 쉬었다가, 어머니, 누나와 함께 셋이서 고향으로 향했다. 열차가 플랫폼을 떠날 때 배웅하러 나온 동생이 열차의 창문으로 파르스름한 후지산 모양의 이마를 들이밀며 한마디 했다. 힘내! 그래, 알았어. 나는 얼떨결에 대꾸하며 기분 좋게 고개를 끄덕였다.

마차가 이웃마을을 지나 집에 가까워지자, 나는 침착하게 앉아있을 수가 없었다. 해가 져서 산도 하늘도 캄캄했다. 가을바람으로 벼가 사붓사붓 흔들리는 소리에 귀를 기울이면서, 쿵쾅거리는 가슴을 부여잡고 있었다. 가만히 창밖의 어둠을 응시하고 있으려니, 하얀 참억새가 코앞에 불쑥 나타났다. 깜짝 놀라 흠칫 뒤로 물러났다.

현관에 달린 희미한 처마 등 아래에 가족들이 우르르 마중을 나와 있었다. 마차가 멈춰 섰을 때 미요도 종종걸음으로 현관에서 뛰어나왔다. 추운 듯 어깨를 동그랗게 움츠리고 있었다.

그날 밤 2층 방에 누워 있던 나는, 쓸쓸한 생각에 몸을 떨었다.

속된 세상의 관념 때문에 괴로웠다. 나는 미요를 생각하면서 바보가 되어버린 게 아닐까. 여자를 생각하는 일 따위, 누구나 할 수 있는 일이다. 하지만 나는 다르다. 한마디로 표현할 수는 없지만, 다르다. 내 경우에는 여러 가지 의미에서 저속한 것만은 아니다. 그러나 여자에게 정을 품은 남자라면 누구나 그렇게 생각하지 않을까. 그렇다고는 해도……. 나는 내 담배연기에 목이 메어 캑캑거리면서 고집을 부렸다. 나의 경우에는 사상이 있다!

그날 밤 나는, 미요와 결혼하려면 가족들과 어떤 논쟁을 벌이게 될까를 떠올려보면서, 섬뜩할 정도로 큰 용기를 얻었다. 나의 모든 행동은 평범하지 않아. 나는 세상에서 꽤 수준 높은 인간이라고! 그렇게 확신했다. 그래도 너무 외로웠다. 이 외로움이, 어디에서 오는 것인지도 알 수 없었다. 아무리 해도 잠이 오지 않아서, 어쩔 수 없이 '은밀한 안마'를 했다. 미요는 완전히 머릿속에서 밀어내고 했다. 미요만은 더럽히고 싶지 않았다.

아침에 눈을 뜨니, 가을 하늘이 높고 투명했다. 나는 아침부터 건너편 밭으로 포도를 따러 나갔다. 미요에게 큰 대나무 바구니를 들리고 따라오게 했다. 가능한 한 가벼운 어투로 그렇게 말했기 때문에 누구도 이상하게 생각하지 않았다. 포도나무는 밭의 동남쪽 구석에 있었는데 크기가 열 평쯤 되었다. 포도가 익어갈 무렵이면 갈대 줄기로 사방을 꼼꼼히 둘러쳤다. 우리는 한쪽 구석으로 난 작은 쪽문을 열고 울타리 안으로 들어갔다. 안은 후텁지근했다. 두세 마리의 노란 말벌이 붕붕 날아다니고 있었다. 아침 해가, 머리 위로 우거진 포도나무 잎들과, 주변의 갈대발을 뚫고 환하게 들이쳐서, 미요의 모습도 옅은 연둣빛으로 보였다. 나는 오는 길에 머릿속으로 이것저것 계획하면서 악동 같은 미소를 짓기도 했지만, 이렇게 단둘이 되고 보니 너무도 어색한 나머지 불쾌할 지경이었다. 나는 일부러 쪽문을 열어 놓았다.

나는 키가 컸기 때문에 발판 없이도 전지가위로 포도송이를 싹둑싹둑 잘라냈다. 그것을 하나하나 미요에게 건넸다. 미요는 포도에 맺힌 아침 이슬을 흰 치마로 재빨리 닦아내어 바닥에 놓인 바구니에 담았다. 우리는 서로 한마디도 하지 않았다. 얼마나 시간이 흘렀을까. 그러는 동안 나는 점점 더 신경이 곤두섰다. 포도가 바구니에 가득 찼을 즈음, 미요가 뻗었던 한 손을 옴칫, 제 쪽으로 끌어당겼다. 나는 미요에게 포도를 떠밀며, 여기, 하고 부르면서 혀를 찼다.

미요는 오른쪽 손목을 왼손으로 꼭 감싸 쥐고는 숨을 참았다. 찔렸니? 내가 물으니 네에, 하며 눈부신 듯 눈을 가늘게 떴다. 이런, 바보야. 혼을 내주었다. 미요가 조용히 웃었다. 더 이상 그곳에 있을 수가 없었다. 약 발라줄게. 울타리를 뛰어나왔다. 안채로 데리고 가서 약장에서 암모니아 병을 찾아주었다. 될 수 있는 대로 난폭하게 자줏빛 유리병을 건네주었을 뿐, 직접 발라주지는 않았다.

그날 오후, 나는 그즈음 마을에 처음으로 선뵌 회색 천막의 허술한 승합차를 타고 고향을 떠났다. 가족들은 마차를 타고 가라고 했지만, 가문의 문장이 그려진 번쩍이는 검은 유리창 마차는 임금님 행차 같아서 싫었다. 미요와 같이 딴 포도가 든 바구니를 무릎 위에 올려놓고, 낙엽 깔린 시골길을 의미심장하게 바라보았다. 나는 만족했다. 미요에게 이만큼의 추억이라도 심어준 것이 나로서는 최선이었다. 미요는 이제 내 것이다. 안심했다.

그해 겨울방학은 중학생으로서의 마지막 방학이었다. 집에 갈 날이 다가오면서 동생과 나는 서로 다소 거북한 감정을 느끼고 있었다.

드디어 고향으로 돌아온 우리는, 먼저 부엌에 있는 돌화로 앞에 책상다리를 하고 마주 보고 앉아 두리번두리번 집안을 둘러보았다. 미요가 없다. 우리의 불안한 눈길이 두 번인가 세 번쯤 스쳤다. 그날 저녁식사 후 둘째 형 방으로 가서, 셋이서 고타쓰[31]에 들어가 트럼프를 쳤다. 트럼프 카드가 그저 새까맣게 보였다. 다른 이야기를 하다가 마음을 단단히 먹고 형에게 물었다. 하녀 하나가 안 보이네? 손에 쥔 대여섯 장의 카드로 얼굴을 덮으며 다른 뜻은 없다는 듯 말했다. 형이 추궁해 온다면 마침 동생도 있고 하니, 확실히 이야기해버릴 참이었다.

형은 고개를 갸우뚱하며 자기 손에 든 패 중 무엇을 낼까 한참 고민하더니, 미요? 미요는 할머니와 싸우고 고향으로 가버렸어, 그 녀석 고집불통이었거든, 하고 중얼거리며 휙 한 장 버렸다. 나도 한 장 버렸다. 동생도 말없이 한 장 버렸다.

그로부터 너댓새 후 소설을 좋아하는 양계장 문지기 청년에게서 자초지종을 들을 수 있었다. 미요는 어느 하인에게 딱 한 번 더럽혀진 것을 다른 하녀들에게 들켜버려서, 더 이상 우리 집에 있을 수 없게 되었다. 그 남자 하인은 그것 말고도 여러 가지 다른 나쁜 짓을 해서 그때는 이미 쫓겨나고 없었다. 그건 그렇고 문지기 청년이 한 말이 조금 지나쳤다. 미요는 나중에야 그만해, 그만해, 하고 속삭였대. 그자가 자랑스레 떠벌리고 다니던 말까지 덧붙이다니.

설이 지나고 겨울방학도 끝나갈 무렵, 나는 남동생과 둘이서 서고에 들어가 서적이나 족자를 들여다보며 놀았다. 조그만 채광창 너머로

31_ 테이블 밑에 난로를 달고 이불을 덮어 하반신을 따뜻하게 하는 난방용구.

펄펄 눈이 내리고 있었다. 아버지의 뒤를 이어 큰형이 대를 잇자, 방마다 걸려 있던 장식이나 서적, 족자의 종류까지 차츰 바뀌어갔다. 나는 집에 올 때마다 그것을 흥미롭게 지켜보았다. 나는 큰형이 최근에 새로 장만한 족자 하나를 펼쳐 보았다. 물 위로 황매화 꽃잎이 날리는 그림이었다. 동생은 내 옆으로 큰 사진 상자를 가져와서, 차가워진 손가락 위로 하얗게 입김을 내뿜으며, 몇 백 장이나 되는 사진을 부지런히 보고 있었다. 얼마 있다가 동생이, 아직은 바탕지가 깨끗한 명함의 두 배쯤 되는 크기의 사진 한 장을 건네주었다. 들여다보니, 최근에 미요가 우리 어머니와 함께 이모 댁에라도 갔던 모양인지, 이모와 함께 셋이서 찍은 사진이었다. 어머니가 혼자 낮은 소파에 앉아 있고, 그 뒤에 키가 비슷한 이모와 미요가 나란히 서 있었다. 배경은 장미가 흐드러지게 핀 화원이었다. 우리는 서로 머리를 맞대고 한동안 사진을 물끄러미 들여다보았다. 나는 마음속으로 이미 동생과 화해하고 있었을 뿐만 아니라, 미요의 일도 꾸물거리다가 동생에게 말하지 못하고 넘어갔기 때문에 비교적 차분하게 사진을 들여다볼 수 있었다. 미요는 살짝 움직였는지, 얼굴에서 가슴에 걸쳐 윤곽이 흐릿해져 있었다. 이모는 두 손을 허리띠 위로 모으고 눈이 부신 듯 서 있었다. 나는, 닮았다고 생각했다.

魚服記

어복기

大宰治

「어복기」

1933년 3월, 동인지 『바다표범』 창간호에 발표됐다.
　고향 쓰가루의 정취를 담아낸 이 작품은, 향토적인 작품을 많이
써냈던 스승 이부세 마스지(히로시마 출신)를 비롯해 여러 동인들
에게 좋은 평을 얻었으며, 소설가 사카구치 안고는 다자이 최고의
걸작이라고까지 했다.
　그해 발행한 『바다표범 통신』에는 다음과 같은 저자의 글이
실려 있다.

　❝「어복기」는 중국의 오래된 짧은 이야기들을 모은 단편집의 제목
이라고 합니다. 그것을 일본의 우에다 아키나리가 「꿈속의 잉어」라는
제목으로 『우게쓰 이야기雨月物語』에 수록했습니다.
　저는 힘겨운 시절을 보낼 때 『우게쓰 이야기』를 읽었습니다. 「꿈속
의 잉어」는, 미이 절에 잉어그림을 잘 그리는 고우기라는 스님이
어느 해 큰 병에 걸렸는데, 그의 영혼이 황금색 잉어가 되어 비와코
호수를 마음껏 누볐다는 이야기입니다. 저는 이것을 읽고 나서 물고기
가 되고 싶었습니다. 물고기가 되어, 하루가 멀다 하고 저를 구박하는
사람들을 마음껏 비웃어주자고 생각했습니다.
　저의 이런 기획도, 실패로 돌아간 것 같습니다. 애초에 비웃어주자,
라는 생각 자체가 잘못된 것이었는지도 모르겠습니다. ❞

1

혼슈[1] 북단에 있는 산맥을 본주산맥이라 한다. 기껏해야 3, 4백 미터의 구릉이 기복을 이루고 있을 뿐이어서, 일반 지도에는 나와 있지 않다. 옛날 이 일대는 드넓은 바다였다는데, 요시쓰네[2]가 부하들을 이끌고 북으로, 북으로 노를 저어, 아득한 에조^{옛 홋카이도} 땅으로 가기 위해 이곳을 지났다고 한다. 그때 그들의 배가 이 산맥과 충돌했다. 부딪친 자국이 지금도 남아 있다. 산맥 한가운데 봉긋하게 솟아오른 낮은 산 중턱, 서른 평가량 되는 적토로 된 벼랑에 그 자국이 있다.

낮은 산은 마하게산[3]이라고 했다. 산기슭 마을에서 벼랑을 바라보면 달리는 말과 닮았다 하여 지어진 이름이지만, 실은 늙수그레한 사람의 옆얼굴을 닮았다.

• • • • • • • • • • • •
1_ 일본열도의 중심이 되는 가장 큰 섬.
2_ 미나모토노 요시쓰네(1159~1189). 헤이안시대 말기에서 가마쿠라시대 초기의 장수로, 가마쿠라막부를 연 미나모토노 요리토모의 배다른 동생이다. 형을 도와 헤이케의 군사를 물리치고 막부가 정권을 잡는 데 큰 공을 세우나 배신당한다. 홋카이도로 도망쳤다는 설이 있다.
3_ 馬禿山. 다자이의 생가가 있는 아오모리현 북쓰가루군 가나기에 위치한 산.

마하게산 깊은 산골은 근방에서 경치가 좋기로 이름이 높다. 산기슭에는 이삼십여 채의 집들이 모여 있는 작고 쓸쓸한 마을이 있고, 그 마을 근처 강을 20리가량 거슬러 올라가면 마하게산 뒤편이 나오는데, 거기에 열 장^{30m} 가까이 되는 폭포가 하얗게 떨어지고 있다. 늦여름에서 가을 사이에 온 산이 단풍으로 붉게 물드는데, 그런 계절이면 적막하던 숲도 단풍구경을 오는 사람들로 한동안 활기를 띤다. 폭포 아래쪽 조촐한 찻집도 문을 연다.

여름이 끝날 무렵, 이 폭포에서 사람이 죽었다. 고의로 뛰어든 게 아니라 순전히 과실이었다. 식물채집을 하러 폭포를 찾았던 피부가 뽀얀 도시학생이었다. 이 일대에는 희귀한 양치류가 많아서 이런 채집꾼들이 자주 찾아오곤 했다.

폭포는 삼면이 높은 절벽으로 둘러싸여 있고, 서쪽 면만 비좁게 아래로 펼쳐져 있었는데, 거기서 계곡물이 바위를 삼키며 떨어져 내렸다. 절벽은 계곡의 물보라 때문에 늘 축축하게 젖어 있었다. 절벽 여기저기에 자라난 양치류는 폭포의 울림 때문에 언제나 가볍게 부들부들 흔들렸다.

학생은 이 절벽을 기어올랐다. 정오가 지난 시간이었지만 초가을의 햇살이 아직 절벽의 정상에 환하게 남아 있었다. 중간쯤 도달했을 때 발밑을 받치고 있던 머리 크기의 바위가 맥없이 부서졌다. 벼랑에서 떼어낸 듯 스윽 떨어졌다. 도중에 절벽에서 뻗어 나온 늙은 나뭇가지에 몸이 걸렸다. 가지가 부러졌다. 학생은 무시무시한 소리를 내며 깊은 못으로 빠져들었다.

폭포 부근에 있던 너덧 명이 이를 목격했다. 그러나 폭포 옆 찻집에 있던 열다섯 살 난 소녀가 제일 똑똑히 그것을 보았다.

딱 한 번 못 깊숙한 곳으로 빠져 들어가더니, 상반신이 가볍게 수면 위로 솟아올랐다. 눈은 감겨 있었고, 입은 반쯤 벌어진 채였다. 푸른 셔츠가 군데군데 찢겨 나갔으며, 채집용 가방은 여전히 어깨에 걸려 있었다.

그러고는 다시 수면 깊숙한 곳으로 빨려 들어갔다.

2

입춘에서 입추 사이 날이 좋을 때면, 꽤 멀리서도 마하게산에서 흰 연기가 모락모락 피어오르는 것을 볼 수 있다. 이 시기 산의 나무들은 정기가 많아 숯을 만들기 적당했기 때문에 숯 굽는 사람들도 바빠진다.

마하게산에는 숯 굽는 오두막이 열 채가량 있었다. 폭포 근처에도 하나 있었다. 이 오두막은 여느 오두막과 달리 외따로 떨어져 있었다. 오두막 주인이 다른 지역에서 온 사람이었기 때문이었다. 찻집의 소녀는 이 오두막집 딸로, 이름은 스와였다. 아버지와 단둘이 일 년 내내 그곳에서 살았다.

스와의 아버지는 스와가 열세 살 되던 해, 폭포 옆에 통나무와 갈대로 작은 찻집을 지었다. 라무네[4]와 소금 센베^{일본식 쌀과자}, 사탕과 그 밖에 두세 종류의 과자를 늘어놓고 팔았다.

여름이 다가와 산을 찾는 사람들이 하나둘 보이기 시작할 무렵이면, 아버지는 매일 아침 그것들을 손바구니에 넣어서 찻집까지 날랐다. 스와는 맨발로 아버지 뒤를 타박타박 쫓아갔다. 아버지는 곧 오두막으로

4_ 일본식 사이다. 어원은 레몬에이드에서 왔다. 지금도 여름이면 축제가 한창인 거리에서 시원한 라무네를 파는 모습을 쉽게 볼 수 있다.

돌아갔지만 스와는 혼자 남아 찻집을 지켰다. 산을 오르는 사람들의 그림자가 보일라치면 쉬었다 가세요잉, 하고 외쳤다. 아버지가 그렇게 시켰기 때문이었다. 하지만 스와의 아름다운 목소리도 세찬 폭포소리에 묻혀버려서, 대개는 사람들이 돌아보는 일조차 없었다. 매상은 하루에 오십 전도 올리지 못했다.

해가 저물면 아버지는 숯 굽는 오두막에서 온몸이 새까맣게 되어서는 스와를 데리러 왔다.

"몇 개 팔았냐?"

"한 개도 못 팔아봤어요."

"그려, 그려."

아버지는 아무렇지도 않다는 듯 중얼거리며 폭포를 올려다보았다. 그러고는 둘이서 가게 물건을 다시 손바구니에 집어넣고 숯 굽는 오두막으로 돌아왔다.

그런 일과가 서리 내릴 무렵까지 계속된다.

스와를 찻집에 혼자 두어도 걱정은 없었다. 산속에서 나고 자란 아이라 바위를 잘못 디디거나 폭포 속으로 빨려 들어갈 염려는 없었다. 맑은 날이면 스와는 알몸으로 폭포가 떨어지는 곳 근처까지 헤엄을 쳤다. 헤엄을 치면서도 손님이 될 만한 사람이 보이면 붉은 빛이 도는 짧은 머리칼을 힘껏 들어 올리며, 쉬었다 가세요잉, 하고 외쳤다.

비가 오는 날이면 찻집 구석에서 거적을 덮고 낮잠을 잤다. 찻집 위에는 커다란 떡갈나무가 우거져 있어서 좋은 방패막이 되었다.

스와는 위엄 있게 떨어져 내리는 폭포를 바라보며, 물이 저렇게 많이 떨어지니 언젠가는 다 없어져버릴 거라고 기대를 하거나, 왜 폭포의 모양은 늘 똑같기만 한 걸까 하고 의아해하기도 했다.

그랬던 스와가 요즘 들어 조금씩 생각이 깊어졌다.

스와는 폭포의 모양이 늘 똑같지만은 않다는 사실을 발견했다. 물보라가 피어오르는 모양이나, 폭포의 폭 같은 것도, 눈이 어지럽도록 바뀌고 있다는 것을 알았다. 폭포는 물이 아니라 구름이라는 것도 깨달았다. 폭포수가 떨어져 내린 곳에서 하얀 물안개가 뭉게뭉게 피어오르는 것만 보아도 알 수 있었다. 무엇보다 물이 그렇게까지 하얄 리가 없었다.

스와는 그날도 폭포 근처를 서성이고 있었다. 구름 낀 날이었는데, 가을바람이 꽤나 매섭게 불어와 스와의 붉은 볼을 때렸다.

스와는 지난 일을 떠올리고 있었다. 언젠가 아버지가 스와를 안고 숯가마를 지키면서 옛날이야기를 들려준 적이 있었다. 그것은 나무꾼 형제 사부로와 하치로에 대한 이야기였다. 어느 날 동생 하치로가 계곡에서 송어를 잡아왔는데, 형 사부로가 산에서 돌아오기도 전에 먼저 한 마리를 구워 먹었다. 먹어보니 맛이 좋았다. 두 마리, 세 마리, 먹어도 먹어도 멈출 수가 없어서, 결국 전부 다 먹어버렸다. 그러자 이번에는 목이 말라 견딜 수가 없었다. 우물물을 싹 다 마시고는 마을 옆 강가로 달려가 또 물을 마셨다. 마시고 있는 동안 온몸에 투둑투둑 비늘이 돋아났다. 형 사부로가 부랴부랴 달려왔지만, 이미 하치로는 무시무시하고 거대한 구렁이가 되어 강을 헤엄치고 있었다. 형이 하치로! 하고 부르니, 강 밑에서 구렁이가 눈물을 흘리며 형! 하고 답했다. 형은 둑 위에서, 동생은 강 밑에서, 하치로! 형! 하고 울며 서로를 불렀지만, 어떻게 해볼 도리가 없었다.

스와는 그 이야기가 너무 슬퍼 작은 입속에 아버지의 숯 검댕이 손을 물고 울었다.

스와는 추억에서 깨어나, 이상하다는 듯 눈을 깜박거렸다. 폭포가 속삭이고 있었다. 하치로, 형, 하치로.

아버지가 붉게 물든 담쟁이덩굴 잎을 걷어내며 나왔다.

"스와야, 몇 개 팔았냐?"

스와는 대답하지 않았다. 물보라에 젖어서 반짝거리는 코끝을 세게 문질렀다. 아버지는 말없이 가게를 정리했다.

스와와 아버지는 숯 오두막까지 3정^{町300m} 가까운 산길을 얼룩조릿대를 헤치며 걸었다.

"인자 슬슬 가게 문 닫자."

아버지는 오른손에서 왼손으로 손바구니를 바꿔 들었다. 라무네 병이 달그락달그락 소리를 냈다.

"입추 지낭께 산 찾는 사람도 없어블마."

해 저문 산에는 바람 소리만 남아 있었다. 떡갈나무나 전나무의 마른 잎들이 이따금 진눈깨비처럼 두 사람의 머리 위로 떨어졌다.

"아부지."

스와가 아버지의 등 뒤에서 말을 걸었다.

"아부진 뭐 땀시 산다요."

아버지의 큰 어깨가 움찔했다. 스와의 진지한 표정을 찬찬히 들여다보며 중얼거렸다.

"나도 모르겠다."

스와는 손에 들고 있던 억새풀을 씹으며 말했다.

"확 뒈지는 게 안 낫것소."

아버지는 손바닥을 올렸다. 때려줄까 싶었다. 그러나 우물쭈물 손을 내렸다. 전부터 스와가 불만에 가득 차 있다는 것을 눈치채고는 있었지만, 이러는 것도 이제 스와가 어엿한 여자가 되어 가기 때문이라고 생각하고 넘어가기로 했다.

"그려, 그려."

스와는 아버지의 어정쩡한 대답이 너무도 바보같이 여겨져 억새풀을
퉤퉤 내뱉으며,

"멍충이, 멍충이!"

하고 고함을 질렀다.

3

추석이 지나 찻집을 거두고 나면, 스와가 가장 싫어하는 계절이
찾아온다.

아버지는 이즈음부터 사나흘 간격으로 숯을 짊어지고 그걸 마을에
팔러 나갔다. 남에게 부탁할 수도 있었지만, 그렇게 하면 십오 전이나
이십 전은 들었기 때문에 스와를 혼자 남겨두고 산기슭 마을로 내려갔다.

스와는 하늘이 파랗게 갠 날이면 집을 비우고 버섯을 따러 갔다.
아버지가 만든 숯은 한 가마니에 오륙 전 벌면 잘 버는 것이어서 그것만으
로는 도저히 살아갈 수 없었다. 아버지는 스와에게 버섯을 따게 해서
그것을 마을에 가지고 나가 팔았다.

나메코라는 미끈미끈한 콩 버섯은 값이 꽤 나갔다. 그것은 양치류가
무성한 썩은 나무에 무리지어 돋아났다. 스와는 그런 이끼를 볼 때마다
단 하나뿐인 친구를 떠올렸다. 버섯이 가득 담긴 바구니 위에 파란
이끼를 흩뿌려 오두막으로 가져오는 것을 좋아했다.

아버지는 숯이건 버섯이건 그것이 좋은 가격에 팔리면, 으레 술

냄새를 풍기며 집으로 돌아왔다. 가끔은 스와를 위해 거울이 달린 종이지갑 같은 것을 사오기도 했다.

초겨울 찬바람이 산중에 휘몰아쳐 오두막에 걸어놓은 거적이 마구 흔들리던 날이었다. 아버지는 새벽부터 마을로 내려가고 없었다.

스와는 하루 종일 오두막에 틀어박혀 있었다. 모처럼 오늘은 머리를 묶어보았다. 동그랗게 만 머리꼭지에 아버지가 사다주신 파도무늬 장식핀을 꽂았다. 그러고는 모닥불을 활활 피워놓고 아버지가 돌아오시기를 기다렸다. 나뭇가지 흔들리는 소리에 뒤섞여 짐승 우는 소리가 간간히 들려왔다.

해가 저물어 혼자 저녁을 지었다. 검은 밥에 구운 된장을 얹어 먹었다.

밤이 되자 바람이 그치고 으스스 추워졌다. 이렇듯 묘하게 조용한 밤이면 산에 늘 이상한 일이 벌어진다. 산도깨비가 큰 나무를 베어 넘어뜨리는 우지끈 하는 소리가 들려오거나, 오두막 입구 부근에서 누군가 팥을 씻는 것만 같은 사락사락 하는 소리가 들리기도 하고, 먼 곳에서 산사나이의 웃음소리가 또렷하게 울려 퍼지기도 했다.

아버지를 기다리다 지친 스와는 짚 이불을 덮고 화롯가에서 잠이 들었다. 꾸벅꾸벅 졸고 있는데, 이따금 입구의 거적을 들치고 몰래 엿보는 이가 있었다. 산사나이가 엿보고 있다고 생각하면서, 계속 자는 척했다.

허연 것이 입구 쪽에 언뜻언뜻 날아드는 것이 타다 남은 모닥불에 비쳐 희미하게 보였다. 첫 눈이야! 꿈결처럼 가슴이 뛰었다.

통증. 온몸이 저릴 듯 무거웠다. 게다가 역겨운 호흡소리마저 들려왔다.

"바보."

스와가 짧게 외쳤다.

무언지도 모른 채 밖으로 뛰쳐나갔다.

눈보라! 그것이 와락 얼굴을 때렸다. 엉겁결에 털썩 주저앉았다. 순식간에 머리칼도 옷도 새하얘졌다.

스와는 일어나 어깨를 들썩이며 거칠게 숨을 쉬고는 한 발 한 발 걸음을 내딛었다. 거센 바람에 옷이 마구 뒤엉켰다. 어디까지고 걸어 나갔다.

폭포 소리가 점점 크게 들려왔다. 자박자박 걸어 나갔다. 손바닥으로 몇 번이나 콧물을 훔쳤다. 바로 발아래에서 폭포 소리가 들려왔다.

정신없이 요동치는 겨울나무들의 좁은 틈새로 빠져나와,

"아부지!"

하고 나지막이 부르더니 물속으로 뛰어들었다.

4

정신을 차려 보니 주변은 어두컴컴했다. 폭포의 거대한 울림이 어렴풋이 느껴졌다. 머리 위 한참 높은 곳에서 전해지는 것이었다. 몸이 그 울림에 맞춰 흐느적흐느적하더니, 곧 뼛속까지 차가워졌다.

아아, 물 밑이구나. 그걸 깨닫자 괜스레 기분이 상쾌해졌다. 후련했다.

문득 두 다리를 뻗어 보니, 스윽 소리도 없이 앞으로 나아갔다. 하마터면 콧등이 물가 바위 모서리에 부딪힐 뻔했다.

구렁이!

구렁이가 되었네. 좋아라, 이제는 오두막으로 갈 수 없구나. 혼잣말을 중얼거리며, 입가의 지느러미를 세차게 움직였다.

작은 붕어였다. 그저 입을 빠끔거리며 코끝에 난 돌기를 움직여볼 뿐.

붕어는 폭포가 떨어지는 못 여기저기를 헤엄쳤다. 가슴지느러미를 팔랑이며 수면 위로 떠오르는가 싶더니, 갑자기 꼬리지느러미를 세차게 흔들어 깊은 바닥 속으로 잠겨들었다.

물속 작은 새우를 쫓거나, 못 기슭 갈대숲에 숨어보거나, 바위 모서리에 낀 이끼를 홀짝이면서 놀았다.

그러던 붕어가 꼼짝도 하지 않았다. 더러 가슴지느러미를 살짝 흔들어보는 게 다였다. 뭔가 생각에 잠긴 듯했다. 한동안 그렇게 있었다.

이윽고 몸을 꿈틀거리며 곧바로 폭포가 떨어지는 곳으로 향했다. 순식간에 빙글빙글 나뭇잎처럼 빨려 들어갔다.

太宰治

「열차」

아오모리현 지역신문 <동오일보東奧日報> 문학상에 당선되어, 1933년 2월 19일, 일요일판 <선데이 동오>에 발표됐다.

다자이 오사무라는 필명으로 발표한 최초의 소설로, 소박한 사소설私小說 리얼리즘 작품이라고 평가받고 있다(안도 히로시). 그럼에도 다자이 특유의 실험적이고 기발한 발상보다는, 기성작가들의 안정되고 무난한 기법으로 쓰인 까닭에, 그다지 관심을 받지 못한 작품이다.

소설 전반에 걸쳐 숫자가 많이 눈에 띄는데, 그건 그렇고 다자이는 왜 103이란 번호를 기분 나쁘다고 생각했을까? 3이란 숫자를 싫어했던 것일까?

    1925년 우메바치 공장[1]에서 만들어진 C51 모델 기관차는 같은 공장에서 비슷한 시기에 제작된 삼등객차 세 량과 식당차, 이등객차, 이등침대차 각각 한 량씩, 그 외의 우편이나 화물을 싣는 화물칸 세 량까지, 모두 합해 아홉 칸에다가, 어림잡아 이백여 명쯤 되는 여행객, 십만이 넘는 편지, 그에 얽힌 셀 수 없이 많은 가슴 저미는 이야기를 싣고, 비가 오나 바람이 부나 오후 두 시 반이면, 증기를 푹푹 내뿜으며, 우에노에서 아오모리를 향해 내달렸다. 만세를 부르며 배웅을 하거나, 손수건으로 이별을 아쉬워하거나, 혹은 오열하며 불길한 여행길 인사를 주고받는 사람도 있다. 열차번호는 103.

    번호부터가 기분 나쁘다. 1925년부터 지금까지 팔 년도 더 지났으니 그 사이 이 열차는 얼마나 많은 사람들의 마음을 갈기갈기 찢어놓았을까. 실제로 내가 이 열차 때문에 몹시 곤혹스러운 일을 겪었다.

    작년 겨울, 시오타가 데쓰 씨를 집에 되돌려 보냈을 때의 일이다. 데쓰 씨와 시오타는 같은 고향 출신으로 어렸을 때부터 알고 지냈고,

---

1_ 제국주의시대 열차 수요의 급증으로 반짝 성공을 거둔 우메바치 야스타로의 열차제조공장.

나와 시오타는 고등학교 때 기숙사에서 한 방을 쓰던 사이였기에, 틈만 나면 그의 연애사를 듣곤 했다. 다소 유복했던 시오타네 집에서 가난한 집안 출신인 데쓰 씨와의 결혼을 허락하지 않았기 때문에, 시오타와 그의 아버지는 시도 때도 없이 격렬한 말싸움을 벌였다. 첫 번째 싸움 때는 시오타가 기절할 만큼 흥분해서 코피까지 뚝뚝 흘렸는데, 그런 우직한 이야기마저도 내 어린 가슴을 뛰게 했다.

그럭저럭 시오타와 나는 고등학교를 졸업하고, 함께 도쿄에 있는 대학에 들어갔다. 그로부터 삼 년이 흘렀다. 그동안 나는 힘겨운 나날을 보냈지만 시오타는 그렇지도 않았던 모양인지, 하루하루를 그저 태평하게 지내는 듯했다. 내가 처음 세 들어 살았던 집이 학교에서 가까웠기 때문에 입학 당시에는 시오타도 두세 번 그곳에 들렀지만, 환경이나 사상 모두 삐걱대다 서로 멀어져간 우리가, 예전처럼 다시 거리낌 없는 사이로 돌아가기는 어려웠다. 내 마음이 비뚤어져서 그런 생각이 드는 건지는 모르겠지만, 만약 그때 데쓰 씨가 도쿄에 오지 않았더라면 시오타는 나에게서 영원히 멀어질 작정이었던 것 같다.

연락을 끊고 지낸 지 삼 년째 되던 어느 겨울 날, 느닷없이 시오타가 교외의 우리 집을 찾아와서는 데쓰 씨가 도쿄에 온다는 소식을 전했다. 시오타의 졸업을 기다리다 지친 데쓰 씨가 혼자서 도쿄로 도망쳐 왔던 것이다.

그 무렵 나는 제대로 학교 공부를 하지 못한 한 시골여인과 이미 결혼한 상태였고, 새삼스럽게 시오타의 연애사에 가슴 졸일 만한 풋풋한 기분도 남아 있지 않았던 터라, 갑작스러운 그의 방문이 어느 정도 당황스럽기는 했지만, 동시에 그가 나를 찾아온 저의를 꿰뚫어 보지 못하는 것도 아니었다. 한 소녀가 가출해서 자신을 찾아왔다는 이야기를 지껄이고 다니는 것이, 그의 자존심을 얼마나 만족시켜 주었을지. 나는 그 우쭐거리는 모습이 불쾌해서 데쓰 씨에 대한 그의 진심마저 의심스러웠다. 그런 나의 의혹은 무참하게도 적중했다. 한바탕 정신없이 자랑을 쏟아내던 시오타는 그제야 미간에 주름을 짓고는, 이제 어떻게 하면 좋지? 하고 소곤거렸다. 한가하게 남의 연애사에 끼어들 처지가 못 되었던 나는, 자네도 어지간히 영리해졌군, 자네가 데쓰 씨에게 옛날같이 애틋한 마음을 느끼지 못한다면 헤어지는 게 낫지 않겠나, 하고 짐짓 시오타의 생각을 단도직입적으로 말해주었다. 시오타는 입가에 또렷하게 미소를 머금고는, 그래도……, 하며 생각에 잠겼다.

그러고 나서 너댓새가 지나, 시오타가 내게 속달우편을 보내왔다. 엽서에는 친구들의 충고도 있고 해서 서로의 장래를 위해 데쓰를 고향으로 돌려보낸다, 내일 두 시 반 기차로 돌아갈 것이다, 라는 내용이 간략히 적혀 있었다. 나는 부탁을 받은 것도 아니면서, 그 자리에서 데쓰 씨를 배웅하기로 마음먹었다. 내게는 그렇게 경솔한 결심을 해버리는 여린 구석이 있었다.

다음날은 아침부터 비가 내렸다.

내키지 않아 하는 아내를 다그쳐 함께 우에노 역까지 나갔다.

103호 열차는 차가운 빗속에서 검은 연기를 토해내며 출발 시각을 기다리고 있었다. 우리는 하나하나 열차 창문 안을 들여다보며 걸었다. 데쓰 씨는 기관차 바로 뒤 삼등객차에 앉아 있었다. 삼사 년 전 시오타의 소개로 한 번 만난 적이 있었는데, 그때에 비하면 얼굴색이 훨씬 희었고 턱 주변도 통통하게 살이 올라 있었다. 데쓰 씨도 내 얼굴을 잊지 않고 있어서, 내가 말을 걸자 금세 창문 밖으로 상반신을 내밀고 반갑게 인사를 했다. 나는 데쓰 씨에게 아내를 소개했다. 일부러 아내를 데려간 것은 아내도 데쓰 씨와 비슷한 형편이었으니 나보다는 더 적절한 말과 태도로 데쓰 씨를 위로해줄 것이라 생각했기 때문이었다. 그러나 내 생각은 완전히 빗나갔다. 데쓰 씨와 아내는 둘 다 귀부인처럼 아무 말 없이 고개만 까딱 하며 인사를 나눴다. 나는 거북해져서 무슨 부호인지 객차 옆구리에 흰 페인트로 작게 쓰여 있는 스하프 134273이라는 글자 언저리를 우산으로 툭툭 쳐보았다.

데쓰 씨와 아내는 날씨에 관한 이야기를 두세 마디 나누었다. 대화가 끝나고 나니 다들 더욱 할 일이 없어졌다. 데쓰 씨는 창가에 얌전히 얹어 놓았던 가냘픈 열 손가락을 하릴없이 오므렸다 폈다 하면서 물끄러미 한 곳을 응시했다. 나는 그런 광경을 보고 있을 수가 없어서 슬쩍 자리를 떠서는 긴 플랫폼을 이리저리 서성거렸다. 열차 아래서 뿜어 나오는 증기가 차가운 김이 되어 하얗게 발밑을 기어 다녔다.

나는 전자시계 근처에 서서 열차를 바라보았다. 비에 흠뻑 젖은 열차가 검푸르게 빛나고 있었다.

세 번째 칸 삼등객차 창문에, 밖으로 한껏 목을 빼고 배웅 나온 사람들 대여섯 명에게 훌쩍거리며 인사를 하는 거무스름한 얼굴 하나가 보였다. 그 무렵 일본은 어느 나라와 전쟁 중이었는데, 그곳에 동원되는 병사인 것 같았다. 나는 보지 말아야 할 것을 본 것 같아, 숨이 막힐 듯 가슴이 답답했다.

몇 해 전 나는 한 사상 단체[2]에 잠시 몸담았다가, 얼마 지나지 않아 변변치 않은 변명을 앞세워 그곳을 떠나왔는데, 지금 이렇게 눈앞에서 병사를 보고, 또 창피를 당하고 더럽혀져서 끝내 집으로 돌아가는 데쓰

. . . .
2_ 당시 학생, 노동자, 지식인들이 주축을 이루던 좌익운동 단체는 반전 시위의 중심에 있었다. 공격적으로 전쟁을 준비하던 일본 정부가 이들을 무력으로 압박했던 이유이기도 하다.

씨를 보고 있자니, 내 변명 같은 건 새 발의 피만도 못 하는 생각이 들었다.

나는 머리 위의 전자시계를 올려다보았다. 출발까지는 아직 3분가량 남아 있었다. 어쩐지 참을 수가 없었다. 누구에게나 그렇겠지만, 배웅 나온 사람에게 출발 전 3분만큼 숨 막히는 일도 없다. 해야 할 말은 다 했고, 가슴 아프게 서로의 얼굴을 마주 보고만 있을 뿐이다. 하물며 이런 상황이니, 나는 그 해야 할 말조차 무엇 하나 떠오르지 않았다. 아내가 좀 더 융통성 있는 여자였다면 서로 마음이 편했겠지만, 보다시피 아내는 아까부터 부루퉁한 표정으로 데쓰 씨 옆에 잠자코 서 있기만 했다. 나는 마음을 단단히 먹고, 데쓰 씨가 앉아 있는 창가 쪽으로 걸어갔다.

곧 출발이다. 450마일의 여정을 앞둔 열차가 기적을 울리기 시작하자 플랫폼도 활기를 띠었다. 내 마음에는 타인의 처지까지 신경써줄 여유가 없었기 때문에, 데쓰 씨를 위로한다면서 '재난'이라는 무책임한 말을 꺼내기도 했다. 그러나 눈치 없는 아내는, 열차 옆면에 걸려 있는 물방울 고인 푸른 금속 팻말을 보고, 이제 막 배우기 시작한 서툰 지식으로, FOR A-O-MO-RI, 하고 나지막이 뇌까렸다.

太宰治

「지구도」

1935년 12월, 잡지 『신조新潮』에 발표됐다.

「유다의 고백」과 마찬가지로 크리스트교적 내용을 다루고 있는 작품으로, 종교적 사명을 지닌 사제라고는 하나 공포와 두려움을 느끼는 한 인간에 불과한 사람이, 극한 상황 속에서 어떻게 자신의 숙명을 지켜내는지를 그려냈다.

『만년』에는 「지구도」나 「역행－비구니」 등 종교적 요소가 깃든 작품들이 이따금씩 등장하는데, '예술의 미는 결국, 시민을 향한 봉사의 미다.'(「잎」, 「역행－도적」)라는 말처럼, 다자이는 예술과 종교가 널리 사람을 이롭게 한다는 점에서 일맥상통한다고 여겼기 때문인지도 모른다. 그러나 당시 『신조』에 발표된 작품노트에는, 별다른 종교적 언급 없이 다음과 같은 글이 실려 있었다.

❝「지구도」는 풍자도 아니고, 격언도 아니며, 한 편의 슬픈 이야기에 불과하다. 그래도 젊은 20대 독자들이여, 그대들은 이 작품을 읽고, 이 나라가 아직도 단단한 미로 속에 갇혀 있어서, 현직 관리 중에는 하쿠세키 같은 사람 하나조차 없다는 사실을 각오해야 한다. ❞

요한 팽나무는 요한 바티스타 시로테[1] 신부가 묻힌 무덤의 표식이다. 기리시탄 저택[2] 뒷문을 빠져나가면 바로 오른쪽에 그것이 있다. 시로테는 지금으로부터 이백 년 전쯤 이곳 옥사에서 죽었다. 그의 주검은 저택의 뜰 한쪽에 묻혔는데, 어느 멋스러운 관직자가 거기에 팽나무한 그루를 심었다. 팽나무는 뿌리를 내리고 가지를 뻗었다. 나이를 먹으면서 거목이 되었고, 사람들은 이를 요한 팽나무라 불렀다.

요한 바티스타 시로테는 로마 사람이었는데, 유서 깊은 가문 출신이었다. 어렸을 때부터 신앙을 가졌고, 종교학에 몰두해 스물두 해 동안 열여섯 명이나 되는 스승을 모셨다. 서른여섯 살에 교황 클레멘스 12세로부터 재패니아에 선교하라는 명을 받았다. 서기 1700년의 일이다. 시로테는 먼저 일본의 풍속과 언어를 공부했다. 그 공부에 삼 년이

. . . .

1_ 조반니 비티스타 시도티(1668~1714). 포교를 위해 에도시대 일본에 상륙한 이탈리아 출신의 가톨릭 사제. 요한은 조반니의 독일식 발음이며, 이름표기는 원문을 따랐다.

2_ 에도시대 크리스트교도인을 대상으로 하는 재판소 겸 감옥(기리시탄 야시키切支丹屋敷). 1892년에 폐지됐으며, 오늘날 도쿄 분교구 고히나타에 그 터가 있다.

걸렸다. 『히타산토룸』이라는 일본 풍속이 실린 소책자와 『데키쇼나룸』이라는 일본어 사전을 가지고 공부했다. 『히타산토룸』에는 여러 가지 그림이 실려 있었다.

삼 년을 공부한 끝에 자신감이 생겼을 무렵, 같은 사명을 받고 베이징으로 떠나는 토마스 테토르논이라는 사람과 함께, 갤리선[3] 한 척에 몸을 싣고 동방으로 향했다. 야네와^{제노바}를 지나, 카나리아^{아프리카 대륙 서쪽 섬}를 거쳐, 다시 프랑스야 범선 한 척으로 갈아타고 나서야, 드디어 로크손^{필리핀 루손}에 이르렀다. 두 사람은 로크손 해안에 배를 대고 상륙했다. 토마스 테토르논은 곧 시로테와 헤어져 베이징으로 향했지만, 시로테는 홀로 남아 이런저런 준비를 했다. 재패니아는 그리 멀지 않은 듯했다.

로크손에는 일본인의 후손이 삼천 명 정도 살고 있었는데, 일단은 그것이 시로테에게 어떤 식으로든 도움이 되었다. 시로테는 가지고 있던 돈을 모두 황금으로 바꾸었다. 재패니아는 황금을 가장 중시한다는 소문을 들었기 때문이었다. 일본식 옷도 장만했다. 바탕에 힘줄무늬 같은 것이 그려진 연노랑 면직 기모노였다. 칼도 샀다. 칼날 길이만 2척 4촌^{70cm}이 넘었다.

이윽고 시로테는 로크손에서 일본으로 향했다. 때때로 역풍이 불거나 파도가 거세어서, 항해가 순조롭지는 않았다. 배가 세 번이나 뒤집힐 뻔했다. 로마를 뒤로 한 지 삼 년째의 일이다.

호에이 5년^{1708년} 늦여름, 오스미노쿠니^{가고시마현 동남쪽} 야쿠섬 어부들이 기껏해야 30리 밖쯤 되는 바다 위에 거대한 배 한 척이 떠 있는 것을

. . . .
3_ 중세시대 지중해에서 쓰이던 양쪽 뱃전 가득 나란히 노가 달린 배.

발견했다. 그날 저녁 황혼이 내릴 즈음, 같은 섬 남쪽 오노마 마을 앞바다에, 작은 배 한 척이 돛을 가득 단 배에서 떨어져 나와 동쪽으로 노를 저어 가는 것을, 마을 사람들이 발견하고는 해안가에 모여 욕을 퍼부으며 소란을 피웠는데, 이윽고 먼바다가 어둑해지면서 범선도 어둠 속으로 사라졌다. 다음날 오노마 마을에서 20리 정도 떨어진 유도마리라는 마을 앞바다 저편에, 어제 나타났던 배처럼 보이는 범선이 모습을 드러냈으나, 강한 북풍이 불어와 순식간에 남쪽으로 사라져갔다.

그날의 일이다. 야쿠섬 고이도마리 마을의 도베에라는 사람이, 마쓰시타에서 숯 구울 나무를 베고 있었는데, 뒤에서 사람 목소리가 들렸다. 돌아보니 칼을 찬 사무라이가 햇볕이 들이치는 울창한 나무 그늘 아래 서 있었다. 시로테였다. 머리는 이마에서 정수리 한가운데까지 반쯤 박박 깎은 모습이었다. 노르스름한 기모노를 입고 칼을 찬 채, 슬픈 눈으로 서 있었다.

시로테는 한 손을 들고 이리 와, 이리 와, 하고 『데키쇼나룸』에서 배운 일본말을 두세 마디 했다. 그러나 그것은 알아들을 수 없는 이상한 말이었다. 『데키쇼나룸』이 불완전했던 것이다. 도베에는 몇 번이나 고개를 갸우뚱했다. 말보다는 행동이 도움이 되었다. 시로테는 두 손으로 물을 떠 마시는 시늉을 열심히 반복했다. 도베에는 늘 들고 다니는 그릇에 물을 떠서 풀밭 위에 올려놓고 황급히 뒷걸음질 쳤다.

시로테는 그 물을 단숨에 다 마시고는 또 이리 와, 이리 와, 했다. 도베에는 시로테의 칼이 두려워 다가가지 못했다. 시로테는 도베에의 마음을 눈치챘는지, 칼집에서 칼을 꺼내며 다시 수상한 말을 내뱉었다. 도베에는 재빨리 도망쳤다. 어제 본 범선에서 내려온 놈이 틀림없었다.

해변으로 달려나와 여기저기 돌아보았지만, 돛을 단 배는 그림자도 보이지 않았고 사람도 눈에 띄지 않았다. 그는 마을로 달려가 야스베에라는 사람에게 숲 속에서 이상한 녀석을 발견했으니, 마을 사람들에게 알리라고 했다.

이리하여 시로테는 재패니아 땅을 밟자마자 변장이 들켜버려서, 섬 관리에게 체포되었다. 로마에서 삼 년간 일본의 풍습과 언어를 공부했던 것도 물거품이 되었다.

시로테는 나가사키로 호송되었다. 성직자처럼 보이는 자였기에 나가사키에 있는 감옥에 갇혔다. 그러나 나가사키의 관리들은 시로테를 어찌 해야 할지 몰라 난처해했다. 네덜란드어 통역사들에게 시로테가 일본에 건너온 이유를 조사하게 했는데, 시로테의 말이 일본어이긴 했지만 발음이나 악센트가 달랐는지, 에도, 나가사키, 기리시탄 정도밖에 알아들을 수 없었다. 네덜란드인들이 종교를 저버린 탓인지 그들을 무척 싫어하는 기색을 내비쳤기에, 시로테와 네덜란드인을 직접 대화하게 할 수도 없는 노릇이어서 관리들이 애를 먹었다. 어느 관리 하나가 한 가지 묘안을 내었는데, 법정 뒤편 장지문 뒤에 뚱뚱한 네덜란드인을 숨겨두고, 시로테를 심문하자는 것이었다. 다른 관리들도 좋은 안이라고 여겨 기대를 걸어보았다. 관리들과 시로테는 서로 알아들을 수도 없는 아리송한 문답을 시작했다. 시로테는 어떻게 하면 사람들에게 자신의 생각을 알려 사명을 다할 수 있을까 하고 부질없는 노력을 하는 것 같았다. 적당한 때가 되었다 싶어 질문을 일단락 짓고 나서, 관리들은 창호지 뒤에 있던 네덜란드인에게 어떻소? 하고 물었다. 네덜란드인은 도무지 무슨 소리를 하는지 모르겠다고 대답했다. 네덜란드인들은 로마어를 몰랐고, 대화중에 일본말도 섞여 있었기 때문에 더욱 알아듣기가 어려운 모양이었다.

나가사키에서 이루어진 심문은 미궁에 빠졌고, 그 상황이 에도에 전해졌다. 에도에서 시로테의 취조에 나선 것은 아라이 하쿠세키[4]였다.

나가사키의 관리들이 시로테의 심문에 실패한 것이 호에이 5년 겨울의 일이었는데, 그러다가 한 해가 다 갔다. 다음해인 호에이 6년 새해에는 쇼군에도막부 최고통치권자이 죽고, 새로운 쇼군이 등극했다. 나라에 그런 큰일도 있고 해서 시로테는 잊혀져갔다. 그해 11월이 되어서야 시로테가 에도로 소환되었다. 시로테는 나가사키에서 에도까지 머나먼 길을 가마에 실려 덜컹거리며 나아갔다. 여행 중에 매일 같이 구운 밤 네 개, 귤 두 개, 곶감 다섯 개, 감 두 개, 빵 한 개를 쓸쓸히 혼자 먹었다.

아라이 하쿠세키는 시로테와의 만남을 내심 고대하고 있었다. 하쿠세키는 언어소통 문제를 어떻게 해결할까 고민 중이었다. 우선 지명이나 인명, 혹은 기리시탄 교리에 등장하는 용어 같은 것들 때문에 어려움을 겪을 것이라고 생각했다. 하쿠세키는 에도 고히나타에 있는 기리시탄 저택에서 외국말에 대한 문헌을 미리 찾아보았다.

얼마 후 시로테가 에도에 도착하여 기리시탄 저택으로 들어갔다. 11월 22일부터 심문을 시작하기로 했다. 당시 기리시탄 관리는 요코타 비쓰추노카미, 야나기사와 하치로에몬, 이 둘이었다. 하쿠세키는 두 관리와 미리 의견을 나눈 뒤, 심문 당일 아침 일찍부터 기리시탄 저택에

· · · · · · · · · · ·
4_ 新井白石(1657~1725). 에도시대 정치가, 학자. 시로테에게 전해 들은 것을 바탕으로 한 서양에 대한 연구서 『서양기문西洋紀聞』(1715)은 쇄국정책으로 인해 공개되지 못하다가, 1807년 유포되어 백성들이 세계를 인식하는 데 큰 역할을 했다.

나와 시로테와 함께 실려 온 사제복이나 화폐, 칼과 그 밖의 물건들을 검사했다. 하쿠세키는 나가사키[5]에서부터 시로테와 함께 온 통역사들을 불러들여 이렇게 말했다. 예컨대 나가사키 사람에게 무쓰[6] 지방의 방언을 들려준다면, 열에 일고여덟은 알아듣지 않겠느냐. 하물며 이탈리아와 네덜란드는, 내가 만국의 지도를 찾아보니 나가사키와 무쓰보다도 가깝더구나. 허니 네덜란드어로 이탈리아어를 이해하는 것도 그리 어려운 일은 아닐 것이다. 나도 그런 마음가짐으로 심문하려 하니, 그대들도 각기 마음속으로 추측해보고 생각나는 것을 나에게 말해 달라. 만약 그 추측이 틀렸다 해도, 그것을 추궁하지는 않겠다. 관리들도 통역사의 오역에 대해 죄를 묻지 말라. 하쿠세키의 말에 사람들은 그리하겠습니다, 하고 답하고 심문석으로 향했다. 이때의 주임 통역사는 이마무라 겐에몬. 수습 통역사는 시나가와 헤이지로, 가후쿠 요시조였다.

그날 정오가 지나 하쿠세키는 시로테를 만났다. 장소는 기리시탄 저택 안 재판소였다. 법정 남쪽에 판자로 된 평상이 있었는데, 그 근처에 관리들이 앉고, 거기에서 조금 더 들어간 안쪽에 하쿠세키가 앉았다. 주임 통역사는 서쪽에 있는 평상에, 수습 통역사 둘은 각각 동쪽 평상에 무릎을 꿇고 앉았다. 평상에서 석 자^{R1m}가량 떨어진 흙바닥에 의자가 있었는데, 그곳이 시로테의 자리였다. 이윽고 시로테가 옥사에서 법정까지 가마로 옮겨져 왔다. 긴 여행으로 두 다리가 기력을 잃어 불구가 되었기 때문이었다. 몇 걸음 안 되는 거리를 좌우에서 포졸 두 명이

5_ 혼슈 남쪽 섬 규슈 서북부에 위치한 나가사키현. 일본 최초로 무역항을 개설한 곳으로, 많은 선교사들이 나가사키를 통해 포교를 시작했다가 박해를 받았다.
6_ 혼슈의 최북단에 위치한 아오모리현. 홋카이도와 마주한 두 개의 반도 가운데, 동해 바다 쪽이 쓰가루반도고 태평양 쪽이 무쓰반도다.

부축하여 의자에 앉혔다.

정수리까지 삭발했던 시로테의 머리칼은 꽤 자라 있었다. 삿슈[7]의 지방관에게서 얻은 솜으로 누빈 갈색 기모노를 입고 있었는데 무척 추워 보였다. 자리에 앉자 오른손으로 조용히 십자가를 그었다.

하쿠세키는 통역사에게 일러 시로테의 고향 등에 대해 묻게 한 뒤, 시로테의 입에서 흘러나오는 말에 귀를 기울였다. 그가 하는 말이 일본어는 일본어였는데, 기나이畿內나 산인山陰 등 서남쪽 지역 사투리가 섞여 있어서 알아듣기 어려웠지만 걱정했던 것보다는 쉬웠다. 재패니아 감옥에서 일 년을 살면서 시로테의 일본어가 다소 늘었기 때문이었다. 통역사와 묻고 답하는 것을 한 시간 정도 듣고 있던 하쿠세키는, 직접 질문을 하기도 하면서 이 대화에 상당한 자신감이 생겼다. 하쿠세키는 시로테에게 만국의 지도를 들이밀며 고향이 어디인지를 물었다. 시로테는 평상 위에 펼쳐진 지도 위로 고개를 쭉 내밀고 가만히 들여다보더니, 명나라가 잘못 만든 지도라며 큰 소리로 웃었다. 지도의 중앙에 장미꽃 모양을 한 커다란 나라가 있었는데, 그곳에 '대명大明'이라고 쓰여 있었다.

그날은 그것으로 심문을 마쳤다. 시로테는 기회를 틈 타 기리시탄 교리를 설명하려는 듯 무척 조급해했지만, 하쿠세키는 안 들리는 척했다.

다음날 밤 하쿠세키는 통역사들을 자기 집으로 불러 모아 시로테의 답변을 복습했다. 하쿠세키는 만국의 지도 때문에 창피를 당한 것이 신경 쓰였다. 기리시탄 저택 창고 안에 네덜란드에서 만든 오래된 지도가 있다는 것을 관리들에게 듣고는, 다음번 심문 때 그것을 시로테에게 보여주기로 하고 해산했다.

. . . .
7_ 薩州. 규슈 남단에 위치한 옛 사쓰마 국의 다른 이름. 오늘날 가고시마현 서쪽 지역.

다음다음날인 25일, 하쿠세키는 이른 아침부터 심문소로 향했다. 오전 열 시쯤 관리들도 모두 자리에 앉았다. 시로테도 곧 가마에 실려 나왔다.

이날은 제일 먼저, 네덜란드 지도를 평상 가득 펼쳐놓고, 전에 말한 그 지역을 물었다. 지도는 여기저기 찢어져나가 있었고, 벌레 먹은 곳곳에 구멍이 나 있었다. 시로테는 지도를 잠시 들여다보더니, 이것은 칠십여 년 전에 만들어진 것인데, 지금은 저쪽에서도 손에 넣기 힘든 훌륭한 지도라고 칭찬했다. 로마는 어디인가? 하쿠세키가 무릎을 곧추 세우며 물었다. 티루티누스가 있습니까? 시로테가 물었다. 통역관들은 없다고 대답했다. 그게 뭔가? 하쿠세키가 통역관들에게 물었다. 네덜란드 말로는 팟스루라고 하는 것인데 이탈리아 말로는 컴퍼스라고 하는 물건입니다. 통역관 하나가 알려주었다. 하쿠세키는, 컴퍼스인지 뭔지는 모르겠으나 지도에 필요한 기구일 것 같아 이곳 창고에서 찾아 가져왔다면서, 가슴속에서 오래된 컴퍼스 하나를 꺼냈다. 시로테는 그것을 이리저리 돌려보더니, 틀림없는 컴퍼스이긴 하나, 나사가 헐거워서 쓸 수가 없다, 그러나 없는 것보다는 나을지도 모르겠다, 라는 뜻을 전했다. 그러고는 지도 안에서 측정해야 할 곳과 촘촘하게 도형이 그려져 있는 부분을 보더니, 붓을 달라고 하여 글씨를 옮겨 적었다. 컴퍼스를 다른 손으로 바꿔 들고 비례를 잰 뒤, 의자에 앉은 채 평상 위 지도에 손을 짚고, 자잘한 표시에서 거미줄같이 그려진 선을 더듬어가며 이리저리 컴퍼스를 움직였다. 그러더니 손이 겨우 닿을 만한 곳을 컴퍼스로 찍으며, 여깁니다, 보십시오, 하고 말했다. 모두 머리를 들이밀고 보니, 바늘구멍과 같이 작은 동그라미 위에 컴퍼스 끝이 서 있었다. 통역관 하나가 그 동그라미 옆에 있는 외국어를 로마, 라고 읽었다. 네덜란드나 일본과 같은 나라들의 위치를 물으니, 다시 똑같은 방법을 써서 모두 정확히 짚어냈다. 일본은 생각보다 무척 작았고, 에도는 벌레가 먹어 그 자리를 확인하는 것조차 어려웠다.

시로테는 컴퍼스를 이리저리 옮겨가면서, 신기한 이야기들을 들려주었다. 황금이 나오는 나라. 담배가 자라는 나라. 고래가 사는 대양. 나무에 살거나 굴속에 사는 피부색이 검은 사람들의 나라. 거인국. 소인국. 낮이 없는 나라. 밤이 없는 나라. 백만 대군이 지금도 전쟁 중인 광야. 전함 180척이 서로 대포를 쏘아대고 있는 해협. 시로테의 이야기는 날이 저물 때까지 끊일 줄을 몰랐다.

해가 지고 심문을 마친 뒤, 하쿠세키는 시로테의 옥사를 찾았다. 넓은 옥사에는 두꺼운 판자로 나누어진 칸이 세 개 있었는데, 서쪽 끝 칸에 시로테가 있었다. 빨간 종이를 잘라 십자가를 만들어, 그것을 서쪽 벽에 붙여놓은 것이 어둠 저편으로 어렴풋이 보였다. 시로테는 그곳을 향해 불경 구절 비슷한 것을 나지막이 외고 있었다.

하쿠세키는 집으로 돌아가, 잊어버리지 않도록 시로테에게 배운 지식을 수첩에 적었다.

……대지, 바다가 닿는 곳에, 그 형체는 둥근 공과 같고, 하늘, 원 안에 있다. 예컨대 계란 속에 노른자가 들어 있는 것과 같이. 지구의 둘레는 구만 리, 위아래 사방에, 모두, 사람이 살고 있다. 대략 그 땅이 나뉘어, 오대주가 된다. 등등.

그로부터 열흘쯤 지난 12월 4일, 하쿠세키는 다시 시로테를 불러 일본으로 건너온 이유를 물었다. 일본에 무엇을 전하려고 왔느냐? 그날은 아침부터 눈이 내렸다. 시로테는 내리는 눈 속에서 더할 나위 없이 기쁘다는 표정을 지었다. 육 년 전 교황으로부터 재패니아로 가 사명을 다하라는 명을 받았고, 만 리 길을 바람과 파도를 가르며 이 나라에 와서 이렇게 수도까지 왔습니다. 더욱이 새해 첫날을 여러분과 함께 축하하고, 또 이렇게 좋은 날 저희의 교리를 여러분께 전할 수 있게 되었으니, 이 얼마나 행복한 일입니까. 그렇게 말하며 기쁨에 몸을 떨더니, 쉼 없이 종교의 큰 뜻을 설파했다.

데우스^신가 천지를 창조하고 헤아릴 수 없이 많은 안젤루스^{천사}를 둔 것부터, 아담과 이브의 출생과 타락에 대하여. 노아의 방주나, 모세의 십계명에 관한 것. 그리고 예수 그리스도의 강림, 수난, 부활의 전말. 시로테의 이야기는 끝없이 이어졌다.

하쿠세키는 가끔씩 한눈을 팔았다. 처음부터 흥미가 없었다. 전부 불교를 재탕한 이야기 같았다.

하쿠세키의 시로테에 대한 심문은 그날로 끝을 맺었다. 하쿠세키는 시로테의 재판 결과를 쇼군에게 올렸다. 이번에 체포된 사람은 만 리 밖에서 온 외국인으로 밝혀졌으며, 또한 이 자와 함께 당나라로 향한 이들도 있는 것으로 보아, 당나라에서도 재판을 하고 있을 것으로 여겨지니, 우리도 재판에 신중을 기하지 않으면 안 될 것이라면서, 다음과 같은 세 가지 대책을 건의했다.

첫째, 그를 본국으로 호송하는 것은 상책. (이 안은 어려워 보이나 의외로 쉬울 수도.)

둘째, 그를 가두고 목숨은 살려두는 것은 중책. (이 안은 쉬워 보이나 가장 어려울 수도.)

셋째, 그를 사형에 처하는 것은 하책. (이 안이 간단하면서도 가장 용이하다.)

쇼군은 중책을 골랐고, 시로테를 그 후로 오랫동안 기리시탄 저택에 잡아두었다. 그러나 결국 시로테는 저택의 노비인 나가스케, 하루 부부에게 전도를 했다는 이유로 엄중한 고문을 당했다. 시로테는 벌을 받으면서도 밤낮으로 나가스케와 하루의 이름을 부르며, 믿음을 굳게 지켜서 죽더라도 뜻을 버리지 말자고 큰 소리로 외쳤다.

그 뒤로 얼마 후 시로테는 옥사했다. 결국 하책을 받은 것이나 마찬가지였다.

猿ヶ島

원숭이 섬

太宰治

「원숭이 섬」

1935년 9월, 잡지 『문학계^{文學界}』에 발표됐다.
　발표 당시 소설의 첫머리에는 "하하핫. 이거, 실례. 저는 제
자신의 원숭이를 보고 비웃은 것입니다. (스타브로긴)"라고 하는
머리글이 실려 있었다.

머나먼 바다 건너 이 섬에 다다랐을 때, 내가 얼마나 우울했겠는가. 낮인지 밤인지, 섬은 깊은 안개에 휩싸여 잠들어 있었다. 나는 눈을 껌벅이며 섬 전체를 찬찬히 둘러보려고 애썼다. 헐벗은 바위산에는 크고 가파른 바위들이 층층이 쌓여 있었고, 여기저기 검은 입을 벌리고 선 동굴들이 가물가물 보였다. 산은 산일까? 푸른 풀 한 포기 보이지 않는다.

나는 바위산 절벽을 따라 비틀비틀 걸었다. 때때로 수상한 외침이 들려왔다. 그렇게 먼 곳도 아니다. 늑대일까? 그러나 긴 여행으로 피로에 지쳐있던 나는 오히려 담담했다. 그런 포효에도 전혀 개의치 않고 섬 여기저기를 거닐었다.

섬은 놀랄 만큼 단조로웠다. 걸어도 걸어도 지리멸렬 딱딱한 길뿐이었다. 오른쪽은 바위산이었고, 왼쪽은 거친 화강암이 수직으로 우뚝 솟아 있었다. 그 사이에 폭 여섯 자^{2m} 가량의 길이 끝없이 뻗어 있다.

길이 끝나는 곳까지 걸어가 보자. 형언할 수 없는 혼란과 피로가 그 무엇도 두렵지 않은 용기를 주었다.

기껏해야 5리나 걸었을까. 나는 다시 출발점에 서 있었다. 길이 바위산을 빙 둘러서 나 있다는 것을 그제야 이해했다. 아마도 나는 같은 길을 두 번 정도 돌았던 것 같다. 섬은 생각보다 작았다.

안개가 걷히기 시작하자 산 정상이 나를 머리 위에서 내리누르는 듯했다. 봉우리가 세 개. 가운데 둥근 봉우리는 높이가 서너 장約9~12m쯤 될까. 색색의 평평한 바위가 첩첩이 쌓여 있고, 한쪽 면은 바로 옆 끝이 뾰족한 작은 봉우리 쪽으로 완만하게 경사져 있었다. 다른 한 면은 봉우리 허리 부분까지 가파른 절벽이었고, 거기서부터 다시 도도록 하게 봉우리를 이루면서 아래로 펼쳐져 널찍한 언덕을 이루고 있었다. 절벽과 언덕 사이로 좁다란 폭포 한 줄기가 흘러내리고 있었다. 폭포 부근의 바위는 물론, 섬 전체가 짙은 안개 때문에 검푸르게 젖어 있었다. 나무가 두 그루 보인다. 폭포 입구에 한 그루. 떡갈나무를 닮았는데? 언덕 위에도 한 그루. 정체를 알 수 없는 굵은 나무. 둘 다 시들어 있었다.

황량한 풍경을 바라보며 한동안 멍하니 있었다. 안개가 조금씩 옅어지면서, 한가운데에 있는 봉우리로 태양 빛이 내리쬐기 시작했다. 안개 걷힌 봉우리가 반짝반짝 빛났다. 아침 햇살이다. 이것이 아침 햇살인지, 저녁노을인지, 향기로 식별할 수 있었다. 그렇다면 지금은 새벽녘인 것일까?

어느 정도 기분이 상쾌해져서 산을 기어올랐다. 가파르게 보이긴 했지만 이렇게 오르고 보니 도독도독 발판이 만들어져 있어 그렇게 어렵지는 않다. 드디어 폭포 입구에 다다랐다.

아침 햇살이 머리 위에서 내리쬐고 있고, 부드러운 바람마저 두 뺨에 와 닿았다. 나는 떡갈나무를 닮은 나무 옆에 걸터앉았다. 이것은 정말 떡갈나무일까? 아니면 졸참나무나 전나무일까? 나뭇가지 끝을 한참 올려다보았다. 가늘고 마른 나뭇가지 대여섯 가닥이 하늘을 향해 뻗어 있었고, 손이 닿을 만한 곳에 있는 가지는 대부분 보기 흉하게 부러져 있었다. 올라가 볼까.

눈보라 소리
나를 부르네

바람 소리겠지. 나는 슬금슬금 기어오르기 시작했다.

사로잡힌
나를 부르네

피로가 쌓이면 이런저런 노랫소리가 들려오는 법이다. 나는 나뭇가지까지 다가갔다. 메마른 가지 끝을 두세 번 버스럭버스럭 흔들어 보았다.

보잘것없는
나를 부르네

발판으로 삼고 있던 마른 가지가 뚝 부러졌다. 방심하고 있던 나는 기둥을 타고 주르륵 미끄러졌다.
"부러졌군."
분명 머리 바로 위에서 나는 소리였다. 나무기둥에 몸을 의지하여 일어서면서, 나는 얼빠진 눈으로 그것이 어디서 나는 소리인지 두리번거렸다. 아아. 온몸에 전율이 흘렀다. 원숭이 한 마리가 아침 햇살을 받아 황금빛으로 반짝이는 절벽을 어슬렁어슬렁 내려오고 있었다. 몸속에 잠재되어 있던 무언가가 확 하고 타올랐다.

"이리 내려와. 가지를 부러뜨린 건 나다."

"그건 내 나무야."

절벽을 다 내려온 녀석이 그렇게 말하며 폭포 쪽으로 걸어갔다. 나는 방어태세를 취했다. 녀석은 눈이 부신 모양인지 이마 가득 주름을 잡고서는 내 모습을 뚫어지게 쳐다보았다. 그러더니 새하얀 이빨을 드러내며 웃었다. 나는 약이 올랐다.

"뭐가 우습냐?"

"우습지." 녀석이 말했다. "바다를 건너 왔겠군."

"그래." 나는 폭포 쪽에서 뭉게뭉게 피어오르는 물보라를 바라보며 고개를 끄덕였다. 좁디좁은 상자 속에서 보낸 긴 여행길이 떠올랐다.

"뭔지는 몰라도 아주 큰 바다였지?"

"그래." 다시 끄덕였다.

"예상대로야. 나하고 똑같군."

녀석은 그렇게 중얼거리고는 폭포 물을 떠 마셨다. 어느새 우리는 나란히 앉아 있었다.

"고향이 같으니까. 딱 보면 알아. 우리 고향 놈들은 다들 귀가 빛나거든."

녀석이 내 귀를 홱 잡아 뺐다. 나는 화가 나서 장난치는 녀석의 오른손을 할퀴어주었다. 그런 다음 우리는 서로 얼굴을 마주 보고 웃었다. 마음이 편안해졌다.

가까운 곳에서 날카로운 외침이 들려왔다. 놀라 돌아보니 굵은 꼬리에 털이 덥수룩한 원숭이 한 무리가 언덕 꼭대기에 진을 치고 우리를 향해 소리를 지르고 있었다. 나는 일어섰다.

"관둬, 그러지 마. 우리한테 저러는 거 아니야. 고함원숭이라는 녀석들이야. 매일 아침 저렇게 태양을 향해 짖어대더군."

나는 어리둥절해서 한참을 서 있었다. 산봉우리마다 원숭이 떼가 한가득 몰려와 등을 구부리고 아침 햇살을 쬐고 있었다.

"저게 다 원숭인가?"

꿈을 꾸는 것 같았다.

"그래. 하지만 우리하고는 다른 원숭이야. 고향이 달라."

나는 그 원숭이들을 한 마리 한 마리 유심히 쳐다보았다. 아침 바람에 탐스럽고 하얀 털을 날리며 새끼에게 젖을 먹이는 놈. 하늘을 향해 붉고 큰 코를 들이밀고는 알 수 없는 노래를 부르는 놈. 줄무늬가 있는 아름다운 꼬리를 흔들며 햇살 아래서 교미 중인 놈. 얼굴을 찡그리고 이리저리 바쁘게 돌아다니는 놈.

나는 녀석에게 속삭였다.

"여기가 어디지?"

그는 자비로운 눈빛으로 답했다.

"나도 몰라. 하지만 일본은 아닌 것 같아."

"그래?" 나는 한숨을 내쉬었다. "그래도 이 나무는 기소 지역^{나가노현} ^{남서부} 떡갈나무 같은데?"

녀석이 돌아보며 마른 나뭇가지를 탁탁 치더니 한참동안 나무를 올려다보았다.

"아니야. 가지가 난 모양이 다른 데다가, 빛이 반사된 나무껍질 색도 둔탁해. 우선 싹이 나지 않고서는 판단하기 어렵겠지만."

나는 바싹 마른 나무에 기대서 녀석에게 물었다.

"어째서 싹이 나지 않는 거지?"

"봄부터 말라 있었어. 내가 여기 왔을 때도 그랬고. 그 후로 4월 5월 6월, 3개월이나 지났지만 계속 시들어 있을 뿐이야. 어쩌면 꺾꽂이인지도 모르지. 뿌리가 없는. 저쪽에 있는 나무는 훨씬 더 심해. 녀석들의 똥밖에 없어."

그러면서 고함원숭이 떼를 가리켰다. 고함원숭이들은 이미 울음을 그쳤고, 섬은 대체로 평정을 되찾고 있었다.

"여기 앉아 봐. 얘기 좀 하자."

나는 녀석의 곁에 붙어 앉았다.

"여기 좋지 않아? 이 섬에서는 이 자리가 제일 좋아. 햇빛도 잘 들고, 나무도 있고, 더군다나 물소리도 들리고." 그는 다리 아래 작은 폭포를 만족스러운 듯 내려다보면서 말했다. "나는 일본 북쪽 해협 근처에서 태어났어. 밤이 되면 아스라이 철썩철썩 파도소리가 들려오곤 했지. 파도소리는 참 좋아. 어쩐지 마음이 두근두근하고 애달프거든."

나도 고향 이야기를 하고 싶어졌다.

"나는 물소리보다 나무가 더 그리워. 일본 중부에 있는 깊숙한 산중에서 태어났거든. 푸른 나뭇잎 향기는 정말 끝내주지."

"음, 그것도 좋군. 다들 나무를 그리워하고 있어. 그래서 이 섬에 있는 녀석들은 모두 나무가 한 그루라도 있는 곳에 앉고 싶어 하지." 그러면서 가랑이 사이의 털을 갈라, 깊숙한 곳에 난 검붉은 상처 몇 개를 보여주었다. "이 자리를 내 걸로 만드는데, 이런 고생을 했어."

나는 도망갈 태세를 갖췄다. "난 몰랐어."

"괜찮아. 상관없어. 나는 외톨이야. 지금부터 이곳을 우리 둘만의 장소로 하자. 그렇지만 더 이상은 가지를 꺾지 말아줘."

안개가 완전히 걷히자, 눈앞에 매우 진기한 풍경이 펼쳐졌다. 푸르른 나뭇잎. 그것이 맨 먼저 눈에 들어왔다. 나는 지금이 무슨 계절인지 확실히 알 수 있었다. 고향에서는 모밀잣밤나무의 어린잎들이 아름다운 빛을 발하는 시기다. 나는 고개를 두리번거리며 푸른 나뭇잎을 바라보았다. 그러나 이런 도취도 한순간에 무너졌다. 나는 다시 경악하며 눈을 크게 뜨고 앞을 바라보았다. 푸른 나뭇잎 아래로 시원스레 물에 젖은 자갈길이 나 있었고, 하얀 옷을 입은 파란 눈동자의 사람들이 흘러가듯이 스멀스멀 걸어가고 있었다. 눈부신 새의 날개를 머리에 단 여자도 있었다. 뱀가죽으로 만든 굵은 지팡이를 부드럽게 흔들며 좌우로 미소를 보내는 남자도 있었다.

녀석은 부들부들 떨고 있는 나를 강하게 끌어안으며 재빨리 속삭였다.

"놀라지 마. 매일 있는 일이니까."

"어떻게 된 거지? 다들 우리를 노리고 있어." 산속에서 붙잡혀 이 섬에 오기까지의 무참한 경험들이 떠올라, 나는 아랫입술을 꼭 깨물었다.

"구경거리야. 우리들의 구경거리. 아무 말 말고 보고 있어. 재밌는 일도 있으니까."

녀석은 조급하게 일러주면서도 한 손으로는 여전히 내 몸을 껴안고, 다른 한 손으로는 여기저기 사람들을 가리키며 조용조용 이야기를 들려주었다. 저건 인간의 부인이라고 하는데, 남편의 장난감 아니면 남편의 지배자, 둘 중 하나밖에 모르는 여자야. 어쩌면 인간의 배꼽이란 것이 저런 모양을 하고 있는 건지도 모르지. 저건 학자라고 하는 건데, 죽은 천재에게 실례가 되는 해설 같은 것을 달아서, 살아 있는 천재들을 타이르고 반성시키며 밥을 먹고 사는 이상한 놈들이야. 저놈들을 보고 있으면 어쩐지 졸려 죽겠어. 저건 여배우라는 족속들인데, 무대에 서 있을 때보다 맨얼굴일 때 연기를 훨씬 잘하는 할머니들이지. 오오옷, 또 내 썩은 어금니가 아파온다. 저건 지주라고, 지들도 노동이란 걸 한다며 하루 종일 변명만 지껄이는 간이 콩알만 한 인간들이야. 그 모습을 보고 있으면, 이가 콧등을 타고 기어오르는 것처럼 근질근질해서 참을 수 없어. 또 저쪽 벤치에 앉아서 흰 장갑을 끼고 있는 사내는 내가 제일 싫어하는 놈인데, 보라고, 녀석이 이쪽에 나타나면, 하늘에서 퀴퀴하고 누런 똥 회오리바람이 불어와."

나는 녀석의 수다를 듣는 둥 마는 둥 하고 있었다. 나는 다른 것을 보고 있었다. 타오르는 네 개의 눈. 맑고 푸른 인간 아이의 눈이었다. 조금 전부터 이 두 아이가 섬 외곽에 쌓아 올린 돌담 위로 빠끔히 얼굴을 내밀고, 정신없이 섬을 들여다보고 있었다. 둘 다 남자아이인 것 같았다. 짧은 금발이 아침 바람에 한들한들 날리고 있었다. 한 아이는 주근깨 때문에 콧등이 까맣게 보일 지경이었다. 다른 한 아이는 복사꽃 같은 얼굴을 하고 있었다.

두 아이는 동시에 고개를 갸웃거렸다. 그러더니 코가 검은 아이가 입술을 삐죽거리며 다른 아이에게 격렬한 어조로 귓속말을 했다. 나는 두 손으로 녀석의 어깨를 흔들며 소리쳤다.

"저 녀석들이 무슨 얘기를 하는 거지? 응? 가르쳐줘. 대체 무슨 얘길 하고 있는 건지!"

녀석은 깜짝 놀란 듯 말을 뚝 멈추고 내 얼굴과 저쪽 아이들을 번갈아 가며 쳐다보았다. 그러더니 입을 우물거리며 생각에 잠겼다. 나는 녀석의 난감한 표정을 보고 보통 일이 아니라는 것을 눈치챘다. 아이들이 뜻도 알 수 없는 말들을 시끄럽게 내뱉으며 돌담 너머로 사라진 뒤에도, 녀석은 한 손을 이마에 얹고 엉덩이를 긁어대며 주저주저하더니 기분 나쁘게 엉글거리며 슬그머니 말을 꺼냈다.

"언제 와도 변함없어. 똑같네, 똑같아, 라고 지껄이더군."

변함없다? 모든 것이 한꺼번에 뒤집혔다. 내가 품었던 의혹이 제대로 들어맞았다. 변함없다! 이건 비평의 말이다. 구경거리는 바로 우리였다.

"이 자식. 그럼 네 놈은 거짓말을 하고 있었어." 녀석을 죽여버릴까 싶었다.

녀석은 내 어깨에 두르고 있던 손에 힘을 꽉 주며 대답했다.

"불쌍해서 그랬어."

나는 녀석의 넓은 가슴에 와락 달려들었다. 녀석의 기분 나쁜 친절에 분노했다기보다는, 나 자신의 무지함이 수치스러워 견딜 수가 없었다.

"울지 마. 그래 봐야 별 도리가 없으니까." 그는 내 등을 가볍게 두드리더니 귀찮다는 듯 중얼거렸다. "저 돌담 위에 길고 가는 나무 팻말이 보이지? 우리에게는 불그스름하게 뿌옇고 지저분한 뒷면만 보이지만, 저 앞에 뭐라고 쓰여 있는지 알아? 인간들은 그걸 읽을 수 있어. 귀가 빛나는 것이 일본원숭이다. 그렇게 쓰여 있지. 아니, 어쩌면 훨씬 더 모욕적인 말이 쓰여 있는지도 몰라."

나는 더 이상 듣고 싶지 않았다. 녀석의 팔에서 빠져나와 마른 나무가 있는 쪽으로 허둥지둥 달려갔다. 그것을 타고 올라 나무 꼭대기에 매달려서는 섬 전체를 내려다보았다. 해는 이미 높이 떠서 섬 여기저기에 하얀 아지랑이가 아물아물 피어오르고 있었다. 백 마리나 되는 원숭이들은 푸른 하늘 아래서 느긋하게 양지로 올라가 놀고 있었다. 폭포 옆에서 가만히 웅크리고 앉아 있는 그에게 말을 건넸다.

"다들 모르는 거야?"

녀석은 내 얼굴을 올려다보지도 않은 채 대답했다.

"알긴 어찌 알겠어? 알고 있는 건 아마, 너하고 나, 둘뿐일 거야."

"왜 도망가지 않는 거지?"

"넌 도망갈 생각이야?"

"도망갈 거야."

푸른 나뭇잎. 자갈길. 사람들의 행렬.

"무섭지 않겠어?"

나는 눈을 꼭 감았다. 녀석이 해서는 안 될 말을 꺼냈다.

살랑살랑 귓가를 스치며 지나가는 바람 소리에 섞여, 은은한 노랫소리가 들려왔다. 녀석이 부르고 있는 걸까? 눈시울이 뜨거워졌다. 조금 전 나를 나무에서 떨어뜨렸던 것은 이 노래다. 나는 눈을 감은 채 노랫소리에 귀를 기울였다.

"그만두고 이리 내려 와. 여긴 좋은 곳이야. 빛도 비치고, 나무도 있고, 물소리도 들리고, 거기다 우선은 밥 굶을 걱정이 없잖아."

그가 외치는 소리가 아득하게 들려왔다. 그리고 낮은 웃음소리도.

아아. 그의 유혹은 진실처럼 들렸다. 혹은 진실인지도 몰랐다. 그 말에 넘어갈 뻔했다. 하지만, 하지만 피는, 산속에서 자란 바보 같은 나의 피는, 그래도 끈질기게 소리쳤다.

— 싫어!

1896년 6월 중순, 런던박물관 부속동물원 사무소에서 일본원숭이가 도주했다는 뉴스가 보도됐다. 행방이 묘연했다. 게다가 한 마리가 아니었다. 두 마리였다.

大宰治

「참새새끼」

1935년 7월, 잡지 『작품作品』에 「완구」와 함께 발표됐다. 발표 당시에는 「완구」라는 제목만 붙여져 있었다.

'참새새끼'는 쓰가루 지역 놀이로 전국적으로는 '하나이치몽메'라고 불리는 놀이의 일종인데, 아이들이 두 그룹으로 나뉘어 노래를 부르며 상대편 아이를 하나씩 데리고 오는 것이 룰이다.

이부세 마스지는 다자이가 어린 시절부터 좋아하던 작가로, 히로사키 고교시절 다자이가 만들었던 잡지 『세포문예』에 그의 글을 싣기 위해 직접 원고를 청탁하는 편지를 띄웠던 것이 인연이 되어, 훗날 문학적 스승이자 동료가 된다.

「참새새끼」는 작품전체가 다자이의 고향 말인 쓰가루 사투리로 이루어져 있는 독특한 작품으로, 음률이 아름다워 원문 그대로 읽으면 음악적 효과가 드러난다고 한다. 여기서는 우리나라 전라도 사투리로 읽어본다.

—이부세 마스지에게. 쓰가루[1] 말로.

옛날 옛날 아주 먼 옛날,

산속에 도토리나무 한 그루 있었제.

그 나무 꼭대기에 까마귀 한 마리 내려앉았어.

그 까마귀, 까악 하고 웅께, 도토리 한 톨이 톡 하고 떨어져브네.

그 까마귀 또, 까악 하고 웅께, 도토리 한 톨이 톡 하고 떨어져브네.

그 까마귀 또, 까악 하고 웅께, 도토리 한 톨이 톡 하고 떨어져브네.

…….

한 무리의 아그들, 넓은 들판서 불놀이에 푹 빠져 있었제. 봄이 웅께, 눈도 녹아쁠고, 드문드문 눈 녹은 들판, 누런 잔딜 걷어내부러야 파아란 새싹이 돋지잉, 나가 살던 고향 아그들은 누런 헌 잔디에 불을 붙여가꼬, 쥐불놀이라 캄시롱 놀았당께. 고로코롬 서로 들불을 놓고 나블면, 아그들 두 무리로 쪼개져서잉, 한쪽 편에 선 대여섯 명 아그들이, 목청 놓아 노랠 불렀제.

1_ 津輕. 혼슈 최북단에 위치한 아오모리현 지명. 북으로는 쓰가루 해협을 건너 홋카이도, 서로는 동해 바다와 마주하고 있다.

─참새, 참새, 참새새끼, 갖고 싶은디.

딴 쪽 아그들도 거기에 답해서잉,

─어떤 참새, 갖고 싶다냐?

허고 노래를 불렀제.

참새새끼 갖고 싶다 노래한 쪽 아그들, 머리를 맞대고 모여가꼬는 옥신각신 싸워브러야.

─누굴 데꼬 오믄 좋으까잉.

─하니야스네 히사를 데꼬 오까? 어째?

─걘 콧물을 흘려싸서 드러운디.

─다키라믄 괜찮을랑가?

─걔는 여자잖여.

─다키라믄 괜찮은 거 같은디.

─그라믄 그랄까잉.

이리저리 고민 끝에 다키를 데꼬 오기로 결정했다.

─오른쪽 맨 끝에 참새새끼 갖고 싶은디.

그람서 노랠 했제.

다키네 편서는 다키를 보내기가 싫어가꼬 꿍혀서 말헌다.

─날개가 없어가꼬 줄 수가 없다.

─날개를 줄텡께 언능 날아오니라.

이쪽서 노래항께, 상대편서도 장단에 맞춰가꼬 또 노래를 헌다.

─삼나무에 불이 나부러서 갈 수가 없다.

그랑께 이쪽 편서는 더 갖고 싶어 노래를 헌다.

─그 불을 피해가꼬 날아오니라.

워쩔 수 없이 상대편서는 참새 한 마리 보내주었제. 참새새끼 다키는,

두 팔을 날개맹키롱 펼쳐가꼬 파닥, 파닥, 파닥, 입으로 날갯짓 소리를 냄시롱, 쥐불놀이 불꽃을 피해서 날아가붓어.

이거시 우리 고향 새끼들 놀이. 요렇게 한 마리 한 마리 참새를 건네줘불고, 마지막에 남은 참새새끼 한 마리, 이렇게 노래헌다.

——참새, 참새, 참새새끼 갖고 싶은디.

이미 눈치챘겄지만서도 요것은 노래를 허믄서 하는 놀인디, 젤 먼저 인기 많은 참새새끼가 신나게 날아가고잉, 마지막 남은 한 마리는 아무리 울어 제껴도 아무도 안 데려가.

다키는 언제나 제일 먼저 델꼬 갈라 하는 아이랑께. 마로사마는 항상 마지막에 남는 아이고잉.

다키, 아그들 많은 집 누이로 씩씩하게 자랐제. 누구한테 져본 일도 없고잉. 겨울철 암만 무섭게 눈보라가 내리치는 날에도, 윗도리를 덮쳐 쓰고, 홍옥보다도 더 뻘건 볼로 눈보라를 맞아 감키롱, 어디라도 갈 수 있었당께. 마로사마, 높은 데 절에 사는 까까머리 아그로, 삐삐마른 몸에 너저분한 옷차림으로다가, 모두에게 놀림을 받았제.

아까부텀 마로사마, 옷섶을 풀어 헤쳐불며, 노래를 허고 있지라.

——참새, 참새, 참새새끼 갖고 싶은디. 참새, 참새, 참새새끼 갖고 싶은디.

짠하게도, 이걸로 두 번 연속, 근디 아무도 안 데꼬 가불고 혼자 남았당께.

다들 다키만 데꼬 갈라 혀. 가운데 참새새끼 다키, 들판에 누렇디 누렇게 타오르는 불꽃 너머로, 마로사마를 악당 보듯 꼬라본다.

마로사마, 성난 목소리로 답했제.

——가운데 참새, 갖고 싶은디.

다키는 한들한들 암시랑토 않은 듯이 따박따박 야그헌다. 아그들, 그걸 듣고, 키득키득 웃음서 노래하지라.

— 날개가 없어가꼬 줄 수가 없다.

— 날개를 줄텡께 언능 날아오니라.

— 삼나무에 불이 나가꼬 갈 수가 없다.

— 그 불 피해가꼬 날아오니라.

마로사마는 다키가 파득파득 날아오기를 목이 빠져라 기다렸지라. 허지만 상대편서 한갓지게 노래만 불러싸.

— 강에 홍수가 나가꼬 갈 수가 없네.

마로사마, 고개를 갸우뚱거림서 생각했다. 뭐라캄서 노래하믄 좋을랑가, 생각하고, 또 생각해서는,

— 다리를 만들어 줄텡께 싸게 날아오니라.

다키는 도깨비불처럼 타불 듯한 눈으로, 혼자서 노래하네.

— 다리가 쓸려내려 가가꼬 갈 수가 없다.

마로사마는 다시 고개를 갸우뚱거림서 생각헌다. 암만해도 생각이 떠오르지를 않어. 그러더니 소리를 냄서 울기 시작헌다. 움서 요로코롬 말혔지라.

— 나무아미타불.

아그들, 죄다 까르르 웃어브러야.

— 까까중 염불에, 비 내려부러.

— 얼라리꼴라리, 가스나처럼 우냐.

— 아따, 서쪽이 흐려불더니, 비가 내린디야. 비가 내려가꼬, 눈이 녹아부네.

고때 아그 많은 집 다키가, 캬캬 소리를 지름서 말허길,

——어리광쟁이 마로사마! 우리 맴도 모름서, 염불을 외긴. 저런 멍충이.

그러더니 눈뭉치를 맹글어가꼬, 마로사마헌테 던져싸. 눈뭉치, 마로사마의 오른쪽 어깨에 맞아, 퍽 허고 허옇게 부서져브다. 마로사마, 놀라 자빠져 울음 뚝 그쳐블고, 눈 녹기 시작한 누런 들판으로 멀리멀리 도망쳤당께.

슬슬 해가 저물었지라. 들판도 어두워져블고 날도 추워졌제. 아그들은 각자 즈그네 집으로 돌아가블고, 지네 할매 있는 고타쓰[2]로 기어들어간다. 맨날 돌아오는 저녁 풍경, 할매는 언제나 맹키로 똑같은 옛날 야그를 들려줘야.

옛날 옛날 아주 먼 옛날,
산속에 도토리나무 한 그루 있었제.
그 나무 꼭대기에 까마귀 한 마리 내려앉았어.
그 까마귀, 까악 하고 웅께, 도토리 한 톨이 톡 하고 떨어져브네.
그 까마귀 또, 까악 하고 웅께, 도토리 한 톨이 톡 하고 떨어져브네.
그 까마귀 또, 까악 하고 웅께, 도토리 한 톨이 톡 하고 떨어져브네.
…….

2_ 테이블 밑에 난로를 달고 이불을 덮어 하반신을 따뜻하게 하는 난방용구.

太宰治

道化の華

어릿광대의 꽃

「어릿광대의 꽃」

1935년 5월, 동료들과 함께 만든 잡지 『일본낭만파日本浪曼派』에 발표됐다.

「어릿광대의 꽃」은 『만년』 외에도 「허구의 봄」, 「교겐의 신」과 함께 방황하는 청춘에 고하는 3부작 『허구의 방황』(1937년 6월, 신초샤新潮社)에 실렸을 만큼 다자이가 무척 아끼던 소설이었으며, 당대 문호 사토 하루오가 인정한 작품이기도 했다.

주인공 이름 오바 요조는 대표작 『인간 실격』의 주인공 이름과 같다. 두 작품 모두 추락하는 다자이 자신의 모습을 작품 속에 투영시키고 있어서, 『인간 실격』의 모태격인 작품이라 불리고 있다. 1930년 11월 있었던 여인과의 동반투신자살 사건 직후의 일을 소재로 했으며, 작품 속 친구들이나 간호사도 실제 인물을 모델로 삼았다.

한편, 다자이는 가와바타 야스나리에게 보내는 글(『문예통신』, 1935년 10월)에서 작품에 대해 다음과 같이 언급한 바 있다.

❝「어릿광대의 꽃」은 스물네 살 여름에 쓴 것이다. 「바다」라는 제목이었다. ……그것은 지금 것과 비교해 매우 소박한 형식으로, 작중에 '나'라는 남자의 고백도 전혀 없었다. 단순히 이야기를 정리한 것이었다. 그해 가을, 지드가 쓴 도스토옙스키 론을 이웃에 사는 아카마쓰 겐센 씨에게 빌려 읽고는 생각에 잠겼다. 원시적인 단정에 불과했던 「바다」를 갈기갈기 찢은 뒤에 그 사이사이에 '나'라는 남자의 얼굴을 집어넣었다. 일본에는 유례가 없는 소설이라 생각했다. ❞

'이곳을 지나면 슬픔의 도시.'[1]

벗들은 모두, 내게서 멀어져가고, 슬픈 눈으로 나를 바라본다. 친구여, 나와 이야기하고, 나를 비웃어다오. 아아, 허무하게도 친구는 고개를 돌린다. 친구여, 나에게 물어다오. 무엇이든 알려줄 테니. 나는 이 두 손으로 소노를 물에 빠뜨렸다. 비열한 악마처럼, 나는 살더라도 소노는 죽기를 바랐다. 더 말해줄까? 아아, 그러나 친구는, 그저 슬픈 눈으로 나를 바라본다.

오바 요조는 침대에 앉아 먼 바다를 내다보고 있었다. 바다는 비로 자욱했다.

꿈에서 깨어나 이 몇 줄을 되뇌어 읽으니, 너무도 추악하고 비겁한 모습에 그저 죽고만 싶었다. 저런, 저런, 허풍도 심하지. 무엇보다 오바 요조라니. 나는 오바 요조라는 이름을 생각해내고는, 술도 아니고, 훨씬 더 강렬한 무언가에 흠뻑 취해 손뼉을 쳤다. 이 이름은 주인공으로 제격이다. 오바는 주인공의 범상치 않은 기백을 상징하고도 남았다.

- - - - - - - - - - - -
1_ 단테의 『신곡』(1321) 「지옥편」에 나오는 지옥문의 노래 가운데 일부.
　'이곳을 지나면 슬픔의 도시. 이곳을 지나면 영원한 고통. 이곳을 지나면 파멸한 사람들.'

요조 역시, 뭔가 새롭다. 고풍스러운 마룻바닥에서 풍겨나는 신선함이 느껴진다. 더구나 大庭葉藏[오바 요조] 이렇게 네 글자 늘어놓았을 때의 산뜻한 조화. 이름만으로도 이미 획기적이지 않은가. 그 오바 요조가 침대에 앉아 비로 자욱한 먼 바다를 바라보고 있다. 이거야말로 정말 참신한 착상이다.

그만두자. 자신을 비웃는 건 치졸한 짓이다. 그건 꺾인 자존심에서 나오는 것이다. 나부터도 남에게 여러 말 듣고 싶지 않아서 제일 먼저 내 몸에 못을 박는다. 세상 무엇보다 비겁한 짓이다. 좀 더 솔직해지지 않으면 안 된다. 아아, 겸손하게.

오바 요조.

비웃어도 할 수 없다. 가마우지를 흉내 내는 까마귀.[2] 꿰뚫어 볼 줄 아는 사람에게는 들키기 마련이다. 더 나은 이름도 있겠지만 더 이상은 성가시다. 차라리 '나'라고 해버리는 건 어떨까 싶지만, 올 여름 '나'를 주인공으로 한 소설을 쓴 직후라 연달아 두 번씩 써먹는 것도 멋쩍다. 만약 내가 내일 덜컥 죽기라도 한다면, 녀석은 '나'를 주인공으로 하지 않고서는 소설을 쓸 수 없었다는 식의 해설을 해대는 놈들이 나오지 말란 법도 없다. 실은 단지 그 이유로 오바 요조를 민다. 웃기다고? 왜 이래, 너까지.

1929년 12월의 끝자락, 바닷가에 위치한 요양소 세이쇼엔은 요조의 입원으로 소란스러워졌다. 세이쇼엔에는 서른여섯 명의 폐결핵 환자가 있었다. 그중 두 명은 중환자, 열한 명은 증세가 가벼운 환자, 나머지

. . . .
2_ 뱁새가 황새 따라가면 가랑이 찢어진다.

스물세 명은 회복기에 접어든 환자였다. 요조가 입원한 동쪽 제1병동은 말하자면 특등 입원실이었는데, 여섯 개의 방으로 이루어져 있었다. 요조의 양 옆방은 빈 방이었고, 서쪽 끝 바 호실에 키가 크고 코가 오뚝한 남자 대학생이 있었다. 동쪽 가 호실과 나 호실에는 각각 젊은 여자가 누워 있었다. 셋 다 회복기 환자였다. 전날 밤, 다모토가우라에서 남녀의 동반자살이 있었다. 함께 몸을 던졌으나, 남자는 항구로 돌아오던 고깃배에 구조되어 목숨을 건졌다. 여자는 찾을 수 없었다. 마을 소방관들이 여자를 찾으러 어선을 이끌고 경종을 울려 대며 먼 바다로 나가는 소리를, 세 사람도 가슴 졸이며 듣고 있었다. 어선의 붉은 등불이 밤새도록 에노시마 해안을 맴돌았다. 대학생과 젊은 두 여성도 그날 밤만큼은 잠을 이룰 수가 없었다. 새벽녘이 되어 여자의 시신이 바닷가 기슭에서 발견되었다. 짧게 자른 머리칼이 반드르르 빛났고, 얼굴은 하얗게 부어올라 있었다.

요조는 소노가 죽었다는 것을 알고 있었다. 축 늘어진 몸이 고기잡이 배로 실려 왔을 때 이미 알았다. 여자는 죽었습니까? 별이 총총한 하늘 아래서 요조가 물었다. 안 죽어, 안 죽어, 걱정할 것 없어. 어부가 대답했다. 정감어린 목소리였다. 죽었구나. 비몽사몽간에 다시 의식을 잃었다. 눈을 떴을 때는 요양소 안이었다. 답답하리만치 비좁은, 하얀 판자로 둘러쳐진 병실에 빼곡히 사람들이 들어차 있었다. 그중 한 사람이 요조의 신상에 대해 이것저것 물었다. 요조는 하나하나 분명하게 대답했다. 날이 밝자 훨씬 더 넓은 병실로 옮겨졌다. 사고 소식을 듣고 요조의 고향에서 세이쇼엔에 장거리 전화를 걸어왔던 것이다. 요조의 고향은 거기서 2천 리^{800km}나 떨어진 곳에 있었다.

동쪽 제1병동에 있던 세 환자는 이 신입환자가 자기들과 무척 가까운 곳에 누워 있다는 사실에 묘한 만족감을 느꼈다. 그들은 앞으로의 병원생활에 대한 기대감에 부풀어, 하늘과 바다가 환해진 뒤에야 겨우 잠이 들었다.

요조는 잠이 오지 않았다. 이따금 느릿느릿 고개를 움직였다. 얼굴 여기저기에 하얀 거즈가 붙어 있었다. 파도에 부대끼다가 이리저리 바위에 부딪혀 상처를 입었기 때문이었다. 마노라는 스무 살 정도의 간호사가 곁에 딸려 있었다. 왼쪽 눈꺼풀 위에 깊은 상처가 나 있어서, 다른 한쪽 눈에 비해 왼쪽 눈이 조금 컸다. 그러나 밉지는 않았다. 붉은 윗입술이 위로 살짝 말려 올라가 있었고, 볼은 거무스름했다. 침대 가까이 있는 의자에 앉아, 찌뿌드드하게 흐린 바다를 내다보고 있었다. 그녀는 요조의 얼굴을 보지 않으려 애썼다. 마음이 아파 볼 수가 없었다.

정오가 가까워졌을 즈음, 경찰관 둘이 요조를 찾아왔다. 마노는 자리를 비켜주었다.

양복을 입은 신사들이었다. 한 사람은 짧게 콧수염을 길렀고, 또 한 사람은 금테 안경을 끼고 있었다. 콧수염이 낮은 목소리로 소노와 있었던 일에 대해 물었다. 요조는 있는 그대로 답했다. 콧수염은 작은 수첩에 그것을 받아 적었다. 한차례 심문이 끝나고 콧수염이 침대 위로 허리를 굽히며 말했다.

"여자는 죽었어. 자네는 죽을 맘이 있긴 했나?"

요조는 잠자코 있었다.

금테 안경을 낀 형사가 두툼한 이마에 두세 줄 주름을 지으며 빙그레 웃더니 콧수염의 어깨를 쳤다.

"됐어, 그만둬. 가엾지 않은가. 다음에 하자고."

콧수염은 요조의 시선을 똑바로 응시한 채 마지못해 수첩을 윗옷 주머니에 집어넣었다.

형사들이 떠난 뒤 마노는 서둘러 병실로 돌아왔다. 문을 여는 순간, 오열하는 요조를 보았다. 그대로 조용히 문을 닫고 한동안 복도에 서 있었다.

오후가 되어 비가 내리기 시작했다. 요조는 혼자서 화장실에 갈 수 있을 정도로 기력을 회복했다.

친구 히다가 젖은 외투 차림으로 뛰어 들어왔다. 요조는 자는 척했다. 히다가 마노에게 나지막이 물었다.

"괜찮습니까?"

"네, 이제는……."

"휴, 정말 놀랐어."

그는 살찐 몸을 뒤뚱거리며 점토 냄새 나는 외투를 벗어 마노에게 건넸다.

히다는 이름 없는 조각가였는데, 무명 서양화가인 요조와는 중학교 때부터 친구 사이였다. 순진한 학생이라면 누구나 주변에 우상 하나쯤 만들고 싶어 하는 법인데, 히다도 그랬다. 중학교에 들어가서부터 반 수석이었던 친구 하나에 푹 빠져 있었다. 요조였다. 수업 중에 요조가 짓는 표정 하나, 미소 하나도 히다에게는 예삿일이 아니었다. 교정 뒷산 언덕에서 요조의 어른스럽고 고독한 표정을 보고 남몰래 깊은 한숨을 내쉬기도 했다. 아아, 요조와 처음 말을 주고받았을 때의 환희란! 히다는 뭐든 요조를 흉내 냈다. 담배도 배웠다. 선생을 비웃었다. 깍지 낀 두 손을 머리 뒤로 넘긴 채 교정을 어슬렁어슬렁 걸어 다니는 법도 익혔다. 예술가가 왜 가장 훌륭한지도 알았다. 요조는 미술학교에 들어갔다. 히다도 일 년 늦어지기는 했지만, 요조와 같은 미술학교에 들어갔다. 요조는 서양화를 공부했지만, 히다는 일부러 조소과를 선택했다. 로댕의 발자크 상에 감명을 받았다고 했지만, 그것은 어디까지나 그가 거물이 되었을 때 경력에 가벼운 허풍을 불어넣기 위한 것에 불과했고, 실은 요조와 같은 서양화를 선택하기가 꺼려졌기 때문이었다. 열등감이다.

그즈음 두 사람의 길이 갈리기 시작했다. 요조는 계속 말라갔지만, 히다는 살이 찌기 시작했다. 그들이 엇갈린 것은 그뿐이 아니었다. 요조는 간단명료한 철학에 심취해, 예술이 바보 같은 짓이라고 생각하기 시작했다. 히다는 너무 우쭐해져 있었다. 듣는 사람이 오히려 멋쩍어질 정도로 예술이라는 단어를 남발했다. 항상 걸작을 꿈꾸면서도 공부를 게을리했다. 그렇게 둘 다 그다지 좋지 못한 성적으로 학교를 졸업했다. 요조는 거의 붓을 놓다시피 했다. 그림은 포스터에 불과하다면서 히다를 풀죽게 만들었다. 모든 예술은 사회경제 구조에서 나오는 방귀다. 생활력의 한 형태일 뿐이다. 어떤 걸작도 양말과 다를 바 없는 상품이다. 그런 말에 히다는 어안이 벙벙했다. 히다는 예전과 다름없이 요조를 좋아했고, 요조의 최근 사상에 막연한 경외심을 느끼고 있었지만, 그래도 히다에게는 걸작에 대한 설렘이 무엇보다 컸다. 이번에야말로, 이번에야말로, 하면서 초조한 듯 점토를 주물러댔다. 즉, 이 두 사람은 예술가라기보다는 예술품이었다. 아니, 바로 그렇기 때문에 나도 이렇게 쉽사리 써내려 갈 수 있는 거겠지. 진짜 시장 예술가들을 보면, 여러분들은 석 줄도 채 읽기 전에 구역질을 할 것이다. 그것만은 보장한다. 그런데 자네, 그런 류의 소설을 한번 써 보지 않겠나? 자, 어때?

히다도 요조의 얼굴을 볼 수 없었다. 가능한 한 발소리를 죽이고

요조의 머리맡까지 다가갔지만 유리창 밖 빗발을 물끄러미 바라보기만
할 뿐이었다.

요조가 눈을 뜨고 희미하게 웃으며 말했다.

"놀랐지?"

깜짝 놀란 히다는 요조의 얼굴을 얼핏 보고는, 눈을 내리깔고 대답했
다.

"응."

"어떻게 알았어?"

히다는 주저했다. 바지 주머니에서 오른손을 꺼내 넓은 이마를 어루만
지며, 마노에게 말해도 되냐고 묻는 듯한 눈길을 보냈다. 마노는 진지한
표정으로 살짝 고개를 저었다.

"신문에 나왔나?"

"응."

실은 라디오 뉴스로 알았다.

요조는 히다의 우물쭈물해 하는 태도가 못마땅했다. 좀 더 솔직하게
말해줘도 될 텐데. 하룻밤 사이에 공중제비 돌 듯 변해서, 자신을 이방인
취급하는 십년지기 친구가 야속했다. 요조는 다시 잠든 척했다.

히다는 따분해져서 슬리퍼로 바닥을 탁탁 치며 잠시 요조의 머리맡에
서 있었다.

기척도 없이 문이 열리더니, 제복을 입은 작은 체구의 대학생이
아름다운 얼굴을 들이밀었다. 히다는 그를 보고 안도한 나머지 탄성을
내지를 뻔했다. 번지는 미소를 애써 일그러뜨리며, 일부러 느긋한 걸음
걸이로 그에게 다가갔다.

"지금 도착한 건가?"

"어, 그래."

고스게는 걱정스러운 듯 요조를 내려다보며 서둘러 대답했다.

고스게. 이 남자는 요조와 친척 사이였는데, 법과 대학에 적을 두고 있었다. 요조보다 세 살이나 아래였지만, 그래도 격의 없는 친구 사이였다. 요즘 젊은이들은 나이에 그다지 구애받지 않는 것 같다. 겨울방학이라 고향에 돌아가 있다가, 신문에서 요조의 사건을 보고 부랴부랴 급행열차를 타고 달려온 것이었다. 둘은 복도로 나가 대화를 나눴다.

"그을음 묻었어."

히다는 너털웃음을 지으며 고스게의 코밑을 가리켰다. 기차 매연이 가뭇가뭇 묻어 있었다.

"어, 그래?"

고스게는 당황하며 가슴께 호주머니에서 손수건을 꺼내어 코밑을 문질렀다.

"그래, 상태는 어떤가?"

"오바? 음, 괜찮은 모양이야."

"그렇군. ……지워졌어?"

고스게가 코밑을 쑥 내밀며 물었다.

"지워졌어, 지워졌어. 집에선 소동이 벌어졌겠군."

고스게가 손수건을 도로 집어넣으며 대꾸했다.

"그래. 난리가 났지. 장례식 같았어."

"집에서는 누가 오시나?"

"형님이 오실 거야. 아버지는 내버려두라고 하시지만."

"대사건이군." 히다가 이마에 한 손을 대고 중얼거렸다.

"요 짱은, 정말 괜찮은 건가?"

"의외로 멀쩡해. 녀석, 늘 그렇지 않은가."

고스게는 들뜬 듯 입가에 미소까지 머금고 고개를 갸웃거렸다.

"어떤 기분일까?"

"글쎄. 만나보지 그래?"

"됐어. 만나봤자, 할 말도 없고, 거기다가 좀, ……무서워."

둘은 숨죽여 웃었다.

마노가 병실에서 나왔다.

"안에서 다 들려요. 여기 서서 얘기하는 건 삼가주세요."

"아, 실례했습니다."

히다는 어쩔 줄 몰라 하며, 커다란 몸을 한껏 움츠렸다. 고스게는 신기하다는 듯 마노의 얼굴을 들여다보았다.

"저기, 두 분 점심식사는 하셨어요?"

"아직입니다."

둘이 동시에 대답했다.

마노가 얼굴을 붉히며 웃었다.

세 사람이 식당으로 가고 난 뒤에야, 요조는 몸을 일으켰다. 비로 자욱한 먼 바다를 내다보았다.

'이곳을 지나면 적막의 늪.'

여기서부터는 서두로 돌아가자. 그나저나, 내가 생각해도 너무 서툴다. 무엇보다도 나는, 이런 시간 조작을 좋아하지 않는다. 좋아하진 않지만 시도해보았다. 이곳을 지나면 슬픔의 도시. 입에 밴 지옥문의 노래를 영광스러운 서두의 첫 문장으로 바치고 싶었다. 다른 이유는 없다. 만약 이 한 줄 때문에 소설 전체가 무너진다 해도, 마음 약하게 그걸 지워버릴 생각은 없다. 부풀리는 김에 한마디만 더. 이 한 줄을 지우는 일은, 지금까지의 나의 생활을 지우는 것과 같다.

"사상 때문이라니까, 마르크스주의라고."

이 말은 심각하지 않아서 좋다. 고스게가 말을 꺼냈다. 그는 의기양양한 얼굴로 우유 잔을 고쳐들었다.

판자벽은 사방이 하얗게 페인트칠 되어 있었고, 동쪽 벽에는 가슴에 구리동전만 한 훈장을 세 개나 단 원장의 초상화가 걸려 있었다. 그 아래에는 열 개 정도 되는 가늘고 긴 테이블이 가지런히 놓여 있었다. 식당은 텅 비어 있었다. 히다와 고스게는 동남쪽 구석 테이블에 앉아 식사를 했다.

"사상에, 꽤나 깊이 빠져 있었어." 고스게는 목소리를 낮췄다. "연약한 몸을 해가지고 그 정도로 뛰어다녔으니, 죽고 싶기도 했겠지."

"행동대장이었잖아. 나도 알고 있어." 히다는 우물우물 빵을 씹으며 말했다. 히다는 박식한 척하는 것이 아니었다. 그 무렵 청년이라면 그 정도의 좌익용어는 누구나 알고 있었다. "하지만, ……그뿐만이 아닐 거야. 예술가란 족속들은 그렇게 단순하지가 않다고."

식당이 어두워졌다. 비가 거세진 탓이었다.

고스게는 우유를 한 모금 마신 후 말했다. "자네는 사물을 주관적으로밖에 못 보는 게 탈이야. 애초에, ……애초에 말이야, 한 사람이 자살하는 데는 본인이 의식하지 못하는, 뭔가 더 크고 객관적인 원인이 숨겨져 있는 것이라, 이 말이지. 집에선 다들 여자가 원인이라며 난리지만, 난 그게 아닐 거라고 말해뒀어. 여자는 그저 길동무일 뿐이라고. 더 중요한 원인이 있을 거야. 우리 집 사람들은 그걸 몰라. 자네마저 이상한 말을 하는군. 그럼 안 돼."

히다가 발밑에 놓인 스토브 불빛을 응시하며 중얼거렸다. "그렇지만 여자에게는, 따로 남편도 있었어."

우유 잔을 내려놓으며 고스게가 말했다. "나도 알고 있어. 그런 건 상관없어. 요 짱에게는 방귀만큼도 안 중요해. 여자에게 남편이 있기 때문에 동반자살을 했다, 이건 너무 시시하지 않은가." 말을 마치고는, 한쪽 눈을 찌푸리고 벽에 걸린 초상화를 올려다보았다. "저 사람이 여기 원장인가?"

"그렇겠지. 그래도, ……진짜 이유는 오바 말고는 아무도 모르는 거야."

"그야 그렇지." 고스게는 선뜻 동의하며, 두리번두리번 주변을 둘러보았다. "좀 추운 걸. 자네 오늘, 여기서 묵을 작정인가?"

히다는 서둘러 빵을 삼키며 끄덕였다. "응. 자고 갈 거야."

대부분의 청년들이 그렇듯, 그들도 진지한 대화를 하지 않는다. 서로 상대방의 신경을 거스르지 않으려고 최대한 주의를 기울이면서, 자신의 마음도 소중히 보호한다. 쓸데없는 모욕을 당하고 싶지 않기 때문이다. 거기다 상처를 입을 때마다 죽느냐 죽이느냐, 항상 거기까지 생각을 몰고 간다. 그래서 언쟁을 꺼리는 것이다. 그들은 문제를 대충 얼버무릴 때 쓰는 말들을 많이 알고 있다. 아니라는 말 한마디도, 열 종류는 힘 들이지 않고 다양하게 구사할 수 있다. 토론을 시작하기 전부터 이미 타협의 눈동자를 교환한다. 결국 끝에 가서는 웃음 지으며 악수를 나누지만, 속으로는 서로 이렇게 중얼거린다. 저능아 새끼!

저런, 내 소설도 슬슬 얼이 빠져가는 것 같다. 이쯤 해서 분위기를 확 바꿔서, 파노라마식으로 장면을 전개시켜 볼까? 큰소리 치고 있네. 뭘 해도 서투른 주제에. 아아, 잘 됐으면 좋겠다.

다음날 아침은 화창하게 개어 있었다. 바다는 잠잠했고, 오시마섬의 분화구 연기가 수평선 위로 하얗게 피어오르고 있었다. 좋지 않은 징조다. 경치에 대해 쓰는 건 내 취향이 아니다.

가 호실 환자가 눈을 떴을 때, 병실은 이른 봄 햇살로 가득했다. 개인 간호사와 잘 잤어요? 하고 인사를 나누곤, 아침 체온을 쟀다. 36.4도였다. 식사 전 일광욕을 하러 베란다로 나왔다. 간호사가 살짝 옆구리를 찌르기 전부터 라 호실 베란다를 훔쳐보고 있었다. 어제 새로 온 환자는 감색에 스친 듯 잔무늬가 있는 겹옷을 단정하게 차려 입고, 등나무 의자에 앉아, 먼 바다를 바라보고 있었다. 눈부신 듯 굵은 눈썹을 찡그렸다. 그다지 잘생긴 얼굴은 아니었다. 이따금 볼에 붙은 거즈를 손등으로 가볍게 두드렸다. 여자는 일광욕용 침대에 누워, 실눈을 뜨고 거기까지 관찰한 뒤, 간호사에게 책을 갖다 달라고 했다. 『보바리 부인』. 평소에는 지겨워서 대여섯 페이지 읽고는 던져버렸는데, 오늘은 진지하게 다시 읽고 싶었다. 지금은 이것을 읽기에 너무도 잘 어울리는 순간이었다. 팔랑팔랑 책장을 넘기다가 100쪽 언저리부터 읽기 시작했다. 좋은 글귀를 하나 건졌다. '엠마는 한밤중에 횃불을 밝히고 혼례를 올리고 싶었다.'

나 호실 환자도 눈을 떴다. 일광욕을 하러 베란다로 나갔다가, 언뜻 요조를 보고는 병실로 뛰어 들어왔다. 이유도 없이 무서웠다. 침대로 기어들어갔다. 옆에 있던 어머니가 웃으며 이불을 덮어주었다. 나 호실 소녀는 머리까지 이불을 덮어 쓰고는, 어슴푸레한 어둠 속에서 눈을 반짝이며 옆 병실에서 들려오는 이야기에 귀를 기울였다.

"미인인 것 같은데." 이어지는 나지막한 웃음소리.

히다와 고스게가 묵고 있었다. 그들은 옆방 빈 병실 침대에서 같이 잤다. 먼저 잠에서 깬 고스게가 가늘고 긴 눈을 부비며 베란다로 나갔다. 요조의 다소 가식적인 포즈를 힐끗 보고는, 그런 포즈를 취하게 한 근원을 찾아 왼쪽으로 고개를 획 틀었다. 제일 끝 베란다에서 젊은 여자가 책을 읽고 있었다. 여자의 침대 뒤에 이끼 낀 축축한 돌담이 있었다. 고스게는 서양식으로 어깨를 한 번 으쓱 하더니, 방으로 돌아와 자고 있는 히다를 흔들어 깨웠다.

"일어나 봐, 사건이다!" 녀석들은 사건을 날조하는 걸 즐긴다. "요 쩡의 대ㅊ포즈."

그들의 대화에는 '대'라는 말을 종종 등장했다. 지겨운 세상에 뭔가 기대할 만한 대상을 찾는 것이리라.

히다가 깜짝 놀라 벌떡 일어섰다. "뭔데?"

고스게가 웃으며 말했다.

"소녀가 있어. 요 쩡이 그 여자애한테 항상 자신 있어 하는 옆얼굴을 보여주고 있다고."

히다도 떠들어댔다. 양쪽 미간을 야단스레 치켜뜨며 물었다. "미인인 가?"

"미인인 것 같던데, 책 읽는 시늉을 하고 있어."

히다가 웃음을 터뜨렸다. 침대에 걸터앉아 재킷에 바지를 입고 나서, 큰 소리로 외쳤다.

"좋아, 혼내주자고!" 혼내줄 마음은 없다. 그저 험담일 뿐이다. 그들은 친한 친구의 험담도 태연히 내뱉는다. 그때그때 기분에 맡기는 것이다. "오바 이 자식, 여자란 여자는 모조리 탐을 낸다니까."

잠시 후 요조의 병실에서 와 하는 사람들 웃음소리가 났다. 병동

전체에 쩌렁쩌렁 울렸다. 가 호실 환자는 책을 덮고, 요조 쪽 베란다를 의아한 듯 쳐다보았다. 베란다에는 하얀 등나무 의자 하나가 아침 햇살을 받아 빛나고 있을 뿐 아무도 없었다. 빈 등나무 의자를 바라보던 여자는 꾸벅꾸벅 졸기 시작했다. 나 호실 환자는 웃음소리를 듣고 이불에서 얼굴을 쑥 내밀었다. 머리맡에 서 있는 엄마와 마주 보며 생긋 미소 지었다. 바 호실 대학생은 웃음소리에 잠이 깼다. 대학생은 간병해주는 사람도 없이 그저 하숙집에 사는 것 같은 태평한 나날을 보내고 있었다. 웃음소리가 어제 새로 온 환자의 병실에서 들려오는 것임을 알고는 거무죽죽한 얼굴을 붉혔다. 웃음소리가 점잖지 못하다고 생각한 것은 아니었다. 회복기 환자 특유의 관대한 마음으로 요조가 기운을 되찾은 것에 마음이 놓였다.

　나는 삼류작가일까? 아무래도 기분을 너무 낸 것 같다. 파노라마식이네 어쩌네 하면서, 분수에도 맞지 않는 계획을 세우더니, 이 모양으로 폼을 잡고 있다. 잠깐 기다려 보시라. 이렇게 실패할 때를 대비해서 미리 준비해 둔 말이 있다. 사람은, 어여쁜 감정을 갖고서, 몹쓸 작품을 쓴다.[3] 즉, 내가 이렇게 나사가 빠져버린 것도, 내가 아직 그 정도로 악마는 아니라는 얘기다. 아아, 이 말을 생각해낸 자에게 행복이 있기를. 이 얼마나 보석 같은 말인가. 하지만 작가는 일평생 단 한 번밖에 이 말을 쓸 수 없다. 아무래도 그런 것 같다. 한 번은 애교다. 만약 당신이, 두 번 세 번 반복해서 이 말을 방패로 삼는다면, 결국은 비참한 신세를 면치 못할 것이다.

3_ 바꿔 말하면, 훌륭한 작품은 추한 감정에서 비롯된다.

"실패했어."

히다와 나란히 소파에 앉아 있던 고스게가 말했다. 그는 히다와 요조, 문 앞에 기대선 마노를 차례로 돌아보고는, 그들 모두 웃고 있는 것을 확인한 뒤 만족스럽다는 듯 히다의 둥근 어깨에 머리를 푹 기댔다. 그들은 잘 웃었다. 아무것도 아닌 일에도 자지러지게 웃었다. 청년들에게 있어서 웃는 것은 숨 쉬는 것만큼이나 쉬웠다. 언제부터 그런 습관이 생긴 걸까? 웃지 않으면 손해를 본다. 아무리 사소한 웃음거리라도 놓치지 말라. 아아, 이거야말로 탐욕스런 미식가의 덧없는 편린. 서글프게도 그들은, 마음 깊은 곳에서 우러나와 웃는 것이 아니다. 뒤로 넘어갈 듯 웃으면서도 겉모습에 신경을 쓴다. 그들은 또 남들을 자주 웃긴다. 스스로에게 상처를 입히면서까지 남을 웃기고 싶어 한다. 이것은 예의 허무한 마음에서 나오는 것인데, 마음속 깊은 곳에 좀 더 심오한 배려가 감춰져 있는 것은 아닐까? 희생정신. 다소 자포자기적이면서도 이렇다 할 목적도 없는 희생정신. 그들이 어쩌다가 오늘날의 도덕적 기준으로 보아 미담이라고 할 만한 훌륭한 행동을 하는 까닭은, 바로 이 감춰진 영혼에 있다. 이것은 나의 독단이다. 그러나 서재 안에서 떠올린 것은 아니다. 모두 내 육체로부터 전해 들은 사념이다.

요조는 아직도 웃고 있었다. 침대에 걸터앉아 두 다리를 흔들면서, 뺨에 붙은 거즈를 신경 쓰며 웃었다. 고스게의 이야기가 그렇게 우스웠던 것일까? 그들이 어떤 이야기에 흥겨워하는지에 대한 예를, 몇 줄 덧붙여 보겠다. 고스게가 이번 방학에 고향에서 30리쯤 떨어진 어느 산속 유명한 온천지에 스키를 타러 갔다가, 거기 여관에서 하룻밤 묵었다. 한밤중에 화장실을 가는데, 복도에서 여자가 스쳐 지나갔다. 그게 다다. 그게 대사건이라는 것이다. 고스게는 여자와 잠시 스쳐 지나갈지라도,

그 순간만큼은 그녀에게 좋은 인상을 심어주어야 직성이 풀렸다. 특별히 어떻게 해보고 싶다는 것도 아니지만, 스쳐 지나가는 바로 그 순간에 젖 먹던 힘을 다해 폼을 잡는다. 진지하게 인생을 걸고 무언가를 기대한다. 그 소녀와 할 수 있는 모든 것들을 생각하면 가슴이 터질 듯하다. 그들은 그와 같이 숨 막히는 순간을 적어도 하루에 한 번은 경험한다. 그래서 늘 방심하지 않고, 혼자 있을 때도 폼을 잡는다. 고스게는 심야에 화장실로 향하는 그 순간에도, 새로 맞춘 푸른 외투를 말쑥하게 차려 입고 복도로 나섰다고 한다. 소녀가 지나간 뒤 가슴을 쓸어내렸다. 외투를 입고 나가서 다행이었다. 휴 하고 한숨을 내쉬며 복도 끝에 있는 커다란 거울을 들여다보았는데, 완전히 실패였다. 외투 밑으로 꾀죄죄한 내복을 껴입은 다리가 삐죽 나와 있었던 것이다.

"세상에!" 고스게가 픕 하고 웃으며 말했다. "내복은 말려 올라가 있고, 다리털이 거뭇거뭇 보이더라고. 자다 일어나서 얼굴은 퉁퉁 부어 있고."

요조는 내심 그렇게 우습지도 않았다. 고스게가 지어낸 이야기라는 생각마저 들었다. 그래도 큰 소리로 웃었다. 친구가 어제와는 달리 가까이 다가와 말을 걸어줬다는, 그 마음씀씀이에 대한 보답으로, 일부러 배를 잡고 웃었다. 요조가 웃었기 때문에 히다와 마노도 따라 웃었다.

히다는 마음이 놓였다. 이제 뭐든 말할 수 있겠다 싶었다. 아직이야, 아직, 하며 속마음을 억누르기도 하면서, 혼자 우물쭈물하고 있었다.

분위기를 탄 고스게가 도리어 서슴지 않고 말을 꺼냈다.

"우리 여자문제는 늘 실패야. 요 짱도 그렇고."

요조는 계속 웃으며 고개를 갸우뚱했다.

"그런가?"

"그래. 죽는 건 아니지."

"실패일까?"

히다는 너무 기뻐 가슴이 두근거렸다. 가장 부수기 어려웠던 담을 웃음으로 무너뜨렸다. 이런 어쭙지 않은 성공도 고스게 나름의 인덕 덕분이라며, 이 어린 친구를 꼭 안아주고 싶은 충동마저 느꼈다.

히다는 옅은 눈썹을 시원스레 치켜 올리며 더듬더듬 말을 꺼냈다.

"실패인지 어쩐지 한마디로 정리하긴 어렵다고 생각해. 우선은 원인을 모르니까." 괜한 말을 했다.

곧 고스게가 도와주었다. "그건 알지. 히다하고 대토론을 벌였어. 나는 사상이 출구를 잃고, 앞뒤로 꽉 막혀버렸기 때문이라고 했지. 그랬더니 히다 녀석, 잘난 척하면서 다른 이유가 있다더라고." 히다가 재빨리 끼어들었다.

"다시 말해서 여자에 푹 빠졌던 거 아닌가? 싫어하는 여자하고 죽을 이유가 없잖아."

히다는 요조에게 오해를 사고 싶지 않아서 적당히 서둘러 말했는데, 자신의 귀에는 그게 도리어 순진하게 들렸다. 대성공이라며 혼자서 마음을 놓았다.

요조는 긴 눈썹을 내리깔았다. 오만. 나태. 아첨. 교활. 악덕의 소굴. 피로. 분노. 살의. 이기주의. 취약. 기만. 병독病毒. 그런 것들이 어지러이 그의 마음을 흔들어댔다. 말해버릴까 싶기도 했다. 일부러 풀죽은 척 중얼거렸다.

"실은 나도 잘 모르겠어. 세상 모든 것이 원인이었다는 기분이 들어."

"네 맘 다 알아." 고스게는 요조의 말이 채 끝나기도 전에 고개를 끄덕였다. "그럴 수도 있지. 이봐, 간호사가 없어졌어. 일부러 자리를 피해준 건가?"

앞서 말했지만 그들의 토론은 서로 사상을 교환하기보다는, 그 자리의 분위기를 편하게 만들어주기 위한 것이다. 진실은 어디에도 없다. 하지만 듣다 보면, 가끔씩 예기치 못한 수확을 얻을 때도 있다. 그들의 허세 어린 대화 속에서 간혹 놀랄 만큼 솔직한 울림이 느껴질 때가 있다. 부주의하게 흘려 넘기는 말일수록 진실 비슷한 것을 품고 있는 것이다. 요조는 방금, 세상 모든 것이, 라고 중얼거렸지만, 그것이야말로 자기도 모르게 내뱉은 진심이 아니었을까? 그들의 마음속에는 혼돈, 그리고 이유 없는 반항심만 존재한다. 어쩌면 자존심만, 이라고 해도 좋을지 모른다. 그것도 날카롭게 예민해진 자존심이다. 미세한 바람에도 바들바들 몸을 떤다. 모욕을 당했다고 느끼면, 그 자리에서 죽을 것처럼 괴로워한다. 요조가 자신의 자살 원인에 대한 질문을 받고 당혹스러워하는 것도 무리는 아니다. ……세상 모든 것이다.

그날 오후, 요조의 형이 세이쇼엔에 도착했다. 형은 요조와 달리 보기 좋게 살이 올라 있었다. 하카마 차림이었다.

형이 원장의 안내를 받으며 요조의 병실 앞까지 왔을 때, 방안에서 밝은 웃음소리가 들려왔다. 형은 모른 척했다.

"여깁니까?"

"네. 이제 건강합니다." 원장이 대꾸하며 문을 열었다.

고스게가 깜짝 놀라 침대에서 뛰어내렸다. 요조 대신 누워있었던 것이다. 요조와 히다는 소파에 나란히 앉아 트럼프를 하다가 서둘러 일어섰다. 마노는 침대의 머리맡에 있는 의자에 앉아 뜨개질을 하고 있다가, 멋쩍다는 듯 머뭇머뭇 뜨개질 도구를 치웠다.

"친구 분들이 와 계셔서 북적북적합니다." 원장이 형을 돌아보며 나지막하게 고하더니, 요조 쪽으로 다가왔다. "이제, 괜찮죠?"

"아, 뭐, 그럭저럭." 요조는 갑자기 서글픈 생각이 들었다.

안경 너머 원장의 눈이 웃고 있었다.

"어때요? 한동안 요양소 생활이라도 해보지 않겠습니까?"

요조는 처음으로 죄인으로서의 열등감을 맛보았다. 미소로만 답했다.

그사이 형은 꼼꼼한 사람답게 마노와 히다를 향해 신세가 많습니다, 라고 하며 예의를 갖췄고, 고스게에게도 진지한 얼굴로 물었다.

"어젯밤은 여기서 잤다고?"

"예." 고스게가 머리를 긁적이며 말했다. "옆 병실이 비어서, 히다와 둘이서 잤습니다."

"그럼 오늘밤부터는 내가 묵고 있는 여관으로 오게. 에노시마에 방을 잡아놨으니까. 히다 군, 자네도."

"예에." 히다는 얼어 있었다. 손에 쥔 세 장의 트럼프 카드를 만지작거리며 대답했다.

형은 아무렇지도 않다는 듯 요조 쪽을 돌아보았다.

"요조야, 좀 괜찮으냐."

"응." 짐짓 못마땅하다는 듯 고개를 끄덕였다.

형은 돌연 수다스러워졌다.

"히다 군. 원장님을 모시고, 다함께 점심이나 먹으러 나갑시다. 에노시마는 처음이라 선생님께 안내를 좀 부탁드리려고 하는데. 나갑시다. 자동차도 준비해뒀고. 날씨가 좋습니다."

나는 후회하고 있다. 어른 둘을 등장시킨 탓에 온통 뒤죽박죽이 되었다. 요조, 고스게, 히다, 그리고 나, 이렇게 네 명이 만들어낸 언뜻

묘한 이 분위기도, 어른 둘이 나타나는 바람에 후줄근하게 시들어버리고 말았다. 나는 이 소설을 분위기 있는 로맨스로 만들고 싶었다. 처음 몇 페이지에서 빙글빙글 소용돌이치는 분위기를 만들어낸 뒤, 그것을 조금씩 여유 있게 풀어 나가고 싶었다. 형편없는 솜씨를 한탄하며, 그래도 그럭저럭 여기까지는 펜을 놀려 왔다. 하지만 무너지기 일보직전이다.

용서해다오! 거짓말이다. 시치미 좀 떼 보았다. 전부 내가 꾸민 짓이다. 쓰면서, 그 로맨틱한 분위기라는 것이 부끄러워져서, 일부러 망가뜨려버렸다. 이 모든 것을 무너뜨리는 것, 그것은 오히려 내가 바라는 바다. 악취미. 지금 내 마음을 괴롭히는 것은 바로 이 한마디다. 사람을 이유도 없이 위압적으로 내리누르는 집요한 취향을 그렇게 부른다면, 나의 이런 태도도 분명 악취미겠지. 나는 지기 싫다. 속마음을 드러내고 싶지 않다. 그러나 허무한 노력일 뿐! 아, 작가란 모두 이런 족속들일까? 고백하면서도 말을 꾸며낸다. 나는 사람도 아니다. 진짜 인간다운 생활이 나에게 가능하긴 한 걸까? 이렇게 써 내려가면서도, 나는 내 문체에 신경을 곤두세우고 있다.

뭐든 다 털어놓겠다. 사실 이 소설의 장면 사이사이에 나라는 남자를 들이밀어, 말하지 않아도 되는 것들을 장황하게 늘어놓게 한 것도, 다 교활하게 미리 세워둔 계획이었다. 나는 그것을 독자에게 들키지 않고, 나라는 인물의 특이한 뉘앙스를 작품에 담아내고 싶었다. 그것은 아직 일본에 없는 최신 유행의 세련된 작풍이라고 우쭐해 하고 있었다. 하지만 패배다. 아니, 나는 이런 패배의 고백도, 소설을 계획할 때부터 계산하고 있었다. 가능하다면 좀 더 있다가 털어놓을 생각이었다. 아니, 이 말조차 나는 처음부터 미리 준비해두었다는 기분이 든다. 아아,

더 이상은 나를 믿지 마. 내가 하는 말은 한마디도 믿지 마.

나는 왜 소설을 쓰는 것일까. 신인작가로서의 영광을 원했기 때문일까? 돈이 필요해서? 제발 마음에도 없는 말 하지 말고 대답해봐라. 전부 다 갖고 싶다고. 너무 갖고 싶어 미칠 지경이라고. 아아, 나는 아직도 속이 훤히 들여다보이는 거짓말을 내뱉고 있다. 사람들은 이런 거짓말에 깜박 속아 넘어간다. 거짓말 중에서도 가장 비열한 거짓말. 나는 왜 소설을 쓰는 것일까. 난감한 말을 꺼내고 말았다. 어쩔 수 없다. 빙빙 돌려 말하는 게 마음에 안 들긴 하지만, 한마디만 해둘까. '복수.'

다음 묘사로 넘어가자. 나는 시장 예술가다. 예술품이 아니다. 나의 이런 불쾌한 고백이, 내 소설에 어떤 뉘앙스를 풍기게 할 수 있다면, 그것만으로 행운이다.

요조와 마노만 남겨졌다. 요조는 침대로 기어 들어가, 눈을 껌뻑이며 생각에 잠겼다. 마노는 소파에 앉아 카드를 정리하고 있었다. 카드를 자줏빛 종이상자에 넣으며 말했다.

"형님이신가 봐요."

"어어." 높은 천장의 흰 벽을 빤히 쳐다보며 대답했다. "닮았나?"

작가가 묘사의 대상에 애정을 잃으면, 즉시 이렇게 구질구질한 문장이 나온다. 아니, 더 이상 말을 말자. 꽤 근사한 글귀잖아.

"네, 코가요."

요조는 소리 내어 웃었다. 요조네 집안사람들은 할머니를 닮아 다들 코가 길었다.

"나이가 어떻게 되세요?" 마노도 살포시 웃으며 물었다.

"형 말이야?" 마노 쪽으로 얼굴을 돌렸다. "젊어. 서른넷. 대단한 사람인 척 우쭐거리면서 어깨에 힘주고 다니는 거지."

마노는 요조의 얼굴을 힐끗 보았다. 인상을 찌푸리며 말하고 있었다. 당황해서 눈을 내리깔았다.

"형은 그래도 좀 낫지만. 아버지가……."

말을 하다 말고 입을 다물었다. 요조는 얌전히 굴었다. 나를 대신해 타협하고 있는 것이다.

마노는 일어나, 병실 구석에 있는 책장으로 가서 뜨개질 도구를 가져왔다. 다시 요조의 머리맡에서 뜨개질을 시작하며 마노도 생각에 잠겼다. 사상도 아니고 연애도 아닌, 그것보다 한 발 더 나아간 원인을 생각하고 있었다.

나는 이제 아무 말도 안 하겠다. 말을 하면 할수록, 아무 말도 하고 있지 않다는 기분이 든다. 정말 중요한 건 아직 한마디도 꺼내지 않았다. 당연히 그렇겠지. 많은 이야기를 빼먹고 있다. 그것도 당연하다. 작가가 자기 작품의 가치를 알지 못한다는 것은 소설계의 상식이다. 분하지만 그걸 인정할 수밖에 없다. 스스로 내 작품의 효과를 기대하고 있던, 내가 바보였다. 특히 그 효과라는 말 같은 건, 입 밖으로 꺼내는 게 아니었다. 입 밖으로 꺼내는 순간, 완전히 다른 효과가 발생한다. 아마도 이런 효과가 발생하겠거니, 하고 추측하는 순간, 전혀 새로운 효과가 날아든다. 나는 영원히 그 꽁무니를 쫓아다녀야 하는 우둔한 놈이다. 졸작인지, 아니면 꽤 그럴싸한 작품인지, 나는 그런 것조차도 알려고 들어서는 안 된다. 아마도 이번 소설은 내가 생각지도 못한 어마어마한 가치를 가져오겠지. 이 말은 누군가에게서 들은 이야기다. 내 몸에서 배어나온 이야기는 아니다. 그러기에 또, 기대고 싶은 기분이 들기도 하는 거겠지. 분명히 말하면, 나는 자신감을 잃었다.

전등불이 켜진 뒤, 고스게가 혼자 병실로 찾아왔다. 들어오자마자 누워있는 요조의 얼굴 위로 바짝 다가가 속삭였다.

"한잔했어. 마노에겐 비밀이야."

그러더니 훅하고 요조의 얼굴에 강한 입김을 불었다. 술을 마시고 병실을 들락거리는 것은 금지되어 있었다.

고스게는 뒤쪽 소파에서 뜨개질을 하고 있는 마노를 흘끗 보더니 큰소리로 말했다. "에노시마 관광을 했어요. 좋던데요?" 그러곤 금세 다시 목소리를 낮춰 속삭였다. "거짓말이야."

요조는 일어나 앉았다.

"지금까지 마신 거야? 됐어, 상관없어. 마노 씨, 괜찮죠?"

마노는 뜨개질하는 손을 멈추지 않고 웃으며 대답했다. "괜찮지는 않지만요."

고스게는 침대 위에 벌렁 드러누웠다.

"원장하고 넷이서 또 토론을 벌였어. 있잖아, 형님은 상당한 책략가야. 의외로 수완가시던 걸?"

요조는 잠자코 있었다.

"내일 형님하고 히다가 경찰서에 가기로 했어. 깨끗하게 매듭짓겠다고 하시던데. 히다, 자식. 엄청 흥분했어. 히다는 오늘 저쪽에서 잔대. 나는 그러기 싫어서 왔고."

"내 흉을 많이 봤겠군."

"당연하지. 봤고말고. 바보멍청이라고 말이야. 앞으로 또 무슨 일을 저지를 지 도무지 감이 안 잡힌다고. 하지만 아버지도 잘 하고 계신 것만은 아니라고 하더라. 마노 씨, 담배 좀 피워도 될까요?"

"예에." 마노는 눈물이 날 것 같아 그렇게만 답했다.

"파도 소리가 들리네. ……썩 괜찮은 병원이야." 고스게는 불도 안 붙은 담배를 입에 물고, 주정뱅이처럼 거친 숨을 몰아쉬며 잠시 눈을 감고 있었다. 그러더니 상체를 벌떡 일으키며 말했다. "아, 맞다. 옷 가져왔어. 저기 놔뒀어." 턱으로 문 쪽을 가리켰다.

요조는 문 옆에 놓인 덩굴무늬가 들어간 커다란 보자기를 보더니, 눈살을 찌푸렸다. 그들은 육친에 대한 이야기를 할 때마다 다소 감상적이 된다. 하지만 이것은 다만 습관에 불과하다. 어린 시절부터 받은 교육 때문에 그런 표정을 지을 뿐이다. 육친이라고 하면 재산이라는 단어를 생각해내는 것만은 변함없다. "어머니께는 못 당하겠군."

"응. 형님도 그러시더라. 어머니가 제일 가여우시다고. 이렇게 입을 옷까지 걱정하시니까. 진짜야, 자네. ……마노 씨, 성냥 없어요?" 마노에게서 성냥을 받아 들고는, 볼을 불룩하게 하면서 상자에 그려진 말의 얼굴을 들여다보았다. "지금 입고 있는 건 원장님께 빌린 거라던데?"

"이거? 응. 원장 아들 옷이야. ……형이 또 뭐라고 내 흉을 보던가?"

"삐딱하게 그러지 마." 고스게는 담배에 불을 붙였다. "형님은 비교적 신세대야. 자네 마음을 이해하고 있어. 아니, 그렇지도 않나? 고생께나 하신 척하던데? 이번 일의 원인에 대해 다 같이 얘길 했는데, 그때 말이야, 한바탕 웃었어." 고스게가 고리 모양의 담배연기를 내뱉으며 말을 이었다. "형님이 말이야, 이건 요조가 방탕한 생활을 해서 돈이 궁해졌기 때문에 벌어진 일이다, 엄청 진지한 표정으로 그러시는 거야. 그게 아니면, 이건 형으로서 말하기 좀 거북하지만, 분명 무슨 창피한 병이라도 걸려서, 자포자기했던 거겠지, 이러시더군." 고스게는 술에 취해 풀린 눈으로 요조를 보았다. "진짜, 그런 거야? 의외로 이 녀석."

　오늘밤은 고스게 혼자이고 하니, 일부러 옆 병실을 빌릴 것도 없다며, 다 같이 의논해서 고스게도 같은 병실에서 자기로 했다. 고스게는 요조와 나란히 소파에 누웠다. 녹색 우단이 깔린 소파에는 어설픈 침대 장치가 달려 있었다. 매일 밤 마노가 거기서 잠을 잤다. 잠자리를 고스게에게 빼앗긴 마노는, 병원 사무실에서 돗자리를 빌려와서 그것을 북서쪽 구석에 깔았다. 마침 그곳은 요조의 발밑 근처였다. 그러고 나서 마노는 어디서 찾아왔는지 두 폭짜리 낮은 병풍을 치고 소박한 잠자리에 들었다.

　"용의주도한데?" 고스게는 누우면서 그 허름한 병풍을 보고 혼자 킥킥거렸다. "가을풀잎이 그려져 있어."

　마노는 요조의 머리 위에 있는 전등을 보자기로 덮어 어둡게 한 뒤, 안녕히 주무세요, 하고 인사를 하고는 병풍 뒤로 사라졌다.

　요조는 잠들기 어렵겠다고 생각했다.

　"추운데?" 침대 위에서 뒤척였다.

　"응." 고스게도 입을 삐쭉이며 맞장구쳤다. "술이 다 깼어."

　마노가 가볍게 기침을 했다. "뭐라도 좀 덮어드릴까요?"

　요조는 눈을 감고 대답했다.

　"나? 괜찮아. 잠이 안 와서 그래. 파도소리가 귀에 거슬려서."

　고스게는 요조가 가엾게 느껴졌다. 그것은 전적으로 어른의 감정이다. 말할 것도 없이 불쌍한 것은 여기 있는 요조가 아니라, 요조와 똑같은 신세가 되었을 때의 자기 자신, 혹은 그런 신세에 대한 일반적인 추상이다. 어른들은 그런 감정에 능숙하게 훈련이 되어 있어서 쉽사리 남을 동정한다. 그러고는 남을 불쌍히 여기는 자기 자신에 대해 자부심을 갖는다. 청년들도 마찬가지로 가끔 이런 안이한 감상에 젖어들 때가 있다. 어른들의 이런 훈련을 호의적으로 말해서 생활과의 타협이라고 한다면, 청년들은 대체 어디서 그런 걸 배우는 걸까? 이런 시시한 소설에서?

"마노 씨, 재밌는 얘기라도 좀 해줘요. 뭐, 재밌는 거 없어요?"

고스게는 요조의 기분전환도 시켜줄 겸 해서 마노에게 응석을 부렸다.

"글쎄요." 마노는 병풍 뒤에서 웃으며 그렇게만 답했다.

"대단한 이야기도 괜찮고." 그들은 늘 전율하고 싶어 안달이 나 있다.

마노는 뭔가 생각하는 듯 한동안 말이 없었다.

"이건 비밀인데요." 마노는 그렇게 운을 떼더니 숨죽여 웃었다. "괴담입니다. 고스게 씨, 괜찮겠어요?"

"네, 그럼요." 진심이었다.

마노가 갓 간호사가 되었던 열아홉 여름의 일이었다. 여자 문제로 자살을 시도한 청년이 어느 병원에 수용되었는데, 마노가 그를 돌보게 되었다. 환자는 약을 지니고 있었다. 몸 전체에 자줏빛 반점이 돋았다. 살 가망이 없었다. 저녁 무렵, 의식을 되찾았다. 그때 환자는 창문 밖 돌담을 따라 놀고 있는 작은 바닷게들을 보고는, 예쁘네, 라고 했다. 그 주변 게들은 살아 있을 때 등딱지가 빨겠다. 병이 나으면 잡아서 집에 가져가야지, 라고 하더니 다시 의식을 잃었다. 그날 밤, 환자는 세면대에서 두 번 피를 토하고 죽었다. 고향에서 가족들이 올 때까지 마노는 그 청년과 둘이 병실에 있었다. 한 시간 정도는 병실 구석 의자에 참고 앉아 있어야 했다. 뒤에서 아렴풋이 무슨 소리가 들렸다. 가만히 있자니, 또 들려왔다. 이번에는 분명히 들렸다. 발자국 소리 같았다.

마음을 단단히 먹고 획 돌아보니, 바로 뒤에 작고 빨간 게가 있었다. 마노는 그것을 보자마자 울음을 터뜨렸다.

"신기하죠? 진짜 게가 있는 거예요. 살아 있는 게가. 저 그때는, 간호사 일을 관두려고 했었어요. 나 하나 일하지 않아도, 우리 집은 그런대로 먹고 살 수 있었거든요. 아버지께 말씀드렸더니, 훗 하고 웃기만 하셨지만요. ……고스게 씨, 어때요?"

"멋져요." 고스게는 일부러 너스레를 떨며 소리쳤다. "그 병원이라는 덴 어디예요?"

마노는 그 물음에는 대답도 않고, 부스럭부스럭 몸을 뒤척이며 혼잣말처럼 중얼거렸다.

"저 말이에요, 오바 씨 때도, 병원에서 호출 온 걸 거절할까 했었어요. 좀 무서웠거든요. 하지만 와보고 안심했어요. 이렇게 건강하시고, 처음부터 화장실은 혼자 갈 수 있다고 하셔서."

"아니, 그 병원 말이에요. 여기 아니에요?"

마노가 뜸을 들이더니 대답했다.

"여기에요. 여기입니다. 하지만 비밀로 해주세요. 제 신용이 걸린 문제니까."

요조가 잠에 취한 듯 물었다. "설마 이 방은 아니겠죠?"

"아니에요."

"설마," 고스게도 흉내 내어 말했다. "어제 내가 잤던 그 침대는 아니겠죠?"

마노는 웃음을 터뜨렸다.

"아니에요. 괜찮다니까요. 그렇게 신경을 쓰시다니, 말하지 말 걸 그랬나 봐."

"가 호실이다." 고스게가 살짝 머리를 들었다. "창문에서 돌담이 보이는 건 그 병실밖에 없어. 가 호실이야. 이봐, 그 소녀가 있는 방이야. 가여운 것."

"소란피우지 말고 그냥 주무세요. 거짓말이었어요. 다 지어낸 이야기 예요."

요조는 딴 생각을 하고 있었다. 소노의 유령을 떠올렸다. 그 아름다운 모습을 가슴속에 그려보고 있었다. 요조는 가끔씩 이렇게 산뜻해진다. 그들에게 신이란 단어는, 얼빠진 인간들에게나 주어지는 야유와 호의가 뒤섞인 아무 의미 없는 대명사에 불과했는데, 그것은 그들이 신에게 너무 가까이 다가갔기 때문인지도 모른다. 이런 일로 장난스럽게 '신의 문제'를 건드린다면, 분명 여러분들은 천박하거나 안이하다며 신랄하게 비난하겠지. 아아, 용서해주오. 어떤 무능한 작가라 할지라도, 자기 소설의 주인공을 은근슬쩍 신과 가까운 곳에 데려다 놓고 싶은 법이다. 그러므로 말하겠다. 요조야말로 신을 닮았다. 총애하는 새, 부엉이를 황혼의 하늘에 날려 보내고는, 조용히 바라보며 미소 짓는 지혜의 여신, 미네르바를.[4]

이튿날 아침부터 요양소가 술렁거렸다. 눈이 내렸던 것이다. 요양소 앞뜰에 천 그루는 됨직한 키 작은 바다 소나무들이 소복소복 눈을 맞으며 서 있었고, 그 옆 자락에 바다로 내려가는 서른 개가 넘는 돌계단 에도, 거기서부터 너르게 펼쳐진 모래사장에도, 자박하게 눈이 쌓이고

· · · · · · · · · · ·

4_ '미네르바의 부엉이는 황혼과 함께 비상한다.'(로마신화) 지혜를 상징하는 부엉이가 밤에만 날개를 편다는 것은, 모든 것이 지나간 후에 그 의미가 분명해진다는 뜻으로, 여기서 '밤'은 인생의 '황혼', 즉 '만년'을 뜻하기도 한다.

있었다. 내리다 그치다 하면서 눈은 점심나절까지 계속 왔다.

　요조는 침대 위에 엎드려 눈 내리는 풍경을 스케치하고 있었다. 마노에게 목탄지와 연필을 사오게 해서, 눈이 완전히 그쳤을 무렵부터 작업에 들어갔다.

　병실은 눈이 반사되어 환했다. 고스게는 소파에 드러누워 잡지를 읽고 있었다. 이따금 목을 쭉 빼고 요조의 그림을 들여다보았다. 고스게는 예술이라는 것에 막연한 경외심을 느끼고 있었다. 그것은 요조에 대한 신뢰에서 생긴 감정이었다. 고스게는 어렸을 때부터 요조를 봐 왔다. 좀 특이한 녀석이라고 생각했다. 함께 놀 때도 요조의 그런 특이한 점은 머리가 좋기 때문이라고 단정 지어버렸다. 멋쟁이에다 거짓말 잘하는 호색가, 거기다 잔인하기까지 했던 요조를, 고스게는 소년시절부터 좋아했다. 특히 요조가 선생님들 험담을 늘어놓을 때의 그 타오르는 눈동자를 사랑했다. 그러나 그의 사랑법은 히다와 달리, 느긋하게 지켜보는 것이었다. 다시 말해 영리했던 것이다. 쫓아갈 수 있는 데까지는 쫓아가더라도, 시시해지면 곧 몸을 빼고 방관한다. 그것이 고스게가 요조나 히다보다 더 신선하게 살아갈 수 있는 이유였다. 고스게가 조금이라도 예술에 대해 경외감을 느끼고 있다면, 그건 한밤에 화장실을 갈 때도 푸른 외투를 입고 몸치장을 하는 것처럼, 계속되는 대낮 같은 이 따분한 인생에서 뭔가 기대할 만한 것이 없을까 하는 마음에서일 것이다. 요조 정도의 남자가 땀투성이가 되어 만들어내고 있으니, 분명 범상치 않은 것이겠지. 그저 그런 식으로 가볍게 생각했다. 그런 점에서는 요조를 신뢰하고 있었다. 그러나 간혹 실망도 한다. 지금도 고스게는 요조의 스케치를 훔쳐보면서, 맥이 탁 풀렸다. 목탄지에 그리고 있는 것은, 그저 바다와 섬 풍경이었다. 그것도 평범한 바다와 섬.

단념한 고스게는 잡지 읽기에 몰두했다. 병실은 조용했다.

마노는 없었다. 세탁실에서 요조의 모직 셔츠를 빨고 있었다. 요조는 이 셔츠를 입고 바다로 뛰어들었다. 바다 냄새가 은은하게 배어 있었다.

오후가 되어 히다가 경찰서에서 돌아왔다. 기세 좋게 병실 문을 열어 젖혔다.

"어이." 요조가 스케치하고 있는 것을 보더니, 억지스럽게 외쳤다. "열심이로군. 좋아. 예술가는 역시 일을 할 때가 제일 멋있어."

그렇게 말하며 침대로 다가와 요조의 어깨 너머로 슬쩍 그림을 보았다. 요조는 서둘러 목탄지를 반으로 접어버렸다. 그걸 다시 넷으로 접으며 쑥스러운 듯 말했다.

"잘 안 돼. 오래 쉬었더니 생각만 앞서."

히다는 외투를 입은 채 침대 끝에 걸터앉았다.

"그럴지도 모르지. 조급하게 생각해서 그런 거야. 하지만 그걸로 충분해. 열정적으로 예술을 하니 그런 거야. 뭐, 난 그렇게 생각해. ……근데 뭘 그리고 있었던 거야?"

요조는 손을 괸 턱으로 창문 밖 풍경을 가리켰다.

"바다를 그렸어. 하늘과 바다가 온통 캄캄하고, 섬만 하얀. 그리고 있자니 아니꼽다는 생각이 들어서 관뒀어. 취향이 너무 아마추어 같아서."

"괜찮지 않아? 위대한 예술가는 모두 어딘가 아마추어 냄새가 나지. 그걸로 된 거야. 처음에는 아마추어지만, 거기서부터 프로가 되고, 그러곤 다시 아마추어가 돼. 또 로댕 얘긴데, 놈은 항상 아마추어의 장점을 겨냥했지. 아니, 그런 것도 아니었나?"

"나 그림 관둘 생각이야." 요조는 접은 목탄지를 품속에 집어넣은 뒤 히다의 이야기를 덮어버리려고 입을 열었다. "그림은 미적지근해서 못 쓰겠어. 조각도 마찬가지고."

히다는 긴 머리칼을 쓸어 올리며 가볍게 동의했다. "그런 맘도 이해는 간다."

"가능하면 시를 쓰고 싶어. 시는 정직하니까."

"응. 시도 좋지."

"하지만 그것도 시시하려나?" 이것저것 다 별 볼 일 없게 만들어버리자 싶었다. "나한테 제일 잘 어울리는 건 후원자가 되는 건지도 몰라. 돈을 많이 벌어서 히다 같은 훌륭한 예술가를 가득 모아서는 귀여워해주는 거지. 어때? 예술 같은 거, 부끄러워졌어." 요조는 턱을 괸 채 먼 바다를 내다보며, 조용히 자신의 말에 대한 반응을 기다렸다.

"나쁘지 않은데? 그것도 훌륭한 생활이라고 생각해. 그런 사람도 없으면 안 되니까." 그렇게 말하며 히다는 비틀거렸다. 무엇 하나 반박하지 못하는 자신이, 어쩔 도리 없는 아첨꾼처럼 여겨져서 싫었다. 소위 예술가로서 그의 자부심은, 마침내 여기까지 그를 끌어올린 건지도 모른다. 히다는 차분히 몸을 가다듬었다. 다음 대사로!

"경찰서 일은 어떻게 됐어?"

고스게가 불쑥 말을 꺼냈다. 무난한 대답을 기대하고 있었다.

히다의 동요가 그쪽으로 분출구를 찾았다.

"기소야. 자살방조죄란 죄명으로." 말하고 나서 후회했다. 너무 심했나 싶어서 덧붙였다. "하지만 결국에는 기소유예 될 것 같아."

고스게는 그때까지 소파에 엎드려 있다가 벌떡 일어나, 손을 탁 쳤다. "일이 성가시게 됐는데?" 장난으로 얼버무려 버리려 했지만 잘 되지 않았다.

요조는 몸을 크게 비틀어 천장을 보고 누웠다.

사람 하나가 죽었는데도, 그들의 태도가 너무 태연하다고 울분을 터뜨리고 있었을 여러분은, 여기에 이르러 비로소 쾌재를 부를 것이다. 꼴좋다면서. 하지만 그건 너무 가혹하다. 어떻게 태연할 수 있겠는가. 절망 곁에서 불어오는 바람을 막으며, 상처받기 쉬운 어릿광대의 꽃을 만들어내고 있는 이 거대한 슬픔을, 당신이 알아준다면!

히다는 자신이 한 말이 불러들인 파장에 버둥거리며, 요조의 다리를 가볍게 쳤다.

"괜찮아, 괜찮아."

고스게는 다시 소파 위로 쓰러졌다.

"자살방조죄라니." 거기다 한술 더 떠서 말했다. "그런 법률도 있었나?"

요조는 발끝을 움츠리며 말했다.

"있지. 징역도 살아야 돼. 넌 법대 다닌다는 녀석이."

히다는 슬픈 듯 웃어 보였다.

"괜찮다니까. 형님이 잘 하고 계셔. 형님은 그래도, 고마운 구석이 있어. 상당히 열심이셔."

"수완가라니까." 고스게는 진지하게 눈을 감았다. "걱정 안 해도 될 거야. 굉장한 모사꾼이니까."

"멍청한 놈." 히다가 웃음을 터뜨렸다.

히다는 침대에서 내려와 외투를 벗어서 문 옆에 있는 못에 걸었다.

"괜찮은 이야기를 들었어." 히다는 문 근처 도자기 화로에 불을 쬐며 말했다. "여자의 남편이 말이야." 조금 주저하더니, 눈을 내리깔고 말을 이었다. "그 사람이 오늘 경찰서에 왔었어. 형님하고 둘이서 얘길 했는데, 나중에 형님한테 그 이야기를 듣고 좀 감동받았지. 돈은 한 푼도 필요 없고, 그저 그 남자를 만나고 싶다고 했대. 형님이 그걸 거절했어. 환자가 아직 흥분한 상태라고. 그러니까 남자가 쓸쓸한 표정으로, 그럼 동생 분에게 이렇게 전해주시오, 우리 일은 신경 쓰지 말고, 부디 몸조리 잘 하시라고……." 입을 다물었다.

히다는 자기가 한 말에 저 혼자 감동했다. 그 남편이란 작자는 한눈에 보기에도 가난한 실업자 차림을 하고 있었어. 요조의 형이 입가에 조롱 어린 웃음마저 띠우며 그렇게 말하는 것을 듣고 울화가 치민 히다였기에, 일부러 아름답게 부풀려서 말했다.

"만나게 해주면 좋을 텐데. 쓸데없이 참견하고 난리야." 요조는 오른 손 바닥을 빤히 들여다보았다.

히다는 커다란 몸을 한 번 흔들었다.

"그래도, ……만나지 않는 편이 나아. 이대로 남이 되는 게 낫지. 벌써 도쿄로 돌아갔어. 형님이 역까지 배웅했다더라고. 조의금으로 이백 엔을 드렸대. 앞으로 아무 관계도 없다는 증명서 같은 것도 쓰게 했다더라고."

"수완가라니까." 고스게는 얇은 아랫입술을 살짝 앞으로 내밀며 말했다. "겨우 이백 엔이냐. 대단하셔."

히다는 숯불에 달아 번들번들해진 둥근 얼굴을 험악하게 찡그렸다. 그들은 뭔가에 도취된 상태에 누군가 찬물을 끼얹는 것을 극도로 두려워한다. 그렇기 때문에 상대방의 도취도 인정해준다. 최선을 다해 거기에 장단을 맞춰준다. 그것이 그들 사이에서는 암묵적인 약속이다. 그런데 고스게가 지금 그것을 깨버렸다. 고스게는 그게 그렇게까지 감격할 일은 아니라고 생각했다. 그 남편이라는 사람의 약해 빠진 꼬락서니에 가슴이 답답할 지경이었고, 그걸 이용하는 요조의 형도 형이다, 싶어서 늘 그렇듯 빤하게 돌아가는 세상 이야기려니, 하고 듣고 있었던 것이다.

히다는 슬금슬금 요조의 머리맡으로 걸어왔다. 창문에 코를 갖다 대며 구름 낀 하늘 아래 바다를 내다보았다.

"그 사람이 훌륭한 거야. 형님이 수완가라서가 아니고, 그건 아니라고 생각해. 대단한 거지. 인간의 체념이 낳은 아름다움이랄까. 오늘 아침 화장을 했는데, 유골단지를 안고 혼자 돌아갔대. 열차에 오르는 모습이 눈앞에 아른거려."

고스게는 결국 받아들였다. 곧 낮은 한숨을 내쉬었다. "미담이군."

"그렇지? 좋은 이야기지?" 히다는 고스게 쪽으로 얼굴을 획 돌렸다. 기분이 나아진 것이다. "난 이런 이야기를 들으면, 살아 있다는 데 기쁨을 느껴."

나는 큰 맘 먹고 얼굴을 들이민다. 그렇게라도 하지 않으면 더 이상 쓸 수가 없다. 이 소설은 혼돈투성이다. 나부터도 비틀대고 있다. 요조를 주체할 수가 없고, 고스게도 어찌할 줄 모르겠고, 히다도 마찬가지다. 그들은 나의 치졸한 붓이 성에 차지 않아, 제멋대로 날아다닌다. 나는 그들의 흙 묻은 구두에 들러붙어 기다려, 기다려, 하고 소리친다. 이쯤 해서 가다듬지 않고서는, 우선 내가 견딜 수 없다.

도대체가 이 소설은 재미가 없다. 그럴싸하게 폼만 잡고 있다. 이런 소설이라면, 한 장을 쓰건 백 장을 쓰건 다 똑같다. 그래도 그건 처음부터 각오하고 있었다. 쓰면서 한군데 정도는 쓸 만한 게 나오지 않을까, 하고 낙관하고 있다. 나는 같잖은 놈이다. 같잖은 놈이긴 하지만, 그래도 하나 정도는 장점을 갖고 있지 않을까? 내 체취가 들러붙어 있는 썩어빠진 문장에 절망하면서, 그래도 하나 정도는, 하나 정도는 있겠지, 하고 여기저기 뒤집어엎으며 찾고 있다. 그러는 사이에 나는 서서히 경직되어 간다. 뻗어버렸다. 아아, 모름지기 소설이란 무심히 써야 하거늘! 사람은, 어여쁜 감정을 갖고서, 몹쓸 작품을 쓴다. 이런 바보 같은 말이 다 있나. 이 말에 최악의 불행이 있기를! 넋을 잃지 않고서야 어찌 소설을 쓸 수 있으랴. 하나의 단어, 하나의 문장이, 열이나 되는 각기 다른 의미를 품고 마음속에 뛰어드니, 붓을 꺾어 내던질밖에. 요조든, 히다든, 혹은 고스게든, 구태여 이렇게 억지스런 덧칠을 할 필요는 없다. 어차피 사람의 바탕은 드러나는 법이다. 느슨하게 가자, 느슨하게 가자. 무념무상.

밤이 이슥해졌을 즈음, 요조의 형이 병실을 찾았다. 요조는 히다, 고스게와 셋이서 트럼프를 하며 놀고 있었다. 어제 형이 여기에 처음 왔을 때도 그들은 트럼프를 하고 있었다. 그들이 하루 종일 카드만 만지작거리고 있는 것은 아니었다. 오히려 그들은 트럼프를 싫어했다. 웬만큼 지루한 상태가 아니고서는 꺼내 드는 법이 없었다. 그것도 자신의 개성을 충분히 드러내지 못하는 게임은 피한다. 마술을 즐긴다. 다양한 카드마술을 직접 연구해낸다. 그러고는 일부러 상대가 마술의 수법을 쉽게 알아차리도록 한다. 웃는다. 그리고 더 있다. 카드 한 장을 뒤집은 뒤, 자, 이건 뭘까? 하고 한 사람이 질문한다. 스페이드 퀸. 크로버 나이트. 각자 고민한 다음 자기 취향에 맞는 카드를 아무거나 댄다. 카드를 뒤집는다. 맞힐 리가 없지만, 그래도 언젠가는 딱 들어맞는 때가 올 거라고 생각한다. 그걸 맞춘다면 얼마나 유쾌할까. 다시 말해서 그들은, 길고 긴 승부의 과정이 싫은 거다. 하늘의 뜻에 맡긴다. 한순간에 끝나는 승부를 원한다. 그런 카드놀이를 해도, 오래 들고 있지는 않는다.

형은 그 짧은 시간에 두 번이나 딱 맞춰 들이닥친 것이다.

형이 병실로 들어오더니 미간을 찌푸렸다. 자나 깨나 태평하게 트럼프나 하고 있군, 이렇게 오해한 것이 분명했다. 인생에는 이러한 불행이 종종 있다. 요조는 미술학교 시절에도 이와 비슷한 불행을 겪은 적이 있었다. 언젠가 프랑스어 시간에 세 번 하품을 했는데, 그때마다 교수와 눈이 마주쳤다. 분명 딱 세 번이었다. 일본에서도 알아주는 유명한 불문학자였던 그 노교수는 참을 만큼 참았다는 기세로 소리쳤다. "자네는 내 수업시간에 하품만 해대고 있군. 한 시간에 백 번이나 하품을 하다니!" 마치 그 많은 하품 수를 하나하나 계산하고 있었다는 듯이.

아아, 무념무상의 결과를 보라. 끝도 없이 질질 쓰고 있다. 여기서 다시 한 번 가다듬지 않으면 안 되겠다. 무심하게 쓰는 경지, 아직 나는 발뒤꿈치에도 못 미친다. 대체 이건 어떤 소설이 될까? 처음부터 다시 읽어보자.

나는 바닷가의 한 요양소 이야기를 쓰고 있다. 그 주변은 꽤나 경치가 좋은 듯하다. 거기다 요양소 사람들도 악인이 아니다. 특히 세 청년은, 아아, 우리들의 영웅. 이거다. 어려운 이론은 똥만큼도 쓸모가 없다. 나는 이 세 사람을 밀고 있을 뿐이다. 좋아, 이걸로 정했다. 무리가 있기는 하지만, 이렇게 가는 거다. 아무 말 말아라.

형은 모두에게 가볍게 인사했다. 그러더니 히다에게 귀엣말을 했다. 히다는 고개를 끄덕이며, 고스게와 마노에게 눈짓을 했다.

형은 그들이 병실에서 나가기를 기다렸다가 말을 꺼냈다.

"불이 어둡군."

"응. 이 병원은 불을 밝게 해주질 않더라고. 앉을래?"

요조가 먼저 소파에 앉으며 말했다.

"으응." 형은 앉지는 않고 어두운 전구가 거슬리는지 힐끔힐끔 주위를 돌아보며 좁은 병실 안을 이리저리 서성거렸다. "이쪽 일은 대강 정리됐다."

"고마워." 요조는 웅얼거리며 슬쩍 고개를 숙였다.

"나는 아무렇지도 않아. 다만 집에 돌아가면 다시 시끄러워지겠지." 오늘은 하카마 차림이 아니었다. 겉옷에는 어쩐 일인지 옷을 동여매는 끈도 보이지 않았다. "나도 할 수 있는 일은 다 하겠지만, 너도 아버지께 적당히 편지라도 쓰는 게 좋을 거다. 너희들은 태평해 보이는데, 그래도 꽤 성가신 사건이야."

요조는 대답하지 않았다. 소파에 흩어져 있던 카드 한 장을 손에 들고 물끄러미 들여다보았다.

"쓰기 싫으면 안 써도 돼. 모레쯤 경찰서에 갈 거다. 경찰서에서도 지금까지 일부러 조사를 늦춰준 거니까. 오늘은 나하고 히다가 증인으로 조사를 받았다. 평소 네 행실을 물어보던데, 얌전한 편이라고 했다. 사상적으로 뭔가 미심쩍은 데가 없냐고 묻기에 절대 없다고 했고."

형은 서성이다 말고, 요조 곁에 있는 화로 앞에 우뚝 서서 큰 손을 숯불 앞에 갖다 댔다. 요조는 형의 손이 희미하게 떨리고 있는 것을 멍하니 보고 있었다.

"여자에 대해서도 묻더군. 전혀 모른다고 말해뒀다. 히다도 나하고 거의 비슷한 대답을 한 모양이야. 내가 한 답변과 얼추 들어맞는 것 같고. 너도 있는 그대로 말하면 된다."

요조는 형의 속셈을 알아차렸지만, 모른 척했다.

"필요 없는 말은 할 필요 없다. 묻는 것에만 분명하게 대답하면 돼."

"기소될까?" 요조는 카드의 가장자리를 오른손 검지로 만지작거리며 낮게 중얼거렸다.

"잘 모르겠어. 그건 나도." 형은 좀 더 힘을 주어 말했다. "어차피 사나흘은 경찰서에 있어야 하니 준비 단단히 해라. 내일모레 아침에 여기로 데리러 오마. 같이 경찰서에 가는 거다."

형은 한동안 숯불을 응시하며 가만히 있었다. 눈이 녹아 똑똑 떨어지는 소리가 파도소리에 섞여 들려왔다.

"이번 사건으로," 돌연 형이 입을 열더니, 별일 아니란 말투로 술술 말을 이어갔다. "너도 이제 미래를 생각하지 않으면 안 된다. 우리 집이라고 그렇게 돈이 많은 건 아니니. 올해는 큰 흉작을 봤다. 너한테 말한다고 해서 달라질 건 없겠지만, 우리 집 은행도 위태로워지고 있고, 이런저런 시끄러운 일들이 많아. 내가 이런 말을 하면 넌 웃을지도 모르겠지만, 예술가든 뭐든, 우선 생활을 고민하지 않으면 안 된다고 생각한다. 뭐, 이제부터 다시 태어난다는 생각으로, 열심히 분발하면 되겠지. 난 이제 돌아가마. 히다와 고스게는 내가 묵고 있는 여관에 묵게 하는 게 좋을 게다. 여기서 매일 밤 떠들고 있는 것도 좋은 것만은 아니니까."

"내 친구들, 다 괜찮은 녀석들이지?"

요조는 일부러 마노에게 등을 보이고 돌아누웠다. 그날 밤부터 마노가 원래대로 소파침대에서 자게 되었다.

"네. ……고스게라는 분," 조용히 몸을 뒤척였다. "재밌는 분이에요."

"아아. 그래도 녀석, 아직 어려. 나보다 세 살 아래니까 스물 둘이야. 죽은 내 동생하고 같은 나이지. 내 나쁜 점만 흉내 내고 다닌다니까.

히다는 훌륭한 놈이야. 어엿한 어른이지. 착실한 녀석이야." 잠시 뜸을 들이다 작은 목소리로 덧붙였다. "내가 이런 짓을 저지를 때마다 열심히 나를 위로해주거든. 무리해서 우리 장단을 맞춰주고 있어. 다른 데서는 강한 데 우리한테만 벌벌 떨어. 그럼 안 되는데."

마노는 대답하지 않았다.

"그 여자 얘기, 해줄까?"

여전히 마노에게서 등을 돌린 채 애써 느릿느릿 이야기를 시작했다. 요조에게는, 뭔가 어색한 느낌이 들 때면, 그걸 피하는 방법을 몰라서 무턱대고 그 어색함을 철저하게 파고드는 서글픈 버릇이 있었다.

"시시한 얘기긴 한데." 마노가 뭐라고 말을 꺼내기도 전에 요조가 입을 열었다. "벌써 누구한테서 들었을 거야. 소노라는 여잔데, 긴자의 어느 바에서 일하고 있었어. 그 바에 세 번인가 네 번 정도 갔나? 히다나 고스게도 이 여자에 대해서만큼은 몰랐으니까. 나도 말한 적 없고." 그만둘까. "시시한 얘기야. 여자는 생활고 때문에 죽은 거야. 죽기 직전까지 우리는 서로 완전히 다른 생각을 하고 있었던 것 같아. 소노는 바다에 뛰어들기 전에 이렇게 말했지. 당신은 우리 선생님하고 많이 닮았어요. 내연의 남편이 있었어. 이삼 년 전까지 소학교 선생님이었다더군. 나는 왜 그 사람하고 같이 죽으려 했을까. 아무래도 좋아했던 거겠지?" 이제 그의 말을 믿어서는 안 된다. 그들은, 어째서 이렇게까지 자기 이야기를 하는 것이 서툴까. "나는 지금까지 좌익 운동을 했어. 삐라를 뿌리고, 데모를 하면서, 어울리지도 않는 짓을 해왔던 거지. 코미디야. 그래도 꽤 힘들었어. 선각자입네 하는 영광스런 말들이 날 부추겼지. 그럴 분수도 못 되면서. 아무리 발버둥 쳐도 무너져 내리기만 했어. 난 이제 거지가 될지도 몰라. 집이 파산이라도 하면, 그날부터 먹고 살 게 없어지니까. 무엇하나 할 줄 아는 것도 없고. 뭐, 그러니까 거지지." 아아, 말을 꺼내면 꺼낼수록 내가 거짓말쟁이에 바보 멍청이가 되는 것만 같은 이 거대한 불행! "나는 숙명을 믿어. 살려고 발버둥치지 않아. 실은 나, 그림을 그리고 싶거든. 그리고 싶어 미치겠어." 머리를 긁적이며 웃었다. "좋은 그림을 그릴 수만 있다면."

좋은 그림을 그릴 수만 있다면, 하고 말했다. 심지어 웃으면서 말했다. 청년들은 정색을 하고서는 아무 말도 못 한다. 특히 본심은 웃음으로 얼버무린다.

날이 밝았다. 하늘에는 구름 한 조각 없었다. 어제 내린 눈은 녹아 없어지고, 소나무 아래 그늘이나 돌계단 구석에 회색빛이 조금 남아 있을 뿐이었다. 바다는 자욱하게 안개에 휩싸여 있었고, 안개 깊숙한 곳 여기저기서 고깃배의 발동기 소리가 들려왔다.

원장은 아침부터 요조의 병실을 찾았다. 요조를 주의 깊게 진찰하더니, 안경 너머로 자그마한 눈을 깜박이며 말했다.

"괜찮을 겁니다. 하지만 아직 조심하십시오. 경찰 쪽에는 제가 잘 말해놓겠습니다. 아직 온전한 몸이 아니니까. 마노 양, 얼굴에 반창고는 떼도 되겠어요."

마노는 곧 요조의 얼굴에서 거즈를 뜯어냈다. 상처는 다 나아 있었다. 딱지가 떨어진 곳에 분홍빛 반점이 남아 있었다.

"이런 말, 실례되는 줄 알지만, 앞으로는 공부 열심히 하시길 바랍니다."

원장은 그렇게 말하더니, 쑥스러워하며 바다로 시선을 던졌다.

요조도 어쩐지 거북했다. 침대 위에 앉아 벗었던 옷을 다시 입으며 잠자코 있었다.

그때 왁자한 웃음소리와 함께 문이 열리더니, 히다와 고스게가 우르르 병실로 들어왔다. 아침인사를 했다. 원장도 두 사람에게 인사를 하고, 머뭇거리며 말했다.

"오늘이 마지막이네요. 아쉬운데요."

원장이 가고 나서, 고스게가 제일 먼저 입을 열었다.

"빈틈이 없구만. 문어 같은 낯짝이야." 그들은 언제나 사람의 얼굴에 흥미를 갖는다. 얼굴 하나로 그 사람 전체의 가치를 매기고 싶어 한다.

"식당에 그 사람 초상화가 있어. 훈장을 달고 있더라."

"구린 그림이지."

히다는 내뱉듯 말하곤 베란다로 나갔다. 오늘은 형의 옷을 빌려 입고 있었다. 무거워 보이는 갈색 천이었다. 옷깃에 신경을 쓰며 베란다 의자에 걸터앉았다.

"히다도 이렇게 보니, 대가의 풍모가 느껴지는데?" 고스게도 베란다 로 나갔다. "요 짱, 트럼프 할까?"

베란다로 의자를 가지고 나간 셋은, 종잡을 수 없는 게임을 시작했다.

승부가 한창일 때 고스게가 진지하게 중얼거렸다.

"히다는 늘 점잔을 뺀다니까."

"멍청한 놈. 너야말로. 뭐냐? 그 손놀림은."

세 사람이 낄낄거리며 일제히 옆 베란다를 슬쩍 훔쳐보았다. 가 호실 환자, 나 호실 환자 모두 일광욕 침대에 누워 세 사람을 보며 얼굴을 붉히고 웃었다.

"대실패. 알고 있었어?"

고스게는 입을 크게 벌리고, 요조에게 눈짓했다. 셋은 마음껏 소리를 내어 웃었다. 그들은 가끔 이런 광대 짓을 할 때가 있다. 트럼프 할까? 고스게가 말을 꺼냈을 때, 요조와 히다 모두 거기에 숨겨진 의도를 꿰뚫고 있었다. 막이 끝날 때까지의 줄거리를 훤히 다 알고 있었다. 그들은 천연의 아름다운 무대를 발견하면, 어쩐지 연극을 하고 싶어 안달이 난다. 그것은 무언가를 기념하기 위한 것일지도 모른다. 이 경우 무대 배경은 아침 바다다. 그런데 이때의 웃음소리가 그들조차 미처 생각하지 못한 대사건을 낳았다. 마노가 요양소 간호부장에게 꾸중을 들었던 것이다. 웃음소리가 나고 5분도 채 지나지 않아 마노가 간호부장 방으로 불려가서, 그 병실, 조용히 좀 하세요! 하고 따끔하게 야단을 맞은 것이었다. 금방이라도 울 듯이 그 방에서 뛰쳐나온 마노는, 트럼프를 하다 말고 병실에서 빈둥거리고 있던 우리 셋에게 이 일을 알렸다.

세 사람은 무참하리만치 기가 죽어, 한동안 그저 멍하니 서로의 얼굴만 마주 보고 있었다. 현실이 그들의 의기양양한 코미디를 코웃음 치며 때려 부순 것이었다. 이건 거의 치명적인 사건이다.

"아니에요. 괜찮아요." 마노는 오히려 우리를 격려하듯 말했다. "이 병동에는 중증환자도 없고, 게다가 어제 나 호실 어머니가 저하고 복도에서 마주쳤는데, 활기가 있어서 좋다고 말씀하시면서 좋아하시더라고요. 매일 여러분들이 하는 이야기를 들으면서 웃고 있다고, 그렇게 말씀하셨어요. 괜찮아요. 상관없어요."

"아냐." 고스게는 소파에서 일어섰다. "이건 옳지 않아. 우리 때문에 마노 씨가 창피를 당했으니. 부장이라는 사람, 왜 우리한테 직접 얘기하지 않는 거야? 여기로 데려와. 우리가 그렇게 싫다면 지금 당장이라도 퇴원하면 되니까. 언제라도 퇴원할 테닷!"

셋 다 한순간 진심으로 퇴원할 각오를 했다. 요조는 자동차를 타고 해변을 따라 도주하는 화려한 네 사람의 모습을 어렴풋이 떠올렸다.

히다도 소파에서 일어나 웃으며 말했다. "저질러버려! 다들 그 간호부장이라는 사람한테 몰려가자. 우리를 혼내다니 정신이 어떻게 됐나?"

"퇴원하자고!" 고스게가 문을 슬쩍 찼다. "이런 쩨쩨한 병원은 재미없어. 혼낸다, 좋다 이거야. 근데 야단치기 전의 태도가 마음에 안 들어. 우리를 무슨 불량소년쯤으로 생각하나 본데. 머리 나쁘고 부르주아 냄새나는 반들반들하고 평범한 모던보이라고 말이야."

말을 마치고는 아까보다 조금 더 세게 문을 찼다. 그러더니 견딜 수 없다는 듯 웃음을 터뜨렸다.

요조는 침대에 쿵 하고 소리 내어 벌렁 드러누웠다. "그럼 난 결국 창백한 연애지상주의자가 되겠지. 더 이상은 안 돼."

그들은 야만인의 모욕에 속이 뒤집어지는 기분이었지만, 쓸쓸히 생각을 고쳐먹고 적당히 얼버무리려고 애썼다. 그들은 늘 그렇다.

하지만 마노는 솔직했다. 두 팔을 뒤로 한 채 문 옆 벽에 기대서서, 말려 올라간 윗입술을 뾰족 내밀고는 말했다.

"맞아요, 너무해요. 어젯밤에도 간호사 여럿을 부장실로 불러 모아 카드놀이를 하면서 소란을 피운 주제에."

"맞아. 열두 시가 되도록 왁자지껄 떠들더라고. 어처구니가 없네."

요조는 그렇게 중얼거리며 머리맡에 흩어진 목탄지 한 장을 집어 들고는 누워서 낙서를 하기 시작했다.

"자기가 옳지 않은 일을 하니까, 다른 사람의 좋은 점을 모르는 거죠. 소문에 의하면, 부장님은 원장님의 첩이래요."

"오호, 괜찮은 구석도 있군." 고스게가 기뻐하며 말했다. 그들은 남들의 추문을 미덕으로 생각했다. 듬직하다고 여겼다.

"훈장 단 놈이 첩을 가졌다니, 괜찮은 구석도 있는데?"

"정말 여러분들은 순진한 얘기를 하면서 웃고 있는데, 왜 이해를 못 해주는 걸까요? 신경 쓰지 말고 한바탕 떠드는 편이 나아요. 괜찮고말고요. 오늘 하루잖아요. 정말이지 아무한테도 야단맞아 본 적 없이 교육을 잘 받아온 분들인데." 그러더니 마노는 한 손을 얼굴로 가져가서 소리 죽여 울기 시작했다. 울면서 문을 열었다.

히다가 타일렀다. "부장한테 가봤자 소용없어요. 그만둬. 아무 일도 아니잖아요."

마노는 두 손으로 얼굴을 감싼 채 연달아 두어 번 고개를 끄덕이더니 복도로 나갔다

"정의파야." 마노가 떠난 뒤 고스게가 싱글싱글 웃으며 소파에 앉았다.

"울음을 터뜨렸어. 자기가 한 말에 자기가 취한 거야. 평소에는 어른스러운 말을 해도, 역시 여자야."

"어딘지 특이해." 히다는 좁은 병실을 느릿느릿 어슬렁거렸다. "처음부터 난 좀 독특하다고 생각했지. 신기하단 말이야. 울면서 뛰쳐나가다니 놀랐어. 설마 부장한테 간 건 아니겠지?"

"그러진 않았을 거야." 요조는 태연한 표정으로 그렇게 말하고는 그리다 만 목탄지를 고스게 쪽으로 던져주었다.

"부장의 초상화군." 고스게가 낄낄거렸다.

"어디, 어디." 히다도 서서 목탄지를 들여다보았다. "완전 여자 괴물인데? 걸작이야. 대단해. 좀 닮았나?"

"완전 똑같아. 한번은 원장을 따라 이 병실에 온 적이 있었거든.

잘 그렸는데? 연필 좀 줘 봐." 고스게는 요조에게서 연필을 건네받아 목탄지에 덧그렸다. "여기는 이렇게 각을 늘리는 거야. 더 닮아 보이는 걸? 부장실 문에 붙여 줄까?"

"밖에 나가 산책이나 하자." 요조는 침대에서 내려와 기지개를 켰다. 기지개를 켜며 가만히 중얼거렸다. "풍자화의 대가."

풍자화의 대가. 나도 슬슬 지겨워진다. 이건 통속소설일까. 그렇다면 경직된 나의 신경도, 또 필시 여러분의 신경도, 어느 정도 소독을 하고 넘어가야 한다는 생각에서 넣어둔 장면인데, 이건 아무래도 너무 싱겁다. 내 소설이 고전이 된다면? ──아아, 미쳐 가는 걸까? ──여러분은 오히려 나의 이런 주석이 읽는 데 방해가 된다고 하겠지. 작가가 미처 생각지도 못한 것까지 제멋대로 추측하고는, 그게 왜 걸작인가를 큰소리로 외쳐대 겠지. 아아, 죽은 대작가는 행복하다. 살아남은 우둔한 작가는, 한 사람이 라도 더 많은 사람이 자신의 작품을 사랑할 수 있도록 침을 흘리며 빗나간 주석만 달고 있다. 그러면서 대충 주석투성이의 번거로운 졸작을 만든다. 멋대로 해보라며 뿌리치는 강인한 정신력이 내게는 없다. 좋은 작가가 될 수 없겠어. 응석받이다. 그렇다. 대발견이다. 뼛속까지 응석받 이다. 응석을 부려야만 겨우 잠깐 휴식을 취할 수 있다. 아아, 이제 아무래도 좋아. 내버려둬. 어릿광대의 꽃인가 뭔가 하는 것도, 그럭저럭 시든 것 같다. 볼품없이 비천하고 너저분하게 시들었다. 완벽에 대한 동경. 걸작에 대한 유혹. "이제 질렸다. 나는, 기적의 창조주!"

마노는 몰래 세면실로 들어갔다. 실컷 울고 싶었다. 하지만 그렇게 울 수도 없었다. 세면대 거울을 들여다보며, 눈물을 닦고 머리를 매만졌 다. 그런 다음 늦은 아침식사를 하러 식당으로 향했다.

식당 입구 근처 테이블에 바 호실 대학생이 다 비운 스프 그릇을 앞에 두고 혼자 심심한 듯 앉아 있었다.

그가 마노를 보고 미소 지었다. "환자 분은 건강하신 것 같더군요."

마노는 멈춰 서서, 테이블 가장자리에 손을 갖다 대며 답했다.

"네, 온통 순진한 이야기만 하시면서 저희들을 즐겁게 해주세요."

"그렇담 다행이네요. 화가라고요?"

"네, 훌륭한 그림을 그리고 싶다고, 늘 말씀하세요" 말하다가 귀까지 빨개졌다. "진지한 거예요. 진지하니까, 진지하기 때문에 괴로운 일도 생기는 거죠."

"그래요, 맞아요." 대학생도 얼굴을 붉히며, 진심으로 동의했다.

대학생은 곧 퇴원이 정해져 있었기 때문에, 한층 관대해져 있었다.

이런 따뜻함은 어떤가? 여러분은 이런 여자가 싫은가. 이런 빌어먹을! 고리타분하다고 비웃어 다오. 아아, 이제 휴식도 내게는 부끄러운 일이 되었다. 나는 여자 하나도, 주석 없이 사랑할 수 없다. 어리석은 남자는 쉬면서도 실수를 한다.

"저기, 저 바위야."

요조는 배나무 마른 가지 사이로 언뜻언뜻 보이는 크고 평평한 바위를 가리켰다. 바위의 움푹 파인 곳에는 군데군데 어제 내린 눈이 남아 있었다.

"저기서 뛰어내렸어." 요조는 익살꾼처럼 눈을 부리부리하게 뜨고 말했다.

고스게는 잠자코 있었다. 어쩌면 저렇게 태연하게 저런 말을 할 수 있을까 하고 생각하면서, 그런 요조의 마음을 헤아려 보려고 애썼다.

요조도 태연한 것만은 아니었지만, 그래도 그것을 부자연스럽지 않게 말할 정도의 기량은 갖추고 있었다.

"돌아갈까?" 히다는 옷자락을 양손으로 척 걷어 올렸다.

세 사람은 모래사장을 되돌아 걷기 시작했다. 바다는 잔잔했다. 한낮의 햇살을 받아 하얗게 빛나고 있었다.

요조가 바다에 돌멩이 하나를 던졌다.

"마음이 편안했어. 지금 뛰어들면, 문제될 게 아무것도 없다. 빚도, 학문도, 고향도, 후회도, 걸작도, 부끄러움도, 마르크스주의도, 그리고 친구들도, 산도, 꽃도, 이제 다 아무래도 좋다. 그렇게 느꼈을 때, 나는 저 바위 위에서 웃고 있었지. 마음이 편했어."

고스게는 격앙된 마음을 감추려 열심히 조개를 줍기 시작했다.

"유혹하지 마." 히다는 억지로 웃었다. "나쁜 버릇이야."

요조도 웃음을 터뜨렸다. 세 사람의 발소리가 사박사박 기분 좋게 귓가에 울렸다.

"화내지 마. 방금한 말은 좀 부풀린 거야." 요조는 히다와 어깨동무를 하고 걸었다. "그래도 이것만은 진짜야. 여자가 뛰어들기 직전에 무슨 말을 속삭였냐 하면,"

고스게는 호기심에 번뜩이는 눈을 가늘게 뜨고, 일부러 두 사람에게서 떨어져 걸었다.

"아직 귀에 쟁쟁해. 우리 고향 말로 얘기하고 싶어, 이러는 거야. 여자의 고향은 남쪽 끝 어디였어."

"오, 저런! 네겐 너무 과분한 여자군."

"정말이야. 그래, 그렇다니까. 흐음. 그 정도의 여자였어."

커다란 어선이 모래사장에 올라와 있었다. 그 옆에 지름이 일고여덟

자$^{2.1~2.4m}$ 나 돼 보이는 거대한 어롱 두 개가 뒹굴고 있었다. 고스게는 배의 시커먼 옆면을 향해 방금 주운 조개를 힘껏 내던졌다.

셋은 질식할 정도로 거북한 기분이 들었다. 만약 이 침묵이 일 분만 더 지속되었더라면, 그들은 가볍게 바다로 몸을 날렸을지도 모른다.

고스게가 느닷없이 외쳤다.

"저기 봐, 저기." 앞쪽 해변을 가리키고 있었다. "가 호실과 나 호실이야!"

계절에 안 어울리는 흰 파라솔을 쓴 두 소녀가 이쪽을 향해 천천히 걸어오고 있었다.

"정말이네?" 요조도 되살아나는 기분이었다.

"말을 걸어볼까?" 고스게는 한쪽 발을 들어 올려 구두의 모래를 떨어내고 있는 요조의 옆얼굴을 들여다보았다. 명령이 떨어지는 즉시 뛰어가려는 것이다.

"됐어, 관둬." 히다는 굳은 얼굴로 고스게의 어깨를 눌렀다.

파라솔이 멈춰 섰다. 잠시 뭔가 이야기를 나누더니 휙 등을 돌려 다시 조용히 걷기 시작했다.

"따라갈까?" 이번엔 요조가 떠들어댔다. 히다의 고개 숙인 얼굴을 흘끗 봤다. "그만두자."

히다는 쓸쓸하기 짝이 없었다. 두 친구에게서 멀어져가는 자신의 생기 잃은 피가, 분명하게 느껴졌다. 생활에서 오는 것일까? 히다의 생활은 다소 빡빡했다.

"그래도 기분 괜찮은데?" 고스게는 서양식으로 어깨를 으쓱 했다. 어떻게 해서든 이 상황을 능숙하게 넘겨보려 애썼다. "우리가 산책하고 있는 것을 보고는 마음이 끌렸던 게지. 아직 어려. 가엾군. 분위기가 이상해졌어. 저런, 조개를 줍고 있잖아? 내가 하던 짓을 따라 하네."

히다는 마음을 고쳐먹고 미소 지었다. 요조의 미안해하는 듯한 눈빛과 마주쳤다. 둘 다 볼을 붉혔다. 이해한다. 서로를 위로해주고 싶은 마음으로 가득 차 있는 것이다. 그들은 약자를 가엾게 여긴다.

세 사람은 미적지근한 바닷바람을 쐬며, 멀리 파라솔을 바라보며 걸었다.

아득히 보이는 하얀 요양소 건물 아래, 마노가 그들이 돌아오기를 기다리며 서 있었다. 낮은 문기둥에 기대어 눈이 부신 듯 오른손을 이마에 대고 있었다.

마지막 날 밤, 마노는 들떠 있었다. 잠자리에 들어서도 자신의 조촐한 가족사나 훌륭한 조상들에 대한 이야기를 장황하게 늘어놓았다. 요조는 밤이 깊어지면서 더 무뚝뚝해졌다. 마노에게서 등을 돌린 채 건성으로 대답하며 딴 생각을 하고 있었다.

마노는 눈 위에 있는 상처에 대해 이야기하기 시작했다.

"내가 세 살 때 일이에요." 아무것도 아닌 듯 이야기하려 했지만 잘 안 되는 것 같았다. 목소리가 잠겨 있다. "램프를 엎지르는 바람에 화상을 입었대요. 이것 때문에 성격이 꽤 비뚤어져 있었어요. 소학교 들어갈 무렵에는 상처가 훨씬 더 컸거든요. 학교 친구들이 야, 개똥벌레, 개똥벌레." 잠깐 말이 끊겼다. "그렇게 불렀어요. 그때마다 반드시 원수를 갚겠다고 생각했죠. 네, 정말로요. 높은 자리에 오를 거라고 다짐했어요." 혼자 웃음을 터뜨렸다. "우습죠? 높은 자리에 오를 수가 있겠어요? 안경이라도 한번 껴볼까. 안경 끼면 이 상처가 조금이라도 감춰지려나?"

"관둬요. 오히려 이상해." 요조가 화라도 난 것처럼 느닷없이 말을 내뱉었다. 사람에게 애정이 느껴지면 오히려 거칠게 대하는 고풍스러움을, 그도 역시 지니고 있었던 것이리라. "지금 그대로가 좋아. 눈에 안 띄어. 이제 자는 게 어때요? 내일 일찍 일어나야 하니까."

마노는 잠자코 있었다. 내일이면 헤어진다. 그래, 남이었던 거야. 부끄러운 줄 알아. 부끄러운 줄 알라고. 나는 나대로 긍지를 가지고 살면 돼. 마노는 기침을 하기도 하고, 한숨을 쉬기도 하면서, 한동안 이리저리 뒤척거렸다.

요조는 모른 척했다. 무슨 걱정을 했는지는, 말 못한다.

우리는 그보다, 파도소리나 갈매기소리에 귀를 기울이자. 그리고 이번 나흘간의 생활을 처음부터 되새겨보자. 스스로를 현실주의자라 칭하는 사람은 이렇게 말할지도 모르겠다. 이번 나흘간은 어릿광대짓으로 가득했다고. 그렇다면 대답하겠어. 원고가 편집자의 책상 위에서 질주전자 받침역할을 하다가 검게 그을린 자국을 단 채 되돌아오는 것도 광대짓. 아내의 어두운 과거를 캐물으며 울다 웃은 것도 광대짓. 전당포 밑을 지나면서도 옷깃을 여미고 자신의 몰락을 숨기는 것도 광대짓. 나야말로 어릿광대의 생활을 하고 있다. 그런 현실에 짓눌린 남자가 억지로 만들어내는 인내의 태도, 당신이 그것을 이해할 수 없다면, 당신과 나는 영원한 타인이다. 어차피 어릿광대가 될 거라면 괜찮은 어릿광대가 되자. 진정한 생활을 하자. 아아, 그건 너무도 먼 일이다. 나는 적어도 사람의 정으로 가득 찬 이 나흘간을 천천히, 천천히, 그리워하겠다. 단 나흘간의 추억이, 오 년 십 년을 사는 것보다 더 의미 있을 때가 있다. 단 나흘간의 추억이, 아아, 한평생보다도 나을 때가 있다.

마노의 편안한 숨소리가 들려왔다. 요조는 끓어오르는 생각을 참을 수가 없었다. 마노 쪽으로 돌아누우려고 긴 몸을 뒤척이는데, 격렬한 목소리가 귓가를 울렸다.

　그만둬! 개똥벌레의 신뢰를 저버리지 마.

　날이 뿌옇게 밝아 올 무렵, 두 사람은 벌써 일어나 있었다. 요조는 오늘 퇴원한다. 나는 이 날이 다가오는 것이 두려웠다. 그것은 어리석은 작가의 칠칠치 못한 감상에서 오는 것이리라. 이 소설을 쓰면서 나는, 요조를 구제하고 싶었다. 아니, 바이런이 되지 못한 한 마리의 진흙투성이 여우가 용서 받도록 해주고 싶었다. 괴로운 중에도 그것만이 은밀한 바람이었다. 그러나 이날이 가까워오면서 전보다도 더 황량한 분위기가 또다시 요조를, 나를 조용히 엄습해 왔다. 이 소설은 실패다. 비약도 없고, 해탈도 없는. 스타일에 너무 신경을 쓴 것 같다. 그러다 보니 이 소설은 천박하기까지 하다. 하지 않아도 될 말을 너무 많이 했다. 거기다가 더 중요한 내용을 수도 없이 빠뜨려버린 기분이다. 어쭙잖은 표현이기는 하지만, 내가 더 오래 살아서 몇 년인가 뒤에 이 소설을 손에 드는 날이 온다면, 나는 얼마나 비참해질까? 아마도 한 페이지도 읽지 못하고, 견딜 수 없는 자기혐오에 빠져 책을 덮어버릴 것이다. 지금도 앞장을 읽어볼 기력조차 없다. 아아, 작가는, 자신의 모습을 모조리 드러내서는 안 된다. 그것은 작가로서의 패배다. 사람은, 어여쁜 감정을 갖고서, 몹쓸 작품을 쓴다. 나는 세 번 이 말을 반복했다. 받아들이자.

　나는 문학을 모른다. 다시 처음부터 시작할까? 자, 어디서부터 손을 대야 하지?

　나야말로 혼돈과 자존심이 한데 뭉쳐진 덩어리였던 것은 아닐까. 이 소설도, 그저 그런 덩어리일 뿐인 것은 아닐까. 아아, 어째서 나는 모든 일을 서둘러 단정 짓는 것일까. 모든 잡념들에 결말을 짓지 않고는 못 배기는, 이런 근성은 대체 누구한테서 배운 거지?

써볼까? 세이쇼엔의 마지막 아침을 쓰자. 될 대로 되라지.

마노는 요조에게 뒷산 경치를 보러 가자고 했다.

"경치가 정말 아름다워요. 이맘때라면 분명 후지산이 보일 거야."

요조는 새까만 양모 목도리를 둘렀다. 마노는 간호사복 위에 소나무 잎 모양의 웃옷을 걸쳐 입고는, 빨간 모직 숄을 얼굴이 푹 싸이도록 둥글게 감쌌다. 함께 신을 신고 요양소 뒤뜰로 나섰다. 마당 바로 북쪽에 적토로 된 높은 절벽이 우뚝 솟아 있고, 거기에 좁은 철제 사다리 하나가 놓여 있었다. 마노가 먼저 재빠르게 사다리를 타고 올라갔다.

뒷산에는 마른 풀이 빽빽이 우거져 있었고, 온통 서리가 내려 있었다.

마노는 손끝에 하얀 입김을 불어넣어, 손을 녹여가면서 거침없이 산길을 올랐다. 완만한 경사가 구불구불 나 있었다. 요조도 서리를 밟으며 그 뒤를 쫓았다. 얼어붙은 공기 속에서 즐거운 듯 휘파람을 불었나. 사람 하나 없는 산. 무슨 일이든 생길 수 있다. 마노에게 그런 불안감을 느끼게 하고 싶지는 않았다.

움푹 파인 곳으로 내려왔다. 거기에도 마른 억새풀이 우거져 있었다. 마노는 멈춰 섰다. 요조도 대여섯 걸음 떨어진 곳에서 멈춰 섰다. 바로 앞에 흰 텐트를 친 오두막이 있었다.

마노는 그 오두막을 가리키며 말했다.

"여긴 일광욕장이에요. 병세가 가벼운 환자분들은 알몸으로 이곳에 모이곤 해요. 요즘도요."

텐트에도 서리가 반짝이고 있었다.

"올라가자."

어쩐지 마음이 급해졌다.

마노는 다시 날듯이 산을 탔다. 요조도 뒤따랐다. 낙엽송 우거진 좁은 가로수 길로 접어들었다. 두 사람은 지쳐서 터덜터덜 걷기 시작했다.

요조는 어깨를 들썩이고 거친 숨을 내쉬며 큰 소리로 말을 건넸다.

"저기, 설은 여기서 지낼 거야?"

마노는 돌아보지도 않고 역시 큰 소리로 답했다.

"아뇨, 도쿄로 갈까 해요."

"그럼, 우리 집에 놀러 와요. 히다나 고스게도 거의 매일 우리 집에 오니까. 설마하니 감옥에서 설을 보내진 않겠지. 아마 잘 될 거야."

아직 보지도 못한 검사의 시원스런 웃는 얼굴까지 가슴속에 그려두고 있었다.

여기서 끝맺을 수 있다면! 옛날 대가들은 이쯤 해서 아쉬움을 남기고 끝을 맺었다. 하지만 요조도 나도, 어쩌면 여러분도, 이런 빤한 속임수 같은 위로에 이미 질려 있을 것이다. 설날도 감옥도 검사도, 우리와는 아무 상관없는 일이다. 우리는 애초부터 검사나부랭이는 신경도 쓰지 않았다. 다만, 산 정상에 오르고 싶을 뿐이다. 그곳에 뭔가 있다. 대체 뭐가 있는 것일까? 옅은 기대감을 가져볼 뿐이다.

드디어 정상에 다다랐다. 정상에는 평평하고 붉은 땅이 열 평 정도 드러나 있었다. 한복판에 둥글고 두터운 통나무 정자가 있고, 여기저기에 정원석처럼 보이는 것들이 놓여 있었다. 모두 서리에 덮여 있었다.

"저런, 후지산이 안 보여요."

마노가 코끝이 새빨개져서는 외쳤다.

"원래는 이 근처에서 뚜렷하게 보이는데."

흐린 동쪽하늘을 가리켰다. 아침 해는 아직 뜨지 않았다. 신기한 빛깔의 조각구름이 피어올랐다가는 가라앉고, 가라앉았다가는 다시 느릿느릿 흘러갔다.

"됐어. 괜찮아."

산들바람이 볼을 간질였다.

요조는 먼 바다를 굽어보았다. 발밑은 서른 장^{약90m} 가까운 벼랑이었고, 그 아래로 에노시마가 자그맣게 내려다보였다. 짙은 아침 안개 속에 바다가 넘실넘실 출렁이고 있었다.

그리고, 아니, 그뿐이다.

太宰治

「원숭이를 닮은 젊은이」

1934년 7월, 동인지 『쇠물닭』에 발표됐다.

소설 속에 또 하나의 소설을 쓰는 실험적인 기법으로, 소설 창작의 뒷이야기를 다뤘다. 원제 「사루멘칸쟈猿面冠者」는 직역하면 원숭이 가면을 쓴 사람이란 뜻인데, 예부터 얼굴이 보잘것없고 못생긴 젊은이를 가리키는 말이었다.

작품의 마지막에 화자는 이 제목이 자신의 묘비명으로 딱 어울린다고 하는데, 이렇듯 『만년』에는 어릿광대나 원숭이, 거짓말쟁이 등 우스꽝스럽게 격하된 자아가 자주 등장한다.

소설을 읽으면 처음 두세 줄만 대충 훑고는, 이미 내막을 다 꿰뚫어 보았다는 식으로, 코웃음을 치면서 책을 덮어버리는 오만불손한 사내가 있었다. 여기 러시아 시인이 남긴 말이 있다. '그는 누구인가? 그러니까, 대충 흉내만 내는 녀석. 신경 쓸 것도 없는 유령이든가. 해럴드의 망토를 걸친 모스크바 소년. 남의 습관을 리메이크하나? 아니면 유행어 사전? 글쎄, 패러디로 시라도 쓰는 건지도 모르지.'[1] 아무튼 대충 그런 내용이었던 것 같다. 남자는 혼자 시나 소설 조금 읽은 걸 가지고 너무 많이 읽었다며 분하게 생각했다. 남자는 생각을 할 때조차도 머릿속으로 알맞은 단어를 골랐다. 자기 자신을 '그'라고 불렀다. 술에 취해 정신을 잃을 지경이 되어도, 누군가에게 얻어맞는 일이 생겨도, 차분하게 중얼거렸다. '당신, 후회하지 않기를.' 미쉬킨 공작[2]의 말이다. 사랑을 잃고는,

1_ 푸시킨의 『예브게니 오네긴』(1823~1830) 중. 해럴드는 영국 시인 바이런의 『차일드 해럴드의 순례』(1812~1818)에 등장하는 청년으로, 망토를 두르고 유럽을 떠돌며 역사와 예술, 인물과 자연에 대한 사색에 젖는다. 해럴드는 유럽 젊은이들 사이에서 동경의 대상이었으며, 다자이도 '학생이라면 본래 푸른 망토를 두른 차일드 해럴드가 되어야 한다고 굳게 믿고 있습니다. 학생은 사색의 산책자입니다. 파란 하늘의 구름입니다.(「마음의 왕자」)'라는 말을 남겼다.
2_ 도스토옙스키 『백치』(1868)의 주인공.

뭐라 말할까. 그때는 입을 열지 않는다. 가슴을 온통 뒤흔드는 말. '가만히 있으면 이름을 부르고, 가까이 다가가면 도망치는 법.' 이건 메리메[3]의 수줍은 고백이었지. 깊은 밤, 이부자리에 누워 잠이 들 때까지, 그는 아직 쓰지 못한 걸작에 대한 망상에 사로잡혀 있었다. 그럴 때면 묵직한 목소리로 이렇게 외쳐본다. "날 내버려둬." 글쎄, 이건 뭐랄까, 예술가의 콘피테오르.[4] 혼자 아무것도 하지 않고 멍하니 있을 때는? 이런 독백이 술술 새어나온다고 한다, "Nevermore."

이런 문학의 똥에서 태어난 남자가 소설을 쓴다면, 대체 뭐가 나올까? 우선 생각할 수 있는 것은, 이 남자, 분명 소설을 쓸 수 없을 거라는 것이다. 한 줄 쓰고는 지우고, 아니, 그 한 줄조차 쓰지 못 할 게 분명하다. 그에게는 해서는 안 될 버릇이 있었는데, 붓을 들기도 전에 이미 그 소설의, 말하자면 마지막 다듬기까지 해버리는 것이었다. 그는 밤마다 이불 속에 들어가 눈을 깜박거리거나, 해죽해죽 웃거나, 기침을 하거나, 중얼중얼 말도 안 되는 소리들을 내뱉으면서, 날이 밝아올 때까지 단편소설 하나를 정리했다. 이건 걸작이야. 써낸 문장들을 새로 배열해보거나, 마지막 문장을 다시 음미해가면서, 가슴속 걸작을 천천히 어루만져보았다. 그쯤 해서 잠이 들어준다면 다행이겠는데, 지금까지 경험에 비춰보아 그런 적은 단 한 번도 없다고 한다. 다음으로 그는, 그 단편에 대해 비평을 시도한다. 누구누구는 이런 말로 칭찬해 줄 것이다. 누구누구는 모르면서도 이 언저리 한 부분을 빠끔 들춰내서, 자신의 날카로운 관찰력을 뽐낼 것이다. 하지만 나라면, 이렇게 말하겠어. 그러면서 남자

....

3_ 프로스페르 메리메(1803~1870). 프랑스 소설가. 대표작으로 집시여인과 기병의 사랑이야기 『카르멘』(1845)이 있다.

4_ 가톨릭 용어로 미사 시작 시 고백성사, 혹은 자신의 죄를 뉘우치는 고백의 기도.

는, 자신의 작품에 대해 모르긴 몰라도 세상에서 가장 적합한 평론을 만들어내기 시작한다. 이 작품의 유일한 오점은 말이죠, 이런 말들을 속으로 중얼거리다 보면, 이미 걸작은 흔적도 없이 사라져버린다. 남자는 눈을 깜박거리며 덧문 틈으로 새어 드는 광선을 바라보면서 잠시 얼빠진 표정을 짓다가, 어느새 꾸벅꾸벅 졸기 시작하는 것이다.

하지만 이것은 문제에 대한 올바른 해답이 아니다. 문제는 쓴 다음이다. 여기 있습니다, 하고 작품을 내놓으며 가슴을 툭 쳐 보이면, 얼핏 빼어난 작품처럼 보이기는 해도, 듣는 사람에게는 어색한 농담으로 들릴 뿐이다. 더구나 남자의 가슴은 새가슴으로, 태어날 때부터 보기 싫게 찌부러진 모양이었기 때문에, 걸작이 제 가슴속에 있습니다, 하고 아무리 안간힘을 써보아도, 결국 아무런 가치도 없는 것이 된다. 이런 점에서도, 그가 단 한 줄도 쓰지 못할 거라는 대답이 얼마나 안이한 것인지 알 수 있다. 만약 썼다면 말이다. 문제를 보다 분명히 하기 위해, 그가 소설을 쓰지 않으면 안 되는 구체적인 상황을 간단히 덧붙여 이야기하는 것도 좋겠다. 예를 들어 이 남자, 종종 학교에서 낙제를 한다고 해보자. 고향 식구들은 그에게, 어찌나 돈이 많이 드는지, 애물단지야, 애물단지, 하며 핀잔을 늘어놓는다. 그런 상황이니 만약 그해 졸업을 하지 못하면, 집에서 매달 부쳐주는 돈도 끊길지 모른다. 그런데 여기서, 남자가 올해 안에 졸업할 수 있는 기미가 보이지 않을 뿐만 아니라, 애초에 졸업하려는 마음도 없었다고 한다면 어떨까? 문제를 한층 더 분명히 하기 위해, 남자가 지금 독신이 아니라고 해보자. 사오년 전부터 처자식 있는 몸이다. 아내는 제대로 교육을 받지 못한 사람이어서, 이 결혼으로 인해 할머니 한 분을 제외한 모든 육친에게서 버림을 받았다는, 그야말로 흔하디흔한 로맨스 냄새를 풍기도록 하는 것도 좋겠다. 그러니 이 남자, 결국에는 생활을 위해 스스로를 팔아넘겨서라도 어떻게든 소설을 써야 한다고 해보자. 하지만 이것도 갑작스럽다. 난폭하기까지 하다. 먹고 살기 위해 꼭 소설을 써야 하는 건 아니다. 우유 배달이라도 하면 될 것 아닌가. 하지만 그것은 간단하게 반박할 수 있다. 이미 너무 멀리 와버렸어. 그 한마디로 충분하다.

지금 일본에서는 문예부흥[5]이니 뭐니, 영문을 알 수 없는 말이 화제가 되고 있는데, 한 장에 오십 전 하는 원고료를 걸고 신인작가를 찾는 모양이다. 남자도 이 기회를 놓칠 수 없다는 기세로 원고지를 향해 달려들었지만, 바로 그 순간부터 쓸 수 없게 되었다고 한다. 아아, 사흘만 더 있었더라면. 어쩌면 그도 넘치는 정열을 주체하지 못하고, 열 장 스무 장을 꿈결처럼 써 내려갔을지도 모를 일이다. 매일 밤, 걸작의 환영이 그의 여윈 팔을 흔들어댔지만, 쓰려고만 하면 모든 것이 허무하게 사라져갔다. 조용히 있으면 이름을 부르고, 가까이 다가가면 도망치는 법. 메리메는 고양이와 여자 외에, 또 한 가시 난어를 잊고 있었다. 걸작에 대한 환영이라는 중대한 단어를!

남자는 기묘한 결심을 했다. 옷장을 마구 뒤졌다. 옷장 구석에는 그가 십 년을 하루같이 열정적인 환희에 사로잡혀 써 내려갔던 천 장 정도의 원고가, 말 못 할 사정이라도 품은 듯 쌓여 있었다. 그것을 닥치는 대로 읽어 내려갔다. 이따금 얼굴이 빨개졌다. 이틀에 걸쳐 다 읽고, 하루 종일 멍하니 앉아 있었다. 그 가운데 「소식」이라는 단편이 인상에 남았다. 그것은 스물여섯 장짜리 단편소설이었는데, 주인공이 어려운 상황에 처했을 때 어디선가 발신인불명의 소식이

. . . .
5_ 르네상스 기존의 고전적인 작풍 대신 실험적이고 전위적인 문법으로 새로운 스타일을 구축하자는 문예운동.

와서 주인공을 구한다는 이야기였다. 남자가 이 단편에 각별히 마음을 썼던 이유는, 지금 자기 자신이 이와 같은 아름다운 소식을 받고 싶다고 생각했기 때문이었다. 이것을 어떻게 해서든 다시 한 번 제대로 고쳐서 써먹어 보자고 마음먹었다.

우선 고쳐야 할 대목은, 주인공의 직업이다. 어허, 거참. 주인공은 신예작가였다. 그걸 이렇게 고친다. 대문호가 되자고 마음먹었으나 실패, 그때 첫 번째 소식이 온다. 다음으로 개혁가를 꿈꾸었으나 패배하여 무릎을 꿇었을 때, 두 번째 소식. 마지막으로 샐러리맨이 되어 가정의 안락함이라는 것에 대해 의구심을 품었을 때, 세 번째 소식. 이런 식으로 대략의 줄거리를 세워 놓았다. 주인공을 될 수 있는 한 문학 냄새가 풍기지 않도록 할 것. 혁명가를 꿈꾸면서부터는 문학의 'ㅁ'자도 꺼내지 않도록 할 것. 주인공이 어려운 상황에 처했을 때, 자신이 꼭 받고 싶다고 생각했던 편지나 엽서, 혹은 전보를 받게끔 쓴다. 이것은 즐겁게 쓰지 않으면 안 된다. 허술함을 부끄럽게 여기지 말고, 뻔뻔하게 써 내려가자. 남자는 문득 『헤르만과 도로테아』[6] 이야기가 떠올랐다. 끊임없이 그를 뒤덮는 수상한 망상을, 휘휘 고개 저어 털어내면서, 서둘러 원고지 앞에 앉았다. 이것보다 더 작은 원고지였더라면 좋았을 걸. 자기 자신도 무엇을 쓰고 있는지 모를 정도로 꼬깃꼬깃 적어갈 수 있는. 제목은 「바람의 소식」으로 했다. 글의 첫머리도 다시 적어 넣었다. 이렇게 썼다.

──여러분은 어디선가 날아온 소식을 싫어하는가? 여러분이 인생의

6_ 괴테의 서사시(1797). 프랑스혁명 무렵, 헤르만은 전쟁으로 난민이 된 도로테아와 사랑에 빠진 끝에 "전쟁의 혼돈이 가시지 않은 만큼 사랑의 결합이 무엇보다 귀중한 시대입니다." 라며 청혼한다.

기로에 서서 눈물짓고 있을 때, 낯선 곳에서 팔랑팔랑 책상 위로 날아들어 여러분의 앞길에 한 줄기 빛을 비추는, 그런 소식이라면? 그는 행복한 사람이다. 지금까지 세 번이나 바람결에 날아온 가슴 뛰는 소식을 받았다. 한 번은 열아홉 설날. 한 번은 스물다섯 이른 봄. 그리고 또 한 번은 바로 작년 겨울. 아, 다른 사람의 행복을 이야기할 때 질투와 사랑이 교차하는 이 특별한 기쁨을, 자네는 알까? 열아홉 살 설에 있었던 일부터 이야기해보자.

남자는 거기까지 쓰고 일단 펜을 놓았다. 꽤 마음에 든 모양이었다. 그래, 이런 식으로 쓰면 되는 거야. 역시 소설이란, 머리로만 생각해서는 알 수 없어. 써보지 않으면 모르는 거야. 남자는 진심 어린 마음으로 그렇게 중얼거렸는데, 무척이나 즐거웠다고 한다. 그래, 맞아. 소설은 제멋대로 써야 해. 시험 답안과는 다른 것. 좋아. 이 소설은 노래를 부르며 조금씩 진행시켜 보자. 오늘은 여기까지다. 남자는 한 번 더 슥 읽어보고는 원고를 옷장 안에 넣고, 대학제복을 입기 시작했다. 남자는 요즘 거의 학교에 가지 않았지만, 그래도 일주일에 한두 번씩은 이렇게 제복을 입고 싱숭생숭한 마음으로 외출을 했다. 그들 부부는 어느 직장인 집 2층에 다다미 여섯 장짜리 방과 네 장 반짜리 방을 얻어 살고 있었다. 남자는 집주인인 월급쟁이 가족에게 체면을 차리기 위해 가끔씩 이렇게 등교하는 척했다. 남자에게는 세상 사람들 앞에서 체면을 차리고 싶어 하는 조금 세속적인 면이 있었다. 남자는 아내에게까지 허세를 부렸다. 그 증거로 그의 아내는 정말로 남편이 학교에 간다고 믿는 듯했다. 아내는 앞서 말한 대로 초라한 집 여식이라, 학교는 문턱에도 가지 못했다고 할 수 있다. 남자는 그런 아내의 허점을 이용해 여러

가지 부정을 저질러 왔다. 하지만 대체로 애처가 부류에 속한다. 왜냐하면, 그는 아내를 안심시키기 위해서, 이따금씩 거짓말을 하기 때문이다. 빛나는 미래를 이야기한다.

　그날 집을 나선 그는 가까운 친구 집을 찾았다. 이 친구는 독신 서양화가였는데, 그와는 중학교 동창이라나. 자산가의 아들이라 설렁설렁 놀고 있다. 대화하는 중에 끊임없이 눈썹을 삐죽삐죽 치켜 올리는 게 그나마 자랑거리란다. 흔히 있는 남자들의 모습을 상상해주기 바란다. 그 친구의 집을 방문했다. 사실 그는 이 친구를 그다지 좋아하지 않는다. 그러고 보니 이 친구 외에 다른 친구 서넛도 그리 좋아하는 건 아니지만, 그중에서도 특히 이 친구가 상대를 부글부글 끓어오르게 만드는 기술을 갖고 있어서 좋아하기가 더욱 어려웠다. 그가 그런 친구를 방문한 것은, 일단 가까운 곳에서부터 자신이 느낀 감격과 환희를 나눠주자는 뜻에서였을 것이다. 남자는 지금, 행복한 예감에 사로잡혀 마음이 훈훈해지고 있는 듯한데, 이런 때 사람은, 어딘가 가슴 깊은 곳에서 자비심이 솟아나기 마련이다. 화가는 집에 있었다. 그는 화가와 마주 앉자마자, 자신의 소설에 대한 이야기를 늘어놓았다. 이런 소설을 쓰고 싶은데 말이야. 그는 대략의 플랜을 늘어놓고, 잘 되면 좀 팔릴지도 몰라, 글의 첫머리는 이런 식이야, 라고 하면서 방금 써온 대여섯 줄의 문장을 낯을 붉혀가며 조용조용 이야기했다. 남자는 자신이 쓴 문장을 모두 암기하고 다녔다. 그거 괜찮은데? 화가는 언제나처럼 눈썹을 치켜 올리며 더듬더듬 말했다. 그걸로 충분한데도 친구는 필요 없는 말을 주절주절 끄집어내기 시작했다. 신을 야유하는 허무주의자라느니, 영웅에 대한 반항심을 가진 소인배라느니, 지금 생각해도 무슨 소리인지 알 수 없는, 관념의 기하학적 구성이라는 말까지 했다. 남자는 그저 친구가, 그것 괜찮은데?

나도 그런 소식이 필요해, 라고 말해주기만 했다면 만족했을 것이다. 비평 따위 듣고 싶지 않아서, 일부러 「바람의 소식」이라는 로맨틱한 제목을 택한 것이었다. 이 생각 없는 화가작자에게 관념의 기하학적 구성 어쩌고 하는, 신문에서 갓 따온 것 같은, 지적인 느낌이 날 듯 말 듯한 묘한 비평을 듣고 그는 곧, 이거 위험한데? 싶었다. 갈팡질팡 비평의 유희에 빠져든다면 「바람의 소식」을 계속해서 쓸 수 없게 된다. 위험해! 남자는 친구에게 대강 둘러대고 서둘러 그 집을 빠져나왔다고 한다.

곧장 집으로 돌아가는 것도 좀 뭣해서, 그길로 헌책방을 찾았다. 걸으면서 생각했다. 말도 못 하게 좋은 소식으로 하자. 첫 번째 소식은 엽서다. 소녀에게서 온 소식이다. 짧은 문장, 그 속에 주인공을 위로하고 싶은 마음이 흘러넘치는 그런 소식으로 하고 싶다. '제가 그렇게 나쁜 짓을 하는 것도 아니고 해서, 일부러 엽서에 글을 씁니다.'라고 시작하면 어떨까? 주인공이 설날 그것을 받아보게 되니, 제일 마지막에 '잊고 있었습니다. 새해 복 많이 받으세요.'라고 사뭇 담담하게 덧붙여야지. 글쎄, 너무 딴청부리는 것 같나?

남자는 꿈을 꾸듯 거리를 걷고 있다. 두 번이나 자동차에 치일 뻔했다.

두 번째 소식은 주인공이 한때 유행하던 혁명운동을 하고, 감옥에 들어갔을 때, 그때 받는 걸로 하자. '대학에 들어가고 나서부터는, 소설에 마음을 두지 않았다.' 처음부터 딱 잘라 말해놓자. 주인공은 이미 첫 번째 소식을 받기 전에, 대문호가 되는 데 실패한 뼈아픈 경험을 했을 터. 남자는 벌써 그때 쓸 문장을 마음속으로 다 준비해두었다. '문호로 이름을 날리는 것은 지금 나에게 있어, 생애 최고의 꿈이다. 소설을 쓰고, 이를테면 그것이 걸작으로 세상에 알려져, 어쩔 줄 모르는 환희에 차오른다 해도, 그것은 한순간의 기쁨일 뿐이다. 내 작품이 걸작이라는 자각 따윈 있을 수도 없다. 부질없는 순간의 기쁨을 누리고 싶어서, 오 년 십 년 굴욕의 나날을 보내는 것을, 그는 납득할 수 없었다.' 뭐야, 완전 연설을 하고 있잖아. 남자는 혼자 웃었다. '그에게는 다만, 솔직하게 정열을 뿜어낼 배출구가 필요했다. 생각하는 것보다, 노래하는 것보다, 입 다물고 느릿느릿 행동에 옮기는 것이 진짜처럼 보였다. 괴테보다는 나폴레옹. 고리키보다는 레닌.' 여전히 문학 냄새가 나네. 이 부근에는 문학의 'ㅁ'자도 있어서는 안 된다. 뭐, 어떻게든 되겠지. 너무 생각에 빠지다 보면, 또 못 쓰게 된다. 그러니까 이 주인공은 자기 동상이 세워지기를 바라는 것이다. 이 점만 빠트리지 않고 쓸 수 있다면, 실패할 일은 없을 것이다. 그리고 주인공이 감옥에서 받게 되는 소식 말인데, 이것은 기나긴 편지로 하자. 나에게 대책이 있다. 아무리 깊은 절망의 구렁텅이에 빠진 사람이라도, 그것을 읽기만 한다면, 몸과 마음을 다잡지 않을 수 없을 것이다. 더구나 이건 여자 글씨다. '아아. '×× 앞이라고 서투르게 흘려 쓴 글씨를 어디선가 본 적이 있었다. 오 년 전 연하장을 생각해냈다.'

세 번째 소식은 이렇게 하자. 이것은 엽서나 편지가 아닌, 완전히 다른 풍의 바람의 소식으로 한다. 편지글을 다루는 나의 기량은 이미 보여주었으니, 뭔가 색다른 것으로 하자. 동상이 되는 데 실패한 주인공은, 결국 평범하게 결혼을 하고 샐러리맨이 된다. 이건 주인집 직장인의 생활을 그대로 쓰면 되겠다. 주인공이 가정에 태만을 느끼기 시작하기 직전인 일요일 겨울 오후, 툇마루로 나와 담배를 피우고 있다. 그때, 바람과 함께 한 통의 편지가 그의 손 안으로 팔랑팔랑 날아든다. '그의 시선이 거기에 가 닿았다. 사과가 잘 도착했다고, 아내가 고향에 계신 그의 아버지에게 쓴 편지였다. 그냥 던져두지 말고, 바로 보내는 게 좋겠다. 그렇게 중얼거리다가 문득 고개를 갸우뚱거렸다. 아아. ×× 앞이라고 서투르게 흘려 쓴 글씨를 어디선가 본 적이 있었다.' 이런 지어낸 이야기를 부자연스럽지 않게 쓰려면, 타오르는 열정이 필요한 것 같다. 이렇게 기이한 우연이 일어날 수도 있다는 것을 작가 자신이 성실하게 믿지 않으면 안 된다. 가능할지 어떨지, 우선 해보자. 남자는 기세 좋게 헌책방으로 들어갔다.

이곳 헌책방에는 『체호프 서간집』과 『예브기니 오네긴』[7]이 있을 것이다. 남자가 여기에 팔았으니까. 그는 지금 이 두 권을 다시 읽고 싶어서 헌책방을 찾았다. 오네긴에는 타티야나의 아름다운 사랑고백이 있다. 두 권 모두 아직 팔리지 않았다. 우선 책꽂이에서 『체호프 서간집』을 꺼내어 이리저리 책장을 넘겨보았지만, 그다지 재미있는 것은 없었다. 극장이라든가 병이라는 말이 여기저기 흩어져 있을 뿐이었다. 이것은 「바람의 소식」 문헌으로 적합하지 않다. 오만불손한 이 남자는 다음으로 오네긴을 뽑아 들고, 사랑을 고백하는 부분을 찾아보았다. 금세 찾아냈다. 그의 책이었으니까. '제가 당신에게 편지를 쓰는 것 외에 다른 무엇을 더 할 수 있을까요.' 음, 좋아, 이걸로 족하다. 간결하고 명확하다. 타티야나는 신의 넓은 아량, 꿈, 추억, 속삭임, 우울, 환상, 천사, 외톨이 같은 단어들을 배짱 좋게 늘어놓고 있었다. 그리고 마지막에 '여기서 붓을 놓겠습니다. 다시 읽어 보기도 두려운 수치심과 공포가 저를 짓눌러, 그냥 이대로 사라져버리고 싶은 심정입니다. 그렇지만 저는, 그 무엇보다 고결한 당신의 마음을 믿으며, 제 운명을 과감히

7_ 도시귀족 오네긴에게 첫눈에 반한 타티야나는 그에게 사랑을 고백하는 편지를 보내지만 거절당한다. 훗날 타티야나가 사교계의 꽃이 되자 거꾸로 오네긴이 그녀에게 구애한다.

당신의 손에 맡기기로 결심했습니다. 타티야나로부터. 오네긴 님 앞.' 이런 편지를 받고 싶다. 퍼뜩 정신을 차리고 책을 덮었다. 위험하다. 영향을 받는다. 지금 이것을 읽으면 해가 될 뿐. 저런. 또 못 쓸 것 같다. 남자는 허둥지둥 밖으로 나왔다.

집으로 돌아와, 서둘러 원고지를 펼쳤다. 안락한 기분으로 쓰자. 달콤함과 통속성에는 개의치 않고, 담담하게 써 내려가고 싶다. 옛 원고인 「소식」이라는 단편은, 앞서 말한 것처럼 이른바 신예작가의 출세 이야기인지라, 첫 번째 엽서를 받을 때까지의 묘사는 옛날 원고를 그대로 베껴 써도 좋을 정도였다. 남자는 담배를 두세 개비 태우면서, 자신감 있게 펜을 쥐었다. 빙글빙글 웃기 시작했다. 이것은 그가 곤경에 처했을 때 취하는 행동인 듯하다. 그는 한 가지 난관에 부딪혔다. 문장에 관한 것이었다. 옛날 원고 속 문장은 사납게 포효하며 날뛰고 있었다. 이건 어떻게 해서든 고치지 않으면 안 된다. 이런 상태로는, 남들도 나도 즐길 수가 없다. 우선 너무 멋쩍다. 귀찮긴 하지만 이건 다시 쓰자. 허영심 강한 남자는 그렇게 생각하며, 마지못해 고쳐 쓰기 시작했다.

젊었을 때는 누구라도 한 번쯤 이런 저녁을 경험해본 적이 있을 것이다. 그날 해 질 녘, 그는 거리를 맴돌다 문득 놀랄 만한 사실을 깨달았다. 길을 걷는 사람들이 모조리 다 아는 사람이었던 것이다. 섣달을 앞둔 눈 내린 거리는 번잡했다. 그는 오가는 사람 모두에게 가볍게 눈인사를 하며 걸어야 했다. 어느 뒷골목 모퉁이에서 느닷없이 한 무리의 여학생들과 마주쳤을 때, 그는 하마터면 모자를 벗고 인사를 할 뻔했을 정도였다.

그 무렵 그는 북방의 어느 고등학교에서 영어와 독일어를 배우고 있었다. 그는 영작문에 소질이 있었다. 입학하고 한 달도 지나지 않아서, 작문으로 같은 반 동료들을 깜짝 놀라게 했다. 입학 하자마자 브룰이라는 영국인 강사가 학생들에게 What is Real Happiness?를 주제로 작문을 쓰게 했다. 브룰 선생은 첫 수업시간에 My Fairyland라는 제목의 조금은 특이한 이야기를 해주더니, 그 다음 주에는 The Real Cause of War에 관한 주장을 한 시간 동안 펼쳐서, 얌전한 학생들을 전율케 하고, 조금 진보적인 학생들을 미치도록 기쁘게 만들었다. 문부성이 이러한 교사를 채용한 것은 공훈이었다. 브룰 선생은 체호프를 닮았다. 코에는 동그란 안경을 걸치고, 짧은 턱수염을 소심한 듯 길렀으며, 항상 눈이 부신 듯 웃고 있었다. 영국 장교라고도 하고, 이름 높은 시인이라는 얘기도 있었는데, 좀 늙은 것 같기도 했지만, 그래 봬도 아직 20대라는 말도 있고, 군사탐정이라는 소문도 나돌았다. 그렇게 어딘가 신비스러운 분위기가 브룰 선생을 한층 더 매력적으로 만들었다. 신입생들 모두가 이 아름다운 이국인에게 사랑받기를 남몰래 빌었다. 그런 브룰 선생이 3주째 되던 수업시간에 묵묵히 칠판에 적어 내려간 것이 What is Real Happiness?였다. 하나같이 고향의 자랑거리이자 선택받은 수재들이었던 학생들은, 화려한 첫 전투에 각자 온 힘을 쏟았다. 그는 노트의 먼지를 조용히 털어내며 천천히 써 내려갔다. Shakespeare said, ……아무래도 이건 너무 부풀렸다 싶었다. 얼굴을 붉히며 차분히 지웠다. 오른쪽, 왼쪽, 앞, 뒤에서 쓱쓱 글을 쓰는 소리가 들렸다. 그는 턱을 괴고 생각에 잠겼다. 그는 글머리에 공을 많이 들이는 편이었다. 어떤 대작이라도 첫 줄에 작품 전체의 운명이 달려 있다고 믿었다. 좋은 첫 줄이 완성되면, 전부 다 써내었을 때처럼 멍하니 넋 나간 표정을 짓곤 했다. 그는 펜촉을 잉크병에 담갔다. 좀 더 생각하고 나서, 기세 좋게 써 내려갔다. Zenzo Kasai, one of the most unfortunate Japanese novelists at present, said, ……가사이 젠조[8]는 그즈음 아직 살아 있었다. 지금처럼 유명하지는 않았다. 일주일이 지나 브룰 선생의 시간이 돌아왔다. 아직 서로 친해지지 못한 신입생들은 각자의 책상에 앉아 브룰 선생을 기다리며, 담배연기 속에 적의가 불타는 눈빛을 조심스레 숨기고 있었다. 추운 듯 가는 어깨를 움츠리며 교실로 들어온 브룰 선생은, 쓸쓸름한 미소를 머금고 독특한 악센트로 한 일본인의 이름을 중얼거렸다. 그의 이름이었다. 그는 귀찮다는 듯 느릿느릿 일어섰다. 볼이 새빨개졌다. 브룰 선생은 그런 그의 얼굴을 보지도 않고 말했다. Most Excellent! 교실 여기저기를 돌아다니며 고개를 숙이고 말을 이었다. Is this essay absolutely original? 그가 눈썹을 치켜세우며 답했다. Of course. 오오. 반 학생들이 기묘한 환성을 질렀다. 브룰 선생의 창백하고 넓은 이마가 스윽 붉어지는가 싶더니 그가 있는 쪽을 보았다. 그러더니 다시 눈을 내리깔고, 안경을 오른손으로 가볍게 누르며 한마디씩 끊어서 확실하게 말했다. If it is, then it shows great promise and not only this, but shows some brain behind it. 그는 이번 작문에서, 진정한 행복이란 밖에서 주어지는 것이 아니며, 영웅이 되든가, 수난자가 되든가, 어느 한쪽을 선택하는 자신의 마음가짐이야말로 행복에 다가서는 열쇠다, 라는 내용을 서술했다. 그의 고향 선배인 가사이 젠조의 암시적인 심경고백을 첫머리에 가져와, 그것을 부연 설명하는 식이었다. 그는 가사이 젠조를 한 번도 만난 적이 없으며, 또한 가사이 젠조가 그런 말을 했는지

• • • • • • • • • • • •

8_ 葛西善藏(1887~1928). 자신의 생활고를 자학적인 문체로 써내려 간 아오모리 출신 소설가.

조차 알지 못했으나, 설혹 거짓말이라 해도 그것이 제대로 된 문장이라면 가사이 젠조도 분명 용서해줄 것이라 믿었다. 그 일로 그는 반 동료들의 총애를 한 몸에 받게 되었다. 젊은이들은 영웅의 출현에 민감한 법이다. 브룰 선생은 그 뒤로도 계속해서 좋은 과제를 내주었다. Fact and Truth. The Ainu.[9] A Walk in the Hills in Spring. Are We of Today Really Civilized? 그는 최선을 다해 실력을 발휘했다. 언제나 상당한 보상을 받았다. 젊은 시절의 명예욕은 지칠 줄을 모르는 법이다.

그해 여름방학, 그는 장래성 있는 남자라는 자부심을 가슴에 달고 집으로 향했다. 그의 고향은 혼슈 북단에 있었는데, 그의 아버지는 그 지역에서도 이름난 지주였다. 아버지는 비할 데 없이 좋은 성품을 지녔음에도 악랄해 보이도록 노력하는 성격이어서, 외아들인 그에게도 일부러 심술 맞게 굴었다. 아버지는 그가 어떤 실수를 하더라도, 흐뭇하게 웃으며 용서해주었다. 그러고는 이야기를 딴 데로 돌리면서 이렇게 말했다. 사람으로 태어났으면, 제대로 살아야지. 그렇게 중얼거리며, 자신은 마치 평생에 실수 하나 한 적이 없는 양, 태연하게 전혀 다른 이야기를 꺼냈다. 그는 전부터 이런 아버지가 싫었다. 어쩐지 마음에 들지 않았다. 어렸을 때부터 눈치 없는 짓거리만 하고 다녔기 때문이기도 했다. 어머니는 주책없을 정도로 아들을 신뢰했다. 조금만 있으면 훌륭한 인물이 될 거라고 믿었다. 그가 고등학교 학생 신분으로 맨 처음 고향에 돌아왔을 때도, 어머니는 그의 성미가 까다로워진 것에 놀라기는 했지만, 그래도 그걸 고등교육 탓이라 여겼다. 고향으로 돌아온 그는 게으름을 피우지는 않았다. 창고에서 아버지의 오래된 인명사전을 찾아

. . . .
9_ 홋카이도를 비롯한 북방지역에 살던 원주민족. 정책적으로 고유의 문화와 관습을 빼앗겼다.

내어 세계 문호의 약력을 조사했다. 바이런은 열여덟에 처녀시집을 출간했다. 실러도 역시 열여덟에 『군도』를 쓰기 시작했다. 단테는 아홉 살에 『신생』의 초안을 생각해냈다. 그 또한. 소학교 때부터 문장력을 칭찬받았고, 지금도 지적인 외국인에게 우수함을 인정받고 있는, 그 또한. 그는 앞마당 커다란 밤나무 아래에 테이블과 의자를 가져와 꾸준히 장편소설을 써 내려갔다. 그의 이런 행동은 자연스럽다. 그에 대해서는 여러분들도 짐작 가는 바가 있으리라.

제목은 『학』이라고 했다. 한 천재의 탄생에서 비극적인 말로에 이르는 장편소설이었다. 그는 이처럼 자신의 운명을 자신의 작품으로 예언하는 것을 즐겼다. 도입부를 쓰는 데는 상당히 애를 먹었다. 이렇게 썼다. ──한 남자가 있다. 네 살 때 그의 마음속에 야생의 학이 둥지를 틀었다. 학은 미쳐 불타오를 정도로 교만했다. 운운. 여름방학이 끝나고, 10월 중순, 진눈깨비 날리던 어느 밤, 드디어 탈고를 했다. 얼른 인근 인쇄소에 들고 갔다. 아버지는 그가 달라는 대로 이백 엔을 보내주었다. 그는 돈을 손에 들고, 아버지의 사악한 저의에 증오심을 느꼈다. 혼내고 싶으면 혼내도 될 텐데, 통 큰 남자처럼 말없이 돈을 내준 것이 마음에 들지 않았다. 12월 말, 『학』은 국반절 판형에, 100쪽짜리 아름다운 책이 되어 그의 책상 위에 가득 쌓였다. 표지에는 매 비슷한 새가 한 면 가득 날개를 펼치고 있었다. 먼저, 서명한 책을 현의 주요 신문사에 한 부씩 증정했다. 하룻밤 자고 나면, 나의 이름이 세상에 널리 알려져 있으리라. 하루가 너무 길게 느껴졌다. 다섯 부 열 부씩 마을 책방을 돌며 나누어주었다. 광고 전단지도 붙였다. 학을 읽어라, 학을 읽어라. 젊은 천재는 격렬한 문구를 가득 써 넣어 인쇄한 가로 세로 다섯 치15cm 크기의 전단지를, 풀이 가득 든 들통과 함께 양손에 챙겨 들고, 마을 구석구석을 돌았다.

그랬으니 그가 이튿날부터 마을 사람들 모두와 아는 사이가 될 만도 했다.

그는 계속해서 마을을 어슬렁어슬렁 돌아다니며, 누구랄 것도 없이 모든 사람들과 가볍게 눈인사를 나눴다. 운 나쁘게 상대방의 부주의로 상대가 자신의 인사를 받아주지 않았을 때나, 전날 밤 그가 정성들여 전봇대에 붙여둔 전단지가 무참히 찢어져 있는 것을 발견했을 때는, 일부러 과장되게 얼굴을 찡그렸다. 그는 마을에서 가장 큰 서점으로 들어가 점원에게 학이 팔리는지 물었다. 아직 한 권도 안 팔렸습니다. 점원이 무뚝뚝하게 대답했다. 점원은 설마하니 그가 책의 저자인 줄은 모르는 것 같았다. 그는 의기소침해질 만도 했지만, 그렇군, 하지만 지금부터 팔릴 거요, 하고 천연덕스럽게 예언하고는 서점을 나왔다. 그날 밤 그는, 이제는 어느 정도 귀찮아진 눈인사를 하는 둥 마는 둥 하며, 학교 기숙사로 돌아왔다.

그렇게 눈부신 인생의 첫 출발점에 선 그날 밤,『학』은 빨리도 수모를 겪었다.

그가 저녁식사를 하러 기숙사 식당에 한 발을 들여 놓자마자, 와 하는 동료들의 이상한 함성이 들려왔다. 그들의 식탁에서 학이 화제가 되고 있는 게 틀림없었다. 그는 수줍게 눈을 내리깔고 식당 한쪽 구석 의자에 앉았다. 그러고는 낮게 헛기침을 하며 커틀릿을 찍어 먹었다. 그의 바로 오른쪽에 앉아 있던 학생이 석간 한 부를 그의 앞에 들이밀었다. 대여섯 명 동료들의 손을 거쳐 온 것 같았다. 그는 천천히 커틀릿을 씹으며, 멍하니 석간으로 눈을 옮겼다. 학이라는 글자 하나가 그의 눈을 찔렀다. 아아. 내 처녀작에 대한 첫 비평이다. 심장이 찔릴 것 같은 통증. 그래도 그는 허겁지겁 신문을 손에 드는 짓 따위는 하지 않았다. 나이프와 포크로 커틀릿을 썰며, 침착하게 비평을 힐끗힐끗 읽어 내려갔다. 비평은 지면의 왼쪽 구석에 조그맣게 실려 있었다.

──이 소설은 처음부터 끝까지 관념적이다. 육체를 지닌 인물이 단 한 사람도 없다. 불투명한 유리창 너머로 보이는 일그러진 그림자일 뿐이다. 특히 주인공의 우쭐거리는 기묘한 언동은, 흡사 책을 제본할 때 잘못하여 페이지가 빠져버린 백과사전과 같다. 이 소설의 주인공은, 내일은 괴테인 척하고, 어젯밤엔 클라이스트[10]를 유일한 선생으로 삼으면서, 전 세계의 수많은 문호들이 지닌 에센스만을 뽑아 가졌다는데, 유년시절 첫눈에 반한 소녀를 죽을 만큼 사모하지만, 청년이 되어 다시 만났을 때는 구토가 날 정도로 혐오스러웠다는 내용은, 어차피 바이런 경의 작품 어딘가를 개작한 것이리라. 그것도 치졸한 직역으로. 일단 저자는 괴테와 클라이스트 모두를 단지 형태와 개념으로서만 이해하고 있는 듯하다. 아마도 『파우스트』 한 쪽, 『펜테질레아』[11] 한 막, 읽어본 적 없으리라. 실례. 소설의 마지막에는 털을 잡아 뽑는 학의 날갯짓 소리를 묘사하고 있는데, 저자는 어쩌면 이 묘사로 독자에게 완벽하다는 인상을 심어주면서, 이것이 걸작이라는 듯 우리를 현혹시키려는 의도였던 것 같지만, 우리는 그저 이 기형적인 학의 추함에 고개를 돌릴 뿐이다.

그는 커틀릿을 잘게 썰고 있었다. 진정하자, 진정해. 그렇게 마음먹으면 먹을수록 자신의 동작이 얼빠져 보였다. 완벽하다는 인상, 걸작이라

10_ 독일 극작가(1777~1811). 격정적으로 언어를 쏟아내는 화법이 20세기 초 새롭게 조명되었다. 악마적 여인의 광기의 대서사시 『펜테질레아』(1808) 등을 남겼으며, 조국과 사회에 대한 불만으로 권총 자살했다.

11_ 여인제국의 여왕인 펜테질레아는 애인이자 영웅인 아힐을 이기기 위해 전투를 벌인 끝에, 그를 살해하고 자신도 뒤를 따른다.

는 듯 현혹시키려 한다, 특히 그 부분이 쓰라렸다. 소리 내어 웃어볼까? 아아. 얼굴을 숙인 채, 그때의 십 분 동안 그는 십 년은 더 늙었다.

이런 무정한 충고를 대체 어떤 놈이 했단 말인가? 그는 짐작도 할 수 없었다. 이 굴욕을 시작으로 다양한 불행과 맞닥뜨리기 시작했다. 다른 신문사들도 학을 칭찬해주지 않았고, 친구들 역시 세상 사람들의 시선대로 그를 대하며, 학이라는 조류 이름으로 그를 불러댔다. 젊은이들은 영웅의 실각에도 민감하다. 책은 부끄러워 말도 할 수 없을 정도로 몇 권밖에 팔리지 않았다. 길을 가던 사람들은 전보다 더 싸늘한 남이 되었다. 원래부터 생판 남이었다. 그는 매일 밤, 마을 구석구석을 돌며 자신이 붙인 전단지를 조용히 떼어냈다.

장편소설 『학』은 그 내용처럼 비극적인 결말을 맛보고 말았지만, 그의 마음속에 둥지를 튼 야생의 학은, 그래도 여전히 생생하게 날개를 펼쳐, 예술의 불가해함을 한탄하거나, 생활의 권태 속으로 빠져들거나, 황량한 현실 속에서 마음껏 신음했다.

얼마 안 있어 겨울방학이 되었고, 그는 훨씬 더 까다로운 사람이 되어 고향으로 돌아왔다. 미간에 생긴 주름도 어쩐지 그와 어울렸다. 어머니는 그래도, 언제나처럼 고등교육을 믿으며 그를 존경스럽게 쳐다보았다. 아버지는 여전히 악랄한 태도로 아들을 맞이했다. 아무튼 착한 사람끼리는 서로 미워하게 되는 모양이다. 아버지는 말없이 그를 보며 코웃음을 쳤는데, 그때 그는, 아버지가 그 잔혹한 비평이 실렸던 신문의 독자였다는 사실을 직감할 수 있었다. 아버지도 읽은 게 분명했다. 겨우 열 줄에서 스무 줄 되는 비평의 활자가, 이런 시골마을에까지 독을 퍼트리고 다닌다는 것을 알고 나니, 그는 자기 몸을 바위나 젖소로 만들고 싶어졌다.

만약 이런 때, 그가 다음과 같은 바람의 소식을 듣는다면 어떨까? 열여덟 살을 고향에서 보내고, 열아홉 되던 해 설날 눈을 떠서, 문득 머리맡에 놓인 열 장 정도의 연하장을 보게 되는 것이다. 그중 하나가, 보낸 사람 이름도 쓰여 있지 않은 바로 그 엽서다.

——제가 그렇게 나쁜 짓을 하는 것도 아니고 해서, 일부러 엽서에 글을 씁니다. 지금쯤 다시 슬슬 낙담하고 있겠네요. 당신은 작은 일에도 쉽게 낙담해버리니까요. 사실 전 그런 걸 별로 좋아하지 않아요. 자신감을 잃어버린 남자만큼 추한 것도 없지요. 하지만 절대로 자신을 학대하지는 마세요. 당신에게는 나쁜 것에 맞서려는 마음과, 정이 넘치는 세계를 원하는 따뜻한 마음이 있습니다. 당신이 아무 말 하지 않고 있어도, 먼 곳에 있는 한 사람만은 분명 알고 있습니다. 당신은 그저 조금 약해졌을 뿐입니다. 약하고 정직한 사람은 모두가 감싸주어야 한다고 생각합니다. 당신은 유명하지도 않고, 특별한 직함도 없습니다. 하지만 저는 그저께 그리스 신화를 스무 편가량 읽다가, 재미있는 이야기 하나를 발견했습니다. 아주 먼 옛날, 아직 세계의 지면이 단단해지지 않았을 무렵, 바다도 없고, 공기도 깨끗하지 않아서, 모든 것이 뒤섞여 혼돈에 빠져 있을 때, 그래도 태양은 매일 아침 떠올랐습니다. 어느 날 아침, 제우스의 연인인 무지개 여신 아이리스가 그것을 보고 웃으며, 태양 님, 태양 님, 매일 아침 고생이 많으시네요, 저 아래 세상에는 당신을 올려다볼 풀 한 포기, 샘 하나 없는데, 하고 말했습니다. 태양이 대답했습니다. 그러나 나는 태양이다. 태양이기에 떠오른다. 볼 수 있는 자들은 보아라. 저는 학자도 뭣도 아닙니다. 여기까지 쓰는 데도 꽤나 많은 생각을 했고, 몇 번이나 다시 썼어요. 당신이 기분 좋은 꿈을 꾸고, 멋있는 일출을 보며, 계속해서 살아갈 자신감을 가지기를, 진심으로

바라는 한 사람이 있다는 것을 전하고 싶어서, 정성을 다해 썼습니다. 이런 편지를 모르는 남자 분에게 불쑥 쓰는 것이 조심성 없는 짓이란 것은 알고 있습니다. 하지만 부끄러운 내용은 아무것도 쓰지 않았습니다. 제 이름은 쓰지 않겠습니다. 당신은 분명, 저를 잊어버릴 테니까요. 잊어버려도 상관없습니다. 어머, 깜박했네요. 새해 복 많이 받으시길. 신년에.

　　(「바람의 소식」은 여기서 끝나지 않는다.)

　당신은 저를 속였습니다. 당신은 저에게 제2, 제3의 바람의 소식을 쓰게 하겠다고 약속했으면서, 엽서 두 장분의 어설픈 연하장 문구만 쓰도록 한 이래, 저를 죽이려 하는군요. 언제나처럼 그 심오한 음미를 시작하려는 거죠? 저, 이렇게 될 거란 걸 처음부터 알고 있었습니다. 하지만 어쩌면 당신에게 새로운 영감이 떠올라, 저를 살려둘 수도 있는 게 아닐까 하고, 당신을 위해, 저를 위해, 그렇게 되기만을 빌었어요. 역시 안 되겠죠? 아직 젊어서 그런가요? 아니, 아무 말 마세요. 싸움에 패한 장군은 말이 없는 법입니다. 사람들이 하는 말에 따르면, 『헤르만과 도로테아』나 『들오리』[12], 『템페스트』[13]도 모두 저자의 만년 작이래요. 사람들에게 휴식이 되고, 빛이 되는 작품은, 재능만 갖고 쓸 수 있는 건 아닌가 봅니다. 만약 당신이 앞으로 십 년이고, 이십 년이고, 이 밉상스런 세상에서 어떻게든 횃불이 되어 살아가고, 그래서 잊지 않고

12_ 헨리크 입센(1828~1906)의 작품(1884). 아버지와 딸 사이의 복잡한 내면심리를 다뤘다.
13_ 셰익스피어(1564~1616)의 마지막 작품(1611경). 주인공 프로스페로는 "인간의 일생은 꿈과 같아서, 이 보잘것없는 생은 잠으로 끝난다."라는 말을 남긴다.

한 번 더 저를 불러준다면, 얼마나 기쁠까요. 반드시, 기필코 가겠습니다. 약속해주세요. 안녕. 어머, 이 원고, 찢어버리려고요? 그것만은 참으세요. 문학에 중독된 풍자시 같은 남자가 소설을 쓰게 된다면, 대충 이럴 것이라며 모른 척 덧붙여 두기라도 한다면, 의외로 세상 사람들은 당신이 저를 죽이는 수법이 끝내준다며, 갈채를 보낼지도 모르니까요. 당신의 휘청거리는 모습이 필시 큰 호응을 얻게 될 거예요. 덕분에 제 손가락 끝과 다리도, 3초 안에 식고 말겠지요. 사실 화가 난 게 아닙니다. 당신은 나쁜 사람도 아니고, 아니, 억지가 아니에요. 문득 당신이 더 좋아집니다. 아아아. 당신, 행복은 밖에서부터? 안녕, 도련님. 좀 더 악인이 되기를.

　남자는 쓰다 만 원고지를 보며 한동안 생각하더니, 제목을 「원숭이를 닮은 젊은이」라고 했다. 그것이야말로 자신에게 딱 들어맞는 묘비명이라고 생각했기 때문이었다.

逆行

역행

大宰治

「역행」

1935년 2월, 잡지 『문예文藝』에 「역행」이라는 제목으로 「나비」, 「결투」, 「검둥이」 등 세 편이 발표됐다. 「도적」은 같은 해 10월 <제국대학신문>에 실렸다.

그해 8월, 「역행」과 「어릿광대의 꽃」이 제1회 아쿠타가와 상 후보에 올랐는데, 당시 생활고로 절박한 심경에 빠졌던 다자이는 심사 위원이었던 사토 하루오와 가와바타 야스나리에게 잘 부탁한다는 편지까지 보냈지만 낙선하고 만다.

가와바타는 심사평에서 '생활에 드리운 어두운 그림자가 재능을 방해한다'며 다자이의 방탕한 생활을 질타했고, 이에 다자이는 '새를 기르고 무용을 보러 다니는 것이 그렇게 대단한 생활이냐'며 반격, 문학계에 파장을 일으켰다. 복막염으로 입원 중에 진통제 중독증까지 걸려 예민하고 혼란스러운 상태에 빠졌던 그는, 이듬해 『만년』이 제3회 아쿠타가와 상 후보에 올랐다가 또 낙방하자 「창생기」에 아쿠타가와 상 뒷이야기를 싣기도 했다.

나비

노인은 아니었다. 겨우 스물다섯을 넘겼을 뿐이었다. 그러나 역시 노인이었다. 보통 사람의 한 해 두 해가 노인에게는 세 배 네 배나 빠르게 흘러갔다. 두 번, 자살에 실패했다. 그 가운데 한 번은 사랑하는 여인과 함께였다. 세 번, 구치소에 들어갔다. 죄명은 사상불순. 한 편도 팔리지는 않았지만, 백 편이 넘는 소설을 썼다. 하지만 열정을 불태워 쓴 것은 아니었다. 말하자면, 심심풀이였다. 납작하게 찌부러진 노인의 심장을 뛰게 하고, 그 수척해진 볼을 달아오르게 만드는 것은, 술에 흠뻑 취하는 것과 다른 여자를 바라보며 끊임없이 공상에 젖는 일뿐이었다. 아니, 그 두 가지 추억이었다. 찌부러진 심장, 수척해진 볼, 그것은 거짓이 아니었다. 노인은, 이날 죽었다. 노인의 긴 생애에 있어서 거짓이 아니었던 것은, 태어났다는 것과 죽었다는 것, 이 두 가지뿐이었다. 죽기 직전까지 거짓말을 했다.

노인은 지금, 병상에 있다. 방탕으로 얻은 병이었다. 노인에게는 생활에 어려움이 없을 정도의 재산이 있었다. 하지만 평생 놀고먹으며 살기에는 부족한 재산이었다. 노인은 곧 죽는다는 것을 안타깝게 생각하지 않았다. 근근이 살아가는 삶은 노인에게 있어 큰 의미가 없었다.

보통 사람은 임종이 가까워지면, 자신의 두 손바닥을 물끄러미 들여다보거나, 친척들의 눈동자를 멍하니 올려다보기 일쑤지만, 이 노인은 대체로 눈을 감고 있었다. 꽉 감아보거나, 살짝 뜨고 눈꺼풀을 깜빡거리거나, 차분하게 그러고만 있었다. 나비가 보인다고 했다. 파란 나비, 검은 나비, 흰 나비, 노란 나비, 보랏빛 나비, 하늘색 나비, 셀 수 없이 많은 나비가 무리지어 머리 위를 날고 있네. 일부러 그런 말을 했다. 십 리 멀리 나비의 안개. 백 만의 날갯짓 소리는 대낮의 파리가 거칠게 왱왱거리는 소리를 닮았다. 전투라도 하는 거겠지. 날개가루, 부러진 다리, 눈알, 더듬이, 긴 혀, 그 모든 것이 비 오듯 떨어져 내렸다.

먹고 싶은 것이 있으면 뭐든 말해보라기에, 문득 팥죽, 하고 답했다. 노인이 열여덟 되던 해 처음 소설이라는 것을 썼는데, 임종을 앞둔 늙은이가 팥죽을 먹고 싶다고 중얼거리는 묘사를 한 적이 있었다.

팥죽을 해 왔다. 죽에 삶은 팥을 조금 넣고 소금으로 간을 한 것이었다. 노인이 자란 시골에서는 최고의 요리였다. 똑바로 눈을 감고 누운 채 겨우 한두 숟갈 후루룩 홀짝이곤 그만 됐어, 라고 말했다. 더 필요한 거 없어요? 하고 묻기에, 노인은 엷은 미소로, 여자, 라고만 답했다. 배운 것은 없지만 착하고 영리하고 젊고 아름다운 노인의 아내는, 줄지어 앉은 친지들 앞에서 뺨을 붉혔다. 질투는 아니었다. 아내는 숟가락을 꼭 쥔 채 숨죽여 울었다.

도적

올해는 보나마나 낙제다. 그래도 시험은 본다. 헛된 노력의 아름다움. 나는 그 아름다움에 마음이 끌렸다. 오늘 아침만큼은 일찍 일어나 꼭 일 년 만에 교복을 입고, 국화꽃 문양이 빛나는 높고 큰 철문 안으로 들어갔다. 쭈뼛쭈뼛 걸었다. 곧 은행나무 가로수길이 펼쳐졌다. 오른쪽에 열 그루, 왼쪽에도 열 그루, 대부분 오래된 큰 나무들이었다. 잎이 무성해질 즈음이면 대낮에도 길이 으슥하게 어두워 마치 지하도 같았다. 지금은 나뭇잎 한 장 없다. 가로수길이 끝나는 곳, 정면에 붉은 벽돌로 된 거대한 건축물. 강당이다. 입학식 때 딱 한 번 가보았다. 사원 같다는 인상을 받았다. 나는 강당 탑에 걸린 전자시계를 올려다보았다. 시험까지는 아직 15분 정도 여유가 있었다.

어느 탐정소설가의 아버지[1] 동상을 애정 어린 시선으로 바라보며, 오른쪽으로 완만하게 경사진 언덕을 터덜터덜 내려가 정원으로 나왔다. 옛날에 이곳은 어느 영주의 뜰이었다. 연못에는 검은 잉어와 붉은 잉어, 그리고 자라가 있었다. 오륙 년 전까지만 해도 학이 한 쌍 노닐었다. 지금도 이 풀숲에는 뱀이 산다. 기러기나 들오리 같은 철새들도 연못에서 날개를 쉬어갔다. 빼어난 조경술 덕분에 2백 평도 채 되지 않는 정원이 천 평도 넘게 보였다. 나는 연못가 근처 얼룩조릿대 위에 걸터앉아, 떡갈나무 고목의 그루터기에 등을 기대고, 두 다리를 길게 앞으로 뻗었다. 샛길을 사이에 두고 크고 작은 바위가 울퉁불퉁 늘어서 있었고, 그 뒤로 널따란 연못이 펼쳐져 있었다. 구름 낀 하늘 아래 연못이 하얗게

1_ 하마오 아라타濱尾新(1849~1925). 탐정소설가 하마오 시로의 양아버지. 도쿄대 총장.

빛났고, 잔물결이 뭍을 간질이듯 일렁거렸다. 오른발을 왼발 위에 가벼이 포개며 중얼거렸다.

"나는 도적."

대학생들이 바로 앞으로 난 샛길을 줄지어 걸어갔다. 졸졸 물 흐르듯 끊임없이 지나갔다. 모두가 고향의 자랑. 선택된 수재들. 학생들은 하나같이 노트에 적힌 똑같은 문장들을 읽으며, 그것을 암기하려고 애쓰고 있었다. 나는 주머니에서 담배를 한 대 꺼내 물었다. 성냥이 없었다.

─불 좀 빌려줘.

잘생긴 대학생 하나를 골라 말을 걸었다. 옅은 녹색 외투를 뒤집어쓴 학생은 노트에서 눈도 떼지 않고, 물고 있던 금색필터 담배를 건네주었다. 그러더니 그대로 느릿느릿 걸어가 버렸다. 대학에도 내게 필적할 만한 놈이 있다. 나는 금색필터의 외제 담배에서 내 싸구려 담배로 불을 옮겨 붙인 뒤, 조용히 몸을 일으켜 녀석의 담배를 힘껏 내동댕이치고는 구둣발로 짓이겼다. 그러고는 유유히 시험장으로 향했다.

시험장에는 이미 백 명이 넘는 학생들이 뒤로 꽁무니를 빼고 앉아 있었다. 앞자리에 앉으면 자신의 기량을 제대로 발휘할 수 없을 거라는 염려 때문이었다. 나는 수재답게 맨 앞줄에 앉아 가볍게 손끝을 떨며 담배를 피웠다. 내게는 책상 밑에 뒤적거려볼 노트도 없었고, 속닥거리며 의논해볼 친구도 없었다.

이윽고 얼굴이 불그스레한 교수가 불룩한 가방을 들고 허둥지둥 시험장으로 들어왔다. 이 남자는 일본에서 제일가는 프랑스 문학자였다. 나는 오늘 처음으로 이 남자를 보았다. 꽤나 덩치가 있었기 때문에, 미간에 진 주름만 봐도 알 수 없는 위압감이 느껴졌다. 이 남자의 제자로는 일본에서 제일가는 시인과 일본에서 제일가는 평론가가 있다지.[2]

일본에서 제일가는 소설가. 그 생각을 하면서 조용히 얼굴을 붉혔다. 교수가 칠판에 문제를 갈겨쓰는 동안 등 뒤의 학생들은 학문에 대한 이야기가 아니라, 만주의 경기景氣에 대해 숙덕거리고 있었다. 칠판에는 프랑스어가 대여섯 줄. 교수는 교단에 있는 팔걸이의자에 아무렇게나 걸터앉아, 다소 불쾌한 듯 말을 내뱉었다.

——이런 문제로는 낙제를 하고 싶어도 못 할 게다.

학생들이 힘없이 웃었다. 나도 웃었다. 그러고 나서 교수는 뜻 모를 프랑스어를 두세 마디 중얼거리더니, 교단 책상에 앉아 무언가를 쓰기 시작했다.

나는 프랑스어를 모른다. 어떤 문제가 나온다 하더라도, 플로베르는 철부지라고 쓸 작정이었다. 나는 잠시 사색에 젖어드는 시늉을 하면서, 슬그머니 눈을 감았다가, 짧은 머리칼에서 비듬을 털어내기도 하고, 손톱 색깔을 들여다보기도 했다. 그러고는 펜을 들고 쓰기 시작했다.

——플로베르는 철부지다. 제자인 모파상은 어른이다. 예술의 미는 결국, 시민을 향한 봉사의 미다. 이 서글픈 체념을 플로베르는 몰랐고 모파상은 알았다. 플로베르는 자신의 처녀작 『성 앙투안의 유혹』에 대한 잔인한 혹평을 씻어내려 한평생을 허비했다. 뼈를 깎는 고통 속에서 한 작품, 한 작품, 써 내려갔지만, 그때마다 세간의 혹평은 더해만 갔다. 굴욕의 상처는 아물 줄 모르고 곪아갔다. 통증, 그의 마음속에 채워지지 않는 구멍이 점차 넓어지고, 깊어져, 결국엔 죽음에 이르렀다. 걸작의 환영에 사로잡혀, 영원한 아름다움에 취해, 항상 들떠 있다가, 결국 주변사람들은 고사하고, 자기 자신조차 구원할 수 없는 지경에 이르렀다.

2_ 당시 프랑스 문학부 교수는 소설가 다니자키 준이치로의 친구이기도 한 다쓰노 유타카辰野隆, 유명세를 탄 제자는 각각 시인 미요시 다쓰지三好達治와 평론가 고바야시 히데오小林秀雄.

보들레르야말로 철부지. 이상.

교수님, 낙제만은 면하게 해주세요, 같은 말은 쓰지 않았다. 두 번 반복해서 읽어보고 오자가 없다는 것을 확인한 뒤, 왼손에는 외투와 모자를, 오른손에는 답안지 한 장을 들고 자리에서 일어섰다. 내가 일어나자 뒤에 있던 수재가 당황했다. 내 등이 그의 방풍림이었기 때문이었다. 아아. 저 토끼를 닮은 귀여운 수재의 답안지 맨 위에는 신진작가의 이름이 적혀 있다. 나는 당황하는 유명 신진작가를 가엾게 여기며, 추레한 교수에게 의미 있는 듯한 눈빛으로 가볍게 인사를 하고는 답안을 제출했다. 조용조용 시험장을 빠져나오기가 무섭게, 굴러 떨어질듯 계단을 뛰어 내려갔다.

문밖으로 나온 젊은 도적은 어쩐지 서글픈 생각이 들었다. 이놈의 우수憂愁는 대체 뭐란 말인가. 어디서부터 흘러오는 것인가. 그래도 외투 깃을 세우고 은행나무로 둘러싸인 넓은 자갈길을 성큼성큼 걸으며, 배가 고픈 탓이다, 하고 중얼거렸다. 29번 강의실 지하에 큰 식당이 있었다. 그곳으로 발길을 재촉했다.

배고픈 학생들이 커다란 지하식당을 가득 메우고 있었다. 입구에서부터 시작된 긴 뱀 같은 줄이 지상까지 뻗어 있었는데, 줄의 꼬리부분은 은행나무 부근까지 이어져 있었다. 여기서는 십오 전으로 꽤나 풍성한 점심식사를 할 수 있었다. 1정110m이나 되는 긴 줄이었다.

—나는 도적. 희대의 반골. 일찍이 예술가는 사람을 죽이지 않는다. 일찍이 예술가는 물건을 훔치지 않는다. 나. 하찮고 약삭빠른 자.

학생들을 차례차례 밀어젖히고 식당 입구에 다다랐다. 입구에는 작은 종이가 붙어 있었는데, 이렇게 쓰여 있었다.

—여러분의 성원에 힘입어 창업 만 삼 년째를 맞이하였습니다.

이를 기념하는 뜻에서 조촐한 사은품을 준비했습니다.

　사은품들이 입구 한쪽 창가에 줄지어 놓여 있었다. 빨간 보리새우는 파슬리 잎 그늘에서 쉬고 있었고, 삶은 계란을 반으로 자른 단면에는 파란 우무로 '壽[3]'라는 글씨가 세련되게 박혀 있었다. 식당 안을 들여다보니 사은품을 대접받고 있는 학생들의 검은 밀림 속에서 흰 앞치마를 두른 소녀 종업원들이 하늘하늘 춤추듯 바삐 돌아다니고 있었다. 아아, 천장에는 만국기.

　대학 지하에 맴도는 푸른 꽃향기, 낯간지러운 해독제다. 마침 좋은 날에 왔구나. 다 함께 기뻐할지니. 다 함께 기뻐할지니.

　도적은 떨어지는 낙엽처럼 가벼이 퇴각하여, 지상으로 날아올라 긴 뱀의 꼬리에 몸을 구겨 넣더니, 순식간에 흔적을 감추었다.

결투

　외국영화를 흉내 내려던 것은 아니었다. 더도 덜도 말고, 딱 그 놈을 죽여버리고 싶었다. 그리 심각한 동기가 있었던 것은 아니었다. 남자가 나를 꼭 빼닮아서, 세상에 똑같은 것이 둘이나 있을 필요는 없다는 생각 때문도 아니었고, 자기가 내 아내의 옛 애인이라면서 그 이야기를 자연주의 작가들처럼 사람들에게 상세히 나불거리고 다녔기 때문도 아니었다. 상대는 오늘 밤 술집에서 처음 만난 개털 조끼를 입은 젊은 농부였다. 내가 이 남자에게서 술을 훔쳤다. 그것이 동기였다.

- - - - - - - - - - -
3_ 고토부키. 축하, 축복, 경사. 흔히 축의금 겉봉이나 축하선물 위에 쓴다.

나는 북방 외곽지역에 있는 어느 고등학교 학생이었다. 노는 것을 좋아했다. 하지만 구두쇠였다. 친구들에게 담배를 얻어 피웠고, 이발소는 가지도 않았으며, 꾹 참고 모은 돈 오 엔을 남몰래 시내로 가지고 나가서, 한 푼도 남김없이 다 썼다. 하룻밤에 오 엔 이상도 쓸 수 없었고, 오 엔 이하도 쓸 수 없었다. 나는 언제나 오 엔으로 누릴 있는 최대의 효과를 맛봤다. 모아둔 잔돈을 우선 친구의 오 엔짜리 지폐와 맞바꿨다. 손가락이 베일 정도로 새 종이돈이 들어오면 한층 더 마음이 설레었다. 나는 그것을 아무렇게나 주머니에 쑤셔 넣고 시내로 나갔다. 나는 한 달에 한 번이나 두 번 돌아오는 이 외출을 위해 살아가고 있었다. 당시에 나는 원인 모를 쓸쓸함의 늪에 빠져 있었다. 절대 고독과 극도의 의심. 입 밖으로 꺼내는 순간, 추잡해! 니체나 바이런, 하루오[4]보다도 모파상이나 메리메, 오가이[5]가 진짜 같았다. 나는 오 엔짜리 방탕에 목숨을 걸었다.

술집에 가더라도, 결코 의욕적인 모습을 보여주지 않았다. 놀다 지친 척했다. 여름이면, 여기, 시원한 맥주. 겨울이면, 여기, 뜨거운 정종, 하고 말했다. 그뿐이었다. 내가 술을 마시는 것도 단순히 계절 탓인 것처럼 보이도록 했다. 마지못하다는 듯 술을 꼭꼭 씹어 마셔가면서, 미인 호스티스에게는 눈길도 주지 않았다. 어떤 술집이든 매력이라 할 만한 것은 간데없이 사라지고 욕심만 남은 늙은 호스티스가 한 명쯤 있기 마련인데, 나는 그런 여인들에게만 말을 걸었다. 주로 그날의

‧‧‧‧‧‧‧‧‧‧‧

4_ 사토 하루오佐藤春夫(1892~1964). 철학적 서정시인. 『전원의 우울』 등 시적이고 탐미적인 소설을 남겼다.

5_ 모리 오가이森鷗外(1862~1922). 일본근대문학의 아버지. 독일유학시절 사랑을 모티브로 한 『마이히메』를 비롯하여, 『청년』, 『기러기』 등 당시 시대상을 낭만적으로 그렸다.

날씨나 물가에 관한 이야기를 했다. 나에게는 특별한 재능이 하나 있었는데, 그것은 귀신도 눈치채지 못할 만큼 빠르게 테이블 위 빈 병을 세는 것이었다. 정확히 맥주 여섯 병, 정종 열 병이 테이블 위에 늘어선 순간, 나는 생각났다는 듯 재빨리 몸을 일으켜 여기, 계산이요, 하고 낮은 목소리로 중얼거린다. 술값이 오 엔을 넘는 일은 없었다. 나는 일부러 이리저리 주머니에 손을 쑤셔 넣어본다. 돈을 넣어둔 곳을 잊어버린 척하기 위해서다. 마지막으로 생각났다는 듯, 항상 돈을 넣어 두는 바지 주머니 속에 손을 집어넣고는, 주머니 속 오른손을 잠시 꼼지락거린다. 대여섯 장의 지폐를 골라내는 시늉을 한다. 드디어 지폐 한 장을 주머니에서 꺼내어 십 엔짜리 지폐인지 오 엔짜리 지폐인지 확인한 후 호스티스에게 건네준다. 많진 않지만 잔돈은 넣어 둬, 라고 말하고는 뒤도 안 돌아보고 전부 다 준다. 어깨를 움츠린 채 큰 걸음으로 술집을 빠져나와서 학교 기숙사에 도착할 때까지 단 한 번도 돌아보지 않는다. 다음날부터 또다시 잔돈푼을 모으는 생활이 시작된다.

결투의 밤, 나는 '히마와리^{해바라기}'라는 술집에 들어섰다. 감색의 긴 망토를 걸치고, 순백의 가죽 장갑을 끼고서. 한 번 들른 술집에 연달아 두 번 가는 일은 절대로 없었다. 내가 항상 오 엔짜리 지폐를 꺼낸다는 것을 호스티스들이 눈치챌까봐 겁이 났기 때문이었다. '히마와리'를 찾은 것은 두 달 만의 일이었다.

그즈음 나와 어딘가 닮은 구석이 있는 외국 청년 하나가 영화배우로 출세하기 시작했기 때문에, 나도 조금씩 여자들의 눈길을 끌게 되었다. 그 술집 구석 의자에 앉아 있자면, 색색의 기모노를 입은 호스티스 네 명이 모두 내 테이블 앞에 늘어섰다. 겨울이었다. 여기, 뜨거운 정종, 하고 말하며 추운 듯 고개를 움츠렸다. 얼굴이 영화배우를 닮았다는 점이 나에게 직접적인 이익으로 돌아왔다. 나이 어린 호스티스 하나가 내가 가만히 있는데도 담배를 한 개비 가져다주었다.

'히마와리'는 좁고 지저분했다. 한두 자는 돼 보이는 긴 얼굴에 머리카락을 뒤통수로 틀어 올린 여자가, 편안히 턱을 괴고 호두알만 한 앞니를 드러내며 웃고 있는 포스터가 동쪽 벽에 걸려 있었다. 포스터의 가장자리에는 가부토 맥주라는 글씨가 검게 인쇄되어 있었다. 그것과 마주 보는 서쪽 벽에는 한 평 남짓한 크기의 거울이 걸려 있었다. 거울은 금가루를 칠한 틀에 끼워져 있었다. 북쪽 입구에는 붉은색과 검은색 줄무늬의 더러운 면 커튼이 걸려 있고, 그 위쪽 벽에는 늪 근처 초원에서 알몸으로 뒹굴며 활짝 웃고 있는 서양 소녀의 사진이 핀으로 고정되어 있었다. 남쪽 벽에는 종이로 만든 바람개비 한 개가 달려 있었다. 그것이 내 머리 바로 위에 걸려 있었다. 화가 날 정도의 부조화였다. 세 개의 테이블과 열 개의 의자. 중앙에는 스토브. 칸막이는 판자로 되어 있었다. 이 술집에서는 아무래도 마음이 놓이질 않았다. 전깃불이 어두워 그나마 다행이었다.

그날 밤, 나는 이례적인 환대를 받았다. 내가 중년 호스티스의 접대를 받으며 뜨거운 정종 한 병을 마시고 있으려니, 방금 나에게 담배 한 개비를 줬던 어린 호스티스가 갑자기 내 코앞으로 오른손을 들이밀었다. 나는 놀라지 않고 천천히 고개를 들어 그녀의 작은 눈동자를 들여다보았다. 손금 좀 봐주세요. 그때 나는 깨달았다. 입을 다물고 있어도 내 몸에서 예언자의 기운이 강하게 풍긴다는 것을. 그때부터 그들의 이례적인 환대가 시작되었다. 살찐 호스티스 하나는 나를 선생님이라고까지 불렀다. 나는 모두의 손금을 봐주었다. 열아홉 살이네. 호랑이 띠다. 분에 넘치는 남자만 좋아해서 고생이야. 장미꽃을 좋아해. 너희 집

개가 새끼를 낳았어. 모두 여섯 마리. 하나하나 다 맞혀 나갔다. 마른 몸에 시원시원한 눈을 가진 중년의 호스티스는, 남편 둘을 잃었다는 얘기를 듣자, 금세 고개를 떨어뜨렸다. 이런 신기한 적중은 누구보다도 나를 가장 흥분시켰다. 이미 여섯 병의 술병을 비운 뒤였다. 개털 조끼를 걸친 젊은 농부가 입구에 나타난 것은 그때였다.

농부는 내 테이블 바로 옆에 개털의 등을 돌리고 앉아 여기, 위스키, 라고 했다. 개털은 얼룩무늬였다. 농부의 출현으로 한창 흥이 나던 내 테이블도 잠시 차분해졌다. 이미 정종 여섯 병을 마신 것이 뼈아프게 후회됐다. 더 취하고 싶었다. 오늘밤의 환희를 계속해서 누리고 싶었다. 남은 것은 네 병뿐이다. 그것으로는 부족하다. 부족한 것이다. 훔치자. 이 위스키를 훔치자. 호스티스들은 내가 돈이 없어 훔치는 것이 아니라, 예언자다운 특출한 유머 때문이라고 봐주며 오히려 갈채를 보낼 것이다. 이 농부도 술 취한 놈의 정신 나간 짓이라며 웃어넘겨주겠지. 훔치자! 나는 손을 뻗어 옆 테이블에 놓인 위스키 컵을 들어서는 차분하게 입 속으로 털어 넣었다. 갈채는 없었다. 조용해졌다. 농부는 내 쪽을 향해 일어섰다. 밖으로 나와. 그렇게 말하고는 입구 쪽으로 걸어갔다. 나는 히죽히죽 웃으며 농부의 뒤를 따라 나갔다. 지나는 길에 금빛 테두리 속 거울을 흘끗 보았다. 나는 여유롭고 아름다운 청년이었다. 거울 속에는 미소를 머금은 기다란 얼굴이 잠겨 있었다. 나는 마음의 평정을 되찾았다. 자신 있는 척 천으로 된 커튼을 확 젖혔다.

우리는 노란색 로마자로 THE HIMAWARI라고 쓰인 사각 간판 아래 섰다. 옅은 어둠이 내린 문 앞에 호스티스들의 하얀 얼굴 네 개가 동동 떠 있었다.

우리는 다음과 같은 논쟁을 벌이기 시작했다.

──날 바보 취급하지 마.

──바보 취급한 게 아니야. 애교로 봐줘. 이 정도쯤 괜찮잖아."

──나는 농부다. 너 같은 놈이 애교를 떨면 화가 치밀어.

농부의 얼굴을 다시금 들여다보았다. 짧게 깎은 머리와 작은 얼굴, 옅은 눈썹, 쌍꺼풀 없는 눈에 위로 올라가 붙은 까만 눈동자, 거무튀튀한 피부. 키는 나보다 다섯 치[15cm]는 더 작아보였다. 나는 얼렁뚱땅 얼버무려 보려고 했다.

──위스키를 마시고 싶었을 뿐이야. 맛있어 보이더라고.

──나도 마시고 싶었어. 위스키가 아까워. 그뿐이다.

──솔직하군. 귀여운데?

──건방 떨지 마. 기껏해야 학생 아니냐. 면상에 화장이나 하고 다니는 주제에.

──근데 나는 점쟁이란 말이지. 예언자라고. 놀랐지?

──술 취한 척하지 마. 엎드려서 빌어.

──나를 이해하려면 무엇보다 용기가 필요해. 좋은 말 아닌가? 실은 나, 프리드리히 니체야.

호스티스들이 말려주기를 이제나 저제나 기다렸다. 그러나 하나같이 차가운 얼굴로 내가 얻어맞길 기다리고 있었다. 그러는 사이에 나는 얻어맞았다. 오른쪽 주먹이 옆에서 훅 날아와서 재빨리 고개를 움츠렸지만, 열 간[18m] 정도 나가떨어졌다. 나의 흰 줄무늬 모자[6]가 머리를 보호해주었다. 나는 미소를 머금고 일부러 천천히 모자를 주우러 갔다. 매일같이 내린 진눈깨비 탓에 길이 질퍽질퍽했다. 쭈그리고 앉아 진흙투성이가

6_ 당시 각 현마다 한 곳씩 분포되어 있던 국립남자고등학교 '구제[旧制]고교'의 모자.

된 모자를 주워 든 순간, 도망가면 되겠다는 생각이 들었다. 오 엔을 벌 수 있다. 딴 데서 한 잔 더 하는 거다. 나는 두세 걸음 내달렸다. 미끄러졌다. 벌렁 뒤로 나자빠졌다. 짓밟힌 청개구리 꼴이었다. 꼴사납게 더럽혀진 내 몸이 화를 돋웠다. 장갑이나 웃옷, 바지, 그리고 망토까지 모두 진흙투성이였다. 나는 슬금슬금 얼굴을 들고 일어나, 농부가 있는 곳으로 되돌아갔다. 농부는 호스티스들에게 둘러싸여 보호를 받고 있었다. 누구 하나 내 편은 없었다. 그것이 나의 흉포함을 흔들어 깨웠다.

　―답례를 하고 싶군.

　히죽히죽 웃으며 그렇게 말하고는 장갑을 벗어 던지고, 더 비싼 망토마저 진흙 속에 집어 던졌다. 나는 고풍스러운 내 말투와 몸짓이 다소 만족스러웠다. 누가 나 좀 말려줘.

　농부는 슬금슬금 개털가죽 조끼를 벗더니, 그것을 조금 전 나에게 담배를 물려주었던 미인 호스티스에게 넘겨주고는, 한 손을 품속으로 가져갔다.

　―비열한 짓 하지 마.

　내가 자세를 갖추고 주의를 주었다.

　품에서 피리 한 자루가 나왔다. 은으로 된 피리는 간판 불빛에 반짝반짝 빛났다. 은피리는 남편을 둘 잃은 호스티스에게 넘겨졌다.

　농부의 이런 선량함이 나를 돌게 만들었다. 공상이 아니라, 진짜로 이 농부를 죽여야겠다고 마음먹었다.

　―덤벼!

　그렇게 외치며, 나는 농부의 정강이를 진흙투성이 구두로 힘껏 걷어찼다. 차서 넘어뜨린 후 놈의 투명한 눈알을 빼버릴 것이다. 하지만 진흙 묻은 구두는 허무하게 허공으로 날아갔다. 내 몰골은 흉하기 그지없었다.

서글펐다. 뜨거운 주먹이 내 왼쪽 눈과 큰 코 사이를 명중했다. 눈에서 시뻘건 불꽃이 튀었다. 그것을 본 나는 비틀거리는 척했다. 오른쪽 귓불에서 철썩 하는 소리가 들렸다. 큰 손바닥이 명중했다. 나는 두 손으로 흙탕물 바닥을 짚었다. 눈 깜짝할 사이에 농부의 한쪽 다리를 꽉 물었다. 다리치고는 단단했다. 길가의 백양나무 둥치였던 것이다. 나는 흙탕물 속에 엎드려 엉엉 울고 싶었지만, 슬프게도 눈물은 한 방울도 나오지 않았다.

검둥이

검둥이는 대체로 우리에 갇혀 있었다. 한 평 정도 되는 우리 안 깜깜한 구석에 통나무 의자가 하나 놓여 있었다. 검둥이는 거기 앉아 수를 놓고 있었다. 저렇게 어두운데 어떻게 수를 놓지? 궁금하게 여긴 소년은 빈틈없는 신사처럼, 코 양옆에 깊은 주름을 만들어서는 입술을 일그러뜨리며 코웃음을 쳤다.

일본 서커스단이 검둥이 한 마리를 데려왔다. 마을이 술렁거렸다. 검둥이가 사람을 잡아먹는다고 했다. 새빨간 뿔이 돋아 있다는 말도 있고, 온몸이 꽃무늬로 울긋불긋하다는 말도 있었다. 소년은 사람들의 말을 조금도 믿지 않았다. 소년은 생각했다. 실은 마을 사람들도 이런 얘기를 믿고 떠들어 대는 건 아니다. 평소에 꿈이 없는 생활을 하기 때문에 제멋대로 전설을 만들어내어 믿는 것이다. 소년은 마을 사람들이 아무 생각 없이 주고받는 거짓말을 들을 때마다, 이를 갈고 귀를 틀어막으며 집을 향해 뛰어갔다. 소년은 마을사람들의 소문이 엉터리라고 생각했다. 어째서 사람들은 더 중요한 이야기를 하지 않을까? 검둥이는 암컷이라지 않는가.

서커스단 악대는 좁은 마을길을 누비며 선전을 하고 다녔다. 60초도채 걸리지 않아 마을의 구석구석까지 알릴 수가 있었다. 마을에는 외길양쪽으로 3정330m 정도 초가집이 늘어서 있을 뿐이었다. 악대는 마을변두리로 나와서도 걸음을 멈추지 않고, <반딧불이의 빛>을 반복해서연주하면서 유채꽃 밭 사이를 성큼성큼 걸어 나갔다. 모내기가 한창인논에서 좁은 논두렁을 일렬로 걸어 나가서, 마을 사람 모두의 마음을들뜨게 한 뒤 다리를 건너고 숲을 지나, 5리가량 떨어진 이웃 마을에다다랐다.

마을 동쪽 끝에 소학교가 있었는데, 그 소학교의 동쪽 옆에는 목장이있었다. 백 평 정도의 목장은 토끼풀로 잔뜩 뒤덮여있었고, 소 두 마리와돼지 여섯 마리가 뛰어 놀고 있었다. 서커스단은 이 목장에다 무대로쓸 쥐색 천막을 설치했다. 소와 돼지는 목장 주인의 헛간으로 옮겨졌다.

그날 밤, 마을 사람들은 수건으로 뺨을 감싸고 두세 사람씩 어울려천막 안으로 들어왔다. 관객은 육칠십 명. 소년은 어른들을 밀치면서,맨 앞줄로 나왔다. 동그란 무대 주변으로 둘러쳐진 굵은 로프에 턱을괴고 가만히 앉아 있었다. 이따금 살포시 눈을 감고 황홀한 표정을지었다.

곡예가 시작되었다. 통. 몸에 딱 들러붙는 옷. 채찍 소리. 그리고비단. 늙고 깡마른 말. 김빠진 갈채. 카바이드등. 스무 개쯤 되는 가스등이오두막 여기저기에 늘어서 있고, 한밤의 벌레들이 그리로 하늘하늘모여들고 있었다. 천막천이 모자랐는지, 천장에는 열 평 남짓의 구멍이뚫려 있었다. 거기로 별이 총총한 밤하늘이 올려다 보였다.

두 남자가 검둥이 우리를 밀며 등장했다. 우리 밑에 바퀴가 달려 있어서 드르륵드르륵 소리를 내면서 무대로 나왔다. 수건으로 볼을 감싼 관객들의 고함과 박수. 소년은 내키지 않는다는 듯 눈썹을 치켜뜨고 조용히 우리 안을 관찰했다.

소년의 얼굴에서 비웃음의 그림자가 사라졌다. 자수는 일장기였다. 소년의 심장은 콩닥콩닥 희미한 소리를 내며 뛰었다. 군대나, 그 밖에 군대 비슷한 개념 때문은 아니었다. 검둥이가 소년을 속이지 않았기 때문이었다. 정말로 자수를 하고 있었다. 일장기 자수는 간단하니 어둠 속에서도 손으로 더듬거리며 할 수 있었다. 고마운 일이다. 이 검둥이는 정직하다.

이윽고 연미복을 입은 회색 수염의 단장이 나와서, 그녀에 대한 짧은 내력을 이야기했다. 그런 뒤 켈리, 켈리, 하고 우리를 향해 두 번 외치곤, 오른손에 든 채찍을 멋들어지게 흔들었다. 채찍 소리가 소년의 마음을 간기간기 찢어놓았다. 단장에게 질투를 느꼈다. 검둥이는 일어났다.

채찍 소리에 겁먹은 검둥이는 천천히 두세 개의 곡예를 했다. 그것은 외설스러운 곡예였다. 소년 외에 다른 손님들은 그걸 모른다. 사람을 잡아먹는지, 새빨간 뿔이 있는지, 그런 것들만이 문제였다.

검둥이는 푸른 골풀로 만든 도롱이 하나를 걸치고 있었다. 기름을 담뿍 발라 구석구석까지 반지르르했다. 끝으로 검둥이가 노래 한 곡을 불렀다. 반주는 단장의 채찍소리였다. 샤―봉, 샤―봉, 하는 간단한 가사였다. 소년은 그 노래의 울림이 좋았다. 아무리 형편없는 말이라도 그 속에 애절한 마음이 담겨 있다면, 반드시 사람을 감동시키는 법이다. 다시 눈을 꼭 감았다.

그날 밤, 소년은 검둥이를 떠올리며 몸을 더럽혔다.

다음날, 소년은 등교를 했다. 교실 창문을 타 넘고, 뒤편 개울로 뛰어내려, 서커스단 천막을 향해 달렸다. 천막 틈새로 어둑한 내부를 엿보았다. 서커스단 사람들이 무대 가득 어지러이 이불을 깔고 애벌레처럼 나뒹굴며 자고 있었다. 학교종이 울렸다. 곧 수업이 시작되겠지. 소년은 움직이지 않았다. 검둥이가 없었다. 아무리 찾아봐도 보이지 않았다. 학교는 고요해졌다. 수업이 시작된 것이다. 제2장, 알렉산더 대왕과 그의 의사 필립. 옛날 유럽에 알렉산더 대왕이라는 영웅이 있었다. 교실에서 한 소녀의 낭랑한 책 읽는 소리가 들려왔다. 소년은 움직이지 않았다. 소년은 믿고 있었다. 그 검둥이는 보통 여자다. 평소에는 우리에서 나와 다른 여자들과 어울려 노는 게 분명하다. 물을 긷거나, 담배를 피우거나, 일본말로 화를 내기도 하는, 그런 여자다. 소녀의 낭독이 끝나고, 교사의 둔탁한 목소리가 들려왔다. 여러분, 신뢰는 미덕입니다. 알렉산더 대왕에게는 이 미덕이 있었기 때문에, 사명을 완수할 수 있었습니다. 여러분. 소년은 여전히 꼼짝하지 않았다. 여기 없을리가 없다. 우리는 분명 텅 비어 있을 것이다. 소년은 어깨를 움츠렸다. 이렇게 엿보는 동안 검둥이가 몰래 내 뒤로 다가와 어깨를 감싸 안을지도 모른다. 그 때문에 등 뒤도 방심하지 않고 검둥이가 감싸 안기 좋도록 어깨를 작게 움츠렸다. 검둥이는 아마도 자수로 만든 일장기를 줄 것이다. 그때 나는 약점을 보이지 않고 이렇게 말한다. 나까지 몇 번째야.

검둥이는 나타나지 않았다. 천막에서 나온 소년은 소매 끝으로 좁은 이마의 땀을 닦으며 어슬렁어슬렁 학교로 돌아왔다. 열이 났어요. 폐가 좋지 않대요. 하카마에 목이 긴 구두를 신은 늙은 남자 선생을 감쪽같이 속였다. 소년은 자리에 앉아서도 콜록콜록 가짜 기침을 해댔다.

마을 사람들의 이야기에 따르면, 검둥이는 우리에 갇힌 채, 마차에 실려 마을을 떠났다고 한다. 단장은 자신의 몸을 지키기 위해, 권총 한 자루를 품속에 몰래 감추고 있었다.

太宰治

彼は昔の彼ならず

그는 예전의 그가 아니다

「그는 예전의 그가 아니다」

1934년 10월, 잡지 『세기世紀』에 발표됐다.

「그는 예전의 그가 아니다^{He is not what he was}」는 1930년대 청년들의 '자의식 과중과 근대인의 무성격無性格'을 다루고 있는데(쓰루야 겐조), 여기서 무성격이란, 당시 일본사회에서 유행하던 성격이 분명하지 않고 개성이 거의 느껴지지 않는 것을 말한다.

이렇다 할 개성 없는 '백수청년 집주인'과 언제나 남의 개성을 흉내 내는 '백수청년 세입자'가 묘하게 얽히고설키며 살아가는 이 이야기 속에서, 각각의 인물에 투영되어 있는 다자이의 모습과 실업자로 넘쳐나던 당시 일본사회의 '무성격' 젊은이들의 삶을 엿볼 수 있다.

너에게 삶의 방식을 하나 알려줄까? 알고 싶다면, 우리 집 빨래 너는 곳으로 와. 거기서 조용히 일러줄게.

우리 집 빨래 너는 곳은 전망이 참 좋지? 교외의 공기는 깊으면서도 가벼워. 집들도 드문드문 떨어져 있고. 앗, 조심해! 네가 서 있는 그 나무판자는 이제 막 썩기 시작했으니까. 좀 더 이쪽으로 오는 게 좋겠어. 봄바람이야. 이런 식으로 귓불을 살살 간질이며 지나가는 건 남풍의 특징이지.

여기서 이렇게 죽 둘러보니, 교외의 지붕들이 다 제각각이란 생각이 들지 않아? 너는 분명, 긴자나 신주쿠 백화점 옥상정원에 있는 나무 울타리에 턱을 괴고 기대서, 멀리 거리에 늘어선 백만 개의 지붕들을 하릴없이 내려다본 적이 있을 거야. 모두 같은 크기, 같은 모양, 같은 빛깔. 밀치락달치락 서로 덮이고 덮으며 늘어선 백만 개의 지붕들은, 세균과 먼지로 희뿌옇게 혼탁해진 불그스름한 거리의 안개 속으로 잠기고 있었겠지. 거기 지붕 아래를 떠도는 수백만 개의 일률적인 삶을 떠올리며, 눈을 감고 깊은 한숨을 내쉬었을 거야. 하지만 보다시피, 교외의 지붕들은 달라. 지붕 하나하나가 느긋하게 존재의 이유를 드러내고 있어. 저기 저 가늘고 긴 굴뚝은 모모노유라는 목욕탕에 딸린 것인데, 거기서 나오는 푸른 연기가 바람길을 따라 조용히 북쪽으로 흘러가고 있어. 굴뚝 아래 빨간 서양식 기와집은, 누군지는 몰라도 유명한 아무개 장군의 집인데, 매일 저녁 그 근방에서 요쿄쿠^{能의 선율} 가락이 들려와. 빨간 기와집 부근에서 너도밤나무 가로수길이 구불구불 남쪽으로 뻗어 있고, 가로수길이 끝나는 곳에 하얀 벽이 희미하게 빛나고 있어. 전당포 창고지. 서른을 갓 넘긴 아담한 체구의 영리한 여주인이 경영하고 있는데, 이 사람은 길가에서 나를 만나도 못 본 척해. 상대방의 명예를 배려해서 말이야. 창고 뒤편에는 날개의 골격 같은 잎이 버스럭버스럭 달려있는 꾀죄죄한 나무가 대여섯 그루 서 있는데, 종려나무야. 그 나무로 뒤덮인 낮은 양철지붕은 미장이네 집인데, 그 미장이는 지금 감옥에 있어. 자기 부인을 때려 죽였거든. 부인이 미장이가 아침마다 누리는 궁지에 상처를 냈기 때문이지. 미장이네 집은 매일 아침, 반홉씩 우유를 마실 만큼의 여유는 있었는데, 그날 아침 부인이 그만 실수로 우유병을 깨뜨렸거든. 부인은 그것을 대수롭지 않게 생각했지. 미장이는 거기에 불끈 화가 치밀어 올랐어. 부인은 그 자리에서 숨을 거뒀고, 미장이는 감옥에 갇혔지. 요전에 열 살쯤 된 그 집 아들이 역 앞 매점에서 신문을 사서 읽는 걸 봤는데, 하지만 내가 너에게 알려주려고 하는 생활 방식은, 이런 평범한 것이 아니야.

이쪽으로 와 봐. 동쪽은 전망이 한층 더 좋아. 집들도 한결 드물어졌지. 저기 우리 시야를 가로막고 있는, 작고 검은 숲이 보이지? 삼나무 숲이야. 그 안쪽에 오곡의 신을 모시는 신사가 있어. 숲 언저리에 난데없이 환한 저곳은 유채꽃 밭이고, 그 앞으로 백 평 정도 되는 공터가 보이지? 푸른 글씨로 용이라고 적힌 종이연이 떠올라 있는 저 곳. 연에 붙은

긴 꼬리 가 보이나? 그 꼬리 끝에서 쭉 아래로 선을 그어 보면, 딱 공터의 북동쪽 구석으로 떨어져. 벌써 그 아래 우물을 보고 있군. 아니, 우물물을 펌프로 길어 올리는 젊은 여자를 말이야. 그걸로 됐어. 처음부터 난, 저 여자를 네게 보여주고 싶었어.

새하얀 앞치마를 두르고 있잖아. 저 여인은 어느 댁 부인이야. 물을 다 길어 올리고, 오른손에 양동이를 든 채, 비틀비틀 걸어가는군. 어느 집으로 들어갈까? 공터의 동쪽에는 굵은 대나무가 이삼십 그루 한데 모여 자라고 있어. 저길 좀 봐. 여자는 저 대나무 사이를 지나면, 휙 하고 자취를 감춰버릴 거야. 그것 봐. 내가 말한 대로지? 안 보이잖아. 하지만 신경 쓸 것 없어. 나는 저 여자가 어디로 가는지 다 알고 있으니까. 대나무 숲 뒤로 뿌옇게 발그스름한 빛이 맴돌지? 홍매화나무가 두 그루 있는데, 꽃망울이 부풀어 오르기 시작했어. 저 옅고 붉은 안개 아래, 검은 빛이 도는 일본식 기와지붕이 있잖아. 저기 저 지붕이야. 저 지붕 아래, 아까 그 여자와, 그 사람 남편이 살고 있어. 이렇다 할 것 없는 평범한 저 지붕 아래, 자네에게 알려주고 싶은 생활의 방식이 있지. 이리 와 앉아 봐.

그 집은 원래 내 것이다. 다다미 석 장짜리, 넉 장 반짜리, 그리고 여섯 장짜리, 이렇게 방이 세 개다. 방은 짜임새도 괜찮고, 빛도 꽤 잘 든다. 열세 평가량 되는 뒤뜰에는, 홍매화나무 두 그루 말고도, 꽤 큰 백일홍도 있고, 철쭉도 다섯 그루는 있다. 작년 여름에는 현관 앞에 남천을 심어주었다. 그렇게 한 달 집세가 십팔 엔이다. 비싸다고는 생각하지 않는다. 이십사오 엔 정도 받고 싶었지만, 역에서 조금 멀었기 때문에 그럴 수도 없었다. 비싸다고는 생각 안 한다. 그런데도 집세가 일 년이나 밀렸다. 집세는 원래 그대로 다 내 용돈이 되는 거였는데, 일 년 동안 그 돈을 받지 못한 탓에, 만나는 사람들에게 체면이 서질 않는다.

지금 살고 있는 남자에게 집을 빌려준 것은, 작년 3월이었다. 뒤뜰의 철쭉이 어린 새싹을 틔우기 시작한 무렵이었다. 그전에는 한때 수영 선수로 이름을 날렸던 은행원이 젊은 아내와 둘이서 살았다. 은행원은 소심해 보이는 남자였는데, 술도 안 하고, 담배도 안 피웠지만, 여자를 좋아했다. 그게 원인이 돼서 부부싸움을 자주 했다. 하지만 집세만큼은 늘 제때 지불했기 때문에, 그들에 대해 나쁘게 이야기할 마음은 없다. 은행원은 햇수로 삼 년 살다가, 나고야에 있는 지점으로 좌천되었다. 올해 연하장에는 유리라는 여자아이의 이름과 부부의 이름까지, 모두 세 명의 이름이 쓰여 있었다. 은행원이 살기 전에는 서른 살 정도 되는 맥주회사 기술자가 살았다. 어머니, 여동생과 함께 살았는데, 가족 모두 붙임성이라고는 없는 사람들이었다. 기술자는 옷차림에 무관심한 사람이어서, 늘 청색 작업복을 입고 다녔다. 훌륭한 시민인 듯 보였다. 어머니는 하얗게 샌 머리를 짧게 자른 기품 있는 분이었다. 누이동생은 스무 살 남짓의 아담하고 여윈 소녀로, 화살촉 무늬의 견직물을 좋아했다. 그런 가족을 두고 조신하다고 하는 걸 것이다. 반년 정도 살더니 시나가와 쪽으로 이사 갔는데, 그 뒤의 소식은 모른다. 당시에는 세든 사람들에게 조금씩 불만이 있기도 했지만, 지금 생각해보면 기술자고, 수영 선수고 간에 다들 세를 주는 입장에서는 좋은 사람들이었다. 말하자면, 세입자 운이 좋았다. 그랬는데 세 번째 세입자 때문에 완전히 마이너스가 돼버렸다.

녀석은 지금쯤 그 지붕 아래서 천천히 호프^{담배 상품명}를 피우며 잠자리에 들었을 것이다. 그렇다. 호프를 피운다. 돈이 없을 리가 없다. 그러면서도 집세를 안 낸다. 처음부터 돼먹지 못한 놈이었다. 어둑어둑한 황혼녘, 우리 집을 찾아와서 기노시타라고 이름을 밝혔다. 현관에 우뚝 서서는, 붓글씨를 가르치는 교실로 댁의 집을 빌려 쓰고 싶습니다, 하며 엉겨붙는 말투에 묘하게 사람 좋은 표정으로 말했다. 바싹 마른 체격에 키가 작달막하고 얼굴은 갸름한 청년이었다. 어깨에서 소매 끝까지 각이 잘 잡힌 무명 겹옷을 입고 있었다. 감색바탕에 잔무늬가 그려진 빳빳한 새 옷이었다. 분명 청년으로 보였다. 나중에 안 사실이지만, 마흔두 살이라고 했다. 나보다 열 살이나 더 많았다. 남자의 입가나 눈 밑에 처진 주름을 보면, 청년이라고 하기에는 늙어 보였지만, 그래도 마흔두 살은 거짓말 같았다. 하기야 그 정도 거짓말쯤 그 남자에게는 별반 대수로울 것도 없는 일이다. 처음 우리 집에 왔을 때부터 이미 상당한 거짓말을 쏟아내고 있었다. 그의 제안에 나는, 좋으시다면, 하고 답했다. 그때까지만 해도, 세입자의 신분에 대해 그다지 깊이 파고들지는 않았다. 실례라고 생각했다. 보증금을 두고 그는 이렇게 말했다.

"보증금은 월세의 2개월 치입니까? 아, 그렇군요. 저, 실례지만, 그렇다면 오십 엔을 먼저 드리겠습니다. 아뇨, 저도 가지고 있어 봤자, 쓰기만 하니까요. 그 뭡니까, 저금 같은 거랄까요? 후훗. 내일 아침 당장 이사하겠습니다. 보증금은 그때 인사도 할 겸 가지고 오겠습니다. 그렇게 해도 될까요?"

이렇게 나오는 것이었다. 안 될 건 없었다. 거기다 나는 다른 사람들의 말을 그대로 믿어주자는 주의였다. 누가 나를 속인다면, 그건 속인 쪽이 나쁜 것이다. 내가 답했다. 상관없습니다, 내일이건, 모레건 아무 때나 주십시오, 하고 대답했다. 남자는 애교 섞인 미소를 지어 보이더니,

고개 숙여 인사를 하고 조용히 돌아갔다. 놓고 간 명함에 주소는 없었고, 가로쓰기로 기노시타 세이센木下青扇이라는 이름만 박혀 있었다. 이름 오른쪽 위에 자유천재파 붓글씨 교수라는 작고 지저분한 펜글씨가 쓰여 있었다. 나는 별 생각 없이 너털웃음을 터뜨렸다. 다음날 아침, 세이센 부부는 트럭 한가득 두 번이나 살림살이를 실어 나르며 이사를 했지만, 보증금 오십 엔은 주지 않았다. 주긴 줄 건가.

이사 온 날 오후 늦게, 세이센이 부인과 함께 인사를 왔다. 그는 노란 털실재킷에, 요란스러운 각반을 차고, 옻칠한 여성용 게다왜나막신를 신고 있었다. 내가 현관으로 나가자, "아아, 드디어 이사가 끝났습니다. 이런 차림, 이상하지요?" 하면서 내 얼굴을 들여다보더니, 활짝 웃었다. 나는 어쩐지 멋쩍어서, 힘들었겠소, 하고 대충 얼버무리면서도, 웃음으로 답해주었다.

"집사람입니다. 잘 부탁합니다."

세이센은 뒤에 오도카니 서 있는 덩치 큰 여자를 턱으로 가리켰다. 우리는 인사를 나누었다. 여자는 삼 잎 무늬가 그려진 푸르스름하고 수수한 기모노에, 붉은색 겉옷을 겹쳐 입고 있었다. 나는 부인의 볼록하고 부드러운 얼굴을 흘끗 보고는, 가슴이 덜컥 내려앉았다. 아는 얼굴은 아니었는데, 그래도 강렬하게 와 닿는 무언가가 있었다. 얼굴은 뚫어질 듯 투명했고, 한쪽 눈썹은 바짝 위로 올라가 있었으며, 다른 쪽 눈썹은 얌전했다. 눈매는 살짝 가는 편이었고, 얇은 아랫입술을 가볍게 깨물고 있었다. 처음에는 화난 것처럼 보였지만, 곧 그게 아니라는 걸 알아챘다. 부인은 인사를 하고 나서, 세이센 뒤에 숨어 작은 봉투 하나를 살그머니 현관 선반 위에 올려놓았다. 낮지만 분명한 어조로, 작은 성의입니다, 하고 말했다. 그러더니 다시 한 번 천천히 고개를 숙였다. 인사를 할 때도 역시, 한쪽 눈썹이 올라가 있었고, 아랫입술을 깨물고 있었다. 이게 이 사람의 평소 버릇이구나, 싶었다. 나는 세이센 부부가 돌아간 뒤에도, 한동안 멍하니 있었다. 갑자기 불쾌한 생각이 들었다. 보증금에 관한 일도 있고, 무엇보다 어쩐지 당했다는 느낌을 지울 수가 없었다. 나는 현관 선반으로 다가가, 이상하리만치 커다란 봉투를 집어 들고, 안을 들여다보았다. 메밀국수 가게에서 발행한 오 엔짜리 무료티켓이었다. 도통 영문을 알 수가 없었다. 오 엔짜리 티켓이라니, 이 무슨 바보 같은 짓이란 말인가! 문득 꺼림칙한 생각이 들었다. 혹시 이걸 집세 보증금이라고 들고 온 건 아니겠지? 그럴지도 모른다. 혹시라도 그런 것이라면, 지금 당장 돌려주지 않으면 안 된다. 나는 숨이 턱턱 막혀서, 메밀국수 티켓이 든 봉투를 가슴속에 찔러 넣고, 세이센 부부의 뒤를 쫓아 집을 나섰다.

세이센과 부인은 아직 그들의 새 거처로 돌아와 있지 않았다. 집에 가는 길에 장이라도 보러 간 것이라 생각하고, 그들이 허술하게 열어 두고 나간 문을 밀치고, 집 안으로 들어갔다. 거기서 기다리자는 생각에 서였다. 평소 같으면 이런 난폭한 행동까지는 하지 않는데, 품속에 있는 오 엔짜리 티켓 덕에 조금 미쳐 있었던 듯하다. 나는 현관으로 들어가 다다미 세 장짜리 방을 지나, 여섯 장짜리 거실로 들어갔다. 이사하는 데 익숙해져 있는 듯, 벌써 가재도구들을 대강 정리해두고 있었다. 도코노마[1]에는 연분홍 꽃이 두세 송이 피어 있는 명자나무를 심어놓은 질그릇 화분이 놓여 있었다. 임시로 표구한 족자에는 북두칠성, 네 자가 쓰여 있었다. 문구도 문구지만, 서체도 우스꽝스러웠다. 풀칠할

1_ 전통 일본식 방 안쪽, 단을 조금 높게 한 공간에 꽃병이나 족자 등을 장식하는 곳.

때 쓰는 빳빳한 붓으로 써내려 간 것처럼, 터무니없이 뚱뚱한 글씨체가 막무가내로 번져 있었다. 낙관이랄 것도 없었지만, 척 보니 세이센 글씨였다. 이런 걸 두고 자유천재파라고 하나 보다. 나는 안쪽에 있는 다다미 네 장 반짜리 방으로 들어섰다. 옷장이나 화장대가 단정하게 자리를 잡고 있었다. 머리가 갸름하고 다리는 거대한, 나부裸婦의 데생한 장이 끼워진 동그란 유리 액자가, 화장대 바로 옆에 걸려 있었다. 부인의 방일 것이다. 아직 깨끗한 뽕나무 화로와, 그것과 세트처럼 보이는 작고 예쁜 뽕나무 차받침이 벽 쪽에 놓여 있었다. 불을 피운 화로에 철 냄비가 걸려 있었다. 나는 아궁이 옆에 앉아 담배를 피웠다. 막 이사 온 새 집은 어딘가 사람을 감상적으로 만드는 데가 있다. 액자를 걸지 말지, 아궁이를 어디에 놓을지에 대한 논쟁을 벌이면서, 새로운 생활을 꾸려 나갈 이들의 생기가, 내게도 전해졌다. 담배를 한 개비 피운 뒤 자리에서 일어섰다. 5월이 되면 다다미를 바꿔주자. 그런 생각을 하면서, 현관 밖으로 나가서, 그 옆 사립문을 열고 뜰 안쪽으로 들어갔다. 그러고는 거실 툇마루에 걸터앉아, 세이센 부부를 기다렸다.

세이센 부부는 뜰에 자란 백일홍 줄기가 저녁놀에 붉게 물들 무렵이 되어서야 집으로 돌아왔다. 예상했던 것처럼 장을 보러 다녀온 것 같았다. 세이센은 빗자루를 어깨에 걸치고 있었고, 부인은 갖가지 물건을 담은 양동이를 묵직하게 오른손에 늘어뜨리고 있었다. 사립문을 열고 들어왔기 때문에 내 모습을 알아챘을 것인데, 별달리 놀라는 기색도 없었다.

"어, 주인어른 오셨습니까?"

세이센이 빗자루를 든 채로 가볍게 고개를 숙이며 웃었다.

"어서 오세요."

부인도 언제나처럼 눈썹을 치켜뜨고는, 그래도 전보다는 상당히 편안해진 모습으로, 살며시 하얀 이를 드러내 보이며 인사했다.

나는 내심 당황했다. 오늘 보증금에 대한 말은 못 꺼내겠다. 하지만 메밀국수 티켓만큼은 확실히 해두자고 생각했다. 그러나 그것도 실패로 돌아갔다. 나는 되려 세이센과 악수까지 나누고, 거기다가 주책없이 서로를 위해 만세까지 불렀다.

세이센이 하자는 대로, 나는 툇마루에서 거실로 올라섰다. 세이센과 마주 앉아서, 어떻게 말을 꺼내면 좋을까, 그 생각만 하고 있었다. 부인이 타준 차를 한 모금 마시는데, 세이센이 벌떡 일어서더니 옆방에서 장기판을 가지고 나왔다. 알다시피, 나는 장기를 좀 둘 줄 알았다. 한 판 정도 함께 두는 것도 나쁘지 않겠다고 생각했다. 손님과 제대로 대화도 하지 않고 조용히 장기판을 꺼내 드는 것은, 장기를 좀 둔다고 우쭐대는 사람들이 자주 쓰는 수법이다. 좋다, 덤벼 봐라. 나도 조용히 미소를 머금고, 장기 말을 놓았다. 세이센의 장기 두는 방식은 무척 독특했다. 상당히 빨랐다. 이쪽도 거기에 말려서 빨리 두다 보면, 어느새 왕을 빼앗겼다. 세이센에게는 그런 습성이 있었다. 말하자면, 기습이었다. 나는 계속 지기만 했고, 그러는 동안 점점 빠져들게 되었다. 방이 약간 어두컴컴해졌기 때문에, 툇마루로 나가 계속 두었다. 결국은 10대 6 정도로 내가 졌는데, 둘 다 아주 녹초가 되었다.

세이센은 경합 중에 아무 말도 하지 않았다. 나는 굳어 있던 책상다리를 풀고, 비스듬하게 몸을 젖혔다.

"실력이 비슷한데요?" 그는 장기 말을 상자에 담으며, 진지하게 중얼거렸다. "잠시 눕지 않으시겠습니까? 아아아, 지쳤습니다."

나는 실례한다며 다리를 폈다. 뒤통수가 지끈지끈 아팠다. 세이센도 장기판을 옆으로 밀어두고, 툇마루에 길게 드러누웠다. 그렇게 턱을 괴고서 어둠이 내리기 시작한 안뜰을 바라보던 세이센이,

"우와, 아지랑이!" 하고 나지막이 외쳤다. "신기합니다. 보십시오. 지금 시기에 아지랑이가 다 피는군요."

나도 툇마루 끝으로 기어 나와, 검고 축축한 흙을 바라보았다. 퍼뜩 정신이 들었다. 아직 용건은 하나도 말하지 못 했는데, 장기까지 두고 아지랑이를 찾으며, 얼빠진 짓을 하고 있다는 데 생각이 미쳤다. 나는 서둘러 고쳐 앉으며 말했다.

"기노시타 씨. 이건 좀 곤란합니다." 그러면서 메밀국수 티켓이 담긴 봉투를 품에서 꺼냈다. "이건, 받을 수 없습니다."

세이센이 깜짝 놀란 얼굴로 벌떡 일어나 앉았다. 나도 자세를 바로 했다.

"작은 성의였는데요."

부인이 툇마루로 나와 내 얼굴을 들여다보았다. 방안에서 어렴풋이 전등불빛이 새어 나왔다.

"그래요, 그렇군요." 세이센은 조급하게 고개를 끄덕이며 눈썹을 찡그렸다. 멀리 있는 무언가를 보고 있는 듯했다. "그러면 우선, 밥이라도 먹읍시다. 이야기는 나중에 천천히 하도록 하지요."

여기서 밥을 얻어먹고 싶지는 않았지만, 일단 메밀국수 티켓 일을 매듭지어야 했기에, 부인을 따라 방으로 들어갔다. 그러지 말았어야 했다. 술을 마셔버렸다. 부인이, 한 잔 받으세요, 라고 했을 때, 이거일 났네, 싶었다. 그래도 두세 잔 마시자, 마음이 점차 누그러들었다.

처음에는 세이센을 자유천재파라고 놀려주려는 생각에서, 도코노마에 걸려 있는 족자를 돌아보며, 이게 자유천재파 풍입니까? 하고 물었다.

그러자 세이센이 취해서 충혈 된 눈을 더욱 빨갛게 부릅뜨더니, 괴로운 듯 웃기 시작했다.

"자유천재파요? 아아. 그건 거짓말입니다. 요즘 집주인들은 직업이 없으면 집을 빌려주지 않는다는 얘기를 들었지요. 뭐, 그래서 그런 엉터리 거짓말을 한 겁니다. 화내지는 마십시오." 그러면서 다시 한바탕 자지러지게 웃었다. "저건 고물상에서 발견한 겁니다. 이런 말도 안 되는 서예가도 있구나 싶어서 삼십 전인가 주고 사 왔습니다. 문구도 북두칠성이라고만 쓰여 있으니, 아무 의미도 없다는 게 더 마음에 들었습니다. 저는 조악한 물건을 좋아하거든요."

나는 세이센이 어지간히 오만한 남자가 아니란 생각이 들었다. 오만한 남자일수록, 일부러 자기 취미를 비틀어댄다.

"실례지만 무직이십니까?"

다시 오 엔짜리 티켓이 신경 쓰이기 시작했다. 무슨 꿍꿍이가 있는 것 같았다.

"그렇습니다." 세이센은 술을 머금고 아직도 히죽히죽 웃고 있었다. "하지만 걱정하실 필요는 없습니다."

"아니, 그게 아니라." 나는 되도록이면 데면데면하게 대하려고 애썼다. "확실히 해두고 싶은데, 저는 이 오 엔짜리 티켓이 마음에 걸립니다."

부인이 내게 술을 따르면서 말했다.

"그건," 통통하고 작은 손으로 옷깃 언저리를 고쳐 매며 웃었다. "다 저희 남편 탓이에요 이번 주인어른은 젊고 선량한 분이라고, 그렇게 말하기에, 제가, 무리하게 그런 이상한 티켓을 만들게 한 거거든요. 정말로요."

"그렇습니까?" 나는 무심코 웃음을 터뜨렸다. "그렇군요. 저도 놀랐습

니다. 집세 보증금으로, ……." 얼떨결에 새어 나오려던 말을 하다
말고 입을 다물었다.

"그렇습니까?" 세이센이 내 말투를 흉내 내며 말했다. "알겠습니다.
보증금은 내일 가지고 가겠습니다. 오늘은 은행이 쉬는 날이어서요."

그러고 보니 오늘은 일요일이었다. 우리는 이유도 없이 다 같이
자지러지게 웃었다.

나는 학창시절부터 천재라는 말이 좋았다. 롬브로조[2]나 쇼펜하우어
의 천재론을 읽고, 남몰래 천재다운 사람을 찾아다녔지만, 어지간해서는
눈에 띄지 않았다. 고등학교 때 역사를 담당하던 젊은 대머리 선생이
전교생의 이름과 출신 중학교를 모조리 외우고 있다는 소문을 듣고,
그가 천재가 아닐까 하고 주목했는데, 그렇다고 하기에는 강의가 너무
물러 터졌다. 나중에 안 일이지만, 학생들의 이름과 출신학교를 암기
하는 것이 이 선생의 유일한 자랑거리고, 그것들을 기억해두기 위해서
뼈와 살과 내장이 썩어 문드러질 정도로 대단한 노력을 기울였다고
한다. 지금 이렇게 세이센과 마주 앉아 이야기하고 있자니, 골격이며,
머리 생김새며, 눈동자 색깔이며, 말투나 어조 같은 것들이, 롬브로조나
쇼펜하우어가 규정한 천재의 특징과 똑 닮았다는 생각이 들었다. 분명
그때는 그렇게 생각했다. 창백하고 수척한 몸. 작은 키에 굵고 짧은
목. 꾸며내는 듯한 콧소리.

술이 꽤 돌고 나서, 내가 세이센에게 물었다.

"조금 전에 직업이 없다고 하셨는데, 그럼 무슨 연구라도 하시는
겁니까?"

. . . .
2_ 이탈리아 정신과 의사(1835~1909). 신체적, 정신적 특징이 범죄에 미치는 영향을 연구했다.

"연구요?" 세이센은 장난꾸러기 소년처럼 고개를 움츠리더니, 눈을 크게 뜨며 말했다. "뭘 연구합니까? 저는 연구 같은 건 싫습니다. 대충 혼자서 적당한 주석을 다는 짓을 말하는 거 아닙니까? 싫어요. 저는 만들어내는 게 좋습니다."

"뭘 만든다는 겁니까? 발명이라도 하십니까?"

세이센이 킥킥거리며 웃었다. 노란색 재킷을 벗고 와이셔츠 한 장 차림으로,

"이거 재미있어지는군요. 그렇습니다. 발명이지요. 무선전등을 발명하는 겁니다. 전 세계에서 전봇대가 모조리 사라진다면 얼마나 속이 시원해지겠습니까? 우선, 검극 영화를 촬영하는 데 큰 도움이 되겠지요. 이래 봬도 저는 배우라고요."

부인은 두 눈을 흐릿하게 뜨고, 기름기로 번들거리기 시작한 세이센의 얼굴을 바라보며 말했다.

"안 되겠어요. 취하신 것 같네요. 항상 이런 말도 안 되는 말만 해서 정말 난처하다니까요. 부디 기분 상하지 않으셨기를 바랄게요."

"뭐가 말도 안 돼. 시끄럽다! 집주인 양반, 저는 정말이지 발명가란 말입니다. 어떻게 하면 인간이 유명해지는가, 요걸 발명했습니다. 이보세요, 구미가 확 당기죠? 그게 말입니다, 이런 거예요. 요즘 젊은 사람들은 다들 유명해지고 싶어 안달하는 유명병에 걸렸습니다. 자포자기하는 심정으로, 비굴하기까지 한 유명병에 걸렸단 말입니다. 너, 아니, 당신, 비행사가 돼주십시오. 누가 빨리 세계를 일주하는지 겨루는 경주죠. 어때? 눈 딱 감고, 죽을 각오로, 주구장창 서쪽으로 날아가는 거야. 눈을 뜨면, 산더미처럼 군중들이 몰려들고. 지구상의 총아. 딱 사흘만 참으면 그리 돼. 어때? 한 번 해볼 생각 없어? 거참, 패기도 없는 놈일세.

허허헛. 아이고, 이거, 실례. 그게 아니면 범죄 같은 건 어떻소? 아니 그게, 잘 할 수 있다니까. 자기만 제대로 하면 별 거 아니야. 사람 죽이는 것도 좋고, 물건 훔치는 것도 좋고, 다만 조금 큰 사건일수록 좋겠지. 괜찮아. 들킬 염려야 있겠어? 시효 지나면, 당당히 이름 밝히고 살 수 있다고. 당신, 인기 좋을 거야. 하지만 이건, 사흘 비행기 타는 것에 비하면, 십 년 정도 참아야 하는 것이니, 당신들 근대인에게는 조금 안 어울릴 수도 있겠지. 좋아. 그렇다면, 당신에게 딱 어울리는 조심스러운 방법을 알려주지. 자네처럼 평범하고, 소심한 의지박약의 후배들에게는, 스캔들이라는 방법이 있다네. 우선 먼저 이 마을에서 유명한 사람이 되는 거야. 남의 부인과 눈이 맞아서 달아나버려. 알겠나?"

아무래도 상관없었다. 술 취한 세이센 얼굴이, 멋있어 보였다. 이 얼굴은 어디서나 볼 수 있는 흔하디흔한 얼굴은 아니었다. 문득 푸시킨이 떠올랐다. 어디선가 본 적이 있는 얼굴이라고 생각했는데, 분명 엽서나 가판대에서 본 푸시킨의 얼굴이었다. 서글서글한 눈썹 위로, 늙고 지친 주름이 몇 줄이나 깊게 패여 있던, 죽은 푸시킨의 얼굴이었다.

나도 어지간히 취한 듯하다. 품속에서 티켓을 꺼내서, 그걸로 메밀국수집에서 술을 배달시켰다. 우리는 계속해서 더 마셨다. 사람을 처음 사귈 때의, 어떤 끌림과도 같은 두근거림이, 우리를 더욱 분발하게 만들었다. 상대방에게 자기 이야기를 더 많이 들려주고 싶어서 애를 태우며, 무지한 웅변을 끝없이 펼쳐나갔다. 우리는 서로에게 받은 가짜 감격 속에서, 몇 번이나 건배를 했다. 정신을 차려 보니 이미 부인은 없었다. 잠들었을 것이다. 슬슬 가야겠다고 생각했다. 집을 나서며, 서로 악수를 했다.

"자네가 좋네." 내가 말했다.

"나도 자네가 좋아." 세이센도 그렇게 대답했던 것 같다.

"좋아, 만세!"

"만세."

분명 그런 상황이었다. 내게는 고주망태가 되면 만세를 불러대는 고약한 술버릇이 있었다.

술을 마시는 게 아니었다. 아니, 내가 분위기에 너무 쉽게 휩쓸리는 사람이기 때문일까? 그렇게 슬금슬금, 우리의 희한한 친교가 시작되었다. 꼭지가 돌 정도로 술에 취한 다음날, 나는 여우나 너구리에게 홀리기라도 한 것처럼 멍한 기분이 들었다. 세이센은 아무리 생각해도 보통내기가 아니다. 나도 이 나이 먹도록 아직 독신이고, 매일 하릴없이 빈둥빈둥 놀고 있어서, 친인척들 사이에서 별종 취급을 받으며 무시당하고 있지만, 그래도 내 머릿속은 어디까지나 상식적이었다. 타협적이었다. 일반적인 개념의 도덕을 갖고 살아왔다. 건강하기까지 했다. 거기에 비해 세이센은, 아무래도 다른 차원의 사람인 것 같았다. 단적으로 말해, 좋은 시민은 아니었다. 나는 집주인으로서, 그의 정체를 분명히 알기까지는 잠시 거리를 두는 편이 여러모로 좋을 거라고 생각해서, 그로부터 사오일 동안은 모른 척하고 있었다.

하지만 세이센이 이사 오고 일주일 정도 지났을 때, 그를 다시 만났다. 공중목욕탕 욕조 안에서였다. 목욕탕에서 흐르는 물에 발을 씻고 있는데, 어이, 하는 큰 목소리가 들려왔다. 한낮이 조금 지난 목욕탕에 다른 사람들 그림자는 보이지 않았다. 세이센이 혼자서 목욕탕 한복판에 있는 큰 욕조를 쓰고 있었다. 당황한 나는 물이 졸졸 흐르는 수도꼭지 앞에 쭈그리고 앉아, 비누로 손바닥을 마구 비벼서는 비누 거품을 만들었다. 적잖이 당황했던 것 같다. 퍼뜩 정신이 들었지만, 그래도 일부러 천천히, 수도꼭지에서 따뜻한 물을 틀어, 손바닥에 묻은 거품을 씻어내면서, 욕조 안으로 들어갔다.

"지난밤에는 신세가 많았습니다." 나는 겸연쩍어 하며 말했다.

"아닙니다." 세이센은 아무렇지도 않은 듯했다. "저건 기조강[3] 상류입니다."

나는 세이센의 눈길을 따라 갔다가, 그것이 욕조 위 페인트 그림을 두고 하는 말이라는 것을 알았다.

"페인트 그림이 더 낫죠. 실제 기조 강보다요. 아닙니다. 페인트 그림이기 때문에 더 좋은 거겠지요." 그는 그렇게 말하더니, 나를 돌아보며 미소 지었다.

"그렇군요." 나도 따라 웃었다. 나는 그가 하는 말을 제대로 이해하지 못했던 것 같다.

"저래 봬도 고생 좀 한 모양이네요. 양심이 있는 그림입니다. 이걸 그린 녀석은 이 목욕탕에 절대 못 올 걸요?"

내 말투가 세이센을 기분 나쁘게 했는지, 글쎄요, 하고는 자신의 두 손등을 가지런히 모으고, 열 개의 손톱을 지긋이 내려다보았다.

세이센이 먼저 나갔다. 나는 탕 속에 몸을 담근 채, 탈의실에 서 있는 세이센을 무심히 바라보았다. 오늘은 쥐색 명주옷을 입고 있었다. 그가 자기 모습을 거울에 너무 오래 비춰 보는 걸 보고, 내심 놀랐다. 세이센은 탈의실 구석 의자에 앉아, 담배를 피우며 나를 기다렸다. 나는 어쩐지 가슴이 답답했다. 목욕탕을 나와 길을 걷는데, 그가 중얼거렸다.

<hr />

3_ 나가노, 기후, 아이치, 미에 등 4개의 현을 흘러 태평양으로 나가는 큰 강.

"알몸을 보기 전까지는 속마음을 터놓지 못 하는 성격입니다. 아, 남자끼리 말입니다."

그날 나는 그가 하자는 대로 다시 세이센의 집을 방문했다. 도중에 세이센과 헤어져 일단 집에 들러 대충 머리 손질을 한 뒤, 약속대로 세이센의 집으로 향했다. 세이센은 없었다. 부인이 혼자 있었다. 석양이 드리운 툇마루에 앉아 석간을 읽고 있었다. 나는 현관 옆 사립문을 열고, 작은 뜰을 가로질러, 툇마루 끝에 섰다. 안 계십니까? 하고 묻자 부인은,

"네." 하고 신문에서 눈도 안 떼고 답했다. 아랫입술을 꽉 깨물고 있는 것이, 뭔가 속상한 일이 있는 것 같았다.

"아직 목욕탕에서 안 돌아왔습니까?"

"네."

"그렇군요. 저하고 목욕탕에서 만났습니다. 놀러 오라고 하셔서."

"글쎄, 전 잘 모르겠네요." 부인은 쑥스러운 듯 웃으며, 석간을 넘겼다.

"그럼, 실례했습니다."

"어머, 좀 기다리시는 게 어때요? 차라도 드시고 가세요." 부인은 석간을 접어서 내 쪽으로 밀어주었다.

나는 툇마루에 앉았다. 뜰에는 홍매화 꽃봉오리가 부풀어 있었다.

"남편을 믿지 않는 게 좋을 거예요."

부인이 불쑥 내 귓가로 다가와 속삭였다. 나는 움찔 했다. 그러더니 차를 따라주었다.

"왜요?" 나는 진지했다.

"틀려먹었어요." 한쪽 눈썹을 휙 끌어 올리며 작게 한숨을 내뱉었다.

나는 터져 나오려는 웃음을 겨우 삼켰다. 이 여자도 세이센이 항상

엉뚱한 자만에 빠져 게으름을 피우고 있기는 하지만, 뭔가 특별한 재능이 있는 남편을 모시는 것을 넌지시 자랑스럽게 생각하는 게 분명했다. 깜찍한 거짓말을 내뱉는 게 속으로 우스웠다. 하지만 이 정도 거짓말에는 나도 질 수 없었다.

"터무니없는 짓을 하는 게 천재들의 특징이라고 합니다. 천재들은 순간순간의 진실을 말할 뿐이지요. 군자는 잘못을 알면 곧 고칠 줄 안다, 라는 말이 있습니다. 나쁘게 말하면 기회주의자지만요."

"천재라니. 설마요." 부인은 내가 마시다만 차를 뜰에 내다버리고, 새 차를 따랐다.

나는 목욕탕에 다녀온 터라 목이 말랐다. 뜨거운 차를 마시며, 어째서 천재가 아니라고 확신할 수 있는지 물어보았다. 세이센의 정체를 조금이라도 더 캐내려는 의도에서였다.

"잘난 체를 하잖아요." 그런 대답이었다.

"그렇습니까?" 나는 웃어버렸다.

이 여자도 세이센처럼, 아주 똑똑하거나 바보이거나 둘 중 하나다. 우선 말이 안 통했다. 그래도 부인이 세이센을 얼마나 사랑하고 있는지는 알 것 같았다. 해 질 녘 안개로 흐릿해져 가는 뜰을 내려다보며, 나는 부인과 작은 타협을 시도해보았다.

"기노시타 씨가 저래 봬도, 나름대로 속으로는 무슨 생각이 있는 거겠지요. 진정한 휴식이란 없는 법입니다. 게으름 피우는 게 아닐 겁니다. 목욕탕에 들어갈 때에도, 손톱을 깎을 때조차도."

"그래서, 잘 돌봐주라는 그 말인가요?"

내게는 그게 무척 화가 난 말투처럼 들려서, 장난스럽게 지나가는 말로, 왜요? 부부싸움이라도 하셨습니까? 하고 물었다.

"아뇨." 부인이 우습다는 듯 말했다.

부부싸움을 한 게 분명하다. 거기다 지금은 목이 빠지게 세이센을 기다리고 있다.

"실례했습니다. 자아, 다시 들르겠습니다."

어둠이 내린 뜰에는 백일홍 줄기만 부드럽게 흔들리고 있었다. 나는 안뜰 사립문 위에 손을 올리고, 돌아서서 부인에게 한 번 더 인사를 했다. 부인은 오도카니 툇마루에 서서 정성스럽게 답례했다. 이 부부는 서로 사랑하고 있다. 나는 혼자서 쓸쓸히 중얼거렸다.

부부가 서로 사랑하고 있다는 것은 알아냈지만, 세이센이 어떤 사람인지는 도대체 알 수가 없었다. 요즘 유행하는 니힐리스트라도 되는 걸까? 그것도 아니면, 적색분자? 그것도 아니면, 그저 돈 좀 있는 사람에게 들러붙어 아첨하는 놈? 어찌되었든 나는, 어쩌다 이런 남자에게 집을 빌려주었는지, 슬슬 후회가 되기 시작했다.

그러는 동안 그간의 불길한 예감이 모습을 드러냈다. 3월이 지나고 4월이 지나도 세이센 쪽에서는 아무런 기척이 없었다. 집을 빌려주었다는 증서 하나도 교환하지 않았고, 보증금도 물론 받지 못하고 있었다. 하지만 나는 다른 집 주인들처럼 증서 따위를 귀찮게 주고받는 것도 싫었고, 보증금이라곤 해도 그것을 다른 곳에 돌리며 금리를 얻는 것도 내키지 않았다. 세이센이 말한 것처럼 저금 같은 것이었기 때문에 그건 뭐, 아무래도 좋았다. 하지만 월세조차 넣어주지 않으니, 난처하기 짝이 없었다. 나는 그래도 5월까지는 모르는 척해주었다. 그건 내가 무심하거나 혹은 관대하기 때문이라고 둘러대고도 싶지만, 사실은 세이센이 무서웠다. 세이센을 떠올리면 뭐라 말할 수 없을 만큼 거북했다. 만나고 싶지 않았다. 어차피 한 번 만나서 이야기를 하지 않으면 안 된다는 것은 알고 있었지만, 그래도 당장은 그 자리를 피하고 싶어서, 내일은 가야지, 내일은 가야지, 하며 미뤄 두고 있었다. 다시 말하면, 나의 의지박약 때문이었다.

5월이 끝나갈 즈음, 나는 큰맘 먹고 세이센의 집을 찾아가기로 했다. 아침 일찍 집을 나섰다. 한번 마음먹은 일은 빨리 해치워야 속이 시원했다. 가보니 현관이 아직 닫혀 있었다. 자는 모양이었다. 젊은 부부의 잠자리로 쳐들어가고 싶지는 않아서 그냥 돌아왔다. 뭘 해야 좋을지 몰라서 정원수를 손질하다가, 점심나절이 되어서야 다시 그의 집으로 갔다. 아직 닫혀 있다. 이번에는 안뜰 쪽으로 돌아 들어가 보았다. 뜰에는 다섯 그루의 철쭉이 벌집처럼 엉겨 피어 있었다. 홍매화 꽃은 이미 져서 싱싱하고 푸른 잎이 돋아 있었고, 백일홍 가지에는 삐쭉삐쭉 어린잎들이 돋아나고 있었다. 덧문도 닫혀 있었다. 나는 가볍게 두세 번 문을 두드리며, 기노시타 씨, 기노시타 씨, 하고 불러 보았다. 쥐죽은 듯 조용했다. 나는 덧문 틈 사이로 몰래 안을 들여다보았다. 인간은 아무리 나이가 들어도, 몰래 남을 엿보는 취미는 사라지지 않나 보다. 깜깜해서 아무것도 안 보였다. 하지만 누군가 거실에 잠들어 있는 것 같은 기척을 느낄 수 있었다. 나는 덧문에서 물러서서 한 번 더 불러 볼까 생각했지만, 결국 그대로 다시 집으로 돌아갔다. 누군가를 엿보았다는 뒤늦은 후회로 다리에 힘이 빠져, 터덜터덜 걸었다. 집에 돌아와 보니, 마침 손님이 와 있었다. 손님과 두세 가지 용건을 이야기하는 동안 해가 저물었다. 손님을 보내고, 나는 세 번째로 그의 집을 찾았다. 설마 지금까지 자고 있는 건 아닐 것이다.

세이센의 집에는 불이 켜져 있었고, 현관문도 열려 있었다. 계십니까? 하고 말을 걸자, 누구세요? 하는 세이센의 쉰 목소리가 들려왔다.

"접니다."

"아아. 집주인 양반. 들어오시지요." 거실에 있는 모양이었다.

실내가 어쩐지 음침했다. 현관에 서서 거실 쪽을 들여다보니, 세이센이 잠옷차림으로 허둥지둥 이부자리를 걷어내고 있었다. 어두침침한 전등불 아래 드러난 세이센의 얼굴은, 나도 모르게 저런, 하는 감탄사가 튀어나올 만큼 늙어 있었다.

"벌써 주무시는 겁니까?"

"아, 아닙니다. 괜찮습니다. 하루 종일 잠만 자고 있습니다. 정말이지. 이렇게 자고 있으면 돈이 들지 않으니까요." 그렇게 말하며 방을 대충 정리하고 현관으로 뛰어나왔다.

"아, 오랜만입니다."

세이센은 내 얼굴을 보지도 않고, 곧바로 고개를 푹 수그렸다.

"집세는 당분간 내지 못 할 것 같습니다." 그가 불쑥 말을 꺼냈다. 나는 화가 치밀었다. 일부러 대답도 하지 않았다.

"부인이 도망갔습니다." 그는 현관 장지문에 기대어 쭈그리고 앉으며 말했다. 세이센의 얼굴은 등 뒤로 전등 빛을 받고 있어서, 새카맣게 보였다.

"왜요?" 내가 가슴이 철렁해서 물었다.

"제가 싫어졌나 봅니다. 다른 남자가 생긴 걸까요? 그런 여잡니다." 평소와 달리 말투가 또렷했다.

"어허, 언제쯤입니까?" 나는 현관에 걸터앉았다.

"지난달 중순 무렵이었던 것 같습니다. 들어오시겠습니까?"

"아니요. 오늘은 다른 일이 있어서." 나는 어쩐지 기분이 내키지 않았다.

"부끄러운 일입니다만, 여자 집에서 보내오는 돈으로 생활하고 있었습니다. 그런데 이렇게 되어버려서."

조급하게 이야기하는 세이센의 태도에서, 한시라도 빨리 손님을 쫓아내려는 분위기가 전해졌다. 나는 일부러 소맷자락에서 담배를 꺼내어, 성냥 있습니까? 하고 물었다. 세이센은 조용히 부엌으로 가서 커다란 성냥갑을 가지고 왔다.

"왜 일을 하지 않는 겁니까?" 나는 담배를 피워 물며, 지금부터 찬찬히 내 할 말을 다 해야겠다고 생각했다.

"일을 할 수 없기 때문입니다. 재능이 없는 거겠지요." 여전히 대충대충 얼버무리려는 말투였다.

"농담하지 마시오."

"아니, 진짭니다. 할 수만 있다면 하지요."

세이센은 의외로 순수한 기질을 가진 남자였다. 가슴이 아프기도 했지만, 이 이상 그를 동정하면 집세는 영원히 내 손을 떠나고 만다. 나는 다시 마음을 추스르고 말했다.

"그건 곤란하지. 나도 피곤하고. 당신도 언제까지 이렇게 살 수는 없잖소." 피우다 만 담배를 바닥에 내던졌다. 빨간 불꽃이 시멘트에 부딪혀 확 튀어 오르다 꺼졌다.

"그렇지요, 그건 어떻게든 해보겠습니다. 다 방법이 있습니다. 당신한테는 감사하고 있습니다. 조금만 더 기다려줄 수 없겠습니까? 조금만 더."

나는 두 개비째 담배를 피워 물곤, 다시 성냥을 그었다. 아까부터 신경 쓰이던 세이센의 얼굴을 성냥불로 힐끔 비춰 볼 수가 있었다. 나도 모르게 타 들어가는 성냥을 툭 떨어뜨렸다. 악령의 얼굴을 보았기 때문이었다.

"그럼, 나중에 다시 오겠소. 없는 것을 받을 수는 없으니." 당장 그곳을 빠져나가야겠다고 생각했다.

"그런가요? 죄송합니다. 일부러 여기까지 오시게 해서." 세이센은 묘한 말투로 그렇게 말하며 자리에서 일어섰다. 그러더니 혼잣말처럼 중얼거렸다. "마흔두 살의 일백수성[4]. 올해는 생각이 많은 운세여서, 힘이 듭니다."

나는 내빼듯 세이센의 집을 빠져나와 정신없이 집으로 향했다. 그런데 마음이 차츰 차분해지자 어쩐지 바보가 된 기분이었다. 또 한 방 먹은 것이다. 사뭇 골똘히 고민하다 또박또박 조리 있게 말하는 세이센의 어조도, 마흔두 살이라는 나이를 아무렇지도 않게 내뱉는 것도, 모두 계획된 것이라는 생각이 들었다. 그에게 나는 아무래도 너무 쉬운 상대인 것 같았다. 이렇게 물러 터져서야 집주인 되긴 글렀다 싶었다.

이삼일 동안 세이센에 대한 생각만 머릿속에 가득했다. 나는 아버지의 유산을 물려받은 덕분에 평범하고 편안하게 하루하루를 보낼 수 있었고, 별달리 일을 해야겠다는 생각도 없었다. 그러면서 세이센에게 일을 하라고 다그치는 것도 앞뒤가 맞지 않았다. 그렇다고는 해도 세이센이 정말 지금 한 푼의 수입도 없이 살고 있는 것이라면, 그건 평범한 사람들이 가진 가치관은 아니다. 아니, 가치관이라고 해버리면 너무 훌륭하게 들릴지 모르겠지만, 일단 꽤나 배짱이 좋은 것만은 확실했다. 이렇게 된 이상, 어떻게 해서든지 그자의 정체를 밝혀내지 않으면 안 된다.

5월이 지나고, 6월이 되어도, 역시 세이센 쪽에서는 아무런 인사도

4_ 一白水星. 역학에서 말하는 아홉 개의 별자리 가운데 하나. 1909년, 1918년, 1927년, ……

없었다. 나는 다시 그의 집을 찾았다.

　세이센은 스포츠맨처럼 옷깃이 달린 와이셔츠에 하얀 바지를 입고, 부끄러운 듯 얼굴을 붉히며 밖으로 나왔다. 집 전체가 환한 분위기였다. 거실로 올라가 보니, 도코노마 근처에 언제 사 넣었는지 쥐색 비단으로 만든 낡은 소파가 놓여 있었고, 다다미 위에는 녹색 융단까지 깔려 있었다. 집안 분위기가 확 바뀌어 있었다. 세이센은 나를 소파로 안내했다.

　뜰에는 진홍색 백일홍이 피어있었다.

　"정말이지 늘 죄송합니다. 이번에야말로 약속드릴 수 있습니다. 일자리를 찾았어요. 어이, 데이 짱." 세이센은 나와 나란히 소파에 앉아서, 옆방에 있는 누군가에게 말을 걸었다.

　세일러복을 입은 아담한 체구의 여자가 살그머니 안방에서 나왔다. 동그란 얼굴에 건강해 보이는 볼을 가진 소녀였다. 두려움을 모르는 듯 눈도 해맑았다.

　"집주인이야. 인사드려. 이쪽은, 제 여자입니다."

　나는 이게 무슨 일인가 싶었다. 아까 세이센이 창피한 듯 웃음 짓던 이유를 알 것 같았다.

　"무슨 일을 하게 되신 겁니까?"

　소녀는 다시 옆방으로 들어갔다. 나는 여자 일쯤 아무것도 아니라는 표정으로 직업에 관해 물었다. 오늘만은 그에게 홀리지 않겠다고 마음을 다져먹었다.

　"소설입니다."

　"뭐라고요?"

　"실은 전부터 문학공부를 해 왔습니다. 이제야 드디어 싹이 돋기 시작했다고나 할까요? 실화를 쓸 것입니다." 무척 차분한 목소리였다.

"실화라고 한다면?" 나는 집요하게 물었다.

"다시 말해, 없는 것을 꾸며내어 실재하는 것처럼 보이게 하는 수법입니다. 별것 아니지요. 무슨 현 무슨 마을 몇 번지라거나, 다이쇼 몇 년 몇 월 며칠의 일이라거나, 그즈음 신문에 기사가 났으니 다들 알고 있겠지만, 같은 식의 문구를 잊지 않고 집어넣은 뒤에, 지어낸 이야기를 쓰는 겁니다. 요컨대 소설이지요."

세이센은 새 부인에 관한 일로 주눅이 들었는지, 내 시선을 피하며 긴 머리칼을 긁적거려 비듬을 털어내거나, 무릎을 몇 번이나 폈다 구부렸다 했다.

"정말 괜찮겠습니까? 이 이상 집세를 미루면 곤란합니다."

"괜찮습니다, 괜찮고말고요." 그는 내 말을 가로막듯 괜찮다는 말을 몇 번이고 반복하더니 쾌활하게 웃었다. 나는 믿었다.

그때 소녀가 홍차가 담긴 은쟁반을 받쳐 들고 왔다.

"이것 좀 보십시오." 세이센은 홍차 잔을 내게 건네주고 자기 것도 받아 들더니, 뒤쪽을 가리켰다. 도코노마에 북두칠성 족자는 사라지고 없었고, 높이가 한 자^{30cm}는 되는 석고로 된 흉상이 놓여 있었다. 흉상 옆에 활짝 핀 맨드라미가 꽂혀 있었다. 소녀는 귀밑까지 빨개져서는 녹슨 은쟁반으로 얼굴을 반쯤 가리고는, 커다란 갈색 눈동자로 세이센을 쏘아보았다. 그 시선을 한 손으로 뿌리쳐내며 그가 말했다.

"저 흉상의 이마를 좀 보십시오. 더러워져 있지요? 어쩔 수가 없습니다."

소녀는 눈 깜짝할 사이에 방을 뛰쳐나갔다.

"무슨 소립니까?" 나는 감이 잡히지 않았다.

"거 뭐냐, 데이코 옛날 애인 흉상이라더군요. 시집올 때 가져온 유일한 혼수품입니다. 저기에 키스한 겁니다." 그가 천연덕스럽게 웃었다.

나는 기분이 나빴다.

"마음에 안 드시나 보군요. 하지만 세상은 이렇게 이루어져 있습니다. 어쩔 수 없는 일이죠. 보고 있으면 기특할 정도로 매일 꽃을 바꿔 놓습니다. 어제는 달리아, 그저께는 이슬 풀이었고요. 아니, 아마릴리스였나, 코스모스였나."

이 수법이다. 여기에 휘말려 또 얼떨결에 당하고 만다. 나는 이미 그 수법을 눈치챘기 때문에, 마음을 단단히 먹고 그에게 말려들지 않도록 정신을 바짝 차렸다.

"아니, 일이요. 시작한 겁니까?"

"아아, 그건," 그는 홍차를 한 입 마셨다. "슬슬 시작해야겠지만, 괜찮습니다. 사실은 제가 유명한 선생님 밑에서 문학공부를 했거든요."

나는 찻잔을 놓을 곳을 찾으며 말했다.

"하지만 당신이 말하는 그 사실이란 게, 믿을 게 못 되니 말입니다. 사실은, 사실은, 하면서 또 거짓말 하나를 더 만들려는 거 아닙니까."

"아이고, 아픈 데를 쿡쿡 찌르시는군요. 그렇게 사실만 콕 집어서 말하시면 안 되지. 옛날에 모리 오가이, 아시죠? 나는 그 선생 밑에서 배운 사람입니다. 오가이의 『청년』[5]이라는 소설 속 주인공도 바로 접니다."

이것은 내게도 의외였다. 나도 얼마 전에 그 소설을 읽었는데, 세상에 둘도 없는 주인공의 로맨티시즘에 오랫동안 마음을 빼앗겼었다. 소설

5_ 모리 오가이의 장편소설(1910). 나쓰메 소세키의 『산시로』(1908)에 영향을 받은 청춘소설이다. 시골에서 도쿄로 상경한 작가지망생 고이즈미 준이치의 사랑과 문학을 그렸다.

속 주인공과 이렇게 딱 들어맞는 아름다운 모델이 있을 줄은 몰랐다. 노인의 머릿속에서 만들어낸 청년이다 보니, 비현실적으로 아름다웠다. 소설을 읽으면서, 실제 청년들은 이해타산이나 시기질투가 강해서 보통 은 훨씬 더 숨 막히게 살기 마련인데, 하는 불만을 품었었다. 그렇게 생각했을 정도로 수련처럼 아름답던 청년이, 바로 이 세이센이었단 말인가. 그렇게 흥분하다가, 아니지, 아니야, 하며 마음을 다잡았다.

"처음 듣는 이야기로군요. 그러나 실례지만, 주인공은 당신보다 좀 더 의젓한 도련님 같은 이미지였는데요."

"어허, 너무하네." 세이센은 내가 들고 있던 홍차 잔을 싹 빼앗아가더 니 자기 것도 함께 소파 아래로 치웠다. "그 시절에는 저도 꽤 괜찮은 놈이었습니다. 지금은 그 청년도 이렇게 되어버린 게지요. 저만 그런 건 아닌 것 같지만요."

나는 세이센의 얼굴을 다시 들여다보았다.

"그 말은 내용을 추상화시켜서 하시는 말씀입니까?"

"아닙니다." 세이센은 수상쩍다는 듯 내 눈동자를 들여다보았다. "제 얘기를 하고 있는 겁니다만?"

나는 또다시 연민에 가까운 정을 느꼈다.

"그럼 오늘은 이쯤 해서 돌아가겠습니다. 하루 빨리 일을 시작해주십 시오." 나는 그렇게 매정한 말을 남기고 세이센의 집을 나왔는데, 집으로 돌아가는 길에 세이센의 성공을 빌지 않을 수 없었다. 그것은 세이센이 『청년』에 대해서 한 말이 어딘가 내 몸속에 배어들어, 이상할 정도로 의기소침해진 탓이기도 했고, 새로 결혼한 그의 행복을 빌어주고 싶은 기분이 든 탓이기도 했다. 걸어가면서 이것저것 생각했다. 집세를 받지 못한다고 해서, 내 형편이 크게 어려울 것은 없다. 기껏해야 용돈이 궁한 정도다. 일단 그 불운한 늙은 청년을 위해, 내 작은 불편 정도는 감수해주자.

나에게는 아무래도 예술가라는 사람들에게 마음을 **빼앗겨버리는** 단점이 있는 듯하다. 특히 그가 세상에서 제대로 인정을 받지 못하는 사람인 경우에는, 한층 더 마음이 아팠다. 세이센이 지금, 진정으로 싹을 틔우고 있는 것이라면, 집세 같은 것으로 마음을 혼탁하게 해서는 안 된다. 그를 잠시 저대로 내버려두는 것이 좋겠다. 그의 출세에 기대를 걸어보자. 그때 문득 입에서, He is not what he was. 라는 말이 튀어나왔다. 나는 기쁨을 감출 수 없었다. 중학교 때 영문법 교과서에서 이 구절을 발견한 나는, 가슴이 설레었다. 이 말은 내가 오 년간 받은 중학교 교육 가운데, 지금도 잊을 수 없는 유일한 지식이다. 만날 때마다 어떤 경이로움과 신선한 감격을 주는 세이센을 생각하다가, 영문법 예문으로 실려 있던 이 한 구절을 떠올린 나는, 세이센에 대해 묘한 기대감을 갖기 시작했다.

하지만 이런 결심을 세이센에게 말해야 할지 어떨지에 대해서는 판단이 서지 않았다. 집주인의 근성이라고나 할까. 어쩌면 내일이라도 당장 세이센이 이제까지 밀린 집세를 모두 모아 가져올지도 모른다. 남몰래 그런 기대도 품고 있었기에 내 쪽에서 나서서, 집세는 필요 없다는 말도 하지 않았다. 가만히 있는 것이 세이센에게 힘이 되어 준다면 우리 모두를 위해 좋은 일이라고 생각했다.

7월이 끝나갈 무렵, 나는 또 세이센을 찾았다. 이번에는 얼마나 좋아지고 있는지, 무슨 진전이나 변화가 있는지, 그런 것을 기대하며 집을 나섰다. 가보고는 어안이 벙벙해졌다. 바뀐 것은 아무것도 없었다.

안뜰에서 거실 툇마루 쪽으로 돌아가 보았지만, 세이센은 잠옷바지 차림으로 툇마루에 책상다리를 하고 앉아, 큰 찻잔을 가랑이 사이에 끼우고, 토란처럼 생긴 짧은 봉으로 열심히 휘젓고 있었다. 뭘 하는 거냐고 내가 물었다.

"아아, 연한 녹차입니다. 차를 끓이려고요. 이렇게 더운 날에는 이 차만 한 것도 없거든요. 한 잔 하시겠습니까?"

나는 세이센의 말투가 어딘지 모르게 달라져있다는 것을 느꼈다. 하지만 그것을 미심쩍어 할 겨를이 없었다. 나는 그 차를 마시지 않을 수 없었다. 세이센은 억지로 나에게 찻잔을 들리더니, 옆에 벗어놓은 은은한 격자무늬 유카타를 앉은 자리에서 재빨리 입었다. 나는 하는 수 없이 툇마루에 걸터앉아 차를 마셨다. 마셔 보니 적당히 쓴 맛이 나는 게, 정말 맛있었다.

"왜 아직도 이러고 계십니까. 어쨌거나 참으로 훌륭한 풍류를 즐기고 계시는군요."

"아닙니다. 그저 맛있으니 마시는 거지요. 저 말입니다, 실화가 쓰기 싫어졌어요."

"뭐라고요?"

"쓰고 있기는 한데요." 세이센은 허리띠를 매며 도코노마 쪽으로 다가앉았다.

거실에는 요전의 석상은 없고, 대신 모란꽃 무늬 자루에 든 샤미센처럼 보이는 물건이 세워져 있었다. 세이센은 도코노마 구석에 있는 대나무 문갑을 뒤적이더니, 조그맣게 접힌 종잇조각을 들고 나왔다.

"이런 것을 쓰고 싶다는 생각에, 문헌을 모으고 있습니다."

나는 찻잔을 바닥에 놓고, 두세 장 되는 종잇조각을 집어 들었다. 여성잡지 같은 데서 오려낸 듯 사계절 철새라는 글씨가 인쇄되어 있었다.

"저기 말입니다, 이 사진 좋지 않습니까? 바다 위 깊은 안개에 휩싸여 방향을 잃고 헤매던 철새가, 빛을 쫓아 전속력으로 날아가다가 등대에 머리를 찧고 죽는 장면입니다. 몇 천만 마리의 유골입니다. 철새란 참 슬픈 새지요. 여행이 생활이니까요. 한 곳에 정착해 살 수 없는 숙명을 짊어지고 살아갑니다. 나는 이걸 일인칭 묘사로 써 보려고 하는데요, 나라는 어린 철새가 동에서 서로, 서에서 동으로 이리저리 날아다니다가, 늙어버린다는 것이 주제지요. 친구도 하나둘 죽고 없어집니다. 대포에 맞기도 하고, 파도가 삼키기도 하고, 굶어 죽기도 하고, 병이 들기도 하고, 둥지를 따뜻이 데울 겨를도 없는 외로움. 당신은 아십니까? 먼 바다의 갈매기에게 물이 밀려올 때를 물으면, 이라는 노래 가사가 있지요. 언젠가 유명병에 관해 이야기한 적이 있는데, 그 뭐냐, 사람을 죽이거나 비행기를 타는 것보다는 좀 더 쉬운 방법이 있습니다. 죽은 뒤의 명성이라는 부록도 딸려 오지요. 걸작을 하나 써내는 겁니다. 바로 그거라고요."

나는 그의 웅변 속에서, 또다시 겸연쩍은 무언가를 숨기려는 의도가 있다는 냄새를 맡았다. 바로 그때, 지난번의 그 소녀도 아닌, 피부색이 거무스름하고 일본식으로 머리를 올린, 야윈 체격의 낯선 여자가 부엌에서 이쪽을 조심스레 들여다보고 있는 것을 흘끗 보고 말았다.

"그렇다면 어서 걸작을 써주시오."

"돌아가시는 겁니까? 차 한 잔 더 안 하시고요?"

"됐습니다."

나는 집에 가는 길에 다시 고민에 빠졌다. 이건 거의 재난급이다. 세상에 이런 말도 안 되는 일이 다 있나. 비난을 넘어서 질려버렸다. 문득 그가 해준 철새 이야기를 떠올렸다. 갑자기 그와 내가 닮았다고 느꼈다. 딱히 어디랄 것도 없다. 어딘지 모르게 똑같은 체취가 느껴졌다. 우리는 모두 철새다, 그렇게 말하고 있는 것처럼 느껴져, 그것이 나를 불안하게 했다. 그가 나에게 영향을 끼치고 있는 것인가, 내가 그에게 영향을 미치고 있는 것인가. 어느 쪽인가가 뱀파이어다. 모르는 사이에 어느 쪽인가가 상대의 마음을 천천히 갉아먹고 있는 것은 아닐까? 그는 내가 자신의 변화를 기대하고 찾아오는 것을 알아채고는, 내 기대에 부응해보려고 열심히 애쓰고 있는 것은 아닐까? 나의 기대가 그를 옭아매고 있는 것일지도 모른다. 세이센과 내 체취가 서로 뒤엉키고 빛을 반사해 가는 동안 가속도가 붙어서, 내가 그에게 이것저것 바라게 된 것인지도 모른다. 세이센은 걸작을 쓰게 될까? 나는 그의 철새에 관한 소설에 흥미를 갖기 시작했다. 꽃집에 부탁해서, 그 집 현관 옆에 남천을 심게 한 것도 그즈음의 일이었다.

8월에는 보소[6] 쪽에 있는 해안가에서 두 달가량을 보냈다. 9월이 끝날 무렵까지 그곳에 있었다. 돌아온 날 오후, 나는 여행지에서 선물로 가져온 말린 가자미를 들고 세이센을 찾았다. 이렇게 나는 그에게 보통이 넘는 애정을 갖고 정성을 다했다.

뜰 안으로 들어서자 세이센이 반갑게 맞아주었다. 머리를 깎아 더 젊어 보였지만, 얼굴은 어딘지 모르게 험상궂어 보였다. 감색바탕에 잔무늬가 들어간 홑옷을 입고 있었다. 나도 어쩐지 그가 반가워서, 그의 야윈 어깨를 부둥켜 안고 방으로 들어갔다. 방 한가운데 밥상이 놓여 있었는데, 그 위에 맥주 열두어 병과 컵 두 개가 놓여 있었다.

"신기한 일입니다. 오늘쯤 오실 거라고 생각하고 있었습니다. 야,

6_ 보소반도. 지바현 남부로, 동쪽으로는 태평양, 서쪽으로는 도쿄만이 감싸고 있다.

정말 신기한데요? 그래서 아침부터 이렇게 준비를 해놓고, 기다리고 있었어요. 진짜 신기하네. 자, 어서 들어오세요."

우리는 느긋하게 맥주를 마시기 시작했다.

"어떻습니까? 일은 잘 돼 가십니까?"

"그게, 잘 안 됐습니다. 백일홍에 매미가 한가득 들러붙어서는 아침부터 밤까지 맴맴 우는 통에 미치는 줄 알았습니다."

나는 그만 웃음을 터뜨렸다.

"아니, 진짭니다. 어쩔 도리가 없어서, 이렇게 머리를 짧게 자르고, 이런저런 고민을 하고 있었지요. 오늘 정말 잘 오셨습니다." 그는 거무스름한 입술을 광대처럼 삐죽거리며, 컵에 든 맥주를 단숨에 털어 넣었다.

"계속 여기 계셨던 겁니까?" 나는 입술에 대었던 맥주 컵을 내려놓았다. 컵 안에 하루살이 비슷한 작은 벌레 하나가 맥주 거품 위에서 파닥거리고 있었다.

"그렇습니다." 세이센은 식탁 위에 두 팔꿈치를 올리고, 컵을 눈높이까지 들어 올린 채, 솟아오르는 맥주 거품을 멍하니 바라보며 힘없이 말했다. "달리 갈 곳도 없습니다."

"아, 참. 선물을 사 왔습니다."

"고맙습니다."

세이센은 뭔가 생각에 빠진 듯, 내가 가져온 말린 가자미에는 눈길도 주지 않고, 한참 자기 컵을 들여다보았다. 눈이 풀려 있었다. 벌써 취한 것 같았다. 나는 새끼손가락 끝으로 거품 위의 벌레를 떠낸 후 벌컥벌컥 맥주를 들이켰다.

"돈이 없으면 멍청해진다는 말이 있지요."[7] 세이센은 느릿느릿 말했다. "맞는 말인 것 같습니다. 청빈한 생활이란 게 있을 리 없지요. 돈이 있는데 어떻게 청빈해질 수 있겠습니까."

"어쩐 일이십니까? 이상하게 발끈하시는군요."

나는 꼰 다리를 풀고, 일부러 안뜰로 고개를 돌렸다. 하나하나 다 받아주는 데도 한계가 있다.

"백일홍 아직도 피어 있지요? 마음에 안 드는 꽃인데, 석 달이나 피어 있었습니다. 떨어지고 싶어도 못 떨어지니, 참으로 융통성 없는 나무입니다."

나는 못들은 척하고 식탁 밑에서 부채를 꺼내 팔락팔락 부쳐댔다.

"있잖습니까, 또 혼자가 되었습니다."

나는 그를 돌아보았다. 세이센은 자기가 맥주를 따르더니 혼자 마셨다.

"전부터 물어보려고 했는데, 도대체 왜 그러는 겁니까? 너무 심하게 바람피우는 거 아니요?"

"그게 말이죠, 다들 도망간 겁니다. 어찌할 도리가 없죠."

"착취를 하니까 그런 것 아니겠습니까? 언젠가 그랬잖소. 실례되는 말이지만, 당신은 여자 돈으로 산다고 했죠?"

"그건 거짓말이었습니다." 그는 식탁 아래 니켈 담뱃갑에서 담배를 한 대 꺼내고는 찬찬히 피우기 시작했다. "실은 제 고향에서 돈을 보내주고 있습니다. 뭐랄까, 나는 이따금씩 부인을 바꿔주는 게 좋다고 생각해요. 저기 저 서랍에서 화장대까지, 전부 내 겁니다. 아내들은 입은 옷 한 벌 달랑 가지고 들어왔다가, 그대로 나가버리지요. 제가 발명한 결혼생활입니다."

. . . .

7_ 貧すれば貧する힝스레바돈스루. 가난하면 생활에 찌들어 정신마저 혼탁해진다.

"바보로군요." 나는 슬픈 기분으로 맥주를 들이켰다.

"돈이 있으면 좋을 텐데. 돈이 필요해요. 몸은 썩어가고 있고. 대여섯 자쯤 되는 폭포 줄기로 흠씬 얻어맞고 나면 정신이 좀 맑아질까요? 그럼, 당신 같이 좋은 사람과도 훨씬 더 허물없이 친해질 수 있을 텐데요."

"그런 건 신경 쓰지 마십시오."

집세 같은 것도 마음 쓰지 말라고 하고 싶었지만 하지 못 했다. 그가 태우고 있는 담배가 호프라는 것을 눈치챘기 때문이다. 돈이 한 푼도 없는 건 아닌 것 같았다.

세이센은 내 시선이 자기 담배에 가 있다는 것을 알고, 내 기분을 금세 눈치챈 것 같았다.

"호프는 좋은 담배입니다. 달지도 맵지도 않고 아무것도 아닌 맛이 좋아요. 일단 이름이 좋지 않습니까?" 혼자서 이런 저런 변명을 하더니 말을 돌렸다. "소설을 썼습니다. 열 장 정도 썼는데, 그 뒤를 못 쓰겠어요." 담배를 손끝에 끼운 채 손바닥으로 콧등의 기름을 느릿느릿 닦아냈다. "자극이 없으니 안 되는 게 아닐까 하고, 이런 실험을 해본 적도 있습니다. 열심히 십이삼 엔 정도 모은 다음에 그걸 가지고 술집에 가서 펑펑 썼지요. 하지만 후회만 남았을 뿐입니다."

"그래서 소설은 썼습니까?"

"실패였어요."

나는 화가 치밀었다. 세이센은 웃으며 호프를 톡 하고 뜰로 던져버렸다.

"소설 같은 건 시시해요. 아무리 좋은 것을 쓰려고 해도, 백 년 전에 이미 훨씬 더 훌륭한 작품들이 나와 있으니 말입니다. 더 새로운 글, 보다 먼 내일을 향한 작품이 이미 백 년 전에 마련되어 있는 거지요.

해본들 흉내 내는 것밖에 더 되겠습니까?"

"그건 아니지. 난 나중에 쓴 사람일수록 더 잘 쓸 수 있다고 생각하는데."

"말도 안 되는 소리. 그리 가볍게 얘기하면 안 됩니다. 대체 어디서 그런 확신이 나옵니까? 좋은 작가란 자기만의 독자적인 개성이 있는 사람이죠. 개성 강한 무언가를 창조해내는 것입니다. 철새들에게는 그게 불가능해요."

날이 저물고 있었다. 세이센은 계속해서 부채로 모기를 쫓아냈다. 가까이에 수풀이 있어서 모기가 많았다.

"하지만 무성격無性格은 천재들의 특성이라지요."

내가 시험 삼아 툭 던진 말에, 세이센은 불만스러운 듯 입술을 삐죽였다. 그러나 분명 미소 짓고 있었다. 나는 알아챘다. 동시에 술이 확 깼다. 역시 그랬다. 이것은 분명 내가 한 짓이다. 언젠가 내가 여기 살던 첫 부인에게 터무니없는 짓을 하는 것이 천재라고 알려준 적이 있는데, 세이센이 그것을 전해 들었던 것이다. 그걸 마음에 담아 두고 그대로 실천하고 있었던 것이다! 세이센이 지금까지 나에게 보여주었던 어딘가 평범한 사람들과 달라 보였던 그 모든 태도는, 그간 내가 아무 생각 없이 내뱉은 말을 듣고 그저 나의 기대를 저버리지 않으려고 한 행동처럼 여겨졌다. 이 남자는, 나도 눈치채지 못하는 사이에 나를 의지하고, 내 마음에 들기 위해 애쓰고 있던 것이 아닌가.

"어린애도 아니고, 멍청한 짓은 그쯤 해두게. 나도 이 집을 그저 놀려 둘 수만은 없다고. 땅값도 다음 달부터 오른다고 하고, 거기다 세금이나 보험료, 집수리 비용 같은 것으로 꽤 많은 돈을 잡아먹고 있어. 다른 사람에게 폐를 끼치면서까지 그렇게 태연한 얼굴로 살고 싫나? 자넨, 오만에 푹 빠져 있거나, 거지근성이 있거나, 둘 중 하나야. 어리광 좀 그만 부리게." 그렇게 해대고는 일어섰다.

"아아아, 이런 밤에 피리라도 불 수 있다면." 세이센은 혼잣말처럼 중얼거리며 툇마루로 나를 배웅하러 나왔다.

뜰로 내려섰지만 너무 어두워 신발을 찾기가 어려웠다.

"집주인 양반. 전기가 끊겼습니다."

간신히 신발을 찾아 신은 뒤 세이센의 얼굴을 슬쩍 엿보았다. 세이센은 툇마루 끝에 서서, 별이 총총히 빛나는 맑은 밤하늘 저편, 신주쿠 주변에 전등불로 불이 난 것처럼 환한 곳을 멍하니 바라보고 있었다. 그제야 떠올랐다. 처음부터 세이센의 얼굴을 어디선가 본 듯했는데, 그때 겨우 생각이 났다. 푸시킨이 아니다. 이전에 세를 줬던 맥주 회사 기술자의 노모, 흰 머리를 짧게 깎은 노파와 꼭 닮은 얼굴이었다.

10월, 11월, 12월, 나는 이 석 달 동안은 세이센의 집에 가지 않았다. 세이센도 나를 찾아오지 않았다. 딱 한 번 대중목욕탕에서 만났다. 밤 열두 시 즈음, 목욕탕이 문을 닫으려는 시간이었다. 세이센은 막 목욕을 하고 나온 듯, 바싹 마른 여윈 어깨 위로 모락모락 수증기가 피어오르고 있었다. 세이센은 알몸으로 탈의실 다다미 위에 떡하니 앉아, 발톱을 자르고 있었다. 내 얼굴을 보고서 놀라는 기색도 없이 말했다.

"밤에 발톱을 자르면 죽은 사람이 나온다지요. 이 목욕탕에서 누군가 죽었습니다. 집주인 양반, 요즘 나는 손톱과 발톱, 머리카락만 자랍니다."

그는 히죽히죽 능글맞게 웃으며 짤깍짤깍 발톱을 깎더니, 갑자기 휘리릭 옷을 챙겨 입고, 늘 보던 거울도 보지 않고 돌아갔다. 그 꼴마저도 어찌나 보기가 싫은지, 그를 경멸하는 마음만 깊어갔다.

올 설에 이웃으로 새해인사를 다니다가 잠깐 세이센 집에 들렀다. 현관문을 열자, 빨간 털에 몸통이 긴 개가 난데없이 짖어대며 달려들어서 깜짝 놀랐다. 세이센은 계란색 작업복 같은 것을 입고 나이트캡을 쓰고 있었는데, 묘하게 젊어 보였다. 곧 개를 진정시키고서는, 이 개는 지난 연말에 어딘가에서 헤매고 있는 것을 데려왔는데, 이삼일 밥을 주는 동안 정이 들어 키우고 있습니다. 충성심이 너무 강해 들어오는 사람마다 짖어대기에 조만간 어딘가에 버리고 올 생각입니다, 하고 새해인사도 없이 실없는 말을 했다. 또 일을 저질렀구나 싶어서, 나는 재빨리 인사를 하고 밖으로 나왔다. 하지만 세이센이 내 뒤를 쫓아 나왔다.

"집주인 양반. 연초에 이런 얘기를 꺼내서 죄송하지만, 저 지금 정말 미칠 지경입니다. 집안에 거미가 득실거려서 못 살겠어요. 언젠가는 혼자서 심심풀이로 하얀 부지깽이를 들고 화롯가를 탁탁 치고 있는데, 빨래를 하던 부인이 갑자기 후다닥 뛰어 들어오더니, 당신이 완전히 정신이 나간 줄 알았어, 하는 게 아니겠습니까. 오히려 제가 더 놀랐습니다. 그나저나, 가진 돈 좀 있습니까? 아니, 됐어요. 요 이삼일 기운이 없어서, 설날에도 우리 집에서는 아무것도 하지 않았습니다. 일부러 여기까지 와주셨는데. 우리는 아무것도 해드릴 수가 없네요."

"새 부인이 생긴 겁니까?" 나는 가능한 한 심술궂은 말투로 말했다.

"어, 그게." 그는 아이처럼 어쩔 줄 몰라 했다.

어지간히 히스테리를 부리는 여자와 함께 살게 된 것이라 생각했다.

바로 얼마 전, 2월 초에 있었던 일이다. 뜻밖의 여인이 밤늦게 나를 찾아왔다. 현관으로 나가보니, 세이센의 첫 번째 부인이었다. 검은 모직 숄을 두르고 여기저기 헤진 코트를 입고 있었다. 하얀 볼이 한층 더 투명하고 파래 보였다. 할 이야기가 있다며, 같이 어디를 가자고 했다.

나는 망토도 안 걸치고, 그대로 집을 나섰다. 서리가 내려 윤곽이 더욱 뚜렷해진 차가운 보름달이 떠 있었다. 우리는 한동안 말없이 걸었다.

"작년 말부터 여기로 다시 돌아와 있었어요." 그녀가 성난 눈빛으로 앞을 쏘아보며 말했다.

"그러셨습니까." 나는 달리 할 말이 없었다.

"여기가 그리워져서요." 그녀는 주저 없이 말했다.

나는 잠자코 있었다. 우리는 참나무 숲 쪽으로 천천히 걸어 나갔다.

"기노시타 씨는 어떻게 지내고 있습니까?"

"여전해요. 정말 드릴 말씀이 없습니다." 그녀는 파란 털장갑을 낀 두 손을 무릎까지 축 늘어뜨린 채 걸었다.

"대책 없는 사람입니다. 요전에는 바깥분과 말다툼까지 했어요. 대체 지금 뭘 하고 계신 겁니까?"

"정말 몹쓸 사람이에요. 정신이 나가버린 것 같아요."

나는 빙긋이 미소를 지었다. 하얀 불쏘시개 이야기가 떠올랐기 때문이었다. 신경과민이라고 생각했던 부인은 이 여자였을 것이다.

"저래 보여도 뭔가 생각이 있을 겁니다." 나는 일단 그를 두둔하고 싶었다.

부인이 후훗 하고 웃으며 답했다.

"네. 귀족이 돼서, 부자가 될 거래요."

나는 조금 추웠다. 발걸음을 재촉했다. 한 걸음 한 걸음 내딛을 때마다, 서리로 부풀어 오른 땅이 까투리나 부엉이의 울음소리 같은 낮은 저음을 내며 부서졌다.

"그게 아니라." 나는 일부러 웃었다. "그런 것 말고, 뭔가 일을 시작하지 않는 겁니까?"

"이미 뼛속까지 게으름뱅이가 되었어요." 그녀가 딱 잘라 대답했다.

"어쩌다 그리 된 걸까요. 실례지만 바깥 분 나이가 어떻게 되십니까? 마흔두 살이라고 들었는데요."

"글쎄요." 부인이 이번에는 웃지도 않고 말했다. "아직 서른도 안 됐을 거예요. 그것보다는 훨씬 젊어요. 늘 나이가 바뀌니 확실하게는 저도 잘 몰라요."

"어쩔 작정인 걸까요? 공부도 하지 않는 것 같던데요. 그래, 책이라도 좀 읽습니까?"

"아니요. 신문만 읽어요. 신문만큼은 기특하게도 세 종류나 보고 있어요. 정성스럽게 읽죠. 정치면은 몇 번이고 반복해서 읽습니다."

우리는 공터로 나왔다. 평원의 서리는 청정했다. 달빛이 비추어, 돌멩이, 대나무 잎, 나뭇조각, 긁어모아 둔 낙엽더미마저도 하얗게 빛나고 있었다.

"친구도 없는 것 같더군요."

"네. 나쁜 짓만 하고 다니니까, 사귀려는 사람도 없는 것 같아요."

"무슨 나쁜 짓을 했나요?" 나는 금전적인 문제를 생각했다.

"그게 별것도 아닌 거긴 한데. 정말 아무것도 아닌 일들이거든요. 그래도 나쁜 짓이라고 하더군요. 그 사람은 뭐가 옳고 그른지도 몰라요."

"그래요, 맞습니다. 옳은 것과 그른 것이 거꾸로 되어 있습니다."

"아니에요." 그녀는 턱을 숄 깊숙이 파묻으며 고개를 저었다. "확실히 거꾸로 되어 있다면 그래도 낫죠. 그게 그러니까, 뒤죽박죽이에요. 그래서 불안하기 짝이 없어요. 저 상태라면 다들 도망가고도 남아요. 그 사람, 나름대로는 기분을 맞추겠지만. 제 뒤로 두 사람이나 왔다면서요."

"예에." 나는 그녀의 말을 제대로 듣지 않고 있었다.

"계절별로 바뀌는 모양이에요. 흉내 내지 않던가요?"

"무슨 소립니까?" 나는 알아들을 수 없었다.

"흉내를 낸답니다, 그 사람. 그 사람에게 의견 같은 게 있을 리 없죠. 전부 여자들에게 영향을 받은 거예요. 문학소녀를 만날 때는 문학을. 도시여자를 만날 때는 맵시 있게. 다 알고 있어요."

"설마. 저런 체호프 같은 친구가 있나."

웃으면서 그렇게 말했지만, 역시나 가슴이 답답했다. 지금 여기 세이센이 있다면 그 앙상한 어깨를 꼭 안아주고 싶었다.

"지금 기노시타 씨가 뼛속까지 게으름뱅이가 됐다는 건, 곧 당신 흉내를 내고 있다는 것이로군요." 나는 무심코 그렇게 말해버리고는 당황해서 어쩔 줄 몰랐다.

"네. 실은 저, 그런 남자 분을 좋아해요. 좀 더 미리 그것을 알아차리셨더라면 좋았을 텐데요. 하지만 이미 늦었어요. 저를 믿지 못한 벌이에요." 그녀는 가볍게 웃으며 그렇게 내뱉었다.

나는 발밑 흙뭉치를 차다가 문득 고개를 들었는데, 수풀 아래 한 남자가 조용히 서 있었다. 외투를 입고 있었고, 머리도 예전처럼 길게 자라 있었다. 우리는 동시에 그 모습을 알아차렸다. 맞잡고 있던 손을 풀고 슬그머니 떨어졌다.

"데리러 왔다."

세이센이 나지막이 말했는데, 주변이 조용한 탓인지, 내게는 이상하리만치 쿡쿡 아프게 가슴에 와 박혔다. 그는 달빛조차 눈이 부신지 눈썹을 찌푸리고 우리를 흠칫흠칫 쳐다봤다.

나는, 안녕하십니까? 하고 인사를 했다.

"안녕하시오, 집주인 양반." 그가 시원스레 대답했다.

내가 두세 걸음 다가서며 물어보았다.

"요즘은 뭘 하고 계십니까?"

"이제 좀 그냥 내버려두시오. 그것 말고 할 이야기가 없는 것도 아닌데." 세이센은 보통 때와 달리 날카롭게 대꾸했다. 그러더니 말투를 바꾸고는 갑자기 타고난 어리광 섞인 말투로 말했다. "나 말이죠, 요즘 손금을 보고 있어요. 이것 봐요, 태양선이 내 손바닥에 나타나 있습니다. 이것 좀 보세요, 여기. 운세가 풀리고 있다는 증거죠."

그렇게 말하며 그는 왼손을 펼쳐서 손바닥 가득 달빛을 받았다. 그러더니 자신의 손바닥에 태양선인지 하는 손금을 황홀한 듯 바라보았다.

운 같은 게, 트일 리가 있겠어? 그 뒤로는 세이센을 못 봤어. 미치건, 자살을 하건, 그건 그 놈 마음이지. 나도 근 일 년 간 세이센 때문에 하루도 마음 편할 날이 없었어. 조금 있는 유산으로 어느 정도 편안한 생활을 해왔다곤 하지만, 그렇다고 그렇게까지 여유가 있는 것도 아니고, 세이센 때문에 꽤 궁색해졌지. 이렇게 되고 보니 아무런 감흥도 없고, 오히려 전보다 더 갑갑한 상황이 된 것 같아. 평범한 남자에게 억지로 의미를 갖다 붙이고 꿈을 덮어 씌워서, 그걸 지켜보며 살아왔던 건 아닐까. 용구[8]는 없는가. 기린아[9]는 없는가. 이제 그런 기대 따위 진짜 그만둘래. 그는 그저 옛날과 같은 그이며, 그날그날의 분위기에 따라 조금씩 다르게 보일 뿐이야.

어어. 저것 좀 봐. 세이센이 산책 중이야. 저쪽에 종이연이 떠오른

8_ 준마가 될 망아지. 자질이 뛰어난 아이.
9_ 뛰어난 재능을 가지고 있어서 앞날이 기대되는 젊은이.

공터에서. 가로줄 무늬 솜옷을 걸쳐 입고, 어슬렁어슬렁 걸어가고 있네.
너, 왜 그렇게 웃는 거야. 그래? 나하고 닮았어? ……좋아. 그럼 너에게
하나 물어보자. 하늘을 올려다보거나 어깨를 문지르거나 고개를 푹
수그리거나 나뭇잎을 뜯어내면서 느릿느릿 서성거리고 있는 저자와,
여기 있는 내가, 한군데라도, 다른 구석이 있나?

ロマネスク

ロマネスク

太宰治

「로마네스크」

1934년 12월, 친구들과 함께 만든 『푸른 꽃青い花』 창간호에 발표됐다.

하루라도 빨리 더 많은 작품을 발표하고 싶어 초조해 했던 다자이는, 잡지 『푸른 꽃』 제작에 힘을 쏟았지만 창간호를 끝으로 폐간되고 말았다. 이후 『푸른 꽃』 동인들은 잡지 『일본낭만파日本浪曼派』 쪽으로 합류했다.

유럽의 건축양식을 이르기도 하는 프랑스어 로마네스크roman-esque는 소설이란 뜻의 로망roman에서 파생된 말로, 소설처럼 공상적이면서도 기이한 것을 뜻하기도 한다. 「로마네스크」에서는 현실을 뛰어넘어 기묘한 인생을 살아가는 세 젊은이, 다로太郎(주로 맏아들에게 붙이는 이름), 지로二郎(둘째), 사부로三郎(셋째)가 좌충우돌 각자의 삶을 살아가다가 나중에 다시 한데 뭉쳐 의기투합한다.

이 작품은 당대 청년들의 허무한 심상을 희극적으로 담았다(오쿠노 다케오)는 평가를 받고 있으며, 각자의 인생을 살다가 잡지를 만들면서 한데 뭉치는 다자이와 친구들을 떠올리게 하기도 한다.

마술사 다로

옛날 쓰가루 지역 가나기^{다자이의 고향마을}에 구와가타 소스케라는 촌장이
살았다. 마흔아홉에 첫 아이를 얻었다. 남자 아이였다. 다로라 이름
지었다. 다로는 태어나자마자 크게 하품을 했다. 그 하품이 너무 커서
축하하러 온 친척들 보기가 민망할 정도였다. 소스케의 걱정이 슬슬
현실로 드러나기 시작했다. 다로는 어머니의 젖가슴에 달려들어 스스로
젖을 빠는 대신, 그저 어머니 품속에서 귀찮은 듯 입을 벌린 채 젖가슴이
입으로 다가오기를 기다리고만 있었다. 종이로 만든 호랑이 인형을
가져다주어도 그것을 만지작거리며 놀기는커녕, 흔들거리는 호랑이
머리를 지루한 듯 바라만 보고 있었다. 아침에 눈을 떠도 서둘러 이부자리
에서 기어 나오는 법 없이, 두 시간 정도 눈을 감고 자는 척을 했다.
가벼이 몸을 움직이는 것을 싫어하는 성격이었다. 세 살 때 작은 사건이
있었는데, 그 사건 덕분에 구와가타 다로라는 이름이 어느 정도 마을에
알려졌다. 신문에 실리지는 않았지만, 기사로 알려지지 않은 사건들이
오히려 진실에 가까울 때가 많다. 사건은 다로가 어디론가 하염없이

걸어가면서부터 시작되었다.

　이른 봄의 일이었다. 으슥한 밤, 다로는 어머니 품에서 소리도 없이 굴러 나왔다. 데굴데굴 마당으로 굴러 떨어진 다음 대문 밖으로 굴러나갔다. 대문 밖으로 나가더니 바로 우뚝 일어섰다. 소스케와 부인은 모두 잠들어 있었다.

　보름달이 다로의 머리 위에 떠 있었다. 보름달의 윤곽은 희뿌옇게 번져 있었다. 송사리 무늬 속옷에 쇠귀나물 무늬의 솜옷을 껴입은 다로는 동쪽을 향해 맨발로 말똥투성이 자갈길을 걸었다. 졸린 듯 눈을 반쯤 감고 여린 숨을 가쁘게 내쉬며 걸었다.

　다음날 아침, 마을에 소동이 일어났다. 세 살짜리 다로가 마을에서 십 리나 떨어진 유나가레산 사과밭 한가운데 태연히 잠들어 있었기 때문이었다. 유나가레산湯流山은 얼음이 녹아내리는 형상으로 생겼다고 해서 지어진 이름으로, 봉우리에는 완만한 기복이 세 개 있고 서쪽 끝은 마치 물이 흘러내리는 듯이 비스듬한 경사를 이루고 있었다. 높이는 백 미터가량 되었다. 다로가 어떻게 그런 산속까지 갈 수 있었는지, 그 이유는 아무도 몰랐다. 다로가 혼자서 산을 오른 것은 분명했다. 하지만 왜 산길을 올랐는지는 알 수 없었다.

　고사리 뜯는 소녀가 다로를 발견해 손바구니에 집어넣었다. 다로는 바구니 속에서 달랑달랑 흔들리며 마을로 돌아왔다. 산도깨비다, 산도깨비야. 손바구니 속을 들여다본 마을 사람들이 기름기 낀 거무튀튀한 미간을 찌푸리며 말했다. 소스케는 자신의 아이가 무사한 것을 보고 마음이 놓였다. 나 원 참, 그것 참. 큰일이라고 하기도 뭤했고 다행이라고 할 수도 없었다. 부인은 크게 소란을 피우지는 않았다. 다로를 안아 올리고 고사리 뜯는 소녀의 손바구니에 다로 대신 행줏감을 한 단

넣어 준 뒤, 마당에 큰 대야를 가져 와 따뜻한 물을 그득 붓고 조용히 다로의 몸을 씻겼다. 다로의 몸은 조금도 더러워져 있지 않았다. 오히려 하얗고 통통하게 살이 올라 있었다. 소스케는 대야 주변을 우왕좌왕 서성대다가 대야에 걸려 넘어져 더운 물을 마당 가득 쏟아버렸기 때문에 부인에게 잔소리를 들었다. 소스케는 그래도 대야 옆을 떠나지 않고, 부인의 어깨 너머로 다로의 얼굴을 들여다보며 다로야, 뭘 봤느냐, 다로야, 뭘 봤어? 라고 재차 물었다. 다로는 한참 하품을 해대더니 '다아나카무다아치이나에에' 한마디를 외쳤다.

소스케는 깊은 밤, 잠자리에 든 후에야 그 서투른 말의 의미를 알아챘다. 백성의 아궁이는 풍성하도다.[1] 발견이닷! 소스케는 무릎을 치려고 했지만, 무거운 이불이 가로막고 있어서 배꼽 부근을 때리고 말았다. 아프기만 했다. 소스케는 생각했다. 촌장의 아들은 촌장의 부모로군. 세 살 나이에 벌써 백성의 아궁이를 염려하다니. 이것 좀 봐라, 이 따뜻한 광명! 이 아이는 유나가레산 정상에서 가나기의 아침 풍경을 내려다본 것이 분명하다. 그때 집집마다 아궁이에서 연기가 뭉게뭉게 피어올랐겠지. 이는 분명 하늘의 깊은 뜻이다! 이 아이는 하늘에서 내려주신 자식이다. 귀하게 키워야 할 터. 소스케는 조용히 일어나 팔을 뻗어 옆에서 자고 있는 다로에게 정성껏 이불을 덮어주었다. 그리고 팔을 조금 더 뻗어 건너편에 누워 있는 아내의 이불을 우악스럽게 덮어주었다. 아내는 잠버릇이 험했다. 소스케는 아내의 잠든 얼굴을 보지 않으려고 일부러 얼굴을 돌리며 중얼거렸다. 이 사람은 다로를 낳은 어미다. 소중히 대해주자.

<hr />

1_ 일본말로 다미노카마도와니기와이니케리. 다로가 중얼거린 소리와 비슷하다.

다로의 예언은 적중했다. 그해 봄에는 마을 구석구석 사과밭에 크고 아름다운 연분홍 꽃이 만발하여, 백 리 밖 성 아래 마을까지 향기를 풍겼다. 가을에는 더 좋은 일이 생겼다. 사과 알이 테마리[2]만큼이나 컸고 산호만큼이나 붉었으며 오동나무 열매처럼 주렁주렁 열렸다. 시험 삼아 하나를 따서 베어 무니, 터질 듯 수분을 머금은 과육이 쩍 하는 소리와 함께 갈라져서는 차가운 즙이 솟구쳐 올라 코에서 턱 언저리까지를 흠뻑 적셨다. 다음해 설에는 더욱 경사로운 일이 일어났다. 천 마리의 학이 동쪽 하늘에서 날아와 마을 사람들이 저기 좀 봐, 저기, 하고 소란을 피우는 사이 새해의 맑은 하늘을 유유히 헤엄치다 이윽고 서쪽 하늘로 날아갔다. 그해 가을에도 벼 이삭이 무겁게 맺히고 사과도 지난해 못지않게 가지가 꺾어질 정도로 가득 열렸다. 마을은 윤택해지기 시작했다. 소스케는 예언자로서의 다로의 능력을 굳게 믿었다. 하지만 그것을 마을에 퍼뜨리고 다니는 일은 삼갔다. 팔불출이라고 놀림을 받고 싶지 않았기 때문일까? 어쩌면 좀 더 경박스럽게, 떼돈을 벌려는 꿍꿍이가 있어서였는지도 모른다.

어린 시절 신동이었던 다로는, 이삼 년이 지나자 나쁜 길로 빠졌다. 언제부턴가 다로는 마을 사람들에게서 게으름뱅이라고 불렸다. 소스케 역시 그렇게 불린들 어쩔 도리가 없다고 생각하기 시작했다. 다로는 여섯 살이 되고 일곱 살이 되어도 다른 아이들처럼 들판이나 논밭, 강가로 나가 놀려고 하지 않았다. 여름이면 창가에 턱을 괴고 앉아 바깥 경치를 내다보았고, 겨울이면 화롯가에 앉아 타오르는 모닥불을 지긋이 바라보았다. 수수께끼를 좋아했다. 어느 날 밤, 다로는 화롯가에

. . . .
2_ 표면을 화려하게 수놓은 둥근 공.

벌러덩 드러누워서 옆에 있는 아버지의 옆얼굴을 실눈으로 올려다보며, 느릿느릿한 어조로 수수께끼를 냈다. 물속에 들어가도 안 젖는 것이 무엇이게요? 소스케는 고개를 두어 번 흔들며 생각하더니, 모르것는디, 하고 답했다. 다로는 내키지 않는다는 듯 눈을 슬쩍 감더니 알려줬다. 그림자잖아요. 소스케는 슬슬 다로가 지긋지긋해지기 시작했다. 이건 멍청이가 아닌가. 바보천치가 분명하다. 마을 사람들 말마따나, 그냥 게으름뱅이였구나.

다로가 열 살이 되던 해 가을, 대홍수가 나서 마을이 쑥대밭이 됐다. 마을 북단을 유유히 흐르던 폭 3간^{6m} 정도의 가나기강이 한 달 내내 계속된 비 때문에 요동을 치기 시작했던 것이다. 물이 시작되는 곳에서 흙탕물이 크고 작은 소용돌이를 만들더니 순식간에 불어나 여섯 개의 지류가 하나로 합쳐지고, 집채만 한 물길을 일으키며 쏜살같이 산을 타고 내려왔다. 도중에 수백 그루나 되는 나무가 낚아 채이고, 강가의 떡갈나무, 전나무, 백양나무 같은 거목들이 뿌리째 뽑혔다. 불어난 강물은 산기슭 나무들을 차례차례 쓰러뜨리며 일제히 마을로 돌진해왔고, 마을 다리를 장난감처럼 부수고 둑을 무너뜨리며 바다같이 넓어졌다. 수마가 집집마다 쌓아둔 주춧돌을 삼키자, 돼지는 물에 빠져 허우적거렸고, 막 베어 놓은 볏단 만여 개가 넘실넘실 파도쳤다. 닷새째가 되어서야 비가 그쳤고, 열흘째 겨우 물이 빠졌으며, 이십 일째쯤부터 다시 폭 3간 정도의 곱상한 강이 되어 마을 북단을 천천히 흘렀다.

마을 사람들은 매일 밤 여기저기 무리를 지어 머리를 맞대고 의논했다. 결과는 항상 같았다. 내는 굶어 죽기 싫여! 이 결론이 늘 논의의 출발점이었다. 마을 사람들은 다음날 밤 다시 똑같은 의논을 시작해야 했다. 그리고 매번 죽기 싫다는 결론을 얻은 채 해산했다. 다음날 밤은 더욱 오래 토론을 했다. 그래도 결론은 마찬가지였다. 토론은 끝날 줄을 몰랐다. 혼란에 빠진 마을에 의인이 나타났다. 열 살짜리 다로가 어느 날, 두 손으로 머리를 감싸고 한숨을 쉬고 있던 아버지에게 의견을 냈다. 이건 간단히 해결될 문제다. 성으로 가서 바로 성주님께 구제를 부탁하면 된다. 내가 가겠다. 소스케는 야아, 하고 이상야릇한 탄성을 내질렀다. 그러더니 자신이 사뭇 경망스러운 행동을 했다는 것을 깨닫고, 한 번 풀었던 두 손을 다시 머리 뒤로 넘겨 깍지를 끼고 얼굴을 찌푸렸다. 너는 아직 아이라 그리 쉽게 생각지마는, 어른들은 그리 생각 안 한다. 성주께 건의했다가 까딱하면 목숨이 날아갈 판인디. 당치도 않은 짓이지. 그만두자, 그만둬. 그날 밤, 다로는 팔짱을 끼고 훌쩍 밖으로 나가, 그대로 종종걸음을 치며 성으로 향했다. 아무도 몰랐다.

성주에게 직접 올린 청원은 성공했다. 다로가 운이 좋았기 때문이다. 목숨을 잃기는커녕 포상까지 받았다. 다행히도 성주가 법률을 까맣게 잊어버리고 있었던 탓이리라. 더분에 미을은 전멸을 막을 수 있었고, 이듬해부터는 다시 삶이 윤택해졌다.

마을 사람들은 그래도 이삼 년은 다로를 칭찬했다. 이삼 년이 지나자 잊어버렸다. 촌장댁 맹추 님이란 다로를 두고 하는 말이었다. 다로는 매일같이 창고 안에 들어가 소스케의 장서를 닥치는 대로 읽었다. 가끔 차마 눈뜨고 볼 수 없는 발칙한 그림책을 발견하기도 했다. 그래도 천연덕스러운 얼굴로 읽어나갔다.

그러던 중 마술 책을 발견했다. 이 책을 가장 열심히 탐독했다. 한 줄 한 줄 정성들여 읽었다. 곳간 속에서 일 년 정도 수행해서, 겨우 쥐와 독수리, 뱀이 되는 법을 익혔다. 쥐가 되어, 곳간 안을 뛰어다니다가, 가끔 멈춰 서서 찍찍 울어보았다. 독수리가 되어, 곳간 창문으로 날개를 펴고 날아올라 마음껏 창공을 누볐다. 뱀이 되어, 곳간 마루 밑으로 몰래 기어들어가 거미집을 피해 냉랭한 음지의 풀을 배 비늘로 헤치며 누비고 다녔다. 얼마 지나지 않아 사마귀가 되는 법도 터득했지만, 이것은 그저 사마귀로 변한다는 게 다일 뿐 아무런 재미도 없었다.

소스케는 이미 제 자식에게 실망하고 있었다. 그래도 포기하기가 아쉬워 아내에게 말했다. 그려, 너무 잘난 것이 탈이여. 다로는 열여섯에 사랑에 빠졌다. 상대는 옆집 기름장수의 딸로 피리를 잘 부는 소녀였다. 다로는 곳간 안에서 쥐나 뱀이 된 채로 그 피리 소리 듣는 것을 좋아했다. 슬프다, 저 아가씨가 나한테 반한다면 얼마나 좋을까. 쓰가루 제일의 멋진 남자가 되고 싶구나. 다로는 자신의 마법을 이용해 멋진 남자가 되기를 간절히 빌었다. 열흘째 되던 날 그 소원이 이루어졌다.

주저주저하며 거울을 들여다본 다로는 깜짝 놀랐다. 얼굴색은 얼이 빠진 듯 희었고, 볼 아래는 불룩하게 살이 쪄 퉁퉁했다. 눈은 쫙 찢어져 있고, 턱수염이 길게 나 있었다. 덴표시대[729년~749년] 불상 얼굴을 닮았는데, 심지어 사타구니의 물건까지 고풍스럽게 축 늘어져 있었다. 다로는 낙담했다. 마법 책이 너무 오래된 것이었다. 덴표시대 책이었던 것이다. 이런 꼴로는 씨알도 안 먹힐 것인데. 다시 한 번 해보자. 원래대로 돌아가려고 했지만 잘 되지 않았다. 자기 자신의 욕망만을 위해 제멋대로 마법을 쓴 경우에는 좋든 싫든 그것이 신체에 딱 달라붙어 어떻게 해볼 도리가 없었다. 다로는 사나흘 헛된 노력만 하다가 닷새 만에 체념했다. 이렇게 고풍스러운 얼굴은 어차피 여자들이 좋아하지 않을 테지만, 그래도 세상에는 괴짜들이 없는 것도 아니다. 마법의 능력을 잃어버린 다로는 불룩한 아래턱과 덥수룩한 턱수염을 단 채 창고를 빠져나왔다.

벌어진 입을 다물 줄 모르고 서 있던 다로의 부모는, 다로가 자초지종을 설명한 후에야 겨우 입을 다물었다. 어차피 이런 한심한 몰골로는 이 마을에서 살 수가 없습니다. 여행을 떠나겠습니다. 그런 쪽지를 남기고, 그날 밤 훌쩍 집을 나섰다. 보름달이 떠 있었다. 보름달의 윤곽은 조금 일그러져 있었다. 날씨 때문은 아니었다. 다로의 눈에 고인 것 때문이었다. 여기저기 정처 없이 걷던 다로는 미남이란 얼마나 이상한 것인가에 대해 생각했다. 아주 먼 옛날에는 훌륭했던 남자가, 어째서 지금은 이렇게 얼빠진 모습이 되었나. 그럴 리가 없는데. 이건 이것대로 좋은 일이 있겠지. 그래도 이 수수께끼는 어렵기 그지없었고, 이웃 마을 숲을 빠져나가 성 아래 마을에 닿을 때까지도, 또 쓰가루 지역의 경계를 넘을 때까지도 좀처럼 풀리지 않았다.

참고로 다로가 부리는 마법의 기술은, 팔짱을 끼고 전봇대나 담 벽에 기대서서 시시해, 시시해, 시시해, 시시해, 시시해, 라는 저주를 수십 번이고 수백 번이고 낮게 중얼중얼하는 것으로, 그러다 보면 마침내 무아의 경지에 빠져들게 되었다고 한다.

싸움꾼 지로베에

옛날 도카이도 미시마[3] 역마을에 시카마야 잇페이라는 남자가 살았다. 증조부 대부터 양조업을 하고 있었다. 예로부터 술은 주인의 인격을 반영하는 것이라 했다. 시카마야 집안의 술은 맑으면서도 쌉쌀한 맛이

....
3_ 지금의 시즈오카현 미시마시. 다자이가 종종 들러 글을 쓰곤 했던 곳이다.

있었다. 술 이름은 미즈구루마물레방아였다. 자식이 열넷 있었다. 남자 아이가 여섯. 여자 아이가 여덟. 장남은 세상일에 둔했기 때문에 사업을 좌지우지 하는 것은 잇페이였다. 큰아들은 자기 철학도 없고 자신감도 없었는데, 그래도 가끔씩은 아버지를 향해 무언가 의견을 제시하려 했다. 하지만 말하는 도중에 완전히 자신감을 상실하고는, 이건 이런 게 아닌가 하고 생각을 해보기도 합니다만, 그러나 이렇다고는 해도 틀린 것투성이라는 생각이 들지 않는 것도 아니고, 아니, 분명 틀렸을 것입니다만, 아버님은 어찌 생각하십니까, 글쎄 저도 뭐가 뭔지 잘은 모르겠습니다만 틀린 것 같습니다, 하고 결국은 어렵사리 의견을 꺼냈다가 도로 집어넣었다. 잇페이는 간단히 답했다. 틀렸느니라.

하지만 차남인 지로베에는 약간 달랐다. 그는 정치가의 넓두리까지는 아니지만, 분명하게 시시비비를 가리는 성품이었다. 때문에 그는 미시마 역마을 사람들로부터 돼먹지 못한 놈이라 불리며 따돌림을 받기도 했다. 지로베에는 장사꾼 근성을 싫어했다. 세상은 주판이 아니다. 값어치 없는 것이야말로 귀한 것이라 확신하며 매일 술을 마셨다. 집안사람들이 부당한 이익을 탐내는 것을 두 눈으로 똑똑히 봐 왔기에, 술을 마셔도 자기 집 술에 입을 대는 일은 없었다. 만약 잘못해서 마시게 된 경우에는 재빨리 목구멍 속으로 손가락을 집어넣어 토해냈다. 다음날도, 그 다음 날도, 지로베에는 매일 같이 미시마 시내를 돌며 혼자 술을 마셔댔지만, 아버지 잇페이는 그를 꾸짖으려고도 하지 않았다. 잇페이는 융통성 있는 남자였다. 많은 자식 가운데 하나 정도는 천둥벌거숭이 같은 놈이 있는 게 오히려 생기가 돌아 좋다고 생각했다. 게다가 잇페이는 미시마의 소방관 대장일을 맡고 있었기 때문에 장차 지로베에에게 이 명예직을 물려주려는 계획도 갖고 있어서, 지로베에가 망아지처럼 날뛰어준다면 그만큼 장래의 소방관 대장으로서의 자격도 갖추는 것이라 멀리 내다보고, 지로베에의 방탕을 보고도 못 본 척했다.

지로베에는 스물둘 되던 해 여름에 반드시 싸움을 잘하는 사람이 되겠노라고 결심했는데, 거기에는 이런 이유가 있었다.

미시마 신사에서 매년 8월 15일마다 축제가 열렸는데, 여관 사람들은 물론, 누마즈 어촌이나 이즈 산촌에서 수만 명이나 되는 사람들이 부채를 허리에 꽂고 신사를 향해 우르르 모여들었다. 마시마 신사 축제 때는 반드시 비가 온다는 설이 있었다. 미시마 사람들은 멋 부리기를 좋아해서 빗속에서도 부채를 부치며 춤 수레, 장식 수레, 불꽃놀이 같은 것들을 비에 흠뻑 젖은 채 추위를 참으며 구경했다.

지로베에가 스물두 살 되던 해 축제날은 드물게 쾌청했다. 푸른 하늘에는 솔개 한 마리가 꾸룩꾸룩 울며 날고 있었고, 참배 온 사람들은 신사 앞에서 합장을 하며 절을 한 다음, 푸른 하늘과 솔개에게도 절을 했다. 정오가 지날 무렵, 느닷없이 북동쪽 하늘 구석에서 검은 구름이 꾸물꾸물 밀려오기 시작하더니, 두세 번 눈을 깜박거리는 사이에 벌써 어둑해지고 물기를 머금은 무거운 바람이 대지를 휘감았다. 그것이 신호라도 되는 듯 커다란 빗방울이 툭툭 떨어지더니, 급기야 못 견디겠다는 듯 한꺼번에 소나기로 변해 쏟아졌다. 지로베에는 신사 입구 앞 주점에서 술을 마시며, 바깥의 빗줄기와 잔달음질 치며 지나가는 여자의 모습을 바라보고 있었다. 그러다가 벌떡 자리에서 일어섰다. 아는 사람이었다. 이웃집 서당훈장 댁 따님이었다. 무거워 보이는 빨간 꽃무늬 옷을 입고, 대여섯 걸음 뛰다가는 걷고, 걷다가는 뛰고 있었다. 지로베에는 주점의 발을 척 걷고 밖으로 나가, 우산 가져가시오, 라고 말을 건넸다. 옷이 젖으면 큰일입니다. 소녀는 멈춰 서서 가느다란 목을 돌리며 천천히 지로베에의 얼굴을 보더니 부드럽고 새하얀 뺨을 붉혔다. 기다려요. 그렇게 말하곤 주점으로 돌아와 주인에게 소리를 질러 우산 하나를 빌렸다. 어이, 서당훈장 댁 따님. 댁의 아버지도 그렇고, 어머니도 그렇고, 또 당신도 그렇고, 나를 돼먹지 못한 나쁜 놈이라고 생각하고 있겠지. 하지만 사실은 어떨는지. 나는 딱하다는 마음만 들면 우산이든 뭐든 힘닿는 대로 돕는 바로 그런 사람이란 말이오. 아시겠소? 우산을 챙겨 들고 총알처럼 튀어 나가보니, 서당 집 딸은 사라졌고, 한층 더 세차게 내리는 빗속에 한 무리의 사람들이 서로 밀치락달치락 하며 지나갈 뿐이었다. 술집에서 우우우우, 하고 야유가 터져 나왔다. 예닐곱 명의 건달들이 지르는 소리였다. 지로베에는 오른손으로 우산을 받쳐 들고 생각했다. 아아아. 싸움을 잘하고 싶다. 이런 멍청한 인간들과 맞닥뜨렸을 때는 논리고 똥이고 가차 없다. 사람이 건드리면, 사람을 벤다. 말이 건드리면, 말을 벤다. 그거다. 이후 삼 년간 지로베에는 남몰래 싸움을 위한 수행의 길을 걸었다.

싸움은 배짱이다. 지로베에는 술로 배짱을 키웠다. 지로베에의 주량은 점점 세져서, 눈빛은 점차 죽은 물고기처럼 차갑게 젖어갔고, 이마에는 세 줄의 기름기 낀 주름이 생겼으며, 누가 봐도 배짱 좋은 아저씨의 모습으로 변해갔다. 입가에 담뱃대를 가져갈 때도 있는 힘껏 팔을 뒤로 틀고서, 그제야 맛나게 한 대 피웠다. 담력이라면 누구에게도 지지 않을 남자로 보였다.

다음은 말투였다. 속마음을 들키지 말고, 작고 낮은 목소리로 소곤소곤 이야기하자. 싸움을 하기 전에는 우선 말발로 한 방 날리는 것이 상책이기에, 언어 선택에 고심했다. 당신, 실수하는 거야. 지금 장난하는 걸로 보이나? 당신, 그 코끝이 자주색으로 부어오르는 게 심상치 않군.

낫는 데 백 일도 더 걸리겠어. 뭔가 잘못 생각하시는 것 같수다. 이런 말을 언제까지고 술술 해댈 수 있도록, 매일 밤, 잠자리에서 서른 개씩 낮게 중얼거렸다. 또 이런 말을 하는 중간 중간에 입을 돌리거나 필요 이상으로 눈을 희번덕거리지 않고 웃는 얼굴을 유지할 수 있도록, 그런 연습을 게을리하지 않았다.

　이것으로 준비는 끝났다. 드디어 몸을 단련할 차례다. 지로베에는 무기를 사용하는 것을 싫어했다. 무기의 힘으로 이겼다면 남자의 싸움이라 할 수 없다. 맨손으로 이기지 않고는 맘이 편치 않았다. 먼저 주먹을 쥐는 법부터 연구했다. 엄지손가락을 주먹 밖으로 내어 쥐면 엄지손가락이 부러질 염려가 있다. 지로베에는 이래저래 연구한 끝에 주먹 안에 엄지손가락을 숨긴 후 다른 네 손가락의 첫 번째 관절을 빈틈없이 맞춰 쥐었다. 무척 튼튼해 보이는 주먹이 만들어졌다. 이렇게 단단하게 맞춰 쥔 첫 번째 관절로 자신의 무르팍을 콱 하고 내리쳐 보니, 주먹은 조금도 아프지 않았지만 그 대신 무릎이 아하고 부서질 만큼 아팠다. 이것은 발견이었다. 다음으로, 손가락 첫 번째 관절의 거죽을 두껍고 단단하게 만들기로 마음먹었다. 아침에 눈을 뜨면 그가 생각해낸 주먹으로 베개 머리맡에 재떨이 하나를 내리쳤다. 거리를 걷다가 길가의 흙담이나 벽도 내리쳤다. 술집 테이블을 내리쳤다. 집안의 화로를 내리쳤다. 이런 수행으로 일 년을 보냈다. 재떨이가 산산이 부서지고, 흙담이나 벽에 무수히 크고 작은 구멍이 생기고, 술집 테이블에 금이 가고, 집안의 화로가 멋지게 울퉁불퉁해졌을 무렵, 지로베에는 그제야 단단한 주먹에 자신감을 가질 수 있게 되었다. 수련을 하면서 때리는 방법에도 기술이 있다는 것을 알았다. 팔을 옆으로 크게 휘둘러 때리는 것보다는, 겨드랑이 아래에서 피스톤처럼 똑바로 올려쳐 때리는 것이 효과가 세 배는 더 좋았다. 똑바로 돌진하는 도중에 팔을 안쪽으로 반 바퀴 정도만 비틀면, 네 배는 더 효과가 있다는 것도 알았다. 팔이 나선형으로 상대의 몸 깊숙한 곳까지 파고 들 수 있다는 원리였다.

다음 한 해는 집 뒤편에 있는 고쿠분지 절 유적지의 소나무 숲속에서 수련을 했다. 사람모양을 한 5척 4, 5치약 165㎝가량의 마른 나무둥치를 두들겼다. 자신의 몸을 구석구석 두들겨 패본 뒤 미간과 명치끝이 가장 아프다는 사실도 알아냈다. 예부터 전해져 오는 남자의 급소도 한 번쯤은 생각해보았지만, 이건 아무래도 품위 없는 짓이고 진정한 남자가 겨냥할 곳은 아니라 생각했다. 정강이도 상당히 아프다는 것을 알았지만, 그곳은 발로 차기에 좋은 곳이었고, 싸움을 하는 데 발을 사용하는 것은 비겁한 짓이라는 생각에, 오로지 미간과 명치를 공략하기로 했다. 마른 나무기둥에서 미간과 명치에 해당하는 높이에 작은 칼로 몇 군데 삼각형을 표시해둔 뒤 매일매일 정신 나간 사람처럼 퍽퍽 두들겨 팼다. 당신, 실수하는 거야. 지금 장난하는 걸로 보이나? 당신, 그 코끝이 자주색으로 부어오르는 게 심상치 않군. 낫는 데 백 일도 더 걸리겠어. 뭔가 잘못 생각하는 것 같구나, 라고 말하는 순간 퍽하고 미간에 주먹을 날린다. 왼손은 명치를 겨냥한다.

일 년간 수련을 하면서 마른 나무의 삼각형 표시가 사발 깊이만큼 동그랗게 패였다. 지로베에는 생각했다. 지금은 백발백중이다. 하지만 아직까지 안심할 수는 없었다. 상대는 이 나무기둥처럼 언제까지고 입 다물고 조용히 서 있지만은 않을 것이다. 움직인다. 지로베에는 미시마 마을 골목골목마다 돌고 있는 물레방아를 생각해냈다. 후지산 기슭의 눈이 녹아내린 수십 가닥의 맑은 물은 집집이 토담 아래나 수풀 앞이나 정원 안을 지나 작은 지류를 이루며 여기저기를 찬찬히 흘렀고, 곳곳에 이끼 낀 물레방아가 조용히 돌아가고 있었다. 지로베에는 밤에 술을 마시고 집으로 가는 길이면, 반드시 물레방아 하나를 정벌했다. 뱅뱅 돌고 있는 물레방아 열여섯 장의 나무 판 혀를 순서대로 퍽퍽 두들겨 팼다. 처음에는 꽤 어려웠지만, 곧 미시마 길가에서 물레방아가 부서진 혀를 축 늘어뜨린 채 멈춰 있는 것을 적지 않게 볼 수 있었다.

지로베에는 때때로 개울에 들어가 미역을 감았다. 물속 깊은 곳에 한동안 가만히 잠겨 있기도 했다. 한창 싸움을 하다가 실수로 발이 미끄러져 냇가로 떨어졌을 때를 고려해서였다. 냇가는 마을 여기저기를 흐르고 있었기 때문에 충분히 그럴 위험이 있었다. 빛바랜 무명 복대를 더욱 꽉 조여 감았다. 뱃속에 술을 너무 많이 부어 넣지 않기 위한 조치였다. 형편없이 취하다가는 발을 헛디뎌 생각지도 못한 수모를 겪을 수도 있는 일이었다. 삼 년이 흘렀다. 매년 열리는 큰 신사의 축제가 세 번 있었다. 수련은 끝났다. 지로베에의 풍모는 듬직하고 둔중하게 변해 있었다. 고개를 왼쪽이나 오른쪽으로 돌아보는 데 일 분이나 걸렸다.

육친은 핏줄로 이어진 사이이기에, 누구보다 아들의 변화에 민감했다. 아버지 잇페이는 지로베에의 행동을 꿰뚫어 보고 있었다. 무슨 수련을 하고 있는지는 몰랐지만 뭔가 거물이 되어가고 있다는 것만은 느끼고 있었다. 잇페이는 오래전부터 품고 있던 계획을 실행했다. 지로베에에게 소방서 수장으로서의 명예직을 잇도록 한 것이었다. 지로베에는 그 묵직한 성품으로 많은 소방수들의 신뢰를 얻었다. 그러나 이름만 대장님, 대장님, 하고 불릴 뿐 그간 준비해 왔던 싸움의 기회는 쉽사리 오지 않았다. 어쩌면 한평생 싸움 한 번 하지 못하고 이대로 죽을지도 모른다고 생각하자, 젊은 수장은 지루해서 견딜 수가 없었다. 단련에 단련을 거듭한 튼실한 팔뚝이 밤마다 근질거렸지만, 가만히 앉아 벅벅 긁어 대기만 할 뿐 별 수가 없었다. 넘치는 힘을 주체하지 못하고 골머리를 앓던 끝에 에라, 모르겠다, 하는 심정으로 등짝 한가득 문신을 새겼다. 다섯 치^{15cm} 정도 되는 새빨간 장미를 향해 고등어를 닮은 가늘고 긴 너덧 마리의 물고기가 뾰족한 입을 껌뻑이며 사방에서 모여드는 문양이었다. 등에서 가슴에 걸쳐 파란 잔물결이 꿈틀거리고 있었다. 이 문신 덕택에 지로베에는 도카이도에서 모르는 사람이 없을 정도로 유명한 남자가 되었다. 이제 소방수들은 물론, 역마을 건달들도 그를 우러러보게 되어서, 모르긴 해도 이제 제대로 된 싸움을 하긴 어렵게 되었다. 지로베에는 이것이 참을 수가 없었다.

　하지만 기회는 생각지도 못한 곳에서 왔다. 그즈음 미시마 역마을에 시카야마와 어깨를 견줄 만큼 좋은 술을 빚는 진슈야 조로쿠라는 부자가 있었다. 이곳의 술은 혀에 착 감도는 맛에 빛깔이 농후했다. 그는 자신이 빚는 술을 닮아 첩을 넷 두고 있었는데, 그것도 모자라 다섯 번째 첩을 맞이하려고 적당한 방법을 궁리 중이었다. 매의 하얀 깃을 단 화살이 지로베에의 집 지붕을 지나쳐 조용히 살고 있는 옆집 서당훈장네 지붕 위 잡초를 헤치고 가 박혔다. 훈장은 쉽게 답변하지는 않았다. 두 번이나 할복을 계획했다가 부인에게 들켜 실패했을 정도였다. 지로베에는 소문을 듣고 자기 솜씨를 보이고 싶어 팔이 근질근질했다. 기회를 노렸다.

　석 달 만에 기회가 왔다. 12월 초, 미시마에 드물게 큰 눈이 내렸다. 해 질 녘부터 폴폴 날리기 시작하더니 함박눈으로 바뀌었다. 석 자가량 눈이 쌓였을 때 여섯 군데 역참의 화재경보 벨이 일제히 울렸다. 불이었다. 지로베에는 느릿느릿 집을 나섰다. 안타깝게도 진슈야네 옆집 다다미 가게가 활활 타오르고 있었다. 수천 개의 불덩어리가 다다미 가게 지붕 위로 미친 듯이 뛰어올랐고, 불꽃은 송진가루처럼 솟아올라 멀리멀리 흩날렸다. 가끔 검은 연기가 바다도깨비처럼 슬그머니 나타나 지붕 전체를 뒤덮었다. 화염에 물든 함박눈 내리는 화재 현장은 한층 더 음울하고 안타까워 보였다. 소방수들은 진슈야와 언쟁을 벌이기 시작했다. 진슈야는 자기 집에 물을 붓는 것은 절대로 안 될 일이라고 버티며, 어서 빨리 옆집 다다미 가게의 용마루를 부수어 불길을 잠재우라고 주장했다. 소방수들은 그것은 소방법에 어긋나는 일이라며 맞섰다. 거기에 지로베에가 나타났다. 진슈야 씨. 지로베에는 될 수 있는 한 낮은 목소리로, 거기다 희미한 미소까지 띄우며 말을 꺼냈다. 당신, 뭔가 잘못 생각하시는 것 같수다. 지금 장난하는 걸로 보이나? 진슈야의 태도가 돌변했다. 아이고, 시카마야의 젊은 주인 양반이시로군요. 어허헛. 거 농담도 못합니까. 제가 술에 취해서 잠깐 미쳤나 봅니다. 자자, 원하시는 대로 마음껏 물을 뿌리세요. 싸움은 일어나지 않았다. 지로베에는 꺼져가는 불을 바라보았다. 싸움은 일어나지 않았지만, 이 일로 지로베에는 남자 중의 남자로 더욱더 이름을 널리 알리게 됐다. 화염을 등지고 진슈야를 윽박지르던 지로베에의 붉은 양 볼에는, 열 송이 정도의 함박눈이 사라지지도 않고 딱 붙어 있었는데, 그 모습이 마치 하늘의 신처럼 무서웠다는 이야기가, 그 뒤로도 오랫동안 소방수들 사이에서 회자되었다.

다음해 2월 화창하게 갠 어느 날, 지로베에는 여관에서 좀 떨어진 곳에 신혼집을 차렸다. 각각 다다미 여섯 장, 네 장 반, 세 장짜리 방이 세 개 있었고, 그 외에도 다다미 여덟 장짜리 2층 방이 있었는데, 거기서 후지산이 정면으로 내려다보였다. 3월, 더할 나위 없이 좋은 날에, 서당훈장 딸인 신부를 새 집에 맞이했다. 그날 밤, 소방대원들은 지로베에의 신혼집에 몰려와 축하주를 마셨다. 한 사람씩 각자 숨겨둔 장기를 선보이며 밤을 지새웠다. 마지막 남은 한 명이 술에 취해 졸린 사람들을 속여 가며 두 장의 접시로 마술을 했고, 한쪽 구석에서 짝짝짝 울리는 박수소리를 끝으로, 혼례식 피로연이 끝났다.

지로베에는 이렇게 사는 것도 나름대로 훌륭하다고 어렴풋이 생각하며, 멀뚱히 하루하루를 보냈다. 아버지 잇페이도 이것으로 일단락되었구나, 하고 중얼거리며 담뱃대를 재떨이에 탁 털었다. 하지만 명석한 두뇌를 가진 잇페이조차 조금도 예상하지 못했던 슬픈 사건 하나가 일어났다. 결혼을 하고 이래저래 두 달째 되던 날 밤에, 지로베에는 신부가 따라주는 술을 받아 마시며, 나는 싸움에 강해, 강한 데는 이유가 있지, 이렇게 오른손으로 미간을 때리는 거야, 라면서 왼손으로는 명치를 때리며, 장난삼아 신부에게 맛보기를 조금 보여주었는데, 신부가 데굴데굴 구르더니 그만 죽어버렸다. 너무 정확하게 잘 때렸던 것이다. 지로베에는 아내를 죽인 죄로 큰 벌을 받아 감옥에 갇혔다. 너무 잘해서 받은 벌이었다. 지로베에는 감옥에 들어가서도 특유의 차분한 자세 덕에 간수들에게 바보 취급을 받지는 않았고, 함께 갇힌 죄인들에게는 감옥의 주인으로 추앙받았다. 다른 죄인들보다는 한 단 높은 자리에 앉아, 지로베에는 속죄라고도 할 수 없고, 염불이라고도 할 수 없는 자작곡을 슬픈 곡조로 흥얼거렸다.

바위에 대고 속삭이네
두 뺨을 붉히며
나는 강하다

바위는 답하지 않았네

거짓말쟁이 사부로

옛날 에도 후카가와에 하라노미야 오손이라는 홀아비 학자가 있었다. 중국 종교에 조예가 깊었다. 자식이 하나 있었는데, 이름이 사부로였다. 사람들은 외아들인데도 사부로라 이름 지은 것이 역시 학자답다며 수군거렸다. 어째서 그것이 학자다운 것인지는 아무도 알 수 없었다. 그저 그가 학자이기 때문이었다. 마을에서 오손의 평판은 그다지 좋지 않았다. 지독한 구두쇠였기 때문이었다. 밥을 먹은 뒤 딱 절반을 토해내어, 그걸로 죽을 쑨다는 소문까지 나돌았다.

아들 사부로의 거짓말의 꽃은 아버지 오손의 인색함에서 씩텄다. 여덟 살이 될 때까지 용돈 한 푼 받지 못하고, 중국 군자들의 명언을 암송해야 했다. 사부로는 콧물을 훌쩍대며 중국 군자들의 명언을 읊으면서, 방마다 돌아다니며 기둥이나 벽에 박혀 있던 못을 쑥쑥 뽑아댔다. 못이 열 개 모이면 가까운 고물상에 가져가 일 전이나 이 전에 팔았다. 그걸로 설탕 발린 과자를 사 먹었다. 아버지의 장서를 가져오면 열 배는 더 좋은 값을 받을 수 있다는 고물장수의 말을 듣고 한 권 두 권 가지고 나가다가, 여섯 권째에 아버지에게 들켰다. 아버지는 눈물을 꾹 참고 도벽 있는 아들을 심하게 꾸짖었다. 주먹으로 연달아 세 번 정도 사부로의 머리를 때리고는 말했다. 더 이상 혼을 내는 건 너를 위해서도 나를 위해서도 좋지 않다. 쓸데없이 공복만 느끼게 될 뿐이다.

그러니 벌은 이 정도에서 그만두겠다. 거기 앉아 보거라. 사부로는 마음에도 없는 잘못을 뉘우쳐야 했다. 이것이 사부로에게 있어 거짓말의 시초였다.

그해 여름, 사부로는 이웃집 강아지를 죽였다. 강아지는 친[4]이라는 일본종이었다. 어느 밤중에 친이 요란하게 짖어댔다. 길고 약하게 짖는 소리, 깽깽거리는 다급한 비명, 고통에 겨워하는 과장된 신음소리 등 갖가지 울음소리로 소란을 피웠다. 한 시간 정도 울어댔을 무렵, 아버지 오손이 옆에 누워 있는 사부로에게 말했다. 가서 보고 오너라. 사부로는 아까부터 고개를 들고 눈을 깜박거리며 귀 기울여 듣고 있었다. 일어나 덧문을 열고 보니, 옆집 대나무 울타리에 묶인 개가 온몸을 땅에 비벼대며 몸부림치고 있었다. 소란피우지 마. 사부로는 친을 혼냈다. 친은 사부로의 모습이 보이자, 한번 해보자는 듯이 땅을 파고 대나무 울타리를 물어뜯으며, 깽깽하고 한층 더 큰 소리로 짖었다. 사부로는 응석을 부리는 약해 빠진 친을 보자 증오감이 끓어올랐다. 짖지 마, 짖지 마, 라며 숨죽여 말하곤 마당으로 뛰어내려 작은 돌을 주워 휙 내던졌다. 머리에 명중했다. 깽 하고 한 번 날카롭게 짖더니 희고 작은 몸이 팽이처럼 빙글빙글 돌다가 털썩 쓰러졌다. 죽은 것이었다. 덧문을 닫고 이부자리로 돌아오니 아버지가 졸린 목소리로 물었다. 어찌 된 것이더냐. 사부로는 이불을 뒤집어쓴 채 답했다. 그쳤어요. 병에 걸린 것 같습니다. 내일쯤 죽을지도 몰라요.

그해 가을, 사부로는 사람을 죽였다. 고토토이 다리에서 함께 놀던 친구를 스미다강으로 떠밀었다. 이유는 없었다. 권총을 자기 귀에 대고

4_ 눈이 크고, 몸집이 작으며, 주로 흰색 바탕에 검은색 얼룩이 있다.

쏴버리고 싶은 발작에 휩싸였다. 두부 집 막내는 떨어지면서 가느다란 두 다리를 집오리처럼 천천히 공기를 가르며 딱 세 번 바동거리더니, 풍덩 하고 수면 아래로 가라앉았다. 물결의 흐름에 따라 파문이 1간^{2m} 정도 강 아래쪽으로 흘러가더니, 파문 한가운데로 손 하나가 쑥 올라왔다. 주먹을 꽉 쥐고 있었다. 이내 다시 들어갔다. 파문이 퍼져나가더니 사라졌다. 사부로는 그걸 끝까지 지켜보고 난 뒤 큰 소리로 울부짖었다. 사람들이 모여들었다. 그들은 사부로가 울며 가리키는 곳을 보고 상황을 파악했다. 알려주길 잘했다. 네 친구가 떨어졌구나. 울지 마라. 금방 도와주마. 알려주길 잘 했어. 이해심 많은 남자가 그렇게 말하며 사부로의 어깨를 가볍게 두드렸다. 그러는 중에 수영에 자신 있는 남자 세 명이 경쟁하듯 강으로 뛰어들어, 각기 자신의 수영법을 뽐내며 두부 집 막내를 찾기 시작했다. 셋 다 너무 수영 폼에 신경을 곤두세운 탓에 아이를 찾는 일에 소홀해져서, 결국은 소년의 시체를 찾아내는 데 그쳤다.

사부로는 아무렇지도 않았다. 두부 집 장례식에 아버지 오손과 함께 나란히 참석했다. 열 살, 열한 살이 되면서부터, 아무도 모르는 범죄에 대한 기억이 사부로를 괴롭히기 시작했다. 이런 범죄 때문에 사부로의 거짓말의 꽃은 점차 아름답게 피어났다. 자신이 범죄를 저질렀다는 사실을 세상에서, 그리고 자신의 마음속에서 없애기 위해 사람들에게, 그리고 자기 자신에게 거짓말을 했다. 결국 그런 노력이 너무 길어져, 사부로는 거짓말로 뭉쳐진 덩어리가 되고 말았다.

스무 살이 된 사부로는 이상한 분위기를 풍기는 내성적인 청년이 되었다. 추석이면 긴 한숨을 내쉬며 돌아가신 어머니에 대한 추억을 이야기해서 사람들의 동정을 샀지만, 사실 사부로는 어머니의 얼굴도 몰랐다. 어머니는 사부로가 태어남과 동시에 마치 생명을 맞바꾸듯 그 자리에서 죽었다. 단 한 번도 어머니에 대해 생각해본 적은 없었다. 거짓말이 더욱더 능수능란해졌다. 사부로는 오손의 제자 두세 명에게 편지를 대필해주었다. 부모님께 송금을 부탁하는 편지에 가장 자신이 있었다. 예를 들면 이런 식이었다. 어머님, 아버님, 그간 안녕하셨습니까? 사방의 경치가 어쩌고저쩌고 쓰기 시작해서는, 존경하옵는 아버지는 별고 없으신지요, 라고 허심하게 안부를 여쭙고, 바로 용건으로 들어갔다. 처음부터 입에 발린 소리를 길게 늘어놓고, 그런데 돈 보내주세요, 하는 건 서투른 솜씨이다. 처음 길게 쓴 입에 발린 소리가 그 마지막 한마디로 와해되어 비열하고 치사하게 보이는 것이다. 그러므로 용기를 내어 조금이라도 빨리 단숨에 용건으로 들어가는 것이 능사다. 가능한 한 간단한 것이 좋다. 이번에 학교에서 시경詩經 강의가 시작되는데, 이 교과서는 시중의 서점에서 구입하면 이십이 엔이다. 하지만 오손 선생님이 학생들의 경제력을 고려해 중국에서 직접 책을 주문해주시기로 했다. 총 십오 엔 팔십 전이다. 이 기회를 놓친다면 약간 손해를 보게 되므로 되도록 빨리 신청할 생각이다. 서둘러 십오 엔 팔십 전을 보내주시기 바란다. 이런 식이었다. 그런 다음 자신의 근황에 대한 사소한 일상사를 알린다. 어제 창문 밖을 보았더니 까마귀 여러 마리와 솔개 한 마리가 싸우고 있었는데 참으로 용감무쌍했다든가, 그저께 둑으로 나가 산책을 하다가 이상한 들꽃을 발견했는데 꽃잎은 나팔꽃보다 작고 완두콩보다는 크고 빛깔도 빨간 듯 흰 듯 매우 진기한 것이어서 뿌리째 뽑아와 방 화분에 옮겨 심었다는 식의 내용을, 송금 청구고 뭐고 까맣게 잊어버린 듯 태연히 적어내려 가는 것이다. 그리하면 아버지들은 그 편지를 읽고 자식의 평안한 심경을 그려보며 쓸데없이 노심초사 걱정했던 마음을 부끄럽게 여기고 미소를 머금으며 돈을 송금한다. 사부로의 편지는 무척 큰 효과가 있었다. 학생들은 너도 나도 사부로에게 편지 대필이나 글쓰기를 부탁했다. 돈이 오면 학생들은 사부로를 데리고 놀러 나가서는 한 푼도 남김없이 다 써버렸다. 오손의 학교는 서서히 번창하기 시작했다. 소문을 들은 에도의 학생들은 젊은 선생한테 편지 쓰는 법을 몰래 배우고 싶은 마음에 오손을 찾아오기도 했다.

사부로는 묘안을 냈다. 매일같이 수십 명에게 편지를 대필해주거나 글을 써주는 것도 번거로운 일이었다. 차라리 책을 한 권 낼까? 어떻게 하면 부모에게서 많은 돈을 송금 받을 수 있을 것인가에 대한 비법을 한 권의 책으로 출판하자. 하지만 출판을 하는 데에는 한 가지 마음에 걸리는 문제가 있었다. 그 책이 잘못해서 부모들 손에 들어가기라도 하는 날에는 어떻게 되겠는가. 어쩐지 죄스러운 결과가 예상되었다. 사부로는 출판하려는 것을 그만두었다. 학생들의 필사적인 반대에 부딪혔기 때문이기두 했다. 그럼에도 사부로는 저술에 대한 결심만은 굽히시 않았다. 그 무렵 에도에서 유행하던 통속소설을 출판하기로 결심했다. 허허, 삼가 말씀드리오니, 와 같은 말로 시작해 장난과 속임수를 최대한 곁들여 쓰는 것이었는데, 사부로의 성격에 딱 들어맞았다. 그가 스물두 살 때 주정꾼 엉망진창 선생이라는 필명으로 출판한 두세 권의 통속소설 은 의외로 잘 팔렸다. 어느 날 사부로는 아버지의 장서 가운데 그의 통속소설 중의 걸작인 『인간만사 거짓은 진실』이라는 책이 한 권 섞여 있는 것을 발견하고 태연하게 아버지에게 물었다. 엉망진창 선생의 책은 좋은 책입니까? 오손은 잔뜩 찌푸린 얼굴로 답했다. 전혀. 사부로는 웃으며 말했다. 이건 제 필명입니다. 오손은 당황함을 감추려 두어 번 크게 헛기침을 하고는, 주변을 살피며 낮은 목소리로 물었다. 얼마

벌었느냐?

걸작 『인간만사 거짓은 진실』의 줄거리는 겐엔嫌厭 선생이라는 세상을 등진 젊은이가 익살스럽게 삶을 살아가는 모습을 하나하나 서술한 이야기였다. 겐엔 선생은 화류계에서 방탕한 생활을 즐기며 살아가는 자다. 때로는 배우라 속이고, 때로는 큰 부자인 양 호기를 부리며, 때로는 몰래 저잣거리에 숨어든 귀족인 척한다. 그 방법이 진짜처럼 치밀해서 게이샤들도 그를 의심하지 않고, 그 자신조차도 자신을 의심하는 일이 없다. 그것은 결코 꿈이 아닌 분명한 현실이었는데, 하루아침에 백만장자가 되었다가 다음날 아침 눈을 뜨니, 이번에는 유명한 배우가 되어 있더라는 식으로 한 인간의 기상천외한 생애가 끝이 난다. 죽자마자 오래전 땡전 한 푼 없던 가난뱅이 겐엔 선생으로 돌아간다는 내용이었다. 이것은 말하자면 사부로의 사소설私小說이었다. 스물두 살을 맞이한 사부로의 거짓말은 이미 신의 경지에 이르러, 사부로의 입에서 나오는 모든 것이 순식간에 진실의 황금으로 변했다. 아버지 오손 앞에서는 어디까지나 숫기 없는 효자로, 학생들 앞에서는 세상사에 통달한 무시무시한 능력자로, 화류계에서는 단주로[5]나 귀한 집안의 도련님이나 어디어디 조직의 우두머리로 행동했지만, 거기에는 어색함이나 거짓된 모습이 조금도 없었다.

이듬해 아버지 오손이 죽었다. 오손의 유서 내용은 다음과 같았다. 나는 거짓말쟁이다. 위선자다. 중국의 종교에서 마음이 떠나면 떠날수록 거기에 집착했다. 그래도 살아갈 수 있었던 것은 어미 없는 아들에 대한 애정 때문이었다. 나는 실패했지만 아들만큼은 성공시키고 싶었다.

. . . .
5_ 이치카와 단주로. 가부키 배우로 유명한 이치카와 가문의 배우이름.

하지만 이 아이도 실패할 것 같다. 나는 아들에게 내가 육십 년에 걸쳐 모아 온 돈 오백 푼을 남김없이 물려준다. 사부로는 유서를 읽고는 얼굴이 파랗게 질려서는 희미하게 웃으면서 그것을 반으로 찢어버렸다. 다시 넷으로 찢었다. 다시 여덟 등분으로 찢었다. 공복을 막기 위해 아이를 꾸짖는 것을 피했던 오손, 자식의 명성보다도 인세에 더 신경을 쓰는 오손. 이웃들은 주춧돌 밑에 황금이 가득 든 독을 숨겨놓고 있다고 수군거렸지만, 오손은 단돈 오백 푼의 유산을 남기고 저 세상으로 갔다. 거짓의 말로^{末路}다. 사부로는 거짓말이 뀐 최후의 방귀에서 나는 악취를 맡고 있는 기분이었다.

사부로는 가까운 니치렌슈⁶의 한 절에서 아버지의 장례를 치렀다. 자칫 야만적인 리듬으로 들리기도 하는, 스님이 마구 두드려 대는 북소리도, 오래 귀 기울여 듣고 있노라면 그 리듬 속에 어찌할 수 없는 분노와 초조, 그걸 얼버무리려는 자포자기의 광대짓을 느낄 수 있었다. 가문의 문장이 새겨진 예복을 입고 염주를 든 채 열 명 남짓한 학생들 한가운데에서 등을 구부리고 앉아 석 자 앞의 다다미 가장자리를 응시하면서 사부로는 생각했다. 거짓말은 범죄가 뀌는 소리 없는 방귀다. 자신의 거짓말도, 어린 시절의 살인에서 출발했다. 아버지의 거짓말도, 아버지 자신조차 믿을 수 없는 종교를 사람들에게 믿도록 하려는 큰 범죄에서 나온 것이다. 무겁고 답답한 현실에 조금이라도 청량감을 주려고 거짓말을 하는 것이지만, 거짓말은 술과 같아서 점점 실력이 늘어간다. 차차 더 짙은 거짓말을 뱉어내게 되고, 그것이 갈고 닦여 끝내 진실의 광명을 뿜어낸다. 이것은 그의 경우에 국한된 것만은 아닌 것 같다. 인간만사

6_ 가마쿠라시대에 승려 니치렌(1222~1282)에 의해 일본에 전파된 불교의 한 종파.

거짓은 진실. 문득 그 단어가 비로소 피부에 와 닿아 쓴웃음을 지었다. 아아, 이것은 코미디의 정점이다. 오손의 뼈를 정성스레 묻고 난 사부로 는, 오늘부터 거짓 없는 생활을 해보자고 다짐했다. 다들 하나씩은 비밀스런 범죄를 품고 있다. 겁먹을 필요는 없다. 주눅들 일이 아니다.

거짓 없는 생활. 이 말 자체가 이미 거짓말이다. 좋은 것을 좋다고 말하고, 나쁜 것을 나쁘다고 말한다. 이것도 거짓말이다. 무엇보다 아름 다운 것을 아름답다고 말하는 마음에 거짓이 있으니. 저것도 더러워, 이것도 더러워. 사부로는 이렇게 중얼거리며 매일 밤 잠들지 못하고 고통스러워했다. 그러다가 사부로는 드디어 하나의 태도를 발견했다. 무의지 무감동이라는 백치 같은 태도. 바람처럼 사는 것. 사부로는 일상의 행동 하나하나를 전부 달력에 맡겼다. 역학의 운세에 맡겼다. 즐거운 것이라곤 밤마다 꿈을 꾸는 것뿐이었다. 푸른 들판에 서 있는가 하면, 가슴을 설레게 하는 소녀도 있었다.

어느 날 아침 사부로는, 혼자 아침을 먹다가 문득 고개를 저으며, 밥상 위에 탁 하고 수저를 내려놓았다. 그 길로 일어나 방을 빙글빙글 세 바퀴 돌더니, 팔짱을 끼고 밖으로 나갔다. 무의식 무감동의 태도가 의심스러워졌던 것이었다. 이것이야말로 거짓의 지옥 중에서도 깊은 산중이다. 의식적으로 열심히 바보짓을 하는 게 어째서 거짓이 아니겠는 가. 노력하면 할수록 거짓에 덧칠을 해가고 있었던 거다. 내 멋대로 하자! 무의식의 세계. 사부로는 아침 댓바람부터 술집을 찾았다.

새끼발을 걷고 안으로 들어서니, 이른 아침인데도 벌써 손님이 둘이나 있었다. 놀랍게도 마법사 다로와 싸움꾼 지로베에였다. 다로는 테이블의 동남쪽 구석에 앉아, 아래턱의 그 불룩하고 통통한 볼이 취기로 불그레하게 물들어, 축 늘어진 콧수염을 꼬아대며 술을 마시고 있었다. 지로베에는 그 반대쪽인 서북쪽 구석에 진을 치고 있었는데, 부어 오른 커다란 얼굴이 기름기로 번들번들했다. 술잔을 쥔 왼손을 큰 동작으로 입가에 가져가 한 모금 마시고는, 술잔을 눈높이까지 들어 올려 멍하니 그렇게 한참을 있었다. 사부로는 두 사람 가운데 앉아 술을 마시기 시작했다. 셋은 원래 모르는 사이였다. 다로는 가는 눈을 반쯤 감고, 지로베에는 일 분이나 걸려 천천히 고개를 들어 올리며, 사부로는 두리번두리번 침착치 못한 여우 눈을 해서는, 각기 나머지 두 사람의 모습을 훔쳐보고 있었다. 취기가 돌면서 세 사람은 조금씩 가까이 다가가 앉았다. 세 사람의 억누르고 억누르던 취기가 폭발했을 무렵, 사부로가 먼저 입을 열었다. 이렇게 아침부터 함께 술을 마시는 것도 인연이라고 생각합니다. 더군다나 에도는 반정^{半丁50m}만 걸어도 타향이라고 할 만큼 많은 사람들이 모여 사는 곳인데, 이렇게 좁은 술집에서 한날한시에 만난 것도 참으로 신기한 일이 아니겠습니까? 다로는 크게 하품을 하더니 느릿느릿 대답했다. 나는 술이 좋아서 마시는 겁니다. 그렇게 사람 얼굴을 보지 마시오. 그러더니 수건으로 얼굴을 가렸다. 지로베에는 테이블을 탕탕 치고는 테이블 위에 지름 세 치^{10cm}에 깊이 한 치 정도의 구멍을 낸 뒤 대답했다. 그렇지. 인연이라고 한다면 인연이겠지. 나는 지금 막 감옥에서 나왔소. 사부로가 물었다. 왜 감옥에 가셨습니까? 그건 말이지, 지로베에는 묵직한 음성으로 자신의 반평생에 대해 이야기했다. 말을 마치자 눈물 한 방울이 술잔 속으로 똑 떨어졌다. 지로베에는 그것을 한 입에 털어 넣었다. 사부로는 이야기를 듣고 잠시 생각하더니, 어쩐지 형님 같은 생각이 든다고 말을 꺼내며, 단 한 톨의 거짓도 없이 자신의 반평생을 조심조심 정성들여 읊었다. 난 잘 모르겠네. 한참 듣고 있던 지로베에가 한마디 툭 던지더니 꾸벅꾸벅 졸기 시작했다. 하지만 다로는 그때까지 지겨운 듯 하품만 하고 있다가, 가느다란 실눈을 될 수 있는 한 크게 뜨고 귀를 쫑긋 세우며 사부로의 이야기에 귀를 기울였다. 이야기가 끝나자 다로는 뺨을 덮었던 수건을 귀찮은 듯 떼어내며, 사부로 씨, 당신 마음 잘 알겠소이다. 나는 다로라고 하는 쓰가루 놈이요. 이 년 전부터 이렇게 에도로 나와 이리저리 돌아다니고 있습니다. 이 사람 이야기도 들어주겠소? 라고 하더니 역시 졸린 말투로 자신이 지금까지 겪었던 사연을 자세히 들려주었다. 갑자기 사부로가 소리를 질렀다. 그 마음 압니다, 알아요. 지로베에는 그 소리에 놀라 눈을 떴다. 흐릿한 눈을 멍하니 뜨더니 무슨 일이냐고 사부로에게 물었다. 사부로는 자신이 너무 흥분했던 것이 부끄러웠다. 흥분이야말로 거짓의 결정체. 억누르려 아무리 애를 써도 취기가 그것을 허락하지 않았다. 사부로의 어설픈 억제심이 오히려 그를 더욱 흥분시켜서, 이젠 될 대로 돼라, 입에서 나오는 대로 큰 소리로 거짓말을 했다. 우리는 예술가다. 그런 거짓말을 해버리고 나니, 슬슬 거짓말에 불이 붙기 시작했다. 우리 셋은 형제다. 오늘 여기서 만난 이상, 죽어도 헤어질 수 없다. 이제 곧 우리들의 천하가 올 것이다. 나는 예술가다. 마술사 다로 씨의 반평생도, 싸움꾼 지로베에 씨의 반평생도, 그리고 외람되나마 나의 반평생이라는 이 세 가지 모범적인 삶의 방식을 세상 사람들에게 글로 알리자. 누가 뭐라 하건 상관할 바 아니지. 거짓말쟁이 사부로의 거짓말의 화염은 이 무렵부터 극에 달했다. 우리는 예술가다. 왕인들 두렵지 않다. 돈도 우리에겐 낙엽처럼 가볍다.

太宰治

「완구」

1935년 7월, 잡지 『작품』 '신인작가특집호'에 「참새새끼」와 함께
발표됐다.

다자이 스스로 「완구」를 '산문시라고도 할 수 있는 작품'(단편집
『완구』 후기, 1946년)이라고 했듯, 하나의 이야기로 이루어져 있다
기보다는 「잎」처럼 짧은 단상이 흩뿌려져 있는 작품이다.

작품 마지막에 '미완'이라는 표기에 대해서는 여러 가지 설이
있으나, 세 살, 두 살, 한 살의 기억을 정리하다가 한 살 이전의
기억을 미완으로 처리한 것으로 보인다는 설이 유력하다.

어떻게든 된다. 어떻게든 되겠지 하며 하루하루를 보내고 있지만, 그래도, 아무리 해도, 어떻게도 되지 않는 경우가 있다. 그럴 때면 나는 끊어진 종이 연처럼 둥둥 바람에 떠밀려 고향집으로 돌아왔다. 평상복 차림으로 모자도 쓰지 않은 채 도쿄에서 2천 리^{800㎞} 떨어진 고향집 현관으로 팔짱을 끼고 조용히 걸어 들어간다. 부모님이 계신 거실 문을 드르륵 열고 문지방에 서면, 돋보기를 끼고 신문 정치면을 낮은 목소리로 읽고 계시던 아버지도, 그 옆에서 바느질을 하고 계시던 어머니도, 화들짝 놀라 벌떡 일어나신다. 때에 따라서 어머니는 비단 천을 북 잡아 찢는 소리를 내지르시기도 한다. 한참 내 모습을 올려다보시다가, 나에게는 여드름도 있고, 발도 있고, 유령이 아니라는 사실을 깨달으시고는, 아버지는 분노의 귀신으로 돌변, 어머니는 바닥에 엎드려 엉엉 운다. 원래 나는 도쿄를 떠난 그날부터 죽은 척해왔다. 아버지가 욕설을 퍼붓고 어머니가 매달리며 애원을 해도, 나는 그저 이해하기 힘든 미소로 만 답했다. 바늘방석에 앉은 기분이라고 흔히들 말하는데, 나는 구름방 석에 앉은 기분으로 그저 멍하니 앉아 있었다.

올해 여름도 마찬가지였다. 나에게는 삼백 엔, 더도 덜도 말고 이백칠

십오 엔, 딱 그만큼이 필요했다. 가난한 건 질색이다. 살아 있는 한, 사람들에게 밥도 사고, 고급스러운 옷도 입고 싶다. 고향집에는 현금이 오십 엔도 없다. 그것도 알고 있다. 그래도 나는 고향집 창고 깊숙한 곳에 어림잡아 이백삼십여 개의 보물이 있다는 것도 알고 있다. 나는 그것을 훔친다. 이미 세 번 도둑질을 했고, 올 여름이 네 번째다.

이 문장까지는 내 재능에 확고한 자부심을 느낀다. 나를 힘들게 하는 것은 여기서부터의 내 자세다.

「완구」라는 제목의 이 소설에서 완벽한 태도를 드러낼까, 모범적인 정념을 드러낼까. 어찌됐건 추상적인 말투는 될 수 있는 대로 삼가야 한다. 아무리 해도 결말이 나지 않기 때문이다. 한마디 변명을 늘어놓기가 무섭게 조금만 더, 조금만 더 하면서 앞에 한 말을 뒤좇아 가다가 마침내는 수만 마디의 주석. 그 뒤에 남는 것은 두통과 발열과, 아아, 멍청한 짓을 하고 말았다는 자책. 뒤이어 똥구덩이에 빠져 익사하고 싶다는 빌작.

내 말을 믿으십시오.

나는 지금 이런 소설을 쓰려 한다. 나라는 한 남자가 있고, 그가 어떤 작은 사건을 계기로 자신의 세 살 두 살 한 살 때의 기억을 더듬는다. 나는 그 남자의 세 살 두 살 한 살의 추억을 서술하겠지만, 이것이 꼭 괴기소설이 되리란 보장은 없다. 갓난아기의 난해함에 얼마간 흥미를 느꼈고, 이건 작품이 될 만하다 싶어 원고지를 펼쳤을 뿐이다. 따라서 이 소설의 오장육부는 한 남자의 세 살 두 살 한 살의 추억이다. 나머지는 쓰지 않아도 된다. 돌이켜보면 내가 세 살 때, 라는 식으로 서두를 풀고, 줄줄 생각나는 이야기를 엮어 쓰면서, 두 살 한 살, 마지막에는 자신이 태어났을 때의 추억을 서술한 뒤, 거기서부터 천천히 속도를 줄여가며 쓰기를 멈춘다면, 그걸로 충분하다. 그렇지만 여기서 완벽한 태도를 드러낼 것인가, 모범적인 정념을 드러낼 것인가, 하는 문제가 발생한다. 완벽한 태도란, 감쪽같이 사람을 속이는 수법을 말한다. 거짓말로 상대를 꾀어내기도 하고, 달래기도 하고, 물론 슬쩍슬쩍 협박도 더해가면서 이야기를 진행시키다가, 아아, 이쯤이 적당한가 싶으면, 뭔가 의미심장한 말 한마디를 툭 던져 본래 자신의 모습을 싹 지워버린다. 아니지, 완전히 다 지워버리는 건 아니다. 장지문 뒤로 재빨리 몸을 숨길 뿐이다. 이윽고 그가 장지문 뒤에서 천진난만하게 미소 띤 얼굴을 내밀었을 때 상대는 이미 뭐든 그가 원하는 대로 할 수 있는 상태가 돼 있으리라. 작가의 잔꾀란, 이를 테면 이런 식의 술수를 말하며, 한 사람의 작가가 진지하게 정진해 나가야 할 대상이다. 나 역시 이런 수법을 그리 싫어하지는 않아서, 갓난아기의 추억담에 한 가지 잔꾀를 써보자고 궁리하고 있다.

이쯤 해서 내 태도를 분명히 해둘 필요가 있다. 나의 거짓말이 슬슬 무너지고 있다는 것을 느끼고 있기 때문이다. 나는 완벽한 태도를 경계하면서도, 언제 다시 그곳으로 돌아간다고 해도 상처가 남지 않도록 주의해 가면서 펜을 놀려 왔다. 이 소설 앞머리의 서두 몇 줄을 지우지 않고 그대로 둔 것만 보아도, 그것을 쉽게 알아챌 수 있었을 것이다. 한술 더 떠 재능에 대한 확고한 자부심이라며 금칠한 사슬로 독자의 마음을 묶어둘 몇 줄을 곁들이는 것, 이거야말로 꽤나 멋들어진 잔꾀다. 솔직히 말하면 돌아갈 생각이었다. 서두에 슬쩍 적다 말았던 그 남자가 왜 자신의 세 살 두 살 한 살 때의 기억을 되찾으려 했는지, 어떻게 해서 기억을 되찾게 되었는지, 거기다가 그 기억을 되찾은 순간 남자는 어떤 일을 겪게 될지, 나는 그것을 전부 생각해두었다. 거기에 갓난아기의 추억담을 앞뒤에 덧붙여서 그렇게 완벽한 태도와 모범적인 정념, 둘 다를 고루 갖춘 이야기를 만들어낼 생각이었다.

더 이상 나를 경계할 필요는 없을 것이다.

나는 쓰고 싶지 않다.

쓸까? 갓난아기 시절 기억만이라도 좋다면, 하루에 대여섯 줄씩 써나가도 좋다면, 당신만이라도 정성껏 읽어준다면. 좋아. 언제 완성될지 모를 이 엉터리 작업의 출발을 축복하며, 당신과 나, 둘이서 수줍은 건배를 하자. 작업은 그 다음 일이다.

태어나서 처음으로 땅 위에 섰을 때를 기억한다. 비 개인 푸른 하늘. 비온 뒤 검은 흙. 매화꽃. 그것은 분명 뒤뜰이었다. 여자의 부드러운 두 손이 내 몸을 그곳에 데려가, 나를 살짝 땅 위에 세웠다. 나는 아무렇지도 않게 두 걸음인가 세 걸음 걸었다. 갑자기 내 시각이 땅바닥에서 끝없이 먼 곳끼지 넓어졌다. 발뒤꿈치의 촉각이 대지의 무한한 깊이에 놀라 전신이 얼어붙어서, 그만 엉덩방아를 찧고 말았다. 나는 불에 덴 듯 자지러지게 울었다. 참을 수 없는 공복감.

이건 모두 거짓말이다. 나는 단지 비 개인 푸른 하늘에 걸려 있던 한 줄기 희미한 무지개를 기억할 뿐이다.

사물의 이름이란, 그것이 어울리는 이름이라면 설사 들은 적이 없다 해도 저절로 알게 되는 법이다. 나는 나의 피부로 들었다. 멀거니 무언가를 보고 있자면, 그것의 언어가 내 살결을 간질였다. 예를 들면, 엉경퀴. 좋지 않은 이름은 아무런 반응도 없다. 아무리 들으려 해도 감이 오지 않는 이름도 있다. 예를 들면, 사람.

두 살 되던 해 겨울, 나는 한 번 미쳤다. 콩알만 한 불꽃이 귓속에서 팡팡 터지는 기분이 들어, 나도 모르게 두 손으로 귀를 감쌌다. 그날 이후 귀가 들리지 않았다. 멀리 물 흐르는 소리만이 때때로 들려올 뿐이었다. 자꾸만 눈물이 흐르고, 마침내 눈알이 따끔따끔 아파오더니, 연이어 주위의 색이 변하기 시작했다. 나는 눈에 색유리 같은 것이라도 낀 건가 싶어서 그것을 떼어내려고 몇 번이나 눈꺼풀을 비볐다. 나는 누군가의 품에 안겨 화롯불을 바라보았다. 불꽃은 순식간에 새까맣게 변해, 바다 깊은 곳 다시마 수풀이 움직이는 듯 기묘하게 보였다. 푸른 불꽃은 리본 같았고, 노란 불꽃은 궁전 같았다. 하지만 마지막으로 우유 같은 순백의 불꽃을 보는 순간, 거의 넋을 놓았다. "어머, 이 아이는 또 오줌을 싸네. 애는 오줌을 눌 때마다, 와들와들 떨어." 누군가 그렇게 말하던 것을 기억한다. 겸연쩍어진 나는 괜스레 가슴을 불룩하게 내밀었다. 제왕의 희열을 느꼈기 때문이리라. "나는 멀쩡하다. 아무도 모른다." 경멸은 아니었다.

비슷한 일이 두 번 있었다. 나는 가끔 장난감과 대화를 나누었다. 늦가을 바람이 세차게 불어오던 어느 깊은 밤의 일이었다. 나는 머리맡 오뚝이에게 물었다. "오뚝아, 안 추워?" 오뚝이가 답했다. "안 추워." 나는 재차 물었다. "정말 안 추워?" 오뚝이가 답했다. "안 추워." "정말?" "안 추워." 옆에서 자던 누군가가 우리를 보고 웃었다. "이 아이는 오뚝이를 정말 좋아하나 보네. 한참을 말없이 오뚝이만 보고 있으니."

어른들이 모두 잠들고 조용해지면, 쥐 사오십 마리가 집안 곳곳을 뛰어다닌다는 것을 나는 알고 있다. 가끔은 구렁이 너덧 마리가 다다미 위를 기어 다닐 때도 있다. 어른들은 코를 골며 깊은 잠에 빠져 있었기 때문에 이것을 모른다. 쥐나 구렁이가 이불 속까지 기어들어 오지만, 어른들은 모른다. 나는 밤에 늘 깨어 있다. 낮 동안, 모두 보는 앞에서, 조금 잔다.

나는 아무도 모르게 미쳤다가, 머지않아 아무도 모르게 나았다.

그것보다도 더 어렸을 때의 일. 보리밭에 물결치는 이삭들을 볼 때마다 떠오른다. 나는 보리밭 속 두 마리의 말을 지켜보고 있었다. 붉은 말과 검은 말. 뭔가 애를 쓰고 있었다. 나는 거기서 어떤 힘을 느꼈기 때문에, 두 마리의 말이 나를 옆에 방치해둔 채 신경도 쓰지 않는 무례함에 대해, 불만을 느낄 여유도 없었다.

또 한 마리의 붉은 말을 보았다. 어쩌면 같은 말이었을지도 모르겠다. 누군가 바느질을 하고 있었다. 잠시 그러고 있더니 벌떡 일어나 앞섶을 탁탁 털었다. 실밥을 털어내려는 것인지도 모른다. 내 쪽으로 몸을 비틀더니 한쪽 볼을 바늘로 찔렀다. "아가야, 아프니? 아파?" 내게는 아팠다.

할머니가 돌아가신 것은, 이렇게 찬찬히 손가락을 꼽아 계산해보니, 내가 태어난 지 8개월 되던 무렵이었다. 이때의 추억만큼은 안개가 삼각형의 틈을 만들고, 거기에 한낮의 투명한 하늘이 소중한 살결을 살짝 보여줄 때처럼 또렷하다. 할머니는 얼굴도 몸도 무척 작았다.

머리모양마저 작았다. 깨알 같은 벚꽃 잎을 가득 흩뿌려놓은 모양의 쭈글쭈글한 옷감으로 된 기모노를 입고 있었다. 나는 할머니에게 안겨 상큼한 향수냄새에 취한 채 상공에서 벌어지고 있는 까마귀의 싸움을 구경하고 있었다. 할머니는 아이쿠, 하고 외마디 소리를 지르더니 나를 다다미 위에 내던졌다. 굴러 떨어지면서도 나는 할머니의 얼굴을 보았다. 할머니는 아래턱을 심하게 떨었고, 새하얀 이가 두 번이고 세 번이고 소리 나게 부딪쳤다. 그러더니 맥없이 뒤로 나자빠졌다. 많은 사람들이 할머니 주변에 달려들어, 일제히 방울벌레 기어가는 소리를 내며 울기 시작했다. 나는 할머니 옆에 함께 나동그라져서는, 죽은 사람의 얼굴을 묵묵히 바라보았다. 기품 있는 할머니의 하얀 얼굴 이마 양쪽 끝에서부터 작은 파도가 오글쪼글 일어나더니, 얼굴 가득 피부의 파도가 번져나가, 순식간에 할머니 얼굴이 주름투성이가 되었다. 사람은 죽고, 주름은 돌연 살아나, 움직인다. 계속해서 움직였다. 주름의 목숨. 그뿐인 문장. 슬슬 견디기 힘든 악취가 할머니의 품속에서 새어 나왔다.

지금도 여전히 내 귓불을 간질이는 할머니의 자장가. "여우 시집가는데, 신랑이 없네." 그 밖에 다른 말은 없느니만 못하다. (미완)

陰火
도깨비불

太宰治

「도깨비불」

1936년 4월, 『문예잡지文藝雜誌』 '다자이 오사무 특집호'에 발표됐다.

원제 「음화陰火」는 일본 괴담에 나오는 각종 도깨비불鬼火 가운데 하나로, 망령이나 요괴가 출현할 때 함께 나타나는 것을 뜻한다.

이 작품 속에는 네 편의 각각 다른 단편이 실려 있는데, 주로 남성의 시각으로 본 여성상이 그려져 있다. 그나저나 여성을 다룬 연작의 작품명이 「도깨비불」이라니. 다자이에게 여성은 도깨비불처럼 신비롭고 해괴한 존재였던 것일까?

탄생

　스물다섯의 봄, 유서 깊어 보이는 마름모꼴 학사모를, 많은 희망자들 가운데서도 유난히 우물쭈물 어쩔 줄 몰라 하며 부탁하는 신입생 하나에게, 줘버리고, 귀향했다. 매 깃털 모양의 가문의 문장이 새겨진 마차는, 젊은 주인을 태우고 정거장에서 30리 되는 길을 단숨에 내달렸다. 딸가닥딸가닥 바퀴소리가 나고, 풀썩풀썩 말안장이 들썩였다. 마부의 고함소리, 말편자의 둔중한 울림, 그런 것들과 뒤섞여 종달새 우는 소리가 몇 번이나 들려왔다.

　북방은 봄에도 눈이 있었다. 눈 녹은 길이 검게 말라 있었다. 논밭의 눈은 녹기 시작해서 땅을 드러내고 있었고, 눈 덮인 산맥의 완만한 비탈길도 보랏빛으로 질척해져 있었다. 누런빛이 도는 목재를 쌓아둔 산기슭 부근에 나지막한 공장이 보이기 시작했다. 굵직한 굴뚝에서 맑게 갠 하늘로 푸른 연기가 피어올랐다. 그의 집이었다. 졸업생은 오랜만에 보는 고향 풍경을 내키지 않는다는 듯 슬쩍 돌아보더니, 자못 억지스럽게 가벼운 하품을 했다.

그해 그는, 여기저기 산책을 하며 하루를 보냈다. 방마다 들어가 제각기 다른 냄새를 맡았다. 서양식 방에서는 약초냄새가 났다. 거실에는 우유냄새. 사랑방에서는 어쩐지 부끄러운 냄새가 났다. 그는 앞채 두 층과 뒤채 두 층, 그리고 별채도 돌아다녔다. 장지문을 스르륵 열 때마다 그의 더럽혀진 마음이 설레었다. 각각의 냄새가 고향에 대한 아스라한 추억을 하나씩 떠올리게 했기 때문이었다.

그는 집 안뿐만 아니라 들판이나 논밭도 혼자서 산책했다. 들판의 붉은 나뭇잎이나 논밭의 수초들은 그러려니 하고 바라봤지만, 귀를 간질이며 흘러가는 봄바람이나, 나지막이 소란을 피우는 만추의 논은, 그의 마음에 들었다.

잠자리에 누워서도, 옛날에 읽던 조그만 시집이나 진홍색 바탕에 검은 해머 그림 같은 것이 그려진 책들을 머리맡에 두는 일은 드물었다. 이부자리에 누워 전기스탠드를 끌어와서는, 두 손바닥을 들여다보았다. 손금을 보는 일에 푹 빠져 있었다. 손바닥에는 잔주름이 꽤 많이 있었다. 그중에서 눈에 띄게 짙은 주름 세 개가 쪼글쪼글 옆으로 나란히 나 있었다. 이 세 줄의 옅고 붉은 줄이 그의 운명을 상징했다. 손금에 따르면, 그는 감정과 지능이 발달했고, 수명은 짧은 것으로 나와 있었다. 늦어도 20대에 죽는다고 했다.

이듬해 결혼을 했다. 그다지 빠르다고는 생각하지 않았다. 미인이기만 하다면야. 화려한 혼례식이었다. 신부는 가까운 마을 양조장 집 규수였다. 피부색이 거무스름했으며, 매끄러운 볼에는 솜털마저 나 있었다. 뜨개질을 잘했다. 한 달 정도는 그도 새색시를 귀여워했다.

그해 한겨울, 아버지가 쉰아홉의 나이로 숨을 거두셨다. 아버지의 장례식은 쌓인 눈이 금빛으로 반짝이던 맑게 갠 날에 치러졌다. 그는 하카마를 허리춤까지 올려 입고, 목이 높은 짚신을 신고는, 산 위 절까지 10정$^{1.1km}$이 넘는 눈길을 저벅저벅 올랐다. 아버지의 관은 가마에 실려 그의 뒤를 따랐다. 그 뒤를 새하얀 베일로 얼굴을 덮은 두 여동생이 따랐다. 행렬은 길게 늘어서 있었다.

아버지께서 돌아가시고 난 후 그의 처지는 급변했다. 아버지의 지위를 그대로 물려받았던 것이다. 아버지의 명성까지도.

명성은 그를 어느 정도 들뜨게 만들었다. 공장 개혁을 추진했다. 딱 한 번 했는데도 공장이 삐걱거렸다. 어쩔 도리가 없어 지배인에게 모든 것을 맡겼다. 그가 공장을 맡은 뒤 바뀐 것이라곤 서양식 방에 걸어두었던 할아버지의 초상화가 유화 꽃 그림으로 대체된 것과, 또 있다, 검은 철문 위에 프랑스풍 가스등이 아스라이 켜졌다.

모든 것이 변함없었다. 변화는 밖에서부터 찾아왔다. 아버지가 돌아가시고 이 년째 되던 여름의 일이다. 마을 은행의 재정상태가 불안해졌다. 어쩌면 그의 집이 파산할지도 몰랐다.

구제의 길이 보였다. 하지만 지배인은 공장을 정리할 계획을 세우고 있었다. 그것이 노동자들을 화나게 했다. 그에게 있어서는 오랜 시간 마음에 걸렸던 것이 의외로 빨리 와주었다는 기분이 들었다. 그들의 요구를 들어주라고, 그는 힘이 빠졌다기보다는 오히려 화가 나서 지배인에게 명령했다. 요구하는 것은 들어주자. 그 이상은 안 된다. 그거면 되겠지? 그는 마음속으로 되뇌었다. 소규모의 정리가 조심스럽게 이루어졌다.

그 무렵부터 절을 좋아하게 되었다. 뒷산 바로 위에 햇빛을 받은 절 지붕이 하얗게 빛나고 있었다. 그곳 주지스님과도 친해졌다. 주지스님은 바짝 마른 체격의 노인이었다. 하지만 오른쪽 귓불이 찢어져 있고 거기에 검은 흉터가 남아 있어서, 가끔은 흉악해 보이기도 했다. 여름더위가 한창인 때에도 긴 돌계단을 터벅터벅 올라 절로 향하곤 했다. 절 부엌 앞마당에는 여름 들풀이 높이 자라 있었고, 맨드라미가 서너 송이 피어 있었다. 주지스님은 대체로 낮잠을 자고 있었다. 그는 마당에 서서, 실례합니다, 라고 했다. 이따금씩 툇마루 아래에서 도마뱀이 파란 꼬리를 흔들며 나타났다.

그는 주지스님에게 불경 구절의 뜻을 물었다. 주지스님은 하나도 몰랐다. 주지스님은 어쩔 줄 몰라 당황하다가, 어허허헛 하고 소리 내어 웃었다. 그도 씁쓰레하게 웃었다. 그걸로 족했다. 가끔씩 주지스님에게 괴담을 들려 달라고 졸랐다. 주지스님은 쉰 목소리로 스무 편 정도의 괴담을 연달아 들려주었다. 이 절에도 괴담이 있겠지요? 그가 추궁하자, 주지스님은, 전혀 없어요, 하고 답했다.

그렇게 일 년이 지나고, 그의 어머니가 세상을 떠났다. 어머니는 아버지가 돌아가신 후 아들인 그를 어려워했다. 너무 벌벌 떨면서 살아서 명이 줄어든 것인지도 몰랐다. 어머니의 죽음과 함께 그는 절을 멀리했다. 어머니가 돌아가시고 나서 처음 알게 된 것이었지만, 그가 절에 다녔던 것은 어머니를 향한 봉사의 마음이 얼마쯤 작용한 것이었다.

어머니께서 돌아가시고 난 뒤, 그는 소가족의 적적함을 맛보았다. 두 여동생 가운데 위의 동생은 이웃 마을의 큰 요릿집으로 시집을 갔다. 막내는 도시에 있는 체조로 유명한 어느 사립 여학교에 다니고 있었는데, 집으로 내려오는 것은 방학 때뿐이었다. 검은 셀룰로이드 안경을 끼고 있었다. 그들 남매는 셋 다 안경을 끼고 있었다. 그는 은테를 끼었다. 다른 여동생은 가는 금테였다.

그는 옆 마을로 가서 놀았다. 그가 사는 동네는 마음이 안 내켜서

술이든 뭐든 마실 수가 없었다. 옆 마을에서 하찮은 추문을 일으켰다. 결국 그런 생활에도 지치고 말았다.

아이를 갖고 싶다는 생각이 들었다. 적어도 아이가 있으면, 아내와의 어색한 사이가 어떻게든 나아질 수 있을 것 같았다. 그는 아내의 몸에서 생선비린내가 나 미칠 지경이었다. 냄새가 코에 들러붙어 좀처럼 떨어지지 않았다.

서른이 되어 살이 조금 쪘다. 아침에 세수하면서 두 손으로 비누거품을 낼 때 보면, 손등이 여자처럼 반들반들 매끄러웠다. 손끝은 담뱃진으로 누렇게 물들어 있었다. 아무리 씻어내도 떨어지지 않았다. 담배를 너무 많이 피운 탓이었다. 하루에 호프를 일곱 갑씩 피웠다.

그해 봄, 아내가 딸아이를 출산했다. 아내는 이 년쯤 전에 도시의 한 병원에서 한 달이나 비밀스러운 입원을 했었다.

딸아이의 이름은 유리라 지었다. 부모 중 어느 쪽도 닮지 않았다. 피부는 하얬고, 머리숱은 적었으며, 눈썹은 거의 없는 것이나 마찬가지였다. 팔과 다리가 가늘고 길어 아름다웠다. 생후 2개월에는 체중이 5킬로그램, 신장이 58센티미터 정도로 보통 아이보다 발육상태가 좋았다.

태어나서 120일 만에 대대적인 출생기념 파티를 했다.

종이학

"난 너와 달리, 사람 좋고 물러 터지기만 한 것 같다. 지난 삼 년간 처녀가 아닌 여자를 아내로 맞았다는 사실을, 까맣게 모른 채 살아왔다.

이런 말은 입 밖에 꺼내지 않는 게 좋을지도 모른다. 지금은 행복한 듯 뜨개질에 열중하고 있는 아내도, 이 말을 들으면 가슴이 무너져 내리겠지. 세상 많은 부부들에게도 편안하게 들리지만은 않을 것이다. 하지만 나는 말한다. 너의 그 시치미 뗀 얼굴을, 두들겨 패주고 싶기 때문이다.

나는 발레리나 프루스트를 읽지 않는다. 나는 문학을 모른다. 몰라도 된다. 나는 훨씬 더 진리에 가까운 무언가를 원한다. 인간을. 인간이라는 시장의 똥파리를. 그런 까닭에 나에게는, 작가만이 모든 것이다. 작품은 무無다.

어떤 걸작이라 해도, 작가 이상은 아니다. 작가를 비약하고 초월하는 작품이라는 것은 독자가 현혹된 것이다. 넌, 얼굴을 찌푸리겠지. 독자로 하여금 영감을 믿게끔 하고 싶은 너는, 내 말이 비속하거나 저질이라고 질타할 것이다. 여기서 좀 더 분명히 말해두겠다. 나는 내 작품이 날 위한 것일 때에만 작업을 한다. 네가 정말로 총명하다면, 이런 날 보고 코웃음을 칠 것이다. 비웃을 수 없다면, 앞으로 똑똑한 척 입을 삐죽거리는 짓은 하지 마라.

나는 지금, 너에게 창피를 주기 위해 이 소설을 쓴다. 이 소설의 내용은 나의 망신거리가 될지도 모른다. 하지만 결코 너에게 연민의 정을 구할 마음은 없다. 너보다 더 높은 곳에 서서, 인간이 느낄 수 있는 진정한 고난이 무엇인지를, 너의 면상에 냅다 던져주자고 생각하고 있다.

나의 아내는 나와 비슷한 수준의 거짓말쟁이다. 올 가을 초, 나는 소설 한 편을 완성했다. 그것은 신에게 우리 가정의 행복을 비는 단편이었다. 나는 아내에게 그것을 읽도록 했다. 아내는 낮은 목소리로 소리

내어 읽더니, 좋네요, 라고 했다. 그러더니 단정치 못한 행동으로 나에게 수작을 부렸다. 내가 아무리 아둔한 멍청이라고 해도, 아내의 이런 태도 뒤에 감춰진 수상쩍은 무언가를 느끼지 않을 수 없었다. 아내의 그런 불안은 어디에서 오는 걸까? 그 생각에 사흘 밤낮을 지새웠다. 나의 의혹은 한 가지 분통터지는 사실로 굳어져갔다. 나 역시, 걸핏하면 열세 번째 의자에 앉으려 드는[1] 까다로운 성격의 소유자였다.

나는 아내를 추궁했다. 이 일에 사흘 밤을 들였다. 아내는 오히려 나를 보고 웃었다. 가끔 화를 내기도 했다. 나는 마지막 카드를 꺼냈다. 내가 쓴 단편 가운데, 나와 비슷한 남자가 처녀와 결혼을 하게 되어, 환희에 차 기뻐하는 장면이 있었는데, 나는 그 부분을 꺼내 들며 아내를 놀렸다. 나는 조만간 큰 작가가 될 것이기에, 이 소설은 앞으로 백 년이 지나도 세상에 남을 것이고, 그러면 넌 이 소설과 함께 백 년 뒤에도 거짓말쟁이로 이 세상에 남는 것이라며 아내를 협박했다. 배운 것 없는 아내는 두려워했다. 잠시 생각하더니, 이윽고 속삭였다. 딱 한 번이었어요. 나는 웃으며 아내를 애무했다. 젊은 시절 상처는 아무것도 아니라며 아내에게 용기를 준 뒤, 더 자세히 말해보라고 했다. 아아, 아내는 잠시 후, 두 번이었네요, 라고 정정했다. 그러고 나서 세 번이라고 했다. 나는 더욱 크게 웃으며, 어떤 남자야? 하고 다정하게 물었다. 내가 모르는 이름이었다. 아내가 그 남자에 대해 이야기하는 동안, 나는 온갖 수단과 방법을 다 써서 아내를 끌어안았다. 이것은 가련한 애욕이다. 동시에 진실한 애정이다. 아내는 결국 여섯 번 정도, 라는 말을 내뱉더니 울음을 터뜨렸다.

· · · · · · · · · · · ·
1_ 열세 번째 의자에 앉는 사람이란, 예수를 팔아넘긴 가룟 유다가 열세 번째 제자였다는 데서, 질투와 배신을 잘하는 성격을 일컬었다.

다음날 아침, 아내는 명랑한 표정이었다. 아침 식탁에 마주 앉았을 때 아내는 장난스럽게 두 손을 모으고 나에게 인사했다. 나도 쾌활하게 아랫입술을 살짝 깨물어 보였다. 그러자 아내는 한층 편안한 표정으로, 고통스러워? 하며 내 얼굴을 들여다보는 게 아닌가. 조금. 내가 답했다.

나는 너에게 알려주고 싶다. 영원함의 형태를 띤 것은, 모두 비속하고 촌스러운 것임을.

내가 그날을 어떻게 보냈는지 그것도 네게 알려주겠다.

이럴 때는 아내의 얼굴, 아내가 벗어놓은 다비^{일본식 버선}, 아내와 관련된 모든 것을 보아서는 안 된다. 아내의 나쁜 과거가 떠오르기 때문은 아니다. 그간 아내와 함께했던 안락했던 날들이 떠오르기 때문이다. 그날 나는 일찍 외출했다. 언제나처럼 젊은 서양화가를 찾아갔다. 이 친구는 독신이었다. 처자식 딸린 친구는 이런 상황에 어울리지 않는다.

가는 길에 머릿속을 비우지 않도록 애썼다. 어젯밤 일이 비집고 들이올 수 없도록 다른 생각에 골몰했다. 인생이나 예술 문제는 다소 위험했다. 특히 문학은 즉각 그날의 생생한 기억을 불러일으킨다. 나는 길가의 식물들을 보며 생각을 짜냈다. 탱자나무는 관목이다. 봄이 끝나갈 무렵 하얀 꽃을 틔운다. 무슨 과 식물인지는 모른다. 가을, 이제 조금만 있으면 작고 노란 열매가 맺힐 것이다. 더 이상 생각하면 위험하다. 나는 서둘러 다른 식물로 눈을 돌렸다. 갈대. 이것은 포아풀과 식물이다. 분명 포아풀과라 배웠다. 이 하얀 풀은 참억새다. 가을의 일곱 가지 풀 가운데 하나다. 가을의 일곱 가지 풀로는 싸리, 도라지, 솔새, 패랭이꽃, 그리고 참억새. 두 개가 부족한데, 뭐더라. 여섯 번 정도. 문득 아내의 말이 귓가에 맴돈다. 나는 발걸음을 재촉했다. 몇 번이나 발이 걸려 넘어졌다. 이 낙엽은. 아니, 식물은 관두자. 좀 더 차가운 것으로.

비틀거리면서 진용을 가다듬었다.

나는 A + B의 제곱 공식을 마음속으로 되뇌었다. 그 다음으로는 A + B + C의 제곱에 대해 생각했다.

너는 얼떨떨한 표정으로 내 이야기를 듣고 있다. 하지만 나는 알고 있다. 아마 너도 나와 같은 재난을 겪게 된다면, 아니, 그보다 더 가벼운 문제라 하더라도, 너의 그 고귀한 문학론을 주체할 수 없어서, 수학은 고사하고 딱정벌레 한 마리에게도 매달리려고 할 것이다.

나는 인체 내 오장육부의 명칭을 하나하나 읊어가면서, 친구의 아파트로 향했다.

친구의 방문 앞에서 노크를 한 뒤, 복도의 동남쪽 구석에 놓인 둥근 금붕어 어항을 보며, 헤엄치고 있는 금붕어 네 마리의 수염 개수를 세었다. 친구는 아직 잠들어 있었다. 한쪽 눈을 찡그려 뜨며 나왔다. 친구의 방으로 들어가서야, 나는 겨우 안심할 수 있었다.

가장 무서운 것은 고독이다. 누군가와 수다를 떨면 도움이 된다. 상대가 여자라면 불안해진다. 남자가 좋다. 되도록이면 호감 가는 인물이 좋다. 이 친구는 그런 조건을 모두 갖추고 있었다.

나는 친구의 최근 작품에 대해 참견을 늘어놓았다. 그것은 20호짜리 풍경화였다. 그의 작품 중에서는 큰 축에 속했다. 물 맑은 연못 주변에 붉은 지붕의 서양풍 집이 있는 그림이었다. 친구가 부끄러운 듯 캔버스를 뒤집어 방 벽에 세워둔 것을, 내가 주저 없이 다시 뒤집어보고 있었다. 나는 그때 어떤 비평을 했던가. 만약 너의 예술비평이 훌륭한 것이라고 한다면, 그때의 내 비평도 완전 쓰레기는 아니었을 것이다. 왜냐하면 나도 너처럼 한마디 하지 않으면 안 된다는 식의 비평을 하기 때문이다. 모티브에 관해, 색채에 관해, 구성에 관해, 나는 대강 뭐라도 결점을 찾아낼 수 있다. 가능한 한 개념적인 말로.

친구는 내가 하는 말 하나하나에 수긍했다. 아니, 아니, 그게 아니라. 나는 처음부터 친구가 끼어들 여유도 주지 않을 정도로 수다를 떨어댔다.

그러나 이런 참견도 완전히 안전하지는 않았다. 나는 적당하다 싶은 선에서 그만두고, 젊은 친구와 장기를 두기 시작했다. 우리 둘은 이부자리 위에 앉아 삐뚤삐뚤 구부러진 선을 그은 마분지 위에 장기 말을 늘어세우고, 후딱후딱 몇 번이나 장기를 두었다. 친구는 가끔씩 너무 오래 고민해서 나에게 잔소리를 듣고 쩔쩔매며 당황했다. 한순간이라도 할 일이 없어 따분한 기분이 드는 것이 미치도록 싫었다.

이런 다급한 마음이 나를 고단하게 만들었다. 장기를 두는 것조차 힘에 부쳤다. 드디어 피로가 몰려왔다. 비켜, 나는 장기를 치우고, 친구의 이불 속으로 들어갔다. 친구도 내 옆에 드러누워 담배를 피워 물었다. 나는야, 얼간이. 휴식도 내게는 커다란 적이다. 슬픈 그림자가 몇 번이나 내 가슴을 긁어댄다. 이제, 이제. 의미도 없이 그렇게 중얼거리면서, 그 커다란 그림자를 쫓아냈다. 이대로는 절대 안 돼. 나는 움직이지 않으면 안 된다.

넌 이걸, 웃어넘길까. 나는 침대에서 기어 나와 머리맡에 흩어져 있던 코 푼 휴지 한 장을 주워들고 종이접기를 시작했다.

먼저 종이의 대각선을 따라 이등분으로 접고, 그것을 다시 둘로 접고, 이렇게 주머니를 만들어, 그다음 이쪽 끝을 접고, 이것은 날개, 이쪽 끝을 접어, 이것은 부리, 이렇게 종이를 팽팽히 당겨서, 여기 있는 이 작은 구멍에다 훅 하고 숨을 불어넣는다. 이것은 학."

물레방아

다리에 다다랐다. 남자는 여기서 되돌아가자고 생각했다. 여자는 조용히 다리를 건넜다. 남자도 건넜다.

여자의 뒤를 쫓아 여기까지 걸어오지 않으면 안 되었던 이유를, 남자는 이리저리 되새겨보았다. 미련은 아니었다. 여자의 몸에서 떨어진 순간, 남자의 정열은 텅 비어버린 것이다. 여자가 묵묵히 돌아갈 채비를 했을 때, 남자는 담배에 불을 붙였다. 자신의 손이 떨리지도 않는 것을 깨닫고, 남자의 마음은 한층 더 명확해졌다. 그대로 그냥 내버려두어도 좋았다. 남자는 여자와 함께 집을 나섰다.

둘은 좁은 흙담 길을 앞서거니 뒤서거니 하며 천천히 걸었다. 초여름 저녁의 일이었다. 길가에 별꽃이 하얗게 점점이 피어 있었다.

죽도록 원망스러운 이성이 아니면, 애정을 품지 못하는 불행한 사람들이 있다. 남자도 그랬다. 여자도 그랬다. 여자는 오늘도 교외에 있는 남자의 집을 찾아가, 남자의 말 한마디에 이유도 알 수 없는 조소를 퍼부었다. 남자는 여자의 집요한 모욕에 맞서, 지금 당장이라도 완력을 쓰자고 결심했다. 여자도 그것을 알아채고 태세를 갖췄다. 이런 숨 막히는 막다른 상황이 둘을 일그러진 애욕 속으로 몰아넣었다. 남자의 힘은 다른 형식으로 표현되었다. 각자 몸을 일으켰을 때, 둘은 서로 티끌만큼도 사랑하지 않는다는 사실을 분명히 깨달았다.

둘이 나란히 걷고는 있었지만, 내심 서로 타협하지 않으려는 반발심이 있었다. 전에 없던 증오였다.

둑 아래는 폭이 2간(^{4m})쯤 되는 개울이 유유히 흐르고 있었다. 남자는 옅은 어둠 속에서 날카롭게 빛나는 수면을 내려다보며 생각했다. 다시 돌이킬 수 있을지도 몰라. 여자는 고개를 숙인 채 똑바로 앞을 향해 걸었다. 남자는 여자의 뒤를 쫓았다.

미련은 아니다. 해결을 위해서다. 마음에 안 드는 말이지만, 마지막 마무리를 짓기 위해서다. 남자는 겨우 변명거리를 찾아냈다. 남자는 여자 뒤에서 딱 열 걸음 떨어져 걸으며, 지팡이를 휘둘러 여기저기 자라난 여름풀을 후려쳐 넘어뜨렸다. 용서해줘, 하고 여자에게 낮게 속삭인다면, 진부하게 해결을 볼 수도 있을 것이다. 남자는 그것도 알고 있었다. 그러나 말하지 않았다. 우선 때가 너무 늦었다. 이것은 곧바로 써먹어야 효과가 있는 말이다. 둘이 다시 대진을 치고 있는 지금, 그것을 입 밖에 내는 것은 얼마나 멍청한 짓인가. 남자는 파란 갈대풀 한 줄기를 후려쳐 넘어뜨렸다.

등 뒤에서 열차의 진동음이 들려왔다. 여자가 문득 돌아보았다. 남자도 서둘러 고개를 뒤로 돌렸다. 열차는 개울 저편 철로를 달리고 있었다. 불 켜진 객차가 한 칸, 두 칸, 세 칸, 네 칸, 그들의 눈앞을 지나갔다. 남자는 등 뒤로 꽂히는 그녀의 시선이 아프도록 따갑게 느껴졌다. 열차는 이미 마을을 지나가버렸고, 앞쪽 숲 그늘에서 기적소리가 들려올 뿐이었다. 남자는 잠시 생각에 잠겨 정면을 응시했다. 만약 여자와 시선이 마주친다면 코웃음을 치며 이렇게 말해줘야지. 일본 열차도 나쁘진 않네.

하지만 여자는 꽤 멀리서 종종걸음으로 걸어가고 있었다. 하얀색 물방울무늬가 들어간 노란 새 원피스가 저녁노을을 뚫고 남자의 눈에 각인되었다. 이대로 집으로 돌아가려는 것일까? 그보다, 결혼할까? 아니, 사실은 결혼 따위는 하지 않을 테지만, 마무리를 짓기 위해서 그런 말을 꺼내보는 거다.

남자는 지팡이를 옆구리에 바짝 끼우고 달리기 시작했다. 여자에게 다가가면 다가갈수록 남자의 결의가 누그러지기 시작했다. 여자는 여윈 어깨를 조금 으쓱거리더니, 또각또각 발걸음을 재촉했다. 남자는 여자의 두세 걸음 뒤까지 쫓아간 후 다시 천천히 걸었다. 증오만 남아 있었다. 여자의 몸 전체에서 참을 수 없이 역겨운 냄새가 흘러나왔다.

둘은 조용히 걸었다. 거리의 한가운데에 냇버들 한 뭉치가 둥둥 떠 있었다. 여자는 냇버들의 왼쪽을 걸었다. 남자는 오른쪽을 골랐다.

도망가자. 해결이고 뭐고 필요 없다. 내가 여자의 마음에 기름을 부어버린 악당이 된다고 해도, 다시 말해 그저 그런 보통 남자들처럼 된다고 해도, 상관없지 않은가. 어차피 남자는 이런 동물이다. 도망치자.

냇버들 한 뭉치를 보내고 나서, 둘은 서로 얼굴도 안 보고, 다시 나란히 걸었다. 딱 한마디만 해줄까? 나는 쉽게 비밀을 떠벌리는 사람이 아니야, 라고. 남자는 한손으로 옷자락 속 담배를 더듬었다. 아니면, 말해줄까. 아가씨의 생애로 한 번, 아내의 생애로 한 번, 그리고 어머니의 생애로 한 번, 누구에게라도 있는 일이야. 좋은 남자와 결혼하도록 해. 그러면 이 여자는 뭐라고 대답할까? 그거 스트린드베리[2]지? 하고 되묻겠지. 남자는 성냥을 그었다. 여자의 검푸른 한쪽 뺨이 일그러진 채 남자의 코앞으로 떠올랐다.

드디어 남자는 걸음을 멈췄다. 여자도 멈춰 섰다. 서로 얼굴을 돌린 채, 잠시 서 있었다. 남자는 여자가 울지도 않고 있는 것을 분하게 여기며, 일부러 가볍게 주위를 둘러보았다. 바로 왼쪽에 남자가 자주 산책을 하러 오는 물레방앗간이 있었다. 물레방아는 어둠속에서 저

<hr />

2_ 아우구스트 스트린드베리(1849~1912). 『미스 줄리』, 『죽음의 무도』를 남긴 스웨덴 극작가.

혼자 천천히 돌아가고 있었다. 여자는 휙 하고 남자에게서 등을 돌리더니, 다시 걷기 시작했다. 남자는 담뱃불을 붙이며 그 자리에 멈춰 섰다. 불러 세우려고도 하지 않았다.

비구니

9월 29일 깊은 밤의 일이었다. 딱 하루만 더 참으면 10월이 되니, 그때 전당포에 가면 한 달치 이자를 더 벌 수 있다고 생각했기에, 나는 담배도 태우지 않고 하루 종일 잠만 잤다. 낮 동안 많이 잔 탓에 밤에는 잠이 오지 않았다. 밤 열한 시 반쯤, 장지문이 달그락달그락했다. 바람이겠지 생각했는데, 잠시 뒤 또 달그락달그락했다. 어, 누가 왔나? 하고 이불에서 상반신을 슬금슬금 일으켜 팔을 뻗어 장지문을 열어보니, 어린 비구니가 서 있었다.

통통하고 아담한 체구의 비구니였다. 머리는 푸르뎅뎅했고, 얼굴은 계란모양에 가까웠다. 볼은 가무스름하고, 푸석푸석했다. 눈썹은 보살 같은 초승달 모양을 하고 있었고, 눈은 방울을 단 듯 또록또록했으며, 속눈썹이 무척 길었다. 작은 코는 깜찍하게 솟아 있고, 입술은 발그레한 것이 조금 두꺼웠으며, 종이 한 장 두께만큼 살짝 벌어진 입 사이로 새하얀 이가 가지런히 보였다. 살짝 턱이 나온 듯도 했다. 먹빛 승복은 풀을 먹인 듯 빳빳하게 각이 잡혀 있었고, 조금 짧은 듯했다. 다리가 세 치가량 들여다보였는데, 고무공처럼 동그랗게 부풀어 오른 복숭아색 다리에는 솜털이 보송하게 나 있었다. 목이 좁은 하얀 다비가 정강이를 꽉 쥐고 있었다. 오른손에는 파란 옥구슬로 된 염주를 들고, 왼손에는 붉은색 표지의 가늘고 긴 책자를 들고 있었다.

나는 아아, 여동생이구나, 싶어서, 어서 들어와, 했다. 비구니는 방 안으로 들어와 조용히 장지문을 닫더니, 거친 무명천으로 된 옷을 바삭바삭 끌면서 내 머리맡까지 걸어와 앉았다. 나는 이불 속에 들어가 똑바로 누운 채 비구니의 얼굴을 말똥말똥 올려다보았다. 갑자기 공포가 엄습해왔다. 숨이 멎을 듯하고, 눈앞이 캄캄해졌다.

"꽤 닮긴 했는데, 당신은 혹시 제 여동생인가요?" 처음부터 나에게 여동생 따위 없다는 게 문득 떠올랐다. "당신은 누구시죠?"

비구니가 답했다.

"집을 잘못 찾아온 것 같습니다. 어쩔 수 없네요. 피차일반이니까."

공포심이 조금 누그러졌다. 나는 비구니의 손을 보았다. 손톱이 전체의 이 푼이나 자라 있었고, 손가락 마디마디는 검고 쭈글쭈글했다.

"왜 그렇게 손이 더러워요? 이렇게 누워서 보고 있으니, 목이나 다른 곳은 그렇게 깨끗한데."

비구니가 대답했다.

"더러운 짓을 했기 때문입니다. 저도 알고 있어요. 그러니 이렇게 염주나 불경 책 속에 숨으려는 것이지요. 저는 색의 배합을 위해 염주와 불경을 함께 들고 다닌답니다. 검은 승복에는 파랑과 빨강, 이 두 색이 아주 잘 어울려서, 제 모습도 한층 더 그럴 듯하게 보이거든요." 그러더니 불경의 책장을 팔랑팔랑 들췄다. "읽어볼까요?"

"네. 그러시죠." 나는 눈을 감았다.

"오후미[3]를 읽겠습니다. 덧없는 인간의 생을 가만히 들여다보니,

3_ 무로마치시대 승려 렌뇨(1415~1499)가 남긴 글. 여기 실린 것은 「백골의 장」의 일부로, 결혼식 날 갑자기 신부가 죽어버려 비통해 하는 청년에게 렌뇨가 보낸 편지다.

세상 무엇보다 허무한 것은 일생에 단 한 번 환상과 같은 인연을 만난 때니라, ……낯간지러워서 읽을 수가 없네. 다른 곳을 읽겠습니다. 여자의 일생이란, 오장삼종[4]이라 하여, 남자를 넘어서려는 여인에게 무거운 벌이 있을지니, 이러한 까닭에 모든 여인들은, ……헛소리네요."

"목소리가 좋으시네요." 나는 눈을 감은 채 말했다. "계속해주십시오. 하루하루가 지겨워서 미칠 지경입니다. 누군지도 모를 사람의 방문에 놀라지도 않고, 호기심도 갖지 않고, 아무것도 묻지 않은 채, 이렇게 눈을 감고 편안하게 서로 이야기할 수 있는 것이, 저도 그런 남자가 될 수 있다는 것이 기쁘기 그지없는데. 당신은 어떤가요?"

"글쎄요. 저야, 어쩔 수 없으니까요. 옛날이야기 좋아하세요?"

"좋아합니다."

비구니는 이야기를 시작했다.

"게 이야기를 해드릴게요. 달밤에 게가 바짝 마르는 것은 모래사장 위에 드리워진 흉측한 자신의 달빛 그림자를 보고 놀라, 밤새도록 잠들지 못하고, 비틀거리며 걸어 다니기 때문입니다. 달빛도 닿지 않는 깊은 바다에서, 이리저리 흔들리는 다시마 숲 속에 조용히 잠들어, 용궁의 꿈이라도 꾸고 있을 때에는 고상하고 그윽한 삶에 젖어 있지만, 달빛이 들기 시작하면 그저 모래사장을 향해 발걸음을 재촉하지요. 모래사장에 나오자마자 다시 한 번 흉측한 자신의 그림자에 놀라 두려움에 떱니다. 여기 한 남자가 있다, 한 남자가 있어. 게는 그렇게 중얼거리면서 거품을 내뿜거나 하면서 옆으로 걸어 다니지요. 게의 등딱지는 부서지기 쉽습니다. 아니, 모양을 보면, 그건 부서지도록 만들어져 있습니다. 게의 등딱지

....
4_ 五障三從. 여성이 부처가 되기 어려운 다섯 가지 장벽과 평생 해야 하는 세 가지 순종(부모, 남편, 자식).

를 부수면 크랏슈, 하는 소리가 나요. 옛날 영국의 어느 큰 게는 태어나면서부터 등딱지가 발그스름하고 아름다웠습니다. 이 게의 등딱지는 애처롭게도 당장이라도 부서질 것 같았습니다. 그것은 민중의 죄일까요? 아니면 그 큰 게가 자초한 업보였을까요. 큰 게는 한 눈에 보아도 살이 비어져 나온 등딱지를 가엾게 뒤뚱거리며 어느 카페로 들어갔습니다. 그 카페에는 작은 게가 가득 모여 담배를 태우며 여자 이야기를 하고 있었지요. 그중 프랑스에서 태어난 작은 게가 맑은 눈동자로 큰 게를 바라보았습니다. 그 작은 게의 등딱지에는 동양적인 회색빛이 도는 줄무늬가 가득 새겨져 있었습니다. 큰 게는 작은 게의 시선을 눈부시다는 듯 피하며 조용히 중얼거립니다. "자네, 크랏슈 당한 게를 놀리는 게 아니야." 아아, 그 큰 게에 비해, 작디작아 보잘것없는 게는, 북방의 해역에서 겪은 수모를 잊고 들뜬 마음으로 밖으로 나왔습니다. 달빛이 자신의 몸을 비추기 시작합니다. 모래사장으로 나온 그는 놀라고 말았습니다. 그 몰골, 그 납작하고 흉측한 그림자는, 진정 내 그림자인 것일까? 나는 새로운 남자다. 그러나 저 그림자를 좀 봐라. 완전히 으깨어져 있다. 내 등딱지는 왜 이리 보기 흉한 것일까? 이리도 하잘 것 없고 여린 것이었단 말인가? 작디작은 게는 그렇게 중얼거리며 비틀비틀 걸었습니다. 나에게는 정말 재능이 있었던 것일까? 아니, 아니야, 있었다고 해도, 그건 엉뚱하고 의뭉스러운 재능. 처세술에 능한 재능이었다. 너는 원고를 팔아 치우기 위해 편집자에게 어떤 추파를 던졌던가. 이런 술수. 저런 수작. 눈물이 마르면 안약이라도. 으름장을 놓는 수법도 있고. 옷은 좋은 걸로 입자. 내 작품에는 한 개라도 주석 달지 마. 지루해 죽겠다는 듯 이렇게 말해. "혹시, 괜찮으시다면." 등딱지가 욱신거린다. 몸속의 수분이 말라가고 있는 듯하다. 보잘것없는 나에게 딱

한 가지 쓸 만한 것이 있다면, 그건 바다냄새였는데. 바닷물의 향기가 날아가 버리고 나면, 아아, 나는 사그라져 버리고만 싶다. 다시 한 번 바다에 들어가 볼까. 아주 깊은 바다 속으로 들어가 버릴까. 그리운 다시마의 숲. 유목하는 물고기 떼. 작은 게는 헐떡거리며 비틀비틀 모래사장을 걸었습니다. 해안가 뜸집 아래서 한숨 돌리고. 썩어 가는 고기잡이 어선 그늘에서 또 한숨. 거기 가는 게야. 어디서 온 게니. 저 멀고 먼 곳. 쓰누가角鹿에서 온 게지. 옆으로 기어서. 어디로 가느냐.[5]" 입을 다물었다.

"왜 그러십니까?" 나는 감고 있던 눈을 떴다.

"아닙니다." 비구니는 조용히 답했다. "아깝네요. 이건 『고지키』의……. 벌 받을 거예요. 뒷간은 어딘가요?"

"방을 나가 복도에서 오른쪽으로 가다 보면 삼나무 덧문이 나올 겁니다. 거깁니다."

"가을이 되면 여인네 몸은 차가워지거든요." 그렇게 말하더니 장난꾸러기처럼 목을 움츠리고 두 눈을 빙글빙글 굴렸다. 나는 미소를 지었다.

비구니는 방을 나갔다. 나는 이불을 머리까지 뒤집어쓰고 생각했다. 고매한 성찰을 한 것은 아니었다. 이거, 대박인데? 하고 악당처럼 샐샐 웃었을 뿐이다.

비구니는 조금 당황한 모습으로 돌아와 장지문을 쾅 닫더니 선 채로 말했다.

"저는 자야 해요. 벌써 열두 시니까요. 괜찮을까요?"

. . . .
5_ '거기 가는 게야'부터 '어디로 가느냐'까지는 일본에서 가장 오래된 역사서 『고지키』(712년경)의 일부로, 15대 오진 천황이 딸에게 들려주는 시의 첫 소절이다. 쓰누가는 오늘날 후쿠이현 쓰루가시로, 교토에서 동해 바다 쪽에 인접해 있는 고대의 항만도시.

나는 대답했다.

"상관없습니다."

아무리 가난뱅이라 해도 이불만은 고운 것으로 갖고 싶다고 소년시절부터 다짐했던 나였기에, 이렇듯 갑작스럽게 손님이 찾아왔다고 해서 당황할 것은 없었다. 나는 일어나 내가 깔고 자던 요 세 장 가운데 한 장을 꺼내어 내 이불 옆에 나란히 깔아주었다.

"이 이불은 무늬가 특이하네요. 꼭 유리공예 같아요."

내가 덮던 이불도 두 장 가운데 한 장 주려고 했다.

"아니에요. 덮는 이불은 필요 없어요."

"그래요?" 나는 말이 떨어지자마자 이불 속으로 쏙 들어갔다.

비구니는 염주와 불경을 요 밑으로 집어넣더니, 승복을 입은 채 덮는 이불도 없이 자리에 누웠다.

"제 얼굴을 잘 보고 계세요. 저는 금세 잠들 거예요. 곧 끽끽 하며 이를 갈기 시작할 겁니다. 그러면 부처님이 내려오실 거예요."

"부처님이요?"

"네. 부처님께서 밤놀이를 하러 오세요. 매일 밤 그래요. 당신은 좀 심심한 것 같으니까, 잘 한 번 보세요. 덮는 이불이 필요 없다고 한 것도 그 때문이니까요."

과연 말이 끝나기가 무섭게 푹 잠든 깊은 숨소리가 들려왔다. 끽끽 이가는 소리가 들리는가 싶더니, 장지문이 달그락달그락했다. 이불 속에서 상반신을 일으켜 문을 열어보니, 부처가 서 있었다.

두 자⁶⁰ᶜᵐ 높이의 하얀색 코끼리를 타고 있었다. 하얀 코끼리는 검게 녹이 슨 금 안장이 걸쳐져 있었다. 부처는 꽤, 아니, 상당히 마른 모습이었다. 갈비뼈 하나하나가 툭툭 튀어나와 있어서, 무슨 셔터 문 같았다.

다 헤진 갈색 천만 허리 주변에 달고 있을 뿐 발가벗은 차림이었다. 사마귀처럼 바싹 마른 팔다리에는 거미줄과 검댕이 가득 묻어 있었다. 피부는 새까맣고 짧은 머리칼은 붉게 오그라들어 있었다. 얼굴은 주먹만 했으며, 코도 눈도 알아볼 수 없을 정도로 쭈글쭈글 주름이 져 있었다.

"부처님이십니까?"

"그렇소" 부처의 목소리는 낮게 잠겨 있었다. "참을 수가 없어 나왔소이다."

"뭔가 지독한 냄새가 나는데?" 나는 코를 킁킁거렸다. 끔찍한 냄새였다. 부처의 등장과 함께 뭐라 표현할 수 없는 악취가 방안에 가득 찼다.

"그렇습니까? 실은 이 코끼리가 죽었습니다. 방부제를 넣었지만 역시 냄새가 나는 모양이군요." 그러더니 한층 더 목소리를 낮추어 이야기했다.

"요즘은 살아 있는 흰 코끼리를 손에 넣기가 여간 힘든 게 아니요."

"그냥 평범한 코끼리여도 될 텐데요."

"아니, 부처 체면에 그게 말이 되겠습니까? 정말 나는 그렇게까지 해서 나오고 싶지는 않아요. 여기저기서 어찌나 많은 놈들이 나를 잡아당기는지. 불교의 인기가 많아졌나 봅니다."

"아아, 부처님. 얼른 어떻게 좀 해주십시오. 저는 아까부터 냄새가 나서 미칠 지경입니다."

"저런, 미안하게 됐소." 그러더니 더듬더듬 말했다. "이봐요. 내가 여기 나타났을 때 좀 우스꽝스럽지 않았소? 그래도 명색이 부천데, 너무 꼴사납게 나타났다는 생각은 안 드오? 생각한 대로 말해줘요."

"아니요. 꽤 좋았어요. 멋졌습니다."

"허허. 그래요?" 부처는 몸을 살짝 앞으로 수그렸다. "그렇담 다행입니다. 나는 아까부터 그게 얼마나 신경 쓰이던지. 내가 너무 겉모습에 신경을 쓰는 건지도 모르겠지만. 어쨌든 이제 안심하고 돌아갈 수 있겠소. 마지막으로 당신에게 어디로 봐도 딱 부처다운 퇴장을 보여주고 싶습니다." 말을 마친 부처는 에취, 하고 재채기를 하더니, "이런!" 하는 외마디 소리를 질렀다. 곧 부처와 흰 코끼리가 마치 종이가 물 위에 떨어졌을 때처럼 별안간 투명해지면서, 모든 것이 소리도 없이 흩어지더니 흔적도 없이 사라졌다.

나는 다시금 이불 속에 들어가 비구니를 바라보았다. 비구니는 자면서도 생긋생긋 웃고 있었다. 황홀한 웃음 같기도 하고, 멸시하는 웃음 같기도 하고, 무심한 웃음 같기도 하고, 배우의 웃음 같기도 하고, 알랑거리는 웃음 같기도 하고, 희열의 웃음 같기도 하고, 울다 웃는 웃음 같기도 했다. 비구니는 자는 내내 계속해서 생글생글 웃었다. 웃고, 또 웃고, 또 웃는 동안, 비구니는 점점 작아지더니, 휘휘 물이 흘러가는 소리와 함께 두 치^{6cm} 길이의 인형이 되었다. 나는 한쪽 팔을 쭉 뻗어, 그 인형을 주워서는 자세히 살펴보았다. 가무잡잡한 볼은 미소를 머금은 채 굳어 있었고, 빗방울 크기의 혀는 더욱 빨갛게 보였으며, 양귀비씨처럼 작고 새하얀 이가 가지런히 나 있었다. 진눈깨비같이 작은 두 손은 어렴풋이 가무스름했고, 솔잎처럼 가는 두 다리에는 쌀알만 한 흰 다비가 신겨져 있었다. 나는 검게 물들인 승복 소매를 살며시 후후 불어보았다.

めくら草紙

장님 이야기

太宰治

「장님 이야기」

1936년 1월, 『신조』에 발표됐으며, 『만년』에 실린 마지막 작품이다.

원제 「메쿠라소시^{めくら草紙}」는 작품 중에도 언급된 『마쿠라노소시^{枕草子}』(베개 이야기, 헤이안시대 궁녀의 은밀한 비망록)에서 따온 말이다.

「장님 이야기」는 훗날 작품집 『후지산 백경』에도 실렸는데, 다자이는 책머리에 다음과 같이 소감을 밝혀두고 있다.

❝「장님 이야기」를 쓸 때에는 무척 큰 슬픔에 빠져 있었지만, 지금 다시 읽어보니 유머러스한 부분이 적지 않다. 비통함도 도를 넘으면, 골계적인 모습으로 아우프헤벤(역자—Aufheben. 지양. 모순적인 것을 한층 높은 단계로 조화시켜 나가는 일.)하는 것인가 보다. ❞

—아무것도 쓰지 마. 아무것도 읽지 마. 아무것도 생각하지 마. 오직 살아있어라!

태곳적 모습 그대로의 파란 하늘. 다들 이 파란 하늘에 속아 넘어가지 않는 것이 좋을 것이다. 이렇게 인간에게 잔혹한 모습이 또 있을까. 너는 나에게 동전 한 닢 준 적이 없다. 나는 죽어도 네 앞에서 빌지 않겠다. 이를 닦고, 세수를 하고, 그런 다음 툇마루 등나무 의자에 누워, 아내가 빨래하는 모습을 가만히 지켜보고 있었다. 대야의 물이 뜰의 검은 흙 위로 흘러넘쳤다. 소리도 없이 흘렀다. 물 흐르는 곳에 도랑 생기니.[1] 이런 소설이 있다면, 천년만년이라도 살겠다. 나는 그것을 인공미의 극치라 부른다.

이야기는 날카로운 눈매를 가진 주인공이, 긴자에서 손을 들어 일 엔 택시[2]를 불러 세우는 데서 시작한다. 고매한 이상을 가진 주인공은, 그 이상 덕택에 갖은 고초를 다 겪었는데, 그런 부끄러운 줄 모르는 아수라[3]의 모습이, 많은 독자의 가슴을 울린다. 그리하여 이 소설에는 시작과 끝이 완벽하게 갖추어져 있는데, ……나 또한 그런 소설다운

1_ 학문도 갈고 닦으면 덕이 쌓이며, 세상일도 때가 되면 자연스레 결실이 이루어진다.
2_ 엔타쿠. 당시 도쿄 시내를 균일 가격 일 엔에 달리던 택시.
3_ 세 개의 얼굴이 달린 머리, 여섯 개의 팔이 달린 몸통을 가진 고대 인도의 싸움의 신.

소설을 써볼 생각이었다. 그즈음 중학교 때부터 친했던 친구 하나가, 서양 스타일의 색시를 얻었는데, 여우였다. 사람으로 둔갑한 여우다. 나는 그걸 금세 알아챘지만, 친구가 너무 가여워서 직접 말할 수는 없었다. 여우가 그 친구를 무척 좋아해주고 있었기에. 짐승에게 홀린 친구는, 내 기분 탓인지는 몰라도, 하루가 다르게 말라가는 것 같았다. 아무것도 모르는 척하면서 수미일관 기법으로 소설을 써서, 친구에게 넌지시 일러주는 게 나을지도 모른다. 친구가 『인생은 마흔부터』라는 책을 책꽂이에 꽂아둔 것을 본 적이 있는데, 스스로 자기 삶이 건강하다고 할 정도로 자기 자신을 신뢰하고 있었고, 주변 사람들 또한 그 친구가 건강하다 믿고 있었다. 만약 이 친구가 내 소설을 읽고, "자네 소설 덕분에 살았네." 하고 말해준다면, 나도 꽤나 쓸모 있는 소설을 쓴 셈이 아니겠나.

하지만 이제 싫다. 물이, 소리도 없이 넘쳐흘러 뻗어나가는 모습을, 지금 이 두 눈으로, 똑똑히 보았기 때문에, 이제, 사기꾼은 싫다. 소설이라. 걸작을 백 편 쓴다 한들, 그것이 나에게 무슨 의미란 말인가. (약 세 시간 후) 나는 졸고 있었던 게 아니야. 그래. 네 말을 빌리자면, 나는 생각에 잠겨 있었던 것이다.

나는 『베개 이야기마쿠라노소시』[4]의 페이지를 넘겨보았다. "마음을 설레게 하는 것. ──아기 참새 기르기. 노는 아이들 앞 지나가기. 은은하게 좋은 향을 피워놓고 혼자 드러누워 있기. 중국에서 건너온 뿌연 거울 들여다보기. 등등." 나의 언어로 써본다. "눈가엔 어슴푸레, 귓전에도 확실치 않은, 손바닥으로 떠보려 해도, 어느새 손가락 사이로 흘러내려

4_ 헤이안시대 궁녀 세이쇼 나곤이 궁중 일들을 이것저것 적어놓은 감상적인 수필집. 제목인 「장님 이야기메쿠라소시」와도 관련이 있다.

사라져버리는, 누구에게도 말하지 않고 꼭꼭 숨겨둔, 덧없는 것. 빌린 삼 엔을 일부러 갚지 않기.(나는 귀족의 아들이니까) 살갗이 하얀 누워 있는 여인의 나체.(살아 있는 것들의, 슬픔의 상징이니까) 내 얼굴이 세상 무엇보다 소중하고 늠름해 보인다. 오마쓰리.[5]" 이제 됐다. 내가 일곱 살 되던 해, 동네 경마대회에서 우승했다고, 득의만만해 하는 말의 얼굴을 보았다. 나는 저거 봐, 저거, 하고 손가락질하며 말을 비웃었다. 그날 이후로 나의 불행이 시작되었다. 오마쓰리를 좋아했지만, 죽을 만큼 좋아했지만, 나는 감기라고 속이고, 하루 종일 어두컴컴한 방에서 잠을 잤다.

아아, 여기까지 몇 장이나 되니? (나는 옆집에 사는 열여섯 살짜리 마쓰코라는 소녀에게, 내 독백을 받아 적으라고 하고 있다.) 마쓰코는 검지에 침을 묻혀 한 장, 두 장, 세 장, 네 장, 거기다가 하나 둘 셋, 세 줄이에요, 라고 대답했다. 음, 좋아. 고맙다. 마쓰코에게서 원고용지 다섯 장을 받아 들고는, 한 장에 평균, 서른 군데씩 있는 오자誤字와 맞춤법 틀린 데를, 화도 내지 않고 차분하게 고쳐나가면서, 겨우 다섯 장이란 말인가, 싶어 울적했다. 옛날 에도의 한 마을에 접시 수를 세는 오기쿠라는 유령이 있었다. 아무리 세고 또 세어 보아도 접시가 한 장, 딱 한 장 부족했다. 그 유령의 억울함을 뼈저리게 이해할 수 있었다.

이번에는 드러누워, 혼자 붓을 들고 써보았다.

지금, 내가 누워 있는 등나무 의자 옆 책상에 다가앉아, 『비망非望』이라는 문예 책자를 이리저리 들여다보고 있는 옆집 소녀에 대해 조금만 써보겠다.

5_ 축제. 혹은 남녀 간의 성교.

내가 이 마을에 이사 온 것은 쇼와 10년[1935년] 7월 1일이었다. 8월 중순 무렵, 나는 이웃 정원에 있는 협죽도 세 그루에 마음을 빼앗겼다. 갖고 싶었다. 나는 세 그루 가운데 한 그루를 넘겨주십사 부탁하러, 집사람을 이웃집에 보냈다. 집사람은 옷을 갈아입으며, 돈은 실례가 되니 도쿄에 나가서 선물이라도 하나 사오겠다고 했지만, 나는 돈이 나을 거라며 이 엔을 건넸다.

집사람이 옆집에 다녀와서 하는 말이, 이웃집 주인은 나고야 쪽 사설철도 역장으로 한 달에 한 번쯤 집에 돌아온다고 했다. 그래서 그 집에 사는 것은 부인과 올해 열여섯 되는 딸, 이렇게 둘뿐인데, 협죽도를 좋아해주시는 것은 오히려 반가운 일이니, 어느 것이든 마음에 드는 것을 가져가시라고 했다는 거다. 인상이 좋은 부인이었어요, 라고 했다. 다음날 나는 서둘러 마을의 정원수를 찾아가서, 그 사람을 데리고 옆집을 방문했다. 반들반들 윤기가 흐르는 작은 얼굴에 마흔 정도 되는 부인이 나왔다. 통통한 입가에 미소를 머금은 그녀는, 내가 봐도 인상이 좋아 보였다. 세 그루 중에서 가운데 있는 협죽도를 넘겨받기로 하고, 그 집 툇마루에 걸터앉아 부인과 이야기를 나누었다. 아마도 이러한 내용이었던 것 같다.

"제 고향은 아오모리입니다. 협죽도 같은 나무는 귀한 곳이지요. 저는 한여름 꽃을 좋아합니다. 자귀나무. 백일홍. 접시꽃. 해바라기. 협죽도. 연꽃. 그리고 백합. 여름국화. 삼백초. 다 좋아합니다. 목근은 별로지만요."

들떠서 꽃 이름을 들먹이고 있는 나에게 화가 났다. 방심했다! 그러고 나서는 단 한마디도 하지 않았다. 돌아가는 길에, 부인의 등 뒤에 조용히 앉아 있는 작은 여자아이에게,

"놀러 오너라." 하고 말해주었다. 여자아이는 "네에."라고 대꾸하더니 그대로 차분히 내 뒤를 따라와 내 방으로 들어와 앉았다. 분명 그런 상황이었던 것 같다. 다소 기분이 좋아진 나는, 협죽도 따위야 아무래도 좋다며, 나무 심는 일은 집사람에게 맡기고, 다다미 여덟 장짜리 거실에 앉아 마쓰코와 두런두런 이야기를 나누었다. 나는 마치 책의 이삼십 페이지 부근을 읽고 있는 것처럼, at home스럽고 따사로운 기분으로, 내가 어떤 자세를 취하고 있는지도 망연히 잊어버린 채 소녀와 대화를 나누었다.

이튿날 마쓰코는 우리 집 우편함에 네 번 접은 서양식 편지지를 넣어두었다. 한숨도 못 자고 하룻밤을 꼴딱 샌 나는, 그날 아침 집사람보다 더 빨리 이부자리에서 빠져나와, 이를 닦으면서 신문을 가지러 나가다가 그 편지지를 발견했다. 거기에는 이렇게 쓰여 있었다.

"선생님은 훌륭한 분이세요. 죽으시면 안 돼요. 아무도 모르고 있습니다. 제가 뭐든지 할게요. 언제든지 죽겠습니다."

아침식사 때 집사람에게 그 쪽지를 보여주면서, 좋은 아이 같으니 매일 우리 집에 놀러 오라고 이웃집에 전하라고 했다. 그날 이후 마쓰코는, 하루도 거르지 않고 우리 집에 놀러 왔다.

"마쓰코는 피부색이 가무잡잡하니까, 산파 할머니라도 되는 게 어때?" 어느 날 내가 다른 일로 좀 화가 나 있을 때, 그렇게 말해주었다. 보기 싫게 거무칙칙한 얼굴은 아니었지만, 코도 낮고 예쁜 얼굴은 아니었다. 다만 위로 살짝 올라가 영리해 보이는 입 꼬리와, 크고 검은 눈동자가 매력이었다. 집사람에게 그 아이의 몸매에 대해 물었더니, "열여섯 치고는 꽤 큰 편일 것 같은데요?"라고 했다. 옷차림에 대해서는, "늘 말쑥하게 하고 다니네요. 부인께서 그렇게 단정하고 꼼꼼하시니까요."

하고 대답했다.

마쓰코와 이야기하고 있으면, 가끔 시간이 가는 것도 잊었다.

"나, 열여덟이 되면, 교토 요릿집에서 일할 거야."

"그래? 벌써 정해진 일이야?"

"어머니가 잘 아시는 분이 큰 요릿집을 하고 계신대." 요릿집이라는 것은 아무래도 요정을 말하는 것 같았다. 아버지가 역장을 하고 계신데도 그런 곳에서 일해야 하는 건가, 하고 의아하게 생각했다.

"그렇다면 종업원이 아니냐?"

"응. 하지만 교토에서도 유서 깊은 곳이고, 아무튼 아주 훌륭한 요릿집이래."

"놀러 가줄까?"

"꼭, 꼭이야." 소녀는 힘주어 말했다. 그러더니 먼 산을 보며 희미하게 중얼거렸다. "혼자 와야 해."

"왜, 그 편이 좋으냐?"

"응." 소매 끝을 말아 올리다 말고 고개를 끄덕였다. "여러 사람이 오면 내 저금이 너무 빨리 없어질 테니까." 아무래도 마쓰코는 나에게 한턱 쓰려는 생각이었나 보다.

"저금이 그렇게 많으냐?"

"어머니가 내 이름으로 보험을 들어주셨어. 내가 서른두 살이 되면, 몇 백 엔 정도는 탈 수 있을 거야."

어느 날 밤에는 마음 여린 여자가 아버지 없는 아이를 기르게 된다는 말이 문득 떠올라, 저래 봬도 어쩌면 마쓰코는 무척 마음 여린 아이일지도 모르겠다는 생각이 들어, 이것 하나는 물어보자 싶었다.

"마쓰코. 너는 네 몸을 소중하게 생각하느냐?"

마쓰코는 집사람을 도와 옆방에서 옷의 솔기를 뜯고 있었다. 한동안 찬물을 끼얹은 듯 조용하더니,

"네." 하고 대답했다.

"그렇구나, 좋아." 나는 몸을 뒤척이며 다시 눈을 감았다. 안심했다.

요전에 나는 마쓰코 앞에서 집사람에게 끓는 쇠 주전자를 집어 던졌다. 집사람이 가난한 내 친구에게 몰래 돈을 보내겠다는 편지를 쓰는 것을, 내게 들키고 말았다. 나는 분수에 넘는 짓 하지 말라고 했다. 집사람은 자기가 절약해서 모은 돈이니 자기 마음대로 하겠다며, 아무렇지도 않은 표정으로 답했다. 나는 화가 나서, "네 마음대로 하게 내버려둘 것 같아?" 하며 천장을 향해 쇠 주전자를 힘껏 내던졌다. 녹초가 된 나는 등나무 의자에 드러누워 마쓰코를 보았다. 마쓰코는 가위를 들고 서 있었다. 나를 찌를 셈이었나. 집사람을 찌를 셈이었나. 나는 언제 찔려도 상관없었기에 본체만체했지만, 집사람은 모르는 것 같았다.

마쓰코에 대해, 더 이상, 쓰고 싶지 않다. 쓰기 싫다. 나는 이 아이를 목숨을 걸고 소중히 여긴다.

마쓰코는 이제 더 이상 내 옆에 없다. 내가, 집으로, 돌려보냈다. 해가 저물었기에.

밤이 되었다. 잠을 자야 한다. 사흘 밤낮을 꼬박, 무슨 수를 써도 잠을 잘 수 없었고, 그런 탓에 피곤해서 하루 종일 꾸벅꾸벅 졸고 있다. 이럴 때면 나보다도 집사람이 더 어쩔 줄 몰라 하며, 제 몸이라도 만져보세요, 그럼 분명 잠이 올 테니, 하며 울기도 했다. 그렇게도 해보았지만 허사였다. 그때 이웃 마을 숲 가까이에 있는 전신주 불빛이 엉겅퀴꽃을 닮았던 것을 기억한다.

나는, 지금, 잠을 자야 한다. 하지만 쓰기 시작한 작품을, 마무리

지어야 한다. 나는 이부자리 머리맡에 원고지와 BBB 연필을 갖춰놓고 잤다.

밤이면 밤마다, 수많은 가지에 만발한 꽃처럼, 팔랑팔랑 나의 미간 주변으로 날아드는 저 무수한 언어의 홍수가, 오늘 밤은 어찌된 일인지, 눈이 완전히 그친 뒤의 하늘처럼, 텅 비어 있어서, 나 혼자 남겨지고, 차라리 돌이 되고 싶을 정도로 수치심에 싸여, 이리 뒹굴 저리 뒹굴 하고 있었다. 손도 닿지 않는 먼 하늘을 날던 물빛 나비를 잠자리채로 겨우 붙잡아, 두세 개, 그것들이 덧없는 언어라는 것을 알고는 있지만, 일단 거머쥐었다.

밤의 언어.

'단테, ……보들레르, ……나. 그 선이 두터운 강철 직선처럼 여겨졌다. 그 외에는 아무도 없다.' '죽음으로써, 한 걸음 더 나아간다.' '오래 살기 위해 살아 있다.' '실패의 미', 'Fact만을 말하겠다. 밤에 문밖을 서성이는데, 몸이 안 좋은 것을 바로 알 수 있었다. 대나무 지팡이. (이웃사람들이 이걸 채찍이라고 부른다는 것을, 나는 알고 있다.) 이것이 없으면, 산책의 재미, 반감. 언제나, 전봇대를 후려치고, 나무줄기를 갈겨대고, 발밑의 풀을 짓밟아 넘어뜨린다. 머지않아 어부들의 마을. 다들 잠들어 조용하다. 아침 일찍부터 일을 하니까. 흙탕물 바다. 게다를 신은 채 바다로 들어간다. 이를 악물고 있다. 죽는 것만을 생각한다. 한 남자가 큰 소리로 꾸짖으며, "칠칠치 못한 놈. 정신 차려!" 내가 투덜거리기를, "네 걱정이나 하시지." 후나바시⁶ 거리에는 개가 득시글 득시글한다. 개들이 온통 나를 보고 짖는다. 검은 인력거를 탄 게이샤가

6_ 지바현 후나바시船橋시. 다자이가 파비날 중독으로 입원했다가 퇴원한 후 살았던 곳.

나를 앞질러간다. 얇은 덮개 안쪽에서 뒤돌아본다. 8월의 말, 자세히 보니 괜찮더라, 하고 피부가 지저분한 게이샤 둘이 내 이야길 하고 있는 걸 집사람이 목욕탕에서 듣고 와서는, "스물일고여덟 살짜리 게이샤들에게는 분명 인기가 있는 얼굴입니다. 다음에 고향에 계시는 형님께 부탁해서 첩이라도 두는 게 어때요? 정말로."라고 하면서, 거울 앞에 앉아 연하게 분을 발랐다. (한 일 년만, 아니, 반년만 더 빨랐더라도!) 지붕 낮은 집의 벽시계. 그것이 댕댕 울기 시작했다. 나는 불구인 왼쪽 다리를 질질 끌며 달린다. 아니, 이 남자는 도망갔다. 정미소 주인은 혼신의 힘을 다해 돈을 번다. 온몸이 쌀가루로 하얗게 뒤덮일 정도로, 부인과 코흘리개 셋을 위해, 허리띠와 밥그릇을 위해 일한다. 나, (이래봬도 지금 열심히 하고 있지 않은가. 떳떳하지 못한 기분, 없음.) 돌아가는 정미소 기계음.' '사토 하루오가 말하길, 악취미의 극단. 그러므로 여기에는, 계획된 허풍의 미美가 있다.' ──'문사상경文士相輕, 문사상중文士相重,'[7] 이랬다, 저랬다. ──정밀하게 수면제 양을 다는 저울. 무표정한 간호사가 대강대강 저울을 단다.'

첫차.

동이 트고, 어둠이 밝아도, 나는 일어날 수 없었다. 이렇듯 기분이 안 좋은 아침에는, 집사람에게 말해, 컵에 술을 조금 담아서 가져오라고 한다. 이제 일어나서 이를 닦아야 한다는 생각, 이것은 뻔뻔하고도 서글픈 것이다. 그럴 때면 아이들은 밥 달라고 한다. 내게는 엄숙한 의미가 있는 술 한 잔을 홀짝이면서, 정원을 내다보고는, 뻑뻑한 눈을 크게 떴다. 정원 한가운데, 한 평쯤 되는 부채꼴 모양의 화단이 만들어져

7_ 문인은 서로를 깔보고, 서로를 존경한다. 조조의 아들이자 위나라 초대황제인 조위曹丕(187~226) 가 지은 『전론典論』에 실린 글로, 당시 문인들의 반목을 논한 내용.

있었다. 가을이 깊어 견딜 수 없이 추워졌을 무렵, '정원만큼이라도, 화려하게 가꾸자.'라고 언젠가 내가 집사람 앞에서 한마디 한 것이 떠올랐다. 스무 종 가까운 꽃들의 모종이 있었다. 아침에 내가 자는 사이에 아내가 심었나 보았다. 심지어 부채꼴 모양의 화단에는, 꽃 이름이 적힌 하얀 골판지 팻말이 눈부실 정도로 빽빽하게 늘어서 있었다.

'독일 은방울꽃', '붓꽃', '덩굴장미', '군자란' '화이트 아마릴리스', '서양 금풍', '유성란', '조타로 백합', '히아신스그란드메메', '류몬시스', '응달나리', '장생란', '미스안라스', '번개 장미', '사계절 모란', '미세스원 튤립', '서양 작약 스노우오버', '흑모란'……하나하나, 머리맡 원고지에 적어둔다. 눈물이 났다. 눈물이 볼을 타고, 벌거벗은 가슴께까지 흘러내 렸다. 태어나서, 처음 창피를 당했다. 부채꼴 화단. 그리고 히아신스그란 드메메. 꼴좋다. 이제, 돌이킬 수 없다. 이 화단을 보는 사람은 모두, 내 가슴속에 꼭꼭 숨겨진 촌스러운 둔함을 눈치채고 말 것이다. 부채꼴. 부채꼴. 아아, 눈앞에 펼쳐진, 믿기지 않을 정도로 나를 꼭 닮은 진혹 무도한 풍자화.

이웃집 마쓰코가 이 소설을 읽으면, 이제 우리 집에 오지 않겠지. 내가 마쓰코에게 흠을 냈으니. 그런 까닭에 눈물이 이렇게도, 멈추지 않고, 흐르는 것일까.

그렇지 않아. 부채꼴은 내게 아무런 소용도 없다. 마쓰코도 필요 없다. 나는, 이 소설을 마땅히 존재해야 하는 것으로 완성시키기 위해, 눈물을 흘린 것이다. 나는 죽어도, 교언영색巧言令色 해야 한다. 철의 원칙.

지금 독자와 헤어지려는 이때에, 이 열여덟 장짜리 소설에 열 손가락 으로도 다 셀 수 없는 자연 초목의 명칭을 늘어놓으면서, 내가 그것들의 생김새에 대해, 마음에도 없는 너저분한 한 줄, 아니, 한 구절조차 싣지 않았던 것을, 높은 자긍심을 가지고 말할 수 있다. 안녕, 잘 가!

　"이 물은 너의 그릇에 맞게 담길 것이다."[8]

8_ 『한비자』에 실린 공자의 말을 차용했다. 그릇이 네모면 물도 네모가 되고 그릇이 둥글면 물도 둥글어지듯, 이 소설도 당신의 마음에 따라 각기 다르게 읽혀질 것이다.

大宰治

ダス・ゲマイネ

다스 게마이네

「다스 게마이네」

1935년 10월, 『문예춘추^{文芸春秋}』에 발표됐으며, 1937년 6월, 작품집 『허구의 방황』(신초샤)에 부록으로 실렸다.

제목 「다스 게마이네」는 독일어로 '비속함, 천함^{das Gemeine}', 쓰가루 사투리로 '통 쓸모가 없다^{ㅅだすけまいね}' 등의 뜻이 있으며, 지인인 미우라 마사쓰구^{三浦正次}에게 보낸 편지(1935년 9월 22일)에서 그 의미를 유추해볼 수 있다.

❝이번에 『문예춘추』에 「다스 게마이네」라는 소설을 발표했는데, '비열하고 세속적인 것'의 승리에 대해 쓰고 싶었습니다. '비속^{卑俗}'이란, 수치스러운 것이 아니며, 마음먹기에 따라 나름대로 '훌륭한' 것입니다. 부끄럽게 생각하는 순간, 영원히 그것을 받아들일 수 없을 만큼 지저분하게 변하고 맙니다. 잘 부탁드립니다, 라고 하며 머리를 수그리는, 그 존엄함에 대해 썼습니다. ……월 비평 같은 곳에는 혹평이 실릴지도 모르겠지만, 그런 현상은 하루면 끝날 것입니다. 저의 「다스 게마이네」에는 사라지지 않는 무언가가 있다고 확신합니다. ❞

1. 환등

그 시절, 내게는 하루하루가 만년이었다.

사랑을 했다. 그런 건 난생처음 있는 일이었다. 예전에는 왼쪽 옆얼굴만 들이밀면서, 내가 얼마나 남자다운 사람인지 뻐기고 싶어서 안달을 냈다. 상대가 단 1분이라도 주저하는 모습을 보이면, 어쩔 줄 몰라 쩔쩔매다가 재빨리 몸을 날려 바람처럼 도망쳤다. 하지만 그즈음 나는 넋이 나가 있어서, 늘 내 몸에 들러붙어 있다고 여겼던, 상처받지 않도록 현명하게 처신하는 법조차 내팽개치고, 거리낌 없이 속절없는 사랑을 했다. 좋아하니까 어쩔 수 없다며 쉰 목소리로 중얼거리는 것이, 내 철학의 전부였다. 스물다섯. 나는 다시 태어났다. 살아 있다. 살아, 내겠다. 나는 진심이다. 좋아하니 어쩔 수 없다. 그러나 나는, 처음부터 환영 받지는 못했던 듯하다. 동반자살이라는 낡아빠진 개념을 몸으로 슬슬 터득했을 무렵, 나는 차갑게 거절당했고, 그것이 마지막이었다. 상대는 어디론가 자취를 감춰버렸다.

친구들은 나를 사노 지로자에몬,[1] 혹은 사노 지로라는 옛 사람 이름으로 불렀다.

"사노 지로. ……뭐, 다행이지 뭔가. 그런 이름 덕택에 자네 꼴도 그런대로 모양을 갖추었으니. 여자한테 차이고도 폼을 잡는 건 타고난 어리광쟁이라는 증거지. ……어쨌든, 마음이 놓이네."

바바가 그렇게 말했던 것을 잊을 수 없다. 나를 사노 지로라고 부르기 시작한 것도, 분명 바바였다. 바바를 처음 만난 것은 우에노 공원 안에 있는 단술 집에서였다. 기요미즈 절 바로 옆, 평상 두 개에 붉은 양탄자를 깔고 나란히 붙여놓은 조촐한 단술 집이었다.

내가 강의를 듣는 짬짬이 대학 뒷문에서 느릿느릿 공원으로 나가 단술 집에 들르는 이유는, 이 집에 아담한 체구에 영리해 보이는, 시원스런 눈매의 기쿠라는 열일곱 살 난 소녀가 있기 때문이었다. 내 연인과 꼭 닮은 아이였다. 내 연인은 만날 때마다 돈이 좀 드는 여자였기 때문에, 돈이 없을 때면 단술 십 평상에 앉아 단술 한 잔을 홀짝거리며, 기쿠를 연인 바라보듯 했다. 올 초봄, 이 단술 집에서 이상한 사내를 보았다. 그날은 토요일이었고, 아침부터 하늘이 맑게 개어 있었다. 정오 무렵 프랑스 서정시 강의를 듣고 나왔는데, 매화꽃은 피었는가, 벚꽃은 아직인가.[2] 지금 막 배운 프랑스 서정시와는 전혀 딴판인, 이런 학문과는 상관없는 글귀에 제멋대로 장단을 갖다 붙여 중얼중얼 읊조리면서, 언제나처럼 단술 집을 찾았다. 이미 손님 하나가 와 있었다. 그를 보고 깜짝 놀랐다. 어딘지 모르게 무척 괴상했기 때문이었다. 삐삐 마른

1_ 佐野次郎左衛門. 18세기 초 도치기현에 살던 부농. 요시와라(아사쿠사 기녀들의 거리)의 한 여인을 사랑한 나머지 극심한 질투에 빠져 그녀를 살해하고 희대의 살인마가 된다.
2_ 에도시대 말기에 유행하던 노래 <매화꽃은 피었는가>의 첫 구절.

몸에 보통 키, 입고 있는 정장은 평범한 검은 양복이었는데, 그 위에 걸친 외투가 너무 괴상했다. 어떤 모양의 옷인지 도무지 감이 잡히지 않았는데, 흘끗 본 인상으로는 실러의 외투 같았다. 우단과 단추가 터무니없이 많았고, 색은 멋들어진 은회색이었으며, 말도 안 되게 헐렁했다. 다음은 얼굴이다. 대략의 인상을 말하자면, 슈베르트로 둔갑하려다 실패한 여우다. 이상하리만치 두드러진 이마, 조그만 은테 안경과 곱슬곱슬한 머리칼, 뾰족한 턱과 제멋대로 자란 콧수염. 피부는 과장을 조금 섞어서 말하자면, 꾀꼬리 깃털처럼 지저분한 파란색으로, 광택이 전혀 없었다. 붉은 융단이 깔린 평상 한가운데 책상다리를 하고 앉아서는 커다란 찻잔으로 귀찮은 듯 단술을 홀짝이던 그 사내가, 아아, 한 손을 들더니, 이리오라며 나에게 손짓하고 있는 것이 아닌가. 망설이는 시간이 길어질수록 어쩐지 기분 나쁜 일이 일어날 것 같다는 예감이 들어서, 스스로도 의미를 알 수 없는 억지 미소를 지어대며, 그가 앉아 있는 평상 끝에 걸터앉았다.

"오늘 아침에 너무 딱딱한 오징어를 먹었더니," 일부러 내리깐 듯 낮고 쉰 목소리였다. "오른쪽 어금니가 아픕니다. 치통만큼 지긋지긋한 것도 없지요. 아스피린을 잔뜩 먹으면, 말끔히 나을 텐데요. 이런, 당신을 부른 게 저였습니까? 실례. 난 말이야," 내 얼굴을 흘끗 보더니 입가에 엷은 미소를 띠며, "통 사람 분별을 잘 못하겠단 말이야. 장님이야. ⋯⋯그렇진 않아. 난 그저 평범한 놈이야. 평범하지 않은 척할 뿐이지. 아주 몹쓸 버릇이야. 처음 만나는 사람한테는, 살짝 이런 식으로, 뭔가 특이한 냄새를 풍기고 싶어서 안달이 난단 말이지. 자승자박이란 말이 있어. 진부하군. 한심한 노릇이야. 병이지. 당신은 문과생입니까? 올해 졸업이죠?"

내가 대답했다. "아니요. 아직 일 년 남았습니다. 그게, 한 번 낙제를 하는 바람에."

"어허, 예술가셨구먼." 그는 웃지도 않고 그렇게 말하더니, 침착하게 단술을 한 모금 마셨다. "나는 저쪽에 있는 음악학교에 이래저래 한 팔 년 있었나. 웬만해서는 졸업이 안 되더라고. 시험시간에 출석해본 적이 없으니까. 사람이 사람의 능력을 시험하다니, 얼마나 무례한 짓인지."

"그렇습니다."

"하고 말해본 것뿐이야. 실은 머리가 나쁘기 때문이지. 나는 자주 여기 이렇게 앉아서 눈앞에 우르르 걸어가는 사람들을 바라보는데, 처음에는 참을 수가 없었어. 이렇게 많은 사람들이 있는데, 그 누구도 나를 몰라. 신경도 안 써. 그렇게 생각하니……, 있잖아, 그렇게 하나하나 맞장구 쳐주지 않아도 돼. 애당초 자네 심정을 지껄이고 있는 거니까. 하지만 이제 나에게 그런 건 아무 문제가 안 돼. 오히려 쾌감이 늘지. 베개 밑으로 푸른 시냇물이 졸졸 흘러가고 있는 것 같은 기분이랄까. 포기한 게 아니야. 왕이 누리는 기쁨이지." 꿀꺽꿀꺽 단술을 들이키더니, 갑자기 나에게 덴차[3] 찻잔을 내밀었다. "찻잔에 있는 이 글자, 백마교불행.[4] 왜 이런 짓을 하는지. 낯부끄러워 죽겠어. 자네에게 넘기겠네. 이거 아사쿠사 골동품 가게에서 비싸게 주고 산 건데, 내 전용 찻잔으로 쓰려고 이 가게에 맡겨둔 거야. 자네 인상이 마음에 들어. 눈동자 색도 깊고. 늘 동경하던 눈이야. 내가 죽으면 자네가 이 찻잔을 쓰게. 나는

. . . .

3_ 碾茶. 녹차의 한 종류로 가루녹차의 전 단계.

4_ 白馬驕不行. 백마가 교만하여 앞으로 나아가지 않는다. 당나라 시인, 최국보의 「장락소년행長樂 少年行」의 한 소절로, 청년을 채찍질하지 않으면 교만해져서 진전이 없다는 뜻.

내일쯤 죽을지도 모르니까."

그 뒤로 우리는 이 단술 집에서 약속이나 한 것처럼 자주 만났다. 바바는 좀처럼 죽지 않았다. 죽기는커녕, 살도 약간 쪘다. 검푸른 두 볼이 복숭아처럼 불룩해졌다. 그는 이게 다 술살이라며, 이렇게 살이 찌면 진짜 위험해지는 건데, 하고 중얼거렸다. 그와는 날이 갈수록 더 가까워졌다. 나는 왜 이런 남자에게서 도망치지 못하고, 오히려 더 가까워지려고 하는 것일까? 바바가 천재라고 믿었기 때문일까?

작년 늦가을, 요제프 시게티라는 부다페스트 태생 천재 바이올리니스트가 일본에 와서, 히비야 공회당에서 세 번 정도 공연을 했는데, 세 번 모두 공연장이 텅 빌 정도로 인기가 없었다. 고고하고 고집 센 이 마흔 살의 천재는 분통을 터뜨리며 <도쿄 아사히신문>에 일본인의 귀는 당나귀 귀, 라고 욕을 퍼부었다. 일본 청중들을 향한 욕설 끝에, "딱 한 명의 청년을 빼고."라는 구절이 시의 후렴구처럼 괄호에 싸여 있었다. 대체 이 청년이 누구인가에 대한 논란으로 당시 음악계가 술렁였다는데, 그게 바로 바바였다. 바바는 요제호 시게티를 만나 이야기를 나누었다. 히비야 공회당에서 세 번째 굴욕적인 연주회가 끝나던 날 밤, 바바는 긴자의 어느 이름난 비어홀 구석, 화초 그늘 아래서 시게티의 붉고 큰 대머리를 발견했다. 그는 주저하지 않고, 이 흥행에 실패한 세계적인 예술가가, 평범한 사람인 척 희미하게 웃으며 맥주를 홀짝이고 있는 테이블 옆으로 저벅저벅 걸어가 앉았다. 그날 밤 바바와 시게티는 서로에게 공감을 느꼈고, 긴자 1번지에서 8번지까지 거슬러 올라가며 차례차례 술집에 들렀다. 계산은 요제프 시게티가 했다. 시게티는 술을 마셔도 주정을 부리지 않았다. 검은 나비넥타이를 꽉 조여 맨 채, 여종업원들에게는 손가락 하나 대지 않았다. 이지적으로 다져진 예술이 아니고서는 재미가 없습니다. 문학 분야에서는 앙드레 지드와 토마스 만을 좋아합니다, 라고 말하면서 허전한 듯 오른손 엄지손가락 손톱을 자근자근 깨물었다. 지드를 칫트로 발음했다. 날이 훤히 밝아올 무렵, 둘은 제국호텔 앞 연꽃 핀 연못가 앞에서 서먹서먹하게 힘없는 악수를 나눈 뒤 황망히 헤어졌다. 그날 시게티는 요코하마에서 엠프레스 오브 캐나다 호를 타고 미국으로 떠났고, 다음 날 <도쿄 아사히신문>에 시적인 후렴구를 곁들인 그의 글이 게재되었다.

바바도 부끄러웠는지 처음에는 정신없이 눈을 깜박이면서 이야기하다가, 끝에 가서는 스스로도 언짢아진 듯 보였다. 나는 이런 식의 제 잘난 척에는 믿음이 가지 않았다. 그가 이국인과 밤새 수다를 떨 정도로 어학실력이 좋은지, 우선 그것부터가 수상했다. 의심하기 시작하면 끝이 없지만, 대체 그에게는 어떤 음악이론이 있는지, 바이올리니스트로서 실력이 어느 정도인지, 작곡가로서는 어떤지, 그런 것조차 나는 전혀 모르고 있었다. 간혹 가다 빈찍번찍 검세 빛나는 커다란 바이올린 케이스를 왼쪽 옆구리에 끼고 걸어 다니긴 했지만, 케이스 안에는 언제나 아무것도 들어 있지 않았다. 그는 케이스 자체가 현대의 심벌이라고 했다. 케이스 안이 썰렁하게 텅 비어 있으니까 현대의 심벌이라는 것이다. 그럴 때마다 나는, 이 남자가 한 번이라도 바이올린을 제대로 손에 들어본 적이 있기는 한 건가, 하는 의심을 품기도 했다. 그의 천재성을 믿고 자시고 할 것도 없이, 그의 기량을 가늠해볼 기회조차 없었으니, 내가 그에게 끌린 이유는 분명 다른 곳에 있었을 것이다. 나 역시 바이올린보다는 바이올린 케이스에 더 신경을 쓰는 쪽이었기 때문에, 바바의 정신이나 기량보다는 그의 풍모와 농담에 매료되었다는 기분도 든다.

그는 만날 때마다 거의 다른 옷을 입고 나타났다. 양복 말고도 학생복을 입기도 하고, 노동자들의 청색 작업복을 입기도 하고, 어떨 때는 각대에 흰 다비 차림으로 나타나 나를 당혹스럽게 만들었다. 그가 담담하게 중얼거리는 말에 따르면, 그가 이런 식으로 옷 스타일을 자주 바꾸는 이유는, 사람들에게 자신에 관한 어떤 인상도 심어주고 싶지 않기 때문이란다. 언급하는 것을 잠시 잊어버리고 있었는데, 바바의 집은 도쿄 근교인 미타카 시모렌자쿠에 있었다. 거기 살면서 하루도 거르지 않고 시내로 놀러 나오는 것으로 보아, 아버지가 지주 아니면 꽤나 잘나가는 부자인 듯하다. 그랬기에 이것저것 옷을 바꿔 입거나 몸치장을 하는 일도 가능했을 것이다. 어찌 보면 지주 아들놈의 사치에 불과하다. ……그렇게 생각해보면, 내가 그의 겉모습에 이끌려 함께 다니고 있는 것도 아닌 것 같은데, 돈 때문일까? 좀 거북한 말이지만, 둘이 돌아다닐 때 계산은 모조리 그가 했다. 바바는 나를 밀어젖히면서까지 계산을 했다. 우정과 금전에 있어서는 기묘한 상호작용이 쉼 없이 일어난다. 그의 풍요로움이 나에게 꽤나 매력적으로 작용했던 것도 부인하지 않겠다. 어쩌면 바바와 나의 교제는 처음부터 주인과 하인의 관계에 불과했으며, 나는 순전히 네, 네, 하며 끌려다녔을 뿐이라는 생각도 든다.

아아, 나도 모르게 할 말 안 할 말 술술 다 하고 있는 것 같다. 그즈음의 나는 조금 전에도 잠깐 말했듯이, 어항 속 금붕어 똥처럼, 의지라고는 찾아볼 수도 없는 생활을 하고 있었다. 금붕어가 헤엄치면 촐랑촐랑 그 뒤를 쫓아가듯, 그런 허무한 모양새로 바바의 꽁무니를 따라다녔다. 그러던 팔십팔야.[5] ……바바는 기묘하게도 책력에 상당히

5_ 입춘으로부터 88일째. 농가에서 파종을 시작하는 기준이 되는 날.

민감했는데, 오늘은 경신[6], 불멸[7], 하면서 몹시 풀죽어 있다가도, 오늘은 단오, 어둠의 축제를! 하며 뜻 모를 말을 중얼댔다.

그날도 우에노 공원 단술 집에서 임신한 고양이, 활짝 핀 벚꽃, 눈보라, 송충이, 그런 것들이 자아내는 늦봄의 따스하고 무르익은 정취를 온몸으로 느끼며, 혼자 맥주를 홀짝이고 있을 때였다. 어느새 내 뒤에 화려한 녹색 양복을 차려 입은 바바가 다가와 앉아 있었다. 바바는 언제나처럼 낮은 목소리로 "오늘은 팔십팔야." 하고 한마디 하더니, 부끄러워 견딜 수 없다는 표정으로 천천히 일어서서 어깨를 으쓱했다. 팔십팔야를 기념하자며 별 볼 일 없는 결의를 다지고서, 술을 마시러 아사쿠사로 향했다. 그날 밤 나는, 이제 바바에게서 멀어질 수 없을 만큼 완전히 정이 들었구나 싶었다. 아사쿠사의 술집을 대여섯 군데. 바바는 프랑게 박사[8]와 일본 음악계의 싸움에 관한 이야기를, 입에 거품을 물고 하염없이 주절거렸다. 프랑게는 멋들어진 남자야. 왜냐고? 바바가 다시 혼잣말처럼 그 이유를 늘어놓는 동안, 나는 내 여자가 보고 싶어 안절부절못하고 있었다. 나는 바바를 꾀어냈다. 환등[9]을 보러 갑시다, 하고 속삭였다. 바바는 환등을 몰랐다. 좋아요, 좋아. 오늘만은 제가 선배입니다. 팔십팔야고 하니까, 특별히 데려가주지요. 나는 그런 객쩍은 농담까지 하면서 프랑게, 프랑게, 하고 낮은 목소리로 중얼거리는 바바를 억, 지, 로 자동차 안으로 밀어 넣었다. 서둘러! 아아, 늘 느끼는 것이지만, 이 거대한 강을 건널 때의 두근거림이란! 환등의 거리. 거기에는 서로

6_ 庚申. 육십갑자의 쉰일곱째.
7_ 仏滅. 음양에서 말하는 만사가 불길하다고 하는 날.
8_ 일본 최초로 외국저작권대행사를 설립, 독일음악에 대한 저작권료를 요구했다.
9_ 초창기 영화를 뜻하는 말이나, 당시 영화관이 밀집해 있던 아사쿠사가 윤락가로도 유명했기 때문에 윤락가라는 의미로도 쓰인다.

닮은 작은 길들이 거미줄처럼 사방으로 펼쳐져 있었고, 양쪽으로 늘어선 집에는 작디작은 창문에 얼굴이 한 자$^{30㎝}$에서 두 자쯤 되는 젊은 여자들이 환하게 웃으며 붙어서 있었다. 이 거리에 한 발작 내딛는 순간, 무거웠던 어깨가 문득 가벼워지고, 자신의 본 모습을 순식간에 망각한 인간들은, 탈출에 성공한 죄인처럼 태연하게 아름다운 하룻밤을 보낸다. 바바는 이 거리가 처음인 듯했지만, 별로 놀라는 기색도 없이 여유로운 보폭으로 나에게서 조금 떨어져서 걸으며, 양쪽의 작은 창문들 틈으로 고개를 빠끔히 내민 여자들 얼굴을 하나하나 세심하게 들여다보았다. 거리로 들어서고, 거리에서 빠져나와, 거리를 돌아, 거리에 다다른 뒤, 내가 멈춰 서서 바바의 옆구리를 쿡 찔렀다. 나는 여기 이 여자를 좋아합니다. 네, 꽤 오래전부터요, 하고 속삭였다. 나의 연인은 눈도 깜박거리지 않고 작은 아랫입술을 살짝 왼쪽으로 움직여 보였다. 바바도 멈춰 서서, 두 손을 축 늘어뜨린 채 고개를 앞으로 쭉 내빼고, 내 여자를 뚫어지게 들여다봤다. 이윽고 나를 돌아보며 외치듯 말했다.

"와아, 닮았네, 닮았어."

퍼뜩 정신이 들었다.

"아니, 아니요. 기쿠에게는 못 당하죠." 나는 긴장해서 엉뚱한 대답을 했다. 몸에 힘이 들어갔다. 바바는 슬쩍 당황한 듯이,

"사람을 비교하고 그러는 거 아니야." 하고 웃었지만, 금세 험상궂게 눈썹을 치켜뜨면서, "아니, 세상에 존재하는 무엇도 비교해서는 안 되지. 비교근성만큼 아둔한 것도 없어." 하고 혼잣말처럼 천천히 중얼거리더니, 어기적어기적 걷기 시작했다. 다음 날 아침, 집으로 돌아가는 자동차 안에서 우리는 서로 입을 다물고 있었다. 단 한마디라도 말을 꺼냈다가는 치고받고 싸움이 날 것만 같은 어색함이 감돌았다. 혼잡한

아사쿠사 거리로 나와서, 평범한 사람들처럼 슬슬 기분이 홀가분해졌을 무렵, 바바가 진지하게 입을 열었다.

"어젯밤 여자가 말이지, 나에게 이런 걸 가르쳐줬어. 우리라고 밖에서 보는 것처럼 그렇게 편하게 사는 것만은 아니에요, 라고."

나는 일부러 크게 박장대소했다. 바바는 여느 때와 달리, 활짝 미소 지으며 내 어깨를 툭 치고는,

"일본에서 가장 훌륭한 거리다. 모두들 가슴을 펴고 살아가고 있어. 부끄러워하지 않아. 놀라운 걸? 다들 꽉 찬 하루를 보내고 있어." 하고 말했다.

그날 이후 나는, 바바를 가족처럼 친근하게 느끼게 되었고, 태어나 처음으로 친구를 얻었다는 기분마저 들었다. 친구를 얻었다고 생각한 순간, 사랑했던 사람을 잃었다. 입에 담기도 민망할 정도로, 내가 생각해도 한심하게 여자에게 버림받았다. 그게 소문이 나서 결국 사노 지로라는 별 볼 일 없는 이름까지 얻게 됐다. 지금은 아무렇지도 않게 말할 수 있지만, 그때는 웃으면서 할 이야기도 아니었고, 죽고 싶다는 생각마저 들었다. 환등의 거리에서 얻은 병은 나을 기미를 보이지 않았고, 언제 불구자가 될 지 알 수 없는 상태였다. 사람이 왜 살아야 하는지, 그 이유를 나로서는 도저히 알 수가 없었다. 얼마 지나지 않아 여름방학이 되었고, 도쿄에서 2천 리나 떨어진 혼슈 북단의 깊은 산속에 있는 고향집 으로 돌아갔다. 매일같이 뜰에 자란 밤나무 아래 등나무 의자에 드러누 워, 담배를 일흔 개비씩 피워대면서 멍하니 지내고 있을 무렵, 바바에게 서 편지가 왔다.

그간 잘 지냈는가?

죽고 싶더라도 좀 기다리게. 나를 위해서. 자네가 자살한다면 나는, 아아, 녀석은 나를 골탕 먹이려고 죽었어, 라고 떠벌리고 다니면서 우쭐대겠네. 그래도 상관없다면 죽어도 좋아. 나도 예전에는, 아니, 지금도 아직, 사는 데 열정이 없어. 하지만 자살은 하지 않을 거야. 누군가가 나로 인해 우쭐대는 것만은 참을 수가 없거든. 병이나 재난을 기다리고 있네. 하지만 지금까지 나를 찾아든 병이라곤 치통과 치질뿐이야. 도통 죽을 기미가 안 보여. 재난도 좀처럼 일어나질 않고, 방 창문을 밤새도록 열어두고 강도가 들 것을 기다리면서, 그가 날 죽여주기만을 바라고 있는데, 창문 너머에서 살그머니 숨죽여 들어오는 놈들이라곤, 나방과 하루살이와 풍뎅이, 그리고 백만의 모기부대. (자네는 말할 테지, 아아, 나하고 똑같네!) 있잖나, 우리 함께 잡지를 내보지 않겠나? 잡지라도 내서 빚을 몽땅 갚아버리고 사흘 밤낮을 내리 쿨쿨 자고 싶어. 빚은 엉거주춤한 내 몸뚱이라고나 할까. 가슴속에는 빚 때문에 생긴 시커먼 구멍이 뻥 뚫려 있지. 어쩌면 잡지를 내는 일로 이 구멍이 점점 더 깊어질지도 모를 일이지만, 그때 일은 그때 가서 생각하세. 일단 나는 나 자신과 제대로 한번 담판을 짓고 싶어. 잡지 이름은 해적. 구체적인 일에 대해서는 자네와 의논한 뒤 결정할 계획이지만, 내 생각으로는 수출을 위한 잡지를 만들었으면 해. 수출할 곳은 프랑스가 좋겠지. 자네는 어디가도 빠지지 않는 훌륭한 어학 실력을 갖춘 모양이던데, 우리가 쓴 원고를 프랑스어로 고쳐주게. 앙드레 지드에게 한 권 보내서 비평을 받아보세. 아아, 발레리와 직접 논쟁도 할 수 있겠지. 졸린 눈을 껌뻑거리는 프루스트를 한번 버둥거리게 만들어 보잔 말일세. (자네는 말할 테지, 아쉽지만 프루스트는 이미 죽었습니다.) 콕토는 아직 살아 있잖나. 라디게[10]가 아직 살아 있다면 좋을 텐데. 데코브라 선생[11]에게도 한 권 보내서 나자빠지게 해볼까? 가엾게 됐군.

　이런 공상, 재미있지 않은가? 게다가 실현 불가능한 일도 아니지. (쓰는 족족 글자가 메말라 가는군. 편지체가 가진 독특한 특성. 서술도 아니고, 회화도 아닌, 묘사도 아니고, 기묘하기 그지없는, 그러면서도 제대로 독립되어 있어서 왠지 등줄기가 서늘해지는 문체. 저런, 바보 같은 말을 했군.) 어제 밤을 새워 계산해봤는데, 삼백 엔이면 썩 괜찮은 잡지를 만들 수 있을 것 같아. 그 정도라면 나 혼자서도 어찌어찌 만들어볼만 하겠어. 자네는 시를 써서 폴 포르[12]가 읽게 만들게. 나는 <해적의 노래>라는 4악장의 교향곡을 생각하고 있어. 완성되면 이 잡지에 발표해서, 어떻게든 라벨[13]을 당황시켜 볼 생각이야. 반복해서 말하지만, 실현은 그리 어렵지 않아. 돈만 있으면 가능해. 세상에 실현 불가능한 것이 뭐가 있겠나. 자네도 화려한 공상을 하면서 그 마음만이라도 부풀려 두는 게 좋아. 어때? (편지란 것은 왜 꼭 마지막에 상대방의 건강을 빌어야 하는 것일까. 세상에는 머리도 니쁘고, 문장력도 떨어시고, 화술 마저 엉망이라 해도, 편지만큼은 영리하게 쓰는 남자가 있다는 괴담이 있지.) 그런데 나는 편지를 잘 쓰는 편인가, 아니면 엉망진창인가? 안녕.

　이건 다른 일인데, 지금 문득 생각나서 써두겠네. 낡은 질문,

　'안다는 건 행복한 것일까?'

. . . .

10_ 레몽 라디게(1903~1923). 프랑스 작가. 장 콕토가 재능을 알아보고 문학계로 이끌어주었다. 심리소설의 걸작이라 불리는 「육체의 악마」(1923)를 남기고 요절했다.

11_ 모리스 데코브라(1885~1973). 프랑스 작가, 영화감독. 『침대차의 마돈나』, 『새벽의 총살』 등이 있으며, 세계대전 당시 그의 작품을 원작으로 한 영화가 다수 만들어졌다.

12_ 시인(1872~1960). 소박한 서민의 일상을 다룬 『프랑스의 발라드』(1922~1949)로 유명.

13_ 모리스 라벨(1875~1937). 정교한 작곡으로 추앙받던 프랑스 작곡자. 『세헤라자드』(1903), 『죽은 왕녀를 위한 파반』(피아노1899, 관현악1910), 『스페인 광시곡』(1907) 등을 남겼다.

사노 지로자에몬 앞

바바 가즈마馬場数馬

2. 해적

나폴리를 보고 나서 죽어라!

Pirate^{해적}라는 단어는 저작물을 표절한 사람을 가리킬 때 사용하는
것 같은데, 그래도 괜찮겠냐고 물었더니, 바바는 그 자리에서, 더 좋지,
재밌잖나, 하고 대답했다. Le Pirate. ······잡지 이름은 일단 정해졌다.
말라르메[14]나 베를렌과 연관이 있는 La Basoche, 베르하렌[15] 일파인
La Jeune Belgique, 그 외 La Semaine, Le Type. 모두 이국의 예술계에
피어난 진홍색 장미다. 옛날 젊은 예술가들이 세계를 향해 펼쳐 보인
잡지들. 아아, 우리도 한 번 해보자! 여름방학이 끝나고 허둥지둥 도쿄로
와 보니, 바바의 해적에 대한 열정은 더욱 뜨거워져 있었고, 이것이
나에게도 그대로 전염되어, 둘이 만나기만 하면 Le Pirate에 관한 화려한
공상, 아니, 좀 더 구체적인 계획에 대해서 이야기했다. 봄, 여름, 가을,
겨울, 일 년에 네 번씩 발행할 것. 국배판 60페이지. 전부 아트지. 클럽멤
버는 해적 유니폼을 입을 것. 가슴에는 언제나 계절 꽃을 달고, 클럽멤버

· · · · · · · · · · ·

14_ 스테판 말라르메(1842~1898). 베를렌, 랭보와 함께 시적언어 고유한 상징주의에 주목한
　　프랑스 시인. 발레리, 지드 등에게 큰 영향을 끼쳤다.
15_ 에밀 베르하렌(1855~1916). 프랑스에서 활약한 벨기에 출신 시인. 진보적인 시각으로 세계동포
　　애를 노래했다.

의 모토, ……절대로 맹세하지 말 것. 행복이란? 심판 금지. 나폴리를 보고 나서 죽어라! 등등. 동료는 반드시 20대 미남일 것. 한 가지 분야에 뛰어난 기량을 지니고 있을 것. The Yellow Book[16]에서 지혜를 배우고, 비어즐리[17]에 견줄 만한 천재화가를 찾아내, 삽화를 그리게 한다. 국제문화진흥회 따위에 의지하지 말고, 우리 예술을 우리 손으로 해외에 알리자. 자금은 바바가 이백 엔, 내가 백 엔, 그 밖에 다른 동료들에게서 이백 엔 정도 받을 예정이다. 동료로……바바가 먼 친척뻘 되는 사타케 로쿠로라는 동경예술대학교 학생을 우선 내게 소개하기로 했다. 그날 나는 바바와 약속한 대로 오후 네 시쯤 우에노 공원 기쿠 네 단술집을 찾았다. 바바는 감색바탕에 잔무늬가 들어간 홑옷에 팥죽색 하카마라는 메이지 유신 풍 옷을 입고, 붉은 융단이 깔린 평상에 앉아 나를 기다리고 있었다. 새빨간 마 잎 무늬가 들어간 허리띠를 두르고 흰 꽃이 달린 비녀를 꽂은 기쿠가, 바바의 발아래 쟁반을 들고 동그랗게 웅크리고 앉아, 미동도 않고 그의 얼굴을 올려다보고 있었다. 바바의 검푸른 얼굴에는 옅은 석양이 한 줄 비추고 있었고, 저녁 안개가 모락모락 피어올라 두 사람을 감싸고 있었다. 어쩐지 수상한 분위기였다. 내가 가까이 다가가 여어, 하고 말을 걸자, 기쿠가 어머, 하고 외마디 소리를 지르더니 벌떡 일어섰다. 몸을 돌려 하얀 이를 드러내 보이며 인사를 했는데, 순식간에 통통한 볼이 빨개졌다. 나는 조금 당황해서, 잘못 온 건가? 하고 말했다. 기쿠의 표정이 스윽 바뀌더니 진지한 눈빛으로

16_ 1890년대에 영국에서 선풍적인 인기를 끌었던 감각적이고 세련된 스타일의 예술적 문예잡지. 비어즐리의 세기말적이고 퇴폐적인 삽화가 화제가 되었다.

17_ 오브리 비어즐리(1872~1898). 영국의 일러스트레이터 겸 소설가. 툴루즈, 우키요에에서 영감을 얻은 환상적이고 그로테스크한 펜화는, 1920년대 일본 잡지에도 영향을 끼쳤다.

내 얼굴을 올려다보았다. 그러더니 휙 하고 등을 돌려 쟁반으로 얼굴을 가린 채, 가게 안으로 뛰어 들어갔다. 꼭두각시 춤이라도 보고 있는 기분이 들었다. 내가 수상쩍어 하며 그 뒷모습을 멍하니 지켜보다 평상에 앉으니, 바바가 싱글벙글 웃으며 말했다.

"끝까지 믿네. 저런 모습은 진짜 귀엽다니까. 저 녀석이 말이야," 백마교불행 찻잔은 아무래도 민망했던지 한참 전에 치워버렸고, 지금 것은 보통 손님들이 쓰는 가게의 청자 찻잔이었다. 바바는 엽차를 한 모금 마시더니, "내 지저분한 턱수염을 보더니, 며칠이나 두면 그렇게 자라요? 하고 묻기에, 이틀 만에 이렇게 돼버려. 자, 가만히 앉아서 봐봐. 털이 쑥쑥 자라는 게 육안으로도 보이니까, 하고 진지한 표정으로 알려줬지. 그랬더니 조용히 웅크리고 앉아서 접시만 한 큰 눈으로 내 턱을 가만히 올려다보는 게 아닌가. 정말 놀랐어. 이보게, 무지하기에 믿는 건가, 영리하기에 믿는 건가? 믿음이라는 제목의 소설이라도 써볼까? A가 B를 믿고 있다. 거기에 C와 D와 E와 F와 G와 H, 그 밖에 많은 인물들이 연이어 등장해서, 이리저리 수법을 바꿔가며, 다양한 방법으로 B의 험담을 한다. ──그런 다음, ──그런데도 A는 B를 믿고 있어. 의심도 안 해. 한 점 의심도 없이 안심하고 있어. A는 여자, B는 남자, 시시껄렁한 소설이 되겠군. 하하핫." 그는 이상하리만치 들떠 있었다. 나는 그가 하는 말을 곧이곧대로 들을 뿐, 속마음을 꿰뚫어 보려고 애쓰고 있는 건 아니란 걸 보여줘야겠다고 생각했다.

"재미있어 보이는 소설이네요. 한번 써보시죠?"

가능한 한 딴 생각은 전혀 없다는 투로 말하고는, 앞에 있는 사이고 다카모리[18] 동상을 멍하니 바라보았다. 바바는 마음이 놓이는 모양이었다. 평소처럼 불만에 가득한 표정을 지으며 평정을 되찾았다.

"그런데 있잖나, ……난 소설을 쓸 수가 없어. 자네는 괴담을 좋아하지?"

"네, 좋아하죠. 다른 것보다도 괴담이 제 상상력을 가장 많이 자극하는 것 같습니다."

"이런 괴담은 어떨까?" 바바는 아랫입술을 살짝 다셨다. "지성의 극치라는 건 분명 있네. 온몸에 소름이 돋을 정도의 무간나락無間奈落이지. 그걸 살짝이라도 엿보고 나면, 그 사람은 한마디도 할 수가 없게 돼. 붓을 쥐어도 원고지 구석에 자화상을 그리거나 낙서를 할 뿐, 한 자도 쓸 수가 없네. 그런데도 그 사람은 세상에서 가장 무시무시한 소설 하나를 남몰래 계획하지. 세상 모든 소설이 졸지에 따분해지고 식상해지는 그런 소설을 말이야. 그건 정말, 두렵기 짝이 없는 소설이야. 예를 들어, 모자를 뒤로 젖혀 써도 신경이 쓰이고, 눈이 가려질 정도로 깊이 눌러 써도 마음이 안 놓이고, 큰맘 먹고 확 벗으면 더욱더 이상하게 느껴지는 경우, 사람은 어디서 마음의 안정을 얻을 수 있을까? 이런 자의식 과잉에 관해서도 이 소설은, 바둑판 위 바둑돌처럼 시원스러운 해결책을 제공하지. 시원스러운 해결책? 그게 아니야. 바람 한 점 없음. 컷 글라스.[19] 백골. 이런 완벽한 상태를 두고 산뜻한 해결이라고 하는 거겠지. 아니, 그것도 아냐. 어떤 형용사도 필요 없고, 다만 '해결'이 있을 뿐이야. 그런 소설은 반드시 있네. 그러나 이런 소설을 계획한 사람은 그날부터 곧바로 비쩍 말라버려서, 결국에는 미쳐버리든, 자살을 하든, 벙어리가 되지. 자네도 알다시피 라디게는 자살을 했어. 콕토는 미칠 것 같아서 온종일 아편만 해댔고, 발레리는 십 년 동안 벙어리로

18_ 西鄕隆盛(1827~1877). 개화기 시기 군인이자 정치가. 메이지 유신을 성공시킨 중심인물이다.
19_ 유리공예. 유럽의 오랜 전통으로 에도시대에 처음 일본에 도입되었다.

살았다지. 이 한 편의 소설을 둘러싸고, 일본에서도 한때 상당히 비참한 희생자가 나왔다네. 실제로, 말이야……."

"어이, 이봐." 하는 쉰 목소리가 바바의 이야기를 방해했다. 깜짝 놀라 돌아보니, 바바의 오른쪽 겨드랑이 참에 코발트 색 학생복을 입은 작달막한 젊은 사내가 우두커니 서 있었다.

"늦었잖아." 바바가 화난 듯 말했다. "자, 이쪽은 동경제대[20] 학생 사노 지로자에몬. 이쪽은 사타케 로쿠로, 전에 내가 말했던 그림 그린다는 친구라네."

사타케와 나는 쓸쓸히 웃으며 가볍게 인사했다. 사타케의 얼굴은 살결도 땀구멍도 없이, 반들반들하게 윤을 낸 우윳빛 탈 같았다. 눈동자는 초점 없이 흔들렸고, 눈알은 유리로 만든 듯했으며, 코는 상아로 세공한 것처럼 차가웠고, 콧날은 검처럼 날카로웠다. 눈썹은 버들잎처럼 가늘고 길었으며, 가는 입술은 딸기처럼 빨갰다. 그런 눈부신 용모에 비해, 팔다리는 놀랄 만큼 빈약했다. 신장은 5척[150㎝]도 채 안 돼 보였으며, 작고 깡마른 두 손은 도마뱀을 떠올리게 했다. 사타케는 노인처럼 생기 없는 목소리로 내게 조용조용 말을 건넸다.

"당신 얘긴 바바한테 들었는데, 딱한 일을 겪은 모양이더군요. 참 어지간합니다." 나는 불끈 화가 치밀어 올라, 눈부시게 하얀 사타케의 면상을 한 번 더 들여다보았다. 상자처럼 무표정한 얼굴이었다.

바바는 소리 나게 혀를 차면서, "어이 사타케, 왜 사람을 놀리고 그래. 아무렇지도 않게 사람을 갖고 노는 건 비열한 마음을 가졌단 증거야. 욕을 하고 싶다면 정정당당하게 퍼붓는 게 낫지."

. . . .
20_ 동경제국대학의 약자. 지금의 도쿄대.

"놀리는 건 아닌데." 사타케는 조용히 대답하더니, 가슴팍 주머니에서 보라색 손수건을 꺼내어 느릿느릿 목 근처의 땀을 닦기 시작했다.

"아아아." 바바는 한숨을 쉬며 평상 위에 벌렁 드러누웠다. "자네는 왜 말끝마다 는데, 는군, 같은 어미를 붙이나? 그 따위 감탄사 같은 어미 좀 빼줘. 피부에 끈적끈적하게 달라붙는 것 같아 참을 수가 없으니까." 그 말에는 나도 동감이었다.

사타케는 손수건을 정성스레 접어 가슴팍 주머니에 집어넣은 뒤 남의 일처럼 중얼거렸다. "이런 넓적한 나팔꽃 같이 생긴 놈아, 하면서 달려들어야 하는 거 아닌가?"

슬쩍 일어선 바바가 목에 힘주며 말했다. "자네하고 여기서 이러쿵저러쿵 말다툼하고 싶지 않네. 우리 둘 다 제3자를 계산에 넣고 얘기하고 있으니까. 안 그래?" 어쩐지 내가 모르는 사연이 있는 듯했다.

사타케가 사기그릇 같이 창백한 이를 드러내며 씩 웃었다. "이제 니힌텐 볼 일이 없나보군?"

"그래." 바바는 짐짓 한눈을 팔며, 억지스럽게 하품을 했다. "나는 이제 그만 가봐야겠는데." 사타케는 차분히 중얼거리더니, 한동안 금속 손목시계를 들여다보았다. 뭔가 생각에 잠긴 듯했다. "새로 나온 교향곡을 들으러 히비야에 갈 거야. 고노에[21]도 요즘 장사를 좀 하는 것 같더군. 내 옆 좌석에 늘 외국인 숙녀가 앉는데, 요즘은 그 낙에 살아." 사타케는 그런 말을 남기고는 쥐처럼 가벼운 몸놀림으로 타닥타닥 부산하게 달려갔다.

"쳇! 기쿠 짱, 여기 맥주 좀. 네 서방님은 갔다. 사노 지로, 마시자.

<hr>

21_ 고노에 히데마로近衛秀麿(1893~1973). 일본에 교향악을 뿌리내리는 데 큰 역할을 한 인물.

내가 멍청한 놈을 끌어들였어. 녀석은 말미잘 같은 놈이야. 저런 녀석하고 싸우면 아무리 발버둥 쳐도 이길 수가 없다니까. 조금도 맞서려고 하지 않고, 오히려 두들겨 팬 쪽 손에 딱 달라붙거든." 그러고는 갑자기 소리를 낮추더니, "저 놈이 기쿠 손을 천연덕스럽게 잡더라고. 저런 류의 남자가 다른 사람 부인을 가볍게 손에 넣거나 하는 거겠지. 임포텐츠성교불능증가 아닌가 싶지만. 젠장, 말이 친척이지 나하곤 피 한 방울 안 섞였어. ……나는 기쿠 앞에서 녀석과 이러쿵저러쿵 싸우고 싶지 않아. 서로 차지하려고 경쟁하다니, 꼴불견 아닌가. ……난 말이야, 사타케의 자존심이 얼마나 센지 생각하면 가슴이 오싹해질 정도야." 바바는 맥주컵을 움켜쥔 채 깊은 한숨을 내쉬었다. "하지만 저 녀석 그림만은 인정하지 않을 수 없지."

나는 멍하니 있었다. 어스름하게 어둠이 내려 색색의 등으로 채색된 혼잡한 우에노히로코지[22]를 내다보면서, 바바의 혼잣말과는 한참 거리가 먼 지루한 감상에 푹 빠져 있었다. "도쿄로구나." 단지 그뿐인 언어의 감상에.

그로부터 오륙일쯤 지난 어느 날, 우에노 동물원에 맥[23] 부부 두 마리가 새로 왔다는 기사를 신문에서 보고, 문득 맥이 보고 싶어졌다. 수업이 끝나고 동물원에 갔는데, 거기서 사타케를 발견했다. 물새들이 쉬고 있는 우산 모양의 커다란 철골 구조물 근처 벤치에 앉아, 무언가를 그리고 있었다. 하는 수 없이 다가가 가볍게 어깨를 쳤다.

사타케는 "여어." 하며 천천히 내 쪽으로 고개를 까딱였다. "당신이군요. 깜짝 놀랐는데요? 이쪽으로 앉으십시오. 서둘러 작업을 정리할

22_ 우에노 공원 남쪽으로 난 큰 대로변 지명.
23_ 중남미, 동남아 지역에 서식하는 코가 긴 동물.

테니 잠시만 기다려주시겠습니까? 할 얘기가 있습니다." 서먹서먹한 말투로 그렇게 말하더니, 연필을 잡아 쥐고 다시 스케치에 빠져들었다. 나는 그 뒤에 서서 우물쭈물하다가, 결국 벤치에 앉아 사타케의 스케치북을 들여다보았다. 사타케는 내가 보고 있다는 걸 알아챈 듯,

"펠리컨을 그리고 있습니다."라면서, 펠리컨의 다양한 자세를 함부로 쓱쓱 그려나갔다. "제 스케치는 한 장에 이십 엔쯤 합니다. 몇 장이라도 사가겠다는 사람이 있습니다." 그는 빙글빙글 혼자 웃으며 말했다. "저는 바바처럼 실없는 소릴 하고 돌아다니는 걸 싫어하는 사람입니다. <황폐한 성荒城의 달> 얘기는 아직입니까?"

"<황폐한 성의 달>이라뇨?" 나는 어리둥절했다.

"음, 아직 못 들으셨군요." 사타케는 펠리컨의 뒷모습을 지면의 구석에 커다랗게 그리며 말했다. "바바가 옛날에 다키 렌타로[24]라는 가명으로 <황폐한 성의 달>이란 노래를 지어서, 일체의 권리를 야마다 고사쿠[25]에게 삼천 엔에 팔아넘겼다."

"그 유명한 <황폐한 성의 달> 말입니까?" 나는 가슴이 뛰었다.

"거짓말이오." 한 줄기 바람이 불어와 스케치북이 팔랑, 날리더니 나부裸婦와 꽃의 데생이 흘끗 보였다. "바바의 엉터리 거짓말은 유명합니다. 아주 교묘하거든요. 누구라도 처음엔 당합니다. 요제프 시게티는 아직입니까?"

"그건 들었습니다." 나는 서글픈 생각이 들었다.

"후렴구 곁들인 문장이라." 그는 어이없다는 듯 그렇게 내뱉고는 스케치북을 탁 덮었다. "오래 기다리셨습니다. 조금 걸읍시다. 할 얘기가

24_ 瀧廉太郎(1879-1903). 작곡가. 일본국립중학교 합창곡으로 <황폐한 성의 달>이 당선됐다.
25_ 山田耕筰(1886-1965). 작곡가. <황폐한 성의 달> 오리지널 앨범의 피아니스트.

있습니다."

　오늘 맥 부부는 포기하도록 하자. 맥보다 훨씬, 훨씬 더 이상하게 들리는 이 사타케라는 남자의 이야기에 귀를 기울이자. 물새들이 쉬고 있는 우산 모양의 구조물을 지나, 물개가 노니는 수조 앞을 지나, 작은 산처럼 거대한 곰이 있는 우리 앞에 다다랐을 무렵, 사타케가 입을 열었다. 전에도 몇 번이나 말한 적이 있어서 익숙해진 듯 암송이라도 하는 말투였는데, 글로 써놓으니 어느 정도 열정이 있어 보이기도 하지만 사실은, 특유의 음울한 낮고 쉰 목소리로 술술 이야기를 풀어나갔을 뿐이다.

　"바바는 몹쓸 놈입니다. 음악을 모르는 음악가가 있을까요. 저는 녀석이 음악에 대해 논하는 걸 한 번도 들어본 적이 없습니다. 바이올린을 손에 쥐는 것도 본 적이 없습니다. 작곡을 한다고? 악보나 제대로 읽을 수 있으려나 모르겠군. 바바네 집은 녀석 때문에 애를 먹고 있다는데. 정말 음악학교에 들어갔는지 어쩐지, 그것도 수수께끼예요. 옛날에는 저래 봬도 소설가가 되겠다고 공부했던 적도 있습니다. 근데 책을 너무 많이 봐서 아무것도 쓸 수 없게 된 것 같습니다. 멍청한 녀석. 요즘에는 자의식 과잉이란 말을 어디서 하나 주위들어서는, 부끄러운 줄도 모르고 떠벌리고 다닙니다. 어려운 말은 잘 몰라도, 자의식 과잉이란, 예를 들어 양쪽에 여학생 수백 명이 길게 줄지어 있는 길을 우연히 혼자 걷게 됐을 때, 일거수일투족이 거북살스럽고, 시선은 어디에 둘지, 고개는 어디로 할지, 모든 것이 난처해서 어쩔 도리가 없는, 그런 기분이라고 생각합니다. 정말 그런 것이라면, 자의식 과잉이란 실은, 일곱 번 굴러도 여덟 번째 또 넘어지는 것과 같이 고통스러운 일인데, 엉터리 사기를 치고 다니는 바바 같은 놈에게는 가당치도 않은 말이지요. ……우선 잡지를 내니 어쩌니 들떠서 돌아다니는 것 자체가 정말 이상한 짓 아닙니까? 해적? 해적 좋아하시네. 혼자 허파에 바람이 들어서는. 당신도 바바를 너무 믿으면 나중에 큰일 납니다. 그건 제가 장담할 수 있어요. 제 예언은 언제나 딱 들어맞으니까."

"그래도……."

"그래도?"

"전 바바를 믿습니다."

"저런, 그렇습니까?" 사타케는 내가 온 힘을 다해 내뱉은 한 마디를 무표정하게 흘려버리며 말을 이었다. "이번 잡지 건도 저는 눈곱만큼도 바바를 믿지 않습니다. 저보고 오십 엔을 내라는데 말도 안 되는 소리. 그저 와자지껄 떠들고 싶을 뿐입니다. 단 한 톨의 성실함도 없어요. 당신은 아직 모르겠지만, 내일모레 바바와 저, 그리고 바바의 음악학교 선배로부터 소개받아 알게 됐다는 다자이 오사무라는 젊은 작가와 셋이서, 당신네 하숙집을 찾아가기로 했습니다. 거기서 잡지의 최종안을 결정할 거라는데, 어떻습니까? 그때, 될 수 있는 대로 지겨워 죽겠다는 표정을 짓는 겁니다. 회의에 찬물을 끼얹어버리면 되니까요. 아무리 훌륭한 잡지를 낸다 한들, 세상이 우리가 멋들어지게 폼 잡게 해줄 것 같습니까? 분명 도중에 흐지부지될 겁니다. 저는 비어즐리가 아니어도 상관없습니다. 열심히 그리고, 비싼 가격에 판 뒤, 즐긴다. 그걸로 족하지요."

말을 마친 곳은 살쾡이 우리 앞이었다. 살쾡이는 푸른 눈을 번득이며 등을 구부리고 우리를 쳐다보고 있었다. 사타케는 조용히 팔을 뻗어 담뱃불을 살쾡이 코에 갖다 대었다. 사타케의 그 모습이 바위처럼 자연스러웠다.

3. 등용문

이곳을 지나면, 한 알에 이 전 하는 소라인가.

"뭔가, ……예사롭지 않은 잡지인가 보던데요?"

"아니요. 평범한 팸플릿입니다."

"그런 소릴 잘도 해대네. 당신에 대해선 익히 들어서 잘 알고 있습니다. 지드나 발레리도 꼼짝 못 할 그런 잡지라면서요?"

"당신, 비웃으러 왔소?"

내가 잠깐 아래층에 내려간 사이에 벌써 바바와 다자이는 말다툼을 시작한 모양이었다. 다기를 챙겨들고 방으로 들어가 보니, 바바는 방구석에 있는 책상에 턱을 괴고 앉아 있었고, 다자이라는 사내는 바바와 대각선 방향의 다른 한쪽 구석에 등을 기대고는, 털이 자란 기다란 정강이를 앞으로 뻗고 앉아 있었다. 둘 다 졸린 듯 반쯤 눈을 감고서, 성가시다는 듯 느릿느릿 말하고 있었지만, 내심 눈빛은 분노와 살의로 끓어오르고 있었다. 어린 뱀의 혀처럼 날름날름 타오르는 어휘를 주고받으며, 꽤나 험악하게 다투고 있었다. 사타케는 다자이 바로 옆에 길게 드러누워, 따분하기 짝이 없다는 듯 눈알을 이리저리 굴리며 담배를 피워댔다. 처음부터 느낌이 좋지 않았다. 그날 아침 자고 있는데, 바바가 내 하숙집으로 쳐들어왔다. 오늘은 학생복을 제대로 차려입고, 그 위에 물기 머금은 노란 레인코트를 걸치고 있었다. 비에 흠뻑 젖은 레인코트를 벗지도 않고, 방안을 이리저리 바쁘게 돌아다니며 혼잣말처럼 중얼거렸다.

"이봐, 자네. 좀 일어나 봐. 나 지금 지독한 신경쇠약에 걸렸어. 이렇게 비가 오는 날이면, 정말 미쳐버리겠어. 해적에 대한 공상만으로도 살이 쑥쑥 빠진다니까. 거 좀 일어나 봐. 조금 전에 다자이 오사무라는 남자를 만났어. 소설을 아주 정교하게 잘 쓰는 남자라고 우리 학교 선배한테 소개를 받았는데, ……이건 숙명이야. 동료로 넣어주기로 했네. 근데 다자이란 놈 말이야, 아주 끔찍하게 재수 없는 놈이더라고. 그래. 딱 그 표현이 맞아. 재수 없는 놈. 아주 혐오스러운 놈이야. 나는 그런 놈하고는 생리적으로 안 맞는 데가 있어. 머리는 빡빡 깎아가지고 말이야. 자기가 뭐라고 의미심장하게 머리까지 다 밀었더라고. 돼먹지 못한 취미지. 그래, 맞아. 거기다가 겉멋이 들어서는 허세를 부리고 다니는 꼴이라니. 소설가란 작자는 전부 그 지경인가? 사색이나 연구나 열정 따위는 다 어디다 갖다버렸느냔 말이야. 진짜 뼛속까지 삼류 작가더라고. 검푸르고 번들번들한 그 넓적한 얼굴 하며, 코는, ……레니에 소설에서 그런 코를 읽은 적이 있지. 지극히 위험한 코. 위기일발, 주먹코가 될 뻔했던 걸 코 옆에 패인 깊은 주름이 겨우 막아줬지. 진짜 어이가 없어. 레니에 말이 딱 맞아. 굵고 짧은 시커먼 눈썹은, 겁먹은 조그만 두 눈을 덮어버리려는 듯 덥수룩하게 나 있어. 엄청나게 좁은 이마에는 주름이 가로로 두 줄 쫙쫙 나있는데, 말도 마. 목은 두껍고, 목덜미는 보기 싫게 둔해 보이는 데다가, 턱 밑에 시뻘건 여드름 자국이 세 개나 있다고. 내 안목으로는, 신장이 5척 7촌¹ᵐ ⁷⁰ᶜᵐ, 체중이 15관⁵⁶ᵏᵍ, 발은 11문²⁶⁵ᵐᵐ, 나이는 분명 서른 전이야. 아, 중요한 걸 빼먹었어. 고양이처럼 완전히 구부러진 등은, 그야말로 꼽추, ……이봐, 잠깐 눈을 감고 그런 남자를 상상해보라고. 근데 그게, 거짓말이야. 새빨간 거짓말. 어마어마한 사기꾼. 남들 앞에서 그런 모습을 가식적으로 꾸며대고 있는 거야. 그런 게 틀림없어. 하나부터 열까지 남들한테 보여주기 위한 거란 말이지. 내가 잘못 봤을 리가 없어. 여기저기 아무렇게나 듬성듬성 자란 수염. 아니, 녀석에게 아무렇게나 같은 건 있을 수 없지. 어떤 경우라도 있을 수 없어. 일부러 아무렇게나 자란 것처럼 보이려고 노력해서 기른 '아무렇게나' 턱수염이야. 아아, 내가 대체 누구 얘길 하고 있는 거지? 보십시오, 제가 지금 이렇게 하고 있습니다, 저렇게 하고 있습니다, 라고 일일이 설명을 붙이지 않으면 손가락 하나 움직일 수 없고, 헛기침 한 번 할 수 없는 녀석이야. 정말 밥 맛 없는 놈이지! 녀석의 진짜 얼굴은 눈도 입도 눈썹도 없는 요괴라고. 눈썹을 그리고, 눈코를 붙인 다음에, 시침 뚝 떼고 앉아 있는 거야. 게다가 놈은 그걸 자랑인 줄 안다니까. 쳇! 나는 놈을 보자마자 그 흐물거리는 곤약 같은 혀가 내 얼굴을 날름 핥는 기분이 들었어. 생각해보면 대단한 녀석들만 모이지 않았느냔 말이야. 사타케, 다자이, 사노 지로, 바바, 하하핫, 이 네 명이 입 다물고 서 있기만 해도 이건 그야말로 역사적인 사건이야. 그래! 나는 할 거야. 이건 숙명이다. 재수 없는 동료들이 있는 것도 나름 재밌지 않겠나. 나는 올 한 해 내 목숨을 바쳐, Le Pirate에 모든 걸 걸겠어. 알거지가 되느냐, 바이런이 되느냐. 신이 내게 5펜스를 던져줬다. 사타케의 꿍꿍이는, 똥이나 먹어라!" 그러더니 갑자기 목소리를 낮추고는, "좀 일어나 봐. 덧문을 열자. 곧 다들 몰려올 거야. 오늘 이 방에서 해적의 회의를 하기로 했거든."

나도 바바의 흥분에 낚여 허둥지둥 이불을 박차고 일어나, 바바와 둘이서 막 썩기 시작한 덧문을 삐걱삐걱 열어젖혔다. 혼고[26] 거리의 지붕이 비에 잠겨 있었다.

26_ 도쿄대 정문 앞 마을 이름.

점심나절에 사타케가 왔다. 레인코트나 모자도 없이, 우단 바지에 하늘색 양모 재킷 차림이었다. 얼굴은 비에 흠뻑 젖어 두 뺨이 달처럼 파랗게 빛났다. 달빛 벌레는 우리에게 한마디 인사도 없이, 나자빠지듯 맥없이 털썩 주저앉아 방구석에 모로 누웠다.

"좀 봐줘. 나 지금 피곤해."

뒤이어 다자이가 장지문을 열고 느릿느릿 나타났다. 흘끗 그를 본 나는, 당황해서 눈길을 돌렸다. 이건 아니다 싶었다. 그의 풍모는 바바가 묘사한 것을 기본으로 내가 그려본 좋은 모습과 나쁜 모습 가운데, 나쁜 쪽과 한 치의 오차도 없이 딱 들어맞았다. 더구나 다자이가 입은 옷은 바바가 진작부터 몹시 싫어하던 스타일이었다. 오오시마산 명주로 짠 화려한 기모노에 허리띠를 바짝 동여매고, 거친 격자무늬 헌팅캡을 쓰고 있었다. 고급스럽게 윤이 나는 누런 비단 바지가 기모노 아래로 살짝살짝 내비쳤다. 그것을 가볍게 들어 올리며 자리에 앉더니, 창밖의 풍경을 내다보는 척,

"거리에 비가 내리네." 하고 여자처럼 가늘고 높은 목소리로 말했다. 그러더니 우리 쪽을 돌아보며, 실핏줄 터진 탁한 눈을 가늘게 뜨고 얼굴 전체를 구기며 빙긋이 웃어 보였다. 나는 방에서 뛰쳐나와 차를 가지러 아래층으로 내려갔다. 다기와 주전자를 들고 방으로 돌아와 보니, 벌써부터 바바와 다자이가 싸우고 있었던 것이다.

다자이는 까까머리 뒤로 깍지를 끼고는, "무슨 말을 하건 상관은 없는데, 다들 할 마음이 있긴 한가?"라고 했다.

"뭘 말이오?"

"잡지 말이야. 할 맘이 있다면 같이 해도 좋고."

"당신, 대체 여기 뭐 하러 온 거요?"

"글쎄, ……바람결에 흘러 왔나?"

"제발 좀, 그놈의 명령, 조롱, 농담, 그리고 그 히죽히죽 웃는 것만은 좀 참아줄 수 없겠소?"

"그럼 날 왜 불렀어?"

"넌 언제라도 부르면 오는 놈인 거군?"

"뭐 그렇다고 해두지. 그렇게 하지 않으면 안 된다고 늘 나를 타이르고 있으니."

"먹고 살기 위한 사투라. 그게 제일이지. 그런 거였어."

"맘대로 생각하시오."

"저런, 그것 참 묘한 언어습관일세. 될 대로 되라지. 아아, 됐어. 너 같은 놈하고 동료가 될 바에야! 이러쿵저러쿵 하다 보면, 넌 금세 이쪽을 바보 취급하니까. 당해낼 재간이 없어."

"너나 나나 처음부터 멍청이라 그래. 멍청이 취급 하는 것도 아니고, 멍청이가 되는 것도 아니지."

"나는 존재한다, 커다란 고환을 축 늘어뜨리고. 자, 이런 나를 잡아 잡수시오, 하는 분위긴데? 난감하네."

"심한 말일지 모르겠지만, 어쩌면 그렇게 하는 말마다 너저분하고 산만한가? 머리가 어떻게 된 거 아니야? ……어쩐지 당신네들은 예술가의 일대기만 알고, 예술가가 구체적으로 무슨 일을 하는지는 전혀 모르고 있다는 생각이 드는군."

"그건 뭐, 비난이요, 뭐요? 아니면 연구발표라도 됩니까? 답안이라도 되는 거냐고. 나보고 지금 채점하라, 그 말이오?"

"……중증이네."

"그래, 횡설수설은 내 주특기올시다. 누구 하나 비길 사람 없는 매우 특별한 특기지."

"횡설수설의 간판이랄까."

"회의주의자의 파탄이로군. 아아, 제발 좀 관둬. 실없는 농담하는
건 질색이니까."

"자네는 피땀 흘려 만든 자기 작품이 시장에 나온 뒤에 느껴지는,
가슴 찢어지는 슬픔을 모르는 모양이야. 신에게 정성껏 기도까지 올린
다음에 밀려오는 공허함을 몰라. 자네들은 지금 막 첫 번째 관문을
지났을 뿐이라고."

"쳇! 또 그놈의 잔소리. ……나는 자네 소설을 읽은 적은 없지만,
리리시즘^{서정성}과 위트와 유머와 비꼬기와 포즈, 그런 걸 빼면 아무것도
남지 않는, 말장난 같은 소설을 쓰고 있는 게 아닌가 싶어. 자네를
보니 고매한 정신이라고는 찾아볼 수 없고, 속세에 찌든 냄새만 나.
예술가로서의 기품이라고는 전혀 없고, 인간의 내장만 느껴질 뿐이야."

"나도 알아. 하지만 우선은 살아내지 않으면 안 되니까. 잘 부탁드립니
다, 하고 고개를 숙이는 것, 그 자체가 예술가의 작품이 아닌가 하는데.
나는 지금 이 험난한 세상을 어떻게 뚫고 나아갈까 고민하고 있어.
취미로 소설을 쓰는 게 아니라고. 훌륭한 신분으로 태어나 유유자적
재미삼아 쓰는 거라면, 처음부터 아무것도 쓰지 않았겠지. 일단 일을
시작하면, 웬만큼은 잘 할 수 있다는 걸 알고 있어. 하지만 그전에,
이걸 왜 지금 하지 않으면 안 되는 걸까, 어떤 가치가 있는 걸까, 이런
것들을 꼼꼼히 따져보면서, 그래, 뭐, 이제 와서 호들갑스럽게 다룰
일도 아니라는 결론을 내리고, 결국은 아무것도 안 해."

"그런 마음을 먹고 계신 분이 왜 우리하고 같이 잡지를 하겠다는
건지 모르겠군."

"이젠 날 연구하려고? 내가 화를 좀 내고 싶어졌거든. 뭐라도 좋으니까, 미친 듯 고함을 지르고 싶어졌을 뿐이야."

"아, 그건 좀 이해가 가네. 다시 말해, 구실을 내세울 만한 방패를 들고 멋 좀 부리고 싶다, 그 말 아닌가. 하지만, ……아니, 무시해버릴 수도 없군."

"자네가 맘에 드네. 나도 아직 나만의 방패를 찾지 못했어. 전부 다른 누군가에게 빌린 것이지. 너덜너덜한 거라도, 나만의 전용 방패가 있으면 좋겠어."

"있습니다." 내가 무심결에 끼어들었다. "이미테이션!"

"그것 참. 사노 지로치고는 크게 한 건 하는군. 일생일대에 한 번 있을까 말까 한 일이야. 이봐, 다자이. 자넨 붙인 콧수염 모양으로 은도금한 방패가 아주 잘 어울릴 것 같은데. 아니, 다자이 자네, 벌써 천연덕스럽게 그 방패를 들고 앉았구먼. 우리만 발가벗고 있어."

"좀 이상한 질문인데, 당신은 벌거벗은 산딸기와 포장된 시장의 딸기 중에서 어느 쪽에 더 자부심을 느낍니까? 등용문이란, 사람을 바로 시장에 내다 팔기 위해서 외면을 보살처럼[27] 꾸미는 지옥문이죠. 하지만 나는 포장된 딸기의 슬픔을 잘 알아. 요즘 들어, 그걸 훌륭하다고 생각하기 시작했지. 나는 도망치지 않겠어. 갈 때까지 가보겠어." 그러더니 입술을 일그러뜨리며 고통스러운 듯 웃었다. "그러는 사이에 눈을 떠보면……."

"아이고 저런, 그 말은 하지 마." 바바가 오른손을 자기 코앞에서 힘없이 흔들어 대며, 다자이의 말을 가로막았다. "눈을 뜨면, 우리는

27_ 외면은 보살처럼 어진데 내면은 악귀처럼 사납다는 속담에서, 내면은 관계없이 우선 외면만 열심히 가꾼다는 뜻.

살아남을 수 없을 거야. 어이, 사노 지로. 관두세. 재미없어. 자네한텐 미안하지만, 나는 그만두겠네. 나는 사람들 먹잇감이 되고 싶지는 않아. 다자이 글을 실을 곳은 딴 데 가서 알아보는 게 좋을 거야. 해적 클럽은 오늘로 해산이다. 대신……." 그러면서 다자이 앞으로 성큼성큼 걸어가서는 이렇게 외쳤다. "이런 괴물 같은 놈!"

바바는 다자이의 오른쪽 뺨을 세게 쳤다. 손바닥에서 쩍 소리가 났다. 순간 다자이는 어린애처럼 울상을 지으며 볼을 문지르더니, 곧 거무칙칙한 입술을 바싹 오므리고, 오만하게 고개를 쳐들었다. 나는 문득 다자이의 얼굴이 무척 마음에 들었다. 사타케는 눈을 감고 자는 척을 했다.

밤이 되어도 비는 그칠 줄 몰랐다. 바바와 나는 둘이서 혼고의 어스름한 꼬치 바에 앉아 술잔을 기울였다. 처음에는 둘 다 쥐죽은 듯 입을 다물고 술을 마셨지만, 두 시간쯤 지나자 바바가 슬슬 입을 열기 시작했다.

"사타케가 다자이를 자기편으로 끌어들인 게 틀림없어. 하숙집 앞까지 둘이 같이 온 거야. 그 정도의 모사는 꾸미고도 남을 위인이거든. 다 알고 있어. 사타케가 자네한테 은밀히 상의를 했겠지?"

"했습니다." 나는 바바에게 술을 따랐다. 어떻게 해서든 위로해주고 싶었다.

"사타케는 내게서 자네를 빼앗아가려는 거야. 특별한 이유도 없이. 녀석은 나에게 묘한 복수심 같은 걸 갖고 있거든. 나보다 훌륭한 놈이야. 아니, 녀석을 좀처럼 알 수가 없어. ……아니, 어쩌면 별 볼 일 없는 속물인지도 모르지. 그래, 그런 녀석을 세상에서는 평범한 남자라고 부르는 걸 거야. 하지만 이젠 됐다. 잡지를 때려치우니 속이 후련해.

오늘밤은 두 다리 죽 뻗고 편하게 잘 거야! 아, 그리고 말이야, 나 좀 있으면 우리 집에서 쫓겨날지도 몰라. 잡지 같은 거, 애초에 할 맘도 없었어. 자네가 좋아서, 자네를 놓치고 싶지 않아서, 해적 같은 걸 쥐어짜냈을 뿐이야. 해적에 대한 공상으로 가슴이 부풀어서는, 여러 가지 계획을 세우는 자네의 그 촉촉한 눈동자만이, 내가 그 작업을 하는 단 하나의 의미였지. 이 눈을 보기 위해 내가 지금까지 살아 있구나, 싶은 생각이 들 정도였어. 진정한 사랑이 무엇인지, 자네에게 배워서 비로소 알게 된 기분이야. 자네는 투명하고 순수해. 더군다나, ……미소년이다! 나는 자네의 눈동자 속에서 유연함의 극치를 보았어. 그래, 지성의 우물 밑을 들여다본 것은 나도 아니고 다자이도 아니고 사타케도 아닌, 바로 자네야! 의외로 자네였던 거지. ……쳇! 뭘 이렇게 주절주절 하고 있는 걸까? 경박輕薄. 광기. 진심 어린 사랑은 죽을 때까지 가슴에 묻고 간다. 기쿠가 내게 알려준 게 있어. 이봐, 빅뉴스라고. 어쩔 도리 없는. 기쿠는 자네한테 푹 빠져 있어. 사노 지로 씨한테는 죽어도 말 못해요. 죽을 만큼 좋아하는 사람이니까. 그런 앞뒤가 안 맞는 말을 지껄이더니, 사이다 한 병을 내 머리에 부어버리곤, 깔깔깔, 미친 사람처럼 웃었어. 그런데 자네는 누구를 가장 좋아하나? 다자이인가? 아님, 사타케? 설마, 그렇지? 혹시 나, ……?"

"저는" 나는 죄다 털어놓자고 생각했다. "다 싫습니다. 기쿠 짱 한 사람만을 좋아해요. 지난번 강 너머에서 만난 여자보다 기쿠 짱을 훨씬 먼저 알고 있었던 기분이 들기까지 합니다."

"그래, 됐어." 바바는 그렇게 중얼거리며 웃다가, 갑자기 왼손으로 확 얼굴을 덮으며 울었다. 그러고는 연극 대사처럼 리드미컬한 어조로, "이보게, 나는 울고 있는 게 아니야. 우는 척하는 거지. 거짓눈물이야.

젠장! 다들 날 비웃으라고 해. 나는 태어나서 죽을 때까지 계속해서 교겐을 할 거야. 나는 유령이다. 아아, 나를 잊지 말아줘! 내게는 재능이 있어. <황폐한 성의 달>을 작곡한 게 누군가? 다키 렌타로가 내가 아니라고 말하고 다니는 놈들이 있어. 그렇게까지 사람을 의심해야겠냐고! 거짓말이라면 거짓말로 됐다 그래. ……아니, 그게 아니지. 옳은 것은 옳다고 끝까지 주장해야 돼. 절대로 거짓말이 아니라고."

나는 혼자서 흐느적흐느적 밖으로 걸어 나왔다. 비가 내리고 있었다. 거리에 비가 내리네. 아아, 이건 조금 전에 다자이가 중얼거리던 말이잖아. 나 지금 피곤해. 좀 봐줘. 아! 사타케의 입버릇을 흉내 내고 있다. 쳇! 아아아, 혀를 차는 소리마저 바바를 닮아가는구나. 그러는 사이 나는 강렬한 의구심에 빠져들었다. 나는 대체 누구일까? 하는 생각이 들어서 오싹해졌다. 나는 내 그림자를 도둑맞았다. 유연성의 극치는 무슨 놈의 유연성의 극치! 나는 똑바로 달리기 시작했다. 치과. 꼬치집. 군밤 가게. 베이커리. 꽃집. 가로수. 헌책방. 양옥집. 달리면서 내 자신이 무엇인가 혼자 중얼거리고 있다는 사실을 깨달았다. ……달려라, 전차. 달려라, 사노 지로. 달려라, 전차. 달려라, 사노 지로. 엉터리 장단을 붙여 노래하고, 또 노래했다. 아, 이것이 나의 창작이다. 내가 만든 유일한 시다. 한심하기 짝이 없네! 머리가 나빠서 글러 먹었어. 한심해서 글러 먹었어. 라이트. 폭음. 별. 잎. 신호. 바람. 아악!

4

"이봐, 사타케. 어젯밤에 사노 지로가 전차에 치여 죽었다는 걸 알고 있나?"

"알아. 아침에 라디오 뉴스에서 들었어."

"녀석, 운 좋게도 재난을 당했어. 나는 목이라도 매지 않으면, 해결이 안 날 것 같은데."

"그러면서 자네가 제일 오래 사는 거겠지. 진짜야, 내 예언은 늘 적중한다네. 이보게……."

"뭔가."

"여기 이백 엔이 있어. 펠리컨 그림이 팔렸거든. 사노 지로 씨하고 놀고 싶어서 부지런히 이만큼 모은 건데."

"나한테 줘."

"그러지."

"기쿠 짱, 사노 지로는 죽었어. 아아, 떠난 거야. 아무리 찾아봐도 없어. 울지 마."

"네."

"백 엔 줄게. 이걸로 예쁜 옷과 허리띠를 사면, 분명 사노 지로를 잊을 수 있을 거야. 물은 그릇을 따르기 마련이니까. 어이, 이보게, 사타케. 오늘 밤만은 둘이서 사이좋게 놀아보세. 내가 좋은 곳을 안내해 주지. 일본에서 제일 좋은 곳이야. ……이렇게 서로 살아 있다는 건, 어쩐지 무척 반가운 일이네."

"사람은 누구나 모두 죽는 거야."

雌に就いて

암컷에 대하여

大宰治

「암컷에 대하여」

1936년 5월, 잡지 『어린 풀若草』에 발표됐다. 두 사람이 대화를 주고받으며 이야기를 만들어가는 이야기 속 이야기로, 다자이가 잡지 『일본낭만파』 동인이자 평론가인 야마기시 가이시山岸外史 앞으로 보낸 편지(1936년 4월 23일)에 「암컷에 대하여」에 대한 다음과 같이 글이 남겨져 있다.

❝하룻밤에 써 내려갔네. 그것도 이부세 씨의 부인이 와 계셨던 밤인데, 서로 이야기를 하면서 써버렸어. 그런 까닭에, 지금 읽어보니, 이야기도 뭣도 아닌 소박한 부분도 있고 해서, 등줄기에 찬물을 세 바가지 끼얹은 기분이랄까. 자네와 함께 생각해낸 것이니, 자네가 좋아해주면 좋겠는데. ❞

피지인은 사랑하던 아내조차 조금이라도 귀찮아지면 곧바로 죽여서 그 고기를 먹는다고 한다. 또 태즈메이니아인은 아내가 죽으면 자식도 함께 묻어 평정을 찾는다고. 호주의 한 원주민은 죽은 아내를 야산으로 옮긴 뒤 살을 떼어내어 낚싯밥으로 쓴다고 한다.

『어린 풀』이라는 잡지에 늙수그레한 소설을 발표한 것은, 쓸데없이 괴상한 짓을 하려는 것도 아니고, 독자에 대한 무관심을 드러내려는 것도 아니다. 다만 이런 소설도 때로는 젊은 독자들에게 즐거움을 줄 수 있겠다고 생각했기 때문이다. 나는 요즘 세상의 젊은 독자들이, 의외로 노인 같다는 사실을 알고 있다. 이런 소설쯤, 아무 어려움 없이 이해할 수 있겠지. 이건 희망을 잃어버린 사람들을 위한 소설이다.

올해 2월 26일, 도쿄에서 청년장교들이 일을 벌였다. 그날 나는 한 나그네와 화로를 사이에 두고 이야기를 나누고 있었다. 그 사건에 대해서는 전혀 모른 채, 여자의 잠옷에 관해 대화를 나누었다.

"아무리 생각해도 잘 모르겠어. 좀 더 구체적으로 말해봐. 리얼리즘 화법으로 말이야. 여자 얘길 할 때는 그게 제일이거든. 잠옷은, 긴 소매겠지?"

만약 이런 여자가 있다면 죽지 않고 살 수 있을 텐데, 싶은 가슴속 이상형을 서로 떠보고 있었다. 나그네는 스물일고여덟 살가량의 가녀린 첩이 좋을 것 같다고 했다. 무코우지마 모퉁이에 있는 가게 2층 여염집에

세 들어 살면서, 아버지 없는 다섯 살 난 아이와 함께 단 둘이 살고 있는 여자. 스미다강 강가에서 불꽃놀이 축제가 열리는 날 밤, 그곳에 놀러 온 그 다섯 살 난 딸아이에게 그림을 그려주는 거야. 동그란 원을 그리고, 거기에 샛노란 색 크레용으로 정성스럽게 칠을 하고서 이건 보름달이란다, 하고 알려주는 거지. 여자는 타월 재질의 연하늘색 잠옷을 입고, 등나무 꽃무늬 허리띠를 매고 있어. 나그네는 거기까지 이야기하더니 이번에는 나의 이상형에 대해 물었다. 나도 바로 대구했다.

"쭈글쭈글한 소재는 별로야. 불결하기도 하고, 게다가 단정하지 못해 보여. 우리는 아무래도 영 소심한 것 같군."

"그럼 파자마는 어때?"

"그건 더 싫지. 입으나 안 입으나 똑같잖아. 윗도리만 입었다면 만화주인공감이고."

"그렇담 타월 재질로 할까?"

"아니야, 갓 세탁한 남성용 유카타가 좋겠어. 기친 새로 줄무늬에, 허리띠는 같은 재질의 폭이 좁은 걸로. 유도복처럼 앞으로 묶는 거지. 여관에 가면 있는 유카타 말이야. 그런 게 좋겠어. 약간 소년 분위기가 나는 여자라면 괜찮겠는데."

"알겠어. 자네는 힘들다, 힘들다 하면서도 취향은 화려하군. 인생에서 가장 빛나는 축제는 장례식이라는 말처럼, 자네도 꽤나 호색한다운 데가 있어. 머리모양은 어떻게 할까?"

"일본식은 싫어. 기름 냄새를 주체할 수가 없거든. 모양도 너무 그로테스크하고."

"그렇담. 아무렇게나 빗어 넘긴 서양식 머리가 좋다는 거지? 여배우네. 옛날 제국 극장의 전속 여배우 같은 게 좋겠네."

"아니야. 여배우는 쩨쩨하게 이름값을 하려 들어서 싫어."

"농담 그만해. 심각한 얘기니까."

"나도 진지하게 얘기하는 거야. 사랑이란, 목숨을 거는 일. 장난치는 게 아니야. 만만한 일이 아니라고."

"아무래도 잘 모르겠다. 리얼리즘 화법으로 가자. 여행이라도 떠나볼까? 이리저리 여자를 움직이다 보면, 의외로 뭔가 확실하게 알아챌 수 있을지도 모르지."

"하지만 웬만해서는 안 움직이는 사람이야. 자고 있는 것 같은 여자야."

"부끄럼이 많아서 될 일도 안 되겠군. 자꾸 그러면 진지하게 대화를 나눌 수밖에 없잖아. 그러지 말고 우선 여자에게 자네 취향이라고 했던 여관 유카타를 입혀보자고."

"그럼, 일단 도쿄 역에서 시작해볼까?"

"그래, 좋아. 우선 도쿄 역에서 만날 약속을 하자."

"전날 밤에 여행을 가자고 했더니, 네, 하고 고개를 끄덕여. 오후 2시에 도쿄 역에서 만나자고 했더니, 또 네, 하면서 고개를 끄덕이는 거야. 그게 약속의 전부야."

"잠깐, 기다려 봐. 그 여자는 뭐야, 작가야?"

"아니, 작가는 안 돼. 난 여성 작가들한테 평판이 안 좋거든. 약간 삶에 찌든 화가. 왜 돈 많은 여자 화가 있잖아."

"그게 그거지."

"그런가? 그럼 게이샤로 할까? 무엇보다 남자들한테 놀라지 않게 된 여자라면 좋겠어."

"여행 가기 전에도 자주 만나는 사이였어?"

"만나는 둥 마는 둥 했지. 만났다고 해도 그 기억이 꿈처럼 아련해. 일 년에 세 번 이상은 안 만나니까."

"여행은 어디로 갈까?"

"도쿄에서 두세 시간 걸리는 곳이면 좋겠어. 산속 온천이 좋겠지."

"법석 떨지 마. 여자는 아직 도쿄 역에 나오지도 않았어."

"전날 거짓말 같은 약속을 해서 설마 올까 싶으면서도, 그래도 혹시나 하는 마음에 긴가민가하면서 도쿄 역으로 나가봤지. 아직 오지 않았어. 안 오면 혼자라도 떠나자, 하면서 마지막 5분까지 기다려."

"짐은?"

"작은 트렁크 하나. 2시가 5분밖에 남지 않은 아슬아슬한 순간에, 문득 뒤를 돌아봤지."

"여자가 웃으며 서 있어."

"아니, 안 웃어. 진지한 표정이야. 늦어서 죄송합니다, 하고 작은 목소리로 사과해."

"나는 말없이 트렁크를 대신 들어주려고 해."

"아니요, 괜찮습니다, 하고 분명하게 거절해."

"파란색 차표¹일까?"

"1등석, 아니면 3등석. 뭐, 3등석이겠지."

"기차에 올라타."

"여자에게 식당 칸으로 가자고 해. 테이블에 깔린 하얀 천도, 테이블 위에 놓인 풀꽃도, 창문 밖으로 흘러가는 풍경도, 불쾌하지는 않아. 나는 멍하니 맥주를 마셔."

1_ 당시에는 기차표를 색깔로 구분했으며, 1등석은 녹색, 2등석은 파란색, 3등석은 빨간색이었다. 오늘날 열차의 특등석을 그린석이라 부르는 이유이기도 하다.

"여자에게도 맥주 한 잔을 권해."

"아니, 안 권해. 여자에게는 사이다를 권해."

"여름인가?"

"가을이야."

"그저, 넋 놓고 있는 거야?"

"고맙다고 말해. 그건 내 귀에도 무척 솔직하게 들리지. 혼자서 가슴이 찡해."

"여관에 도착해. 이미 저녁 무렵이야."

"온천에 들어가는 대목부터 슬슬 중요해지겠지."

"같이 들어가지는 않을 거지? 어떻게 할까?"

"아무래도 같이는 못 들어가. 내가 먼저 들어가. 탕에 한 번 들어갔다가 방으로 돌아와. 여자는 도테라²로 갈아입었어."

"그 다음은 내가 말할게. 아니면 아니라고 해줘. 대충 짐작은 가니까. 자네는 방 툇마루에 있는 등나무 의자에 앉아 담배를 피워. 담배는 큰 맘 먹고 산 Camel. 단풍 든 산에 석양이 지고 있어. 잠시 후, 여자가 온천욕을 마치고 방으로 돌아와. 툇마루 난간에 수건을, 이렇게 펼쳐서 걸어놔. 그러고 나서 자네 뒤에 슬그머니 서서, 자네가 바라보는 곳과 같은 곳을 조용히 바라봐. 자네가 아름답다고 느끼는 그 마음과, 똑같은 마음을 함께 느끼고 있어. 길어도 5분이겠지."

"아니, 1분이면 충분해. 5분이면 그대로 가라앉아 죽어버릴 거야."

"음식이 와. 술하고 같이. 마실 거야?"

"기다려 봐. 여자는 도쿄 역에서 늦어서 죄송합니다, 라고 한 뒤 아직 아무 말도 안 했잖아. 이쯤에서 뭔가 한마디 정도는 해야 하지 않겠어?"

"아니, 여기서 말을 잘못 꺼냈다가는 전부 다 엎어져."

"그런가? 그럼, 조용히 방으로 들어가 차려진 음식 앞에 나란히 앉아. 이것도 이상한데?"

"하나도 안 이상해. 하녀하고라도 무슨 얘길 한다면 괜찮잖아."

"아냐, 그건 아니야. 여자가 하녀를 내보내는 건 어때? 제가 하겠으니 가셔도 좋아요, 조용하지만 분명한 말투로. 갑자기 그러는 거야."

"음, 그렇군. 그런 여자로군."

"그러고 나서는 남자아이 같이 서툰 손놀림으로 술을 따라. 차분하게. 왼손으로는 술잔을 들고 있고, 오른손으로는 바닥에 손을 짚고 석간신문을 읽고 있어."

"석간에는 가모강의 홍수에 대한 기사가 실려 있어."

"아니야. 이런 곳에 시대색을 점철시켜야지. 동물원에 불이 난 기사가 좋겠어. 백 마리 정도 되는 원숭이가 우리 안에서 타 죽었어."

"그건 너무 음산해. 내일의 운세 같은 걸 읽는 게 자연스럽지 않을까?"

"술 말고 밥을 먹자고 내가 말해. 여자와 둘이서 식사를 하지. 계란말이가 있어. 적적한 마음을 가눌 수가 없어. 그러더니 갑자기 생각난 듯 젓가락을 집어던지고 책상 앞에 앉는 거야. 트렁크에서 원고지를 꺼내서 무언가 쓱쓱 적어나가기 시작해."

"거기에 무슨 의미가 있지?"

"나의 연약함. 이렇게 점잔 빼지 않으면 빼도 박도 못 해. 업보 같은 거지. 기분이 무척 나빠졌어."

"버둥거리기 시작하네?"

"쓸 게 없어. 가나다라를 써. 몇 번이나 반복해서. 쓰면서 여자에게 말하지. 급한 일이 생각났어. 잊어버리기 전에 정리해두고 싶으니까, 그동안 마을 구경이라도 하고 와. 조용하고 좋은 마을이야."

"슬슬 얘기가 엉망이 되어 가는군. 어쩔 수 없지. 여자는 네, 하고는 옷을 갈아입고 방을 나가."

"나는 바닥에 벌러덩 드러누워서 두리번두리번 주위를 둘러보지."

"석간에 실린 오늘의 운세를 읽어. 일백수성[3] 여행은 다시 생각하라."

"한 개비에 삼 전 하는 Camel을 태워. 조금 호화스럽고 감사한 기분이 들지. 자신이 사랑스럽게 여겨져."

"하녀가 살그머니 들어와서, 이부자리는 어떻게 할까요? 하고 물어."

"벌떡 일어나서, 두 개요, 하고 시원시원하게 대답해. 문득 술을 마시고 싶지만 꾹 참아."

"슬슬 여자가 돌아와도 좋지 않을까?"

"아니, 아직. 하녀가 나가고 나서 나는 이상한 짓을 해."

"설마 도망치려는 건 아니겠지?"

"돈을 세는 거야. 십 엔짜리 지폐가 세 장. 잔돈이 이삼 엔 있어."

"그거면 충분해. 여자가 돌아왔을 때는 다시 글 쓰는 척을 하지. 너무 빨리 왔나요? 여자가 물어봐. 약간 쭈뼛쭈뼛해 하고 있어."

"대답을 안 해. 일을 계속하면서, 신경 쓰지 말고 먼저 주무시오, 하는데, 약간 명령조야. 가나다라마바사. 한 자 한 자 원고지에 적고 있어."

"여자가 뒤에서, 그럼 먼저 잘게요, 하고 인사를 해."

3_ 一白水星. 역학에서 말하는 아홉 개의 별자리 가운데 하나. 1909년, 1918년, 1927년, ……

"아자차카, 라고 쓰고는, 타파하, 라고 써. 그러고는 원고지를 찢어버려."

"슬슬 미쳐가네."

"어쩔 수 없지."

"이제 자야지?"

"온천장으로 가."

"조금 추워졌겠지."

"그게 문제가 아니야. 가벼운 현기증이 일어. 한 시간가량 탕 속에 멍하니 들어가 있어. 온천에서 나왔을 즈음에는 몽롱한 유령 같아져 있어. 방으로 돌아오니, 여자는 이미 누워 있어. 머리맡에 은은한 등이 켜져 있고."

"여자는 벌써 잠든 건가?"

"안 자. 눈을 말똥말똥 뜨고 있어. 얼굴이 파래. 입을 꼭 다물고 물끄러미 천장을 올려다보고 있어. 나는 수면제를 먹고, 이불 속으로 기어들어가."

"여자의?"

"아니. ……누웠다가 5분 정도 지나서 슬그머니 일어나. 아니, 벌떡 일어나."

"눈가에 눈물이 맺혀 있어."

"아니, 화가 나있어. 선 채로 흘끗 여자 쪽을 봐. 여자는 이불 속에서 꿈쩍도 안 해. 그 모습을 본 나는 문득 불만이 없어지지. 트렁크에서 가후의 『냉소』[4]라는 책을 꺼내서 다시 이불 속으로 들어가. 여자에게

· · · · · · · · · · · ·

4_ 나가이 가후의 소설(1909). 개화기의 일본사회를 비꼬는 내용이 담겨 있다.

등을 돌린 채 열심히 책을 읽어."

"가후는 좀 구닥다리 아닌가?"

"그럼, 성경?"

"흠, 그 마음도 이해는 가."

"아예 한 술 더 떠서, 에도시대 이야기책으로 하는 건 어때?"

"이봐, 책은 아주 중요하다고. 천천히 생각해보자. 괴담 같은 것도 좋은데 말이지. 뭐 좋은 게 없을까? 팡세는 너무 투박하고, 하루오 시집은 너무 익숙하고. 뭔가 있을 법한데."

"……있어. 나의 유일한 창작집."

"엄청나게 황량해지겠군."

"머리말부터 읽기 시작해. 어정버정 책읽기에 빠져들어. 오로지 내게 구원이 있기를, 하고 간절히 바라는 마음이야."

"여자에게 남편이 있나?"

"등 뒤에서 물 흐르는 소리가 들려. 섬뜩했어. 희미한 소리였지만, 척추가 타들어가는 듯해. 참다못한 여자가 등을 돌리는 소리였어."

"그래서 어떻게 됐어?"

"같이 죽자고 했어. 여자도, ……."

"그만둬. 그건 공상이 아니잖아."

나그네의 예상은 적중했다. 다음날 오후, 여자와 나는 동반자살을 시도했다. 게이샤도 아니고, 화가도 아닌, 우리 집에서 식모살이를 하던 가난한 집 여식이었다.

여자는 자다가 몸을 뒤척인 탓에 죽음을 맞았다. 나는 죽는 데 실패했다. 칠 년이 지났는데도, 아직 살아 있다.

太宰治

「허구의 봄」

　1936년 7월, 『문학계^{文學界}』에 발표됐으며, 1937년 6월, 작품집
『허구의 방황』에 수록됐다.

　「어릿광대의 꽃」, 「교겐의 신」과 함께 『허구의 방황』 3부작
가운데 한 작품으로, 다자이가 받은 실제편지, 혹은 가상편지들을
한데 모았다. 이 시기 나사이는 노쿄를 떠나 근교인 지바현 후나바시
로 이사하면서 지인들과 자주 만나지 못하는 아쉬움을 편지나
엽서로 달랬는데, 특히 대선배인 소설가 사토 하루오에게 「어릿광
대의 꽃」을 인정받은 편지와 아쿠타가와 상을 받게 될 거라는
응원 엽서 등을 받으면서 의욕에 차 있었다(쓰시마 미치코). 사토
하루오에게서 받은 편지 두 통은 모두 작품 속에 실려 있다.

　거처를 후나바시로 옮긴 것은, 맹장염 수술을 했다가 마취제인
파비날에 중독돼 정신과 치료를 받고 퇴원한 직후로, 이 작품을
포함해 「교겐의 신」과 「창생기」, 「HUMAN LOST」 등에도 파비날
중독의 영향이 그대로 남아 있다. 횡설수설하거나, 존댓말과 반말을
섞어 쓰는 등 정신분열적 증세를 보이고 있어서 작품을 매끄럽게
이해하기 매우 어렵지만, 오히려 그렇기에 다자이의 불안한 심리상
태가 여과 없이 드러나, 특유의 독특하고 솔직한 문체가 돋보인다.

음력섣달 초순

○월 ○일.

    '삼가 답장 올립니다. 당부로 빼곡한 원고지 500장, 거기에 담긴 귀하의 마음을 읽고 저도 안심했습니다. 늘 보살펴주시는 점, 감사드립니다. 게다가 지난번 편지에서는, 저 같은 놈에게까지 자상하게 진심 어린 충고를 해주시면서, 문단에 대해 다 아는 양 휘젓고 다니지 말라고 하셨죠. 그날은 저도 속이 상해서 온종일 자전거를 타며 생각에 잠겼습니다. 실은 귀하와 요시다 씨에게 언젠가는 그런 쓴 소리를 듣게 되는 건 아닐까 하는 예감이 있었기에, 아픈 곳을 푹 찔린 듯 쓰렸지만, 그래도 편지는 기쁜 마음으로 읽었습니다. 귀하께서 걱정하고 계시는 것을 제가 이미 고쳐나가고 있다는 것을 말씀드리고 싶습니다. 더 나아지고 있다는 조짐이 보이는 것만으로도 고개를 끄덕여주실 것이라 믿습니다. 어찌되었든 보내주신 편지 기쁘게 읽었다는 점을 다시 한 번 말씀드리며, 모든 것을 이해해주시기를 빕니다. 귀하께서 저를 싫어하지 않는 정도에 그치지 않고, 정말 좋아해주실 수 있도록 노력할 생각입니다. 요시다 씨께도 안부 전해주시고, 혹여 저와 우연히 마주치더라도 제가 부끄럽지 않게, 말없이 서로 뜻하는 바가 전해지도록 마음 써주시기를, 부디 부탁드리겠습니다. 또한, 이미 귀하의 귀에 들어갔을 수도 있겠습니다만, 『영웅문학사』 아키타 씨의 말에 따르면, 지난 달 신인작가 네 명의 작품 가운데 귀하의 작품에 대한 평이 가장 좋아서, 다음에도 원고청탁을 하기로 했다고 합니다. 저는 장사치 주제에, 사람에 대해서는 좋고 싫음이 분명해서, 좋아하는 사람이 잘 되었다는 이야기를 들으면 제 일처럼 기쁩니다. 저는 귀하를 좋아하기 때문에, 위와 같은 기쁨을 함께 나누고 싶었습니다. 만약 아키타 씨가 한 이 이야기를 귀하가 처음 듣는 것이라면, 일을 하시는 데 어느 정도 도움이 되지 않을까 싶어 편지를 씁니다. 귀하께서는 결벽증이 있으셔서 이런 편지에 화를 내실지도 모르겠습니다만, 제 마음이 순수한 만큼 이런 일로 분노하신다면, 화를 내는 사람이 더 이상한 거라고 생각하며 소식을 전하는 바입니다. 다만 귀하께서 고려해두실 점은, 제가 싫어하는 사람이란, 저희 가게에서 한 번도 원고지를 사지 않은 사람을 뜻하는 것이 아니라, 문단에 있으면서, 예술가도 뭣도 아닌 마음을 가진 사람들을 의미합니다. 적어도 요 근래에는 타산적인 생각을 조금도 하지 않고 있습니다. 이것만큼은 귀하께서 인정해주셨으면 합니다. ……아직도 하고 싶은 말이 많지만, 부족한 문장력 때문에 귀하게 오해를 살까 두려워, 이쯤 해두도록 하겠습니다. 내일 다시 일하러 나가야 하는, 시간에 얽매인 신세이니 이쯤 해두고, 비가 내려 휴업이라도 하면 천천히 이야기하도록 하겠습니다. 아울러 아키타 씨가 하신 이야기는 후카누마 씨 댁에서 들은 것인데, 귀하께 이런 편지를 쓴 것이 알려진다면, 불필요한 수다를 떤 것처럼 비춰져서 유감스럽게 생각할지도 모를 일이고, 아키타 씨에게도 약간의 책임감이 느껴지니, 귀하만 알고 계시기 바랍니다. 하지만 단골손님 두세 작가 분과 다른 얘기를 하다가 저도 모르게, 다자이 씨 작품에 대한 평이 가장 좋았던 모양입니다, 하는 정도의 얘기는 할런지도 모르겠습니다. 이 일에 대해서도, 작가들 소문을 늘어놓고 다니는 짓 좀 하지 말라며 질타하실 줄은 압니다만, 그래도 저는 할 말은 하겠습니다. 아직도 하고 싶은 말이 많은 까닭입니다. 또 편지하겠습니다. 부디 몸조심하십시오. 문장이 서툰지라 생각했던 바를 그대로 다 전달하진 못했지만, 읽고 판단해주시기 바랍니다. 11월 28일 심야 2시. 좌우로 열다섯 살, 여덟 살, 갓 태어난 한 살짜리의 숨소리를 들으며, 이불 속에 엎드려 편지를 쓰는 무례를 용서하시길. 다도코로 요시노리. 다자이 오사무 귀하.'

'인사 올립니다. 『역사문학』에 실린 귀하의 글, 재미있게 읽었습니다. 우에다는 제1고교 시절부터 친구입니다만, 인간적으로는 정말 기분 나쁜 놈입니다. 요시다 기요시라는 녀석이 어느 잡지 11월호에 우에다 편을 들면서 뭐라고 지껄인 것 같던데, 괜찮으시다면 익명이라도 좋으니, 그에 대해 한마디 써주실 수 없겠습니까? 지금 12월호를 편집 중인데, 하루 이틀 안으로 받을 수 있으면, 더할 나위 없이 좋겠습니다. 부디 제 청을 들어주시기를 바랍니다. 11월 29일. 구리메시 겐고로. 다자이 오사무 귀하. 비밀은 절대엄수 하겠습니다. 본명으로 써주신다면 더욱 고맙겠습니다.'

'삼가 답장 아룁니다. 「장님 이야기」 교정본 잘 받았습니다. 배려해주신 점 감사드립니다. 지금 마감을 앞두고 있어, 여러모로 바쁘네요.
또 뵙지요. 총총. 소마 준지.'

　○월 ○일.

　'요즘 자네, 묘하게 으스대더군. 부끄러운 줄 알아. (한 줄 띄고.)
이제 와서 다른 놈들하고 비교하지 말게. 그래 봐야 연못 바위 위 거북이
머리지. (한 줄 띄고.) 원고료 들어오면 얘기해주게. 어쩐지 자네보다
내가 더 기대를 하고 있는 듯해. (한 줄 띄고.) 기껏해야 단편소설 두어
편 요청이 들어왔을 뿐인데, 이거야 원, 천하의 다자이 오사무다 보니
약간 신경이 쓰이네. 자네는 유명하지 않은 인간의 기쁨을 맛보지도
못하고 바로 유명해졌지. 요시다 기요시. 다자이 오사무에게. 다눈치오[1]
는 십삼 년간 묵묵히 호숫가에서 살았어. 아름다운 일이야.'

　'어떤 책에 실린 자네를 향한 비평문 가운데, 오만한 예술 운운하는
부분이 있던데, 평론가들은 자네 예술에서 그런 특징이 사라진 순간,
한층 더 재미를 느낀다고 하네. 나는 그 의견에 반대야. 내가 볼 때
다자이 오사무는 그저 울보에 불과해. 내가 다자이 오사무를 사랑하는
이유이기도 하지. 심했다면 사과하겠네. 하지만 이 울보는 바위처럼
단단해. 물보라를 맞으면서도, 이를 악물고 있지……. 오랫동안 못
만났구먼. ……He is not what he was, 라. 세타가야, 린표 다로. 다자이

. . . .
1_ 가브리엘 다눈치오(1863~1938). 이탈리아의 시인 겸 작가. 대표작 『죽음의 승리』(1894).

오사무 귀하.'

○월 ○일.

'귀형의 단편집은 올해 안에, 조금이라도 교정쇄를 보내드릴 수 있을 것 같습니다. 귀형께서 베풀어주신 호의에 진심으로 감사드립니다. 한데 귀형의 두터운 뜻을 배신하게 되면 어쩌나 걱정입니다. 그럼, 우선 급한 대로 이만 줄이겠습니다. 앞뒤 줄이고, 오모리 서방 내, 다카오리 시게루. 다자이 학형.'

'요즘 저는 료쿠²의 책을 읽고 있습니다. 요전에는 문부성에서 출판된 메이지천황전집을 읽었고요. 일본민족 중에서도 가장 순수한 혈통의 작품을 한 번 읽어보고 싶어서, 우선 역대 황실의 다양한 작품들을 읽었습니다. 그 결과, 메이지시대 이후 대학의 천박한 학자들이 주장하는 일본예술의 혈통에 대한 의견이, 모조리 잘못되었다는 결론에 이르게 되었습니다. 당신은 늘 붓끝을 뾰족하게 하여 글을 쓰시겠지요. 당신께 보내는 첫 편지인 만큼 붓 끝을 가위로 다듬었습니다. 물론 이 가위는 검열관들의 가위가 아닙니다.³ 또한, 당신은 '다스 만'이란 말을 아시겠지요. '데루 만'이 아닙니다. 그래서 저는 당신의 작품을 읽으면서 '만사람'의 사칙연산을 생각하지 않습니다.⁴ 자신감을 갖는다는 것은 공중누각을

• • • • • • • • • • • •

짓는 것처럼 유쾌한 일 아닙니까. 오직 이를 위해 당신은 붓끝을 뾰족이 하고 저는 가위를 사용하며, 그럴 때 조금도 주저 없이 남을 이해하게 됐다고 말합니다. 호류 사의 탑을 짓던 목공은 탑을 고정시키는 울타리를 치우는 그날까지도 건립 가능성을 확신할 수 없었다지요. 이것은 자신감과는 거리가 멉니다. 뿐만 아니라, 그는 탑이 완성되건 울타리를 치우자마자 무너지건, 그런 것과는 상관없이 미쳐버렸다고 합니다. 이러한 예술체험에서의 인공미의 극치를, 당신도 분명 알고 계시겠지요. 그 때문에 당신은 표정까지도 애써 꾸며내려 합니다. 그게 요즘 당신의 유일한 자랑거리가 아니실까 감히 생각해봅니다. 병에 걸렸는데도 술 담배를 하신다고 들었습니다. 그나저나 당신은 아침저녁으로 화장실 사용하는 것도 자랑하는 게 좋을 겁니다. 그런 정신 함양이 부족해서 일본 신新문학이 아직 걸작을 낳지 못하는 겁니다. 자신에게 자긍심을 가지세요. 나가노 기미요. 다자이 오사무 군.'

'그는 조금이라도 흥이 나면, 그걸 확인이라도 하려는 듯 큰 소리로 웃어젖히곤 했다. 사소한 추억 때문에 눈물이 한 방울 맺히기라도 하는 날이면, 기다렸다는 듯 거울 앞으로 달려가 비탄에 빠진 자신의 초라한 모습을 뚫어져라 바라보았다. 여성의 별것 아닌 질투심에 살짝 긁혀 상처가 생겨도, 마치 원한 품은 자의 칼에 찔리기라도 한 듯 의기양양해져서, 겨우 2만 프랑의 빚에도 '부채 100만 프랑을 떠안은 천재의 운명은 비참할지니.' 하고 큰소리를 친다. 그는 위대한 게으름뱅이, 우울한

. . . .

4_ das Mann. 독일어로 '사람'. 하이데거는 세속적인 일상에 빠져 능동성을 상실한 사람을 다스 만이라 했다. '데루出ㅎ(나오다)'는 '다스出ㅎ(꺼내다)'를, '사칙연산'은 '다스足ㅜ(더하기)'를 각 각 연상하여 만든 말.

야심가, 화려한 불운아다. 끊임없이 그를 내리비추던 태만의 푸른 태양은, 하늘이 그에게 부여한 재능의 절반을 증발시키고 잠식시켰다. 프랑스 파리, 혹은 일본 고엔지의 무시무시한 생활 속에서 종종 보게 되는 '반쪽짜리 위인들' 중에서도, 특히 사무엘은 '실패한 걸작'을 쓰는 남자였다. 그는 창작보다도 오히려 그의 타고난 천성으로 빛나는 시를 쓰는, 병적이고 공상적인 인물이었다. 미래의 다자이라고나 할까. 아이쿠, 이거 실례. 아무래도 자네는 섣불리 판단한 듯하다. 자네는 보들레르를 완벽히 이해할 생각으로, 보 씨의 작중인물들을 눈에 불을 켜고 연구한 모양이지. 꽃이자 꽃을 기르는 자, 상처이자 칼, 때리는 손이자 맞는 뺨, 사지이자 사지를 찢는 고문기, 사형수이자 사형집행관. 이래서는 안 된다. 하긴 요즘 들어 당신을 작중인물인 작가라 부르며 부채膈 그늘에서 희미하게 쓴 웃음을 짓는 선배 작가들이 늘어나는 추세다. 제대로 좀 해주시오, 다 씨. 하하, 하하핫. 아시겠죠. 비웃지 마! 나는 가나모리 주시로라고 하는 서른다섯 살 먹은 남자다. 부인도 있으니, 날 우습게 여기지 마라. 대체 내가 뭘 어쨌다는 거냐? 바보 같은 놈.'

 '안녕하십니까? 나날이 건승하고 건강하시기를 빕니다. 이번에 저희 잡지에서 다음과 같은 주제로 귀하께 글을 청탁하고 싶습니다. 바쁘신 와중에 대단히 송구스럽습니다만, 다음 사항을 보고 연락주시기 바랍니다. 하나, 마감은 12월 15일. 하나, 분량은 400자 원고지 열 장. 하나, 주제는 봄의 유령에 관한 콩트. 고료는 한 장에 팔 엔입니다. 아직 일이 익숙하지 않아 실례되는 점 많을 줄 아오나, 부디 잘 부탁드리겠습니다. 12월 9일. 『오사카살롱』편집부, 다카하시 야스지로. 아울러, 삽화 샘플로 화백 세 명의 꽃과 새 그림을 동봉하오니, 어떤 분위기의 그림이

좋을지 골라주시면 감사하겠습니다.'

　○월 ○일.

　'서두생략. 부디 용서해주세요. 신문에서 잘라낸 것을 보냅니다. 왜 이런 걸 잘라두었는지는, 저도 잘 모르겠습니다. 오늘 밤, 하얀 빛이 도는 청개구리 백 마리가 노니는, 붉고 푸른 빛깔의 프랑스제 비단 전등갓 스탠드를, 십이 엔 조금 넘게 주고 샀습니다. 서재 책상 위에 장식하고 나니 오랜만에 독서를 하고 싶어져서, 책상 앞에 정좌하고 먼저 책상 서랍을 정리한 다음, 주사위가 나오기에 두세 번, 아니, 정확히 세 번, 책상 위에 굴려보고, 그런 다음 한쪽 끝에 주렁주렁 흰 깃털이 달린 대나무 귀이개를 찾아내어 귓속을 청소하고, 스무 곡에 달하는 재즈 가사를 적어둔 작은 수첩을 이리저리 넘기면서 나지막이 불러보다가, 다 부른 뒤에 서랍 구석에 있던 땅콩 한 알을 입 속으로 쏙 집어넣었습니다. 슬픈 남자지요. 그때 나온 것이 함께 동봉한 신문조각입니다. 당신에게 도움이 될 거란 생각이 들었습니다. 저는 백발이 된 당신을 보고 죽고 싶어요. 올해 가을, 당신의 소설을 읽었습니다. 이상한 얘기지만, 저는 친구 집에서 그 소설을 읽은 뒤, 술을 마시고 엉엉 소리 내어 울면서 집으로 돌아갔습니다. 이불을 머리끝까지 덮어쓰고 잠들었고, 푹 자고 일어났습니다. 아침에 일어났을 땐 다 잊어버렸는데, 오늘 밤에 오려둔 신문을 보고 다시 당신 생각이 난 것입니다. 그 이유는 저도 알 수 없지만, 일단 보내봅니다.
　　──'만성 모르핀 중독. 무통근본치료법, 발명완성. 주요효과, 만성

아편, 모르핀, 파비날, 판토폰, 날코폰, 스코폴라민, 코카인, 헤로인, 판오핀, 아다린 등 중독. 시라이시 고쿠타로 선생 제작, 네오 본타진. 자료 무료증정.'

——'만담 연극의 배경은 열 장 정도면 충분합니다. 들판. 담장 밖. 해안가. 강가. 산중. 궁 앞. 빈민가. 연회석. 양옥집 같은 것도 교겐에 쓸 수 있을 겁니다. 그러니 거실족자는 일 년 내내 아침 해와 학으로. 경찰, 병원, 사무소, 응접실 등은 아쉬운 대로 양옥집 배경의 하나로 괜찮을 거고, 또, 등등.'

——'채플린 씨를 총재로 설립한 폭소 클럽. 아래와 같은 서른 가지 사항을 얘기하면, 즉시 제명됨. 마흔 살. 쉰 살. 예순 살. 백발. 늙은 아내. 빚. 일. 아들딸의 사상. 만주국. 그 외.'

——나머지 두 개는 고단샤 책 광고입니다. 곧 단편집을 내신다고 들었는데, 이 광고문을 흉내 내십시오. 한 번 읽어보세요. 어때요? 꽤 괜찮죠? (무슨 소릴 하는 거냐. 처음부터 아무것도 안 듣고 있다.)

저를 얕잡아 보시면 곤란합니다. 저는 당신의 오른쪽 새끼발가락에 반쪽짜리 검은 발톱이 있다는 것까지 다 알고 있어요. 당신은 이 쪽지 다섯 장을, 아무도 몰래 붉은 필통 속에 집어넣었습니다. 어때요? 아니, 아니, 일부러 찢을 필요는 없잖아요. 저를 알고 계신가요? 알 리가 없지. 저는 스물아홉의 의사입니다. 네오 본타진의 발명자이자 영원한 문학청년, 시라이시 고쿠타로 선생입니다. (내가 봐도 하나도 안 웃기네. 남을 웃기는 건 어려운 일이군요) 시라이시 고쿠타로는 농담입니다만, 언제든지 오십시오. 멍청해 보이시겠지만, 사회생활 쪽으로는 꽤나 수완이 좋다는 말을 듣습니다. 편지 주시면 힘닿는 데까지 최선을 다하겠습니다. 당신은 당신이 지닌 재능에 대해 더 자부심을 가질 필요가 있어요. 시바구 아카바네초 1번지, 시라이시 올림. 다자이 오사무 대*선생께. 모종의 확신이 있는지라 '대선생'이라는 말이 자연스럽게 나오는군요. 옛날에 대선생은 바보를 달리 부르는 이름이었다는데, 지금은 그렇지도 않은 모양이니, 써도 괜찮다고 생각합니다.'

'오사무 형. 형에 대한 평가는 대체로 좋은 것 같아. 그래서 수필 같은 것을 쓰게 하는 것이 어떻겠냐고 학예부 쪽에 물었더니, 반색하며 오히려 그쪽에서 꼭 써주십사 하더군. 신인의 시각으로 써주면 좋겠다고 말이야. 일고여덟 장. 이삼일에 나눠서 게재. 최신 테마로 써줘. 기한은 모레 정오까지. 고료는 한 장에 이 엔 오십 전. 좋은 걸 써 봐. 가까운 시일 내에 놀러 갈게. 소재를 줄 테니, 정치소설 한번 써보겠어? 형에겐 아직 무릴까? <도쿄일일신문> 정치부, 고이즈미 호로쿠.'

'안녕하십니까? 한 번도 뵌 적은 없지만, 부디 제 편지를 읽어주시기 바랍니다. 저는 일본인 중에서 종교가로는 우치무라 간조[5] 씨, 예술가로는 오카쿠라 덴신[6] 씨, 교육가로서는 이노우에 데쓰지로[7] 씨, 이들 세 사람이 쓴 것 외에 다른 것은, 글이면서도 글 같지 않다고 여겼어요. 그런 탓에 서양 책에 심취해 있다가, 최근에 당신의 문장을 발견했는데, 전 세계에 유례없는, 은빛 물고기가 약동하는 듯하고, 아슬아슬한 데다가, 위태로우면서, 허무하고도, 고매한 아름다움이 느껴져서, 쭉 당신의

. . . .

5_ 内村鑑三(1861~1930). 종교사상가로 신앙은 갖되 교회에는 가지 않는 일본 특유의 사회비판적 '무교회주의'를 주창했다.
6_ 岡倉天心(1863~1913). 미술평론가로 동경예술대학과 일본미술원 설립에 공헌했다. 저서로 뉴욕에서 출판한 일본 전통다도茶道에 관한 책, 『THE BOOK OF TEA』(1906) 등이 있다.
7_ 井上哲次郎(1856~1944). 일본인으로는 처음으로 도쿄대 철학교수가 된 서양 철학자.

작품을 애독해오고 있습니다. 요즘 당신의 작품집 『만년』인가 하는 책이 출판된다는 소식을 듣고, 일부러 발행소까지 찾아가서 작품을 다 읽고, 각 작품에 대한 감상까지 적어서 보냅니다. 부디 답장을 부탁드리며, 우표 두 장과 엽서 한 장을 동봉합니다. 편지도 좋고, 엽서도 좋으니, 맘에 드시는 걸로 골라 써주시기 바랍니다. 더불어 우표, 혹은 엽서가 필요 없으실 시에는 그대로 반송해주시기를 부탁드립니다. 다자이 오사무 님. 세가누 쓰기하루.

　추신. 저희 집은 나리타산 신쇼지, 산리즈카 부근이니, 혹시 이곳으로 관광을 오신다면 안내해 드리겠습니다.'

　○월 ○일.

　'우리 친구들한테라도 속 좁은 짓 좀 안 하면, 손해라도 보는 건가. 일본에 다시없을 멍청한 편지, 지금 막 읽어보았다. 다자이! 뭐야, '용서하겠다'라니. 멍청한 놈! 흥 하고 콧방귀 뀌면서 편지를 마구 구겨서 창밖으로 던져도, 오동나무 가지에 걸릴 뿐. 나는 너보다 훨씬 더 우월한 인간이고, 너는 네 말처럼 형장으로 끌려가는 죄인의 노래[8]나 읊조리며 살고 있을 뿐이지. 나는 그보다 훨씬 더 올바른 욕구를 가지고 살고 있다. 자네 문학이 얼마나 교묘한 수법인지는 모르겠지만, 뻔하지. 자네 문학은 원숭이를 닮은 젊은이의 광대짓에 지나지 않아. 나는 늘 그리

8_ 절망적인 상황에 빠진 사람이 억지로 정색을 하며 태연한 척하는 것을 일컬음. 옛날 에도시대 죄인이 형장으로 끌려갈 때, 속으로는 두려움에 떨면서 겉으로는 아무렇지 않은 듯 콧노래를 부르는 것을 이르는 데서 왔다.

생각해 왔어. 자네는 그래 봐야 한 사람의 귀족에 지나지 않지. 하지만 나는 스스로 왕자임을 의식하고 있어. 그래서 나보다 신분이 낮은 자에게 의미도 없는 편지를 받았다는 정도로밖에 느껴지지 않았지. 나는 내 감정을 속이면서 쓰고 있는 게 아니야. 잘 읽어봐. 내 지위는 하늘이 내려준 것이야. 자네의 지위는 사람이 정한 것에 불과하지. 너 같은 놈이 나한테, 용서하겠다는 둥, 그런 연극대사 같은 말을 쓰면 안 돼. 자네는 자네의 신분에 관해 말도 안 되는 착각을 하고 있어. 다만, 자네는 나이도 어리고, 아직 모르는 것도 많은 데다, 나한테도 그런 시절이 있었기 때문에 입 다물고 있었을 뿐이야. 자네의 이번 편지를 아무리 해석해 봐도, '이번만은'이라는 자네의 과장된 자만심을 도저히 용서할 수가 없어. 그냥 싹 무시해버리자고 마음먹었지만, 마침 오늘 일을 시작하려고 책상 앞에 앉았는데, 문득 답장이라도 쓸까 싶은 생각이 들었지. 애초에 20대 젊은이하고 술잔을 기울이는 것부터가 꺼림칙했어. 자네는 스물아홉 10개월 정도였던가. 게이샤 한 명도 부를 수 없는 나이지. 바둑 한 수도 못 두고. 그저 활 없는 화살일 뿐이야. 언제든 상대해주겠지만, 자네는 사토 하루오 수준도 못 돼. 나는 그를 위해 하루오론論도 썼어. 그러나 자네에 관해서는, 결국 내 모습을 드러내지 않고서는 논할 수가 없군. 자네는 나가사와 덴무처럼……물론 그 정도로 심각하진 않지만, 마찬가지로 내 가치를 잘 몰라. 내 '급소'를 찌른 적도 없지. 구라타 햐쿠조[9]나 야마모토 유조[10], '종교'라는 말을 들으면, 그 정도밖에 생각이 나지 않아. 자네의 「다스 게마이네」를 읽었어.

• • • • • • • • • • • •

9_ 倉田百三(1891~1943). 극작가, 평론가로 니치렌슈日蓮宗에 심취해 국가주의적 면모를 보였다.
10_ 山本有三(1887~1974). 아쿠타가오 류노스케, 기쿠치 간 등과 함께 문예가협회를 결성했으며, 정부의 검열제도를 비판하고 저작권 확립에 힘썼던 문학가.

화도 안 나더군. 그랬는데 뭐냐, '용서하겠다'라니. 자네가 나에게 '용서해줘'라고 말하고 싶었던 걸 그렇게 표현했던 게 아닌가 싶었을 정도야. 한참 후에 길을 걷다가 아하! 하고 깨달았지. 하지만 이제 내 본모습이 드러나기 시작했을 뿐이야. 그날 밤 자네는, 온정가인 내게 매정한 부분이 한군데 있다는 사실을 알려줬어. 자네를 용서할 수 없다는 것, 그건 틀림없이 내가 가진 매정한 면 가운데 하나였어. "나는 태양처럼 살리라." 내 발밑에 무릎을 꿇고, 자네가 용서할 수 없다고 느낀 것을 털어놔 봐. 그때 자네는 예술도 내버리고, 끈질기게, 이유도 없이, 그저 왼쪽을 오른쪽이라고 말한 것이겠지만, 순수하고 솔직하게 모두 말해봐. 아무도 안 듣겠지. 일생에 처음이자 마지막으로, 거짓말도, 죄인의 노래도 아닌, 제대로 된 것을 내게 솔직히 털어놔. 자넨 착각에 빠져 있어. 나를 태양처럼 이용하라고. 이 편지가 진짜 마지막이 될지도 모르겠군. 나는 고집쟁이를 싫어해. 묵살하는 수밖에 도리가 없지. 시골사람의 특징이야. "자네가 용서하기 힘들었던 건 뭔가?" 부끄러워하지 말고 말해봐. 수줍어하긴. 자네는 내게 반한 거다. 안 그런가? 용서하겠다니, 아름다운 과부 같은 말을 하는군. 자네가 내게 헌신적으로 하지 않으면, 이제 다시는 후나바시 오모토교[11]에 가지 않겠어. 내 친구 두세 명이 자네에게 얼마나 열성적으로 대했는지 알기나 하나? 얼마나 참고 견디며 양보해 왔느냔 말이야. 얼마나 힘들게 번 돈을 쓰고 있는지 알기나 해? 오늘 자네에게 그 실상을 알리려 해. 사실을 알게 되는 순간, 자네는 뒤쪽 전차 선로로 뛰어들겠지. 아니면 내 흙 묻은 발에 눈물을 흘리며 키스를 하거나. 자네가 한 가닥의 성실함이라도 갖추고 있다면! 요시다 기요시.'

• • • • • • • • • • •
11_ 여러 종교의 교리를 절충·조화시킨 신종교로, 1892년경 교토에서 발생했다.

중순

○월 ○일.

'삼가 아룁니다. 요전에는 실례가 많았습니다. 「어릿광대의 꽃」은 바로 읽어보았는데, 무척 재미있었습니다. 당연히 합격점을 주고 싶습니다. '진실은 어디에도 없다. 그러나 가끔은 예기치 못한 수확을 얻을 때도 있다. 그들의 과장된 대화 속에서 간혹 놀랄 만큼 솔직한 울림이 느껴질 때가 있다.'라는 작품의 주안점이 될 만한 구절이 있었는데, 이는 그대로 작품에 대한 해설이 될 거라 생각합니다. 서글픈 진실의 빛이 어렴풋이 느껴질 때의 기쁨이란! 아마도 진실이라는 것은 이런 식으로밖에 표현할 수 없는 것인지도 모르겠군요. 병상에 누워 있는 저자의 쾌유를 빌며 글을 씁니다. 부디 받아주십시오. 10일 늦은 밤, 아니, 11일 새벽, 오전 2시에. 후카누마 다로. 요시다 기요시 귀하.'[12]

'어때? 이쯤 되면 믿겠지. 지금 분주하게 감사의 편지를 쓰고 있어. 태양 뒤에는 달이 있으니, 자네도 감사 편지를 보내도록 해. 요시다 기요시. 행복한 병자에게.'

'그간 잘 지내셨는지요. 바쁘신 와중에 대단히 죄송합니다만, 본 잡지 신년호 문예란에 다음과 같은 글을 싣고 싶습니다. 잘 부탁드리겠습

・・・・・・・・・・・

12_ 사토 하루오가 다자이의 벗이자 평론가인 야마기시 가이시에게 다자이에게 전해 달라며 쓴 편지(1935년 6월 1일). 실제 엽서에는 '5월 31일 밤, 아니, 6월 1일 새벽, 오전 2시에'라고 되어 있다. 이 편지글은 『만년』 초판본의 띠지에 실리기도 했다.

니다. 하나, 선배에게 보내는 편지. 둘, 세 장 반. 셋, 한 장에 이 엔가량. 넷, 이달 15일. 아울러 동봉한 엽서에 집필여부를 적어 알려주시기 바랍니다. 도쿄시 고지마치구^{치요다구} 일대 우치사이와이초 <무사시노 신문> 문예부, 나가사와 덴로쿠. 다자이 오사무 귀하.'

○ 월 ○ 일.

'엽서 감사합니다. 신년호에는 꼭 부탁드리겠습니다. 여유가 있으시다면, 열 장 이상 써주십사 합니다. (한 줄 띄고.) 지난번에 고이즈미씨를 만났는데, 여전히 건강하시더군요. 그의 야성적인 친근함이 참 따뜻하고 좋았습니다. 그를 더욱 훌륭한 사람으로 만들어주고 싶어요. (한 줄 띄고.) 저는 내일부터 한동안 서쓰가루, 북쓰가루의 흉작지를 둘러볼 생각입니다. 올해 아오모리현 농경지는 비참함 그 자체입니다. 어디를 가도 너무 심한 상태라 차마 눈뜨고 볼 수가 없을 지경입니다.'(한 줄 띄고.) 귀형의 형님께서는, 현 의회의 꽃. 최근 들어 아오모리현의 중요인사다운 관록을 한층 더 보여주고 계십니다. 참으로 훌륭하십니다. 사람들 응대도 제대로 하고 계시고요. 그대로 성장하신다면, 훌륭한 인물이 되셔서 사회적으로도 뛰어난 역량을 보여주시리라 믿습니다. 스물다섯에 마을의 수장이자, 중역 중에서도 우두머리. 스물아홉에 현 의원. 남자다운 맛도 있고, 머리도 좋고, 거기다 어찌나 공부도 열심이신지요. 우둔한 동생 다자이 오사무 씨가 꽤나 힘들었으리라 추측해봅니다. 정말로요. 3일 깊은 밤. 진눈깨비 훨훨. <기타오쿠 신문> 정리부, 쓰지다 요시타로. 엉겅퀴 꽃을 좋아하는 다자이 군에게.'

'다자이 선생. 사건이 터졌습니다. 오늘 학교에서 돌아오는 길에, 한 시간 정도 서점에 서서 책을 읽었는데, 마음이 불안해졌습니다. 고단 클럽 신년 부록에 실린 전국의 갑부 순위를 봤는데, 우리 집도, 선생의 집도 깨끗이 사라졌더군요. 큰일이네요. 선생의 집이 150만, 우리 집이 100만. 작년까지는 분명 그 정도였는데 말이죠. 저는 매년 그걸 들여다보면서, 아버지가 돈이 없다고 아무리 투덜거려도 저는 느긋했습니다. 하지만 이번만큼은 진짠가 본데요? 대책을 강구해야 하지 않겠습니까. 큰일이야, 큰일. 시미즈 추지. 다자이 선생, 인가.'

○월 ○일.

'서론 생략. 이상하게 들리겠지만요, 돈 필요하지 않으십니까? 이백팔십 엔 한도로, 수리수리마수리 얼추 백 엔, (혹은 이백 엔이라도, 필요한 만큼) 먹고 싶다. 마시고 싶다. 이모쿠테네.[13] 도쿄아사히신문 만물안내 란에 이런 작은 광고를 내신다면, 그날로 돈을 보내드리겠습니다. 오 년 전, 우리 둘 다 동경제대 학생이었지요. 당신은 등나무 아래 벤치에 드러누워, 편안한 얼굴로 낮잠을 자고 있었습니다. 제 이름은 거북아거 북아, 라고 합니다.'

. . . .

13_ '고구마 먹고 방귀 뀌고 잔다'(이모쿳떼 에코이떼 네루芋食って屁こいて寝る)에서 온 간사이 지역 말. 할 일이 없이 뒹군다는 의미.

○월 ○일.

‘오늘은 묘하게 마음에 걸리는 편지를 읽었네. 열이 날 염려가 있는데도 맥주를 마신 건 자네 실수인 듯해. 자네에게 술을 가르친 건 내가 아닌가 싶은데, 만약 술 때문에 자네 인생이 망가지기라도 한다면, 그게 다 내 책임인 것 같아서 정말이지 괴로울 것 같네. 완전히 건강을 되찾을 때까지 술은 멀리해주게. 하긴 술만큼은 내가 남들에게 이래라저래라 할 입장이 아니지. 자네에게 자중할 것을 촉구할 뿐이네. 송금이 줄어든 모양인데, 줄어든 만큼 생활을 졸라매는 것이 어떻겠나. 생활만큼 늘렸다 줄였다 할 수 있는 것도 없어. 지극히 간단한 일이지. 원고도 슬슬 팔리게 되었으니, 쓴 걸 잘 모아서 큰 잡지사에 보내 보는 것도 중요하네. 자네는 세간의 평에 너무 신경을 쓰기 때문에, 가끔씩 외로움을 느끼는 건지도 모르겠군. 강하게 밀어붙이지 않으면 자멸한다네. 봄이 되면 보슈^{지바현 보소반도 남쪽 끝} 남쪽으로 이사해서, 어부들의 생활을 보며 여유롭게 요양하는 것도 좋지 않겠나. 아무튼 일이 대충 정리되면 가야노 군과 함께 찾아가겠네. 요즘 가야노 군은 어떻게 지내는지, 나도 최근엔 못 만나서 잘 모르겠지만. 오늘은 철야작업 중이니 이쯤하지. 쓰시마 슈지 앞. 하야카와 씀.’

○월 ○일.

‘어제 원고 잘 받았습니다. 요전에 당신에게서 온 엽서를 읽고 무슨 소리인지 영문을 알 수 없었는데, 어제 원고를 읽고 나서야 제대로 의미를 알 수 있었습니다. 전날 원고를 의뢰했던 제 태도가 기분 나쁘셨다면 사과드리겠습니다. 실은 그 편지, 너무 바쁜 시간에, 회사 동료와 분담하여 약 스무 통가량을(선배 것과 신입사원 것도) 써야 했기에, 당신에게 개인적인 애기를 쓸 시간이 없었습니다. 고료를 알려드렸던 건 알려드리지 않는 것이 도리어 예의가 아니라 생각해서, 다른 작가 분들께도 모두 그렇게 하고 있습니다. 당신도 잘 아시는 기쿠치 치아키 씨나 다른 분들에게도 같은 편지를 보냈습니다. 당신께 특별히 신경을 써서 개인적인 이야기를 썼더라면 좋았겠지만, 그럴 시간이 없었던 건 앞서 이야기한대로입니다. 그 의뢰편지가 당신의 기분을 상하게 하리라고는 꿈에도 생각하지 않았고, 악의를 품고 그런 부탁을 할 정도로 멍청한 사람도 없을 것입니다. 당신이 너무 신경질적이라는 생각밖에는 들지 않는군요. 우리 사이에 우정이란 것이 있다면, 당신이야말로 그런 사소한 일로 저를 나쁘게 왜곡할 필요는 없지 않겠습니까? 만약 당신이 화낸 것처럼 제가 정말로 평생 그런 태도를 취했던 깃이라면(당신에게 그런 태도를 취한 적도 물론 없고, 그 편지도 그럴 의도가 전혀 없었던 것은 앞서 말씀드린 대로입니다), 저는 반성해야 마땅하고, 제 생활에 대해서도 깊이 생각해보아야 할 것입니다. 당신이 진정한 예술가라면, 그런 의뢰편지를 쓰는 사람과 받는 사람, 어느 쪽이 더 구차한 기분이 들지는 간단히 알 수 있겠죠. 일단 그 원고는 처음부터 끝까지 당신의 지나친 생각에서 나온 것이니, 대단히 죄송하지만 다시 고쳐 써 줄 수 없겠습니까? 싫다면 어쩔 수 없지만, 이렇게 오해나 의심 때문에 당신과 싸우는 건 싫습니다. 제가 당신을 욕보였다고 생각하시는 모양인데, 저야말로 저를 향한 경멸로 가득 찬 원고를 읽고, 어젯밤에는 한숨도 못 잤습니다. 제 편지에 대한 오해는 풀어주십시오. 그리고 원고도 다시 고쳐주십시오. 이것은 부탁입니다. 당신은 그 일로(게다가 당신 혼자만의 오해로) 굉장히 화가 났겠지만, 그런 일에 일일이 화를 낸다면, 저 같은 사람은 하루에 몇 번이나 화를 내겠습니까. 셀 수도 없겠죠. 당신이 열심히 살고 있는 것처럼, 저도 열심히 최선을 다해 살고 있는 겁니다. 당신의 미래나 저의 미래, 그런 얘기는 다음에 만났을 때 하고 싶군요. 언제 한 번 병문안을 가서 여러 가지 이야기를 나누고 싶지만, 저도 무척 바쁘고 다소 신경쇠약 기미도 있어서 맥을 못 추고 있어요. 새해에 만나 천천히 얘기합시다. 나가노 씨와 요시다 씨는 지난밤에 만났습니다. 너무 작은 일에 흥분하지 마시고, 몸조심하면서 공부하시기 바랍니다. 회사에서 잠깐 쉬는 시간에 몰래 쓰는지라 마음이 다 전해졌는지는 모르겠지만, 답장 기다리겠습니다. <무사시노 신문> 문예부, 나가사와 덴로쿠. 다자이 오사무 귀하.

추신, 원고를 다시 고쳐주신다면 25일까지 주시면 됩니다. 그리고 사진 한 장 넣어주십시오. 여러 가지 귀찮은 부탁을 드려서 죄송하지만, 아무쪼록 잘 부탁드립니다. 악필악문 용서하시길.'

'요즘 매일 밤, 다자이 형에 대한 으스스한 꿈만 꾸고 있어. 별일 없지? 맹세해. 비밀 지킬게. 무슨 괴로운 일 있어? 부탁이니, 일을 저지르기 전에 나한테만 살짝 귀띔해줘. 같이 여행가자. 상하이든, 태평양 남쪽이든, 형이 좋아하는 곳으로. 형이 좋아하는 곳이라면, 쓰가루만 빼고, 세계 어디를 간다 해도, 결국은 나도 그 땅을 좋아하게 될 거야. 한 치의 의심도 없어. 여행경비 정도는, 내가 벌게. 혼자 떠나고 싶다면, 혼자 다녀와. 형, 아무 일도 안 저지른 거지? 괜찮은 거지? 자, 내게 명랑한 답장 한 통만 보내줘. 구로다 시게하루. 다자이 오사무 학형.'

'보내주신 편지 잘 읽었습니다. 병이 회복 중이라니 무엇보다 마음이 놓입니다. 도사옛 고치현 일대에서 돌아온 후 일에 쫓겨 병문안도 못 갔는데, 좋아지고 계시다니 다행입니다. 오늘은 15일 마감인 소설을 쓰느라 정신없이 일하고 있습니다. 당신의 신낭만파 소설을 후카누마 씨가 추천해주신 모양이군요. 그 이야기를 듣고 더욱 분발하려 마음먹었다니, 이보다 더 기쁜 일이 또 있겠습니까. 자신감만 있다면, 만사가 잘 풀릴 겁니다. 문단도, 사회도, 모두 자신감 문제란 걸 통감하고 있습니다. 자신감을 불러일으키는 건 일에 대한 성과입니다. 돌고 도는 이론이지요. 그래서 자신감 있는 자가 이기는 것입니다. 저희 집 아이의 이름은 다이스케라고 합니다. 제가 여행을 떠났을 때 부인이 마음대로 붙인 이름이어서, 제 마음에 들지는 않아요. 하지만 이미 이웃사람들에게 다 말한 뒤였기 때문에 울며 겨자 먹기로 그렇게 부르고 있습니다. 이만 줄이겠습니다. 몸 건강하십시오. 가야노 군이 여행에서 돌아온 모양입니다. 하야카와 슌지. 쓰시마 군에게.'

○월 ○일.

'답장 쓰지 말라기에 일부러 쓴다. 첫째, 장편에 대해. 말할 것도 없이 너무 성급했다는 기분이 든다. 폐품가게에 내다 팔 생각으로 승낙했지만, 이건 잠시 미뤄두는 게 좋겠다. 이 편지와 함께 연기하겠다는 뜻을 담은 엽서를 썼다. 어차피 내년이 예정이었으니, 내년까지는 나도 어떻게든 해볼 생각……이었는데, 그때까지 내가 사람 구실을 할 수 있을지 어떨지도 의문이다. 『신작가』에는 이번에 쓴 100장짜리 소설을 연재할 생각이다. 그 잡지는 언제나 날 무명작가 취급한다. 「달밤의 꽃」이라는 작품이다. 서툴긴 해도 오히려 그런 부분을 더 홍보해주기 바란다. 나서서 선전하는 거야 제일 쉬운 일이니까. 둘째, 자네와 나의 관계에 대해 사람들이 색안경을 끼고 볼 게 뻔한데 별 수 있겠나. 한 번밖에 만난 적 없는 나카하타라는 자가 퍼뜨리고 다닌 말 때문에, 세간에서는 내가 자네를 어떻게 해서든 깎아내리려 한다는 말이 나도는 건 아닌지 모르겠다. 내 귀에도 내가 자네에 대해 안 좋게 말하고 다닌다는 소문이 들린다. 그것 때문에 사람들한테 이런저런 충고도 들었다. 상관없지 않은가. 자네와 나 사이가 안 좋아 보이는 게 난 오히려 더 흥미롭다. 예컨대 포와 레닌을 들어서, 포가 레닌의 모사꾼이었다는 식의 가십은 유쾌하니까. 무엇보다 나는 자네를 내 친구인 척하면서 제멋대로 날뛰고 싶지는 않다. 자네의 편지를 받고 기뻤던 건, 애정을 갖고 남몰래 지켜보는 지지자가 있었기 때문이다. 자네가 신이라면 나도 신. 자네가 갈대라면……나도 갈대다. 셋째, 자네 편지는 너무 센티멘털하더군. 편지를 읽는데 눈물이 날 뻔했다. 그걸 나의 센티멘털 함으로 떠넘기는 건 좋지 않다. 나는 연애편지를 받은 소녀처럼 얼굴을 붉혔다. 넷째, 이것이 자네 편지에 대한 답장이라면 찢어주길. 나는 다만 의뢰할 게 있어 보냈을 뿐이다. 오직 한 가지, 이번에 나올 내 소설을 홍보해 달라는 것. 다섯째, 어제 웬 불쾌한 손님 하나가 와서는, 다자이 오사무가 글을 무척 잘 쓴다고 했다. 나는 짜증스럽게 말했다. "녀석은 우리가 만들어낸 겁니다." ……오늘 마음을 고쳐먹었다. 이런 게 유언비어의 근원이 되는 건 아닐까. "그렇습니다."라고 말하는 게 더 나았을지도 모르겠다. "그는 훌륭한 작가입니다."라고 말해두는 편이 좋았을까. 이제까지 자네에 대해 마음대로 말했었는데, 이제 그럴 수가 없어 서글프다. 서로에게 큰 지장은 없다 해도, 듣는 녀석이 멍청한 놈이라면 우리 이름에 영향을 미친다. 다자이 오사무는 너무 유명해져서 탈이다. 그렇담, 나도 어깨를 나란히 하는 사람이 돼야겠지. 노 저어 가자. 여섯째, 나가사와가 쓴 소설 읽었나? 『신비문학』이란 건데. 그런 값싼 우정을 과시하는 짓, 나는 싫다. 너무 솔직한 건지는 몰라도, 문학이란 좀 더 비뚤어진 것이 아니겠나. 나가사와에게 걸었던 기대가 무너지고 있다. 이것도 서글픈 일 중 하나다. 일곱째, 나가사와를 만나고 싶다고 생각하면서도, 못 만나고 있다. 나는 기분이 우울해질 때마다 친한 사람들끼리 잡지를 만들고 싶어진다. 자네가 어떻게 생각할지 모르겠지만, 우리 둘만의 세상이 가장 아름다운 건 아닐까. 여덟째, 무리해서는 안 된다. 자네는 바보 같은 말을 했다. 당신이 먼저 났다고 먼저 뒈지라는 법은 없어, 우릴 기다려요, 라고. 그때까지 적어도 십 년은 건강하게 기다리지 않으면 안 된다. 참을성이 필요하다. 나는 손에 못이 박혔다. 아홉째, 이제는 다자이 오사무가 화끈하게 나를 홍보해줄 때다. 나 같은 놈은 싱글벙글 기뻐서 어쩔 줄을 모르겠지. "이런 놈과 한패가 되면 누구나 득을 본다니까." 조만간에 누군가에게 (특히 불쾌한 손님이 온다면) 이렇게 말해줄 계획이다. 재능 없는 놈들은 "호랑이 권력을 등에 업었네" 어쩌네 말들이 많겠지. 그러면 내가 "녀석이 호랑이가 아니라는 말인가." 하고 쥐어박아주겠다. "그리고 내가 여우가 아니라고 누가 그랬습니까." 열 번째, 군불간쌍안색君不看双眼色 불어사무우不語似無憂.[14]

- - - - - - - - - -

14_ 보지 않고 말하지 않으면 근심도 없다. 다이토 국사(1282~1338)가 지은 구절에 하쿠인 선사 (1686~1768)가 덧붙인 아래 시를 저자가 보라看에서 보지 마라不看로 바꿔서 패러디했다.
천봉우제로광랭千峯雨霽露光冷   수천 봉우리에 비가 걷히니, 영롱하게 이슬이 빛나네.
군간쌍안색君看双眼色   보라, 두 눈에 비치는 저 광경을.

……좋은 글귀다. 그럼, 건강하기를. 나를 홍보해달라고 청하기 위해 붓을 들었다는 건, 앞서 말한 대로다. 린표 다로. 다자이 오사무 귀하.'

'「장님 이야기」가 잘되길 빈다.' (전보)

'「장님 이야기」를 읽었습니다. 잡지에서 그 작품 여덟 장만 읽었습니다. 병마가 엄습해온다 해도 끝까지 버텨야 합니다. 당신에게 해줄 수 있는 진심 어린 말은 이것뿐입니다. 오늘 너무 피곤해서, 정말이지 쓰러질 만큼 피곤해서 글도 못 쓸 지경이지만, 갑자기 당신에게 꼭 편지를 써야겠다는 생각이 들어서 몇 자 적습니다. 새해에는 야마토 사쿠라이로 돌아갑니다. 나가노 기미요.'

'독자들이 자네를 둘러싸더라도, 수줍어해서는 안 돼. 모른 척하지도 말고. 이 세상에서 살아남고 싶다면 말이야. 그나저나 「장님 이야기」는 조금 난해하긴 해도, 하나의 정점頂点, 걸작의 모양새는 갖추고 있더군. 앞으로 사람들의 칭찬을 있는 그대로 받아들이는 훈련을 해야 해. 요시다 보냄.'

'처음 편지를 띄우는 무례를 용서하십시오. 덕분에 저희 잡지 『봄옷春服』도 제8호를 출간하게 되었습니다. 요즘 동인들에게 편지를 자주 안 써서 그 사람들 심정은 잘 모르겠지만, 이미 갖고 계실 줄로 아는 『봄옷』 제8호에 실린 졸작에 관해 한 말씀 드리고 싶습니다. 관심이

· · · · · · · · · · ·
불어사무우不語似無憂   말이 없는 곳에 근심도 없도다.

없으시면, 이 뒤는 읽지 마십시오. 그건 작년 10월, 제가 다치기 직전에 쓴 것입니다. 지금은 너무 부끄러워서, 쳐다보기도 싫은 작품입니다. 다자이 씨께 엽서라도 한 장 받고 싶습니다. 요즘 저는 매일 밤 어느 여자아이의 집에 놀러 가서는, 쓸데없는 잡담을 하다가 새벽 한 시가 되어서야 집으로 돌아옵니다. 그 아이에게 크게 반한 것은 아닌데, 지난번에 진지하게 청혼을 했더니 승낙해버렸습니다. 그날 집으로 돌아오는 길에, 말도 안 되는 제 행동에 너털웃음이 터져 나오더군요. ……아니, 어떤 기분이었는지 정확히는 모르겠습니다. 저는 언제나 진지한 청년이고 싶습니다. 도쿄로 돌아가 문학에 전념하고 싶은 마음, 굴뚝같습니다. 이대로라면 차라리 죽는 게 낫습니다. 어중간한 관심 따위 받고 싶지 않습니다. 도쿄의 친구들, 어머니, 당신도 됐습니다. 편지 주세요. 그보다 만나뵙고 싶네요. 새빨간 거짓말. 나카에 다네이치. 다자이 씨.'

○월 ○일.

'삼가 아룁니다. 지난번에는 실례가 많습니다. 지난주 화요일(?)에 그쪽 상황을 보고 싶어서, 후나바시로 가려고 일어서는 참에 당신에게서 엽서가 와서 가려다 말았습니다. 어젯밤, 갑자기 나가노 기미요 씨가 제게 와서는 당신에게 절교장을 받았다고 하더군요. 그날은 결국 밤을 새웠고, 저도 무척 걱정을 많이 했는데, 방금 나가노에게서 그 후 곧 화해했다는 엽서가 와서, 마음이 놓입니다. 나가노가 보낸 엽서에 '다자이 오사무 씨에게 제가 십년지기 친구로 생각하고 있다고 전해주십시오.'

라고 쓰여 있었습니다. 왜 다투셨는지는 몰라도, 두 분의 우정이 더욱 돈독해지기를 기원하겠습니다. 나가노 기미요 씨같이 특이한, 사막의 꽃처럼 진귀한 사람도 없지요. 부디 아름다운 우정을 이어나가시기를 빕니다. 그나저나, 최근 몸 상태를 좀 알려주십시오. 당신을 너무 자주 찾아가도 안 되겠다는 생각에 가끔 편지라도 쓰려고 붓을 들다가, 에이, 귀찮다, 가 보자, 하고 마음을 고쳐먹게 됩니다. 편지는 너무 답답해서 제겐 안 어울립니다. 가끔은 저도 뭘 쓰고 있는지 한심할 지경입니다. 요즘 자주 쓰는 한마디, 자조自嘲. 이가 빠져서 입속이 허전한 기분. 그래도 사나흘 안에 찾아가고 싶은데, 어떠신지? 미흡한 글월입니다. 구로다 시게오. 다자이 오사무 귀하.'

○월 ○일.

'보내주신 원고, 대엿새 전에 읽어보았습니다. 답장을 망설이며 머뭇거린 결례를 범한 점에 대해, 화내지 마시길 빕니다. 실은 원고를 둘러싸고 작은 소동이 있었습니다. 다자이 선생님, 저는 어디까지나 당신을 지지합니다. 저도 당신과 비슷한 일을 겪어온 청년입니다. 이렇게 된 이상, 다 털어놓겠습니다. 저희 잡지사 기자 두 명이 당신과 결투를 하겠답니다. 원고가 엉망진창이다, 시골잡지라고 우릴 우습게보고 있다, 내 눈에 흙이 들어가기 전까진 절대로 실을 수 없다, 제멋대로 구는 것에도 정도가 있다 등등, 무척 시끄러웠습니다. 하지만 저는 승산이 있을 거라고 생각해서, 이삼일 상황을 봐서, 기고해주신 것에 대한 답례도 할 겸, 차차 이번 사건에 대해 간략히 말씀드리려고 했는데,

녀석들이 오늘 아침에 편집부 주임인 저에게는 말 한마디 없이, 원고를 등기로 반송시켜 버렸습니다. 이건 정의파인 척하는 그 둘과 저 사이에 명예가 걸린 문제입니다. 녀석들을 반드시 엄벌에 처하고, 사과를 시키겠습니다. 사죄하는 마음의 만분의 일만큼이라도 성의를 보여드리기 위해, 반송시킨 원고보다 이 편지가 먼저 도착할 수 있도록 빠른우편을 보냅니다. 이마에 폭포수처럼 흐르는 땀을 닦으며, 바닥에 머리를 찧어 가며, 이렇게 사과의 편지를 씁니다. 하찮은 성의의 표시라도 함께 보낼까 했습니다만, 그게 도리어 실례가 될까 염려되어, 지금은 머리 숙여 공손히 사과의 말을 전하고, 다음번에 이 죗값을 치르자고, 굳게 다짐하고 있습니다. 세속적인 것에 대한 분개. 귀하에 대한 죄스러움. 그런 것들로 글씨마저 맥을 못 추고, 가늘었다가 두꺼웠다가, 여기저기 작은 방울들이 흩날리고, 갑작스레 거대한 바위가 툭 떨어지죠. 제 악필에는 저도 놀랄 때가 있습니다. 창간호부터 이런 실수를 저질러서 불길하기 그지없는데, 그런 생각을 하고 있으면 울고 싶어집니다. 요즘 다들 한 옥타브 정도 정신상태가 이상해졌다는 사실을 눈치채셨나요? 저는 물론, 주위 사람 모두 그렇습니다. 『오사카살롱』 편집부, 다카하시 야스지로. 다자이 선생.'

'서론 생략. 실례합니다. 원고는 오늘 별도로 송부하였습니다. 옛 동료인 다카하시 야스지로 군의 병세가 심각해져서, 다자이 씨와 다른 세 명의 중견, 신진작가에게 본사 편집부 이름을 도용하여 말도 안 되는 편지를 보냈다는 사실이 최근 밝혀졌습니다. 다카하시 군은 서른 쯤 되었을까요. 재작년 가을 사원 소풍날, 평소 즐기던 술도 마시지 않고, 창백한 얼굴로 참억새 이삭을 입에 물고, 동료의 면전을 떡하니

가로막고서는, 가재 눈을 뜨고 상대의 얼굴에서 가슴, 가슴에서 다리, 다리에서 구두로 시선을 옮겨가며, 한 번 쭉 훑어보는 겁니다. 집으로 돌아가는 길에, 석양을 등지고 기나긴 혼잣말을 시작했습니다. 피가 뚝뚝 떨어지는 듯한 붉은 단풍가지를 주렁주렁 어깨에 메고, 아랫배를 내민 채 저벅저벅 걸으면서, 자네, 아무한테도 말하면 안 되네, 도손 선생[15]은 말이야, 삼백 엔도 넘는 돈을 들여서 등허리 가득 문신을 새겼어. 등에는 온통 금붕어가 헤엄치고 있었지. 아니지, 틀렸다, 천 마리도 넘는 올챙이가 꾸물거리고 있었어. 중산모자가 어울리는 게, 아무래도 작가 같지가 않아. 나는 올 가을부터 중국식 옷을 입을 거라네. 하얀 다비를 신고 싶어. 하얀 다비를 신고 단팥죽을 먹고 있으면 울고 싶어지지. 복어를 먹고 죽은 사람 가운데 60퍼센트는 자살이야. 이봐, 비밀은 지켜 줄 거지? 도손 선생의 호적상의 이름은 고치야마 소슌[16]이라네. 그런 대단한 비밀을, 다카하시는 숨소리가 귓불을 간질일 정도로 가까이 다가와 살며시 알려주었습니다. 다카하시 군은 원래 문학 소년이었어요. 육칠 년 전쯤의 일이었습니다. 시나노옛 나가노현 일대 산중에 틀어박혀 창작에 몰두하면서, 하루하루를 조용히 보내고 있는 시마자키 도손 선생에게 가서, 약속했던 백 장 가까운 원고를(당시 창작물들은 대문호의 노년기를 대표하는 걸작이라고 정평이 나 있었습니다.) 꼭 받아오라고, 어쩌면 다른 출판사에 빼앗길지도 모르는 위험한 상황이니, 우물쭈물 하지 말고 빨리 움직이라고, 편집장이 지시했습니다. 평소에도 무척

15_ 시마자키 도손島崎藤村(1872~1943). 일본자연주의문학의 선구자. 대표작 『집』, 『파계』 등이 있으며, 문예지 『문학계』의 창간멤버.

16_ 河内山宗春(미상~1823). 에도시대 쇼군의 직속 관리로 있으면서 부정부패를 일삼던 인물로, 그를 모델로 한 이야기가 가부키나 책으로 만들어졌다.

성실했고, 그즈음 아직 20대였던 다카하시 군은, 깊은 산중 대나무 기둥으로 된 초옥에서 문호와 단 둘이 있으면서, 이로리[17]를 사이에 두고 밤새 선생의 이야기를 들었고, 긴장과 기대로 얼굴빛마저 창백해졌습니다. 동료들의 시끌벅적한 응원에 입을 꾹 다물고 크게 고개를 끄덕이며 자신의 결의가 얼마나 굳센지를 보여주었습니다. 회전문에 꽈당 부딪힌 뒤, 그 길로 여행을 떠나던 그 가늘고 호리호리한 뒷모습에는, 웃어넘길 수만은 없는 무언가가 있었습니다. 나흘째 되던 날 아침, 온몸이 흠뻑 젖어서는 풀죽은 모습으로 회사에 나타났어요. 당한 겁니다. 그의 말에 따르면, 말 그대로⋯⋯간발의 차, 숙소에서 아침을 먹은 뒤, 뜨거운 차에 우메보시^{일본식 매실장아찌}를 넣고 후후 불어가며 마신 게 실패의 근원이었다지요. 그 탓에 5분이 늦어져서 일이 난 겁니다. 급사 둘을 포함해 사원 열여섯 명 모두가 그를 동정했습니다. 제게도 운동화 끈을 다시 매다가, 다른 회사 사람에게 원고를 빼앗겨서 목이 날아갈 뻔했던 슬픈 경험이 있었어요. 다카하시 군은 바로 편집장에게 불려갔고, 세 시간 동안 직립부동 자세로 설교를 들어야 했습니다. 설교 중에 다섯 번인가 여섯 번 정도 편집장을 죽여버리고 싶은 마음이 들었다더군요. 그러다가 결국은 졸도하고 코피까지 쏟았어요. 다음날, 서로 상의한 것도 아닌데 급사 둘을 제외한 다른 사원 모두가 사표를 써 왔습니다. 다들 분해 하며 편집장실 앞 어두컴컴한 복도에 무리지어 있는데, 옆에 있던 친구가 소리죽여 흐느껴 우는 걸 보고, 저도 감정이 폭발해서 큰 소리로 울어버렸습니다. 그때의 숭고한 감격은 평생에 한 번 있을까 말까한 귀중한 것이었습니다. 아아, 쓸데없는 말을 너무 많이 했네요.

17_ 방바닥 일부를 네모나게 잘라내고, 그곳에 재를 깔아 불을 피우는 장치.

용서하십시오. 그 후로 다카하시 군은 작가뿐만 아니라 훌륭한 인격으로 명성이 높은 인물들을 모조리 혐오하면서, 선생이란 작자들은 다 거짓말쟁이다, 라는 글을 잡지에 짧막하게 쓰곤 했습니다. 그토록 존경하던 도손 선생의 '도'자도 입 밖에 꺼내지 않았지요. 꽤나 충격이 컸던 모양입니다. 결국 작년 봄, 건강이 나빠졌고, 지금은 완전히 퇴사한 상태입니다. 백 일 전쯤에 집으로 병문안을 갔습니다. 달빛이 침상 곳곳으로 흘러넘치고 있었습니다. 다카하시는 두 눈썹을 깨끗이 밀었더군요. 노能의 가면처럼 단정한 얼굴이 달빛을 받아 금속처럼 반짝거렸습니다. 말 못 할 공포에 휩싸인 저는 무릎을 덜덜 떨었습니다. 제가 쉰 목소리로 불을 켜자고 말했어요. 순간 다카하시의 얼굴에 세 살쯤 되는 울보 소년의 표정이 떠오르더니 사라졌습니다. "나, 꼭 미친 거 같지?" 특유의 어리광을 피우는 콧소리로 말했습니다. 차가울 정도로 고귀한 미소를 지으면서요. 저는 다음날로 의사를 불러 그를 정신병원에 입원시켰습니다. 다카하시는 조용히, 차츰차츰 미쳐가고 있었던 겁니다. 찻잎이 서서히 우러나 깊은 맛이 나듯 그렇게 미쳐갔던 거죠. 아아. 당신 소설이 일본 최고라면서 몇 번이나 반복해서 읽었다던데, 「로마네스크」는 이미 암송할 정도로 읽었다고 했습니다. 옛 사람들의 사랑이야기, 혹은 특별히 즐거웠던 여행의 추억, 아니면 선생 자신의 맑고 깨끗한 로맨스 등등, 병상에 있는 다카하시에게 보낸다는 심정으로 넉 장, 월말까지 부탁드리겠습니다. 『오사카살롱』 편집부, 하루타 이치오. 다자이 오사무 귀하.'

'자네 엽서 읽었어. 단순한 조롱에 불과하더군. 자네는 진실을 몰라. 같잖아. 요시다 기요시.'

'인사말 생략. 목을 조를 새끼줄 자투리도 없는 연말. 나도 큰형이 요구한 것과 같은 금액이 필요해서 팔방으로 미친 듯이 구하고 있음. 암벽을 헤치고 나아갑시다. 죽는 건, 언제든 가능. 가끔은 후배가 하는 말에도 귀 기울여주십시오. 나가노 기미요.'

'지난번 편지 고마워. 전보도 받았어. 원고는 어떻게 하겠나? 자네 기분 내키는 대로 하는 게 좋겠지. 마감은 25, 6일까지는 기다릴 수 있어. 현재 지내는 곳이 일정하지 않네(곧 아파트를 구할 예정). 그러니 편지는 모두 회사로 보내주게. 주소가 정해지면 다시 연락하겠네. 용건만 전하는 무례를 용서하길. <무사시노 신문> 문예부, 나가사와 덴로쿠'

○월 ○일.

'다자이 씨. 결국 정의와 온정의 사도에게 한방 먹으셨군요. 처음부터 주의하라고 말씀드렸다면, 이런 일은 없었을 텐데요. 잡지란 어디든 그렇지만, 작가 한 명만 치켜세우는 것은, 엄격하게 금지되어 있습니다. 게다가 이 회사에는 중역이 심어놓은 스파이가 많으니, 친절하게 대해주는 사람을 먼저 의심하십시오. 경박하게 행동해서는 안 됩니다. 하루타가 어떤 식으로 사과를 했는지는 모르겠지만, 당신에게 글을 다시 손보게 했다며, 이삼일 자만심이 하늘을 찌르던데요. 그 옆에서 작아질 수밖에 없었던 저는, 무척 겸연쩍었습니다. 다자이 씨, 당신도 잘한 것은 없습니다. 하루타가 어떤 교묘한 말로 당신을 꾀었는지는 모르겠지만, 그렇게 센티멘털한 편지를 보낼 필요는 없었어요. 그야말로 추태예요. 반성하십시오. 저는 당신을 위해 팔십 엔을 마련해놓고 있었는데, 하루타 같은 녀석이라면 십 엔도 위험하죠. 작가를 곤란에 처하게 하는 게 잡지기자의 천직이라 생각하는 놈이니, 늘 끝이 좋질 않습니다. 제가 혼자 안달복달 해봐야 아무 소용이 없어요. 다자이 씨, 당신 의견은 어떻습니까? 그렇게 당하고도 분하다는 생각이 안 드십니까? 저는 당신의 집안일을 대부분 알고 있어요. 당신의 독자이기 때문입니다. 등에 있는 점이 몇 개인지도 알고 있어요. 하루타 같은 놈은 소설 한 편도 안 읽었습니다. 저희 잡지의 성격상, 살롱에 들락거리는 날도 많고, 술자리에서 다자이 씨에 관한 소문도 나돌고 있지만, 그럴 때마다 하루타 씨는 나쓰타[18]가 되어서는 여기에 차마 쓸 수도 없는 천한 말을 1분에 스무 마디 정도 맹렬하게 떠들어대죠. 세상에 그런 변절자도 없습니다. 앞으로 바람을 피우는 것은 자중해주시기 바랍니다. 연말에 이런 일이 생기면 난처하지 않겠습니까? 저도 더 이상 뒤를 봐 드리지 않겠습니다. 팔십 엔은 모두 다른 곳에 풀었습니다. 혼자서 헤쳐 나가십시오. 그런 고생도, 어느 정도는 피가 되고 살이 됩니다. 사면초가에 빠지면 연락주십시오. 어렵고 힘들더라도, 죽지는 마시고요. 신기한 일이지만, 커다란 고통이 지나가면, 커다란 기쁨이 다가오기 마련입니다. 이것은 마치 수학과 같은 진리입니다. 초조해 하지 마시고, 건강 회복에 전념하세요. 내년 초에는 본가가 있는 도쿄로 돌아가 신사에 새해맞이 참배를 하러 갈 생각입니다. 그때 만날 수 있다면 좋겠습니다. 고대하고 있겠습니다. 몸에 좋은 약은 쓰지요. 용서하십시오. 아마도 당신을 이해하는 유일한 40대 남성, 둘도 없는 소시민, 다카하시 올림. 다자이 오사무 학형.'

- - - - - - - - - - -
18_ 본래 이름인 '하루타'의 '하루'가 봄이라는 데서, 뜨겁고 맹렬하게 이야기 한다는 의미로 여름인 '나쓰'를 가져와 '나쓰타'로 장난스럽게 불렀다.

하순

○월 ○일.

'갑작스레 편지를 띄우는 점 용서하십시오. 전 당신을 꼭 닮은 사람입니다. 아니, 우리 둘만이 아니지요. 청년의 몰개성과 자기 상실은 요즘 세상의 특징이라고 합니다. 이하, 꼭 읽어주시기를. (한 줄 띄고.) 칼에 찔려 죽을 날만 기다리고 있다. (한 줄 띄고.) 나는 한동안 지하세계의 음울한 정치운동에 가담했다. 달도 없는 밤, 홀로 도망쳤다. 남은 동료들은, 모두 목숨을 잃었다. 나는 대지주의 아들이다. 전향자의 고뇌? 무슨 말도 안 되는 소리. 그렇게 교활하게 배신하고 나서, 이제 와서 용서받을 수 있다 생각하는가. (한 줄 띄고.) 배신자라면 배신자답게 행동하는 것이 옳다. 나는 유물사관을 믿는다. 유물론적 변증법에 의하지 않고서는 어떤 사소한 현상도 파악할 수 없다. 십 년간 지켜온 신조다. 온몸 구석구석에 배어 있다. 십 년 후에도 여전히, 변함없을 것이다. 하지만 나는, 노동자와 농민이 우리에게 보이는 증오와 반발을 누그러뜨리게 만들 생각은 추호도 없다. 예외를 인정받고 싶지는 않다. 나는 그들의 단순한 용기를 둘도 없이 사랑하고 존경하는 까닭에, 내가 믿고 있는 세계관에 대해 한마디도 할 수 없다. 내 썩은 입술로, 내일의 여명을 이야기하는 것은, 용서할 수 없는 짓이다. 배신자라면, 배신자답게 행동하는 것이 옳다. '기술자 주제에'라며 외면하고, '찢어지게 가난한 백성이네'라며 비웃고 욕하다, 누군가 나를 찔러 죽여줄 날만 기다린다. 거듭 말하지만, 나는 노동자와 농민의 힘을 믿고 있다. (한 줄 띄고.) 나는 훌륭한 옷을 입는다. 나는 새된 목소리로 말한다. 나는 무리에서 혼자 떨어져 나와 있다. 총에 맞기 쉽도록 말이다. 마음에도 없는 교만한 행동거지도 저격수의 편의를 봐서 하는 행동이다. (한 줄 띄고) 자포자기는 아니다. 나를 매장시키는 일은, 말하자면 미래를 건설하기 위한 첫걸음이다. 나의 이러한 성실함을 의심하는 자는, 인간도 아니다. (한 줄 띄고) 나는, 언제나, 진실을 말했다. 그 결과, 사람들은, 내가 몰상식하다고 했다. (한 줄 띄고) 맹세코 말한다. 나는, 나 혼자만을 위해 행동했던 적은 없었다. (한 줄 띄고) 요즘 조금 독특한 자네의 분위기, 비뚤어진 풍자화 같은 모습이, 너무 진지하게 다뤄지고 있는 게 섭섭하지 않은가? 친구가 보낸 글귀다. 나는 그 엽서 한 장을 읽고, 바다를 보러 갔다. 가는 길에 보리가 한 뼘 정도 자라난 보리밭 옆을 걷는데, 갑자기 와락 눈물이 치밀어 올라서 소리 내어 울었다. 눈물을 흘리면서, 나를 이해해 주는 사람도 있구나, 하고 생각했다. 살아 있길 잘 했다. 나를 잊지 말아주오. 나는, 당신을 잊고 있었다. (한 줄 띄고) 모르는 친구가 느낀, 순수한 울분이, 그대로 내 혈관으로 전해졌다. 집으로 돌아가 원고지를 펼쳤다. '나는 무뢰한이 아니다.' (한 줄 띄고) 구체적으로 말해 달라. 내가 당신들에게, 무슨 피해를 입혔나. (한 줄 띄고) 나는 빚을 갚지 않았던 적도 없다. 이유 없이 사람들에게 향응을 받은 적도 없다. 약속을 깬 적도 없다. 남의 여자와 노닥거린 적도 없다. 친구의 험담을 한 적조차 없다. (한 줄 띄고) 지난밤, 이불 속에 가만히 있으려니, 사방의 벽에서 소곤소곤 이야기소리가 흘러나왔다. 죄다 나에 관한 험담이었다. 가끔은 친구의 목소리마저 들렸다. 자네들은 내게 상처를 입히지 않고서는 살아갈 수 없나 보군. (한 줄 띄고) 때리고 싶은 만큼 때려라. 짓밟고 싶은 만큼 짓밟아도 좋다. 비웃고 싶은 만큼 비웃어라. 어느 날 문득 얼굴을 붉히게 될 날이 올 것이다. 나는 가만히 그때를 기다리고 있었다.

하지만 내가 틀렸다. 소시민이란, 이쪽이 머리를 숙이면 숙일수록, 그만큼 위에서 내리 누르려 한다. 그걸 깨달았을 때 나는, 두 번 다시 일어설 수 없을 정도로 등뼈가 박살나 있었다. (한 줄 띄고) 나는 요즘, 육친과의 화해를 꿈꾼다. 이래저래 팔 년 가까이 고향에 돌아가지 않았다. 돌아가는 게 허용되지 않기 때문이다. 정치운동을 한 탓이기도 하고, 여자와 동반자살을 시도한 탓이기도 하고, 비천한 여자를 부인으로 들인 탓이기도 했다. 나는, 동료를 배신하고도 모른 척 살아갈 수 있을 정도로 철면피는 아니었다. 나는, 나를 좋아해주던 유부녀와 동반자살을 시도했다. 여자를 거부할 수 없었다. 그러는 사이 지금의 처를 맞았다. 결혼 전 약속을 지켰을 따름이다. 내가 열아홉에서 스물셋이 되던 해까지, 사 년 동안 매주 토요일마다 만났지만, 단 한 번도 관계를 갖지 않았다. 하지만 가족들은 나를 모른다. 시집간 누이가 내가 한 번도 아니고 두 번 세 번 나쁜 짓을 한 탓에 시댁사람들의 얼굴도 제대로 못 쳐다보고 매일 밤 울며 나를 원망한다는 것이나, 노모가 나를 낳았다는 이유만으로 돌아가신 아버지의 뒤를 이은 큰형 앞에서 면목이 없어서 바늘방석에 앉은 기분으로 지낸다는 것이나, 큰형이 내가 있다는 이유만으로 나라의 명예직을 사임 했던가 그럴 뻔했던 것이나, 어찌됐든 그리하여, 스물 몇 명의 가족 모두 내가 보통 남자가 되기를 신께 빌고 있다는 소문을, 언뜻 들은 적이 있었다. 하지만 나는 변명하지 않겠다. 지금은 핏줄이란 걸 믿고 싶다. 큰형이 내 소설을 읽어준다면 얼마나 기쁠까. 사토 하루오의 얼굴이 돌아가신 아버지와 그렇게 닮지만 않았어도, 나는 그의 응접실에 두 번 다시 가지 않았을지도 모른다. (한 줄 띄고) 육친과 화해하는 꿈에서 깨면, 그날 밤 내내, 바보천치처럼 넋이 나가서, 문득 효도하고 싶다는 생각을 했다. 그런 밤이면 나도, 기쿠치 간[19]에게 편지를 써볼까,

선데이마이니치에서 주최하는 삼천 엔 고료 대중문예에 응모해볼까, 어떻게 해서든 아쿠타가와 상을 받고 싶다 등등, 수만 가지 생각을 해보지만, 희끄무레 날이 밝아 오면서, 무슨 까닭인지 그런 노력들이 바보같이 허무하게 느껴져서, '어차피 죽을 목숨'이라는 말만을 고맙게 여기며, 온종일 하릴 없이 지낼 뿐이었다. 하지만, ……(한 줄 띄고.) 하루 종일 독서를 하고 나서는 연구발표. 감기로 사흘 정도 잠을 잔 뒤엔 병상일기. 두 시간 동안 여행을 하고는 바쇼[20]처럼 여행기. 그다지 재밌지도 즐겁지도 않고, 딱히 이렇다 할 것도 없는, 창작이라고 말할 수도 없는 소설. 이것이 일본 문단의 현실인 듯하다. 고뇌를 모르면서 고뇌에 대해 말하는 사람이 얼마나 많은가. (한 줄 띄고) 나는 지금까지, 내 얘기를 하면서 수줍음을 너무 많이 탔나 보다. 오늘 이후 나는, 있는 그대로의 나를 이야기하겠다. 그것뿐이다. (한 줄 띄고.) 말이 없는 곳에, 근심도 없다던가. 나는 언어를 경멸해 왔다. 눈빛이면 충분하다고 여겼다. 하지만 그것은 이 거지같은 세상에 통용되지 않았다. 괴로울 때는 "괴로워!"라고 소리 높여 외치기라도 해야 한다. 입 다물고 있으면, 사람들은 어느새, 나를 말 못하는 짐승 취급했다. (한 줄 띄고) 나는, 지금, 돌이킬 수도 없는 말을 쓰고 있다. 사람들은 부끄럼 많던 내 옛날 모습을 그리워한다. 하지만 자네의 그 탄식은, 거짓이다. 하나를 얻으면 하나를 잃는다. 그것이야말로 성장에 따르는 규칙이 아니던가. 긴 안목으로 보는 습관을 기르자. (한 줄 띄고.) 쓸데없는 소문 떠돌아

19_ 菊池寛(1888~1948). 사비를 털어 만든 문예지 『문예춘추』가 대성공을 거두면서 출판계의 대부가 된다. 아쿠타가와 상(순수문학 부문)과 나오키 상(대중문학 부문)을 제정했다.
20_ 마쓰오 바쇼松尾芭蕉(1644~1694). 에도시대 시인으로, 하이쿠의 원류인 하이카이俳諧를 지었다. 여러 차례 여행을 떠나 『비바람기행』, 『가시마기행』 등의 기행문을 남겼으며, '방랑을 앓으니 꿈도 초목이 시든 들을 맴도네.'라는 말을 남긴 채 객사했다.

허무할 뿐이네.[21](한 줄 띄고) 너희는 단식 할 때에, 위선자들이 그러하듯 슬픈 표정을 짓지 말라.(마태복음 6장 16절) 예수만은 알고 있었다. 하지만 신의 아들이 겪은 고난에 관해서는, 바리사이 사람들조차 인정해야 했다. 나는 잠시, 위선자의 표정을 흉내 낸다. (한 줄 띄고.) 오랜 방황 끝에, 나의 태도를 결정했다. 이렇게 된 이상, 내 고난의 역사를 엄숙하게 털어놓을 수밖에 없다. 부끄러워하지 말자. 부끄러워하지 말자. (두 줄 띄고.) 나 역시, 지평선 저쪽, 구원의 여성을 바라보고 있다. 여태껏 나는 단편적인 이야기만 조금 했을 뿐, 그 여자를 혼자 가슴속에 묻어두고 있었다. 하지만 자랑스러운 선배 한 분이 얘기하시길, 자네, 빨리 써야 하네. 생각이란, 아이들이 책상서랍 속에 넣어둔 토끼 모양 눈사람처럼, 금세 녹아 없어져버리는 거야. 나중에 혼자 즐겨야지 하고 책상서랍을 열어보면, 이미 녹아 없어져서, 남천으로 만든 빨간 눈 두 개만 남았더라는 마사요시의 실패인가 뭔가 하는 만화를 우리 아이들이 읽고 있던데, 아름다운 추억도, 그런 거라네. 열정이 남아 있을 때 쓰게. 철도 빨갛게 달아 있을 때 치라는 말이 있지 않은가. 그때는 나도, 듣는 둥 마는 둥 했다. 오지랖 넓게, 남의 일에 왜 그리 참견인지. 우리 고향에서는 토끼정도가 아니라, 아름다운 여인들도 녹아 없어진다. 어느 눈보라치던 밤, 우리 집 대문 앞에 쓰러져 있던 입술이 빨간 소녀를 구해줬는데, 예쁜 데다 말수도 적고 집안일도 잘하기에 함께 살림을 차렸다. 그런데 점점 날이 따뜻해지면서, 그 아름답던 신부도 힘없이 말라가고, 백옥 같던 몸도 어쩐지 쇠약해져서, 집안 분위기가 어두워졌다. 남편은 마음을 졸이다가, 하루는 큰 대야에 더운

21_ '봄밤 꿈처럼 문득 팔베개해 주셨을 뿐인데, 쓸데없는 소문 떠돌아 허무할 뿐이네' 백 명의 시를 모아 만든 햐쿠닌잇슈百人一首 가운데 67번째 구절(스오노 나이시 작).

물을 받아와서, 억지로 신부의 옷을 벗기고, 등을 밀어주었다. 신부는 홀쩍홀쩍 울면서, 등을 밀어주는 다정한 남편에게, "제가 죽더라도, ……."라는 말을 하다 말고, 스르륵 실 풀리는 소리가 나더니, 신부의 몸이 사라졌다. 대야 속에는 분홍조개껍질로 만든 빗과 머리장식이 떠 있을 뿐이었다. 눈여인雪女이 뜨거운 물에 녹아 없어졌다는 이야기. 그 뒷이야기를 해보겠다. 마치 덩굴나무 잎처럼 눈여인 신부가 임신을 해서 배 아파 낳은 아기가 있다면, 그리고 아이가 다 자라 눈 내리는 계절이 되어, 어머니를 그리워하며 눈 덮인 야산을 걷는다는, 그런 이야기라면, 세상사람 모두가 넋을 놓고 푹 빠지기에 충분하다고 믿는다. 그렇게 말을 맺은 순간, 보라, 세상사람 가운데 하나인 나의 선배도, 뺨을 붉히며 들떠 있었고, 살롱의 분위기도 더욱 고조되어, 어느덧 나는 내가 꼭꼭 숨겨둔, 더운물에도 녹지 않는 눈여인에 대해 물어보는 족족 들려주고 있었다.

　—나이.

　—열아홉입니다. 운수가 사나운 나이죠. 여자들은 이 나이가 되면 반드시 무슨 일이 생기는 것 같아요. 이상한 일이죠.

　—몸집이 아담했지?

　—네. 하지만 패션모델도 될 수 있었습니다.

　—무슨 뜻이야?

　—몸 전체가 한 치수씩 작기 때문에 사진을 늘리기만 하면 거의 완벽하게 조화로웠어요. 나긋나긋한 다리는 들꽃심지 같았고, 피부는 알맞게 차가웠습니다.

　—정말 그럴까?

　—과장이 아닙니다. 그 사람에 관해서만큼은 거짓말을 못 하겠어요.

—너무 심하게 속였으니까 그렇겠지.

　　—어허, 어떻게 아셨지? 그렇지만, 정말 그랬습니다. 스물한 살
겨울에 두 겹으로 된 허리띠를 졸라매고 긴자에 놀러 갔는데, 그날
밤 한 여인이 제 방까지 따라와서는, 당신 이름이 뭐예요? 하고 묻는
겁니다. 마침 거기 운노 미치오, 왜 있잖아요, 그 사람 작품집이 굴러다니
고 있기에, 저는 운노 미치오, 라고 해버렸습니다. 여자는, 저를 서른하나
나 둘쯤으로 생각한 모양이었습니다. 좀 더 유명한 사람인 줄 알았어,
하고 한숨을 푹 내쉬더군요. 그때만큼 유명해지고 싶다는 생각을 해본
적도 없습니다. 목이 턱턱 막혀서, 제 한 몸 불태워서라도 검은 연기를
활활 피워 올리고 싶을 정도로 유명해지고 싶었습니다. 운노 미치오는
당시 문단에서 제일 젊은 데다가, 좋은 소설도 쓰고 있었습니다. 그날
밤부터 저, 학생복을 입을 때 빼고는, 어딜 가더라도, 운노 미치오라고
밀어붙이지 않을 수 없었습니다. 가짜가 되고 나니 너무 불안해서 밤에
잠도 안 왔지만, 일단 한 번 그렇게 되고 나니 가짜를 연기하려고 애쓰는
게 아니라, 오히려 완벽하게 한 점 빈틈없는 가짜가 되는 것, 거기에만
마음을 쓰게 되더라고요. 신기한 일이죠.

　　—재밌군. 계속해봐.

　　—딱 한 번 보고 말 여자라면, 운노 미치오도 괜찮지 않습니까.
근데 두 번, 세 번 만나는 동안 변명이 궁색해져서는, 혼자서 전전긍긍했
습니다. 여자는 그 뒤로, 신문 문예란 같은 걸 보기 시작했나 보더라고요.
오늘 당신 사진이 나왔어, 하나도 안 닮았던데. 왜 그렇게 얼굴을 찡그리
는 거야? 나, 친구들한테 놀림 받았어. 이러더군요.

　　—자네, 예전에 무슨 정치운동을 했었지, 아마? 그때 일인가?

　　—아, 그렇습니다. 문화운동은 적성에 맞지 않아서, 특히 프롤레타리

아 소설만큼 훌륭한 것도 없다고 생각했거든요. 그래서 학생들에게서 떨어져 나와, 지하세계일만 했지요. 언젠가 제 고등학교 친구가 두려움에 떨면서, 어느 모임의 말석에 끼어 앉아, 조금 있으면 여기 전 지구 행동대장이 올 거라고 예고했고, 그 자리에 아르바이트로 나와 있던 사람들마저 흥분해서는 떠들썩해졌습니다. 어느 소지구의 대표로 출석했던 제 친구는 마치 꿈을 꾸는 기분으로 앉아 있었습니다. 1초도 어김없이 정해진 시간이 되어, 계단이 삐걱거리는 소리가 들려왔는데, 여어, 하며 들어온 호리호리한 남자의 얼굴이, 처음에는 눈이 부셔서 제대로 볼 수 없었지만, 자세히 보니, 금테 안경을 낀 호리호리한 남자가, 틀림없는 저, 흠흠, 저였기에, 그 녀석, 그때의 환희를 잊을 수가 없다고, 지금도 자주 이야기합니다. 뛸 듯 기뻤다고 말이죠. 물론 그때는, 슬쩍 눈빛을 교환하며 웃었을 뿐 서로 아는 척도 안 했지만요. 그렇게 운동권에 있으면서 매일 쫓겨 다니다가, 문득 이쪽 진영에서 만날 거라고는 생각지도 못했던 옛 친구를 만날 때만큼, 기쁜 일도 없습니다.

　―잘도 도망 다녔나 봐.

　―멍청하니까 잡히는 겁니다. 또, 잡히더라도, 일주일 정도로 풀려나는 방법도 있습니다. 그런데도 저는 스파이라는 의심을 받고 있었고, 그런 게 싫어서, 동지들에게서 빠져나오려고 눈치만 보고 있었습니다. 그때는 매일 밤 제국호텔에 모였죠. 작가 운노 미치오라는 이름으로 명함도 만들었고, 그때부터 호텔의 운노 선생에게 원고를 부탁한다는 전보, 속달, 전화. 모조리 제가 직접 한 것입니다.

　―너저분한 짓을 했구먼.

　―엄숙해야 할 생활을, 망가뜨려서 가지고 노는 것이 불쾌하시겠지요. 지당하신 말씀이지만, 그땐 그런 짓이라도 하지 않았다면, 아마도

서른 가지 이상의 이유로 자살했을 겁니다.

　　─하지만, 그때도 동반자살하려 했었지?

　　─네. 여자가 제국호텔에 놀러 와서, 제가 벨보이에게 오 엔을 주고, 그날 밤, 여자는 제 방에 묵었습니다. 그렇게 그날 새벽, 죽는 것 말고는 별수가 없어, 라는 말이 제 입에서 순간적으로 튀어나왔는데, 그 말 한마디가 무척이나 여자의 마음에 든 모양이었습니다. 여자가 나도 죽을래, 하는 겁니다.

　　─저기요, 하고 말을 걸었을 뿐인데, 같이 죽어요, 라고 대답했다는 거로군. 이해가 쉬워졌어. 자네들만 그런 건 아닌 듯해.

　　─그런 모양입니다. 제가 했던 해방운동이라는 게, 선각자로서 명예를 위해 하는 일이라고도 할 수 있었고, 그 방면에서 점점 출세하면서, 재미도 있고 보람도 생겼습니다. 근데 스파이 설 같은 게 나오고 하니, 머지않아 실각할 게 뻔했고, 무엇보다 하기가 싫었습니다.

　　─여자는, 그 뒤로 어떻게 됐나?

　　─여자는, 제국호텔에서 밤을 보낸 다음 날 죽었습니다.

　　─아, 그랬군.

　　─그렇습니다. 가마쿠라 앞바다에서 약을 먹고 뛰어들었습니다. 깜빡하고 있었는데, 이 여자는 상당한 지식인이었고, 초상화를 무척 잘 그렸습니다. 인품이 고결해서 실물보다도 몇 배는 더 아름다운 얼굴을 그렸죠. 게다가 그 그림에는 가을바람처럼 애끓는 외로움이 배어 있었습니다. 대상의 특징을 무척 잘 파악했고, 수준이 높았습니다. 이런, 올 설 즈음부터 이렇게 우는 버릇이 생겨서 정말 못 살겠습니다. 지난번에도, 사도 지역 연애담을 다룬 나니와부시[22] 영화를 보고, 아무리 해도 울음을 참을 수가 없어서, 큰 소리로 울기 시작했습니다. 다음 날, 변소에

서 그 영화의 신문광고를 보고 있는데, 또다시 눈물이 터져 나오지 뭡니까. 부인이 제 얼굴을 보고 무슨 일이냐고 묻더니, 그 얘기를 듣고 폭소를 터뜨렸는데, 이제 두 번 다시 영화관에 안 데려간다고 말할 정도였습니다. 이제, 이 얘기는 됐습니다. 다음 얘길 할까요. 십 년 전 일입니다. 그때 왜 제가 가마쿠라를 선택했는지, 오랫동안 저도 의문이었는데, 어제, 바로 어제, 드디어 생각이 났습니다. 제가 초등학생 때, 학예회에서 가마쿠라의 명소를 낭독한 적이 있습니다. 그때 연습에 연습을 거듭해서, 거의 암송할 정도가 되었어요. 70리 해변을 따라, 라는, 그 문장입니다. 어렸지만 그 풍경을 동경했었는데, 그것이 가슴에 새겨져 떨어지지 않고 잠재의식 속에 남아 있어서, 그게 그날 가마쿠라 행으로 이어진 게 아닐까 싶어서, 스스로도 제 신세가 애처롭기 그지없었 습니다. 가마쿠라에 내려서 여자에게 지갑을 몽땅 넘겨주었는데, 여자가 제 고급 지갑을 들여다보더니 어머, 겨우 한 장? 하고 작은 목소리로 중얼거렸습니다. 죽도록 부끄러웠던 것만큼은 똑똑히 기억하고 있습니다. 저는 약간 정신이 나가서는, 사실 난 스물여섯 살이야, 라고 했습니다. 그것도 원래나이 보다 다섯 살이나 더 부풀려서 고백한 것이었지만요. 여자는, 겨우 스물여섯? 하며 새까만 눈을 더욱 크게 뜨곤, 손가락으로 세어보더니, 큰일이네, 큰일이야, 하고 웃으며, 고개를 수그렸는데, 그건 무슨 의미였을까요? 이제 와서 물어볼 수도 없고, 정말이지 궁금합니다.

　　──날이 밝을 때 뛰어들었나?

　　──아니요. 그래도 명소를 여기저기 돌아보고, 하치만[23] 님 앞에서 사탕도 사 먹었어요. 그때 오른쪽 어금니에 씌운 금니 두 개가 빠졌는데,

. . . .
22_ 샤미센 반주에 맞추어 노래하는 이야기 극. 의리, 인정 등을 주제로 한 대중적 예능.
23_ 가마쿠라의 명소인 대규모 신사, 쓰루가오카하치만구에 모셔진 무사들의 신.

지금도 그냥 그대로 놔두고 있어요. 아직도 가끔 쿡쿡 쑤십니다.

　──문득 생각난 건데, 베를렌 있잖나, 그 사람, 어느 날, 교회로 번개같이 달려가서는, 자, 이제 나는 참회한다, 고백한다, 뭐든 털어놓겠다, 내 고백을 들어줄 신부는 어디 있나, 나오라, 어서, 다 말해버리겠다, 굉장한 의욕을 보이며 참회를 했는데, 신부는 깨끗한 미간을 꿈쩍도 않고, 창밖의 분수를 내다보았다지. 베를렌이 울며불며 자기 범죄를 낱낱이 고백했는데, 신부가 툭 하고 던진 한마디가, "당신은 동물과 성교한 경험이 있소?"였다더군. 깜짝 놀란 베를렌 씨, 복도로 뛰쳐나와서는, 걸음아 날 살려라 도망갔다는데, 나는 아무래도 사람들의 참회를 듣는 데는 소질이 없나 보네. 요즘 유행하는 말로, 심장이 약해서 말이지. 그 용맹무쌍한 신부님 손톱의 때라도 달여 마시고 싶네.

　──참회가 아닙니다. 주책없는 자랑도 아니고, 구원을 받으려는 것도 아니에요. 저는 여자의 아름다움을 주장하는 겁니다. 그것뿐입니다. 기왕 이렇게 된 거, 끝까지 하겠습니다. 여자는 걸으면서, 꽤나 진중한 말투로, 돌아갈래? 라고 속삭였습니다. 저, 당신의 첩이 될래요. 집에서 한 발자국도 나가지 말라고 하면, 가만히 집에 숨어 있을게요. 평생 숨어 살아도 좋아요. 저는 코웃음을 쳤습니다. 남의 성의도 전혀 헤아리지 못하고, 자기 자존심을 만족시키기 위해 다른 사람의 희생도 아랑곳하지 않는, 태연한 모습의 스물한 살, 자만에 빠진 괴물, 뼛속까지 허영덩어리, 여자들의 영원한 보석, 진주의 탑, 둘도 없이 고귀한 선물을, 제대로 보지도 않고, 길거리 하수구로 뻥 차서 날려버렸지요. 지금 저는, 옛날에는 왜 그렇게 진중하지 못하게 살았나, 그런 것만 신경 쓰고 있습니다.

　──하하하핫. 오늘 밤은 꽤나 달변이로군.

　──웃을 일이 아닙니다. '바이올린보다는 케이스가 더 중요하다'는

기묘한 생각, 그건 제가 제일 많이 반성하는 부분입니다. 에노시마 다릿목에 신주쿠 30분, 시부야 35분이라고, 한 자 한 자 2척 평방미터$^{600㎝}$쯤 되는 크기로 적혀 있는 사설 전차의 그림 간판을 슬쩍 보고는, 잽싸게 다리를 건너기 시작했죠. 타박타박 통나무 게다 소리가 제 바로 뒤까지 좇아오더니, 천천히 걸으며 속삭였습니다. 나, 결심했어요. 이제 괜찮아요. 조금 전까지의 나는 경멸당해도 싸.

——무척 솔직한 사람이었군.

——그렇습니다, 그래요. 알아주시는 겁니까? 역시, 말씀드리길 잘했네요. 조금만 더 들어주세요.

——그래, 좋아. 들려주게. 어이, 다케야, 차 좀.

——뛰어들기 전에 먼저 약을 먹었습니다. 제가 먼저 먹고, 그리고 제가 웃으면서, 공주여, 털북숭이 적들에게 안기기보다는, 아버지와 함께 죽자꾸나. 조금이라도 더 빨리, 이 독을 먹고 죽어 다오. 그런 장난을 주고받으며, 여유롭게 약을 먹고는, 그 다음에 크고 평평한 바위에 둘이 나란히 앉아서, 두 발을 달랑달랑 흔들면서, 조용히 약기운이 돌기를 기다렸습니다. 나는 지금 죽어야 한다. 어제오늘, 이틀이나 놀았으니 열 개에 가까운 지하세계 연락선이 단절됐을 테고, 조직도 새로 수습하지 않으면 안 될 정도로 큰 혼란을 빚고 있겠지. 화재나 천둥과는 비교가 안 될 정도로, 처절한 혼돈. 그런 광경이 손에 잡힐 듯 보였죠. 대장의 배신. 도주. 거기다, 운노 미치오라는 가짜이름 사건도 내 앞을 떡하니 가로막고 있었고요. 여자에게 고백할 정도라면, 그게 가능한 남자였다면, 스물한 살의 제가 이 정도로 상처투성이가 되지는 않았겠죠. 드디어 여자가 허리띠를 풀었는데, 이 양귀비 무늬 허리띠는 친구한테 빌린 거니까 여기에 이렇게 걸어두고 가겠다고 술술 고백하면

서, 허리띠를 예쁘게 접어서 등 뒤의 나무에 걸어두었습니다. 우리는 무척 부드러운 분위기에서 태연히 이야기를 나눈 뒤, 조가 섬처럼 보이는 곳 근처에서 깜박이는 등대를 보고 있었습니다. 무슨 이야기를 했던 걸까요. 저도 거의 다 잊어버렸는데, 여자들이 저를 어찌나 좋아하는지 아주 골치가 아프다는 거짓말을, 하염없이 주절주절 늘어놓았습니다. 여자문제로 곤란을 겪는 건 할아버지 대부터 시작된 집안의 내력이다, 할아버지가 젊었을 때 여성 줄타기명인이 마을을 찾았는데, 여성곡예사 세 명이 할아버지가 쓰고 있던 얼굴수건을 벗자, 그 모습을 넋 놓고 보더니, 한 손에 우산을 든 채 얍 하는 기합소리를 넣고, 다시 할아버지를 내려다보며, 척척 줄을 타다가는 쿵 하고 아래로 떨어져서, 극단 책임자가 불만을 터뜨렸고, 결국에는 마을 전체의 큰 싸움으로 번졌다는, 그런 말도 안 되는 거짓말을 했습니다. 나한[24]을 닮은 검붉고 기품 없는 할아버지의 네모난 진짜 얼굴이 떠올라 웃음이 터져 나올 뻔했지요. 여자는 그걸 믿고는, 그렇담 여덟 명이나 되는 여자들이 날 질투하겠네? (한 명도 없는데) 아아, 나는 행복하다. 멍하니 '승리자'라고 중얼거리며 별이 총총한 하늘을 올려다보았습니다. 순간 약기운이 돌기 시작해서, 여자는 휴, 휴 하고 풀피리 부는 소리를 내더니 괴로워, 괴로워, 신음하고 물 비슷한 것을 토하면서, 바위 위를 이리저리 기어 다녔습니다. 그곳에 더러운 토사물을 남겨놓고 죽는다는 게 마음에 걸렸던 저는, 망토 소매로 그 뒤를 따라다니며 닦다가, 어느덧 저도 약기운이 돌아서, 축축하게 젖은 바위 위에서 미끄러지며 기어 다녔는데, 네 발 달린 시커먼 짐승 같았습니다. 5, 6척이나 되는 달구어진 부젓가락이 목 안을 관통하여,

· · · · · · · · · · · ·
24_ 아라한. 생사를 초월하여 더 이상 배울 법도가 없게 된 경지의 부처.

결국 그 도깨비 방망이가 심장에 닿고, 배를 지났을 즈음, 이미 우리는 움직이는 사체 두 구처럼, 시커먼 네 발로 어슬렁어슬렁 걸었지요. 둘이 몸이 포개져서는 바위에서 추락하여, 풍덩 파도를 뒤집어쓰고, 처음에는 끌어안고 있다가, 잠시 후 서로를 확 밀치며 순식간에 멀어졌는데, 모기보다도 연약한 목소리로, "운노 씨." 라고 부르는 소리가 들렸습니다. 제 이름이 아니었습니다. 십 년 전 음력 섣달, 딱 지금 이맘때 즈음의 일입니다.

　—그랬군, 그런 거였어. 어이, 다케야. 여기 보드카.

　—다자이 씨. 모른 체하지 마세요. 이 얘기를 어떻게 끝맺어줄 겁니까? 이건 물론, 당신 얘기가 아니에요. 전부 내 얘기. 이걸 잡지사에 발표해볼까 하는 생각도 해봤습니다. 어디서 굴러먹던 멸치대가리인지도 모르는 남자의 고백보다는, 누구나 단번에 알지는 못하지만, 일단은 신진작가 다자이 씨의 참회록이란 식으로 홍보하고 싶습니다. 제 고난의 창작물을 사주십시오. 예비역 동문 여러분, 여기 세 권이 있습니다. 세 권 모두 오십 엔은 너무 싸다. 다자이 씨. 놀랐죠? 다 거짓말입니다. 겁을 좀 줘본 것뿐이에요. 놀랐어요? 오래전, 당신이 술자리에서 얘기해줬잖아요. 오늘처럼 비 내리는 일요일은 지루해서 견딜 수가 없지만, 돈은 없고, 당신 집에도 못 가겠고 해서, 날씨에 대한 불만을 당신에게 터뜨렸어요. 어때요, 조금은 놀랐나요? 이 정도면 나도 소설가가 될 수 있을 것 같습니다. 첫 감상문은 중국 부르주아 잡지에서 베껴온 건데, 바위 위 장면 같은 건 제가 썼어요. 숨 막히는 명문이죠. 앞으로 한 시간 동안 문인이 될까 말까 고민하겠습니다. 이만, 실례. 몸조심하시고, 다음 일요일에 갈게요. 집에서 사과가 왔는데, 가지러 오세요. 시미즈 추지. 삼촌께.'

○월 ○일.

'안녕하십니까? 문학의 길은 조급해할 필요가 없다고, 확신하는 분께
올립니다. 하늘을 올려다보고, 잡념을 없앨 것. 태양과 놀면서, 성급해
하지 말 것. 건강이 제일이라고 감히 생각해봅니다. 느릿느릿 정진하시
기만을 빕니다. 어제 창작품 「마음이 놓인 이야기」한 편을 보내주신
점, 대단히 감사하게 생각합니다. 다음호에 싣고자, 이렇게 답례로 편지
를 씁니다. 『풍자문예』편집부, 고로, 합장.'

○월 ○일.

'편지 올립니다. 드릴 말씀이 없다 보니, 펜도 제대로 굴러가질 않는데,
그래도 읽어주시면 감사하겠습니다. 너무 제멋대로라 송구스럽지만
용서해주십시오. 기억이 흐릿해지셨겠지만, 2월 즈음 신주쿠 모나미에
서 동인지 『푸른 채찍』에 관한 일로 만나 뵈었지요. 그때 본의 아니게
찜찜하게 헤어져서, 늘 죄송한 마음을 갖고 있었고, 저 혼자 주눅이
들어 있었습니다. 언젠가는 사과의 편지를 쓰자고 마음은 먹고 있었는데,
겸연쩍다는 생각이 들어서 편지 쓸 기회를 놓치고 있었습니다. 뭔가
기회가 있어야겠다고 생각하고, 당신의 『만년』이라는 책이 나오면,
그때 편지하자고 다짐하고 있던 차에, 오늘 서점에서 당신의 글을 읽고,
한없이 슬퍼져서, 당신에게 이야기하고 싶어졌습니다. 그래도 가슴
한구석이 와들와들 떨려서 난처하네요. 그날 밤, 저는 이성을 잃고
허둥거리며 거친 발걸음으로 계단을 내려갔습니다. 그런 데다 그 모습이

순수하지도 않았던 게 너무 부끄러워서, 그 일을 떠올리면 고개를 수그리게 됩니다. 당신한테, 잘난 척하고 있네, 라는 말을 들은 사이토 군은 마음이 무척 울적하고 쓸쓸했다더군요. 그 일만으로도 충분히 당황하고 있었습니다. 제가 집에 갈 채비를 하는데, 지난번에 냈던 동인지 회비를 돌려주겠다는 얘기를 듣고, 저는 마음속으로 오 엔을 벌었다며 쾌재를 불렀습니다. 그러고 나서 제게 뭔가 묻기에, 이 엔 오십 전씩 두 번에 걸쳐 냈는데요, 라고 대답했을 때의 그 속보이는 교활함이란. 저는 스스로를 비천하게 만든 데 대해 부끄러움과 자포자기를 느꼈습니다. 뿐만 아니라 오 엔 벌었다는 말은, 이삼일 전 당신의 작품 「역행」 속에서 읽은 글을 그대로 떠올린 것에 불과해서, 신주쿠 역 앞에 우두커니 서 있었습니다. 그 격렬했던 모임에서 있었던 일을 제대로 파악하지도 못한 채, 어떻게 하면 어설픈 짓을 안 하고 살아갈 수 있을까 하고, 제 거취에 대해 고민했던 것 같습니다. 역 앞에서 잠시 누렁이처럼 어슬렁대다가, 그대로 하숙집으로 돌아갈까 생각했지만, 이렇게 당신들과 헤어지는 건가 싶어 서운했습니다. 바로 모임 장소로 돌아가 보았자, "제대로 생각도 해보지 않고, 그저 거치적거리기만 할 셈인가?" 하고 혼날 게 뻔해서, 한참을 망설였습니다. 사람들에게 엉기고, 세상에 매달리며, 제게 없는 것을, 뭔지는 몰라도, 뭔가 감추고 척하고 있다는 것을, 하필이면 당신이 지적하셔서, 슬펐습니다. 아아, 우는 소리를 해서 정말이지 죄송합니다. 저는 그날 밤의 오 엔을 참으로 유용하게, 한 푼도 남김없이 다 썼습니다. 제 인생의 기념으로, 그때의 메모를 간직하고자, 『푸른 채찍』에 끼워 넣어두었습니다. 삼 전짜리 우표 열 장, 삼십 전. 땅콩, 십 전. 체리 십 전. 쌀 십오 전. 동백 나뭇가지 두 개 십오 전. 안과 팔십 전. 『괴테와 클라이스트』, 『프롤레고메나』[25], 『가행등』[26]

등 세 권 칠십 전. 오리고기 반근 칠십 전. 파 오 전. 삿포로 흑맥주 한 병 삼십오 전. 시트론 십오 전. 목욕탕 오 전. 육 년 만의 여유였습니다. 다 쓰지도 못하고, 주머니엔 아직 돈이 넉넉했지요. 그 뒤로 일 년 가까이, 겨우 두세 번 만난 게 전부인 다자이 오사무의 모습을 잊을 수가 없어서, 얼굴에 수심이 가득했던 그 모습이 애처로워, 서점에 서서 수십 번이나 책을 읽었습니다. 한마디 한마디가 가슴속에 새겨지는 듯했습니다. 서점에서 지바의 집주소를 외워 와서 적어둔 것이 작년 8월입니다. 이제까지 그 보람이 있었던 적은 없지만요. '다자이 녀석! 하쿠주지에서 기다리겠다. 구로다.' 요전에는 대학교 칠판에 그렇게 쓰여 있었습니다. '다음 사람은 사무실로 올 것. 쓰시마 슈지.' 문학부 사무실에 그런 게시물이 한동안 붙어 있었습니다. 다자이 오사무를 친구라고 말하고 다니던 저는, 씁쓸한 기분이 들었습니다. 다자이 오사무는 예술상을 받지 못했습니다. 저는 후지타 다이키치란 자의 작품을 절대 읽지 않겠다고 다짐했습니다. 다른 사람이 쓴 글을 그리 많이 읽는 편은 아니지만요. 「어릿광대의 꽃」, 「다스 게마이네」, 이해는 갔지만, 만족스럽진 않았어요. 이 작품들은, 기필코 뭔가 써 보이겠다는 의지와 기합이 느껴지는 소설이었습니다. 앞으로 쓸 진짜 소설의 예고편 이라고 생각했어요 언제 진짜가 나타날까, 싶던 차에, 하루하루가 만년 이었단 말이 정말이었을까 하는 의심이 들었습니다. 건강이 나빠졌는지, 사진 속 그는 비쩍 말라 있었습니다. 다자이 오사무는 이제 너무 유명해져 서 가까이 다가갈 수 없다는 기분이 듭니다. 저는 「어릿광대의 꽃」을 이해할 수 없었습니다. 제가 다자이 오사무에게서 바이올린 선율과

....

25_ 임마누엘 칸트가 『순수이성비판』에 대한 독자들의 이해를 돕기 위해 쓴 해설서(1783).
26_ 歌行燈우타안돈. 소설가 이즈미 교카泉鏡花의 1910년 작.

같은 애절함을 느끼는 것은 그의 서정성 때문이었습니다. 다자이 오사무의 본질은 거기에 있다고 생각합니다. 그게 틀렸다고 해도, 그 생각을 쉽게 버리지 말자고 생각했습니다. 서정성의 들판을 달려, 가시나무에 찔려 찢어진 상처에 천도 대지 않고, 그대로 태양빛에 쬐이도록 놓아두는, 그런 아픔이 느껴져서 어찌할 도리가 없어요. 사건이 있던 2월, 여자의 잠옷에 대한 얘기를 했다는 게 소설에도 나와 있지만, 청년장교들에 맞먹는 장렬함이 그런 필자에게서 느껴졌습니다. 부럽다기보다는 애처로워서 가슴이 먹먹했습니다. 저는 이도저도 아닌 상태로, 최근 이 년 동안 법과 과정의 3분의 1을, 그것도 불충분하게 마쳤습니다. 달리 아무것도 할 수 없었습니다. 그런 아마추어 같은 기분으로, 그저 다자이 오사무의 괴로움을 온몸으로 느끼며, 방관자처럼 멍하니 있을 뿐이었습니다. 제 속에 둥지를 틀고 있는 이 어중간한 태도는 끝없이 계속될 것 같습니다. 제 건강은 사람들이 염려하고 있는 만큼 그렇게 나쁘진 않지만, 뭐든 진지하게 파고들 수가 없습니다. 이삼일 뭔가에 열중하고 나면, 제 자신이 완전히 무너져 내릴 것 같은 기분입니다. 그러니 진지하게 달려들 수가 없어요. 할 수 있는 건 아무것도 없지만, 그래도 지극히 만족하고 있습니다. 당신이 중학생 시절에 하셨던 「유머에 대하여」라는 테마의 강연에서, 나는 중학교 제일의 수재다, 라는 말과 당신의 어른스러운 제스처 외에는 아무것도 생각나지 않는데, 사람들은 다자이 오사무를 모르면서 아오모리중학교 선배 쓰지마 슈지에 대해 이야기합니다. 아오모리 신마치에 있는 기타야 서점 앞에서 중학생들이 고등학교 모자를 쓰고 있던 당신에게 인사를 했습니다. 인사하는 사람은 상대가 누구인지 알고 있는데, 상대는 그 사람을 알아봐 주지 못하는 것이 얼마나 쓸쓸한 일인가 생각했지만, 그들은 당신에게 답례인사를 받은 것만으로도 꽤나 만족스러워했습니다. 저는 올해 안으로 대학을 마치지 않으면 안 되는데, 그게 가능할지, 위태위태하지만, 일단 졸업은 하자고 마음먹고 있습니다. 문학이라고 해보았자 뭐 하나 제대로 될 리가 없으니, 풍경이나 여자들에게만 넋을 놓고 살고 있습니다. 사람들이 『후타바』라는 소녀 잡지에서 저의 「그릇에 그린 그림」이라는 소설을 읽었다고 하면, 등줄기에 땀이 흘렀습니다. 이와키리라는 사람을 만나 들었습니다. 트라코마^{결막질환}라느니 임파선 종양이라느니 X만곡^{코뼈가 휘는 병}이라느니 하는 구절은, 당신에게 좋다는 말을 들었다는 이유만으로, 어디든 들고 다녔습니다. 『신낭만파』에 추신 형식으로 어느 동인지(유명하지는 않은)의 누군가를 칭찬하는 말을 보고 질투가 났던 적도 있습니다. 뭘 쓰고 있는 건지, 자신이 없습니다. 여기까지 쓴 것만으로도 기진맥진이에요. 매일매일 피곤합니다. 뭘 하는 것도 아닌데.

매일 놀고 있으려니, 일요일도 그리 즐겁지가 않고, 밤에 잠을 자도, 하루가 끝나서 쉰다는 생각이 드는 게 아니라, 내일도 있구나 하고 고단한 생각만 들뿐입니다. 건강하기만을 바라며 하루를 보냅니다. 몸이 좀 허약하긴 한데 병이 있는 건 아닙니다. 노인 같은 제 피부가 가여워서 밤에는 우유로 샤워를 하지요. 청춘을 되찾을 수 있는 길이 없을까 하고요. 무척 실례가 되는 편지라 생각합니다. 문체도 제멋대로라 죄송합니다. 하지만 마음은 편안합니다. 내일 아침이 되면, 편지를 보내고 싶지 않을지도 모르겠으니, 지금 바로 보내겠습니다. 시간 나실 때 답장 주셨으면 합니다. 몸 건강하세요. 사이토 다케오 올림. 다자이 오사무 귀하.'

'편지 잘 읽었네. 돈에 대한 부탁을 들어주지 못해 미안하지만, 그렇게 갑자기 돈을 마련하는 건 어려워. 실은 작년에 현 의원선거에 입후보한 탓에 빚이 생겨서 매달 빚을 갚느라 나도 난처한 상황이야. 선거 때 고이즈미 구니로쿠 군이 오십 엔을 보내줬는데, 이거라도 빨리 갚아야겠다, 싶으면서도 아직 못 보내고 있어. 오십 엔 정도도 없다는 건 정말이지 창피하지만, 그렇다고 또 빚을 질 수는 없잖아. 나를 믿고 편지를 보내준 것에 대해서는 거듭 미안하지만, 할 수 없는 것을 질척질척 미루고 있는 것도 내키지 않고 해서, 우선 편지를 쓰네. 기분 나쁘게 생각하지 말기를. 요즘 문학 판에서 한동안 멀어져 있기에, 귀형의 활약을 자세히는 모르지만, 귀형의 능력을 믿고 있으니, 반드시 기대 이상의 활동을 하고 있으리라 생각해. 거듭거듭 미안하지만, 위의 내용을 읽고 너그러운 마음으로 이해해주길 바라네. 하지만 귀형이 돈을 좀 융통해줄 수 없겠냐는 부탁을 해왔다고, 친구들과 의논해도 된다면 가능성이 있을지도 모르겠는데. 그것은 귀형에 대한 예의가 아니라 생각해서……우선 이렇게 소식을 전하네. 쓰지타 기치타로. 다자이 형.'

'편지 같은 걸로 때우면서 말을 하지 않으려는 건 자네답지 않아. 아아, 좋은 친구여. 아내로 삼기엔, 약간, 진실한 마음이 부족하고, 애인으로 삼기엔 기량이 나쁘고, 처첩으로 안 삼자니, 계집애처럼 귀찮게 울어대네. 아아, 부족하다. 부족하다. 달이여. 그대, 천하의 미인이여. 달이 나를 슬프게 하는 것일까.[27] 요시다 기요시.'

27_ 사이교 법사(1118~1190)의 시 가운데 한 소절. 오구라 백인일수小倉百人一首 중 86편이다.
   '달이 나를 슬프게 하는 것일까. 달을 핑계로 울고 싶은 것이겠지.'

○월 ○일.

'다자이 오사무 씨. 매번 악필이라 죄송합니다. 첫째는 저희 동인잡지 『봄옷』이 엉망이 되어버린 점에 대해 사과를 드리고, 둘째는 저의 침묵에 대해 용서를 빕니다. 끝으로 『봄옷』 동인인 마쓰무라라는 자에게서, 당신이 제게 호의를 가지고 계신다는 내용을 담은 편지가 왔기에, 저의 타고난 뻔뻔함으로 제가 저지른 일은 생각하지도 않고, 이렇게 편지를 올립니다. 시오타 가조, 세키 닷치, 다이쇼지 기요키, 이 셋이 나란히 후나바시에 있는 댁으로 찾아갔을 때, 당신이 제 졸작에 대해 의견을 주신 것을, 친구인 마쓰무라라는 자가 나중에 전해 듣고는, 그대로 제게 알려주었습니다. 『신낭만파』 12월호에 졸작에 대한 감상을 써주시고, 『신조』 1월호에 게재 중인 당신의 작품 속 소녀에게 『봄옷』을 가지고 다니게 하시는 등, 여러모로 신경써주셨다는 얘기를 들었습니다. 일단 오늘 대여섯 군데 서점에 들러, 두 잡지를 찾아보았지만, 『신조』는 다 팔리고 없었고, 『신낭만파』는 아직 도착하지 않은 모양이었습니다. 당신에게 감사를 표할 마음으로 이 편지를 쓰는 것은 아닙니다. 감사장만 쓰고 끝낼 수 있는 입장이라면 얼마나 후련하겠습니까. 내 이야기 좀 들어 달라, 상담을 하고 싶다, 힘이 되어 달라, 무턱대고 이런 말만 늘어놓는 건 정말이지 부끄러운 일입니다. 가조에게 제 경력과 성격에 대한 이야기를 들으셨는지도 모르겠습니다. 하지만 가조 그 녀석은 여기저기 떠버리고 다니는 걸 좋아해서……하지만 이것은 가조에게 악의가 있어서 하는 말은 아닙니다. 저의 자기변명입니다. 저는 어린 시절, 몸이 허약해서 디프테리아나 설사로 두세 번 기절했습니다. 여덟 살 때 『게야무라 로쿠스케』[28]를 선물 받은 게, 문학청년이 된 계기였지요.

그즈음 아버지에게는 첩이 있었던 것 같습니다. 지금 제가 사랑하는 어머니는 남자에게 협박을 당해서 하코네로 도망을 갔습니다. 어머니는 이름을 신코로 바꾸고 돌아오셨습니다. 제가 철이 들었을 무렵, 아버지는 가난뱅이 관리였는데, 그전보다는 사정이 좀 나아져 한숨을 돌렸지만, 폐병에 걸려 가족 모두를 데리고 가마쿠라로 이사를 했습니다. 아버지는 옛날 한 시대를 풍미한 역사가입니다. 스물넷에 신문사 사장이 되어, 주식으로 돈을 벌었고, 뒷골목에서 역사서를 뒤지고 다니며, 펜 한 자루로 생활하기도 했습니다. 소설도 쓴 모양입니다. 오마치 게게쓰[29], 후쿠모토 니치난[30] 등과도 교류가 있었는데, 잘난 척하고 자빠졌다며 게게쓰를 놀리면서도, 저희 아버지 역시 아무개 백작, 아무개 남자, 아무개 씨에게 인정을 받아, 열렬한 황실중심주의자, 고집불통 관리, 독서, 추구, 지치지 않는 역사가, 짜증을 잘 내는 분으로 일생을 마쳤습니다. 열세 살 때입니다. 이 년 전인 소학교 6학년 때 제 선생님은 가마쿠라 다이부쓰덴[31]의 스님이었습니다. 그 영향으로 저는 별장의 도련님답게 제멋대로 살던 것을 멈추고, 편집증적인 종교가, 신비주의자가 되었습니다. 저는 현실에서 신을 보았습니다. 한편, 손바닥만 한 작은 책에 대한 열정은 질병처럼 깊어져서, 수집한 장편소설이 키를 넘을 만큼 쌓였습니다. 작문 시간에는 지목을 받고 낭독을 했습니다. 석간팔이 이야기인 「신문」이라는 이야기로 반 친구들을 울렸습니다. 지역신문에 하이쿠도 실렸습니다. 저는 어린 딜레탕트[문학애호가] 친구들과 함께 회람잡지를

28_ 검술의 달인, 게야무라 로쿠스케毛谷村六助의 활약을 담은 시대물.

29_ 大町桂月(1869~1925). 시인, 수필가. 여행을 좋아한 풍류가로 다수의 기행문을 남겼다.

30_ 福本日南(1857~1921). 동남아시아 일대를 여행한 경험을 바탕으로 남진론南進論을 펼쳤다.

31_ 다이부쓰大仏라 불리는 거대한 불상이 있는 사원.

만들었습니다. 당시, 시인이 되고 싶어 하던 고등학생 형이 대학에 들어가기 위해 귀향했는데, 제 작품이 미사여구를 사용한 포멀리즘[32]의 폐해라고 지적하며, 시키의 『대나무의 고향노래』[33]를 추천하고, 『붉은 새』[34]에 자유시를 쓰게 했습니다. 당시 실린 「파도」라는 작품은 하쿠슈[35]가 격찬한 데다, 나중에 뽑혀서 아루스 사의 『일본아동시집』에도 실렸습니다. 아버지가 돌아가신 해에 형은 어느 중학교에서 교편을 잡았습니다. 아버지는 폐병으로 돌아가셨고, 지진으로 돌아가신 할아버지의 시신을 도사에서 모셔올 때 말다툼이 생겨서 숙부님이 목을 매어 돌아가셨는데, 숙부님이 돌아가신 원인은 조카의 광기 때문이었는지도 모릅니다. 형이 사회주의자가 된 데 대한 아픔도 있었겠지요. 사실 형은 저를 중학교 기숙사에 두고, 가족 모두를 데리고 상경한 뒤, ××조합의 서기장이 되었는데, 학교에서 파업을 주도한 탓에 쫓겨나고 말았습니다. 어머니가 가마쿠라로 도망간 뒤에도 유치장을 드나들며 인텔리로 활동했습니다. 형의 동지 한 분이 우리 집에 오셨는데, 큰형을 진심으로 존경한다고 열변을 토해대서 저와 누나는 크게 감탄했습니다. 3·15사건[36]이 일어난 뒤 형은 전향[37]한 뒤 결혼을 했는데, 형수와 어머니 사이가 나빠져서, 형 부부는 우리를 두고 도쿄에서 살았습니다. 인도주의적 마르크스주의

. . . .

32_ 형식주의. 내용보다는 언어체계로서의 형식이나 언어의 시적 기능을 중시하는 일.

33_ 마사오카 시키正岡子規(1867~1902)의 유고 시집(1904).

34_ 스즈키 미에키치鈴木三重吉(1882~1936)가 창간한 아동잡지(1918~1936).

35_ 기타하라 하쿠슈北原白秋(1885~1942). 근대 일본의 대표적인 시인. 미에키치와의 친분으로 『붉은 새』의 동요란 편집을 담당했다.

36_ 1928년 3월 15일 발생한 사회주의자 검거사건. 그해 2월 첫 보통선거에서 사회주의 정당이 우세하자 이에 위기감을 느낀 정부가 치안유지법위반을 용의로 전국의 공산당, 노동농민당원 1,600여 명을 검거했다.

37_ 정권의 탄압에 의해 좌익운동 등 정치적 신념(당시 좌익운동)을 포기하겠다고 서약했던 일.

자이면서, 감상적인 문학 소년이자, 수학을 못 했던 저는 극심한 자위행위를 한 탓이었을까요, 학교에는 친구도 없이 외톨이가 되어, 누나, 근처 W대생, 소학교 시절 친구, 형 부부와 함께, 프린트 잡지 『소묘素描』를 이 년 연속 발행했습니다. 형이 운동권에 몸담고 있었기에 아버지의 재산이 바닥나서, 가마쿠라에 있는 별장은 남에게 세를 주고, 온 가족이 도쿄로 와서 형 부부와 함께 살았습니다. 중학교를 마칠 무렵부터 테니스를 시작한 덕분에 하룻밤에 2촌6㎝씩 키가 크는 것 같았습니다. 장신長身, 비만, W고등학교, 자위自慰로 일 년을 보내고, W대학 보트부에 들어갔습니다. 일 년 뒤 저는 정규멤버가 되었고, 이 년 후에 제10회 올림픽선수가 되어 미국으로 갔습니다. 당시 나이는 스무 살, 키는 6척1m 80㎝, 몸무게 19관 500㎏의 얼굴이 붉은 소년이었습니다. 보트는 정말 못 탔어요. 선배들뿐이라 의기소침해져 있었습니다. 왕복했던 배 안에서의 연애, 이어지는 환영회 행사가 어찌나 기쁘던지, 얼마간 신경쇠약에 걸렸습니다. 제가 귀국하기 전 해에 형수를 잃은 형은, 집으로 돌아와 보니, 공산주의자, 당 자금국의 일원이 되어 있었습니다. 형을 너무나 사랑했고, 마르크시즘의 이론적 영향에서 벗어날 수 없었던 저는, 가마쿠라의 별장을 팔아 만든 제 학비를 훔쳐서 형에게 건네고, 저도 학교 안에서 R·S[38]를 만들었습니다. 세키 닷치도 그 멤버였고, 그의 하숙집이 아지트였죠. 그즈음 자살을 계획하고 실제로 실행에도 옮겼던 시오타 가조라는 기운 없는 친구도 알게 되었습니다. 그는 닷치가 경솔한 실수를 해서 잡혔습니다. 닷치는 열심히 해주었지만, 저는 그 전부터 집을 나가 어딘가 숨어 있던 형처럼, 거의 미쳐서 히스테리를

38_ Reading Society의 약어. 독서클럽. 1929년 11월 학생연합이 해체되면서 만들어진 초보적 좌익조직. 학내에서 마르크스·레닌주의를 연구하는 대중조직의 성격을 띠었다.

부리고 있는 어머니를 버리고, 일주일 동안 도망을 다녔습니다. 집안 사정을 보려고 돌아왔다가 누나에게 붙잡혔습니다. 학비가 없어서 학교도 관두게 된 저는, 매형의 도움으로 월급 십팔 엔을 받으며 한 사진 공장에서 일했습니다. 어머니와 함께 방 두 칸짜리 다세대 주택에서 살았지요. ……저는 직장에서 재빨리 조직을 만들어 대장이 되었고, 일이 끝나면 번화가에서 윗선과 만나 카페로 향했습니다. 경직된 얼굴로 비밀서류를 교환했습니다. 그렇게 4, 5개월이 흘러 스파이 사건이 일어났고, 도망가서 전향한 뒤, 경제기자가 된 형이 힘을 써줘서 저도 학교로 돌아올 수 있었습니다. 형은 전향한 뒤였기에 2개월, 저는 그리 큰일을 한 것도 아니었기에 반나절, 유치장에 잡혀 있었습니다. 직장에 있는 동안은 회사 신문에 밀렌[39]의 작품을 개작한 동화, 가타오카 뎃뻬[40] 씨를 흉내 낸 프롤레타리아 소설을 썼습니다. 십 전을 주고 산 『까라마조프 형제들』을 읽고 감격하기도 했지요. 가난한 대학생의 이야기, 특히 아내를 얻고 난 뒤로 형과 어색해진 일 등을 계기로, 저는 유년기부터 동경해왔던 소설가를 꿈꾸게 되었습니다. 처음 일 년은 정신없이 말도 안 되는 소설을 써서 투고했습니다. 갑자기 스포츠를 그만둔 탓인지, 사람들 얼굴을 보면 눈물이 나고, 군침이 돌고, 몸이 화끈거렸습니다. 온몸에 솔잎이 돋은 듯 아프면서도 근질거렸어요. 『예술박사』에 응모했다가 떨어졌을 때는 허리띠로 목을 졸랐습니다. 도스토옙스키가 유행하기 전부터 도스토옙스키에 미쳐서는 어딘가 구린 문학이론으로 닷치를

. . . .

39_ 헤르미니아 추어 밀렌(1883~1951). 독일의 프롤레타리아 동화작가. 그림 형제 등 독일 메르헨을 바탕으로 자본주의나 계급투쟁 등의 시대상을 상징적으로 표현했다.

40_ 片岡鐵兵(1894~1944). 초창기에는 가와바타 야스나리 등과 함께 문학잡지 『문예시대』를 창간하며 신감각파의 일원으로 활동하다가, 후에 프롤레타리아 작가로 활약했다. 1932년 투옥된 후 전향하여 대중소설을 쓰거나 번역활동을 했다.

괴롭혔고, 다른 친구들에게도 빈축을 샀던 것 같습니다. 새 형수님의 남동생인 야마구치 사다오가 와세다 독문과에서 『코^鼻』라는 동인잡지를 내고 있었기에, 그에게 부탁해 그 잡지의 일원이 되어서, 작년 말에 작품 하나를 실었습니다. 『코』가 점점 지겨워진 야마구치를 부추겨, 그의 친구 오카다와 대강의 계획을 세운 후, 먼저 간자키와 모리의 공감을 얻고, 그 다음 세키 닷치를 설득하러 고히나타⁴¹로 올라갔습니다. 닷치를 억지로 가입시키자, 가조, 간베가 따라왔습니다. 이리하여 닷치가 이름 지은 『봄옷』이 만들어진 것입니다. 닷치는 발이 넓었고, 야마무라, 가쓰니시, 유카노에 더해 가조도 노력해준 덕택에 이무타 씨도 참가해주었습니다. 가조와는 점점 사이가 좋아져서, 이제는 저의 추잡한 구석도 이해해주는 듯합니다. 『봄옷』 창간호와 2호가 나오는 동안, 지난해 말부터 올 3월경까지 저는 취직자리를 알아보러 다녔습니다. 다행히도 외할아버지 친구 분의 도움으로 지금의 회사에 들어갈 수 있었습니다. 그즈음부터 점점 더 형과 사이가 나빠져서, 가지고 있는 책을 다 팔아서 여행을 떠나버릴까 하는 생각도 했습니다. 형은 제가 문학을 관둔 것을 극도로 경멸했습니다. 졸업 후에도 형에게 신세를 지며 사는 것은 불가능했습니다. 어머니가 슬퍼하실 것을 생각하면 간자키 같은 문학청년 생활도 할 수 없었고, 또 한 가지는 회사원 생활도 한 번 해보고 싶었습니다. 회사에 들어가고 한 달 반가량 지났을 무렵, 자네는 체력이 좋으니 조선이나 만주로 가주게, 라는 부탁을 받았습니다. 어머니와 형과 함께 갑갑한 생활을 하는 것도 싫었고, 새로운 생활을 해보고 싶기도 해서, 저는 조선으로 갔습니다. 만주보다는 조선이 소설

. . . .
41_ 도쿄 분교구에 위치한 언덕 위 고지대 지명.

이 될 것 같았기 때문이기도 했지만, 그건 마치 제가 이렇게 회사원이 된 것처럼, 제 의견보다는 여러 가지 필연에 의해 가게된 것이겠지요. '청년의 사상은 자신의 행동에 대한 변명에 불과하다.' H선생 말씀대로입니다. 저는 어제 밤, 창녀에게 술을 사줄 수 없다고 하고, 초이노마^{값싼}유흥업소에 가서 노파에게 진 빚 삼 엔을 갚아줬는데, 그녀가 설에 자기를 데리고 나가 달라고 떼를 쓰고……그러고 보니 이번 달은 음력 섣달입니다. 양복점에서 심부름꾼 아이가 와서는 제 비상금 십 엔을 가지고 갔습니다. 아직 일 엔이 남아 있지만, 이걸로는 이발소에 가고, ……그러면 오십 전이 남는데, 그것도 다 써버리자, 그날 번 돈은 그날 다 써버려야지, 그렇게 크리스마스를 맞이하자고 어리석은 생각을 하고 있습니다. 여기까지가 어젯밤 두 시에 집에 온 뒤 다섯 시까지 쓴 것입니다. 오늘은 같이 사는 회사 급사와 함께 이발소에 다녀왔습니다. 가토 도쓰도 씨의 라디오 방송을 듣고 왔습니다. 돌아오는 길에 과자를 사십 전어치, 피존[42] 한 상자를 사고 나니 완전 무일푼이 되었습니다. 지금 셰스토프[43] 의 『자명함의 초극』, 『허무로부터의 창조』를 읽고 있습니다. 그가 말합니다, '일반적으로 전기傳記라는 것은 무슨 일이든 다루고 있지만, 우리들에게 중요한 것은 무엇을 다루지 않고 있는가, 라는 점이다.' 이런 수다를 읽고 있으면 기분이 나빠집니다. 편지를 부치지 말까 하는 생각도 해봤는데, 일단 적고 나면 그것은 이미 지금의 저와 다른 것이니, 허례허식으로 가득한 자작 광고도 애교라는 생각에 계속 자기혐오를 하려고 했지만, 셰스토프의 말로 어물어물 넘어가겠습니다. 죄송합니다. 화제를 바꿔서

<hr />

42_ 당시 유행하던 피스 담배. 담배 케이스에 피존, 즉 비둘기 그림이 그려져 있었다.

43_ 레프 셰스토프(1866-1938). 현대 실존철학의 선구자로, 도스토옙스키와 니체에게 영향을 받았다. 저서로 도스토옙스키론 『자명함의 초극』, 체호프론 『허무로부터의 창조』 등.

현재 제 생활에 대해서 말씀드리지요. 회사 업무는 아침 아홉 시 반부터 저녁 예닐곱 시까지입니다. 사무실에서 업무를 보기도 하지만, 원래는 영업사원입니다. 자동차 가게, 공판장, 상점가 등을 돌면서, 영업을 하러 다녔습니다. 대부분은 문전박대당하기 일쑤였고, 비굴하게 손을 비비적거리며 돌아다녀야 했기에, 무기력한 이야기지만, 그게 너무 싫어서 견딜 수가 없습니다. 그뿐이면 좋겠지만, 지방 출장소에 있는 이들은 부부가 많았고, 시누이근성이랄까, 욕설, 비난, 특히 자신의 단골손님을 뺏기고 싶지 않아서, 잡일만 시키고, 말이 나온 김에 욕을 더 늘어놓자면, 안달복달 집착하는 여자처럼 본사의 눈치를 보면서 잘릴지도 모른다는 걱정만 하고 있습니다. 남의 월급을 시기질투하고, 타인의 사생활에 대해 이래라저래라 하며, 자신의 불평, 예를 들어 출장비용을 계산하다 뒤에서 욕을 하며, 출장으로 벼락부자 된 새끼라거나, 부인이 얼굴을 찡그리며, 누구누구는 출장 한번 다녀와서, ……우리 집은 3일 출장으로 삼십 엔 모아서 돌아왔어요. 그 말을 들은 다른 부인은 우리 남편은 출장을 가도, 뭐, 그 정도는 밑에 사람에게 주니까요, 하지만 주임님은 2등석 여비로 3등석만 타세요. 구두쇠죠……. 하지만 출장가면 구두는 망가지고 양복은 찢어지는 데다 와이셔츠는 더러워지고……정말 부인들은 번거로워요. 사람 수가 적으니 가족적인 분위기라 좋다지만, 그만큼 경쟁도 치열해서 저 같은 사람은 24시간 내내 의견을 들으러 다니고, 그러니까 ……게다가 이 장사의 성격상 손님접대나 휴일, 일요일 출근, 잔업도 많고, 공부할 시간이 없습니다. 이리저리 마음을 써서 피곤해요. 월급 육십오 엔, 거기다 보너스 5할을 더해 총 구십칠 엔 오십 전을 받습니다. 돈이란 놈은 정체불명이라 손을 쓸 수도 없고 손해만 보고 있습니다. 빚도 꽤나 쌓였습니다. 이젠 다른 사람을 욕하거나 동정할 나이도 아니니 이만 하겠습니다. 벌써 급사도 자려고 누웠습니다. 자꾸 제게 이런저런 영어를 물어봐서 미치겠습니다. 저는 할 줄 아는 외국어가 하나도 없는데 말입니다. 저도 이불 속에 엎드려서 이 글을 쓰고 있습니다. 급사가 귀찮게 구니, 자고 나서 얘기합시다. 라디오 방송 같은 표현을 써서 죄송합니다. 저는 이런 게 순수한 듯 여겨집니다. 한 번 더 셰스토프의 글을 베껴보겠습니다. '체호프 작품의 독창성과 의의는 여기에 있다. 예를 들면 희곡 『갈매기』를 보자. 모든 문학의 원리에 반하여, 그 작품의 기초가 되는 것은, 정열의 메커니즘도 아니고, 필연적인 사건의 지속도 아닌, 적나라하게 드러나는 순수한 우연인 것이다. 이 희곡을 읽고 있으면, 질서나 구조도 없이 모아놓은 '잡다한 사실'로 넘쳐나는 신문이라도 보고 있는 듯한 인상을 받는다. 이 작품을 지배하고 있는 것은 우연이며, 우연이 온갖 일반적 개념에 대항하여 싸우고 있는 것이다.' 이걸 베껴 쓰면서, 급사가 조르는 통에 옛날이야기, 무라사키 시키부[44], 세이쇼 나곤[45], 일본 레이키[46] 등을 들려주는데, 얼마나 무서워하는지 이를 덜, 덜, 덜, 세 번 소리 내면서 떨더군요. 다자이 씨. 그만 잡시다. 히죽히죽 희미하게 웃으며 적당히 맞장구치는 짓 같은 건 그만두세요. ……이러고 있습니다. 오늘은 회사에 출근해서 사원들에게서 일일이 송년회 회비를 걷었습니다. 술잔치. 저는 술버릇이 안 좋다는 이유로 금주령을 받아서 재미가 없기에, 세 시간 정도 하얀 천정을 올려다보면서, 사람들의 바보 같은 이야기를 듣고 있었습니다. 그러고 나서 단골손님들에게 인사를 하러 가서 회원, 주임의 집에

. . . .

44_ 紫式部(978~1016). 『겐지모노가타리』를 쓴 헤이안시대 여성 작가.
45_ 淸少納言(966~1025). 수필 『마쿠라노소시』로 유명한 헤이안시대 여성 작가.
46_ 日本靈異記(823년경). 헤이안시대 불교설화집.

불려가 식사를 하고, 카드놀이를 하다가, 돌아와 이걸 쓰는 지금 시간이 밤 열 시입니다. 너무 피곤해서 편지를 쓰는 것도 힘듭니다. 뒷얘기는 간단히 쓰겠습니다. 회사를 두 달 쉰 이유는, 10월 29일, 어떤 일 때문에 술에 취해 직원들 아홉 명을 상대로 싸움을 했는데, 면도칼에 팔을 벴습니다. 그 상처 때문에 전염병을 일으켜 두 달간 입원을 했습니다. 싸우다가 잠이 들 정도로 취해 있던 남자를 정신 멀쩡한 상대가 칼로, 그것도 여러 명이 함께 벤 것이라, 저는 운 나쁘게 전염병으로 고생하고, 병원비 때문에⋯⋯마지막으로 아버지가 남긴 집 한 채를 고리대로 저당 잡혔고, 어머니는 형과 싸우면서까지 돈을 보내주셨습니다. 회사에서는 병이 아니라 사적인 일로 생긴 사고라는 이유로, 11월에는 월급을 주지 않았습니다. 회사동료들은 저를 무뢰한 취급하며 비아냥거립니다. 뭐, 관둡시다. 아예 벚꽃문신을 해볼까 생각하고 있습니다. 저는 어린애가 아닙니다. 당신에게 편지를 쓰고 싶었던 건 이제 문학을 관두려 하기 때문입니다. 사상 때문은 아니고 단순히 생활상의 불편함 때문입니다. 경성서울에 산다거나, 회사원이라는 것이 악조건이라고 느낀 적은 전혀 없었는데, 이번 사건이 있고 나서 갑자기 싫어졌습니다. 오늘도 회사에 와 보니 거의 제 시간이 없습니다. 다치기 전에는 평균 대여섯 시간 수면, 어떨 때는 밤을 새워 독서, 저술, (거 참) 혹은 회사에서 짧은 글을 쓰기도 했지만, 앞으로는 그러기 싫습니다. 다자이 씨, 저는 도쿄로 돌아가 문학청년 생활을 해보고 싶습니다. 회사원 생활을 하고 있다고 해서 사회가 보이고 시야가 넓어지기는커녕, 월급날과 상사의 얼굴 외에는 아무것도 보이지 않습니다. 대학에서 공부한 소소한 경제학 지식마저 잊어버렸어요. 전부터 공부를 별로 좋아하지는 않았지만, 점점 더 공부하기가 힘드네요. 도쿄에서 문학을 하며 살아가거나, 그게 아니면 죽든가. 예를 들면, 교카 씨가 고요산인의 서생으로 들어가 있던 것[47]처럼 살아보거나, 도스토옙스키 식으로 물과 얼음을 응집시킬 벨린스키가 나타날 때까지 기다리든가,[48] 아무튼 뭔가 해보려 하고 있습니다. 그렇지만 저는 원래 꾀죄죄한 놈이니까 도쿄에서 나락으로 떨어진다 해도 상관없는데, 어머니를 생각하면……견딜 수가 없습니다. 그것도 그렇지만 이곳 분위기도 견딜 수가 없습니다. 아마도 제가 원하는 것은 이기적이고 지리멸렬하면서도 사치스러운 것이겠지요. 하지만 지금 같은 장사치 생활이 한 달이라도 더 지속된다면, 제게는 자살을 하거나 문학을 포기하는 것. 이 두 가지밖에는 방법이 없을 것 같습니다. 혹은 계속할지도 모르죠. 계속하고 싶기는 해요. ……하지만 지금 쓰고 있는 걸 생각하면 참을 수가 없을 정돕니다. 숨이 막힐 것 같아요. 막힌 숨을 풍선에 넣어서 푸른 하늘을 날아라, 포기해라, 그런 기분입니다. 하지만 저는 어떻게 해서든 생활을 변화시키고 싶어요. 이에 대한 당신의 의견을 듣고 싶습니다. 저 같은 놈은 이제 틀렸어요. 저는 도쿄로 돌아간다고 해도 문학만 가지고는 절대 먹고 살 수 없을 겁니다. 차라리 어릿광대 분장을 하고 길거리를 돌며 이런저런 광고를 하는 사람이 되거나, 부랑자가 되어 떠돈다면, 생활경험도 풍부해지고 좋을지도 모릅니다. 하지만 어머니가 며느릿감 후보 사진을 네 장이나 보내와서 말입니다. 지금은 『봄옷』을 제 디딤돌로 삼을 수 있다는 희망조차 보이지 않습니다. 10월쯤 보냈던 백 장 정도의 소설은 어떻게 되었을까요?

· · · · · · · · · · ·

47_ 『외과실』 등 고풍스럽고 괴기스러운 작품을 썼던 이즈미 교카(1873~1937)는, 당대 최고의 작가 오자키 고요(고요산인, 1868~1903)의 집에서 서생으로 일하며 문학을 공부했다.

48_ 도스토옙스키가 비평가 벨린스키의 『가난한 사람들』에 대한 극찬을 통해 문단에 떠오른 것처럼, 물을 얼음으로 응집시켜 줄 비평가를 기다리겠다는 뜻.

그냥 찢어버리는 게 나을 겁니다. 차라리 상금이 걸린 공모전을 노려볼까요. 입 다물고 있는 게 현명하겠지요. 그래도 다자이 씨, 괜찮으시면 제게 격려의 편지 한 통 보내주세요. 이제 나흘 출근하고 닷새가 지나면, 저는 썩어문드러질 겁니다. 오늘밤은 편지를 쓰기가 싫군요. 나날이 더 싫어질 겁니다. 염치없이 쓸데없는 말만 늘어놓고 있는데, 큰맘 먹고 이 말 한마디만 더 하겠습니다. 저를 혼내주십시오. 아아. 저에게, 도쿄로 돌아오라고 해주세요. 거짓말! 제가 좋아하는 작가, 오자키 시로[49], 요코미쓰 리이치[50], 고바야시 히데오[51] 씨에게 저를 좀 소개해주십시오. 거짓말! 저는 이달 중으로 생각나는 대로 자전적 이야기를 쓸 생각입니다. 그런데 『봄옷』이 엉망이라 비관하고 있습니다. 『봄옷』이 다시 정상화될 때까지. 하나, 매달 50장 정도 실어줄 수 있는 동인지를 소개시켜 줄 수 있겠습니까? 동인회비는 내겠습니다. 쓸데없는 짓! 쓴 것을 모아두었다가, 상금이 걸린 공모전에 당선되기를 노리는 방법도 있겠지만, 그건 운이 많이 따라야 한다는 게 싫습니다. 게다가 그렇게 글씨가 지저분한 원고를 읽어줄 리가 없지요. 의지박약한 저는 활자화되지 않는 작품이 점점 늘어나면, 참지 못하고 죄다 찢어버리니까요. ……거짓말, 거짓말. 뭐든 상관없습니다. 이 편지를 여기까지 읽으셨다면, 그것만으로 감사드립니다. 편지 주십시오. 그러면 또 쓰겠습니다. 이 편지는 찢어주세요. 부디 용서하십시오. 이것과 똑같은 편지를 여섯 장 써서 여섯 명의 작가에게 보냈습니다. 누가 뭐래도 당신은 자신만의

49_ 尾崎士郎(1898~1964). 사회주의 운동가로 활동하다 『인생극장』(1933)으로 성공을 거두었다.
50_ 橫光利一(1898~1947). 가와바타 야스나리 등과 함께 활동한 신감각파 작가. 대표작으로 아쿠타가와의 권유로 상하이 여행을 떠나 집필한 장편 『상하이』(1928~31) 등이 있다.
51_ 小林秀雄(1902~1983). 일본 근대문예비평을 확립한 문예비평가.

세계를 갖고 있는 작가입니다. 말하자면 건방지다는 거고, 저는 좀 바보스럽네요. 저는 당신의 세계를 사랑할 수 없습니다. 당신이 영리하다는 생각은 안 듭니다. 하지만 당신은 근대 지식인들이 그렇듯 불안한 표정을 하고 있어요. 엉터리 말은 쓰지 않을 작정입니다. 당신은 기뵤시[52]의 작자이기도 하면서, 유레카의 저자이기도 합니다. <얻어맞는 녀석>[53]은 당신에 비하면 한낱 웃음거리에 지나지 않죠. 당신이 조종하는 인간 종이인형은 오오난보쿠[54]의 유명 가부키에 나오는 것처럼 피를 흘리고 있습니다. 성가시기만 한 쓸데없는 말은 하지 않겠습니다. 당신의『만년』과「다스 게마이네」를 읽고 난 소감은 발레리가 천박해 보인다는 겁니다. 그러나 그의 작품에는 근대청년의 '잃어버린 청춘에 대한 한 조각의 서정, 현실의 망령에 대한 우리의 자기증명'이 있습니다. 그러나 저는 이미 완전히 황폐해져버린 넓고 어둑어둑한 초원입니다. 여기저기 햇살이 비추고 있겠지요. 녹음이 우거져 있기는 하지만, 그중에는 푸른 잡초도 난잡하게 자라고 있습니다. 어디서부터 손질해야 좋을지, 아무렇게나 발길 닿는 대로 헤치고 들어가, 걸을 수 있는 데는 다 걸어본 뒤에, 보고를…… 해볼까나. 저는 멍청이입니다. 그게 아니라. 어쨌든 저는 야만스럽고 강인한 사람이 되고 싶습니다. 지금 제가 푹 빠져 있는 세계는 어느 작가에게도 없는 세계입니다. 도스토옙스키를 제일 좋아합니다. 제 취향이 평범하다고 저를 경멸하지 마십시오. 저는 올해 기필코 무언가 써내려 합니다. 그렇지만, 소설에, 그리고 인생에, 무슨 의미가 있겠습니까. 의미 따위는 없습니다.

　밥을 먹듯 소설을 쓴다. 그렇게 실무적인 정신을 싫어하던 셰스토프도 전집을 남겼습니다. 그러니 기를 써도 되겠지요. 저는 그게 누구건 간에 유명한 사람에게 편지를 받으면, 이렇게 말도 안 되는 낯 두꺼운 홍보문구를 쓰는 버릇이 있나 봅니다. 아니, 지난번에 기타가와 후유히코 씨에게 대여섯 줄짜리 엽서를 받았을 때만 그랬습니다. 하지만 사실은, 태어나서 이렇게 긴 편지를 쓰는 건 처음입니다. 이제, 잘까요. 셰스토프라도 읽읍시다. 어때, 헤헤헤헤헤헤헤헤헤헤헤, 아무쪼록, 부디, 편지 주십시오. 그렇지 않으면 저는 보람이 없어요. 이런 응석받이 근성 같으니. 저는 이런 편지를 쓰는 저를 별로 안 좋아합니다. 당신은 어떻습니까? 제 소년시절의 누추한 자랑거리에 이것을 추가해주십시오. 저는 열서너 살 때 즈음 그림을 무척 못 그렸지만, 제전[55]의 후카자와 쇼조 씨(베니코 씨의 남편)도 좋아해주셔서, 미술계로 들어오라는 제안을 받기도 했습니다. 노래도 잘 부르고, 시도 잘 썼죠. ……그야말로 바보멍청이로군요. 제가 이런 말을 하는 걸, ……가조는 싫어합니다. 저도 다른 사람이 제 잘난 체를 하는 건 싫어하지만, 이렇게 제 자랑을 썼습니다. 죄송합니다. 불쾌하게 생각하지 마시길……아니, 그보다 그런 걸 불쾌하게 여긴다니 이해가 안 가네. 나는 야비한 소년이다. 하지만, ……아냐! 역시 야비해. 무리한 부탁이지. 편지 달라니. 안녕, 안녕, 학수고대. 잠깐! 하품을 하는 녀석이 있다. 게다가 보아라. 아, 아, 아, 하면서 안하무인, 천장을 뚫을 기세로 길고 가는 두 팔을 뻗고는, 저 커다란 입, 하얀 이, 마치 말의 두상 같았다. 내게 대책이 있어요,

- - - - - - - - - -
55_ 帝展. 정부소속 제국미술원이 주최하던 미술단체인 제국미술원전람회의 약어.

다자이 오사무 씨. 제 이야기를 이것저것 쓰고 싶어졌습니다. 2, 30페이지만이라도 읽어주신다면 정말 고맙겠습니다. 첫째, 제가 완전히 무의미한 존재라는 점, 예를 들어, 마르크스가 상사회사──브로커──광고업──외판원이 사회에 해롭다는 얘기를 하지 않았다고 해도, 전 제가 하는 일을 증오합니다. 일찍이 주임이었을 때부터 개성을 죽이라는 교육을 받았습니다. 또한 개성은 주임을 죽이라고 했습니다. 수금하러 나갔을 때 억지로 술 한 잔 따라주는 트럭장수 아저씨 같은 사람을 만나면 재미있지만, 책상 앞에 냉담한 표정으로 앉아 있는 콧수염이 듬성듬성 난 공무원한테 대고, "오늘은 제게 부탁하실 일 없나요?" "없소." "네, 그럼 다음에 또 올게요."라거나, "장사꾼은 밖에서 기다리게."라거나, 한 푼이라도 더 벌려고, 수백 번 찾아가서 이삼십 엔어치 주문을 받거나…… . 아니, 푸념을 늘어놓지는 않겠어요. 곰곰이 생각해 보니, 좋고 싫음이 먼저 정해져 있고, 논리는 그 다음 문제라는 사실만큼 무섭고 싫은 것도 없습니다. 좋은가요? 싫은가요? 그렇게 한순간이 지나고, 지금은 싫습니다. 그러니 세상의 언어는 사람의 감정을 조종하는 것에 불과합니다. 저에게도 슬슬 가면이 필요하다는 생각이 듭니다. 메리메의 가면이 제일 좋겠지요. 이제 남에게 좋다거나, 싫다는 말을 하지 않을 겁니다. 좋아해서 좋아한다고 말했는데, 싫어지니까 싫다는 말을 할 수가 없습니다. 저는 어떤 소녀에게 그런 책임감이 생겨서, 그녀가 싫어졌는데도 헤어지자는 말은 하지 못하고 망설이고 있습니다. 싫은데도 좋아하려고 노력하는 것은 불가능합니다. 저는 그 사람을 싫어하는데도, 사랑하지 않으면 안 되는 걸까요? 아무 말도 하고 싶지 않습니다. 저는 너무 많은 사람들을 미워하고 있습니다. 아, 아아, 제가 이렇게 괴로워하고 있는데. 자네도, 너도, 네 녀석도, 모두들 아무렇지도

않게 잘만 살아 있군요.'

'요즘 자네 엽서는 읽을 만한 게 하나도 없어. 나약해빠진 데다가 아부하는 말뿐이야. 대단히 유감스럽다. 요시다 보냄.'

○월 ○일.

'한마디 하겠습니다. (한 줄 띄고) 나는, 나도 바이런으로 둔갑하려다 실패해서 여우가 되었다는 얘기를 듣고, 둔갑을 했다는 게 기분 나빠서, 사랑하는 이에게 절교장을 썼어요. 내 생활은 이미 거짓말이고 가짜여서 이제 아무것도 믿을 수 없고, 절망의 (은행도 관둘 것임.) 구렁텅이에 빠졌어요. 오늘 이후로 당신의 문학을 인정하지 않겠습니다. 안녕히. 사진 돌려줘요. 「어릿광대의 꽃」은 사람을 죽이는 문학인가요? (은행은 그만두지 않겠음. 하지만……) 아니, 대충, 워밍업. 아무래도 다자이 씨, 걸려든 모양이네. 손쓴 보람이 있습니다. 내게 관심이 생겼다면 끝까지 읽어주세요. 나는 아직 스무 살 소년이라, 귀중한 시간을 쪼개어 주시는 것도, 괴로울 정도로 감사하게 생각합니다. (제 생명이 깃든 성실한 언어마저 코웃음 치신다면, 귀하를, 정말로, 찔러 죽일 겁니다. 아아, 멍청한 말을 했다.) 우선 제가 어떤 소년인지, 제 소개부터 하겠습니다. 열대여섯에 사토 하루오 선생님과 아쿠타가와 류노스케 선생님께 심취했습니다. 열일곱에 마르크스와 레닌에 심취했습니다. (목숨을 걸고) ……그런 뒤 열여덟 살이 되어 다시 '아쿠타가와'로 돌아가서, 쓰지 준 씨에 심취했습니다. (다자이란 녀석 어찌나 얼간이 같던지. 듣고 있어? 오뚝이, 이쪽을 봐, 나도 쓸쓸해. 나도 늦가을 밤, 이 말은 어때? 도와주세요. 쓰레기통에 버려진 말아주세요. 나름대로 재미있게 쓸 테니.) '아쿠타가와'를 다 읽고, 아나톨 프랑스[56](경어는 필요 없겠죠), 보들레르, E. A. 포를 애독했습니다. 그러고는 문학에서 잠시 손을 놓고, 환등가로 나가기도 하면서 이러쿵저러쿵 지내다보니, 지금의 제가 되었습니다. 저는 문학을 하기 위해 어학실력이 필요하다고 느끼면서도, 외국어는 고사하고 일본어 공부조차 하지 않고(재미없다고? 조금만 기다리면 재미있어지니까 참아줘.) 빈둥거리며 세월을 보내고 있습니다. 자기생활을 경거망동이라고 생각하면서도, 하지만 인생 그 자체가 경거망동 아닌가, 하고 자문자답 하고 있습니다. (가을밤, 자문자답 하는 유약한 마음. 이건 이백 년 전 어느 할아버지의 말입니다.) 스무 살 소년 주제에 겉멋만 들어서는 너무 쉽게 포기해버리는 건 아닌지 모르겠습니다. ……셰스토프적 불안이란 무엇일까, 저는 모릅니다. 지드의 『좁은 문』 하나 읽은 걸 가지고, 순수한 청년의 사랑이야기라면서, 고귀한 진정성을 느꼈을 정도로, ……어쨌든 저는 식견은 얇고 재능은 없습니다. 이만 실례하겠습니다. 말도 안 되는 무례를 저질렀습니다. 방금 제 분수를 갑작스레 깨달았습니다. 옛날식 문어체 편지라면 몇 장이든 무슨 내용이든 얼마든지 쓸 수 있어요. 남에게 빌려 입은 옷이라면, 가문의 문장이 다섯 개 그려진 옷이라 해도 그냥 입을 수 있습니다. 그거죠. 그럼 잠시 노래할게요, (불쌍한 척하지 마.) 아니, 적어 드리지요. 삼가 아룁니다. 저는 한 이성친구의 추천으로 「장님 이야기」를 읽고, 「다스 게마이네」를 읽은 뒤에 그 즉시 다자이 오사무의

56_ 프랑스 작가, 비평가(1844~1924). 고아한 문체와 풍부한 학식을 지닌 명문장가로, 일본에서는 아쿠타가와 류노스케가 심취한 것으로 유명하다. 1921년 노벨문학상 수상.

팬이 되었습니다. 이건 팬레터라고 생각해주십시오. 『신낭만파』도 10월호부터 구독하고 있고, 「생각하는 갈대」를 읽고 있습니다. 지성의 극치라는 건, ……이라는 바바의 말에, 저는……아니, 할 말은 아무것도 없습니다. 영화팬이라면 이쯤에서 브로마이드에 사인을 청하겠지만, 저도 뭔가 다자이 오사무 님으로부터 '사인' 비슷한 것을 받고 싶은데요, 어떻게 안 될까요? 부탁드리겠습니다. 원고용지에 편지를 쓰는 결례를 범하는 점을 용서하세요. 그럼, 안녕히 계십시오. 12월 22일. 다자이 오사무 님. 제 이름은 패랭이꽃일 수도 있고, 밤메꽃일 수도 있고, 엉겅퀴일 수도 있어요. 추신, 이 편지에서 할 말을 다 못했다는, 혹은 지나치게 많이 썼다는 자기혐오와 「다스 게마이네」에 나오는 말인, '횡설수설 간판과 같은 마음을 느끼고 있습니다. (이런, 멍청한 소릴 했네.) 다자이 씨, 이건 아닙니다. 무엇보다 제게 이성 친구 같은 건 없어요. 전부 거짓말입니다. 사인 같은 거 필요 없습니다. 저는 귀하의, ……이런, 어려워졌네요. 답장은 절대 필요 없습니다. 그런 건 싫어요. 웃기잖습니까. 우리 중에서 작가가 나왔다는 건 기쁜 일입니다. 괴롭더라도 살아주십시오. 당신의 뒤에는 말 못하는 자기상실이라는 망령이 십만 개, 둥둥 떠다니고 있습니다. 일본문학사에 우리 선수가 이름을 올렸다는 것은 기쁜 일입니다. 구름과 안개와 같은 우리에게 표현을 부여해준 작가가 나왔다는 사실이 기쁘기 그지없습니다. (눈물이 너무 많이 흘러서, 어쩔 줄을 모르겠어요.) 우리, 십만 청년이, 과연 실제 사회로 나가서 끝까지 살아갈 수 있을지 어떨지, 그런 엄숙한 실험이 귀하를 통해 이루어지고 있습니다. 이상, 써봤는데, 저는 아직 소년의 경지를 벗어나지 못하고, '높은 곳에 있는 강한 존재'인 당신에게, 편지를 쓰거나, 당신을 만남으로써, '얼어붙을 위험'을 느끼는 사람입니다. 진심으로 경외하는 마음을 갖고, 이 편지 한 통을 끝으로 당신에게서 도망치려 합니다. 장님 거미 님, 바라건대, 작은 참새를 관대한 마음으로 대하시기를. 물론 당신 작품은 누구보다도 열심히 읽을 생각입니다. 끝으로 한마디. ……당신에게 황혼이 찾아오기 시작했다. ……당신은 번개를 농락했다. 태양을 너무 자세히 들여다봤다. 그래서는 견딜 수 없다……(한 줄 띄고.) 「장님 이야기」 작가에게 이 이야기가 해당될지 어떨지, ……스트린드베리의 『다마스쿠스로』[57]에서 가져온 말이군. 아아, 잘난 척하면서 써버렸다. 이제, 더 이상, 쓰지 않겠지만, 다자이 오사무 님. 저는, 당신이 계신 곳으로 날아가 어두운 곳에서 이야기하고 싶습니다. 당신이 『개조』[58]에 글을 실으신다면 『개조』를 사고, 『중공』[59]에 실으신다면 『중공』을 사겠습니다. 그리고 일부러 빚 삼 엔을 갚지 않겠습니다. 경의를 표합니다. 저는 여자입니다.'

'안녕하세요. 당신이 자중하고 자신을 사랑하기를 빕니다. 고매한 정신을 되찾으십시오. 타고난 재능을 완성하려면, 하늘이 내려준 천직이 무엇인지 자각해야 합니다. 헛된 꿈을 꾸면서 슬피 울지 마십시오. 노력하여 진지하게 50장을 완성하십시오. 오백 엔[60]은 결국 당신이 받게 될 것입니다. 팔십 엔으로 새 망토를 맞추고, 이백 엔으로 옷과 하카마와 하얀 다비 한 세트를 모두 새로 장만하니, 이백팔십 엔어치

57_ 3부작 희곡(1898, 1904). 바오로가 다마스쿠스로 가는 도중 그리스도를 보고 마음을 고쳐먹은 것과 같이, 유부녀와의 정사로 타락한 주인공이 수도원에서 부활의 길을 걷는다.

58_ 『改造』. 사회주의적 평론과 소설을 주로 실었던 종합잡지(1919~1955).

59_ 『中公』. 문예잡지 중앙공론中央公論(1887~현재)의 약자. 20세기 초 민주적 언론의 바람을 일으켰다.

60_ 당시 아쿠타가와 상의 1등 상금.

호화판 잔칫집 손님이로군요. 아침 일찍부터 문 앞에 서서 기다리고 있겠습니다. 다자이 오사무 귀하. 후쿠자와 다로.'[61]

'삼가 아룁니다. 저는 잘 지내고 있습니다. 별 일 없으시죠? 안부 인사드립니다. 이삼일 전부터 다자이 군에게 원고료 이십 엔을 보내라고 여러 번 엽서와 전보를 받고 있는데, 저희 회사의 고료로는 육 엔 오십 전(두 장 반)밖에 드릴 수가 없어요. 저도 지금 돈이 없어서 결국 오늘 친구에게 십 엔을 빌렸습니다. 네 번이나 다시 써주셔서, 한없이 죄송한 마음이 들지만, 우선 십오 엔만 보내겠습니다. 연말을 앞두고 있는데도 아무 생각 없이 돈을 펑펑 쓰게 될 게 불을 보듯 뻔하니, 당신이 잘 보관해주셨다가 적당한 때에 돌려주십시오. 더 보내드리고 싶습니다만, 저도 근근이 살아가고 있는 터라 더 이상은 어려울 듯합니다. 고지마치구 우치사이와이초 <무사시노 신문> 문예부, 나가사와 덴로쿠. 다자이 오사무 귀하, 사모님 귀하.'

○ 월 ○ 일.

'12월 엄동설한 한밤중에, 벌떡 일어나, 쓴다. 하나, 나는, 비열하지 않다. 둘, 나는, 그래도, 혼자서 창조했다. 셋, 누군가 보고 있다. 넷, "당신도 완전 알거지가 됐군." 다섯, 이럴 생각은 아니었다. 여섯, 뱀이 된 기요히메.[62] 일곱, "너를 슬쩍 본 것이 불행의 시작." 여덟, 지금쯤

61_ 실제로 사토 하루오에게서 받은 엽서(1935년 12월 24일)를 조금 손본 것. '노력하여 진지하게' 글을 쓴다면 아쿠타가와 상을 받게 될 것이라는 언질이 담겨 있다.

다자이는 자고 있을까, 깨어 있을까. 아홉, "아까운 재능을!" 열, 근육질. 열하나, 고진감래. (졸졸졸졸, 사념의 행렬, 수천 가지 꽃, 수만 가지 얼굴, 수억 가지 태도. 노트에 한마디 쓰는 동안 그것의 서른 배 마흔 배에 달하는, 수많은 언어를 놓친다. S.'

　○월 ○일.
　'전략. 이제는 슬슬 편히 요양을 하시겠구나, 하고 안심하고 있는데, 들려오는 소문에 의하면 귀형이 요즘 약물주사로 잠깐의 평온함을 찾으려 한다더군요. 정말이지 추잡한 일이라 생각됩니다. 약물중독의 공포에 관해서는 귀형도 이미 알고 계실 것이기에, 지금은 반복해서 이야기하지 않겠습니다. 하지만 그것은 사랑하는 연인을 포기하는 것과 같이 큰 결심이 있어야 하는 것이니, 부디 약물을 끊으시기를 간절히 빌겠습니다. 불경에서 말하는 '용맹정진'이란 이와 같은 결심을 촉구하는 의미라고 생각합니다. 실은 찾아뵙고 말씀드리고 싶지만, 귀형도 한 가정의 가장이고, 아이가 아니니, 편지로 쓴다 해도 알아주실 줄로 믿고 편지를 씁니다. 어디 따뜻한 지역이나 온천에 가서 조용히 사색이나 하시는 게 어떨까요. 아오모리의 형님과 의논해서 잘 조치하시기를, 노파심에서 말씀드립니다. 아니면 이미 온천으로 떠나실 채비를 하고 계시는지도 모르겠네요. 온천으로 옮기시면 연락 부탁드립니다. 기타자와 군과 같이 찾아뵙고 저도 그 부근 어디에 숙소를 잡아 잠시 지내고 싶습니다. 형수님께도 안부 전해주십시오. 그럼. 하야카와 슌지. 쓰시마

- - - - - - - - - - - -
62_ 기슈 지역(지금의 와카야마현 일대) 전설. 사모하던 승려 안친에게 배신당한 기요히메淸姬가 뱀으로 변신해 종 속에 숨어든 그를 불태워 죽인다.

슈지 귀하.'

　'삼십 엔밖에 없습니다. 목숨 걸고, 라는 말을 듣고 걱정하고 있었는데, 어떠신지요. 실은 20일쯤까지 형에게서 뭔가 자세한 소식이 오지 않을까 싶어 기다리고 있었습니다만. (한 줄 띄고) 이렇게 떨어져 있으니 서로의 생활에 대한 인식 부족으로, 여러 가지 곤란한 일이 생기리라고 생각합니다. 목숨을 걸었다고 하시기에 보내드리는 겁니다. 그렇다고는 해도 제 생활이 그리 여유로운 것도 아니고, 샐러리맨이 가불을 받아서, (그것도 그리 많이 가불을 해주는 것도 아니고) 보내는 겁니다. (한 줄 띄고) 잘난 척하는 게 아닙니다. 호화롭게 살고 있는 것도 아닙니다. 교사라고, 보통 사람들이 생각하는 것 같은 생활만 하고 있는 것도 아닙니다. 예전에, 당신과 제가 젊음을 불태우며 하던 일이 있었습니다. (문학 말고) 그걸 말입니다. 그것을 위해서입니다. 게다가 아이가 태어난 후로 프라우^{아내·독일어}가 폐병, 저도 폐병(물론 가벼운)에 걸려, 화차[63]에 가깝습니다. (한 줄 띄고) 그러니 일단 삼십 엔만 받아두십시오. 그리고 가능하다면 꼭 갚아주시고요. 제가 목숨을 걸게 될 테니까. (한 줄 띄고) 문단 가십이나 소설, 그 외에 당신의 생활태도가 어떤지는 대충 알고는 있어요. 하지만, 저는 그게 당신의 전부라고 믿고 싶지는 않습니다. (한 줄 띄고) 기운 내십시오! 목숨을 건다는 둥……죽는다는 둥……세상에 그런 놈이 어디 있나! 성깔 있는 사와 다케야스.'

　'악습은 버려야 한다. 혼고구 센다기 50, 요시다 기요시.'

63_ 火車. 불교에서 말하는 죄인을 싣고 가는 지옥행 수레. 살림이 매우 쪼들린다는 뜻.

○월 ○일.

'말해야 한다고 생각하면서도 말할 수 없다. 여름방학이 되면 편지를 쓰자고 결심했다. 편지를 쓰고 싶다. 쓰지 않으면 안 된다, 고 생각하면서도 왜 쓸 수 없는 것인지를 생각했다. '사람은 남을 비웃어서는 안 된다'라는 말을 해줬지만, 여전히 쓸 수 없었다. 편지가 나를 결정짓는다. 편지를 쓸 결심이 섰다. 내일부터 그림 한 장을 그리겠다. 그리고 결심을 한층 더 굳히겠다. 일주일이면 그림이 대체로 완성될 것이다. 그러고 나면 담쟁이덩굴로 가서 편지를 쓰겠다. 편지를 안 쓰고는 도쿄로 돌아가지 않을 것이다. 무엇을 하건 편지를 쓴 다음이 될 것이다. 『푸른 채찍』 창간호 잘 받았다. 나는 행동으로 옮길 것이다. 해놓은 것 하나 없이, 그저 이렇게 그림을 그리겠다고 마음먹은 것만이라도 너한테 인정받고 싶어서, 행동으로 옮기지 않는 나 자신에게 안달을 내고 있었다. 후나바시에서 돌아온 날, 네가 내게 완전히 실망했을 거라는 생각이 들어서 몹시 슬펐지만, 고맙게도 지금은 너의 그 말이 절대적으로 필요한 힘이 되고 있다. 피카소나 마티스도 관점에 따라서는 웃음거리가 될 만한 일을 했다. 내가 최근에 그린 그림은 행동이 아니라, 변명이었다는 생각이 든다. 나는 기나긴 편지를 쓰고 싶었다. 요만큼의 틈도 없는 편지를. '편지가 좀처럼 써지지 않는다'라고 했던 것을 센야 군이 오해한 모양이다. 편지를 쓰겠다고 약속한 날까지는 노력했다. 그날 이후 너에게 뭔가를 말할 때 노력은 하지 않는다. 밤새 읽을 정도로 긴 편지를 쓰려 했다. 나는 족제비가 아니다. 나는 나 자신이 사과나무처럼 무겁게 느껴지기도 한다. 다른 녀석과는 말도 섞고 싶지 않다. 너에게라면 무슨 말이라도 할 수 있다. 이 편지를 믿어주지 않는다면, 나는 죽을

것이다. 게시로 씀.'

○ 월 ○ 일.

'안녕하십니까? 갑작스레 실례되는 부탁입니다만, 저를 선생님의
제자로 삼아주시지 않겠습니까? 「다스 게마이네」를 읽었는데, 지금도
또 읽고 있습니다. 저는 열아홉입니다. 작년에 교토 부립 교토 제1중학교
를 졸업하고, 내년에 교토대나 와세다, 오사카 약대에 갈 생각입니다.
소설가가 되는 것을 목표로, 필사적으로 공부하고 있습니다. 선생님,
부디 저를 제자로 삼아주십시오. 당신의 제자가 되기 위해서는 어떤
절차가 필요한지요? 위대한 영혼은, 오직 위대한 영혼에 의해서만 드러
난다고, 쓰지 준[64]이 말했습니다. 저는 풍자화를 그리는 재주가 조금
있고, 문학에 대한 감수성도 예민합니다. 집안도 좋고요. 한데, 살짝
괴이한 면이 있습니다. 크리스천이기도 하고, 슈티르너[65]이기도 한 가련
한 남자입니다. 부디 답변을 해주십시오. 다자이즘이, 무서운 기세로
저희 그룹 속에 퍼져나갔습니다. 너무 기뻐 죽을 지경이었습니다. 안녕
히, 답장 기다리겠습니다. 미에현 기타무로군 구키코, 게센 닌이치氣仙仁一.
추신. 저요, 문신을 했습니다. 선생님의 소설에 나오는 것과 똑같은
모양입니다. 등 한가득 푸른 파도가 넘실대고, 고등어처럼 주둥이가

64_ 辻潤(1884~19444). 번역가 및 사상가. 방랑생활을 하며 유럽의 염세적 세기말문학이나 다다이
즘을 일본에 소개했다.
65_ 막스 슈티르너(1806~1856). 창조적 허무주의자. 급진적 헤겔학파. 외부의 권위를 거부하고
철저한 개인주의를 주장하며, 독특한 무정부주의에 도달했다.

뾰족한 생선 네 마리가 커다랗고 빨간 장미 꽃잎에 몸을 부대끼며 놀고 있습니다. 문신을 해준 사람이 시골사람이라, 장미꽃 같은 것은 해본 적이 없는 것 같았습니다. 커다란 장미꽃 봉오리가 변변치 않은 원숭이 얼굴과 꼭 닮아서, 한때는 저도 방안을 어두컴컴하게 해두고 누워 지내며, 무척 실망스럽게 생각했지만, 다행스럽게도, 기를 쓰고 보려고 하지 않는 이상은 등을 볼 수가 없었고, 사계절 내내 반소매 셔츠를 입으리라고 마음먹고 있었기 때문에, 그 일은 조금씩 잊어버리게 되었고, 내년에는 교토 대 입시를 보려고 합니다. 선생님, 저는 어떻게 하면 좋을까요. 가르쳐주세요. 저는 야마다 와카[66]를 좋아합니다. 힘 좀 쓰시는 분이라고 알고 있습니다. 제 아버지 어머니는, 요즘 저를 너무 화나게 해서, 철썩 하고 뺨을 얻어맞습니다. 하지만 아버지 어머니 모두 심약해서, 저한테 복수할 생각도 못하십니다. 아버지는 현역 육군 중사신데, 살도 전혀 찌지 않으셨고, 이상하게 키도 한결같이 5척 1촌[155㎝] 입니다. 말라만 가고 있어요. 얼마나 분하면 그러시겠습니까. 제 머리를 쓰다듬으며 우십니다. 어쩌면 저는 무척 불행한 아이인지도 모르겠습니다. 저는 평화주의자라, 어제도 다다미 열 장짜리 방 한가운데에 혼자 책상다리를 하고 앉아, 주변을 두리번거렸는데, 방구석이 어떻게 생겼는지 확실히 알 수 있었습니다. 인간은 싸움에 약할수록 궁지에 처하는 일도 적은 법이죠. 기센 니이치汽船荷一.'

'요즘 힘드신 듯합니다. 모두들, 지금 당신이 품고 있는 괴로움, 딱 그만큼의 고난을 견디며 살아갑니다. 작품도, 최근 반년 동안은, 글을

. . . .
66_ 山田わか(1879~1957). 여성운동가. 사회사상가.

실어줄 잡지사가 없습니다. 작가라면 누구나, 늦건 빠르건 간에 반드시 한번쯤 거쳐야 할 나락의 구렁텅이. 저널리스트들 사이에서도 암묵적인 철칙이며, 어찌할 방도가 없습니다. 이십 엔 동봉합니다. 일단 미리 보내드리는 선금이니, 마음 내키실 때 여행기 서너 장이라도 기고해주십시오. 이 돈으로 오륙일 소박한 여행이라도 다녀오시기를 권해드립니다. 저 혼자 남게 된다 해도, 당신을 믿습니다. 『오사카살롱』 편집부, 다카하시 야스지로. 하루타는 해고되었습니다. 제가 그리 되도록 조치했습니다.'

'사모님께서 알려주신 바에 따르면, 술과 담배를 모두 끊으신 듯합니다. 그 대신, 매일 바나나를 스무 개씩 드시고, 하루에 서른 개는 거뜬히 넘는 이쑤시개 끝을 종려나무 잎처럼 잘근잘근 씹어서, 아무데나 뱉어내고 계시다고요. 이렇다 할 용건도 없이 이부자리에서 나와 서성거리다가, 머리로 전등갓을 들이받아 세 개나 망가뜨렸다는 얘길 듣고, 필시 사모님도 갈수록 태산이라며 깊은 한숨을 내쉬셨으리라, 그리 생각했지만, 다자이 혼자만 잘못한 게 아닙니다. 다들 달려들어 당신을 비웃음거리로 만들었지요. 저는 그중 두세 명에게 죽여도 시원치 않을 분노를 느꼈습니다. 다자이 씨, 부끄러워 할 것 없어요. 고개를 들고 걸으십시오. 구로.'

'다자이 님, 그간 별고 없으셨는지요. 작가로서의 명성이 하루가 다르게 높아지고 계시더군요. 입에 발린 칭찬은 필요 없다고 하셔도, 그 정도의 꾸짖음에는 놀라지도 않습니다. 최근에는 「장님 이야기」에 큰 감명을 받았고, 매달 「생각하는 갈대」를 읽으면서, 엄격한 수양을 하고 있습니다. 불안감 없이 착착 출세를 하고 있는 젊은이들의 뒷모습을 배웅하고 있노라면, 세상에 살아 있는 모든 것의 가장 고귀한 빛을 보고 있는 듯한 기분이 들어, 어제는 신을 모신 선반을 청소하면서, 요시다 님의 출세와 영달을 빌었습니다. 돌이켜보면 참으로 묘한 인연입니다. 다자이 님은 일 년 동안 원고지 300장, 그걸 그저 책상 위에 깔끔하게 올려놓고, 한쪽에는 만년필, 언제 찾아가 봐도 원고지 한 장 줄어든 기색이 보이지 않고, 하야카와 씨도 아무 말 없이 장기를 두거나, 낮잠을 주무셨습니다. 저에게는 제일 나쁜 손님이었지만, 그래도 그 주변 작가들에게 물건을 가져다주고 돌아가는 길에는, 꼭 들러서 차를 한 잔 대접받으면서, 선생님이 언제 나타나실까 속으로 기다리고 있었습니다. 다른 사람의 험담은 하지 않으시고, 이웃의 소식을 전해도 지루한 듯 제 장사에 관한 것만 무척 열심히 물어보셨습니다. 어제 어느 유명 극작가의 면전에서, 이런 얘길 자랑삼아 했는데, 대성공이었습니다. 혼내셔도 어쩔 수 없지만요. 앞으로는 절대로 사람들 앞에서 선생님 이야기를 하지 않겠으니, 이번만은 용서해주십시오. 가당치도 않은 큰 실수를 했습니다. 그런데 말씀하신 원고지, 이달 초 500장 가져다 드렸는데, 또 500장 주문하신 걸 보고 깜짝 놀랐습니다. 어젯밤에 천 장을 보냈습니다. 아무 말 없이 받아주시길 바랍니다. 첫 번째 소설집은, 아직 출판소식 없습니까? 제가 출판기념회에 <학과 거북>[67]을 부르며, 마음속 기쁨을 만천하에 알리고 싶은 마음 간절하지만, 후카누마 일가족들은 제가 <학과 거북>을 불러대는 모임 같은 데는 안 올 게 분명하니 큰일이네요. 그럴 경우에는 출판기념회도 후카누마 일가족 전원 출석 모임, 그리고 후카누마 일가족이 안 오는 <학과

. . . .

67_ 노能의 작품 가운데 하나로, 왕의 장수를 기원하는 학과 거북의 춤과 노래.

거북> 모임, 이렇게 두 종류로 진행해야 한다는 애기가, 후카누마 집안에서 흘러나오고 있습니다. 또한, 『영웅문학』에 드디어 작품을 싣게 되셨다는 소식을 이달 초에 전해드렸는데, 그게 조금은 도움이 되셨을 거라 생각하고, 앞으로도 빠짐없이 보고해 드리겠습니다. 나이 값도 못하고 제 생각만 하는 졸문을 써대고 있으니, 무슨 말을 하려는 건지 저도 잘 모르시겠지만, 잘 이해하고 읽어주시기 바랍니다. 12월도 이제 하루 이틀 남았군요. 장사꾼은 엉덩이에 불이 붙은 듯 바쁩니다. 심야 3시경. 다도코로 요시노리. 다자이 오사무 님.'

'편지 읽어보았습니다. 지금 매우 궁핍한 상태에 처하셨다는 점, 잘 알았습니다. 이런 답장을 드리는 것이 저도 유쾌하지는 않고, 당신께 어떻게 비춰질까 망설여지기도 하지만, 이번 달은 저도 멍청한 짓을 많이 저질러서, 이러지도 저러지도 못하고 있는 상황입니다. 따라서 아무래도 도움을 드릴 수 없을 것 같으니, 양해해주시기 바랍니다. 이는 분명한 사실이며, 기분 내키는 대로 하는 행동이 절대 아닙니다. 당신에 대한 성의는 변함없다는 것을 믿어주십시오. 설 대목에 들어선 시장의 와자한 웃음소리가 여기까지 들려옵니다. 몸조심하십시오. 다자이 오사무 귀하. 호소노 데쓰지로.'

'벌입니다. 여성 한 분을 죽이면서까지 작가가 되고 싶었나요? 버둥버둥 허우적거리며 작가라는 영예를 얻더니, 꼴좋네. 이번엔 마약에 중독된 벌레 한 마리. 설마 이렇게 되리라곤 상상도 못했겠죠? 지옥의 여성으로부터.'

○월 ○일.

　'안녕하십니까. 다자이 선생님. 아마도 이것은 여성이 당신에게 보내는 최초의 편지가 아닐까 싶네요. 당신이 여자 같다 보니, 남자들은 당신에게 친절하게 대하고, 여자들은 당신을 질투합니다. 며칠 전 친구 집에서, (저는 가구라자카의 한 공연장에서 화로와 담요를 파는 일을 하고 있습니다.) 당신의 편지를 읽고 무척 불쾌했습니다. 그 친구를 육촌이라 해야 하나요, 작은할아버지라 해야 하나요, 무척 까다로운 관계이긴 한데, 아무튼 분명 한 핏줄입니다. 일본대학 야간학교에 다니고 있습니다. 이제 곧 전기 기술자가 된다고 하는데, 제가 이 년 후에 이 친구에게 시집을 가게 되었습니다. 밤에는 대학을 다니고, 아침에는 게이오선에 새로 생긴 작은 역 부역장 직을 맡고 있어서, 도시락을 들고 나갑니다. 일주일에 한 번씩, 친형제에게도 못하는 중요한 이야기를 당신에게 전하고, 또 4주에 한 번씩, 하녀처럼 너저분한 글씨기 두세 줄 정도 적힌 그림엽서를 받는데, 그걸 앨범 같은 데 붙여놓고는, 사람들이 올 때마다 무척 들뜬 표정으로 보여주는 걸 보고, 저는, 눈물을 흘리기도 했습니다. 가끔 잠자리에 들어서도 그 앨범을 보는지, 이불 밑에 숨겨두고 있습니다. 일요일 아침이었습니다. 겐 씨를 깨우러 갔다가 그 앨범을 발견했습니다. 그걸 들켜버린 겐 씨는 얼굴이 새빨개져서는, 기를 쓰고 그걸 낚아챘습니다. 저는 크게 소리를 내어 엉엉 울었습니다. 정말 별 볼 일 없는 그림엽서입니다. 당신은 독자의 수준을 무시해서는 안 됩니다. 애독자 행세를 하면서 편지를 쓰는 일은 출세를 눈앞에 둔 남자의 필사적인 행동이라고 생각합니다. 작가는 인간이 아니므로, 인간의 성실함을 모릅니다. 앨범에 있는 그림엽서는 모두 열일곱 장인데,

모두 약속이라도 한 것처럼, 이번에는 무슨무슨 잡지 몇 월 호에 몇 장을 썼습니다, 이번에는 무슨무슨 제목으로 몇 백 페이지짜리 소설집을 냅니다, 어쩌고저쩌고 하는 것들이더군요. 다른 말은 해도 모른다고 생각하시는 건가요? 겐 씨가 초등학생 때 얼마나 공부를 잘 했는지 알고 계십니까? 저만 하더라도, 학업과 거스름돈 계산만큼은 어디 가서 져본 적이 없습니다. 이제는 엽서 사절입니다. 겐 씨가 가여워요. 보아하니 소설을 발표하기 오륙일 전에 엽서를 쓰시나 보더군요. 인사차 한 50장 정도 돌리시는 건가요? 저희 공연장 주임이, 신작을 읽어보기도 전에 메밀국수나 초밥을 돌리는데, 다 얻어먹은 뒤에 신작 판매접수를 시작하니, 말도 안 되는 일이지요. 퍽이나 훌륭한 장사네요. 제 말이 틀린가요? 겐 씨는 당신을 존경하는 것이 아닙니다. 혼자 그렇게 착각하시면 곤란합니다. 겐 씨가 당신 소설의 어느 부분을, 어떻게 평가하고 계신지, 녹음해서 보내드리고 싶을 정도입니다. 마음씀씀이가 얼마나 고운지 말도 못합니다. 어떤 잡지에 글을 쓰시든, 다른 팬이 얼마나 많든, 겐 씨는 전혀 개의치 않습니다. 겐 씨는 인간성 면에서는 당신보다 한 수 위인 분으로, 당신 스스로도 깨닫지 못한 부분까지도 세심하게 마음을 쓰면서, 그렇게 당신을 감싸고 있습니다. 이 년 후에도 저희 가정이 행복하기를 조금이라도 바라신다면, 당신도 앞으로 겐 씨에게 그런 너저분한 편지는 보내지 마시기 바랍니다. 늘 저희 싸움의 불씨가 되니까요. 당신께 조금이라도 인간다운 마음이 있다면, 앞으로 태도를 달리해 주시리라 믿습니다. 꿈에라도 의심하지 않습니다. 분명히 말씀드리지만, 저는, 당신과 당신 소설, 둘 다 좋아하지 않습니다. 송충이가 달린 푸른 잎사귀 아래를 걸어가는 기분입니다. 한시라도 빨리 작별인사를 하고 싶군요. 안녕히. 다자이 오사무 선생 앞, 히라카와 다키. 모르는 분에게 몰래 편지를 쓰는 것은, 아마도 이번이 마지막이겠지요. 허리띠 사이에 감춘 편지, 꺼냈다가 다시 넣기를 반복하며, 거기 서서 무척이나 고민했습니다.'

'그렇게나 돈이 필요한 거냐? 오늘 아침 또, 신문의 만물안내란에, 틀림없이 너로 보이는 남자가, 분명 나라고 여겨지는 사람에게 보내는 SOS를 발견해서 어이없어 하고 있다. 이상하게도 돈이 필요하다는 내용의 SOS를 보고 나니, 어제까지만 해도 매력이 넘쳐 보였던 남자가 갑자기 별 볼 일 없게 느껴지고, 그와는 눈도 마주치기 싫어지더군. 어째서일까? 너 진짜, 수리수리마수리 이모쿠테네, 같은 정신 나간 주문을 중얼거린 거냐. 주문을 중얼거리는 자네의 표정이 궁금해 죽겠군. 스스로 최상급 최하급, 두 부류 모두에 속하는 사상가임을 자처하는 네가, 돈 백 엔을 위해, 나처럼 주소도 신분도 불분명한 놈에게, 고추를 맡길 때의 표정을 보고 싶으니, 다음번에 에세이를 발표할 때는, 다른 독자는 몰라도 좋으니, 오직 날 위해 말을 많이 해줘. X건, Y건, 무엇보다 중요한 것은, 백 엔, 노는 돈을 가지고 있는 주인으로부터. 전속작가, 다자이 오사무에게. 다자이 오사무 군. 아무도 모를 거라 생각하고, 한심한 짓 하는 건 좀 그만둬. 자중하기를.'

○월 ○일.

'다자이 씨. 저도 하루 이틀 밤만 지나면 스물다섯. 스물다섯부터 소설을 써서, 서른부터 잘 팔리는 작가가 되고, 또 집안 재산도 조금

받고, 그리고 나서 미래를 약속했던 근시가 있는 고향여자와 결혼을 할 생각입니다. 먼저 남자 아이, 그리고 여자 아이, 그리고 남, 남, 남, 여. 이런 순서로 아이를 낳고, 넷째 아들이 다섯 살에 감기가 덧나서 폐렴으로 죽으면, 그 뒤엔 완전히 폭삭 늙어버리는데, 그래도 한 해에 두 편씩 제대로 된 소설을 쓰다가, 쉰셋에 죽는 겁니다. 아버지도 쉰셋에 돌아가셨는데, 모두 아버지를 칭송했습니다. 죽기 딱 좋은 나이지요. 전부터 얘기했던『영웅문학』에 의뢰한 소설, 완성해서 잡지사에 보내셨다니, 벌써부터 그 작품에 대한 기대로, 가슴이 뜁니다. 분명 걸작이겠지요.'

'서두생략. 소설을 완성했다니, 대단히 기쁘네. 손이 찢어질 정도로 갈채를 보내네. 우리 동업자들의 생활을 위협하려는 저의가 있는 것으로 보일 정도야. 축하하네.『영웅문학』사 쪽에 보낸다니, 고료를 조금 더 많이 주는 곳에 보냈더라면 좋았을 걸. 하지만 뭐, 12월 31일, 새해이고 하니, 백 엔 정도 손해 보는 것도 나쁘진 않지. 하루 빨리 현찰을 쥐고 싶은 마음, 이건 우리 역사물 작가나, 당신들 순문학 작가나, 모두 같은 마음인 듯하네. 새해 복 많이 받기를. 가야노 텟페.'

○월 ○일.

'지난번에, (23일) 어머님의 분부로, 새해 떡과 소금에 절인 생선 한 꾸러미, 오이 한 자루를 보내드렸는데, 편지에 따르면, 오이가 아직 도착하지 않았다고 합니다. 귀찮으시겠지만 동네 정류장에 나가 찾아보시고 답장주시기 바랍니다. 이상은 부인께 전해주십시오. 그 밖에, 두세 마디 더 하겠습니다. 저는 열여섯 살 가을부터 현재 마흔네 살에 이르기까지 지난 이십팔 년간, 쓰시마 댁을 오가던 가난한 상인으로, 아무것도 배운 것 없는 놈입니다. 더 이상 쓴 소리를 미룰 수가 없다는 생각이 들어, 부끄럽기 그지없습니다만, 실례를 무릅쓰고 듣기 싫으실 말씀을 올리고자 하니, 부디 용서해주시기 바랍니다. 소문을 듣자 하니, 요즘 다시 돈을 빌리고 다니는 나쁜 버릇이 고개를 들어서, 만난 적도 없는 명사들에게까지 찾아가 돈을 꾸려 하고, 한술 더 떠서 개처럼 매달려 애원하다가 절교까지 당하신다더군요. 그러고도 전혀 부끄러운 기색 없이, 돈을 빌리는 게 뭐가 나쁘냐, 약속대로 갚기만 하면 민폐가 되는 것도 아니고, 그 돈으로 목숨 하나는 살릴 수 있는데 뭐가 나빠, 라며 오히려 큰 소리를 치신다지요. 그러다가 그날도 사모님께 화로를 냅다 집어 던지시는 통에, 유리문이 두 장 깨졌다는 얘기도 들었는데, 이게 과장된 얘기라 해도 남몰래 눈물을 흘리지 않을 수가 없습니다. 귀족원의 원, 2등 훈장 집안이라는 게, 당신네 문학자들에게는 별로 자랑할 것이 못되는 구닥다리라는 걸 알고 있습니다만, 아버님도 돌아가시고, 세상에 홀로 남겨지신 어머님을 생각해서, 저 같은 놈 체면도 세워주셨으면 좋겠습니다. '나 혼자 나쁜 놈이 되어 가족과 의절하고 호적에서도 지워져서, 고향집에서 추방된 지금, 나 하나만 나쁜 놈이라 욕한 덕분에, 온 집안이 평온을 되찾은 모습.' 이런 말은 유감입니다. 이름이 알려지고 집안 분위기가 정돈된 후에는 어쩌시려고, 형님과 누님들께 그리 나쁜 말을 하십니까. 그런 식의 곡해는 정말 쓸데없는 것이라 생각합니다. 지난번에도 야마키타 님께 시집간 기쿠코 누님께서 진심 어린 신세 한탄을 하시면서, 누가 나더러 연극으로 치면 마사오카[68]처럼 큰 역할을 하라고 해도, 마음에 안 드는 사람이라면 그게 남편일지라도 그토록 보살펴주지는 않았을 거라고 말씀하시는 겁니다. 저뿐만 아니라 기쿠코 누님께서도 시댁에서 곤란한 처지에 놓이는 것도 감수하시면서 당신을 돌봐드렸던 것입니다. 그러니까 오늘 이후로는 절대로 절대로 사람들에게 돈을 꾸고 다니지 마시기를 당부드립니다. 어쩔 수 없는 경우에는 저희 쪽에 얘기하시고, 어떻게든 견디시기 바랍니다. 이 일이 형님께 알려지면 제가 큰일이 나니, 이번 한번만큼은 제가 대신 돈을 갚아드리고 빌려드리겠습니다. 부디 이 점 유념해주시기 바랍니다. 거듭 말씀드리지만, 저도 싫어하는 분께는 이것저것 귀찮게 말을 하지 않습니다. 그 점 이해해주시길 바라며, 부디 몸 건강하시기를 빌겠습니다. 아오모리현 가나기, 야마가타 소타. 다자이 오사무 선생님께. 미흡한 글이지만, 올해도 하시는 모든 일이 순조롭기를 기원하며.'

설날

'근하신년.' '헌춘.'[69] '새해 복 많이 받으십시오.' '하정.'[70] '송춘헌수.'[71] '헌춘.' '본론만 말하겠음. 방금 원고 받았음. 뭔가 잘못 아셨나 봄. 당사는 원고청탁을 한 기억이 없어서 일단 다시 반환하니, 받아주시기

<hr>

68_ 가부키극 <메보쿠센다이하기伽羅先代萩>의 주요인물. 에도시대 센다이 영주 다테 일가의 유모였던 마사오카는, 자신의 아이를 희생양으로 삼으면서까지 악인의 무리로부터 어린 주인을 지켜낸다.
69_ 獻春. 새봄의 시작을 기뻐함. 이하 연하장 등에 사용하는 설 축하 문구.
70_ 賀正. 새해를 축하합니다.
71_ 頌春獻壽. 새봄을 맞아 올해도 무병장수하시기를 빕니다.

바람.『영웅문학』편집부, R.' '근하신춘.' '하정.' '송춘.' '근하신년.'
'근하신년.' '근하신년.' '근하신년.' '하춘^{賀春}' '축하합니다.' '새해를 맞은
기쁨을 전합니다.' '하춘.' '근하신년.' '송춘.' '하춘.' '송춘헌수.'

狂言の神
교겐의 신

太宰治

「교겐의 신」

1936년 10월, 동일본지역 미술전문잡지 『동양東陽』에 발표됐으며, 1937년 6월, 작품집 『허구의 방황』(신초사)에 수록됐다.

교겐狂言은 도리에 맞지 않는 언행을 뜻하는 불교용어에서 유래한 전통무대공연의 한 장르로, 어릿광대의 우스꽝스러운 춤이나 농담, 거짓말, 흉내 내기, 실패담 등을 풍자적으로 표현하는 일종의 희극이다. 어린 시절 다자이는 직접 교겐을 하기도 했는데, 「추억」에 그 모습이 그려져 있다.

「교겐의 신」은 다자이가 『만년』을 출판하기 전, 모든 것을 포기하고 가마쿠라산에서 목을 매 자살하려 했던 실화를 소재로 한 작품이다. 다자이와 함께 『쇠물닭』, 『바다표범』 등을 창간했던 동료 소설가 단 가즈오檀一雄는 『소설 다자이 오사무』에 당시 상황을 다음과 같이 기록하고 있다.

❝그가 죽으러 간 장소는 어디인가? 모두들 하나같이 그 점을 궁금해했다. "다자이는 익숙한 장소 외에는 가지 않는 남자다. 아타미나 미시마, 에노시마가 아닐까?"……그러던 어느 날 그가 훌쩍 돌아왔다. 아무 말도 하지 않았다. 목덜미에 반달곰 무늬 같은 새끼줄 흔적이 보였다. "목욕탕이라도 가지 않겠나?"내가 물었다. "응." 다자이는 푸르스름한 낯빛으로 말했다. ❞

너희는 단식할 때 위선자들이 그러하듯 슬픈 표정을 짓지 말라.

—마태복음 6장 16절

지금은 죽고 없는, 존경하는 친구 가사이 하지메에 대해 몇 자 적어둔다.

가사이 하지메. 호적상 이름은 데누마 겐조. 메이지 42년[1909년] 6월 19일, 아오모리현 북쓰가루군 가나기에서 태어났다. 돌아가신 아버지는 귀족원[1] 의원인 데누마 겐에몬. 어머니는 다카. 겐조는 여섯째 아들이었다. 마을 소학교를 졸업하고, 다이쇼 12년[1923년] 아오모리 현립 아오모리 중학교 입학. 쇼와 2년[1927년] 4학년 수료. 같은 해, 히로사키고등학교 문과 입학. 쇼와 5년[1930년] 졸업. 같은 해, 동경제대 불문과 입학. 젊은 병사[段士][2]였다. 부끄러워 죽을 것 같다. 눈을 감으면 온갖 털 달린 괴수들이 보인다. 라나 뭐라나. 웃으면서 엄숙한 말을 한다. 라는 거.

'가사이 하지메'로 시작해서 '엄숙한 말을 한다. 라는 거.'까지의 몇 줄짜리 문장이 전통종이에 붓으로 한 자 한 자 정성스럽게 적혀 있었다.

그것은 그의 서재에 있는 벼루상자 아래에 감춰져 있었다. 짐작컨대, 그가 이력서 초안을 한두 줄 써내려가는 동안, 그의 가장 나쁜 버릇인 부끄러움이라는 뜨거운 연기가, 아사마산[3]이 폭발하듯 하늘을 태울 기세로 용솟음쳤을 것이다. 그러다가 내심 '라나 뭐라나'와 같은 자기도 피를 위한 말 한마디가 슬쩍 얼굴을 디밀지 않으면 안 되는 사태가 벌어져, 결국 그는 평소에 곧잘 하던 대로 용두사미 식으로 이야기를 얼버무리면서 붓을 획 집어던졌을 것이다. 그가 죽은 후 이 몇 줄의 문장을 발견한 나는, 눈을 번쩍 뜨고 두 번, 세 번, 유심히 들여다보았는데, 눈앞이 흐릿해지고, 어찌나 눈물이 흐르던지, 한 자도 제대로 읽을 수 없어서, 종이를 네 번 접어 품속에 집어넣었다. 소금으로 심장을 마구 문질러 까맣게 타들어가는 기분이었다.

안타깝고 원통한 마음이었다. 젊은 병사, 그 뒤에 이어지는 몇 줄의 문장 깊은 곳에 숨겨진 불안, 혹은 극도의 수치심, 자의식 과잉, 어느 계급에 대한 의리의 편린片鱗. 이것은 모두, 목욕탕 페인트 그림처럼, 철저하게, 진부하다. 이보다 훨씬 더 정교하게 잘 표현된, 이 모든 감정을 담은 절규, 혹은 갈라지는 쉰 목소리를, 반도 쓰마사부로[4]의 영화 타이틀 중에서도 얼마든지 찾아낼 수가 있다. 특히, 자기가 귀족혈통이라는 사실을, 뻔뻔하게 한 줄 집어넣은 건, 정말이지, 속 좁은 여자애들에게나 있을 법한 허영이다. 하지만 그날 밤, 그렇게까지 나를 속상하게 만들고 결국 울음까지 터뜨리게 한 건, 이렇게 조악하고 안이한 몇 줄의 글 때문은 아니었다. 낙서처럼 보이는 한 장의 종잇조각 속에서, 그가

<hr>

3_ 나가노현, 군마현 일대에 위치한 해발 2,568m의 활화산.
4_ 阪東妻三郎(1901~1953). 검극배우로 큰 인기를 끌었던 영화배우.

죽기 직전까지 안정된 직장 하나를 얻고 싶어, 땀을 삘삘 흘릴 정도로 조급해했다는 확고한 증거를 발견한 탓이었다. 평론가 두세 명에게 '거짓말의 신' '어릿광대의 달인'이라고, 더러는 제대로 된 존경의 의미로, 더러는 가벼운 장난으로, 그렇게 불렸던 작가, 가사이 하지메 생전의 마지막 필적은, 놀랍게도 취직을 위한 이력서 초안이었다. 내가 잘못본 게 아니다. 그의 한평생 염원은 '사람다운 사람이 되고 싶다', 이한마디였다. 정말이지 바보 같은 남자가 아닌가! 한 점 더러움 없는 청정한 생활을 했고, 친구들에게 덕망도 깊었으며, 학문을 좋아했던 이 청년은, 창작에 있어서 누구보다 뛰어난 재량을 가졌고, 살아가는데 부족함 없는 재산을 가졌음에도, 샐러리맨을 존경하고, 동경하고, 끝내는 두려워했다. 자기가 아는 모든 봉급쟁이들을 향한 그의 아첨과 아부는, 옆에서 보기에도 민망할 정도였다. 아침저녁 전차는 샐러리맨으로 만원이었는데, 그들에게 미안하기도 하고, 부끄럽기도 하고, 무섭기도 해서 눈앞이 깜깜해져 서 있기도 힘들어, 재빨리 다음 역에서 내린뒤, 괴테를 쏙 빼닮은 백짓장처럼 새하얗게 질린 얼굴로, 머뭇거리면서 나에게 그런 이야기를 해주었는데, 그러고 나서 얼마 지나지 않아 죽어버린 것이다. 개성 있는 작가, 가사이 하지메가 목을 매 죽었다는 기사는, 3월 중순경 신문 사회면 한쪽 구석에 실렸다. 갖가지 추측이 난무했지만, 어떤 것도 진실은 아니었다. 아무도 모른다. 미야코 신문사[5] 취직시험에 떨어진 탓에 목숨을 끊었던 것이다.

낙방이, 확실히, 결정됐다. 전날 고향에서 큰형이 부쳐준 그들 부부 한 달 생활비 구십 엔을 아침 일찍 찾아서는, 대낮부터 거나하게 취해서

<hr />

5_ 都新聞. 민주적 성격이 강했던 일간지. 1942년 정부에 의해 강제로 <도쿄 신문>에 통합되었다.

긴자 거리를 돌아다녔다. 삶에 찌들어 지친 동경제대 학생, 옷소매는 너덜너덜, 모기 종아리만큼이나 가늘고 긴 다리에, 쥐색 봄 코트를 덮쳐 입었다. 신기하리만치, 젊은 시절 보들레르의 초상을 빼다 박았다. 찢어진 모자를 뒤로 고쳐 쓰고는, 가부키 극장 단막 자유석[6] 입구로 빨려 들어갔다.

무대에서는 식객 역을 맡은 기쿠고로가, 선명한 녹색 옷에 붉은 각반을 매고, 짝짝 손뼉을 치며 중얼거렸다. "꿩도 울지 않으면 쏠 수 없으니."[7] 울음이 터져 나와, 계속 지켜볼 용기가 나지 않았다. 상연 중에는 조용히 해주시기 바랍니다. 이천 명이 넘는 관객들로 들어차 있는 가부키 극장은, 쥐죽은 듯 고요했다. 슬그머니 계단을 내려가, 밖으로 나갔다. 거리에 가로등이 켜졌다. 아사쿠사로 가고 싶었다. 아사쿠사에 '호리병'이라는 멧돼지 고기를 먹을 수 있는 저렴한 식당이 있었다. 사 년 전쯤, 출세하면 꼭 아내로 삼을 거라고, 시원시원한 눈매를 가진 열대여섯 살 그 가게 막내 심부름꾼 소녀에게 호어장담했던 적이 있었다. 식당 손님들은 대부분 목수나 공사판 일꾼들로, 각모를 쓴 대학생이 식당을 찾는 일은 드물어서인지, 언제든 오시라며, 여종업원 여섯 명 모두 늘 이것저것 챙겨주었다. 사람들에게 무시당하고, 짓뭉개져서, 내동댕이쳐질 때면, 가지고 있는 책을 팔아, 늘 삼 엔 남짓 돈을 만들어서, 아사쿠사 내 사람들의 홍수 속으로 휩쓸려 들어갔다. 그 가게에서 한 병에 십삼 전 하는 술에 푹 절어, 여섯 명의 여종업원들과

· · · · · · · · · · · ·

6_ 가부키 공연 가운데 보고 싶은 한 개의 막만을 볼 수 있는 저렴한 자유석. 가부키 극장 최상층인 4층에 위치하며, 입구도 전체 공연관람석과 다르다.
7_ 꿩이 소리 내지 않으면 사냥꾼도 쏠 수 없다는 데서, 쓸데없는 말을 했다가 스스로 재난을 불러일으킨다는 뜻의 속담.

맘껏 놀았다. 이들 가운데 눈에 띄게 가난해 보이는 소녀에게, 부부의 연을 맺자고 큰소리치고는, 한술 더 떠서, 소녀가 미소 지으며 기뻐할 정도로 지키지도 못 할 거짓 맹세를 서너 가지 연거푸 늘어놓자, 소녀도 점차 대학생에게 기대게 되었다. 그때부터 기적이 일어났다. 소녀는 사랑받고 있다는 확신이 든 그날 밤부터, 부쩍 멋을 부리기 시작했다. 삼 년 전이었다. 봄부터 여름까지, 백 일도 채 안 되는 기간 동안, 머리 모양이 멋들어지게 바뀌더니, 기분 탓인지 콧날도 조금 높아졌다. 이마와 턱, 두 손도, 은근히 하얘졌는데, 화장술이 좋아진 것인지는 몰라도, 대학생을 미치게 하면서도 부끄러워하지 않을 정도로 당당한 관록을 갖추어나갔다. 돈이 좀 있는 밤에는, 그 소녀 하나에게 속아서, 가지고 있는 돈을 깡그리 다 썼다. 소녀에게 속아 넘어가는 것이 기뻐할 일이라고 생각했다. 소녀는 대학생에게 받은 돈을 한 푼도 자신을 위해 쓰지 않고, 함께 일하는 동료 다섯 명에게 나누어주었다. 정강이로 날아드는 모기를 부채로 팔랑팔랑 쫓아대는, 아사쿠사 축제가 다가올 즈음, 그녀는 식당의 간판 아가씨가 되어 있었다. 신의 탓은 아니다. 인간의 힘이 비너스를 만들었다. 소녀는 바빠지면서 자신의 은인인 대학생에게서 점점 더 멀어져갔고, 그러던 어느 날부터 대학생은 그림자도 보이지 않게 되었다. 대학생에게는 고난의 세월이 시작되었기 때문이었다.

가부키 극장에서 도망친 그날 밤, 딱 일 년 만에 '호리병'에서 정종을 마시고, 맥주를 마시고, 정종을 마시고, 또 맥주를 마시면서 오십 전짜리 은화 스무 개를 물 쓰듯 썼다. 삼 년 전에 여기서 분명 약속했습니다. 저는 출세했습니다. 착하지, 오늘 신문 좀 가져와줘. 이것 좀 보세요. 제 사진이 실려 있지요? 이건 말이죠, 제 소설책 광고입니다. 사진,

울상을 짓고 있다고요? 그런가? 미소를 지으려 했는데 말이야. 약속, 잊어버렸어? 어, 잠깐, 잠깐, 이건, 신문을 가져다준 답례입니다. 가볍게 받아둬요. 그렇게 또 이삼 엔을 함부로 쓰고는, 문득 누나 생각에, 코끝이 찡해졌다. 서른쯤 됨직한 거리의 악사를 데려와 술을 권했는데, 그는 어린 손님을 얕잡아 보고는, 위스키가 좋겠다며 사치를 부렸다. 어이쿠, 그렇습니까? 실례, 실례. 어린 손님은 후하게 속아주면서, 위스키를 한 잔 시키고, 뭐 더 먹고 싶은 게 없느냐고 물었다. 거리의 악사는 점점 더 마음을 놓고 턱을 괸 채, 차완무시^{찐 계란요리}가 좋겠다고 말했다. 검은 안경 너머로, 눈꼬리를 실룩거리며 살짝 웃는 게, 몹시 기분이 좋아 보였다. 그나저나 거리의 악사 양반. 당신이라는 사람은 말이야, 태어나면서부터 딴따라일 리가 없어. 어딘지 모르게 자신감 넘치는 기품이 흐르잖소. 유서 깊은 담뱃가게 집안 도련님이거나, 3대째 이어 내려오는 가쓰오부시^{다랑어 가루}집 막내 아드님. 내 말이 틀립니까? 거리의 악사는 옅게 화장한 작은 얼굴을 바싹 갖다 대더니, 주변을 신경 쓰는 듯 쌀집, 쌀집, 하고 소곤소곤 속삭였다.

그때 구보타 만타로[8]가 나타났다. 가게 안에 있는 열 개의 전등 가운데 일곱 개가 꺼지고, 가게 안이 한적해졌을 무렵, 붉은 코를 한 쉰이 넘어 보이는 상인이 진지한 표정으로 들어왔다. 여종업원들은 저런, 오라버님, 하고 일제히 소리를 높이며 일어섰다. 슬쩍 일어나 그에게 다가가서는, 실례합니다, 구보타 선생 아니십니까? 저는 올해 동경제대 문과를 졸업한 사람인데, 조금씩 원고도 팔리고 있습니다만, 아직 거의 무명입니다. 앞으로 잘 부탁드립니다. 많이 가르쳐주십시오.

· · · · · · · · · · ·
8_ 久保田万太郎(1889~1963). 소설가, 시인. 서민들의 정취를 담은 작품들을 남겼다.

직립부동 자세로 그렇게 인사했다. 상인은 아니오, 사람 잘못 보셨수, 하고 손사래를 치며 부정할 기회를 코앞에서 놓치고는, 좋아, 오늘은 한번 그 구보타라는 선생으로 변신해볼까, 하고 불온한 마음을 품은 듯하다.

"하하하. 그래, 앉지."

"넵."

"마시자고."

"넵."

"한 잔 해."

"넵. 이런 곳에서 선생님을 만나, 군인처럼 어깨에 잔뜩 힘을 주고, 권해 주신 의자에 앉아 이야기를 나누게 되다니, 정말 의욉니다. 선생님께서는 매일 밤 이곳에 오십니까? 지난밤, 선생님의 『만인의 온천』이라는 작품을 읽었는데, 너무 흥분해서 그만 실례를 무릅쓰고 편지까지 보냈습니다."

"어, 그건 말이야, 부끄러운 작품이야."

"실례했습니다. 제 기억이 틀렸습니다. 『만인의 온천』은 가사이 젠조[9] 씨의 작품이었습니다."

"아니, 이 사람이 정말."

영문을 알 수 없는 대화를 해나가는 동안, 구보타 씨는 정신이나 장르, 현상 같은 약간 어려운 말들을 꺼내더니, 젊은 작가의 독서력 감퇴에 대해 설교하기 시작했다. 이런, 이 사람 진짜 구보타 만타로일지도 모르겠다, 싶은 생각에 술이 확 깨서는, 그냥저냥 지루해져서 슬그머

9_ 葛西善藏(1887~1928). 자신의 생활고를 자학적인 문체로 써내려 간 아오모리 출신 소설가.

니 일어섰다. 선생님, 그럼, 이만 실례하겠습니다. 지금부터 여행을 떠나려고 합니다. 그렇습니다. 이 돈이 없어질 때까지, 라며 안주머니에서 십 엔짜리 지폐 두세 장을 은근슬쩍 보여주고는 밖으로 나섰다.

아아아. 오늘 밤은 참으로 유쾌했다. 큰 강에라도 빠져버릴까. 선로에라도 뛰어들까. 약이라도 써볼까. 거리의 악사와 상인, 이 두 명의 생활인에게 자신감을 불어넣어주는 선량한 일을 했으니, 지옥에 떨어질 염려는 없다. 조용한 왕생이 가능할 것 같다. 하지만 오기쿠보에 있는 집까지 일 엔 택시를 잡아타고 쉽게 돌아갈 수 있는 곳에서는, 마음이 무뎌져서 좀처럼 죽을 수가 없다. 일단은 도쿄에서 한 걸음이라도, 아니 반 걸음이라도 밖으로 나가지 않으면 안 된다. 어떻게 해서든, 오늘밤 안에 집으로 귀가할 수 없는 곳까지 나가야 한다. 요코하마 혼모쿠까지 이 엔에 어때? 싫으면 관두게. 이 엔이면 충분합죠. 알겠습니다. 시끄럽게 지껄이던 택시기사가 차를 내몰았고, 자동차 구석에서 으, 으윽, 소리 내어 울었다. 지금은 죽고 없는, 존경하는 친구 가사이 히지메건 나빌이건 알 게 뭐냐. 오직, 나, 다자이 오사무, 한 인간의 운명이다. 이제 와서 터무니없는 수법은 쓰지 않겠다. 나는, 내일 죽는다. 그래도 처음 의도했던 것만큼은 털어놓자. 나는, 일본의 어느 늙은 거장의 문체를 그대로 빌려 와서, 나, 다자이 오사무에 대한 이야기를 해보려 했다. 자기상실이라는 병을 앓고 있는 나는, 다른 사람의 입을 빌리지 않고서는, 나에 관해 단 한마디도 할 수가 없었다. 이왕 의지할 바에는 든든한 사람에게 기대자. 예를 들면 오가이, 모리 린타로모리 오가이의 본명, 그의 유년시절 친구인 가사이 하지메라는 요절한 작가에 대해 이야기하고, 더불어 목을 매 죽기 전후의 일을 기록해둔다. 이 늙은 거장의 수기야말로, 「교겐의 신」이라는 한 편의 소설을 완성하는 도구가 되었었는데, 아아,

이제 아무래도 상관없다. 문장이 묘하게 활기를 띠면서, 나는 이대로 순풍에 돛단배가 되어 질주한다. 이거야말로, 진정한 로맨스. 나아가려나. 내일을 알 수 없는 목숨. 자동차가 혼모쿠의 어느 호텔 앞에 섰다. 나폴레옹을 닮은 사람이네, 하고 생각하면서, 여자가 있는 침실로 안내되어 머리맡을 보니, 정말로 나폴레옹 사진이 떡하니 걸려 있었다. 누구라도 그렇게 생각했겠군. 그제야 겨우 즐거워져서, 온몸이 따스해졌다.

그날 밤 나폴레옹은, 내가 모르던 놀이를 알려주었다.

이튿날 아침, 비가 내렸다. 창을 여니, 호텔의 뒤뜰. 푸른 풀이 무성하게 자라 있어서, 목장처럼 보였다. 풀숲 저편, 탁하고 붉은 바다가, 낮은 구름에 눌려서, 하얀 물보라도 일지 않고, 흔들흔들, 육중한 몸을 뒤흔들고 있었다. 창문 아래 초원 위에 찢어진 하얀 다비가 비를 맞고 있었다. 여자의 푸른 줄무늬 옷을 걸쳐 입고 선 나는, 송곳으로 겨드랑이 안쪽을 찔리고 간질임 당하고 또 찔리는 것만 같아서 참을 수가 없었다. 박람회를 보러 가는 기 좋을 낍니데이. 문득, 지난밤 나폴레옹이 한가한 남쪽 지방 사투리로 넌지시 알려줬던, 화려한 만국기가 뇌리를 스쳤다. 바보, 오사카에 간다, 교토에도 간다, 나라에도 간다, 신록 우거진 요시노에도 간다, 고베에 간다, 나이아가라, 라고 말하다 말고, 으하하핫 호탕하게 웃어젖히는 시늉을 했다. 실례. 안녕히, 저런, 비. 네, 우산 좀. 나는 사랑받고 있다고 느꼈다. 이 우산, 오 엔에 사겠습니다. 모두들 와 하고 소리 내어 웃었다. 아아, 여기서 놀고 싶다. 놀고 싶어. 머리가 빙빙 돈다. 눈물이 끓어오른다. 그래도 나는, 참았다. 돈이 없기 때문이다. 오늘 아침 화장실에서 열심히 찾아보니, 십 엔짜리 지폐 두 장에 오 엔짜리 지폐가 한 장, 그리고 잔돈이 이삼 엔. 하룻밤에 육칠십 엔이나 썼다는 얘긴데, 어디서 어떻게 쓴 것인지 도무지 기억이 나지 않았다. 이 정도의 목숨인 게다. 가난한 기분으로 죽고 싶지는 않았다. 이삼십 엔 함부로 바지 주머니에 구겨 넣은 채 죽는 거다. 절약하자. 태어나 처음으로 생각했다. 꽃 그림이 그려진 양산을 쓰고 서둘러 역으로 걸어갔다. 역 대합실에 우산을 버리고, 역 안내소에서 에노시마로 가고 싶은데요? 하고 물었다. 물어보고 난 뒤에야, 고개가 끄덕여졌다. 아아, 그렇구나, 죽을 곳은 에노시마로 정해놓고 있었구나. 조금은 마음이 차분해져, 역무원이 알려준 대로 열차에 올랐다.

흘러가는 산들. 도로, 다리. 하나하나가 언젠가 본 적이 있는 것들이다. 그렇다면 칠 년 전 그때도, 이 열차를 탔던 거구나. 칠 년 전에는 젊은 병사였는데. 아아. 부끄러워 죽을 것 같다. 달도 없는 어느 밤, 나 홀로 도망쳤다. 남겨진 다섯 친구들은, 모두 목숨을 잃었다. 나는 대지주의 아들이다. 지주라고 해서 예외는 없다. 하나같이 자네의 적이다. 배신자가 받아야 할 엄중한 처벌을 기다리고 있었다. 총에 맞아 죽을 날을 기다렸다. 그래도 나는 성질 급한 인간. 살해당할 날을 기다리지 못하고 자진해서 목숨을 끊으려 했다. 몰락하는 계급에 어울리는 파렴치하고 퇴폐적인 방법을 택했다. 한 명이라도 더 많은 사람들에게 심판당하고, 손가락질 받고, 욕을 먹고 싶은 심정에서였다. 남편 있는 여자와 바다로 뛰어들었다. 나, 스물둘. 여자, 열아홉. 12월, 한밤중, 혹한 속에서, 여자는 코트를 입은 채, 나도 망토를 벗지 않고, 물속으로. 뛰어들었다. 여자는, 죽었다. 고백하겠다. 나는 세상에서 이 사람만을, 이 작고 아담한 여성만을 존경한다. 나는, 감옥에 들어갔다. 자살방조죄라는 이상한 죄명이었다. 그때 뛰어든 장소가, 에노시마다. (함께 죽기로 한 원인은 이것뿐이 아니며, 그 밖에도 여러 가지 사정이 있었다는 것을 알리기 위해, 여기에 그날 밤의 추억을 세 장으로 정리해 적어두었는데, 혼란스러운 마음을 주체할 수 없어서 지금은 싹 다 지웠다. 여러분, 쓸데없는 것을 캐묻지 마시고, 그 이야기는 다음 기회에.) 나는 문득 추억에서 깨어나, 에노시마에 내렸다.

바람이 강한 날이었는데, 백 명 정도 되는 병사들이 에노시마로 가는 다리 한쪽에 모여 앉아 도시락을 먹고 있었다. 이렇게 많은 사람들 앞에서 바다에 몸을 던진다면, 공연히 수영에 자신 있는 두어 병사의 이름만 날리게 되겠지. 요동치는 잿빛 바다를 흘끗 쳐다보고는, 여기서는 죽지 않기로 했다. 다리 부근에 갈대밭으로 둘러쳐진 '망부각'이라는 식당에 들어가, 맥주 한 병을 시켰다. 혀로 쩝쩝 핥듯이, 술을 마시는 둥 마는 둥 하면서, 거친 바람 속, 노란 흙먼지가 피어오르는 에노시마를, 원망스럽게 바라보았다. 등을 구부리고, 턱을 괸 채, 30분 정도, 가만히 있었다. 이대로 앉은 채 죽고 싶다고, 절실히 생각했다. 신문에 난 활자 하나하나가, 그토록 추악하고 더럽다고 느꼈던 적은 없었다. 쥐색의 봄 코트. 키 크고 마른 동경제대 학생. 등을 구부리고, 멍하니 턱을 괴는 버릇이 있다. 자살하려고 가출을 했다. 그런 기사가 지금 눈앞에 나타나더라도, 눈썹 하나 까딱하지 않을 것이다. 안타깝게도 나는, 놀랄 힘마저 잃어버렸다. 나에 관한 기사는 없었지만, 도고 씨의 손녀딸이, 혼자 일하며 생활하고 싶다고 말하고는 행방불명 된 사실이, 저속하게 왜곡되어 보도되었다. 병사들이 '망부각'으로 줄줄이 들어왔는데, 너무도 힘이 넘치게 들어오는 바람에 내 테이블을 쓰러뜨렸다. 컵이나 병이 깨지진 않았지만, 분명 아직 반 이상 남아 있던 맥주가 하얀 거품을 내며 쏟아져버렸다. 여종업원 두세 명이 그 소리에 발꿈치를 들고 쳐다보더니, 당연하다는 듯 아무 말도 하지 않았다. 토키[10]의 음이 뚝 끊어지고,

사일런트로 바뀌는 순간처럼 사위가 고요해지면서, 벨벳 위를 걷는 고양이가 된 기분이 들었다. 광기의 전조인가 싶어, 욱 하고 성질이 났는데, 그래도 일부러 천천히 일어서서, 계산을 하고 밖으로 나왔다. 돌연 불어 닥치는 맹렬한 바람. 봄 코트의 옷자락이 휘익 뒤집어지더니, 한 주먹의 잔자갈이 뺨으로 날아와 탁탁 튀었다. 질끈 눈을 감고, 오늘밤 죽자고 중얼거렸다. 모두모두 저 먼 곳으로 사라져버리고, 홀로 세상에 남겨진 기분이 들어, 한참을 도로 한가운데 서 있었다. 눈을 떴을 때는 완전히 의지를 잃어버린 뒤였다. 유령처럼 흐느적흐느적 바닷가 절벽으로 걸어 나왔다. 새까만 구름이 가득한 하늘은, 낮고 어두웠다. 아무리 둘러봐도 인기척이 느껴지지 않았다. 모래사장에 버려진 오래된 어선 한 척이, 뒤집어져 시커먼 밑바닥을 드러내고 있는 것 외에는, 개 새끼 한 마리 얼씬하지 않았다. 바지 주머니에 두 손을 찔러 넣고, 같은 지점을 어슬렁어슬렁 맴돌면서, 눈앞의 바다를 형용할 말을 찾느라 구슬땀을 흘렸다. 아아, 작가라는 직업을 그만두고 싶다. 발버둥 치다가 찾아낸 언어는, '에노시마의 바다는 살풍경했다.' 나는 바다에서 등을 돌렸다. 이곳 바다는 얕아서, 뛰어든다고 해도 무릎을 적실 정도겠지. 실수하고 싶지 않다. 설사 실수를 한다 해도, 나중에 아무것도 몰랐다는 것처럼 꾸며댈 수 있게 현명한 방법을 선택해야 한다. 자살미수로 검문을 당하거나, 새끼줄에 묶이는 수치를 겪고 싶지는 않았다. 얼마나 더 걸었을까. 백 가지가 넘는 다양한 빛깔의 계획이 불꽃놀이처럼 터졌다가는 사라지고, 터졌다가는 사라졌다. 이렇다 할 목적도 없이, 휘청휘청 가마쿠라 행 전차에 몸을 실었다. 오늘 밤, 죽는 거다. 그때까지 몇

. . . .
10_ 발성영화talkie. 무성영화silent에 따로 소리를 입혀 만든 영화.

시간만이라도, 행복하게 보내고 싶었다. 덜컹, 덜컹, 느릿느릿한 전차에 몸을 실었다. 암울도 아니고, 황량도 아니고, 고독의 극치도 아니고, 지혜의 열매도 아니고, 광란도 아니고, 우둔도 아니고, 오열도 아니고, 번민도 아니고, 엄숙도 아니고, 공포도 아니고, 형벌도 아니고, 분노도 아니고, 체념도 아니고, 처량함도 아니고, 평화도 아니고, 후회도 아니고, 침묵도 아니고, 타산도 아니고, 사랑도 아니고, 구원도 아니었다. 화려한 단어 하나로 표현할 수 있는 감정의 간판이, 내게는 없었다. 나는, 절실하지 않았다. 전차 구석에서 추위에 떨며 천민처럼 눈알을 두리번두리번 굴리고 있을 뿐이다. 도중에 '세이쇼엔'이라는 요양원 앞을 지났다. 칠 년 전 12월, 달 밝던 그 밤, 여자는 죽고, 나는 이 병원에 수용되었다. 건강을 회복하기 위해 한 달 정도 여기서 쉬었다. 그 한 달간의 생활은 희미하게나마 나에게 살아있다는 즐거움을 느끼게 해주었다. 그 후로 칠 년의 세월이 내게는 오십 년, 아니 열 번의 생처럼 느껴졌을 정도로, 수많은 역경이 몰려왔다. 그때마다 내가 참았던 것도 전혀 무의미했는지, 나는 남들이 다 하는 정상적인 생활을 할 수 없었다. 또다시 죽기로 결심하고, 이번에는 홀로 찾아왔다. 요양원도 칠 년의 세월 속에서 순백색의 별궁 같던 철문은 쥐색으로 바래었고, 칠 년 내내 기억 속에서 선명하게 아른거렸던 타들어가는 푸른 빛깔의 기왓장도 군데군데 허옇게 벗겨져, 여기저기 검은 일본 기와로 수선돼 있는 것이, 지저분하고 데면데면한 낯선 얼굴이었다. 사람들이 보기에는 칠 년이 지난 지금의 내 미소, 내 얼굴도 이 건축물보다 훨씬 더 더럽게 보이겠지. 어라? 이상한 일도 다 있다. 바위가 없어졌다. 있잖아, 이 바위, 엄마 같은 느낌이 들지 않아? 따뜻하고, 부드럽고. 이 바위, 좋은데? 여자가 그렇게 말하며 어루만졌고, 나도 공감했던 그 널따란 바위가 없어졌다. 뛰어내리기 직전까지 위에 올라가 함께 놀던 바위가 없어졌다. 그럴 리 없다. 둘 중 하나가 꿈이다. 덜컹, 전차가 한 번 크게 흔들리더니 처음 보는 마을이 있는 숲으로 들어섰다. 웃기는 것이, 나는 이날, 건강하기까지 했다. 희미하게 공복이 밀려왔다. 어디라도 좋으니, 번화한 곳에 내려주시오. 차장에게 부탁했더니 잠시 후, 여기서 내리라고 알려주기에, 허둥지둥 내린 곳이 나가타니였다. 빗방울이 볼을 적셔 깨끗해진 것 같아서 기분이 좋았다. 성숙한 여학생 둘이, 우산이 없어서 역에서 나가지도 못하고 발이 묶여 있었지만, 그래도 쿡쿡 웃으며 한 평 정도 되는 대합실 구석에서 서로 꽉 껴안고 있었다. 만약 그때 나에게 우산이 하나 있었더라면, 나는 죽는 걸 포기했을지도 모른다. 물에 빠진 자의 지푸라기 하나. 깊이, 요란하게, 비틀거렸다. 맹세한다. 너를 위해 뼈가 부서지도록 일하겠다. 살아갈 테니, 혼내지 마세요. 하지만 거기까지였다. 말이 없는 곳에, 근심도 없다던가.[11] 두 소녀 가운데 완만하고 부드러운 눈썹을 찡그리며 웃는 아담한 체격의 소녀에게, 오만가지 생각을 품고 눈길을 주었지만, 아무런 반응 없이 사그라져갔다. 스윽, 가능한 한 가볍게 몸을 돌려 빗속으로 뛰어들었다. 제비처럼 사뿐하게 뛰지는 못했다. 까딱하면 미끄러져 넘어질 뻔했다. 뒤돌아보고 싶어. 참아! 재빨리 맞은편 음식점으로 휘리릭 들어갔다. 어스름한 식당 벽에는, 커다랗고 시원스러운 이발소용 거울이 걸려 있었고, 검은자가 큰 눈에 사람 좋게 빙글빙글 웃고 있는 내가 보였다. 의외로 포동포동한 얼굴이었다. 한시라도 빨리 취하고 싶어서 쇠고기찌개를 푹푹 퍼먹으며, 맥주와 정종을 번갈아 마셨다. 이보게, 농담으로 웃어넘길 수 없는 일도 있다네. 아무리

. . . .

11_ 不語似無憂. 승려 하쿠인 선사(1686~1768)가 대자연의 아름다움을 보고 읊은 시의 한 구절.

마셔도 취하질 않았다. 나를 믿어줘. 거울 속 내 얼굴에, 이 세상의 것이라고는 믿기지 않는 깊고 부드러우면서도 우울한 빛이 떠돌았다. 거기다 고아하기까지 한 얼굴이어서, 운전수나 마부들이 자주 찾는 이 악취가 풀풀 나는 식당에서, 홀로 쇠고기찌개 속 파를 휘젓고 있는 남자의 얼굴은, 웃어선 안 된다, 예수 그 자체였다고 한다.

점심나절이 되어, 나는 작가 후카다 규야[12] 씨 댁을 찾았다. 훌륭하다고 생각했던 그의 소설 한 편에 대해 함께 이런저런 이야기를 나누고 싶었다. 소슈 가마쿠라 니카이도. 주소도 잊지 않고 있었다. 세 번이나 장문의 편지를 보냈고, 그때마다 명랑한 답장을 받았다. 내가 그 작가를 좋아하게 된 것과 거의 비슷한 시기부터, 그 작가도 나를 좋아하게 되었다고, 언제부터인가 혼자 단정 짓고 있었다. 시간이 얼마 남지 않았다. 행복하게 보내야 한다. 나는 1초도 망설이지 않고, 마음을 정했다. 후카다 씨를 방문하는 것 이상으로 행복한 일은 지금으로선 생각할 수도 없었다. 비가 그치고, 구름이 쏜살같이 질주했다. 여기저기 조각구름 사이로, 옅은 물빛 하늘이 얼굴을 내밀었다. 바람은 아직도 꽤나 강하게, 무법자처럼, 거리에 불어대고 있었지만, 나도 지지 않고 바람을 거슬러 큰 걸음으로 나아갔다. 부끄러울 정도로 소년이 되어버렸다. 천 리 가는 말에게는 천 리 갈 식량. 장난삼아 중얼거리며 담배가게에 들러, 고가의 외국담배 카멜을 두 갑 사서는, 불량소년 흉내를 내며 남몰래 태운 뒤 황급히 비벼 껐다. 허리 굽은 키 작은 순사가, 뒷짐을 지고 도로 한가운데를 어슬렁어슬렁 바람에 떠밀려 걷고 있었다. 그에게 니카이도로 가는 길을 물었다. 나의 혜안. 이 늙은 순사는, 결코

12_ 深田久弥(1903~1971). 다자이와 같은 도호쿠 지방 출신의 소설가 겸 등산가.

잊을 수 없는 사람들 가운데 하나다. 내 손을 잡아끌며, 빠른 말투로 몇 번이나 반복해서 알려주었다. 아하. 니카이도는 바로 코앞이었다. 연로한 생활인에게, 진심으로 경건한 감사의 마음을 담아 인사를 하고, 그가 알려준 대로 코너를 세 번 돈 뒤 네 번째 꺾은 곳에서, 수월하게 후카다 규야 씨의 얌전한 문패를 발견했다. 생각했던 것보다 열 배는 더 제대로 된 집이었다. 아이고, 세상에, 하고 혼자 중얼거렸다. 내심 기뻐서, 웃음을 멈추려 해도 멈출 수가 없었다. 돌계단을 올라 문을 두드리고는, 밖으로 나온 하녀에게 큰 소리로 내 이름을 말했다. 때마침 주인은 집에 있었다. 오른쪽 손등으로 이마의 땀을 스윽 닦았다. 하녀를 따라 응접실로 들어섰다. 수재 학생처럼 겸손하게 정좌를 하고는, 잔디 가 가득 자란 정원을 바라보며, 붓 한 자루 가지고도 이 정도의 생활이 가능하구나 싶어 마음이 든든했다. 오늘밤 죽을 사람에게는 어울리지 않는 안도의 한숨이 터져 나와 가벼운 현기증을 느끼고 있을 때, 텁수룩하 게 헝클어진 머리에 잘 생긴 집 주인이, 사진에서 본 것과 똑같은 얼굴로 나타났다. 처음 인사를 나누는 것이었지만, 처음 만나는 사람 같지가 않았다. 재작년 봄, 문득 나에게서 멀어졌던 친구 구보 녀석도, 삼 년 전 이맘때쯤 후카다 규야를 만나고 왔다고 말한 적이 있었다. 일본인 작가로는 유례가 없을 정도로 문학자답지 않은 홈 라이프를 즐기는 사람이며, 너무 온순해서 후카다 규야, 이 얼빠진 놈아! 라는 비웃음 섞인 조롱을 하고 있는 듯한 착각마저 들어 곤란했을 정도로, 무척 선량한 성품을 지녔다고 이야기해준 적이 있었다. 지금 나도, 이렇게 그와 마주 앉아, 문득 구보 군의 처지와, '후카다 규야, 이 얼빠진 놈아!'를 떠올리며, 버릇없는 개가 거대한 배 위에 올라 타 있는 기분으로 긴장을 놓고 있었다. 이제 와서, 논쟁을 벌일 이유도 없었고, 모든 게 다 귀찮아져서는, 둘이 오랫동안 정원만 바라보고 있었다. 나는 팔다리를 아무렇게나 쭉 펴면서, 지금 나의 이 풍요로운 마음을, 대체 누구에게 전해줄 수 있을까? 하고 생각했다. 야스다 요주로[13]는 눈물을 머금으며, 몇 번이나 고개를 끄덕여 주리라. 야스다의 그런 뒷모습이 떠오르자, 이번엔 내가 울고 싶어져서는,

"소설이 점점 더 어려워져서 고민입니다."

"그렇군. ……그래도."

그는 머뭇거렸다. 그러곤 아무 말도 하지 않았다. 납득이 되지 않는 듯했다. 빌헬름 마이스터[14]는 어렵게 생각해서 쓴 소설이 아니었다, 라고 스스로를 다정히 타일렀고, 그래, 그랬지 하고 납득하고 보니, 마음이 차분해지면서 따뜻한 기분이 들었다. 문득 장기를 두고 싶었다. 어떠십니까? 후카다 규야도 빙그레 웃으며 흔쾌히 응해주었다. 일본에서 가장 기품 있고 여유로운 대결을 해보자고 생각했다. 처음에는 내가 이겼고, 다음에는 내가 성급하게 달려드는 바람에 졌다. 내가 조금 더 잘 두는 것 같았다. 후카다 규야는 일본 최초로 '정신적 여성상'을 창조해낸 일류 작가다. 이 사람과 이부세 마스지 씨를 더욱 소중히 여겨야 할 것이다.

"우선 일 대 일이라고 해두고,"

나는 장기말을 상자에 집어넣으며 말했다.

"나중에 기회가 되면 다시 겨뤄 주십시오."

이것이 후카다 씨가 가질 다자이에 관한 딱 한 가지 안타까운 추억이 될 터다. "일 대 일. 조만간 다시 승부를 보자고 하기에 나도 그날을

13_ 保田與重郎(1910~1981). 잡지 『일본낭만파』의 일원으로, 죽음의 미학에 대해 연구했다.

14_ 원제는 『빌헬름 마이스터의 수업시대』(1796). 괴테(1749~1832)의 고전적 교양소설.

고대하고 있었는데."

여기로 오는 길에 나는, 후카다 씨와 함께 산책을 나가서, 고주망태가 되도록 술을 마시겠다는 고약한 다짐과, 그 밖에 두세 가지 메피스토의 속삭임을 준비해왔다. 그런데 이런 고요한 생활을 접하고 나니, 나의 거친 숨소리까지도 들켜버려서, 손바닥 위에 벚꽃 꽃잎 한 장을 올려놓은 것처럼 간지러웠다. 쭉 펴고 있다고 생각했던 팔 다리마저 오그라드는 듯했고, 차츰 숨쉬기가 힘들어지더니 풀썩 소리가 날 만큼 풀이 죽었다. 아무 말도 못 하고, 길들여진 암표범처럼, 그대로 슬그머니 나와버렸다. 마당에 활짝 핀 복사꽃이 나를 배웅했다. 나도 모르게 뒤돌아보았는데, 꽃을 본 것은 아니었다. 만개한 복사꽃 가지에, 외롭게 축 늘어져 있는 새끼줄을 보았다. 저걸 주머니에 넣어 갈까. 문밖 돌계단에 서서 아득히 먼 지평선을 바라보고 있노라니, 저 멀리 보이는 자줏빛 하늘이 마음 속 깊이 저며 들었다. 쓸쓸하고 애달픈 마음이었다. 되돌아가서 후카다 규야에게 죄다 털어놓고 둘이서 펑펑 울어버릴까? 멍청한 놈. 너저분하다. 아슬아슬하게 참았다. 신발 끈 두 줄을 빼서 하나로 잇자. 너무 짧다면 바짓단에 두 자짜리 끈도 있다. 그렇게 마음을 먹고, 무슨 도적이라도 된 듯 저벅저벅 걸어 나갔다. 바람을 뚫고, 해 질 녘 거리를 걸었다. 니치렌 법사가 거리에 서서 오가는 사람들에게 설법을 했던 터라고 전해지는 둔덕이, 문득 시야에 들어왔다. 시대가 내게는 득이 되지 못하니. 생각지도 못 했던 거친 말이 튀어나와, 어라? 하고 슬쩍 놀랐다. 시대와 맞지 않다고 해서 죽을쏘냐. 설마, 그럴 리가? 잠시 그 자리에 서서, 스스로에게 물었다. 아니, 라는 결론을 내리고, 다시 어슬렁어슬렁 걷기 시작했다. 죽는 게 낫다는 확신이 섰다면, 망설이지 말고 죽어라! 아무런 잘못이 없는데도, 스스로 목숨을 끊는 것 외에 의사표시를 할 방법을 모르는, 명석하기에, 자애롭기에, 맑은 물처럼 연약한, 이 젊은 무리들이 불쌍하다는 생각이 든다. 죽는 편이 낫다고 권하는 것은, 결코 악마의 속삭임이 아니라는 것을, 입증할 수 있는 굳건한 철학까지 준비해두었다. 그날 밤 나에게 있어, 목을 맨다는 것은, 건강을 위한 처방과도 같았다. 꼼꼼히 손익을 따져본 결과였다. 나는, 맹렬히 살아남기 위해, 죽는다. 이제 와서 묻고 답하는 것은 의미가 없겠지. 죽음을 향해, 일직선으로, 깔끔하고 완벽한 거푸집이 만들어져 있다. 녹아내린 납처럼, 거푸집 속으로 부드럽게 흘러 들어가면, 그걸로 되는 것이다. 왜 목을 매는 방법을 선택한 것일까? 스타브로긴[15]을 흉내 내는 건 아니다. 아니지, 어쩌면 그런 걸지도 모르겠다. 자살균에 의한 감염은 흑사병보다 세 배는 위험하고, 자살균이 퍼지는 속도는 왕궁의 스캔들보다 열 배는 더 빠르다. 새끼줄에 비누칠을 할 정도로, 세심하게 안락한 왕생을 준비하는 것에 대해서는, 나도 지극히 찬성이다. 의과대학에 다니는 조카의 말에 의하면, 목을 매는 것은 최근 5년간 일본에서 87퍼센트의 성공률을 기록하고 있으며, 고통도 거의 없다지 않는가. 한 번 약을 썼다가 실패했다. 또 한 번은 물속에 뛰어들었다가 실패했다. 일본의 스타브로긴 군에게는, 목을 매는 수단을 선택하는 데 있어서, 방을 빙빙 돌며 이 생각 저 생각 할 필요가 없었다. 여관방을 잡고, 몸을 씻은 뒤, 거기 비치된 새 유카타를 입고 깨끗하게 죽자고 생각했다. 하지만 내 몸이 이 건물에 돌이킬 수 없는 커다란 상처를 낸다면, 단란한 일가족, 아마도 대여섯 명이 비참한 상황으로 내몰릴 것이라는 데 생각이 미쳐서, 가마쿠라 역 앞 꽃집까지 와서 휙 돌아섰다. 이제까지 걸어온

· · · · · · · · · · · ·

15_ 도스토옙스키의 『악령』(1872)의 중심인물. 사상의 완성을 위해 죽기로 결심하고, 냉철한 사상가의 자살방법은 고통이 적고 덜 추하게 목을 매는 것이라며 그렇게 자살을 감행한다.

좁고 어스름한 길을 느릿느릿 다시 걸어갔다. 현재 시각 8시 5분 전.
타이완에는 지금 소나기가 내리네요. 일본 요이토코 실황방송은 여기까
지입니다. 역 근처 바에서 흘러나오는 라디오 소리가 나를 쫓아오듯
들려왔다. 늦게까지 미적거리고 있다가는 수상한 사람으로 몰릴 정도로
인적이 드문 길이었다. 좋은 일은 빨리 행해라. 이런 유머러스한 말이
떠오르더니, 난데없이 식구들 두어 명이 떠올라, 가던 길을 재촉하며
수풀 속으로 헤쳐 들어갔다. 경사가 완만한 나지막한 언덕이 있었다.
바람은 여전히 그칠 줄 모르고 불어대며, 쏴아 하고 숲속 가지들을
뒤흔들었다. 적잖이 추웠다. 밤이 깊어지면서, 내가 수상한 사람으로
보일 가능성도 슬슬 높아지고 있었다. 사람이 너무 무서워서 더 깊숙한
숲속으로 들어갔다. 어디서 멈출 줄을 모르고 끝없이 들어갔다. 그러는
사이, 눈앞에 한 장^{3m} 정도 되는 붉은 흙으로 된 절벽이 나타났다.
올려다보니, 절벽 위에 신사라도 있는 것인지, 내 키만 한 도리이[16]가
서 있었다. 울창하게 우거진 상록수의 그윽함이 나를 불렀다. 익새풀과
찔레나무를 헤치며, 절벽 위로 갈 수 있는 길을 찾았지만, 좀처럼 보이지
않았다. 결국 절벽의 붉은 흙 속에 손톱을 찔러 넣으며, 기어오르기
시작했다. 반달무늬 없는 곰, 반달무늬 없는 곰, 하고 두 번 되뇌었다.
겨우 절벽 위로 올라섰다. 발아래를 내려다보니, 드문드문 펼쳐진 가마
쿠라 마을의 등불이, 손에 잡힐 듯 가까이 보였다. 곰은, 어슬렁어슬렁
마땅한 장소를 찾았다. 약으로 머리가 마비된 것도 아니었고, 술김에
이러는 것도 아니었다. 바지 주머니 속에는 돈도 이십 엔쯤 들어있었다.
한 치의 흐트러짐도 없이 모든 것을 준비한 뒤 죽으려는 것이었다.

. . . .
16_ 鳥居. 신사의 입구에 세워진 일종의 문. 좌우 두 개의 기둥 위로 가로대가 얹혀 있다.

보라! 나의 지성은 죽기 1초 전까지도 흐려지지 않는다. 그러나 슬그머니 내 모양새에 신경이 쓰였다. 맑고 깨끗한, 번민이 묻어나는 분위기를 원했다. 내 팔뚝 굵기의 가지에 매달렸다. 순간, 등꽃, 역시 아니다 싶어 희망을 버렸다. 번민은 고사하고, 바보 같다. 게다가 소문과는 달리 너무 아파서, 나도 모르게 아악, 하고 메아리가 울려 퍼질 정도로 소리를 질러댔다. 편하지는 않군. 그렇게 중얼거리는 내 목소리가 어찌 나 좋은지, 울컥, 하고 참을 수 없는 눈물이 흘렀다. 죽기 직전 마음속에는, 온갖 꽃들의 형상이 주마등처럼 스치며 화려한 이미지가 떠오른다고 하던데, 내 마음은 그렇지가 않았다. 나는 사람 손에 붙들린 도마뱀처럼 덧없이 팔다리를 허우적거렸다. 얼간이 같은 모양새에 말문이 막혔다. 내 안에 있던 싸구려 작가 얼굴이 고개를 드밀었다. "인간의 가장 비통한 모습은 눈물도 아니고 백발도 아니며 미간의 주름도 아니다. 가장 큰 고통에 빠져 있을 때, 인간은, 조용히 미소 지을 뿐이다." 벌레와도 같은 숨. 30분에 한 번씩 쉬는 둥 마는 둥 숨을 쉬고 있는 느낌이었다. 모기 소리. 고통이 심해지면서, 머리는 오히려 맑아져서, 의식을 잃을 전조는 보이지 않았다. 목의 연골이 부러져 나가기를, 이 상태로 가만히 기다려야 한다. 아아, 이 얼마나 멋없는 방법인가. 도스토옙스키는 목을 맬 때의 고통을 알지 못했다. 나는 눈을 똑바로 뜨고, 정신이 아득해지기를 하염없이 기다렸다. 심지어 나는, 그 순간의 내 표정마저 알고 있었다. 내 눈 속에 또렷이, 내가 보였다. 얼굴 가득 어두운 보랏빛, 입가에는 새하얀 거품을 물고 있다. 중학교 시절 유도시합에서 보았던, 이 모습을 꼭 닮은 부풀어 오른 복어 같은 얼굴이 떠올랐다. 저렇게 입에 거품 물 정도로 애쓸 필욘 없잖아. 그때는 그렇게 깔봤던 유도 선수의 얼굴이 떠오르자, 극도의 모욕감이 치밀었다. 화가 나서 몸이 덜덜 떨렸다.

그만둬! 나는 팔을 뻗어 아득바득 나뭇가지부터 붙잡았다. 나도 모르게 뱃속 깊은 곳에서부터 맹수의 포효가 터져 나왔다. 외국담배 한 대가 한 사람의 생명과 같은 가격으로 사고 팔렸다는 이야기가 있다. 내 경우가 그랬다. 새끼줄을 풀고, 그 자리에 엎어진 채 죽은 사람처럼 축 늘어져서 한 시간쯤 있었다. 손톱만큼도 움직이지 않았다. 그때 주머니 속에 있는 고급 담배가 생각나, 너무 기뻐 벌떡 일어섰다. 떨리는 손으로 담배 갑을 꺼내어 한 대 물었다. 등 뒤로 사사삭, 하는 사람의 기운이 느껴졌다. 나는 두려워하지 않고 담담하게 담배를 태우다가, 천천히 뒤를 돌아보았다. 자그마한 도리이가 달빛을 받아 하얗게 빛나고 있을 뿐, 작은 새 한 마리 보이지 않았다. 아아, 알겠다. 방금 난 소리는 저승사자가 도망가는 발소리다. 저승사자에게는 미안한 일이지만, 그건 그렇고 담배란 참 맛있는 놈인걸. 대가大家가 되지 못해도 좋고, 걸작을 쓰지 못해도 좋다. 좋아하는 담배를 자기 전에 한 대, 일을 마친 후에 한 대. 숨길 게 뭐 있어. 그런 부끄럽지만 달고 단 소시민의 생활이, 내게도 가능하다는 생각이 든다. 세속적인 것의 순수. 뿌리부터 녹슨 요운론자[17]에게는 꽤나 안 어울리는 주제라 생각하며, 눈으로는 후카다 규야 씨 댁 불빛이 이것인가, 저것인가 하면 느긋하게 찾아보고 있었다.

아아, 생각지도 못했던 이 행복한 결말. 나는 재빨리 붓을 내려놓는다. 독자들도 상쾌하게 미소 지으며, 그러나 여전히 경계의 끈을 늦추지 않고 조용히 중얼거리겠지.

"뭐어야."

. . . .

17_ 妖雲論者. 요운妖雲은 불길한 전조를 나타내는 구름. 좋지 않은 일이 일어날 조짐을 감지하는 사람.

슬픈 어릿광대의 초연^{初演} 『만년』과 초기 작품세계

정수윤

1

전집 제1권에는 저자가 1933년(25세)부터 1936년 사이에 발표한 작품 19편을 실었다. 이 가운데 「잎」부터 「장님 이야기」까지 15편은 생애 첫 창작집 『만년』(1936, 마나고야서방)에 실린 작품이며, 나머지는 두 번째 소설집 『허구의 방황』(1937, 신초샤) 등에 실린 것을 모았다.

2. 『만년』과 '자살 모티브'

신생 출판사였던 마나고야서방은 아직 한 번도 창작집을 내지 않은 신인작가의 작품집을 찾고 있었는데, 그들의 손에 『만년』 육필원고(당시로서는 당연히)가 흘러들었다. 정가 이 엔, 발행부수 500부. 이듬해 2월 재판에 들어갔지만, 그리 많이 팔리지는 않았다.

여기서 드는 의문. 만년^{晚年}? 첫 창작집인데? 물론 만년은 일생의 마지막 시기를 뜻한다. 다자이의 엉뚱함과 역설은 'the close of life'를

'the first performance'의 제목으로 선보인 데서도 엿보이는데, 저자의 입을 빌려 이유를 들어본다.

> 『만년』은 저의 첫 번째 소설집입니다. 아마도 이것이 제 유일한 유서가 될 거라고 생각해서, 제목도 『만년』이라고 해두었습니다. 읽어보면 재밌는 소설들도 두어 개 있으니, 시간 나실 때 읽어주세요.
>
> —「타인에게 말하다」(1938, 『문필』)

'유서라니, 그럼 이 자는 곧 죽을 거란 말이야? 죽기 전에 어디 한 번 읽어볼까?' 조바심 많던 초년생 작가 다자이는 『만년』이라는 제목을 통해 독자들의 이러한 심리효과를 노렸던 것인지도 모른다. 그러나 이미 세 번의 자살을 시도(1929년, 1930년, 1935년)했고, 그 뒤로도 여러 번 죽음의 문턱을 향해 내달렸던 점을 생각하면, '만년－유서'라는 말에 고개가 끄덕여지기두 한다.

『만년』의 작품 속에도 일관되게 '자살 모티브'가 흐르고 있다. 「잎」은 '죽을 작정이었다.'라는 당돌한 문장으로 시작해, "우리 같은 마이너스 인간들은 죄다 죽어버리는 게 나아. 죽으면 제로니까."라는 어처구니없는 푸념에서, 절벽에서 몸을 던진 그리스 시인 사포 이야기에 이르기까지, 온통 죽음에 대한 단상으로 가득하다. 1930년 가마쿠라 자살소동(결국은 한 여인을 요절하게 만든)을 소재로 한 「어릿광대의 꽃」은 물론, 「어복기」, 「지구도」, 「역행」 등에도 어김없이 죽음의 사신이 고개를 내민다.

그렇다고는 해도, 이 시기 작품에 나타나는 죽음의 분위기는 훗날 『인간 실격』 등에서 드러나는 우울하고 절망적인 것만은 아니었다.

그토록 줄기차게 죽음을 이야기하다가도, 「잎」의 마지막 부분에서는 '기분 좋게 일을 마친 후 한 잔의 차를 마시는 생활'을 노래하고, 「어릿광대의 꽃」에서는 동료들과 함께 실없는 농담을 하고 웃고 떠드는 가운데 고통스러운 시간을 뚫고 나오려 안간힘을 쓰며 산을 오른다. 『만년』에 실린 작품은 아니지만 전집 제1권의 마지막 소설 「교겐의 신」에서는, 다자이의 분신인 주인공이 진지하게 목을 매달았다 포기한 순간에 이렇게 중얼거린다.

저승사자에게는 미안한 일이지만, 그건 그렇고 담배란 참 맛있는 놈인걸. 대가(大家)가 되지 못해도 좋고, 걸작을 쓰지 못해도 좋다. 좋아하는 담배를 자기 전에 한 대, 일을 마친 후에 한 대. 숨길 게 뭐 있어. 그런 부끄럽지만 달고 단 소시민의 생활이, 내게도 가능하다는 생각이 든다.

이렇듯 초기 다자이의 '죽음'에서는 어둡고 파괴적인 이미지보다는 어쩐지 통쾌한 해방감과 위트, 따뜻한 인간미마저 느껴진다. 자살로 점철된 인생과는 역설적이게도, 어금니 꽉 깨물고 덤벼든 자기 생에 대한 고민들이 진솔하게 녹아들어 있어, 독자들은 '밝은 죽음', 뒤집어 말하자면 '억척같은 삶'을 맛보게 된다.

그렇다면 초기 다자이에게 있어 '자살'은, 삶을 비관하는 타락으로서의 의미보다는 자신의 철학적 가치관을 드러내는 창구(위험하지만 매우 명확한)로서의 기능을 가지고 있었다고 볼 수 있다. '자살을 일종의 처세술 같은 타산적인 것이라 생각하고 있'(「잎」)었다는 것은, 다시 말하면 '인생의 끝을 자기 손으로 선택해 스스로 '인생의 시계'를 만들어

가겠다는 뜻이며, 이는 누군가에 의해 '주어진 생'이 아니라 자신이 '만들어가는 생'을 살아가겠다는 매우 극단적인 존재표현이라 하겠다.

그런 의미에서 필명 '다자이'가 하이데거의 『존재와 시간』에 나오는 '현존재dasein/다자인'에서 왔다는 설은 설득력이 있다(세키 료이치). 현존재란, '존재sein를 고민하는 장소da', 즉 존재를 고민하는 능동적인 인간을 의미하는 것으로, '다자이'라는 필명은 세상에 휘둘리지 않고 '다자인'으로 살아가고자 하는 의지의 표출로 해석할 수 있겠다.

다자이 평전 『인간합격』(1989)을 쓴 바 있는 극작가 이노우에 히사시도, 『만년』의 가장 앞머리에 등장하는 '올해 설, 이웃에서 옷감을 한 필 얻었다. ……이건 여름에 입는 거로군. 여름까지 살아 있자고 마음먹었다.'라는 단상이야말로, 하이데거의 '다자인'에 대한 '다자이'의 고유한 표현방식이라고 말한다. '존재를 고민하며 살아가자'는 묵직한 다짐이 '여름옷이 생겼으니 여름까지는 살아 있자'라는 식으로 다소 우스꽝스럽게 패러디된 것이다.

이러한 하이데거의 철학은 「허구의 봄」에도 위트 있게 등장하는데, 그는 당시 당국의 출판물 검열제도를 비꼬며 다음과 같은 농담을 던진다.

당신은 '다스 만'이란 말을 아시겠지요. '데루 만'이 아닙니다.

'다스 만'은 중성정관사가 붙은 '사람'으로, 하이데거는 세속적인 일상에 빠져 수동적인 삶을 사는 사람을 '다스 만'이라 일컬었다. 본문에서는 일본어로 '다스—꺼내다', '데루—나오다'를 가지고 말장난을 하고 있지만, 거기에는 당시 성행하던(전쟁이 시작되며 더욱 심각해진) '출판물 검열제도'로 인해, 정부가 원하는 내용만이 편집된 출판물을 읽으며 권력에 조종당하는 사람들이야말로 '다스 만'이라는 날카로운 지적이 숨겨져 있다.

그는 수동적으로 생을 조종당하는 '다스 만'으로 살기보다는, 능동적으로 생을 만들어가는 '다 자인'으로 살기를 원했던 것은 아니었을까. 필명 '다자이'를 통해, 주변에 마음을 빼앗겨 자기도 모르는 사이에 자신의 존재를 잊어버리고 획일화되는 인간상을 경계하려 했던 것인지도 모른다. 그렇게 본다면, 초기 다자이에게 있어 '자살 모티브'는 역설적이게도 적극적으로 존재의 의미를 찾으려는 처절한 '생의 의지'로 이해할 수 있을 것이다.

3. 참을 수 없는 존재의 부끄러움

다자이의 '자살 모티브'가 '다자인―스스로 생각하고 움직이는 능동적인 인간'으로 살아가고자 하는 의지의 극단적인 표현으로 해석할 수 있다 해도, 그것이 그가 실제로 '자살'을 실천에 옮긴 유일한 이유였다고 보기는 힘들다. 「잎」에서도 죽으면 모두 제로라고 떠들어대는 친구를 '소아병'이라고 꼬집으면서, 어떤 사상을 문자 그대로 받아들이는 것은 유아적인 발상이라고 지적한다.

그러나 외로운 한 마리 학처럼 안간힘을 다해 글을 써가다가도, 한순간 북받쳐 오르는 감정을 참지 못하고 약을 먹거나, 목을 매거나, 절벽에서 뛰어내렸다. 무엇이 그를 그토록 괴롭혔던 것일까? 그 의문에 대한 해답을 당시 시대상과 성장배경, 그리고 초기 작품 속에서 찾아본다.

다자이는 1909년, 일본열도가 서양 문물을 머리끝부터 발끝까지 받아들였던 메이지 유신도 빛을 잃어갈 무렵, 아오모리 쓰가루 지역 대지주의 아들로 태어났다. 메이지시대[1868~1912]가 끝나고 다양한 문화와 사상이 자유롭게 꽃피던 다이쇼시대[1912~1926]가 열렸다. 이 시기 수많은 작가와 작품이 배출되었고, 다자이도 그 작품들을 읽고 풍성한 유년기를 보내며 작가의 꿈을 키운다. 이즈음 봉건세력과 대립하는 시민의 힘이 커져갔으며 일본 전역에 민주주의의 바람이 불어온다. 그러나 얼마 지나지 않아 세계대공황이 불어 닥쳐 일본에도 길고 긴 불경기가 시작되고, 도시에는 실업자가 넘쳐난다. 쇼와시대[1926~1989]로 접어들면서 학생과 농민, 지식인들을 중심으로 격렬한 프롤레타리아 운동이 일어났으며, 일본정부는 이들을 좌익세력이라는 죄목으로 검거하기에 이른다. 언론출판계는 이러한 나라의 횡포를 규탄하지만, 일본정부는 아랑곳 하지 않고 더욱 깅력하게 ㅗ들을 탄압하기 시작한다. 결국 정부는 최악의 경기악화를 타파하기 위해 전쟁을 준비하기에 이르고, 이로 인해 시민들의 생활은 더욱 곤궁해진다. 청년 다자이가 작가로 데뷔한 때가 바로 이 시기였다.

다자이가 다니던 아오모리 히로사키고등학교에도 정부의 억압정책에 반발하는 학생들이 있었으며, 다자이도 이에 가담해 고리대금업으로 큰 이윤을 남겼던 악덕사업가 아버지를 고발하는 「무간나락」(1928)이나, 프롤레타리아 문학으로서의 성격이 강했던 「학생군」(1930) 등을 학교신문이나 직접 만든 잡지에 발표했다. 다자이라는 필명을 얻기 전의 일이다. 이런 다자이의 행동이 집안에서는 곱게 보일 리 없었고,

가족들과 시종 마찰을 빚었다.

> 노모가 나를 낳았다는 이유만으로 돌아가신 아버지의 뒤를 이은 큰형
> 앞에서 면목이 없어서 바늘방석에 앉은 기분으로 지낸다는 것이나,
> 큰형이 내가 있다는 이유만으로 나라의 명예직을 사임 했던가 그럴
> 뻔했던 것이나, 어찌됐든 그리하여, 스물 몇 명의 가족 모두가, 내가
> 보통 남자가 되기를 신에게 빌고 있다는 소문을, 언뜻 들은 적이 있었다.
>
> ―「허구의 봄」

한편, 노동운동계에서는 '대지주의 아들'이라는 출신성분 때문에
따가운 시선을 받았으며, 몸담았던 좌익단체에서는 스파이라는 억울한
누명을 쓰기도 했다. 가족을 배신하고 이상을 쫓았음에도, 어느 쪽과도
완전히 동화될 수 없는 고립감에 괴로워하던 가운데, 정부의 압박은
더욱 집요하고 거세진다.

그러던 1932년, 프롤레타리아 작가 고바야시 다키지小林多喜二가 잔인
하게 고문학살 당하는 등 운동권에 대한 정부의 횡포가 극에 달하자,
결국 수많은 노동운동계열 작가들이 전향, 즉 자신의 정치적 신념을
버리고 적합한(당시 정부가 지향하는) 글만 쓰겠다는 선언을 한다. 이
흐름 속에서 좌익성향을 의심받아 아오모리 경찰서에 출두하기도 했던
다자이도 전향을 경험하게 된다. 아직 무명작가인데다가 큰형의 도움
없이는 살아갈 방도가 없었던 다자이는, 고바야시가 학살당한 그해에
큰형과 함께 아오모리 경찰서에 출두해 좌익운동에서 탈퇴할 것을
서약하고, 그제야 계속해서 형으로부터 생활비를 송금을 받을 수 있었다.
'생활을 위해 선택했던 배신자로서의 수치스러운 경험은 다른 직업인도

아닌, 작가로서 살아가고 싶었던 다자이를 평생 괴롭혔다.

> 칼에 찔려 죽을 날만 기다리고 있다. (한 줄 띄고.) 나는 한동안 지하세
> 계의 음울한 정치운동에 가담했다. 달도 없는 밤, 홀로 도망쳤다. 남은
> 동료들은 모두 목숨을 잃었다. 나는 대지주의 아들이다. 전향자의 고뇌?
> 무슨 말도 안 되는 소리. 그렇게 교활하게 배신을 하고 나서, 이제
> 와서 용서받을 수 있다 생각하는가.
>
> —「허구의 봄」

출생신분에서 오는 '원죄'와 생활을 위해 동료들을 배신하고 코뮤니
즘에서 탈각했다는 '수치심'은, 『만년』을 비롯한 초기작 전반에 배어들
었다. 더불어, 하고 싶은 이야기를 마음껏 할 수 없다는 시대적인 상실감
은, 작가로서의 꿈을 키워온 그에게 큰 실망을 안겨주었다. 이러한
시대상 속에서 그가 '원죄'와 '수치심'을 닌고 살아갈 수 있는 방법은,
자기 자신의 치부를 만천하에 드러내어 손가락질 받고 비웃음당하며
사는 길뿐이었는지도 모른다. 이후 그는 자포자기의 심정으로 글쓰기에
매진한다.

> 모든 일이 만족스럽지 않았기에 늘 공허하게 발버둥을 쳤다. 얼굴에
> 열 겹 스무 겹의 가면이 달라붙어 있어서 어느 것이 얼마나 더 슬픈지조차
> 알 수 없었다. 그러던 차에 나는 어떤 쓸쓸한 배출구를 발견했다. 창작이었
> 다.
>
> —「추억」

4. 어릿광대, 원숭이, 그리고 거짓말쟁이들

그렇게 세상으로 나온 한 권의 책『만년』속에는 역설적이게도, 그가 마음속에 품고 있던 슬픔과 비애와는 상반되는, '어릿광대', '원숭이', 그리고 '거짓말쟁이'와 같이 우스꽝스럽고 유머러스한 이미지들로 가득하다.

어릿광대

우선,『만년』의 중심작품이라 할 수 있는「어릿광대의 꽃」을 들여다보면, 주인공이 '이번 나흘간(역자−가마쿠라에서 한 여인과 동반자살을 시도했다가 혼자 살아남아 병원 신세를 진 기간)'은 어릿광대짓으로 가득했다'면서 다음과 같이 말한다.

> 원고가 편집자의 책상 위에서 질주전자 받침역할을 하다가 검게 그을린 자국을 단 채 되돌아오는 것도 광대짓. 아내의 어두운 과거를 캐물으며 울다 웃은 것도 광대짓. 전당포 밑을 지나면서도 옷깃을 여미고 자신의 몰락을 숨기는 것도 광대짓. 나야말로 어릿광대의 생활을 하고 있다. 그런 현실에 짓눌린 남자가 억지로 만들어내는 인내의 태도. 당신이 그것을 이해할 수 없다면, 당신과 나는 영원한 타인이다. 어차피 어릿광대가 될 거라면 괜찮은 어릿광대가 되자. 진정한 생활을 하자.

그에게 있어 '창작, 혹은 어쩌면 그렇게 사는 인생 자체가 우스꽝스러운 희극(교겐)이자 광대짓이었다. 부끄러운 과거를 가슴에 묻고 작가가 되겠다고 붓을 휘두르고 있는 혐오스러운 자기 자신, 나아가서는 일그러진 시대를 살아가는 젊은이의 생 자체가, 과장된 곡예를 하는 어릿광대와 다를 바 없다고 여겼던 것이다. 가면 뒤로 슬픈 얼굴을 숨기고 우스꽝스러운 춤을 추면서, 겹겹의 가면과 거짓으로 둘러싸인 내부 깊숙한 곳에 진실을 숨겨두고자 했다. 어릿광대와 같이 허구로 점철된 자신의 삶을 철저하게 파헤쳐, 제대로 생의 본질을 드러내는 '괜찮은 어릿광대', 다시 말해 '괜찮은 작가'가 되자고 결심한다. 그것만이 그가 진정한 생활을 하며 살아갈 수 있는 유일한 길이었다.

원숭이

어릿광대와 함께 『만년』을 비롯한 초기작에 심심치 않게 등장하는 것이 원숭이다. 「허구의 봄」에도 얼핏 '변변치 않은 원숭이 얼굴'이라는 말이 나오는데, 『인간 실격』에서도 주인공 오바 요조의 유년시절 사진 속 모습을 '원숭이다. 원숭이의 웃는 얼굴이다. 얼굴에 못생긴 주름이 가득 나 있을 뿐이다.'라며 보잘것없고 추한 존재로 묘사하고 있다.

> 남자는 쓰다 만 원고지를 보며 한동안 생각하더니, 제목을 「원숭이를 닮은 젊은이」라고 했다. 그것이야말로 자기에게 딱 맞는 묘비명이라고 생각했기 때문이었다.

「원숭이를 닮은 젊은이」의 마지막 문장인데, 다자이는 글을 쓰고 있는 작중화자를 원숭이와 닮았다고 표현하면서 비천하게 격하시키고 있다. 이 제목은 「다스 게마이네」의 제목이 독일어로 '비속함, 천함^{das Gemeine}', 쓰가루 사투리로 '통 쓸모가 없다^{んだすけまいね}'의 뜻이라는 것과도 일맥상통한다. 『만년』의 작품 속 주인공들에는 다자이 자신의 모습이

그대로 투영되어 있는 경우가 많은데, 이들을 '통 쓸모없는' 존재로 격하시킴으로써 자신의 수치심과 열등감, 분노와 절망을 드러내고자 했다.

그러나 겉으로는 스스로 보잘것없다, 쓸모없다고 노래를 하면서도, 마음속으로는 남몰래 높은 이상을 품고 있었다. 여기서 다자이 문학의 또 하나의 역설이 등장한다.

이런 문학의 똥에서 태어난 남자가 소설을 쓴다면, 대체 어떤 것이 나올까. 우선 생각할 수 있는 것은, 이 남자, 분명 소설을 쓸 수 없을 거라는 것이다. 한 줄 쓰고는 지우고, 아니, 그 한 줄조차 쓰지 못할 게 분명하다. ······그는 밤마다 이불 속에 들어가 눈을 깜박깜박하거나, 헤죽헤죽 웃거나, 기침을 하거나, 중얼중얼 의미도 알 수 없는 말들을 내뱉으면서, 날이 밝아 올 때까지 하나의 단편을 정리했다. 이건 걸작이야.

—「원숭이를 닮은 젊은이」

스스로를 '문학의 똥'이라 칭하며 부끄럽고 수치스러운 속내를 드러내면서도, '걸작을 남기고 싶어 발버둥 친다. 그가 추구했던 것은, 보잘것없는 '다스 게마이네' 인생 속에 싹 튼 가치 있는 소설이었다. 자신을 우스꽝스럽게 바닥에 내동댕이치면서 자기 안의 추하고 못난 감정들을 극한으로 이끌어내면서도, 언젠가는 세상에 '걸작'을 내놓겠다는 그의 야심이 엿보이는 대목이다. 가슴속에 걸작의 꿈을 품고 산을 오르는 원숭이. 그것이 초기 다자이의 역설적인 삶의 방식이었다.

거짓말쟁이들

한편, 『만년』에는 수많은 거짓말쟁이들이 활보하고 있으며, 다자이 자신 또한 지독한 거짓말쟁이였다.

어린 시절 다자이가 어머니라고도 불렀던 이모는, "너는 거짓말을 잘 하니 행동거지라도 제대로 갖춰라."(「잎」)라고 주의를 주기도 했고, 「추억」에서는 '거짓말이라면 나도 좀 할 줄 알았다'면서, 선생님과 가족들에게 수시로 거짓말을 했던 과거를 고백한다. 성장하여 작가가 되어서도 '아아, 나는 아직도 속이 훤히 들여다보이는 거짓말을 내뱉고 있다. 이런 거짓말에 사람들은 아무 생각 없이 걸려든다.'(「어릿광대의 꽃」)라거나 '이건 모두 거짓말이다. 나는 단지 비 개인 푸른 하늘에 걸려 있던 한 줄기 희미한 무지개를 기억할 뿐이다.'(「완구」)라면서, 자신의 창작행위 자체를 하나의 '거짓말'로 규정한다.

등장인물 중에도 '거짓말덩어리'들이 많다.

「역행 ─ 나비」에서 죽음을 앞둔 '젊은 노인'은 '죽기 직전까지 거짓말을' 했고, 「그는 예전의 그가 아니다」에서 집세도 내지 않고 거짓말만 둘러대는 백수 기노시타 때문에 애가 타는 집주인은 "당신이 말하는 그놈의 사실이란 거, 믿을 게 못 되니 말입니다. 사실은, 사실은, 하면서 또 거짓말 하나를 더 만들려는 것 아닙니까." 하고 쏘아붙인다. 「다스게마이네」에서 '바이올린보다는 바이올린 케이스를 더 중요하게 생각하는' 허풍쟁이 음악가 바바의 거짓말도 만만치 않다. "바바의 엉터리 거짓말은 유명합니다. 아주 교묘하거든요. 누구라도 처음엔 당합니다." 게다가 돌아가신 아버지가 남긴 유서를 읽으며 '거짓말이 뀐 최후의 방귀'라고 투덜대는 「로마네스크 ─ 거짓말쟁이 사부로」의 사부로는 또 어떤가. '스물두 살에 사부로의 거짓말은 이미 신의 경지에 이르러,

사부로의 입에서 나오는 모든 것이 순식간에 진실의 황금으로 변했'고, '거짓말의 꽃'을 피워대다가 결국 '거짓말로 뭉쳐진 덩어리가 되고' 만다.

이렇듯 '거짓말쟁이'가 그려내는 '거짓말쟁이들'의 이야기에는 어떤 의미가 있을까? 스스로를 '거짓말 잘하는 호색가'(「어릿광대의 꽃」) '거짓말의 신'(「허구의 봄」)이라 칭하며, 작품 곳곳에 '거짓말덩어리' 인간 군상들을 등장시키고 있으니, 엄숙하고 고고한 문학(文學)주의에 빠져 있던 사람들에게는 도무지 이해가 가지 않는 작품들이었을 것이다.

그러나 모든 소설은 허구를 진실처럼 꾸며내는 일을 한다. 오직 '타고난 거짓말쟁이'들만이 '타고난 이야기꾼'이 될 수 있다. 「잎」에서 '형'은 소설이 '단 한 줄의 진실을 이야기하려고, 백 장의 분위기를 꾸며대고 있'어 답답하다고 말하지만, '나'는 안간힘을 쓰며 그것을 '믿게 만들 수 있'도록 노력한다. 누군가에게 소설은 그저 분위기를 꾸며대는 팔자 좋은 말장난에 불과할지도 모르지만, 다자이에게 그것은 무언가를 믿게 만들게 함으로써 어떤 진실에 가 닿도록 하는 수단이었다.

「로마네스크」에서 거짓말쟁이 사부로는 『인간만사 거짓은 진실』이 라는 소설을 발표하는데, 이 한마디 속에는 거짓과 진실 사이 경계의 모호함이 함축되어 있다.

거짓 없는 생활. 이 말 자체가 이미 거짓말이다. 좋은 것을 좋다고 말하고, 나쁜 것을 나쁘다고 말한다. 이것도 거짓말이다. 무엇보다 아름다운 것을 아름답다고 말하는 마음에 거짓이 있으니. 저것도 더러 워, 이것도 더러워. 사부로는 이렇게 중얼거리며 매일 밤 잠들지 못하며 고통스러워했다.

진실은 표면에만 존재하는 것이 아니라, 보이지 않는 내면 어딘가에 숨겨져 있을 수도 있다. 다자이는 거짓말쟁이들이 활보하는 작품을 통해, 세상의 진실이 실은 거짓처럼 드러날 수도 있으며, 세상의 거짓 또한 진실처럼 존재하기도 한다는 것을 말하고 싶었던 것은 아닐까. 겉으로는 웃고 있어도 그 가면 속에 어떤 표정이 숨겨져 있을지 아무도 모르며, 세간의 진실 또한, 겉으로는 아무리 훌륭하고 건전하게 보인다 할지라도 그 속에 어떤 추악한 진실이 숨겨져 있을지도 모른다는 사실을 말이다.

다자이의 초기 작품에 있어서의 거짓말은, 자신의 슬픔과 부끄러움을 어릿광대로 위장시켜주고 원숭이처럼 비천하고 남루한 인생으로 보이게 함으로써, 존재의 철학을 이해하려는 그만의 '창작기법'인 동시에, 세상에 존재하는 역설적인 진실과 거짓의 의미를 거머쥐려는 노력이었다고 볼 수 있을 것이다.

서글픈 진실의 빛이 어렴풋이 느껴질 때의 기쁨이란! 아마도 진실이라는 것은 이런 식으로밖에 표현할 수 없는 것인지도 모르겠군요.

−「허구의 봄」

5

따뜻하게 하고, 슬프게 하고, 재미있게 하고, 품위 있게 하는 것 외에 달리 무엇이 필요할까요. ……『만년』을 읽으셨어요? 아름다움은,

사람들이 손가락으로 가리키는 데서 느껴지는 것이 아닙니다. 혼자서, 오직 자기 혼자서 문득 발견하는 것입니다. 『만년』에서 당신이 아름다움을 발견할지 어떨지, 그것은 당신의 자유입니다.

-「타인에게 말하다」(1938, 『문필』)

그의 말처럼 『만년』을 어떻게 읽을지는 순전히 우리의 자유에 달려 있지만, 한번쯤 진지하게 생에 대해 고민해본 사람들이라면 그가 펼쳐놓은 안개 자욱한 감수성의 숲에 갇혀 다시 한 번 자신을 되돌아보는 매혹적인 순간을 맛보게 될 것이다.

나는 믿는다. 이 작품집 『만년』은 해가 갈수록 점점 더 농후한 빛깔로, 당신의 눈에, 당신의 가슴에 스며들 것임을. 나는 이 한 권의 책을 만들기 위해 세상에 태어났다. ……『만년』이 그대의 손때로 검게 윤이 날 때까지 애독될 것을 생각하면, 아아, 나는 행복하다.

-「생각하는 갈대」(1936, 『문예잡지』)

* 참고문헌 *

· 『太宰治』, 井伏鱒二, 筑摩書房, 1989.
· 『新潮日本文学アルバム－太宰治』, 新潮社, 1983.
· 『太宰治』, 奥野健男, 文春文庫, 1998.
· 『小説　太宰治』, 檀一雄, 岩波現代文庫, 2000.
· 『太宰治という物語』, 東郷克美, 筑摩書房, 2001.
· 『太宰治に聞く』, 井上ひさし, 文春文庫, 2002.
· 『太宰治, 弱さを演じるということ』, 安藤宏, ちくま新書, 2002.
· 『回想の太宰治』, 津島美知子, 講談社, 2008.

옮긴이 후기

이것은 우연에 관한 이야기다.

우리[1]는 와세다대 대학원생이었고, 다자이 오사무 연구자, 도쿄대 안도 히로시 선생의 강의가 올해 처음 개설된다는 사실에 흥분해 있었다. 자신만의 독특하고 개성 있는 문체는 있지만, 나라와 가족을 위해 입신양명[2]하리라는 꿈도 없고, 그저 자신의 뿌리를 부정하며 나락으로 떨어지기를 선택한 어리광쟁이라는 시선 때문이었을까? 일본에서도 다자이 오사무를 본격적으로 연구하는 학자는 드물었기에, 다자이 오사무론을 들을 기회는 많지 않았다.

그러나 그의 소설은 한 세기 가까운 세월의 파도를 넘어 지금도 여전히 많은 독자들에게 사랑받고 있으며, 그의 연구도 이전보다 더 활발히 이루어지고 있다. 이것은 다자이 자신도 전혀 예상치 못하던 일이었다.

유행은 바라지도 않는다. 유행할 일도 없겠지. 유행의 허무함도 알고

1_ 도서출판 b의 다자이 전집 역자 3인.
2_ 근대 이후 일본 젊은이들 사이에서 가장 강력하게 지향되어 오던 덕목.

있다. 매년 한 권씩 창작집을 내고, 그것이 딱 3천 부 정도만 팔려주기를.

— 「자작自作을 말하다」(1940년, 『월간문장』)

현재까지 대표작 『인간 실격』만 해도 8백만 부 이상 팔렸고, 지금도 문고판을 중심으로 매년 10만 부 이상씩 팔리고 있다. 태어난 지 백 년째 되던 지난 2009년에는, 『인간 실격』, 『판도라의 상자』, 『비용의 아내』 등 그의 작품이 한꺼번에 영화화되기도 했다. 지금도 가끔씩 서점에서 '오늘의 책' 1위 자리에 올라 있는 『인간 실격』을 볼 때마다, 시공을 초월한 다자이의 강한 생명력에 다시 한 번 놀라게 된다.

그것은 아마도, 자신의 가장 깊은 곳에 똬리를 틀고 앉은 부끄러움을 언덕 위의 빨래처럼 태연하게 세상에 펼쳐 보이는 솔직함, 그러면서도 품위를 잃지 않는 재치 있는 문체, 더불어 무엇에도 구속받지 않고 자유롭게 삶을 영위하고자 했던 예술정신 등에 있을 것이다. 혹은 전쟁의 소용돌이 속에서 아무것도 할 수 없었던 그의 무력감이, 오늘날 자본주의의 난장 속에서 실업과 비정규직 문제에 맞닥뜨리고 있는 젊은이들의 허탈함과 닮아 있기 때문인지도 모른다.

어찌 되었든 우리 셋은 그런 다자이의 매력에 푹 빠져 있었고, 안도 선생의 수업을 선물처럼 여겼다. 명예와 수치심, 애욕과 절망 속에서 몸부림치던, 그러나 작가로서의 불꽃은 죽을 때까지 꺼트리지 않았던 다자이. 우리는 위태롭게 자라나는 꽃을 키우는 심정으로 매주 그의 성장과 조우했다.

그렇게 일 년이 흘렀을까. 우리는 우연히 포럼에 참석하기 위해 와세다를 찾은 도서출판 b의 편집위원이자 문학평론가 조영일 선생을 만났다. 그리고 뜻밖에 반가운 소식을 듣게 되었다.

"우리 출판사에서 다자이 오사무 전집을 기획하고 있습니다."

이것은 숙명에 관한 이야기다.

우리는 그렇게 믿었다. 우리 셋은 외쳤다. "이건 운명이야." "그래, 어쩌면 숙명이라구!" 우리가 한국 땅에서 각자의 삶을 살아가다가, 어느 날 모든 것을 버리고 낯선 도쿄로, 와세다로, 그리고 다자이 수업으로 모여들었던 모든 날들이, 마치 어느 가까운 미래에 다자이 오사무 전집을 번역하기 위한 기나긴 여정이었다는 생각마저 들었다. 우리는 이케부쿠로의 허름한 술집 구석에서 맥주 거품을 튀기며 조영일 선생을 설득했다. 우리가 할 수 있습니다. 우리는 지난 일 년 동안 마음속에 다자이라는 꽃을 키워 왔습니다. 그렇게 겁도 없이 우리는, 한 작가에 대한 애정과 열정에 가득 찬 전집 번역에 달려들었다.

하지만 우리는 일주일도 채 지나지 않아 아주 단단한 성곽에 부딪혀 나가떨어지고 말았다. 다자이의 문체는 아주 독특했고, 그것을 한글로 옮기면서 느낌과 표현을 살린다는 것은 생각보다 훨씬 더 어려운 문제였다. 아름다운 문장, 마음을 두드리는 문체를 발견하며 기뻐하면서도, 이것을 어떻게 옮겨야 이 감정과 운율이 그대로 전해질 것인가에 대한 고민이 매순간 뒤따랐다. 뿐만 아니라, 하이쿠나 가부키 등 일본의 고전이나 단테, 괴테, 푸시킨 등 서양의 대가들의 작품이 각주 한 줄 없이 도처에 도사리고 있는 데다가, 쓰가루 사투리마저 여기저기 돌발적으로 튀어나와서, 마치 화석을 캐는 기분으로 그것들의 의미를 찾아내야 했다. 다자이 아저씨, 왜 이리 짓궂으세요!

그렇게 이 년이 흘렀다. 이제야 그동안 미뤄 왔던 아오모리 쓰가루의 '사양관(다자이가 나고 자란 곳)'에 다녀올 수 있을 것 같다. 부디 그가 한국에서 번역된 자신의 첫 번째 전집을 손에 들고 그 파르스름한 입가에 만족스러운 미소를 지어주기를 바랄 뿐이다.

이번 전집은 세 역자들의 공동번역이었다고도 할 수 있을 만큼 수개월여에 걸친 끈질긴 교차 번역작업을 통해 정확성과 표현력을 높였다. 그런 의미에서 서로의 번역물을 수없이 번갈아가며 체크해준 우리 번역 팀(특히 난제였던 「허구의 봄」은 최혜수 선생의 도움이 컸다)에 애정과 감사를 전한다. 아울러 전라도 방언(쓰가루 사투리와 분위기가 가장 비슷하다고 느꼈던)에 도움주신 윤정숙 할머님과 조선주 님, 일본어 표현을 함께 고민해주신 요시무라 마키코 님, 표지그림으로 환상적인 작품들을 제공해준 오랜 벗 송지은 작가, 흔쾌히 추천사를 허락해주신, 배우 신하균 님과 도움주신 호두엔터테인먼트 이정은 대표님, 또한 가수 요조 님과 메직스트로베리사운드 홍달님 실장님께 감사드린다. 무엇보다 다자이를 향한 우리들의 열정을 믿고 맡겨주신 도서출판 b에 고개 숙여 감사의 마음을 전하고 싶다.

2012년 6월
개와 고양이와 새가 동시에 울어대는
어느 진기한 새벽에

정수윤

다자이 오사무 연표

1909년
출생

- 6월 19일, 아오모리현 북쓰가루군 가나기에서 아버지 쓰시마 겐에몬津島源右衛門과 어머니 다네タチ의 열 번째 아이이자, 여섯 번째 아들로 태어났다. 호적상 이름은 쓰시마 슈지津島修治.

1916년
7세

1월, 함께 살던 이모이자 숙모인 기에キェ 가족이 고쇼가와라로 이사하면서, 슈지도 2개월가량 그곳에서 함께 산다.
4월, 가나기 제1소학교에 입학한다.

1922년
13세

3월, 가나기 제1소학교 졸업.
4월, 메이지고등소학교 입학. 아버지가 귀족원의원에 당선된다.

1923년
14세

3월, 아버지 사망.
4월, 아오모리중학교 입학. 아쿠타가와 류노스케, 기쿠치 간 등의 소설을 탐독. 이부세 마스지井伏鱒二의 「도롱뇽」을 읽고, '가만히 앉아서 읽을 수 없을 만큼 흥분'한다.

1925년
16세

8월, 친구들과 함께 잡지 『성좌星座』를 창간하나 1호만 발행하고 폐간. 그해 「추억」의 등장인물인 미요의 모델이 된 미야기 도키宮城トキ가 쓰시마 집안에 하녀로 들어온다.
11월, 동인지 『신기루』창간한다.

1926년
17세

9월, 동인지 『아온보青んぼ』를 창간하나 2호까지 발행하고 폐간. 도키에게 함께 도쿄로 가서 살자고 제안하지만 도키는 신분의 차이가 너무 많이 난다면서 쓰시마 집안을 떠난다.

1927년
18세

2월, 동인지 『신기루』 12호까지 발행하고 폐간.
3월, 아오모리중학교 졸업.
4월, 히로사키고등학교 문과 입학.
7월, 아쿠타가와 류노스케의 자살에 충격을 받는다.

1928년
19세

5월, 동인지 『세포문예』창간, 9월, 4호까지 발행하고 폐간.
12월, 히로사키고교 신문잡지부 위원에 임명된다.

1929년
20세

- 창작 활동을 하는 한편, 게이샤 오야마 하쓰요小山初代를 만난다.
12월, 수면제 과다복용으로 의식불명 상태에 빠진다.

1930년 21세	3월, 히로사키고등학교 졸업.
	4월, 도쿄제국대학교 불문과 입학.
	5월, 이부세 마스지를 찾아가 이후 오랫동안 스승으로 삼는다. 적극적으로 사회주의 운동에 가담한다.
	10월, 고향에서 하쓰요가 다자이를 만나기 위해 상경.
	11월, 하쓰요의 일로 큰형 분지文治와 다투다가 호적에서 제적당한다.
	11월 26일, 긴자의 술집 여종업원 다나베 시메코田部シメ子를 만나 이틀 동안 함께 지내다가, 28일 밤 가마쿠라 고유루기미사키小動岬 절벽에서 함께 자살을 시도한다. 시메코는 죽고 슈지는 요양원 게이후엔恵風園에서 치료를 받는다.
	12월, 자살방조죄로 기소유예. 아오모리 이카리가세키碇ヶ関 온천에서 하쓰요와 혼례를 올린다.
1931년	12월, 동료의 하숙집에서 마르크스의 『자본론』 스터디를 시작한다.
1932년 23세	7월, 큰형과 함께 아오모리 경찰서에 출두하여 좌익운동에서 손을 뗄 것을 맹세한다. 창작에 전념하면서 낭독 모임을 갖는다.
1935년 26세	3월, 대학 졸업시험에 낙제. 미야코 신문사 입사시험에도 떨어진다. 가마쿠라에서 목을 매지만 자살미수에 그친다.
	4월, 급성맹장염으로 입원, 진통제 파비날에 중독된다.
	5월, 집지 『일본낭만파』에 합류.
	8월, 「역행」이 제1회 아쿠타가와 상 후보에 오르나 차석에 그친다. 사토 하루오佐藤春夫를 찾아가 가르침을 받는다. 크리스트교 무교회파 학자 쓰카모토 도라지塚本虎二와 접촉, 잡지 『성서 지식』을 구독한다.
	9월, 수업료 미납으로 학교에서 제적당한다.
1936년 27세	2월, 파비날 중독 치료를 위해 병원에 입원했다가 10일 후 퇴원.
	6월, 첫 창작집 『만년』을 출간한다.
	8월, 제3회 아쿠타가와 상 낙선.
	10월, 중독증세가 심해져 도쿄 무사시노병원에 입원했다가 한 달 뒤 퇴원한다.
1937년 28세	• 다자이와 사돈 관계이자 가족과 다름없이 지냈던 화가 고다테 젠시로小舘善四郎와 부인 하쓰요의 간통 사실을 알고 분노.
	3월, 다니가와다케谷川岳산에서 하쓰요와 둘이서 수면제를 먹고 동반자살을 시도하나 미수에 그친 후 이별한다.
	6월, 작품집 『허구의 방황』, 7월, 단편집 『이십세기 기수』를 출간한다.

1938년 29세	9월, 후지산 근처에 있는 여관 덴카차야^{天下茶屋}에서 창작 활동을 하던 중, 이부세 마스지의 소개로 이시하라 미치코^{石原美知子}를 만난다.

1938년 29세	9월, 후지산 근처에 있는 여관 덴카차야天下茶屋에서 창작 활동을 하던 중, 이부세 마스지의 소개로 이시하라 미치코石原美知子를 만난다.
1939년 30세	1월, 미치코와 혼례를 올린 후 안정적으로 작품 활동에 전념한다. 7월, 『여학생』을 출간한다.
1940년 31세	5월, 「달려라 메로스」 발표. 6월, 작품집 『여자의 결투』 출간. 12월, 『여학생』으로 기타무라 도코쿠 상 부상을 수상한다.
1941년 32세	5월, 『동경 팔경』 출간. 6월, 장녀 소노코園子가 태어난다. 8월, 10년 만에 쓰가루로 귀향한다.
1942년 33세	1월, 사비로 『유다의 고백』 출간. 6월, 『정의와 미소』 출간. 어머니가 위독하다는 소식에 귀향. 12월, 어머니 사망.
1943년	1월, 『후지산 백경』, 9월 『우대신 사네토모』를 출간한다.
1944년	5월, 고야마서방에서 소설 『쓰가루』를 의뢰하여 쓰가루 여행. 11월 출간한다.
1947년 38세	1월, 옛 연인이었던 작가 오타 시즈코太田静子를 찾아가 소설 『사양』의 소재가 될 일기장을 넘겨받는다. 4월, 큰형이 아오모리 지사로 당선. 12월, 『사양』 출간. 몰락한 귀족을 그린 이 작품이 패전 후 혼란에 빠진 젊은이들 사이에서 '사양족'이라는 유행어를 낳을 정도로 큰 호응을 얻으면서 인기작가가 된다.
1948년 39세	6월 13일 밤, 연인인 야마자키 도미에山崎富栄와 함께 무사시노 다마가와 상수원玉川上水에 몸을 던진다. 6월 19일, 만 서른아홉 번째 생일에 사체가 발견된다. 7월, 『인간 실격』, 『앵두』 출간.
1949년	• 6월 19일, 다자이의 친구들이 그의 무덤을 찾아(미타카 젠린지禅林寺) 기일을 앵두기桜桃忌라고 이름 짓고 애도한다. 앵두기는 그를 사랑하는 독자들에 의해 현재까지 매년 행해지고 있다.

『다자이 오사무 전집』 한국어판 목록

『다자이 오사무 전집』을 펴내며

한 작가를 온전히 이해하기 위해서는 대표작 몇 권을 읽는 것에 그치지 않고 전집을 읽는 것이 필요하다. 일본의 대문호 오에 겐자부로는 평생 2~3년마다 한 작가의 전집을 온전히 읽어왔다고 고백한 바 있는데, 이는 라블레 번역자로 유명한 스승 와타나베 가즈오의 충고 때문이었다고 한다. 한 작가가 쓴 모든 글을 읽는다는 것은 그 작가의 핵심을 들여다보는 작업으로, 이만큼 공부가 되는 것도 없다는 이유에서다.

하지만 이런 이야기는 어디까지나 외국의 이야기일 뿐, 우리는 그렇게 하고 싶어도 그렇게 할 수 있는 형편이 아니다. 우리의 경우 국내 유명작가들조차 변변한 전집을 가지고 있지 못하다. 사정이 이러하니 외국작가는 군이 말할 필요도 없을 것이다. 물론 몇몇 외국작가의 경우 전집이 나와 있기는 하지만, 대부분 창작물만 싣고 있어서 엄밀한 의미에서 '전집'이라고 보기 어렵다.

이에 도서출판 b는 한 작가의 전모를 만날 수 있는 전집출판에 뛰어들면서 그 첫 결과물로 『다자이 오사무 전집』을 펴낸다. 이 전집은 작가가 쓴 모든 소설은 물론 100여 편에 달하는 주요에세이까지 빼곡히 수록하여 그야말로 '전집'이라는 이름에 걸맞은 형태를 갖추고 있다.

다자이 오사무는 그동안 우울하고 염세적인 작가나 청춘의 작가 정도로만 알려져 왔다. 하지만 이 전집을 읽으면 때로는 유쾌하고 때로는 전투적인 작가의 모습을 발견할 수 있을 뿐만 아니라, 왜 그가 오늘날까지 그토록 많이 연구되는지, 작고한 지 60년이나 흐른 지금도 매년 독자들이 참여하는 앵두기(櫻桃忌)라는 추모제가 열리는지 알 수 있다.

『다자이 오사무 전집』을 성서로까지 표현한 작가 유미리의 표현을 빌리자면, 이 전집을 읽는 독자들은 매일 작고 아름다운 기적과 만나게 될 것이다.

마지막으로 『다자이 오사무 전집』을 양장본으로 다시 펴내면서 기존의 부족한 점을 모두 수정·보완했음을 덧붙이고 싶다.

ー<다자이 오사무 전집> 편집위원회

한국어판 ⓒ 도서출판 b, 2012, 2018

■ 다자이 오사무 太宰治
1909년 일본 아오모리현 북쓰가루에서 태어났다. 본명은 쓰시마 슈지(津島修治). 1936년 창작집 『만년』으로 문단에 등장하여 많은 주옥같은 작품을 남겼다. 특히 『사양』은 전후 사상적 공허함에 빠진 젊은이들 사이에서 '사양족'이라는 유행어를 낳을 만큼 화제를 모았다. 1948년 다자이 문학의 결정체라 할 수 있는 『인간 실격』을 완성하고, 그해 서른아홉의 나이에 연인과 함께 강에 뛰어들어 생을 마감했다. 일본에서는 지금도 그의 작품들이 베스트셀러에 오르거나 영화화되는 등 시간을 뛰어넘어 많은 사랑을 받고 있다.

■ 정수윤
경희대를 졸업하고 와세다대 문학연구과에서 석사 학위를 받았다. 지은 책으로 모기 소녀, 옮긴 책으로 다자이 오사무 전집 1권 『만년』, 4권 『신햄릿』, 7권 『판도라의 상자』, 9권 『인간 실격』, 아쿠타가와 류노스케 『문예적인, 너무나 문예적인』, 미야자와 겐지 『봄과 아수라』, 나가이 가후 『게다를 신고 어슬렁어슬렁』, 오에 겐자부로 『읽는 인간』, 이노우에 히사시 『아버지와 살면』, 다케히사 유메지 『사랑하지도 않으면서』, 미즈노 루리코 『헨젤과 그레텔의 섬』, 일본산문선 『슬픈 인간』 등이 있다.

다자이 오사무 전집 1

만년

초판 1쇄 발행 2012년 8월 20일
재판 2쇄 발행 2021년 2월 25일

지은이 다자이 오사무
옮긴이 정수윤
펴낸이 조기조
인 쇄 주)상지사P&B
펴낸곳 도서출판 b | 등록 2003년 2월 24일 제2006-000054호
주 소 08772 서울특별시 관악구 난곡로 288 남진빌딩 302호
전 화 02-6293-7070(대) | 팩시밀리 02-6293-8080
이메일 bbooks@naver.com | 홈페이지 b-book.co.kr

ISBN 979-11-87036-37-1(세트)
ISBN 979-11-87036-38-8   04830

값 22,000원